RÉVÉLATION

L'édition originale de ce roman a paru sous le titre :
BREAKING DAWN

© Stephenie Meyer, 2008.
This edition published by arrangement with Little, Brown and Company (Inc.),
New York, New York, USA. All rights reserved.
© Hachette Livre, 2008, pour la traduction française.

STEPHENIE MEYER

RÉVÉLATION

Traduit de l'anglais (États-Unis) par Luc Rigoureau

HACHETTE
Jeunesse

Ce livre est dédié à mon ninja d'agent, Jodi Reamer.
Merci de m'avoir préservée du précipice.

Merci également à mon groupe de musique préféré,
le fort bien nommé Muse,
qui m'a inspiré cette saga.

LIVRE 1

◆

BELLA

L'enfance n'est pas l'époque qui va jusqu'à un certain âge
[et, à cet âge certain,
L'enfant abandonne ses occupations infantiles.
L'enfance est le royaume où personne ne meurt.

Edna St Vincent Millay (1892-1950)

Prologue

◆

———

J'avais eu plus que mon compte d'expériences mortifères, phénomène auquel on ne s'habitue pas.

Il semblait cependant inévitable que j'affronte de nouveau la mort. À croire que j'étais marquée du sceau de la catastrophe. J'avais beau y avoir échappé à maintes reprises, elle ne cessait de revenir à moi.

Pour autant, cette fois différait beaucoup des précédentes.

Il est possible de fuir celui que l'on craint, de lutter contre celui que l'on hait. Je savais réagir face à ce genre de tueurs – monstres et ennemis.

Lorsqu'on aime son assassin, on n'a plus le choix, cependant. Car comment fuir et lutter si cela signifie blesser l'aimé ? Si la vie est la seule chose à lui donner, comment la lui refuser ?

Quand on l'aime réellement ?

1

FIANCAILLES

« Personne ne te regarde. Personne ne t'observe. Personne ne t'épie », me rassurai-je.

Comme j'étais incapable de mentir de façon convaincante, y compris à moi-même, je me sentis obligée de vérifier, néanmoins.

En attendant que l'un des trois uniques feux de Forks passe au vert, je jetai un coup d'œil sur ma droite – à l'intérieur de son monospace, Mme Weber avait le buste tourné dans ma direction. Son regard me transperça, et je tressaillis. Pourquoi me fixait-elle ainsi ? N'était-il pas impoli de toiser ainsi les gens ? Ou cette règle ne s'appliquait-elle plus à moi ? Puis je pris conscience que les vitres teintées de la voiture étaient si sombres qu'elle ne se rendait sans doute pas compte que je m'y trouvais, encore moins que je l'avais surprise en train de me reluquer. Je tâchai de me consoler en concluant que ce n'était sans doute pas moi qu'elle examinait ainsi, mais le véhicule.

Mon véhicule. Je poussai un soupir.

Un nouveau coup d'œil, à gauche cette fois. Un gémissement m'échappa. Deux piétons s'étaient figés sur le trottoir au lieu de traverser la rue. Derrière eux, M. Marshall était pétrifié dans la vitrine de sa petite boutique de souvenirs. Du moins n'avait-il pas le nez collé au carreau. Pas encore.

Le feu passa au vert et, toute à ma hâte de fuir, j'appuyai sur l'accélérateur sans réfléchir, comme je l'aurais fait pour ébranler mon antique camionnette Chevrolet. Le moteur grondant comme une panthère en chasse, la voiture bondit avec une puissance telle que je fus plaquée sur le siège en cuir noir, et que mon estomac s'écrasa contre ma colonne vertébrale.

— Aaahhh ! criai-je en cherchant la pédale de frein.

Je l'effleurai, ce qui n'empêcha pas l'engin de s'arrêter net, avec un soubresaut. Je n'osai inspecter les alentours afin de jauger les réactions des témoins. Si quelqu'un avait eu des doutes quant au conducteur de cette automobile, ce n'était plus le cas à présent. De la pointe de ma chaussure, j'enfonçai l'accélérateur d'un millimètre, et la voiture repartit à toute vitesse.

Je parvins à atteindre mon but : la station-service. Si je n'avais pas été fébrile, je ne me serais même pas donné la peine de descendre en ville. Je me privais de bien des choses, ces derniers mois, des biscuits aux lacets, rien que pour éviter de passer du temps en public.

Me mouvant comme si je courais un marathon, je ne mis que quelques secondes à ouvrir le volet du réservoir puis ce dernier, à glisser ma carte de crédit dans la pompe et le bec verseur dans le réservoir. Naturellement, je ne pouvais rien pour accélérer le débit, et les nombres défilèrent avec paresse, comme pour m'agacer.

La journée avait beau être typique – maussade et humide –, j'avais l'impression qu'un projecteur était braqué sur moi, attirant l'attention sur la bague délicate à ma main gauche. En pareils moments, imprégnée du sentiment que des yeux se vrillaient sur mon dos, il me semblait qu'elle clignotait, tel un néon : « Regardez-moi, regardez-moi ! »

Je savais qu'il était idiot d'être aussi gênée. Hormis celle de mes parents, que m'importait l'opinion des gens à propos de mes fiançailles ? De ma nouvelle auto ? De ma mystérieuse acceptation dans une université de l'Ivy League[1] ? De la carte de crédit noire et luisante qui, après avoir réintégré ma poche arrière, paraissait brûler comme un fer chauffé à blanc ?

— Qu'ils pensent ce qu'ils veulent, rouspétai-je dans un souffle.

— Mademoiselle ? lança une voix masculine.

Je me retournai et le regrettai aussitôt. Deux hommes se tenaient devant un 4 x 4 tape-à-l'œil sur le toit duquel étaient fixés des kayaks flambant neufs. Ni l'un ni l'autre ne me regardait – ils étaient bien trop intéressés par la voiture. Personnellement, ce genre de passion m'échappait – il est vrai que j'étais déjà fière de savoir repérer les logos distinguant une Toyota d'une Ford ou d'une Chevrolet. Ce véhicule-là était noir, brillant et joli – pour moi, il restait un moyen de locomotion.

— Désolé de vous déranger, mais pourriez-vous me dire quel est ce modèle ? demanda le plus grand.

— Euh… une Mercedes, non ?

— Oui, je sais, acquiesça poliment l'inconnu, cependant que son camarade levait les yeux au ciel. C'est juste que… il s'agit bien d'une S 600 Guard ?

Il s'était exprimé avec respect. Il se serait bien entendu

---

1. Groupement des universités américaines les plus prestigieuses. *Toutes les notes sont du traducteur.*

avec Edward Cullen, mon… mon fiancé (cette triste vérité était désormais incontournable, vu que le mariage était prévu pour dans quelques jours).

— Elles ne sont pas encore sorties en Europe, poursuivait le type. Encore moins ici, donc.

Pendant que ses prunelles s'attardaient sur ma voiture – laquelle, à mes yeux, ressemblait à toutes les autres berlines de la même marque –, je réfléchis brièvement aux problèmes que me posaient les mots « fiancé », « mariage », « mari », etc. Des termes auxquels je n'arrivais pas à donner un sens. Non seulement j'avais été élevée dans la crainte des robes blanches meringuées et des bouquets, mais il m'était impossible d'assimiler l'image sérieuse, respectable et terne de mari avec l'idée que je me faisais d'Edward. C'était comme d'embaucher un archange en guise de comptable ; je ne l'imaginais pas dans un rôle aussi commun.

À ma mauvaise habitude, penser à Edward m'entraîna dans un tourbillon vertigineux de fantasmes. L'inconnu fut obligé de se racler la gorge pour attirer mon attention. Il attendait encore ma réponse concernant le modèle de mon véhicule.

— Je n'en ai pas la moindre idée, avouai-je honnêtement.

— Ça ne vous ennuie pas si je me prends en photo à côté ?

Je mis une seconde à comprendre sa requête.

— Vous voulez vraiment être photographié avec ma voiture ?

— Oui. Sinon, personne ne me croira. Ce sera une preuve.

— Hum. D'accord. Pas de souci.

Je m'empressai de terminer le plein et de regagner mon siège afin de me cacher, cependant que l'enthousiaste sortait un énorme appareil de son sac à dos. Son ami et lui prirent la pose tour à tour près du capot, puis à l'arrière.

— Ma camionnette me manque, marmonnai-je pour moi-même.

Ma Chevrolet avait poussé son dernier soupir quelques semaines seulement après l'accord bancal auquel Edward et moi étions parvenus. Ce qui était vraiment très, très bien tombé. Trop bien tombé. Un détail du compromis stipulait en effet que je l'autorisais à remplacer mon pick-up lorsqu'il rendrait l'âme. Edward avait juré qu'il fallait s'y attendre ; ma fourgonnette avait eu une longue vie bien remplie avant de mourir de causes naturelles. Ça, c'était sa version. Naturellement, je n'avais aucun moyen de vérifier ses allégations, non plus que de tenter de ressusciter la Chevrolet, puisque mon mécanicien préféré...

J'étouffai dans l'œuf cette pensée, peu désireuse de la laisser m'entraîner vers des conclusions désagréables. À la place, je tendis l'oreille à ce que les deux hommes se racontaient, dehors, leurs voix atténuées par l'épaisseur de l'habitacle.

— ... sur la vidéo en ligne, ils y allaient au lance-flammes. Ça n'a même pas écaillé la peinture.

— Bien sûr que non. Un tank ne viendrait pas à bout de cette merveille. Mais il n'y a pas de vrai marché pour elle, ici. Elle a surtout été conçue pour les diplomates du Moyen-Orient, les trafiquants d'armes et les seigneurs de la drogue.

— Tu crois qu'*elle* en est ? demanda le plus petit des deux en baissant le ton.

Je me courbai en deux, les joues rouges.

— Bof, répondit le grand. Peut-être. Je ne vois pas qui aurait besoin de verre antimissile et de deux tonnes de carrosserie blindée par ici. Elle doit sûrement se rendre dans des parages plus dangereux.

Une carrosserie blindée... deux *tonnes* de carrosserie blindée. Et du verre anti-missile ? Super ! Qu'était-il advenu des bonnes vieilles protections pare-balles ? En tout cas, ce cadeau luxueux avait une signification, maintenant. À condition d'avoir un sens de l'humour dévoyé.

Certes, je m'étais attendue à ce qu'Edward tirât avantage de notre marché, qu'il fît pencher la balance en sa faveur, histoire d'offrir beaucoup plus qu'il ne recevrait. J'avais accepté qu'il remplace ma camionnette en temps voulu, n'ayant pas envisagé que ça se produirait aussi vite. Lorsque j'avais été contrainte d'admettre que la Chevrolet était devenue une nature morte le long du trottoir, j'avais deviné que la voiture qu'il comptait m'acheter me mettrait dans l'embarras. Qu'elle ferait de moi l'objet des regards et des racontars. Et j'avais eu raison. Cependant, même dans mes pires cauchemars, je n'avais pas imaginé qu'il m'en donnerait deux.

La voiture « d'avant » et celle « d'après », m'avait-il expliqué quand j'avais piqué une crise.

La Mercedes était celle « d'avant ». Edward avait précisé qu'il s'agissait d'un emprunt auprès du garage, qu'il la rendrait après le mariage. Je n'avais rien compris du tout. Désormais, c'était clair.

Ha ! Ha ! Ha ! Parce que j'étais une humaine fragile et si encline aux accidents, si poursuivie par ma dangereuse malchance, il me fallait apparemment un véhicule susceptible de résister à un char d'assaut. Très amusant. Ses frères et lui avaient sûrement adoré la bonne blague. Dans mon dos.

« Ou alors, me susurra une petite voix intérieure, ce n'est pas une plaisanterie. Il s'inquiète sans doute véritablement. Ce ne serait pas la première fois qu'il exagère un peu quand il s'agit de te protéger. »

Je soupirai.

Je n'avais pas encore vu la voiture « d'après ». Elle était cachée sous une bâche, dans les profondeurs les plus sombres du garage des Cullen. La plupart des gens n'auraient pas résisté à l'envie d'y jeter un coup d'œil ; moi, je n'avais pas envie de savoir. Elle ne serait certainement pas blindée – notre lune de miel terminée, cela ne me serait plus utile. L'indestructibilité virtuelle n'était qu'un des multiples avantages que je recherchais. Quand on était un Cullen, le plus chouette ne consistait pas en automobiles onéreuses ou en cartes de crédit illimitées.

— Hé ! me héla le grand type en plaquant son visage sur la vitre foncée, mains en coupe autour des yeux pour tenter d'apercevoir quelque chose. On a fini. Merci beaucoup !

— De rien ! lançai-je en retour.

Je démarrai et, prudente, tendue, appuyai sur l'accélérateur.

Malgré le nombre de fois où j'avais parcouru le chemin familier me ramenant à la maison, je ne parvenais toujours pas à ignorer les affichettes délavées par la pluie. Chacune d'elles, agrafées aux poteaux téléphoniques ou scotchées aux panneaux de signalisation, était comme une gifle en pleine figure. Une gifle méritée. Je fus aussitôt aspirée par les pensées que j'avais volontairement interrompues, un peu auparavant. Impossible de les éviter sur cette route. Pas quand les photos de mon mécanicien préféré m'interpellaient à intervalles réguliers.

Mon meilleur ami. Jacob.

Les posters AVEZ-VOUS VU CE GARÇON ? n'étaient pas l'idée de Billy, le père de Jacob, mais du mien, Charlie, qui les avait imprimés et affichés partout dans Forks. Partout dans la région, d'ailleurs : Port Angeles, Sequim, Hoquiam, Aberdeen, toutes les villes de la péninsule d'Olympic. Il avait veillé à ce que le moindre commissariat de l'État de Washington accroche ces photos sur ses murs. Son propre bureau comportait un panneau en liège entièrement dédié à la recherche de Jacob. Il était quasiment vide, à la plus grande déception de Charlie ; à son plus grand agacement aussi.

La déception tenait également à Billy, son meilleur ami. Parce que lui ne s'investissait guère dans la quête de son « fugueur » de fils, âgé de seulement seize ans. Il refusait de mettre des affichettes à La Push, la réserve indienne de la côte, d'où était originaire Jacob. Il paraissait résigné à la disparition de son fils, face à laquelle il avait l'air de penser qu'il était impuissant. Il avait affirmé que Jacob était adulte, qu'il rentrerait quand bon lui semblerait.

Et Charlie était agacé par moi, qui me rangeais du côté de Billy.

Moi aussi, j'avais décliné l'invitation à coller des posters. Tant Billy que moi savions où était Jacob. Plus ou moins s'entend ; nous savions juste que personne n'avait vu ce « garçon ».

Néanmoins, les photos provoquèrent l'habituelle grosse boule dans ma gorge et le non moins habituel picotement des larmes à mes yeux. Je fus soulagée qu'Edward fût parti chasser, en ce samedi. Eût-il été témoin de ma réaction, qu'il se serait également senti mal.

Nonobstant, le samedi avait ses désavantages – lorsque je tournai lentement dans ma rue, j'aperçus la voiture de patrouille garée devant la maison. Une fois de plus, Charlie avait séché sa séance de pêche. Il boudait encore à cause du mariage. Je ne pourrais donc pas téléphoner de chez nous. Pourtant, il fallait absolument que j'appelle.

Je me rangeai le long du trottoir, derrière la Chevrolet qui ne faisait plus qu'office de sculpture, puis je sortis de la boîte à gants le téléphone mobile qu'Edward m'avait donné en cas d'urgence. Je composai le numéro, tout en

22

conservant mon doigt sur le bouton de fin d'appel, des fois que.

— Allô ?

C'était Seth Clearwater, et je poussai un soupir de soulagement. J'étais trop froussarde pour parler à sa sœur aînée, Leah. L'expression « arracher la tête » n'était pas entièrement une figure de style, avec elle.

— Salut, Seth. C'est Bella.

— Oh, salut ! Ça roule ?

J'étouffe. Je meurs d'inquiétude.

— Très bien.

— Tu veux des nouvelles ?

— Tu lis dans mon esprit.

— Non. Je ne suis pas Alice. Seulement, tu es si prévisible !

Des Quileute de La Push, il était le seul à n'avoir aucun problème pour appeler les Cullen par leurs prénoms. Le seul aussi à pouvoir plaisanter de choses comme la quasi-omniscience de ma future belle-sœur.

— Je sais, admis-je avant d'hésiter puis de demander : comment va-t-il ?

— Comme d'habitude. Il refuse de s'exprimer, bien que nous soyons certains qu'il nous entend. Il s'efforce de ne pas penser en tant qu'humain. Il se contente de suivre son instinct.

— Où est-il, en ce moment ?

— Quelque part au nord du Canada. Je ne saurais te dire dans quel État. Les frontières officielles ne le perturbent guère.

— Une quelconque indication sur...

— Il n'a pas l'intention de rentrer, Bella. Désolé.

Je déglutis.

— Ce n'est pas grave, Seth. Je m'en doutais. Je n'ai pas pu m'empêcher de poser la question, c'est tout.

— Oui. Nous ressentons tous la même chose.

— Merci de me tenir au courant. J'imagine que les autres te le reprochent.

— Ça, ils ne t'apprécient pas franchement, reconnut-il d'une voix joyeuse. Ce que je trouve nul. Jacob a fait ses choix, toi les tiens. Lui non plus n'aime pas leur attitude. Bien sûr, il n'est pas supercontent que tu continues à le suivre à la trace.

— Je croyais qu'il refusait de communiquer ?

— Il ne peut pas tout nous cacher, en dépit de ses efforts.

Ainsi, Jacob était au courant de mes inquiétudes. Était-ce bien ou mal ? Aucune idée. Au moins, il savait que je ne lui avais pas complètement tourné le dos. Il était fichu de me croire susceptible de l'oublier.

— J'imagine que je te verrai... au mariage, dis-je en m'arrachant les deux derniers mots de la bouche.

— Oui. Ma mère et moi y serons. Merci de nous avoir invités, à propos.

Son enthousiasme me fit sourire. En vérité, l'idée était d'Edward, mais j'étais heureuse qu'il ait eu cette attention. La présence de Seth serait agréable : un lien, même ténu, avec mon garçon d'honneur absent.

— Sans toi, ce ne serait pas pareil, répondis-je.

— Transmets mon bonjour à Edward, O.K. ?

— Sûr.

Je secouai la tête, incrédule. L'amitié qui s'était développée entre Edward et Seth me laissait encore rêveuse. Elle constituait cependant la preuve que la situation pouvait changer, que, à condition qu'ils le veuillent, les vampires et les loups-garous étaient capables de s'entendre.

Une perspective qui ne séduisait pas tout le monde.

— Ah ! lâcha soudain Seth, dont la voix monta d'une octave. Euh... Leah vient de rentrer.

— Oh ! Salut !

Il avait déjà raccroché. Je déposai le portable sur le siège et me préparai mentalement à pénétrer dans la maison, où m'attendait Charlie. Mon malheureux père avait tant de soucis, en ce moment. La fugue de Jacob n'était qu'un des multiples embarras qu'il devait affronter. Il s'inquiétait presque autant pour moi, sa fille tout juste majeure qui s'apprêtait à se marier.

J'avançai lentement sous la bruine en me rappelant la nuit où je lui avais appris la nouvelle...

Lorsque le bruit de la voiture de patrouille avait annoncé son retour, la bague à mon doigt s'était soudain mise à peser une centaine de kilos. J'avais eu envie de fourrer ma main gauche dans ma poche, de m'asseoir dessus, mais la poigne ferme d'Edward m'en avait empêchée.

— Arrête de te trémousser, Bella. Et, s'il te plaît, n'oublie pas que tu ne confesses pas un meurtre.

— Facile à dire.

J'avais tendu l'oreille au martèlement menaçant des bottes de mon père sur le trottoir. La clé avait résonné dans la serrure de la porte pourtant ouverte. Un son qui m'avait évoqué un film d'horreur, dans lequel la victime se rend compte qu'elle a oublié de tirer le verrou.

— Du calme, m'avait murmuré Edward, conscient de l'accélération de mon pouls.

Le battant était allé cogner contre le mur, et j'avais tressailli, comme atteinte par une décharge de pistolet électrique.

— Bonsoir, Charlie ! avait lancé Edward, parfaitement détendu.

— Non ! avais-je soufflé.

— Quoi ? m'avait demandé mon amoureux sur le même ton.

— Attends qu'il se soit débarrassé de son arme de service.

Edward avait ri et passé une main dans ses cheveux emmêlés couleur bronze.

Charlie avait alors surgi du hall, en uniforme, son revolver à la ceinture ; en nous découvrant assis côte à côte sur le canapé, il avait contenu une grimace. Ces derniers temps, il avait déployé beaucoup d'efforts pour apprécier davantage Edward. Des efforts que réduirait aussitôt à néant ce que je m'apprêtais à lui révéler.

— Bonsoir, les enfants. Comment va ?

— Nous aimerions vous parler, avait annoncé Edward, toujours aussi serein. Nous avons quelque chose d'important à vous annoncer.

En un rien de temps, l'amabilité forcée de Charlie s'était transformée en suspicion.

— Ah ouais ? avait-il grommelé en vrillant son regard sur moi.

— Assieds-toi, papa.

Le sourcil haussé, il m'avait toisée pendant cinq secondes avant de gagner à pas lourds le fauteuil et de s'asseoir avec raideur.

— Ne te mets pas dans tous tes états, papa, avais-je lâché après quelques instants d'un silence de plomb. Il n'y a pas mort d'homme.

Edward avait fait la moue, sa façon d'objecter à l'expression que j'avais employée. Il aurait préféré que j'opte pour : « Il s'agit d'une nouvelle merveilleuse, géniale, splendide. »

— D'accord, d'accord, Bella. Si tout est si parfait, pourquoi transpires-tu comme ça ?

— Je ne transpire pas, avais-je répliqué contre toute vraisemblance.

Intimidée par son air féroce, je m'étais rapprochée

d'Edward tout en essuyant mon front du revers de la main.

— Tu es enceinte ! avait alors explosé Charlie. C'est ça, hein ? Tu es enceinte !

Bien que la question me fût adressée, il fusillait des yeux Edward, et j'aurais juré voir sa main se porter à son arme.

— Non ! Bien sûr que non !

Je m'étais retenue de donner un coup de coude dans les côtes d'Edward, ce qui ne m'aurait valu qu'un bleu. J'avais prévenu ce dernier que les gens sauteraient immédiatement à cette conclusion. Quelle autre raison des jeunes gens de dix-huit ans sains d'esprit auraient eue de se marier ? (L'amour, m'avait-il répondu, ce qui m'avait agacée au plus haut point. L'amour ? N'importe quoi !)

Les joues empourprées de Charlie avaient viré à un rouge moins foncé. Quand je disais la vérité, cela se lisait sur mon visage, d'ordinaire. Il m'avait crue.

— Désolé, s'était-il excusé.

— Je t'en prie.

Un long silence s'était installé. Il m'avait fallu un moment pour comprendre qu'Edward et Charlie attendaient que je reprenne la parole. Paniquée, je m'étais tournée vers le premier, consciente que je n'arriverais pas à exprimer la chose. Il m'avait souri, avait carré les épaules et regardé mon père.

— Désolé, Charlie, avait-il lancé, j'ai tout fait de travers. La tradition exigeait que je vous en parle d'abord. Ce n'est pas par manque de respect, mais comme Bella a déjà accepté, et que je ne veux pas édulcorer l'importance de son choix, je ne vais pas vous demander de m'accorder sa main, juste de bénir notre union. Nous allons nous marier, Charlie. Je l'aime plus que tout au monde, plus que ma propre vie et, c'est un miracle, elle aussi m'aime intensément. Alors, Charlie, acceptez-vous de nous donner votre bénédiction ?

Il avait paru si calme, si certain de lui. À l'écoute de cette assurance absolue, j'avais été traversée par une illumination, phénomène plutôt rare chez moi : j'avais entraperçu brièvement ce à quoi le monde ressemblait pour lui. Le temps d'un battement de cœur, l'annonce de nos épousailles m'avait semblé d'une parfaite évidence.

Puis j'avais découvert l'expression de Charlie, ses yeux fixés sur ma bague.

J'avais retenu mon souffle, cependant que sa peau cheminait à travers tout un spectre de couleurs – rose à rouge, rouge à mauve, mauve à bleu. J'avais voulu me lever, bien que mes intentions ne fussent pas très claires – comptais-je donc pratiquer la manœuvre de Heimlich sur mon père pour l'empêcher de s'étouffer ? Edward m'avait calmée d'une pression de la main.

— Accorde-lui une minute, avait-il murmuré si doucement que j'avais été la seule à l'entendre.

Cette fois, le silence avait duré beaucoup plus longtemps. Peu à peu, le teint de Charlie était redevenu normal. Il avait pincé les lèvres et plissé le front, signes que j'avais aussitôt identifiés : il réfléchissait. J'avais senti qu'Edward se détendait, cependant que mon père nous observait.

— Je ne suis pas tellement surpris, avait-il fini par grommeler. Je me doutais bien que je serais tôt ou tard confronté à un truc de ce genre.

Je m'étais autorisée à respirer de nouveau.

— Es-tu sûre de toi ? m'avait ensuite demandé mon père, le regard furibond.

— Je suis sûre d'Edward à cent pour cent, avais-je immédiatement rétorqué.

— Il s'agit d'un mariage, quand même. Pourquoi se précipiter ?

Parce que je me rapprochais dangereusement de mes dix-neuf ans chaque fichu jour qui s'écoulait, tandis qu'Edward restait figé dans la perfection de ses dix-sept ans, comme il le faisait depuis plus de quatre-vingt-dix ans. Certes, à mes yeux, cela n'impliquait pas forcément une union en bonne et due forme, mais c'était ce qu'exigeait le compromis compliqué auquel nous étions parvenus pour en arriver à l'essentiel : ma transformation de mortelle en immortelle.

Sauf que c'étaient là des détails que je n'étais pas en droit d'exposer à Charlie.

— Nous partirons ensemble pour Dartmouth à l'automne, était intervenu Edward. Je tiens à observer certaines règles. J'ai été élevé ainsi.

Vrai. Ils avaient des exigences morales à l'ancienne, pendant la Première Guerre mondiale. Charlie avait tordu la bouche, l'air de vouloir argumenter. Que pouvait-il objecter, cependant ? « Je préférerais que vous viviez d'abord dans le péché » ? C'était un père ; il avait les mains liées.

— Je me doutais que ça arriverait, avait-il de nouveau marmonné en fronçant les sourcils.

Puis, brusquement, son visage s'était déridé et avait perdu toute expression.

— Papa ? avais-je demandé, anxieuse.

J'avais jeté un coup d'œil à Edward, mais lui non plus ne comprenait pas ce changement d'attitude.

— Ha ! s'était esclaffé Charlie (et j'avais sursauté). Ha ! Ha ! Ha !

Je l'avais contemplé avec incrédulité, tandis qu'il était secoué par le rire. Me tournant vers mon amoureux, j'avais constaté qu'il serrait les lèvres, comme si lui aussi tâchait de lutter contre l'hilarité.

— Très bien, s'était étranglé mon père, marie-toi si ça te chante. Mais…

Il s'était interrompu, en proie à une nouvelle salve de joie.

— Mais quoi ?

— C'est toi qui te charges d'avertir ta mère ! Ne compte pas sur moi pour en toucher un mot à Renée.

Sur ce, il s'était tordu de rire.

D'humeur plus légère, je m'arrêtai sur le seuil. Certes, à l'époque, les paroles de mon père m'avaient terrifiée. Ultime malédiction : annoncer la nouvelle à Renée. Sur la liste noire de celle-ci, les mariages précoces dépassaient de loin le fait d'ébouillanter des chiots.

Qui aurait osé se targuer de prévoir sa réaction ? Pas moi. Et certainement pas Charlie. Alice, peut-être, si ce n'est que je n'avais pas songé à l'interroger.

— Eh bien, Bella, avait-elle répondu après que j'avais bégayé les mots impensables (« Maman, je vais épouser Edward. »), je suis un peu froissée que tu aies attendu aussi longtemps pour me prévenir. Les billets d'avion sont de plus en plus chers. Et… oh ! Crois-tu qu'on aura enlevé son plâtre à Phil d'ici là ? S'il n'est pas en smoking, les photos seront moins jolies…

— Une seconde, maman. Pourquoi as-tu dit « si long-temps » ? Je ne me suis fi… fi… (Ce mot-là, « fiancée », avait refusé de sortir.) Les choses ne se sont décidées qu'aujourd'hui, tu sais ?

— Vraiment ? Alors ça, c'est une surprise ! J'avais deviné…

— Quoi ? *Quand ?*

— Lors de ta dernière visite, en avril. J'ai eu l'impression alors que tout était conclu. Il n'est pas très difficile de te déchiffrer, ma chérie. J'ai tenu ma langue, à ce moment-là, parce que ça n'aurait servi à rien. Tu ressembles trait pour trait à Charlie. (Elle avait poussé un soupir résigné.)

Lorsque tu as une idée dans la tête, inutile de tenter de te raisonner. Comme ton père, une fois ton opinion faite, tu t'en tiens à tes décisions.

Puis elle avait lâché une réflexion à laquelle je ne m'étais pas du tout attendue de sa part.

— Tu ne répètes pas mes erreurs, Bella. Tu as l'air d'être morte de peur, et c'est sûrement à cause de moi. (Elle avait ri.) De ce que je vais penser. Certes, j'ai beaucoup critiqué la bêtise du mariage, ce que je ne renie en rien, mais tu dois comprendre que mes paroles ne concernaient que mon histoire. Tu es complètement différente de moi. Tu commets tes propres erreurs, je suis certaine que tu auras ta part de regrets. Mais s'engager n'a jamais été un problème pour toi, chérie. Et tes chances que ça marche sont bien plus élevées que celles de la plupart des quadragénaires que je connais. (Nouvel accès d'hilarité.) Ma petite fille d'âge moyen ! Heureusement, tu sembles avoir trouvé une âme tout aussi vieille que la tienne.

— Tu n'es pas… fâchée ? Tu n'estimes pas que je me trompe lourdement ?

— Eh bien, j'aurais sans doute préféré que tu patientes encore quelques années. Après tout, ai-je l'air assez vieille à tes yeux pour devenir belle-mère ? Merci de ne pas répondre à cette question purement rhétorique. Mais bon, il ne s'agit pas de moi. Juste de toi. Es-tu heureuse ?

— Aucune idée. La situation est un peu irréelle.

— Te rend-il heureuse, Bella ?

— Oui, mais…

— Risques-tu d'en désirer un autre un jour ?

— Non, mais…

— Mais quoi ?

— Ne vas-tu pas me dire que je ressemble à toutes ces adolescentes bêtement amoureuses qui se sont succédé depuis la nuit des temps ?

— Tu n'as jamais été une adolescente, chérie. Tu sais très bien ce qui est le mieux pour toi.

Et, de façon surprenante, ces dernières semaines, Renée s'était plongée dans les préparatifs du mariage. Elle passait des heures chaque jour au téléphone avec la mère d'Edward, Esmé. Inutile de s'inquiéter sur la bonne entente des deux futures belles-mères. Renée adorait littéralement Esmé – en même temps, je n'envisageais pas que quiconque pût réagir autrement face à cette femme charmante.

Voilà qui m'avait tirée d'affaire. Nos familles respectives s'étaient chargées d'organiser les noces, ce qui m'avait permis de ne pas trop y songer.

Naturellement, Charlie était furieux. Par bonheur, pas contre moi. C'était Renée, la traîtresse. Il avait compté sur elle pour me sermonner. Il était désormais impuissant, puisque son dernier recours – maman – s'était révélé vain. Il n'avait plus d'atout dans son jeu, il en était conscient. C'est pourquoi il errait dans la maison comme un lion en cage en ronchonnant qu'il était impossible de faire confiance à quiconque de nos jours...

— Papa ? le hélai-je en ouvrant la porte. C'est moi !

— Un instant, Bella ! Reste où tu es.

— Quoi ?

— Juste une seconde. Ouille, Alice ! Tu me fais mal.

— Navrée, Charlie, répondit l'interpellée de sa voix flûtée. C'est mieux, là ?

— Terrifiant.

— Vous êtes parfait. Je n'ai pas entamé la peau, je vous le promets.

— Que se passe-t-il ? lançai-je, en hésitant à entrer quand même.

— Une petite minute, Bella, répondit Alice. Ta patience va être récompensée.

— Pff ! précisa mon père.

Je me mis à taper du pied, comptant automatiquement les coups. Au bout de trente, Alice reprit :

— C'est bon ! Tu peux venir.

Prudemment, je me dirigeai vers notre petit salon.

— Oh ! m'exclamai-je. Papa ! Tu es...

— Idiot ? m'interrompit-il.

— Je pensais plutôt à *élégant*.

Il rougit. Le prenant par le coude, Alice le fit tourner sur lui-même afin de me montrer le smoking d'un gris pâle.

— Suffit, Alice ! protesta-t-il. J'ai l'air ridicule.

— Habillé par mes soins, personne n'a jamais l'air ridicule, riposta-t-elle.

— Elle a raison, papa. Tu es splendide ! Et que nous vaut cet honneur ?

Alice leva les yeux au ciel.

— Dernier essayage, expliqua-t-elle. Pour toi aussi, d'ailleurs.

Me détournant de Charlie, je remarquai alors la housse à vêtement tant redoutée qui était soigneusement posée sur le divan.

— Aaahh !

— Monte dans ton antre, Bella. Il n'y en a que pour un instant.

Prenant une profonde inspiration, je fermai les yeux et, sans les rouvrir, titubai dans l'escalier jusqu'à ma chambre. Une fois en sous-vêtements, je tendis les bras devant moi.

— On croirait vraiment que je m'apprête à t'enfoncer des éclats de bambou sous les ongles, ronchonna Alice en me rejoignant.

Je ne relevai pas. J'étais déconnectée. Dans mon imaginaire, le mariage était fini. Derrière moi. Refoulé, oublié. Il n'y avait qu'Edward et moi. Le décor ne cessait de se modifier, flou, passant d'une forêt embrumée à une ville sous les nuages puis à une nuit arctique. En effet, mon promis avait tenu à garder secrète la destination de notre lune de miel. Aucune importance – je me fichais de l'endroit.

Nous étions ensemble, j'avais accompli ma part du contrat à la perfection. Je l'avais épousé. Le plus difficile. J'avais également accepté ses cadeaux scandaleux, j'étais inscrite à Dartmouth pour l'automne – bien que cela fût inutile. Son tour était venu.

Avant qu'il ne me transforme en vampire – sa part difficile du contrat –, il avait toutefois une dernière condition à remplir. Il était bizarrement obsédé à l'idée des détails de la vie humaine auxquels j'allais renoncer, des expériences que j'allais rater. La plupart d'entre elles – comme le bal de fin d'année – me semblaient absurdes. Il n'y avait qu'une chose à laquelle je tenais ; évidemment, c'était celle qu'il aurait souhaité que j'oublie.

Je me doutais cependant un peu de ce qui m'attendait quand je ne serais plus humaine. J'avais pu voir en direct des vampires nouveau-nés, j'avais eu droit aux récits de tous les membres de ma belle-famille sur ces débuts empreints de sauvagerie. Durant quelques années, ce qui prédominerait dans ma personnalité serait la *soif*. Il faudrait du temps avant que je ne redevienne moi-même. Et, tout en me contrôlant, je ne serais plus exactement celle que j'étais à présent : humaine et passionnément amoureuse.

Je tenais à ce que cette expérience soit complète avant d'échanger mon enveloppe charnelle tiède, fragile, bourrée de phéromones pour quelque chose de beau, de fort et... d'inconnu. Je voulais une vraie lune de miel en compagnie d'Edward. En dépit du danger que, d'après lui, cela supposait pour moi, il avait accepté d'essayer.

Alice, comme les froissements de soie et de satin sur ma peau, m'était à peine perceptible. En cet instant, je me fichais d'être la fable de toute la ville. Je ne pensais plus au spectacle dans lequel j'allais devoir bientôt, trop tôt, tenir la vedette. Je ne m'inquiétais plus de trébucher sur la traîne de ma robe, d'éclater de rire au moment le plus inopportun, d'être trop jeune, de devoir endurer les regards de l'assistance, de contempler le siège vide où mon meilleur ami aurait dû prendre place.

J'étais avec Edward. Déconnectée.

2

LONGUE VEILLE

— Tu me manques déjà.

— Je ne suis pas obligé de partir. Je peux rester.

— Mmm.

Longtemps, il n'y eut que le silence, seulement troublé par les battements de mon cœur, le rythme saccadé de nos respirations haletantes, le chuchotis de nos lèvres bougeant de manière synchronisée.

Parfois, il m'était facile d'oublier que j'embrassais un vampire. Non parce qu'il ressemblait à un humain ordinaire – jamais je ne pourrais occulter que je serrais dans mes bras un être qui tenait plus de l'ange que de l'homme –, mais parce qu'il se débrouillait pour que la pression de ses lèvres sur les miennes, sur mes joues, sur ma gorge n'ait l'air de ne lui faire aucun effet. Il affirmait depuis un bon moment qu'il avait surmonté la tentation que mon sang avait représentée pour lui, que l'idée de me perdre l'avait guéri du désir de s'abreuver à moi. J'étais consciente cependant que mon arôme continuait de déclencher sa souffrance, de brûler sa gorge comme s'il avait inhalé des flammes.

Rouvrant les paupières, je constatai qu'il me contemplait. Cette manière qu'il avait de me regarder était incompréhensible. À croire que j'étais la récompense, plutôt que la gagnante à laquelle la chance avait souri de façon proprement scandaleuse.

Nos prunelles s'accrochèrent pour ne plus se lâcher. Les siennes, dorées, avaient une telle profondeur que j'avais l'impression d'être en mesure de plonger aux tréfonds de son âme. Il semblait sot que l'existence de celle-ci pût être remise en question par certains, bien qu'il fût un vampire. Il avait l'âme la plus belle qui soit, plus belle encore que son esprit brillant, que ses traits incomparables ou que son corps de statue.

De son côté, il me dévisageait comme s'il parvenait à lire dans mon âme également, comme s'il appréciait ce qu'il y déchiffrait.

Il n'arrivait pas à décrypter mon esprit, toutefois, contrairement à celui de tout un chacun. Nul ne savait l'expliquer, mais une étrange défaillance de mon cerveau m'immunisait contre les pouvoirs extraordinaires et effrayants dont étaient dotés certains immortels. (Seul mon esprit échappait à la règle, car mon corps était perméable à des vampires dont les talents différaient de ceux d'Edward.) J'étais néanmoins très reconnaissante de ce dysfonctionnement, quel qu'il fût, car mes pensées restaient secrètes.

J'attirai son visage vers le mien.

— Je reste, c'est clair, murmura-t-il un instant plus tard.

— Non, non. C'est ton enterrement de vie de garçon. Il faut que tu y ailles.

J'avais beau avoir prononcé ces mots, les doigts de ma main droite agrippèrent sa chevelure bronze, ceux de la gauche se plaquèrent sur ses reins. Il effleura mes joues de sa paume fraîche.

— Ce genre de soirée est prévue pour qui regrette la perte de son célibat. Personnellement, j'ai hâte que le mien soit derrière moi. Ma présence là-bas n'a donc aucun sens.

— Oui, c'est vrai, soufflai-je dans son cou à la froideur hivernale.

Nous n'étions pas loin du monde parfait de mes instants de déconnexion. Charlie dormait dans sa chambre, oublieux du monde, si bien que nous étions comme seuls sur Terre. Blottis sur mon lit étroit, nous avions entremêlé nos corps autant que faire se peut, puisqu'une épaisse couverture de laine m'enveloppait comme un cocon. Cette obligation m'était détestable, si ce n'est que claquer des dents gâchait nos moments d'intimité. Et Charlie aurait soupçonné quelque chose si j'avais allumé le chauffage en août.

Par bonheur, Edward n'avait pas besoin de s'emmitoufler, et sa chemise gisait sur le plancher. Je m'émerveillais encore de la perfection de son corps blanc, froid et poli comme le marbre. Je fis courir mes mains sur son torse de pierre, suivis les contours plats de son estomac, ravie. Un léger frémissement l'agita, et ses lèvres cherchèrent derechef les miennes. Prudente, je posai le bout de ma langue sur sa bouche glacée, et il soupira. Son haleine douce, fraîche, exquise, balaya mon visage.

Il recula, une réaction automatique dès lors qu'il jugeait que les choses allaient trop loin, un réflexe qui contredisait son désir de continuer. Edward avait passé l'essentiel de son existence à rejeter le moindre plaisir physique. Je devinais à quel point changer ses habitudes le terrifiait.

— Attends ! dis-je en crochetant ses épaules pour me plaquer contre lui.

Libérant une de mes jambes, je l'enroulai autour de sa taille.

— La perfection s'obtient à force d'exercice, ajoutai-je.

Il eut un petit rire.

— Dans ce cas, nous ne devrions plus en être loin, non ? As-tu dormi une seule fois, ce dernier mois ?

— Mais c'est notre dernière répétition, lui rappelai-je. Et nous n'avons pas vu certaines scènes. Il n'est plus temps de jouer la sécurité.

J'avais cru qu'il s'amuserait de ma réflexion, au lieu de quoi il ne répondit pas et se figea, en proie à une brusque tension. L'or liquide de ses yeux sembla se solidifier. Je réfléchis à mes paroles, compris ce qu'il y avait perçu.

— Bella…, chuchota-t-il.

— Ne recommence pas. Un marché est un marché.

— Je ne sais pas. J'ai trop de mal à me concentrer quand tu te comportes ainsi avec moi. Je… je n'arrive pas à réfléchir. Je ne parviendrai pas à me contrôler. Je te blesserai.

— Non, tout ira bien.

— Bella…

— Chut !

Je collai mes lèvres aux siennes afin d'enrayer cet accès de panique. Je connaissais la chanson. Il n'esquiverait pas sa part de l'accord. Pas alors qu'il avait insisté pour que je l'épouse d'abord. Il me rendit mon baiser, mais je sentis qu'il avait l'esprit ailleurs. Il s'inquiétait. Il s'inquiétait en permanence. Combien les choses seraient différentes quand il n'aurait plus besoin de se préoccuper de moi ! Qu'allait-il faire de tout ce temps libre ? Il faudrait qu'il se dégote une nouvelle passion.

— Tu trembles ?

40

Comprenant qu'il n'entendait pas cela littéralement, je répondis que non.

— Vraiment ? insista-t-il. Aucune réserve ? Il n'est pas trop tard pour changer d'avis.

— Serais-tu en train de me larguer ?

— Non, non, rigola-t-il. Je vérifie juste. Je ne veux pas que tu fasses quoi que ce soit dont tu douterais.

— Je ne doute pas de toi. Je survivrai au reste.

Il hésita, et je me demandai si j'avais une fois encore gaffé.

— En es-tu certaine ? souffla-t-il ensuite. Je ne parle pas du mariage, dont tu sortiras indemne malgré tes préjugés. Je pensais plutôt à après… à Renée, à Charlie.

— Ils vont me manquer, admis-je en soupirant.

Pis encore, j'allais leur manquer. Ce que je gardai pour moi, ne tenant pas à fournir des arguments à Edward.

— Et Angela ? Ben ? Jessica et Mike ?

— Eux aussi, reconnus-je. Surtout Mike, ajoutai-je en souriant dans le noir. Oh ! Comme Mike va me manquer ! Comment ferai-je, sans lui ?

Il gronda, et je m'esclaffai avant de recouvrer mon sérieux.

— Nous avons discuté de cela des dizaines de fois, Edward. J'ai conscience que ce sera dur, mais c'est ce que je veux. Je *te* veux, pour toujours. Une vie n'y suffira pas.

— Figée à jamais dans tes dix-huit ans.

— Le rêve de toute femme.

— Ne plus changer… ne plus progresser.

— Comment ça ?

Il prit son temps pour répondre.

— Te souviens-tu de la réaction de Charlie lorsque nous lui avons annoncé notre mariage ? Lorsqu'il a cru que tu étais… enceinte ?

— Et qu'il a envisagé de te descendre. Reconnais-le, il y a vraiment songé.

Edward garda le silence.

— Qu'y a-t-il ?

— Je regrette seulement… j'aurais aimé qu'il ait eu raison.

— Quoi ?!

— Ou plutôt, que cette éventualité soit possible. Que nous puissions… L'idée de te priver de cela aussi me répugne au plus haut point.

— Je sais ce à quoi je m'engage, affirmai-je au bout d'une minute.

— Voyons, Bella, ce n'est pas vrai ! Prends ma mère, prends ma sœur ! Ce sacrifice n'est pas aussi simple que tu as l'air de l'imaginer.

— Esmé et Rosalie s'en sortent très bien. Si cela doit poser un problème plus tard, nous agirons comme Esmé. Nous adopterons.

— Ce n'est pas *bien* ! s'emporta-t-il soudain. Je refuse que tu te sacrifies pour moi. Je veux t'apporter des choses, pas te les enlever. Il est hors de question que je te vole ton avenir. Si j'étais humain…

— Mon futur, c'est *toi*, l'interrompis-je d'un doigt sur la bouche. Alors, arrête. Cesse de broyer du noir, sinon je demande à tes frères de venir et de t'emmener. J'ai comme l'impression qu'un enterrement de vie de garçon est ce dont tu as besoin.

— Pardonne-moi. Je broie du noir, en effet. Les nerfs, sans doute.

— Est-ce que toi, tu tremblerais ?

— Non. J'ai attendu un siècle avant de pouvoir vous épouser, mademoiselle Swan. La cérémonie est la seule chose qu'il me tarde de… Nom d'un chien ! Il ne manquait plus que ça !

— Qu'y a-t-il ?

— Tu n'auras pas besoin d'appeler mes frères à la rescousse, maugréa-t-il. Apparemment, Emmett et Jasper
n'ont pas l'intention de me laisser me défiler ce soir.

Je le serrai brièvement contre moi avant de le relâcher.
Je n'avais aucune chance de gagner, contre Emmett.

— Amuse-toi bien.

Le carreau émit un crissement – quelqu'un griffait délibérément la vitre de ses ongles d'acier, produisant un son
atroce et terrifiant qui me donna envie de me boucher les
oreilles. Je frissonnai.

— Si tu ne libères pas Edward tout de suite, lança
Emmett, invisible et menaçant, nous montons le chercher !

— File ! ordonnai-je en riant, avant qu'ils ne cassent la
maison !

Edward leva les yeux au ciel mais se mit debout et
enfila sa chemise en deux gestes prompts. Se penchant,
il m'embrassa sur le front.

— Dors, me conseilla-t-il. La journée sera chargée,
demain.

— Merci ! voilà qui va m'aider à m'assoupir !

— Je te retrouve à l'autel.

— Je serai la fille en blanc.

Mon ton faussement blasé me fit sourire moi-même.

— Très convaincant, s'esclaffa-t-il.

Puis, les muscles bandés comme des ressorts, il s'accroupit et sauta dehors, trop rapide pour mes pauvres yeux
d'humaine. Dehors, un bruit sourd retentit, et Emmett
jura.

— Vous avez intérêt à ce qu'il ne soit pas en retard
demain, murmurai-je, sachant qu'ils m'entendaient très
bien, aussi basse soit ma voix.

Brusquement, Jasper apparut sur le rebord de la fenêtre,

ses cheveux miel prenant une teinte argentée sous la lueur blafarde de la lune qui transperçait tant bien que mal la couverture nuageuse.

— Ne te bile pas, Bella, me dit-il. Nous le ramènerons à la maison largement à temps.

Je fus tout à coup envahie par un calme profond, et mes angoisses perdirent toute importance. Jasper était, à sa façon, aussi doué qu'Alice et ses prophéties bizarrement justes. Lui se spécialisait plus dans les états d'esprit que dans la lecture de l'avenir, et il était impossible de résister à l'humeur dans laquelle il souhaitait vous voir. Toujours emmaillotée dans ma couverture, je m'assis gauchement.

— Jasper ? En quoi consistent les enterrements de vie de garçon, chez les vampires ? Vous ne comptez tout de même pas l'emmener dans une boîte de strip-tease, hein ?

— Ne lui dis rien ! grogna Emmett, depuis le jardin.

Un deuxième coup étouffé résonna, et Edward partit d'un rire vite maîtrisé.

— Du calme, me rassura Jasper. Nous autres Cullen, nous avons notre propre version de la chose. Rien que quelques pumas, un ou deux grizzlis. Une soirée ordinaire en quelque sorte.

Je me demandai si j'arriverais jamais à me montrer aussi désinvolte que lui pour évoquer le régime que les vampires qualifiaient de « végétarien ».

— Merci, Jasper.

M'adressant un clin d'œil, il se laissa tomber à terre. Le silence se fit. Seuls les ronflements de Charlie transperçaient les murs. Je me rallongeai, somnolente à présent. Les paupières lourdes, j'étudiai ma petite chambre dont les parois étaient blanchies par la lune. Ma dernière nuit ici. Ma dernière nuit en tant qu'Isabella Swan. Demain soir, je serais Bella Cullen. Bien que l'épreuve du mariage fût une épine dans mon pied, force m'était de reconnaître que j'aimais mon nouveau nom.

Mon esprit vagabonda librement, cependant que j'attendais de céder au sommeil. Malheureusement, au bout de quelques minutes, je me découvris plus alerte – l'anxiété était revenue nicher dans mon ventre, le nouant de façon inconfortable. Le lit semblait trop mou, trop chaud, sans Edward dessus. Jasper était loin désormais, et mon calme, mon détachement étaient partis avec lui.

Demain risquait d'être une très longue journée.

J'étais consciente que la plupart de mes peurs relevaient de la bêtise. Je n'avais qu'à prendre sur moi. Attirer l'attention faisait partie de la vie, c'était inévitable. Je ne pourrais pas toujours me fondre dans le paysage. Néanmoins, j'avais quelques soucis justifiés.

D'abord, la traîne de ma robe. Alice s'était laissé emporter par ses talents artistiques, négligeant le côté pratique des choses. Emprunter l'escalier de la villa des Cullen en talons hauts et dans cette masse de tissu paraissait impossible. J'aurais dû m'entraîner avant.

Puis, la liste des invités. La famille de Tanya, le clan de Denali, arriverait peu avant la cérémonie. La cohabitation, dans la même pièce, de ces gens avec nos amis de la réserve Quileute, le père de Jacob et les Clearwater, promettait d'être délicate. Les habitants de Denali n'appréciaient guère les loups-garous. D'ailleurs, la sœur de Tanya, Irina, avait refusé de venir. Elle continuait d'entretenir une vendetta contre les Indiens qui avaient tué son partenaire Laurent (au moment où celui-ci s'apprêtait à me régler mon compte). Cette rancune expliquait que le clan du nord avait abandonné les Cullen au pire moment qui fût. Seule une alliance avec les loups Quileute nous avait sauvé la vie, lorsque la horde de vampires nouveau-nés nous avait attaqués, au printemps dernier. Edward m'avait juré que la mise en contact des deux ennemis ne serait pas périlleuse. Tanya et tous les siens, Irina exceptée, se sentaient affreusement coupables de leur défection. Une trêve avec les animaux était un faible prix en échange de cette dette, et ils étaient prêts à le payer.

Ça, c'était le gros problème. Mais il y en avait un autre, de moindre envergure : la faible estime dans laquelle je me tenais. Si je n'avais encore jamais vu Tanya, je ne doutais pas que notre rencontre risquait de constituer une expérience déplaisante pour mon ego. Longtemps auparavant, certainement bien avant ma naissance, elle avait courtisé Edward – ce que je ne pouvais lui reprocher, ni à aucune femme d'ailleurs. N'empêche, elle serait belle pour le moins, magnifique sans doute. Edward avait beau m'avoir choisie (de façon claire sinon intelligible), je ne tiendrais pas la comparaison. J'avais râlé, jusqu'à ce qu'Edward, au courant de ma faiblesse, finisse par me culpabiliser.

— Ils sont ce qui, pour nous, ressemble le plus à une famille, m'avait-il dit. Ils se sentent encore orphelins, tu sais, malgré les siècles qui ont passé.

J'avais cédé et caché ma réprobation.

Tanya était à la tête d'un vaste clan à présent, presque aussi important que celui des Cullen, puisqu'ils étaient cinq : Tanya, Kate et Irina avaient été rejointes par Carmen et Eleazar, de la même façon que la famille d'Edward s'était agrandie avec l'arrivée d'Alice et de Jasper, tous unis par leur désir de vivre de manière plus compassionnelle que les vampires normaux.

En dépit de leur tribu, Tanya et ses sœurs étaient cependant seules. En deuil. Car, il y avait fort longtemps, elles avaient eu une mère. Je me représentais le vide que cette perte avait créé, et mille années n'y changeraient rien. J'avais tenté d'imaginer les Cullen sans Carlisle – leur créateur, leur centre, leur guide, leur père. En vain.

Carlisle m'avait raconté l'histoire de Tanya lors d'une des nombreuses soirées où je m'étais attardée à la villa blanche, tâchant d'en apprendre le plus possible, me préparant du mieux que je pouvais à l'avenir que je m'étais choisi. La légende de la mère de Tanya n'était qu'un conte parmi tant d'autres qui illustrait une seule des règles dont il me faudrait être consciente quand j'aurais rejoint le monde des immortels. En réalité, il n'existait qu'une règle, qui se subdivisait en milliers de facettes : *garder le secret.*

Cette expression recouvrait tout un tas de choses – mener une vie ordinaire comme les Cullen, déménager avant que les humains ne découvrent qu'ils ne vieillissaient pas. Ou bien, éviter carrément les humains, sauf à l'heure des repas, ainsi que les nomades tels James et Victoria l'avaient fait, comme continuaient de le faire les amis de Jasper, Peter et Charlotte. Cela impliquait de contrôler les éventuels nouveaux vampires que vous décidiez de créer, à l'exemple de Jasper du temps où il avait vécu en compagnie de Maria. A contrario de Victoria, qui avait échoué à gérer les siens.

Cela supposait également de s'abstenir de fabriquer certaines créatures, parce qu'*elles* se révélaient totalement incontrôlables.

— J'ignore comment s'appelait la mère de Tanya, avait admis Carlisle, dont les prunelles dorées avaient presque la couleur exacte de ses cheveux et qui s'étaient teintées de tristesse au souvenir de la douleur de son amie. Si elles peuvent l'éviter, les trois sœurs n'en parlent jamais. Et elles y pensent toujours avec réticence.

» La femme qui a créé Tanya, Kate et Irina, qui les aimait, je suppose, vivait très longtemps avant ma naissance, à une époque où la Terre était en proie à une calamité, la peste des enfants immortels. Je n'arrive pas à saisir ce que ces anciens avaient en tête quand ils ont transformé en vampires des humains qui étaient à peine des enfançons.

À cette description, j'avais été obligée de ravaler la bile qui m'était montée dans la gorge.

— Ils étaient magnifiques, s'était empressé de poursuivre Carlisle en voyant ma réaction. Tellement attachants, tellement charmants, c'était inimaginable. Il n'était même pas utile de les côtoyer pour les aimer, c'était automatique.

» Hélas, ils étaient rétifs à toute éducation. Ils étaient coincés à l'âge qu'ils avaient au moment d'être mordus. D'adorables gamins de deux ans avec des fossettes et des zozotements, capables de détruire la moitié d'un village par caprice. Il suffisait qu'ils aient faim pour qu'ils décident de se nourrir, et aucune mise en garde ne réussissait à les influencer. Les humains les virent, des histoires se mirent à circuler, la peur se répandit comme une traînée de poudre...

» La mère de Tanya avait créé l'un de ces petits. Là encore, je ne suis pas capable de comprendre ses motivations. Naturellement, les Volturi eurent vent de l'affaire.

La respiration de Carlisle s'était faite plus profonde, plus mesurée. La mention de ce nom avait provoqué un tressaillement chez moi, comme toujours. Il était toutefois naturel que la légion des vampires italiens – qui se prenaient pour une famille royale – se retrouvât au centre de cette histoire. Sans châtiment, il n'y avait pas de loi ; sans personne pour l'administrer, il n'y avait pas de châtiment. En l'occurrence, les vieux Aro, Caïus et Marcus, qui régnaient sur les troupes des Volturi. Je ne les avais rencontrés qu'à une brève occasion, mais elle avait suffi pour que j'eusse l'impression qu'Aro, avec son puissant pouvoir – rien qu'un effleurement, et il découvrait vos moindres pensées –, était le véritable chef de ce clan.

— Les Volturi étudièrent les enfants immortels, chez eux à Volterra et partout dans le monde. Caïus décréta que les plus jeunes n'étaient pas en mesure de garder notre secret. Il fallait donc les détruire.

» Je t'ai dit qu'ils étaient adorables. Des congrégations entières luttèrent jusqu'au dernier homme, furent totalement décimées, en tentant de les protéger. Le carnage ne fut pas aussi intense que lors des guerres qui eurent lieu au sud de ce continent-ci, mais encore plus dévastateur, à sa manière. Des familles de bonne renommée, de vieille tradition, des amis… Les pertes furent énormes. Pour finir, la pratique fut prohibée. Les enfants immortels devinrent indignes d'être mentionnés. Un tabou.

» Du temps où je vivais avec les Volturi, j'ai rencontré deux de ces spécimens. Je sais donc de quoi je parle quand je dis qu'ils étaient envoûtants. Aro s'est intéressé à eux longtemps après la fin de la catastrophe qu'ils avaient involontairement provoquée. Tu connais sa curiosité. Il espérait réussir à les dompter. À la fin, cependant, la décision a été unanime. Il n'était pas envisageable d'autoriser ces créatures à vivre.

J'avais tout oublié de la mère des sœurs de Denali quand le récit était revenu à elle.

— Nul ne sait exactement ce qui s'est passé avec la mère de Tanya, avait repris Carlisle. Tanya, Kate et Irina ignoraient tout, jusqu'au jour où les Volturi ont surgi, détenant déjà leur créatrice et l'enfant qu'elle avait illégalement produit. Leur ignorance a sauvé les filles. En les touchant, Aro a constaté qu'elles étaient innocentes, et elles échappèrent à la punition.

» Aucune d'elles n'avait jamais vu le garçon, n'avait seulement soupçonné son existence avant d'assister à son immolation dans les bras de leur mère. Je pense que cette dernière avait ainsi voulu les épargner. Mais pourquoi avait-elle créé l'enfant en premier lieu ? Qui était-il ? Qu'avait-il représenté à ses yeux pour qu'elle ose franchir la ligne jaune ? Ni Tanya ni ses sœurs n'ont jamais obtenu de réponse à ces questions, même si elles n'ont pu douter de la culpabilité de leur mère. Je ne crois pas qu'elles lui aient pardonné, d'ailleurs.

» Malgré l'affirmation de leur innocence, Caïus voulait qu'on les brûle. Coupables par association. Elles ont eu de la chance qu'Aro ait été d'humeur miséricordieuse ce jour-là. On a pardonné aux filles, mais leurs cœurs ont été brisés pour toujours, et elles observent depuis un respect fort salutaire envers les règlements…

J'ignore quand mes souvenirs se transformèrent en rêve. Alors que je me revoyais écouter Carlisle tout en le fixant avec attention, je me retrouvai soudain dans un champ nu et gris, sur lequel flottait une lourde odeur d'encens. Je n'y étais pas seule.

Le groupe de silhouettes enveloppées dans des capes cendreuses au milieu du pré aurait dû me terrifier – il ne pouvait s'agir que de Volturi et, en dépit de ce qu'ils avaient ordonné lors de notre entretien, j'étais encore humaine. Mais j'avais conscience, comme cela se produisait parfois dans les rêves, d'être invisible.

J'étais entourée de tas fumants. Identifiant l'arôme douceâtre qui s'en dégageait, je préférai ne pas examiner ces monceaux de trop près. Je n'avais aucun désir de voir les traits des vampires exécutés, à demi effrayée à l'idée de reconnaître quelqu'un dans ces bûchers.

Les soldats Volturi formaient un cercle autour de quelque chose ou de quelqu'un. Leurs murmures me parvinrent, agités. J'allai à eux, incitée par mon rêve à découvrir ce qu'ils étudiaient avec autant d'intensité. Me faufilant prudemment entre deux colosses encapuchonnés marmonnant, je finis par distinguer l'objet de leur débat, sur un monticule.

Il était magnifique, adorable, ainsi que l'avait décrit Carlisle. Le garçon avait dans les deux ans sans doute. Des boucles d'un brun clair encadraient son visage de chérubin aux joues rouges et aux lèvres pleines. Il tremblait, les yeux fermés comme s'il avait trop peur pour contempler la mort qui venait à lui, plus proche chaque seconde.

Je fus soudain prise d'un tel besoin de sauver ce bel enfant apeuré que les Volturi, malgré la menace dévastatrice qu'ils représentaient, n'eurent plus d'importance pour moi. Je les écartai sans me soucier de savoir s'ils s'étaient aperçus de ma présence. Je me précipitai vers le petit... et m'arrêtai net en vacillant, quand je me rendis compte du matériau dont était constitué le monticule sur lequel il était assis. Ce n'était ni de la terre ni des pierres, mais un empilement de cadavres, exsangues, immobiles. J'eus le malheur de regarder leurs visages. Je les connaissais tous – Angela, Ben, Jessica, Mike... et, juste sous l'exquis garçonnet, les corps de mon père et ma mère.

L'enfant ouvrit les paupières, révélant ses yeux rouge sang.

3

GRAND JOUR

Mes propres yeux s'ouvrirent d'un seul coup.

Pendant quelques minutes, je restai allongée dans mon lit tiède, frissonnante, haletante, encore en proie au rêve dont j'essayais de me libérer. À l'extérieur de la fenêtre, le ciel vira au gris puis au rose pâle, cependant que j'attendais que ralentissent les battements de mon cœur.

Lorsque j'eus repris totalement conscience de la réalité de ma chambre familière et désordonnée, je m'agaçai de moi-même. Quel rêve idiot, la nuit précédant mes noces ! Voilà ce que je récoltais, à me tourmenter avec des histoires sordides au milieu de la nuit.

Pressée d'oublier ce cauchemar, je me préparai et descendis à la cuisine bien plus tôt que nécessaire. Pour commencer, j'entrepris de nettoyer les pièces déjà propres du rez-de-chaussée, puis je servis son petit déjeuner à Charlie quand il fut levé. J'étais personnellement beaucoup trop énervée pour avaler quoi que ce soit, et je ne cessais de sautiller sur ma chaise.

— N'oublie pas que tu dois passer chercher M. Weber à quinze heures, rappelai-je à mon père.

— Je n'ai rien d'autre à faire que trimballer le pasteur, aujourd'hui ! Je ne risque pas de zapper.

Charlie s'était octroyé une journée entière de congé pour le mariage, et il était effectivement désœuvré. De temps à autre, il jetait un coup d'œil furtif au placard où il rangeait ses cannes à pêche.

— Je te signale que tu dois également t'habiller afin d'être présentable.

Le nez dans son bol de céréales, il plissa le front et marmonna quelques paroles peu intelligibles sur son « costume de clown ». Tout à coup, on frappa sèchement à la porte.

— Ne te plains pas, ajoutai-je en grimaçant. Alice va jouer à la poupée avec moi pendant des heures.

Il acquiesça pensivement, manière de concéder que son épreuve était moins pénible que la mienne. En passant derrière lui, je lui embrassai vivement le sommet du crâne, et il rougit en grommelant tandis que j'ouvrais à ma meilleure amie et future belle-sœur.

Contrairement à leur habitude, les cheveux courts d'Alice n'étaient pas hérissés, mais lissés et retenus par des barrettes pour former des accroche-cœurs autour de son visage de lutin, ce qui lui donnait un air de femme d'affaires plutôt étonnant. Elle salua à peine Charlie avant de m'entraîner dehors.

Lorsque je fus assise dans sa Porsche, elle m'inspecta d'un œil critique.

— Non mais regarde-moi un peu tes yeux, maugréa-t-elle avec des claquements de langue réprobateurs. Qu'as-tu fabriqué ? Tu ne t'es pas couchée ?

— Presque.

— J'ai consacré beaucoup de temps à te rendre fracassante, Bella, se fâcha-t-elle. Tu aurais pu prendre un peu mieux soin de mon matériau de base.

— Personne ne me demande d'être fracassante. Le plus embêtant est que je risque de m'endormir pendant la cérémonie et de ne pas être en mesure de dire « oui » quand il le faudra. Compte sur Edward pour en profiter et se défiler.

— Je te réveillerai à coups de bouquet au moment voulu, promit-elle en éclatant de rire.

— Merci.

— Enfin, tu auras tout le temps de dormir, demain dans l'avion.

Je sourcillai. Demain. Si nous partions sitôt la réception finie et que nous étions encore dans l'avion le lendemain... eh bien, il était clair que notre destination n'était pas Boise, la capitale de l'Idaho. Edward n'avait laissé filtrer aucun indice. Le mystère ne me tracassait pas trop, mais je trouvais bizarre d'ignorer où je dormirais la prochaine nuit. Ou ne dormirais pas, avec un peu de chance...

Comprenant qu'elle venait de lâcher une information, Alice se renfrogna.

— Tes affaires sont prêtes, lança-t-elle, histoire de détourner mon attention.

Ce qui fonctionna.

— Alice ! J'aurais bien aimé boucler mes bagages toute seule.

— Pas question ! Tu en aurais trop appris.

— Je t'aurais surtout empêchée de dévaliser les magasins !

— D'ici dix petites heures, tu seras officiellement ma sœur. Il serait temps que tu règles ton aversion ridicule pour les vêtements neufs.

Le regard fixé sur le pare-brise, je boudai pendant presque tout le trajet jusqu'à la villa.

— Est-il rentré ? finis-je par demander.

— Ne t'inquiète pas, il sera là longtemps avant qu'ils envoient la musique. Mais interdiction de le voir, quelle que soit l'heure à laquelle il reviendra. Nous observerons les traditions.

— Ben tiens ! ricanai-je.

— Bon, d'accord, nature des mariés exceptée.

— Tu sais bien qu'il aura déjà regardé la robe en douce.

— Du tout ! Je suis la seule à l'avoir vue. J'ai pris grand soin de ne pas y penser quand il était dans les parages.

— Nom d'un chien ! m'exclamai-je quand nous nous engageâmes sur le sentier. Tu as réutilisé les décorations de la soirée de remise des diplômes !

Les quatre kilomètres de chemin étaient une fois encore ornés de centaines de milliers de petites ampoules clignotantes. Pour l'occasion, Alice y avait ajouté des nœuds de satin.

— Il ne faut rien gaspiller. Et profite du spectacle, car tu n'auras pas le droit de voir les décorations de l'intérieur avant la cérémonie.

Elle s'engouffra dans le garage caverneux situé sur le flanc nord de la maison. La grosse Jeep d'Emmett n'était pas là.

— Depuis quand la future n'est-elle pas autorisée à admirer le décor ? m'indignai-je.

— Depuis qu'elle m'a chargée de tout organiser. Je tiens à ce que tu prennes la pleine mesure des choses quand tu descendras l'escalier.

Elle plaqua sa main sur mes yeux avant de me laisser entrer dans la cuisine, où un mélange d'odeurs m'assaillit.

— Qu'est-ce que c'est ? demandai-je, tandis qu'elle me guidait à travers la demeure.

— C'est trop ? répondit-elle, soudain anxieuse. Tu es la première humaine à pénétrer ici. J'espère ne pas m'être trompée.

— Au contraire, c'est merveilleux !

Le parfum était enivrant, sans pour autant être trop lourd. L'équilibre entre les différentes fragrances était subtil, parfait.

— Fleur d'oranger, récitai-je, lilas et… quelque chose d'autre. J'ai raison ?

— Très bien, Bella. Tu as juste oublié le freesia et la rose.

Elle me libéra une fois dans l'immense salle de bains de l'étage. Après avoir contemplé le long comptoir couvert d'un équipement digne d'un salon de beauté, je commençai à ressentir la fatigue de ma nuit blanche.

— Est-ce vraiment nécessaire ? soupirai-je. Malgré tes efforts, j'aurai l'air banale comparée à lui.

Elle m'obligea à m'asseoir sur un fauteuil rose.

— Personne n'osera te traiter de banale quand j'en aurai terminé avec toi.

— Ils auront trop peur que tu leur suces le sang, marmonnai-je.

M'appuyant au dossier, je fermai les paupières, dans l'espoir de piquer un petit somme. Pendant qu'Alice s'activait – masque, lustre, polissage de la moindre parcelle de mon corps –, je somnolai effectivement par à-coups.

Après le déjeuner, Rosalie nous rejoignit, vêtue d'une robe longue aux reflets argentés, ses cheveux dorés rassemblés en couronne sur le sommet de la tête. Elle était si belle que j'eus envie de pleurer. À quoi bon tenter de se pomponner quand Rosalie était dans les parages ?

— Ils sont rentrés, annonça-t-elle.

Aussitôt, mon puéril accès de désespoir s'évanouit. Edward était à la maison.

— Qu'il ne vienne surtout pas ici ! s'exclama Alice.

— Il ne prendra pas le risque de te fâcher aujourd'hui, la rassura sa sœur. Il tient trop à la vie. Esmé les a chargés de terminer les préparatifs dans le jardin de derrière. Tu as besoin d'aide ? Je pourrais m'occuper de sa coiffure.

Ma mâchoire se décrocha, et je cherchai à rendre mon cerveau inviolable. Rosalie ne m'avait jamais beaucoup aimée. Pire encore, elle se sentait personnellement offensée par mon choix de vie. Sa beauté immatérielle, sa famille aimante, l'âme sœur qu'était Emmett, elle aurait volontiers troqué le tout pour redevenir humaine. Or j'étais là, prête à jeter aux orties, sans condition, tout ce qu'elle désirait dans l'existence, comme s'il s'agissait de déchets. Voilà qui ne me rachetait pas à ses yeux.

— Avec plaisir, répondit Alice. Commence par les nattes. Le voile viendra ici, par-dessous.

Ses mains entreprirent de peigner mes cheveux, les soulevant, les tordant, illustrant dans le détail ce qu'elle souhaitait. Celles de Rosalie prirent le relais, façonnant la coiffure avec un toucher léger comme une plume, cependant qu'Alice se concentrait de nouveau sur mon visage.

Après avoir félicité Rosalie pour son travail, Alice l'envoya chercher ma robe, puis lui demanda de localiser Jasper, lequel avait été chargé de récupérer ma mère et Phil à leur hôtel. D'en bas me parvenaient les bruits d'une porte sans cesse ouverte et refermée. Des voix commençaient à monter jusqu'à nous.

Alice me pria de me lever afin de m'habiller. Mes jambes tremblaient si fort que, tandis qu'elle agrafait l'alignement de boutons en perles qui couraient le long de mon dos, le satin s'agita en vaguelettes.

— Respire profondément, me conseilla mon mentor

du jour. Et tâche de te calmer, sinon tu vas transpirer et anéantir ton maquillage.

— C'est comme si c'était fait ! ripostai-je en lui déco-chant mon regard le plus ironique possible.

— Il faut que je me prépare. Es-tu capable de rester seule deux minutes ?

— Euh… peut-être.

Levant les yeux au ciel, elle fila.

Je me focalisai sur ma respiration, comptai les mouve-ments de mes poumons, tout en contemplant les dessins que la lumière de la salle de bains formait sur le tissu bril-lant de ma jupe. Je craignais d'observer mon reflet dans la glace, je redoutais que mon image en robe de mariée ne provoque un accès de panique.

Alice revint avant que j'aie compté deux cents respi-rations, dans une tenue qui épousait comme une cascade argentée les contours de son corps mince.

— Alice ! Wouah !

— Merci, mais ce n'est rien. Personne ne me regardera, aujourd'hui. Du moins tant que tu seras dans la même pièce que moi.

— Ha ! Ha ! Très drôle.

— Bon, tu te contrôles, ou faut-il que je t'amène Jasper ?

— Il est revenu ? Ma mère est ici ?

— Elle vient de franchir le seuil. Elle monte.

Renée avait atterri deux jours auparavant, et j'avais passé un maximum de temps en sa compagnie, lorsque je réus-sissais à l'arracher à Esmé et aux décorations, s'entend. D'après ce que j'en avais vu, elle s'amusait plus qu'un gosse qui se serait laissé enfermer une nuit entière à Disneyland. D'une certaine façon, je m'étais sentie aussi flouée que Charlie. Tant de terreur vaine à l'idée de sa réaction…

— Oh ! Bella ! s'exclama-t-elle, aux anges, avant même

d'avoir refermé la porte de la salle de bains derrière elle. Tu es magnifique, chérie ! Je crois que je vais pleurer ! Alice, tu es formidable ! Toi et Esmé devriez vous lancer dans l'organisation de mariages. Où as-tu déniché pareille robe ? Elle est splendide ! Si gracieuse, si élégante ! Bella, on dirait que tu sors tout droit d'une adaptation de Jane Austen ! (Sa voix me parvenait, légèrement assourdie, cependant que les contours de la pièce étaient quelque peu flous.) C'est une idée véritablement originale que d'avoir conçu la fête autour du thème de la bague de Bella. Et d'un tel romantisme ! Quand je pense qu'elle est dans la famille depuis les années 1900 !

Alice et moi échangeâmes un coup d'œil complice. Ma mère se trompait de plus d'un siècle quant à ma tenue. Et les noces n'étaient pas du tout centrées sur la bague mais sur Edward.

Sur le seuil résonna un raclement de gorge bruyant et gêné.

— Renée ? lança Charlie. Esmé dit qu'il est temps que tu redescendes.

— Eh bien, Charlie, tu as fière allure ! s'écria ma mère.

Son ton presque choqué expliqua sans doute la sécheresse de la réponse.

— C'est l'œuvre d'Alice.

— Il est déjà l'heure ? marmonna Renée, l'air presque aussi nerveuse que moi. Tout est allé si vite. J'en ai le vertige.

Ainsi, nous étions deux.

— Embrasse-moi avant que je ne m'en aille, insista Renée. Attention, ne déchire pas ta robe.

Elle me serra doucement contre elle en me prenant par la taille puis fila vers la porte. Au dernier moment, elle se retourna.

— Dieu tout-puissant, j'ai failli oublier ! Où est la boîte, Charlie ?

Mon père fourragea dans ses poches pendant une minute avant de sortir un écrin blanc qu'il tendit à ma mère. Cette dernière en souleva le couvercle et me le tendit.

— Quelque chose de bleu, dit-elle.

— Et d'ancien[1], précisa Charlie. Ils appartenaient à ta grand-mère Swan. Nous avons fait remplacer les strass par des saphirs.

L'écrin renfermait deux gros peignes en argent. Des pierres bleu sombre étaient insérées dans les motifs floraux compliqués qui surmontaient les dents. Ma gorge se serra.

— Maman… Papa… Vous n'auriez pas dû.

— Alice nous a interdit de nous occuper d'autre chose, se défendit Renée. Chaque fois que nous avons essayé, elle a failli nous égorger.

Un rire hystérique s'échappa de mes lèvres. Alice s'empressa d'avancer et glissa vivement les peignes à la base de mes tresses.

— Ils sont vieux et bleus, commenta-t-elle en reculant de quelques pas pour m'admirer. Ta robe est neuve… alors, tiens.

Elle me lança un objet que j'attrapai par réflexe. Une jarretière blanche et vaporeuse atterrit dans mes paumes.

— Elle est à moi, me précisa-t-elle, et elle s'appelle reviens.

Je rougis.

---

1. La tradition américaine veut que, pour qu'une union soit placée sous le signe du bonheur et de la longévité, la mariée porte sur elle un accessoire bleu (couleur de la modestie et de la pureté), un accessoire ancien, un autre neuf et un dernier emprunté à quelqu'un. Parfois, les promises se contentent d'un seul objet, déléguant les autres à leurs demoiselles d'honneur.

— Parfait, se réjouit-elle aussitôt. Un peu de couleur, c'est tout ce qui te manquait. Je te déclare officiellement parfaite. Et maintenant, ajouta-t-elle en se tournant vers mes parents, il faut que vous rejoigniez les autres, Renée.

— À vos ordres !

Ma mère m'envoya un baiser avant de disparaître.

— Vous voulez bien aller chercher les fleurs, Charlie ?

Profitant de l'absence de mon père, Alice me prit la jarretière et plongea sous ma robe. Le contact de ses doigts glacés autour de ma cheville me fit pousser un cri étouffé. Tandis que je me tortillais sur place, elle remonta fermement l'accessoire à sa place désignée. Lorsque Charlie revint avec deux bouquets blancs, aériens, elle s'était relevée. Leur parfum m'enveloppa d'une brume douillette.

En bas, Rosalie, la meilleure musicienne de la famille après Edward, commença à jouer du piano. Le canon de Pachelbel. Je me mis à haleter.

— Du calme, Bella, dit Charlie. Elle a l'air malade, lança-t-il ensuite à Alice. Tu crois qu'elle va tenir le coup ?

Là encore, sa voix paraissait très lointaine. Je ne sentais plus mes jambes.

— Elle a intérêt, rétorqua mon amie.

Elle vint se placer devant moi, dressée sur la pointe des pieds afin de me fixer droit dans les yeux. Ses mains dures s'emparèrent de mes poignets.

— Concentre-toi, Bella, m'ordonna-t-elle. Edward t'attend au rez-de-chaussée.

Respirant profondément, je m'encourageai à reprendre contenance. La mélodie se transforma peu à peu en un thème nouveau.

— C'est le moment, Bella, me lança Charlie.

— Bella ? insista Alice.

— Oui, couinai-je. Edward. D'accord.

Je la laissai me pousser hors de la pièce, escortée par Charlie.

Dans le couloir, la musique était plus audible. Elle flottait dans l'escalier à l'unisson des arômes floraux par milliers. Afin de me forcer à avancer, je m'attachai à l'image de mon promis, qui patientait en bas. Les notes étaient familières. La marche nuptiale de Wagner, enjolivée d'un torrent de trilles.

— À moi d'entrer en scène ! pépia Alice. Compte jusqu'à cinq, Bella, puis suis-moi.

Sur ce, elle entama une danse lente et gracieuse le long des marches. J'aurais dû me rendre compte plus tôt que lui confier le rôle de demoiselle d'honneur était une erreur. J'aurais en effet l'air bien gauche après elle. Une fanfare éclata brusquement, et je reconnus le signal.

— Empêche-moi de tomber, papa, soufflai-je.

Charlie passa ma main sous son bras et l'y serra fermement. Nous avançâmes à pas lents au rythme de la mélodie, cependant que je me répétais de descendre degré après degré. Je ne relevai les yeux qu'une fois en sécurité au rez-de-chaussée. Les murmures de l'assistance m'étaient parvenus au fur et à mesure que j'apparaissais. Le rouge m'était monté aux joues ; naturellement, j'étais de ces mariées promptes à s'empourprer.

Sitôt mes pieds libérés des marches traîtresses, je le cherchai. L'espace d'une seconde, je fus distraite par la profusion de fleurs blanches qui étaient accrochées en girandoles sur tout ce qui n'était pas vivant dans la pièce, guirlandes qui dégoulinaient de longs rubans de gaze blanche. Je m'arrachai au spectacle de ce dais pour scruter les rangées de chaises drapées de satin, rougissant encore plus au fur et à mesure que je prenais conscience de la foule qui me fixait, jusqu'à ce que je le découvre enfin, debout devant une arche croulant sous le poids d'autres fleurs mêlées de tulle.

Je me rendis à peine compte que Carlisle était à son côté, et le père d'Angela derrière eux deux. Je ne vis pas ma mère au premier rang, sa place assignée, ni ma future belle-famille, ni aucun invité – cela attendrait.

Je n'avais d'yeux que pour Edward ; son visage emplit mon champ de vision, submergea mon esprit. Ses prunelles étaient d'un or incandescent ; l'ampleur de son émotion rendait ses traits sans défaut presque sévères. Puis son regard croisa le mien, et sa bouche se fendit d'un sourire heureux qui me coupa le souffle. Tout à coup, seule la pression de la main de Charlie sur la mienne m'empêcha de me ruer vers mon promis.

La musique était trop lente à mon goût, et j'avais du mal à ne pas la devancer. Par bonheur, le trajet était très court. Enfin, ô enfin, je fus rendue. Edward me tendit la main, et Charlie plaça la mienne dessus, en un geste symbolique vieux comme le monde. Lorsque j'effleurai le froid miracle de sa peau, j'eus l'impression d'être arrivée chez moi.

L'échange des vœux fut simple, mots traditionnels qui avaient été répétés des millions de fois, même si notre couple était unique en son genre. Nous avions juste demandé à M. Weber d'effectuer un infime changement et, au lieu de l'ancestral « jusqu'à ce que la mort nous sépare », il dit : « tant que nous vivrons tous deux ». Au moment où il prononçait ces paroles, mon univers, qui avait été sens dessus dessous pendant si longtemps, parut retrouver sa signification et son équilibre. Je compris à quel point j'avais été sotte de redouter le mariage, comme s'il avait été un cadeau d'anniversaire non désiré ou une manifestation embarrassante, à l'instar du bal de fin d'année. Je plongeai mes yeux dans ceux brillants et triomphants d'Edward et devinai que, moi aussi, j'avais gagné. Parce que plus rien n'importait, sinon que j'allais pouvoir rester à son côté.

Je ne me rendis compte de mes larmes qu'à l'instant où vint mon tour de parler.

— Oui, réussis-je à balbutier en un chuchotement à peine audible, tout en clignant des paupières pour continuer à le voir.

— Oui, assena-t-il à son tour.

M. Weber nous déclara mari et femme, puis les mains d'Edward s'emparèrent avec douceur de mon visage, comme s'il était constitué de pétales aussi délicats que ceux des fleurs qui se balançaient doucement au-dessus de nous. Malgré les larmes qui m'aveuglaient, je m'efforçai d'appréhender la réalité nouvelle : l'être stupéfiant en face de moi était *mien*. Ses yeux dorés semblaient vouloir pleurer eux aussi, si une telle chose avait été possible. Il se pencha vers moi, je me hissai sur la pointe des pieds et refermai mes mains (bouquet compris) autour de son cou.

Il m'embrassa avec tendresse et adoration ; j'oubliai la foule, les lieux, l'heure, la raison... me rappelant juste qu'il m'aimait, qu'il me voulait, que j'étais sienne.

S'il déclencha le baiser, il dut également l'interrompre. Je m'accrochais à lui, insoucieuse des rires étouffés et des raclements de gorge de l'assistance. Ses doigts finirent par m'écarter, et il recula pour me contempler. En surface, son brusque sourire était amusé, presque moqueur. Mais plus en profondeur, il révélait une joie authentique, qui faisait écho à celle que j'éprouvais.

Le public applaudit, et Edward fit tourner notre couple en direction de nos amis et familles. Je fus incapable de le quitter des yeux pour les regarder.

Ma mère fut la première à m'enlacer, et son visage strié de larmes fut la première chose que je vis quand je daignai enfin me détacher de mon époux. Puis je passai de mains en mains, de bras en bras, à peine consciente de qui me félicitait, mon attention tout entière concentrée sur les doigts d'Edward qui ne me lâchaient pas. Je ne fis la distinction qu'entre les embrassades molles et tièdes des humains et celles mesurées et fraîches de ma nouvelle famille. Seule une étreinte brûlante se différencia des autres, celle de Seth Clearwater, qui avait bravé la horde de vampires afin de représenter mon loup-garou préféré, mon ami perdu.

4

GESTE

Après les rites officiels, la fête proprement dite enchaîna en douceur, preuve de l'organisation parfaite d'Alice. Au-dessus de la rivière, le crépuscule s'installait. La cérémonie avait duré exactement le temps escompté, ce qui avait permis au soleil de commencer sa descente derrière les arbres. Dans les branches, les lampes brillaient, illuminant les fleurs blanches, quand Edward me conduisit dans le jardin, au-delà de la baie vitrée du salon. Dehors, d'autres corolles répandaient par milliers leurs fragrances et formaient une tente aérienne au-dessus de la piste de danse installée sur l'herbe, entre deux cèdres ancestraux.

Le rythme se mollifia, cependant que la soirée estivale nous enveloppait. Les invités s'égayèrent sous la douce lueur des ampoules, et les amis que nous venions d'embrasser vinrent une nouvelle fois nous féliciter. À présent, nous avions le loisir de discuter et de rire.

— Félicitations, les enfants ! nous lança Seth Clearwater

en baissant la tête pour passer sous une guirlande de fleurs.

Sa mère, Sue, se tenait juste à côté de lui, surveillant nos commensaux avec une intensité soucieuse. Son visage mince et dur arborait une expression sévère que renforçaient ses cheveux coupés aussi court que ceux de sa fille Leah, et je me demandai si elle avait adopté cette coiffure par solidarité avec ses enfants. De l'autre côté de Seth, Billy Black était plus détendu.

Lorsque je regardais le père de Jacob, j'avais toujours l'impression de voir deux personnes en une. Il y avait le vieil homme en fauteuil roulant, aux joues ridées et au sourire d'une blancheur éclatante – celui que tout le monde connaissait. Mais il y avait aussi le descendant direct d'une longue lignée de chefs aux puissants pouvoirs surnaturels, doté d'une autorité naturelle. La magie avait beau avoir, en raison de l'absence d'un catalyseur, sauté une génération, Billy faisait bien partie de la légende. Il en était imprégné, comme l'était son fils, l'héritier désigné des mythes, qui avait cependant refusé cette charge. Sam Uley avait donc pris le relais et agissait en chef de meute, désormais.

Billy paraissait étrangement à l'aise, malgré l'assistance, malgré l'événement. Ses yeux noirs luisaient comme s'il avait été porteur d'une bonne nouvelle. Son attitude m'impressionna. Ce mariage avait dû lui sembler une très mauvaise chose, la pire qui pût arriver à la fille de son meilleur ami. Je me doutais qu'il n'était pas évident pour lui de contenir ses sentiments, dans la mesure où notre union était de mauvais augure pour le traité passé entre les Cullen et les Quileute, lequel stipulait que ma nouvelle famille n'avait pas le droit de créer de nouveau vampire. Les loups savaient qu'une infraction se profilait, et les Cullen ignoraient quelle serait leur réaction. Avant l'alliance, elle aurait consisté en une attaque immédiate, une guerre. Maintenant que les vieux ennemis se connaissaient mieux, le pardon l'emporterait-il ?

Comme pour répondre à cette interrogation, Seth s'approcha d'Edward en tendant les bras, et ils se donnèrent l'accolade. Sue frémit.

— Je suis heureux que les choses se soient arrangées pour vous deux, déclara Seth.

— Merci, répondit Edward. Tes paroles me vont droit au cœur. Merci aussi à vous, ajouta-t-il à l'intention de Sue et de Billy. Pour avoir permis à Seth de venir. Et pour avoir soutenu Bella aujourd'hui.

— De rien, dit Billy de sa voix grave et rocailleuse.

Ses accents optimistes m'étonnèrent. Une trêve plus solide se dessinait peut-être à l'horizon.

Comme une file d'attente était en train de se former, Seth prit congé et poussa le fauteuil de Billy en direction du buffet. Sue les accompagna, une main posée sur l'épaule de chacun. Angela et Ben nous présentèrent leurs vœux de bonheur, suivis des parents d'Angela, puis de Mike et de Jessica. Ces deux-là se tenaient par la main, ce qui me surprit : j'ignorais qu'ils s'étaient rabibochés. J'en fus contente.

Après les humains survinrent mes cousins par alliance de Denali. Quand la femme qui ouvrait la marche, Tanya à en juger par ses boucles d'un blond vénitien, enlaça Edward, je retins mon souffle. Elle était escortée par trois autres vampires aux prunelles dorées qui me dévisageaient avec une curiosité non feinte : une femme aux longs cheveux blond clair et raides comme des épis de blé, et un couple brun dont la peau pâle était teintée de matité. Tous quatre étaient si beaux que mon estomac se noua.

— Ah ! lança Tanya sans lâcher Edward, comme tu m'as manqué !

Il rit et se dégagea habilement en plaçant ses doigts sur son épaule et en reculant d'un pas, comme s'il désirait mieux la regarder.

— Trop de temps a passé, Tanya, répondit-il. Tu as l'air en forme.

— Toi aussi.

— Permets-moi de te présenter ma femme.

C'était la première fois qu'il utilisait ce mot depuis que la cérémonie l'avait officialisé. Il paraissait sur le point d'exploser de joie. Le clan de Denali ne s'y trompa pas, et tous rirent d'un ton léger.

— Tanya, voici ma Bella.

Ma rivale était aussi splendide que ce que mes pires cauchemars avaient prédit. Elle me détailla d'un air bien plus interrogatif que résigné avant de me prendre la main.

— Bienvenue dans la famille, Bella, déclara-t-elle avec un petit sourire contraint. Nous nous considérons comme les parents lointains de Carlisle, et je suis réellement désolée de… l'incident survenu récemment et durant lequel nous ne nous sommes pas comportés comme nous l'aurions dû. Je regrette de ne pas t'avoir rencontrée plus tôt. Nous pardonneras-tu ?

— Bien sûr, soufflai-je. Ravie de faire votre connaissance à tous.

— Maintenant, les Cullen sont tous appariés. Notre tour viendra peut-être aussi, n'est-ce pas, Kate ?

— Rêve, ma chère ! s'esclaffa la blonde. Enchantée, Bella, ajouta-t-elle ensuite en me serrant la main.

La femme brune joignit la sienne aux nôtres.

— Je m'appelle Carmen, se présenta-t-elle. Et voici Eleazar. Nous sommes très heureux de te voir enfin.

— C'est ré-réciproque, bégayai-je.

Tanya jeta un coup d'œil sur les gens qui patientaient

derrière elle – l'adjoint de Charlie, Mark et sa femme – et qui les reluquaient avec hébétude.

— Nous aurons tout le temps d'apprendre à mieux nous connaître plus tard, déclara-t-elle. Des siècles !

Sur ce, elle éclata de rire avant d'entraîner son clan.

Toutes les traditions furent respectées. Je fus éblouie par des flashs, et Edward et moi prîmes la pose devant un gâteau spectaculaire, bien trop spectaculaire pour notre petit groupe d'invités. Tour à tour, nous nous en offrîmes mutuellement une part et, incrédule, j'observai Edward avaler la sienne sans broncher. Je lançai mon bouquet avec une rare adresse, droit dans les mains d'une Angela surprise. Emmett et Jasper se tordirent de rire lorsque leur frère me retira ma jarretière – que j'avais baissée quasiment jusqu'à la cheville – avec ses dents, *très* prudemment. En m'adressant un clin d'œil, il la jeta au visage de Mike Newton.

Puis la musique commença, et Edward m'attira dans ses bras afin d'ouvrir le bal. Je le suivis de bonne grâce, en dépit de mes réticences à danser, surtout en public, tout simplement heureuse qu'il me serre contre lui. Il se chargea du travail, et je me laissai emporter sans effort sous l'éclat du dais de lumière et les flashs des appareils photo.

— La soirée vous plaît, madame Cullen ? chuchota-t-il à mon oreille.

Je ris.

— Il va me falloir du temps pour m'habituer à ce nom.

— Le temps n'est pas ce qui nous manque, me rappela-t-il, joyeux.

Il se pencha vers moi pour m'embrasser, cependant que les photographes nous mitraillaient. La musique changea, et Charlie tapota sur l'épaule d'Edward. Valser avec mon père ne fut pas aussi facile, dans la mesure où il n'était pas plus doué que moi pour ce genre d'exercice, et nous nous bornâmes à nous déplacer sur un petit carré de piste. De leur côté, Edward et Esmé tournoyaient comme Fred Astaire et Ginger Rogers.

— Tu vas me manquer, Bella, m'avoua Charlie. Je me sens déjà seul.

— J'ai l'impression d'être horrible en t'obligeant à cuisiner, m'efforçai-je de plaisanter, la gorge nouée. C'est presque de la négligence criminelle. Tu devrais m'arrêter.

— Je suppose que je survivrai à mes repas, s'amusa-t-il. N'hésite pas à m'appeler.

— Promis.

J'eus l'impression de danser avec tout le monde. J'étais ravie de revoir mes vieux amis, mais j'avais surtout envie d'être avec Edward. Aussi, je fus soulagée quand il réapparut à mon côté, juste après le début d'une nouvelle chanson, m'arrachant aux bras de Mike.

— Tu ne le supportes toujours pas, hein ?

— Pas quand je suis obligé d'écouter ses pensées. Il a de la chance que je ne l'aie pas chassé d'ici à coups de pied dans les fesses. Ou pire.

— Ben voyons !

— T'es-tu seulement regardée ?

— Euh, non. Pourquoi ?

— Alors, tu ignores combien tu es resplendissante, ce soir. À couper le souffle. Je ne suis pas étonné que Mike ait du mal à contenir ses idées salaces. Alice me déçoit, en revanche. Elle aurait dû t'obliger à te contempler dans le miroir.

— Tu es trop partial.

En soupirant, il m'amena face à la maison. Les baies vitrées reflétaient ce qui se passait dans le jardin, à l'instar d'une vaste glace. Edward désigna le couple qui se tenait devant nous.

— Partial, moi ?

Je saisis un éclat de son image sur le carreau – double parfait d'un être parfait – en compagnie d'une beauté brune. La peau de cette dernière était de crème et de roses, ses yeux agrandis par le plaisir et encadrés par des cils épais. Le fourreau de sa robe blanche miroitante s'épanouissait de manière subtile au niveau de la traîne, comme un arum à l'envers, et la coupe en était si habile que le corps de cette inconnue paraissait élégant et gracieux – du moins quand elle ne bougeait pas.

Avant que j'aie eu le temps de cligner des paupières, et que cette beauté ne redevienne moi, Edward se raidit soudain et se retourna, à croire que quelqu'un venait de le héler.

— Oh ! murmura-t-il.

Il fronça brièvement les sourcils avant de reprendre contenance et de sourire de toutes ses dents.

— Qu'y a-t-il ? m'enquis-je.

— Un cadeau de mariage surprise.

— Quoi ?

Sans répondre, il se remit à danser, m'entraînant vers le coin opposé, loin des lampes, dans l'édredon nocturne qui bordait la piste illuminée. Il ne s'arrêta pas avant que nous ayons atteint l'envers le plus sombre d'un des immenses cèdres. Puis il plongea son regard droit dans l'obscurité.

— Merci, dit-il à la pénombre. C'est un geste très... gentil de ta part.

— Gentil est mon deuxième prénom, riposta une voix voilée, familière. Puis-je me permettre ?

Je portai une main à ma gorge. Si Edward ne m'avait pas soutenue, je me serais effondrée.

— Jacob ! m'écriai-je, sitôt mon souffle retrouvé. Jacob !

— Salut, Bella.

Je trébuchai vers la source d'où venait la voix. Edward ne relâcha pas sa prise autour de mon coude avant qu'une nouvelle paire de mains fortes ne m'attrapent. La chaleur qui émanait de la peau de Jacob transperça le fin satin de ma robe quand il m'attira à lui. Il ne tenta pas de danser ; il se contenta de me presser contre lui, tandis que j'enfonçais mon visage dans son torse, et de poser sa joue sur le haut de mon crâne.

— Rosalie ne me pardonnera pas si je ne lui offre pas un tour de piste, murmura Edward.

C'était là son propre cadeau – ce moment, seule avec Jacob.

— Oh, Jake ! Merci.

Je pleurais à présent, et j'avais du mal à parler.

— Arrête de pleurnicher, Bella, tu vas abîmer ta tenue. Ce n'est que moi.

— Que toi ? Oh, Jake ! Tout est parfait, maintenant.

— Ha ! la fête peut commencer ! Le garçon d'honneur est enfin arrivé.

— *Tous* ceux que j'aime sont ici.

Ses lèvres frôlèrent mes cheveux.

— Désolé d'être en retard, chérie.

— Je suis tellement heureuse que tu sois venu !

— C'était l'idée, figure-toi.

Je me tournai vers les danseurs, sans réussir cependant à distinguer Billy à l'endroit où je l'avais aperçu pour la dernière fois. Il était peut-être déjà reparti.

— Ton père sait-il que tu es ici ?

Ma question était absurde. Il était forcément au courant. D'où son expression joyeuse, un peu plus tôt.

— Je suis certain que Sam l'aura averti. Je le rejoindrai quand… quand la soirée sera terminée.

— Il sera ravi de ton retour.

Jacob dénoua notre étreinte et se redressa. Laissant une

main sur le creux de mes reins, il attrapa une des miennes avec l'autre et les porta à sa poitrine. Je sentis son cœur battre sous ma paume et je devinai qu'il ne l'avait pas placée à cet endroit par hasard.

— J'ignore si j'aurai droit à plus d'une danse, dit-il. Autant en profiter.

Sur ce, il m'entraîna dans une valse lente qui ne correspondait pas au tempo de la musique, mais au rythme de la chamade qui frémissait sous mes doigts.

— Je suis content d'être venu, ajouta-t-il doucement au bout d'une minute ou deux. J'en suis le premier surpris. Mais il est bon de te voir... une fois encore. Ce n'est pas aussi triste que ce que j'avais imaginé.

— Je ne veux pas que tu sois triste.

— Je sais. Et je ne suis pas ici pour te culpabiliser.

— Je ne me sens pas coupable. Je suis aux anges. Tu n'aurais pu m'offrir de plus beau cadeau.

— Tant mieux, s'esclaffa-t-il, parce que je n'ai pas eu le temps de m'arrêter pour t'en acheter un.

Ma vision s'était ajustée à la pénombre, et je distinguais son visage, à présent, plus haut qu'autrefois. Était-il possible qu'il continuât de grandir ? Il devait avoisiner les deux mètres, aujourd'hui. J'étais soulagée de retrouver ses traits familiers – ses prunelles profondément enfoncées dans leurs orbites et cachées par des sourcils noirs broussailleux, ses pommettes saillantes, ses lèvres pleines étirées sur ses dents luisantes en un sourire ironique qui s'accordait si bien avec ses intonations. Les coins de ses yeux étaient plissés, prudents. Il était extrêmement précautionneux, ce soir. Il s'efforçait de me rendre heureuse sans montrer combien cela devait lui coûter. Je ne méritais pas un tel ami.

— Quand as-tu décidé de revenir ?

— Consciemment ou inconsciemment ?

Il inspira un bon coup avant d'enchaîner :

— Je ne sais pas trop. Cela faisait un moment que je traînais dans les parages, peut-être parce que je rentrais chez nous. Mais ce n'est que ce matin que je me suis mis à courir pour de bon. Je n'étais pas sûr d'arriver à temps. (Il rit.) Tu n'imagines pas le drôle d'effet ! Marcher de nouveau sur deux jambes. Et les vêtements ! Et l'étrangeté rend tout cela encore plus bizarre. Je ne m'y attendais pas. J'ai perdu la pratique des choses humaines.

Nous poursuivions notre ronde lente.

— Il aurait été dommage que je loupe le spectacle, continua-t-il. Le voyage valait le déplacement. Tu es incroyablement belle.

— Alice y a consacré beaucoup d'énergie et d'heures. Et puis, l'obscurité aide à créer cette impression.

— L'obscurité ne signifie rien pour moi, je te rappelle.

— Ah, oui.

Les sens des loups-garous. Il était facile d'oublier tout ce dont Jacob était capable tant il paraissait humain. Surtout en cet instant.

— Tu as coupé tes cheveux, fis-je remarquer.

— Oui. C'était plus simple ainsi. Autant me servir de mes mains tant que j'en avais.

— C'est très bien, mentis-je.

— Arrête ! ricana-t-il. Je l'ai fait tout seul, avec une vieille paire de ciseaux rouillés.

Son sourire s'effaça peu à peu, et il redevint sérieux.

— Es-tu heureuse, Bella ?

— Oui.

— Alors, tant mieux ! C'est le plus important, je suppose.

Il haussa les épaules.

— Et toi, Jacob ? Franchement ?

— Je vais bien, Bella. Vraiment. Tu n'as plus à t'inquiéter. Et tu peux arrêter d'ennuyer Seth.

— Je ne l'embête pas seulement à cause de toi. Je l'apprécie.

— C'est un chouette gosse. Plus sympa que bien d'autres. Crois-moi, si je pouvais me débarrasser des voix qui hantent ma tête, être un loup serait parfait.

— Je te comprends, plaisantai-je. Moi aussi, j'aimerais bien être libérée des miennes.

— Dans ton cas, cela signifierait que tu es folle. Mais j'ai toujours su que tu l'étais.

— Merci du compliment.

— La folie est sûrement plus facile à vivre que partager les pensées d'une meute. Les voix qui hantent les déments n'envoient pas de baby-sitters les surveiller.

— Pardon ?

— Sam est dans le coin. Avec quelques autres. Au cas où, tu comprends.

— Au cas où quoi ?

— Où je craquerais, quelque chose comme ça. Au cas où je déciderais de fiche en l'air la soirée. (Il eut un bref sourire, et j'en conclus que cette perspective ne serait pas pour lui déplaire.) Mais je ne suis pas venu saboter tes noces, Bella. Je suis venu pour...

Il s'interrompit.

— Pour les rendre parfaites, dis-je.

— Une bien vaste mission.

— Ça tombe bien, tu l'es, vaste.

Ma mauvaise blague lui arracha un grognement.

— Je suis ici juste pour être ton ami, soupira-t-il ensuite. Ton meilleur ami, une dernière fois.

— Sam devrait avoir plus confiance en toi.

— Je suis peut-être un peu à cran. Si ça se trouve, ils ne veillent que sur Seth. Ça grouille de vampires, dans

77

les parages. Le gamin ne prend pas cela autant au sérieux qu'il le faudrait.

— Seth sait qu'il ne risque rien du tout. Il comprend les Cullen mieux que Sam.

— Oui, oui, s'empressa d'admettre Jacob, histoire de ne pas dériver vers une dispute.

Cette diplomatie était une expérience nouvelle et étrange pour moi.

— Navrée pour ces voix, repris-je. Je regrette de ne pouvoir arranger ça.

Ainsi que tant d'autres choses.

— Ce n'est pas si terrible. J'ai juste envie que tu me plaignes.

— Es-tu heureux ?

— Assez. Mais ne parlons plus de moi. C'est toi, la vedette, aujourd'hui. (Il rigola.) Je parie que tu adores ça. Enfin au centre du monde !

— Oui, je n'arrive plus à me passer de l'attention des autres.

Il s'esclaffa, regarda par-dessus ma tête. Lèvres pincées, il observa les lumières de la fête, la grâce des danseurs, les pétales qui tombaient doucement. Depuis notre coin calme et sombre, tout cela paraissait très lointain. Comme si nous avions regardé des flocons blancs qui tournoyaient à l'intérieur d'une boule à neige.

— Je reconnais qu'ils savent organiser une réception, marmonna-t-il.

— Alice est une force de la nature que rien n'arrête.

— La chanson est finie, soupira-t-il. Ai-je droit à une deuxième danse, ou est-ce trop exiger ?

— Je t'en accorde autant que tu le souhaiteras.

— Hmm… tentant. Mais je vais m'en tenir à deux. Je m'en voudrais de déclencher des commérages.

Nous tournâmes lentement.

— On aurait pu s'attendre à ce que je me sois habitué à te dire au revoir, à présent, chuchota-t-il.

Je tâchai d'avaler la boule qui se formait dans ma gorge, en vain. Jacob fronça les sourcils et essuya les larmes qui roulaient sur mes joues.

— Ce n'est pas toi qui es censée pleurer, Bella.

— Tout le monde pleure, aux mariages.

— Pourtant, c'est ce que tu désirais, non ?

— Si.

— Alors, souris.

J'essayai. Ma grimace déclencha son hilarité.

— Je tâcherai de garder ce souvenir-là de toi. De faire comme si…

— Quoi ? Comme si j'étais morte ?

Il serra les dents, en lutte contre lui-même, contre son inclination à transformer sa présence ici en jugement au lieu qu'elle reste un cadeau. J'avais deviné ce qu'il avait tu.

— Non, finit-il par répondre. N'empêche, je te verrai ainsi, dans ma tête. Joues roses, cœur qui bat, deux pieds gauches. Tout ça.

Délibérément, je lui écrasai les orteils, en appuyant de toutes mes forces. Il sourit.

— Vilaine !

Il s'apprêtait à ajouter quelque chose mais se retint. De nouveau, il luttait, dents serrées pour retenir des paroles malheureuses. Mes relations avec lui avaient été si faciles, autrefois. Aussi naturelles que respirer. Depuis qu'Edward était revenu dans ma vie, cependant, elles constituaient une torture constante. Parce que, d'après lui, en choisissant Edward, je choisissais un destin pire que la mort, ou pour le moins égal à elle.

— Qu'y a-t-il, Jake ? Dis-le-moi. Tu sais que tu peux tout me dire.

— Je… je… Je n'ai rien à te dire.

— Oh, s'il te plaît ! Crache le morceau !

— C'est vrai. Il ne… Il ne s'agit pas d'une question. Je veux que toi, tu me dises quelque chose.

— Demande.

Il résista encore une minute avant de soupirer.

— Je ne devrais pas. Ça n'a pas d'importance. Je suis juste d'une curiosité morbide.

Parce que je le connaissais aussi bien, je compris.

— Ce n'est pas pour ce soir, Jacob, chuchotai-je.

Il était encore plus obsédé par mon humanité qu'Edward. Il chérissait le moindre des battements de mon cœur, sachant qu'ils m'étaient comptés.

— Oh ! souffla-t-il en essayant de dissimuler son soulagement. Oh !

Un nouvel air retentit, ce qu'il ne remarqua pas.

— Quand ?

— Je n'en sais rien. Une ou deux semaines, peut-être.

— Et pour quelles raisons, ce délai ? lança-t-il d'une voix défensive, moqueuse.

— Je ne voulais pas passer ma lune de miel à souffrir.

— Tu la passerais plutôt à quoi ? À jouer aux échecs ? Ha ! Ha ! Ha !

— Très drôle !

— Je rigole, Bella. Mais franchement, je ne pige pas. Tu ne peux pas avoir une vraie lune de miel avec ton vampire, de toute façon, alors pourquoi faire semblant ? Appelons un chat un chat. Ce n'est pas la première fois que tu différerais cela. Ce qui est bien, s'entend. Inutile d'être gênée.

— Je ne diffère rien ! m'emportai-je. Et si, je *peux* avoir une vraie lune de miel. Je peux faire ce que je veux ! Reste en dehors de ça !

Il interrompit brusquement notre danse lente. Un instant, je crus qu'il avait enfin remarqué que la musique avait changé et je me creusai la cervelle pour trouver une façon de nous rabibocher avant qu'il ne me fasse ses adieux. Je refusais que nous nous séparions sur une dispute. Puis, soudain, ses yeux s'écarquillèrent sous l'effet d'une étrange horreur mêlée de confusion.

— Qu'as-tu dit ?

— À quel propos ? Jake ? Que se passe-t-il ?

— Une vraie lune de miel ? Alors que tu seras encore humaine ? Tu plaisantes ? C'est une très mauvaise blague, Bella !

— Je te répète de rester en dehors de cela, lâchai-je d'une voix réfrigérante. Ce ne sont pas tes affaires. Je n'aurais pas dû... nous n'aurions même pas dû aborder ce sujet. C'est intime.

Ses mains énormes agrippèrent mes bras, qui disparurent entre ses doigts.

— Aïe ! Laisse-moi, Jake !

Il me secoua.

— As-tu perdu la tête, Bella ? Tu n'es quand même pas bête à ce point ! Dis-moi que tu n'es pas sérieuse !

De nouveau, il me secoua. Ses battoirs aussi serrés que des garrots tremblaient, déclenchant les vibrations de mes os.

— Jake ! Arrête !

Tout à coup, la pénombre fut pleine de monde.

— Lâche-la immédiatement ! lança la voix d'Edward, froide comme la glace, tranchante comme une lame.

Un grondement sourd résonna derrière Jacob, puis un deuxième, un troisième.

— Jake, ça suffit ! souffla Seth Clearwater. Tu es en train de perdre les pédales.

Mon meilleur ami paraissait pétrifié dans son expression horrifiée.

— Tu vas lui faire mal, insista Seth. Lâche-la !

— Maintenant ! grogna Edward.

Les mains de Jacob allèrent battre contre ses cuisses, et le brusque afflux sanguin dans mes veines fut presque douloureux. Avant que j'aie le temps d'enregistrer autre chose, des doigts froids remplacèrent les brûlants, et je fus transportée dans l'air en un clin d'œil. Clignant des paupières, je me rendis compte que j'étais à un mètre de l'endroit où je m'étais tenue. Edward, tendu, me servait de rempart. Deux énormes loups le séparaient de Jacob. Ils ne me semblèrent pas nourrir d'intentions agressives. On aurait plutôt dit qu'ils essayaient d'empêcher une bagarre.

Seth, ce grand garçon dégingandé de quinze ans, avait placé ses longs bras autour du corps frissonnant de Jacob et l'entraînait. Si jamais ce dernier se transformait alors que son compagnon était aussi près de lui...

— Allez, Jake, partons.

— Je vais te tuer, lança Jacob, la voix si étranglée par la rage qu'elle était aussi basse qu'un murmure.

Ses prunelles incendiées par la fureur toisaient Edward.

— Je vais te tuer en personne, répéta-t-il. Maintenant.

Il était secoué par des convulsions. Le plus gros des animaux, le noir, émit un feulement sec.

— Écarte-toi, Seth ! siffla Edward.

L'adolescent tenta encore une fois d'entraîner Jacob. Celui-ci était tellement hébété par la rage que Seth parvint à lui faire parcourir quelques pas.

— Calme-toi, Jake. Viens.

Sam, le gros loup, se joignit à lui. Posant sa tête énorme sur la poitrine de Jacob, il le poussa. Tous les trois, qui tirant, qui tremblant, qui poussant, disparurent dans l'obscurité, sous le regard attentif du deuxième animal. Je ne sus déterminer sa couleur, à cause de la faible lumière, brun chocolat, peut-être. Quil ?

— Je suis navrée, murmurai-je à l'intention de mon ami.

— Tout va bien, maintenant, me rassura Edward.

Le loup le regarda. Ses prunelles n'étaient pas amicales. Mon amoureux le gratifia d'un hochement de tête, et la bête se tourna pour rejoindre ses compagnons.

— Bon, décréta Edward, retournons là-bas.

— Mais Jake...

— Sam s'en occupe. Il est parti.

— Je suis désolée, Edward. J'ai été idiote...

— Tu n'as rien à te reprocher.

— Je parle trop ! Pourquoi ai-je... je n'aurais pas dû... Mais je pensais à quoi ?

— Ne t'inquiète pas. Il faut que nous rejoignions les invités avant qu'on ne remarque notre absence.

Je secouai la tête pour tâcher de reprendre mes esprits. Qu'on remarque notre absence ? Quelqu'un avait-il donc pu louper ce qui venait de se produire ? Quoique... en y réfléchissant, je me rendis compte que le conflit qui m'avait semblé tragique s'était déroulé dans un silence relatif, vite, à l'ombre des feuillages.

— Deux secondes, demandai-je à Edward.

J'étais en proie au chagrin et à l'affolement, mais ça n'avait pas d'importance. Pour l'instant, seule comptait mon apparence extérieure. J'étais consciente qu'il me fallait tenir mon rôle.

— Ma robe ?

— Tu es parfaite. Aucun cheveu ne dépasse.

Je pris deux profondes inspirations.

— Dans ce cas, allons-y.

M'enlaçant, Edward me ramena vers la lumière. Quand nous passâmes sous les ampoules clignotantes, il m'entraîna tendrement sur la piste de danse, et nous nous mêlâmes aux autres couples, comme si nous n'avions jamais cessé de virevolter. Je scrutai nos invités – personne n'avait l'air choqué ou effrayé. Seuls les visages les plus pâles trahissaient quelques signes de tension, et encore, c'était à peine perceptible. Jasper et Emmett se tenaient au bord de la piste, proches l'un de l'autre, et je devinai qu'ils n'avaient pas été très loin, pendant la confrontation.

— Es-tu…

— Je vais bien. Je n'en reviens pas d'avoir provoqué ça. Je déraille, ou quoi ?

— Ce n'est pas toi qui dérailles.

J'avais été tellement contente que Jacob soit venu. Je savais le sacrifice que cela lui avait demandé. Et j'avais tout gâché, j'avais réduit son cadeau en catastrophe. Je méritais d'être exilée. Toutefois, mon imbécillité ne commettrait pas de dégâts supplémentaires ce soir-là. J'allais oublier l'incident, le fourrer dans un tiroir que je fermerais à clé pour m'en soucier plus tard. J'aurais tout le temps de me flageller et, de toute façon, j'étais incapable d'arranger les choses maintenant.

— C'est fini, décrétai-je. N'y repensons plus.

Je m'attendais à des protestations, mais mon cavalier garda le silence.

— Edward ?

Fermant les yeux, il appuya son front contre le mien.

— Jacob a raison, murmura-t-il. Je pense à quoi, bon Dieu ?!

— Il a tort, objectai-je en m'efforçant de préserver une attitude sereine pour le bénéfice des gens qui nous environnaient. Jacob a trop de préjugés pour saisir les choses avec clarté.

Edward marmonna quelque chose qui ressemblait à :

« *J'aurais dû* le laisser me tuer rien que pour avoir envisagé... »

— Ça suffit ! le réprimandai-je en prenant son visage entre mes mains jusqu'à ce qu'il rouvre les paupières. Toi et moi. C'est la seule chose qui compte. La seule chose à laquelle tu es autorisé à penser à partir de maintenant. Compris ?

— Oui, soupira-t-il.

— Oublie que Jacob est venu. (J'en étais capable. Oh que oui !) Pour moi. Jure-moi d'oublier.

— Je te le jure, lâcha-t-il au bout d'un moment.

— Merci, Edward. Je n'ai pas peur.

— Moi, si.

— Inutile. À propos, je t'aime.

Il me retourna un pauvre sourire, en réponse au mien, factice mais large.

— C'est la raison de notre présence ici, murmura-t-il.

— Tu monopolises la mariée, intervint Emmett en surgissant derrière son frère. Permets-moi de danser avec ma petite sœur. Je tiens peut-être ma dernière chance de la faire rougir.

Il s'esclaffa bruyamment, aussi insensible que jamais à toute atmosphère empreinte de gravité.

Comme je n'avais pas accordé de danse à bien des cavaliers, je trouvai là l'occasion de me ressaisir pour de bon. Quand Edward revint à moi, plus tard, je découvris que le tiroir de Jacob était fermé, et bien fermé. Je parvins même à exhumer ma joie première et la certitude que tout était en place, ce soir-là, dans mon existence. Souriante, je me laissai aller contre son torse, et il raffermit la prise de ses bras autour de ma taille.

— Je pourrais m'habituer à ça, annonçai-je.

— Ne me dis pas que tu as surmonté ta répugnance à danser ?

— Ce n'est pas si mal, à la réflexion. Avec toi. Mais je pensais plutôt à ça (et je me collai à lui davantage), au fait de ne jamais avoir à te laisser partir.

— Jamais, me promit-il en se penchant pour m'embrasser.

Ce fut un baiser intense, lent mais prenant peu à peu de l'ampleur... et j'avais complètement oublié où je me trouvais, lorsque Alice m'appela.

— Bella ? C'est l'heure !

Une bouffée d'irritation me traversa. Edward ignora sa sœur. Ses lèvres contre les miennes étaient dures, plus avides qu'auparavant. Mon cœur s'affola, mes paumes se couvrirent de sueur.

— Vous voulez donc rater votre avion ? gronda Alice, tout à côté de moi, maintenant. Je suis persuadée que votre lune de miel sera charmante, quand vous attendrez le vol suivant, à l'aéroport.

Edward détourna la tête, juste le temps de demander à sa sœur de s'en aller, avant de replonger vers ma bouche.

— Bella, insista Alice, tu tiens absolument à prendre l'avion dans cette tenue ?

Je ne lui prêtai pas attention car, en cet instant, plus rien ne comptait hormis mon amoureux. Alice passa aux menaces.

— Je jure que je lui révèle où tu l'emmènes si tu ne m'aides pas, Edward.

Il se figea avant de relever la tête et de toiser sa sœur préférée.

— Comment un être aussi petit arrive-t-il à se montrer aussi agaçant ?

— Je n'ai pas choisi la robe de voyage idéale pour la voir gâcher, riposta-t-elle sans se démonter et en m'attrapant par la main. Suis-moi, Bella.

Je résistai, histoire d'embrasser une dernière fois

Edward, et elle m'arracha littéralement à lui, impatiente. Il y eut quelques rires dans l'assemblée. Renonçant à lutter, je me laissai entraîner à l'intérieur de la villa.

— Désolée, Alice, m'excusai-je, car elle paraissait énervée.

— Ce n'est pas ta faute, soupira-t-elle. Tu es incapable de te contrôler.

Son expression de martyre me fit rire, et elle fronça les sourcils.

— Merci, Alice. C'était le plus beau mariage de tous les temps. Tout était parfait. Tu es la plus intelligente, la plus talentueuse, la meilleure sœur du monde.

Ces compliments, sincères, l'apaisèrent, et elle sourit.

— Je suis heureuse que ça t'ait plu.

Renée et Esmé patientaient à l'étage. Toutes les trois s'empressèrent de m'aider à revêtir l'ensemble bleu nuit qu'avait acheté Alice pour l'occasion. Je fus soulagée quand quelqu'un retira les épingles qui retenaient mes cheveux, et que ces derniers retombèrent dans mon dos, encore ondulés à cause des nattes. Ma mère pleura sans interruption durant toute l'opération.

— Je te téléphone sitôt que je sais où nous allons, lui dis-je en la serrant dans mes bras.

Le secret de notre destination la rendait sûrement folle. Ma mère détestait les mystères, à moins qu'elle ne fût de la partie.

— Il faudra que vous nous rendiez visite, à Phil et moi, très, très prochainement. C'est à toi de venir dans le Sud et au soleil, pour une fois.

— Il n'a pas plu, aujourd'hui, lui rappelai-je en évitant de répondre favorablement à sa requête.

— Un vrai miracle.

— Tout est prêt, annonça Alice. Les valises sont dans la voiture, Jasper est en train de la sortir du garage.

Elle me poussa vers l'escalier, Renée derrière nous, m'enlaçant encore.

— Je t'aime, maman, chuchotai-je. Je suis heureuse que Phil soit dans ta vie. Prenez soin l'un de l'autre.

— Je t'aime aussi, Bella chérie.

— Au revoir, maman. Je t'aime.

Edward m'attendait au pied des marches. Je pris la main qu'il me tendait, tout en scrutant la foule rassemblée dans le hall afin de nous accompagner vers la sortie.

— Papa ? lançai-je.

— Par ici, murmura Edward en m'entraînant au milieu des invités, qui s'écartèrent devant nous.

Nous dénichâmes Charlie appuyé gauchement contre le mur, derrière tous les autres, l'air de se cacher. Ses yeux cerclés de rouge expliquaient pourquoi.

— Oh, papa !

Je le pris dans mes bras, en pleurs – décidément, j'étais une véritable fontaine, ce soir. Il me tapota le dos.

— Allons, allons, ne va pas manquer ton avion.

Il était difficile de formuler son amour, en présence de Charlie. Nous nous ressemblions tant, à constamment revenir à des sujets triviaux afin d'éviter toute démonstration affective embarrassante. Ce n'était cependant pas le moment d'être gêné.

— Je t'aime et je t'aimerai toujours, papa. Ne l'oublie pas.

— Moi aussi, Bella. Depuis toujours et pour toujours.

J'embrassai sa joue, et lui la mienne.

— Appelle-moi, me dit-il.

— Bientôt.

Une promesse dont je savais qu'elle était la seule que je pouvais faire. Juste un coup de fil. Mes parents n'auraient plus le droit de me revoir. Je serais trop différente, et beaucoup trop dangereuse, surtout.

— Allez, sauve-toi, bougonna-t-il. Ne te mets pas en retard.

Les invités formèrent une allée, et Edward m'attira à lui alors que nous filions.

— Prête ? s'enquit-il.

— Oui.

Ce qui était la stricte vérité. Tout le monde applaudit quand il m'embrassa sur le perron. Puis il me précipita vers la voiture sous une pluie de riz. La plupart des projectiles s'égaillèrent, mais certains nous atteignirent avec une redoutable précision, sans doute lancés par Emmett, et je reçus pas mal de grains qui ricochaient sur le dos d'Edward.

Le véhicule avait lui aussi été décoré de fleurs qui couraient en banderoles le long de la carrosserie et de grandes bandes de tulle accrochées au pare-chocs arrière, auxquelles étaient nouées une dizaine de chaussures – toutes neuves et griffées, d'après ce que j'en pus voir.

Edward me protégea des cascades de riz pendant que je montais à bord, puis il s'installa à mes côtés, et nous démarrâmes en trombe. J'agitai la main par la fenêtre tout en lançant des « je vous aime » en direction du porche, où nos familles s'étaient rassemblées.

La dernière image à se graver dans ma mémoire fut celle de mes parents. Phil enlaçait tendrement Renée, qui avait passé un bras autour de sa taille mais qui, de l'autre main, tenait celle de Charlie. Tant d'amours si différents, harmonieux en cet instant. Cela me donna de l'espoir.

Edward serra mes doigts.

— Je t'aime, me dit-il.

J'appuyai ma tête contre son épaule.

— C'est la raison de notre présence ici, répondis-je, citant ses propres paroles.

Il déposa un baiser sur mes cheveux.

Alors que nous débouchions sur l'autoroute et qu'il enfonçait la pédale de l'accélérateur, un bruit submergea le ronronnement du moteur, en provenance de la forêt que nous abandonnions derrière nous. Je l'entendis, Edward aussi par conséquent. Mais il ne commenta pas, cependant que le son s'estompait à mesure que nous nous éloignions, et je l'imitai.

Le hurlement perçant à vous briser le cœur devint de plus en plus faible, jusqu'à disparaître.

5

L'ÎLE D'ESMÉ

— Houston ? demandai-je en sourcillant, quand nous arrivâmes à l'embarquement, à Seattle.

— Juste une étape en chemin, me rassura-t-il avec un grand sourire.

Lorsqu'il me réveilla et qu'il m'entraîna à travers les terminaux, j'eus l'impression que je venais à peine de m'endormir. Dans les vapes, j'étais obligée de lutter pour garder les paupières ouvertes. Il me fallut quelques minutes pour comprendre ce qui se passait, devant le comptoir international pour notre prochain vol.

— Rio de Janeiro ? m'enquis-je, soudain un peu plus enthousiaste.

— Encore une étape.

Le trajet jusqu'en Amérique du Sud fut long mais confortable, grâce aux larges sièges de première classe et aux bras d'Edward enroulés autour de moi. Je dormis comme une masse et me réveillai parfaitement alerte, ce qui chez moi était plutôt rare, au moment où l'avion entama sa descente vers l'aéroport, au crépuscule.

Contrairement à ce à quoi je m'attendais, nous ne prîmes pas un troisième vol, mais un taxi qui nous emmena à travers les rues sombres, bondées et pleines de vie de Rio. N'ayant rien compris aux paroles qu'Edward avait lancées en portugais au chauffeur, je présumai que nous nous rendions dans un hôtel quelconque, histoire de prendre un peu de repos avant la suite de notre voyage. L'idée provoqua quelque chose qui ressemblait à du trac et me noua le ventre. Peu à peu, la cohue s'éclaircit, et nous finîmes par arriver aux extrêmes limites de la ville, près de la mer.

Notre destination se révéla être le port.

Edward me précéda dans une marina où était ancrée une longue file de yachts blancs qui se reflétaient sur les eaux noires. Le bateau devant lequel il s'arrêta était plus modeste que les autres, plus racé, visiblement conçu pour la vitesse et non pour l'espace. Il restait néanmoins luxueux, et fort gracieux. Edward sauta à bord, en dépit des lourds bagages dont il était chargé. Il en laissa tomber un sur le pont afin de m'aider à le rejoindre.

Silencieuse, je l'observai préparer l'embarcation pour le départ, m'étonnant de son habileté et de son habitude des choses, car il n'avait jamais mentionné un quelconque intérêt pour le nautisme. En même temps, il excellait dans tout ce qu'il entreprenait.

Tandis que nous nous éloignions vers le large, je repassai mentalement ce que j'avais appris en cours de géographie. Pour autant que je me souvienne, il n'y avait pas grand-chose à l'est du Brésil, sinon… l'Afrique. Cela n'empêcha pas Edward de foncer droit devant, cependant que les lumières de Rio s'estompaient, puis disparaissaient derrière nous. Il arborait son fameux sourire radieux, celui qui naissait toujours dès qu'il avait l'occasion de goûter à l'ivresse de la vitesse. Le bateau fendait les vagues, m'aspergeant d'embruns. La curiosité que j'avais réussi à contenir jusqu'à présent finit par l'emporter.

— Nous allons très loin, comme ça ?

Il n'était pas du genre à oublier que j'étais humaine, mais je me demandai s'il avait prévu que nous vivrions à bord de cette petite embarcation pour un temps donné.

— Encore une demi-heure, répondit-il.

Remarquant mes mains agrippées autour du banc, il rigola. Oh puis zut ! songeai-je. Il était un vampire. Si ça se trouve, nous nous dirigions vers l'Atlantide.

Vingt minutes plus tard, il me héla par-dessus le rugissement du moteur.

— Regarde, Bella !

Il tendait le doigt devant lui. D'abord, je ne vis que l'obscurité et la traîne blanche de la lune qui jouait sur les flots. À force de scruter la pénombre, je finis par cependant distinguer une forme noire et plate qui dérangeait l'éclat de lumière sur les vagues. Je plissai les yeux, et la silhouette se fit plus nette : un triangle irrégulier et bas dont l'un des côtés était plus long que les autres. Quand nous approchâmes, je m'aperçus que les contours en étaient touffus et agités par la brise.

Soudain, l'ensemble prit un sens. Un îlot émergeait, nous saluant de ses frondaisons ; une plage étincelait sous la lune.

— Où sommes-nous ? murmurai-je, émerveillée.

Changeant de cap, il gagna la côte septentrionale de l'île.

— Sur l'Île d'Esmé, révéla-t-il, tout sourire.

Le bateau ralentit brutalement pour venir se positionner le long d'une jetée en bois que l'astre nocturne blanchissait. Une fois le moteur coupé, le silence s'installa, profond. Il n'y avait que le bruit du ressac contre la coque et le frémissement des palmiers dans le vent. L'air était tiède, humide et parfumé, un peu comme la vapeur qui s'attarde après un bain chaud.

— L'Île d'Esmé ? répétai-je.

J'avais beau m'être exprimée à voix basse, mes paroles brisèrent la quiétude avec une sorte de violence.

— Carlisle l'a offerte à Esmé, qui a proposé de me la prêter.

Un cadeau. Qui faisait pareils présents ? L'extrême générosité d'Edward relevait de son éducation.

Il déposa les valises sur le ponton puis se tourna vers moi. Au lieu de m'attraper par la main, il me prit carrément dans ses bras.

— N'es-tu pas censé attendre de franchir le seuil pour ça ? m'écriai-je, tandis qu'il sautait avec légèreté sur les planches en bois.

— Tu sais à quel point je suis consciencieux ! s'esclaffa-t-il.

Sans me lâcher, il s'empara de nos deux énormes valises et se dirigea sur un sentier clair qui s'enfonçait dans la végétation sombre. Un court instant, il fit noir comme dans un four, au milieu de cette jungle luxuriante, puis j'entrevis une lumière au loin et je compris au même moment qu'il s'agissait d'une maison : les deux carrés lumineux étaient des fenêtres encadrant la porte d'entrée. Alors le trac me reprit, avec plus de force que précédemment, pire qu'à l'heure où j'avais cru que nous nous rendions à l'hôtel.

Mon cœur battait dans ma cage thoracique, et ma respiration semblait coincée dans ma gorge. Je devinai qu'Edward baissait les yeux sur moi, mais je refusai de croiser son regard et fixai la maison sans la voir. Il ne me demanda pas à quoi je pensais, ce qui ne lui ressemblait pas ; j'en déduisis qu'il était aussi nerveux que moi.

Il se débarrassa des bagages sur le porche afin d'ouvrir

la porte, qui n'était pas verrouillée ; avant d'entrer, il me contempla de nouveau jusqu'à ce que j'accepte de le dévisager moi aussi. Alors, il me porta dans la villa, allumant les lampes au fur et à mesure qu'il s'y enfonçait. Nous gardions le silence.

Ma première et vague impression de la demeure fut qu'elle était drôlement grande pour un îlot aussi petit, et bizarrement familière. Je m'étais habituée au goût des Cullen pour les couleurs claires, et l'endroit ressemblait à la maison de Forks. Mais j'étais incapable de prêter attention aux détails, car le sang qui battait derrière mes prunelles brouillait ma vision.

Soudain, Edward s'arrêta et alluma la dernière pièce.

La chambre était immense et blanche, le mur du fond composé pour l'essentiel de verre – un décor standard chez mes vampires préférés. Dehors, la lune étincelait sur le sable clair et éclairait, à quelques mètres seulement de la villa, les vagues luisantes. Je notai cela sans m'y attarder cependant, car ce fut le lit, proprement gigantesque, qui retint toute mon attention. Au milieu de la pièce, il était blanc lui aussi, et surmonté d'une moustiquaire qui avait l'air d'un nuage.

Edward me déposa sur le sol.

— Je... je vais chercher nos affaires.

La chambre était trop chaude, plus étouffante que la nuit tropicale. Une goutte de sueur se forma sur ma nuque. J'avançai lentement jusqu'au tulle mousseux du dais. J'ignore pourquoi, mais j'éprouvais le besoin de m'assurer que tout cela était réel.

Je n'entendis pas Edward revenir. Tout à coup, ses doigts de glace caressèrent mon cou, essuyant le film de transpiration qui le recouvrait.

— Il fait un peu chaud, s'excusa-t-il. Je pensais que... ce serait mieux.

— Consciencieux, murmurai-je.

Il eut un petit rire. Nerveux. Ce qui était rare, chez lui.

— J'ai essayé de prévoir tout ce qui rendrait ceci... plus facile, avoua-t-il.

Je déglutis bruyamment, sans me retourner vers lui. Pareille lune de miel avait-elle déjà existé ? Non, bien sûr que non.

— Je me demandais, reprit Edward, si... d'abord... tu aimerais partager un bain de minuit avec moi ?

Il inhala profondément et, quand il reprit la parole, il paraissait plus détendu.

— L'eau sera bonne. La plage est de celles que tu apprécies.

— Ç'a l'air sympa, répondis-je d'une voix mal assurée.

— Tu as sans doute envie de quelques minutes humaines. le voyage a été long.

J'acquiesçai avec raideur. Je me sentais à peine humaine ; quelques instants seule m'aideraient peut-être. Ses lèvres frôlèrent ma gorge, juste en dessous de mon oreille. Il rit, et son haleine froide chatouilla ma peau.

— Ne soyez pas *trop* longue, madame Cullen.

Je sursautai en entendant mon nouveau nom. Sa bouche glissa sur mon épaule.

— Je t'attends dans l'eau.

Il franchit les portes-fenêtres qui donnaient directement sur la plage. En chemin, il se débarrassa de sa chemise, qu'il laissa tomber par terre, puis se glissa dehors, sous la lumière lunaire. L'air marin et lourd envahit la pièce.

Ma peau s'était-elle enflammée ? Je fus obligée de l'inspecter pour vérifier que non. Rien ne brûlait, en effet. Du moins, rien qui fût visible.

Je me souvins de respirer, puis titubai jusqu'à la grosse valise qu'Edward avait placée, ouverte, sur une commode blanche et basse. Elle me revenait sans doute, puisque ma trousse de toilette trônait au sommet des habits. Il y avait beaucoup de rose, là-dedans, et je ne reconnus aucune de mes tenues. Je soulevai les piles soigneusement pliées, en quête de quelque chose de familier et de confortable, un vieux survêtement par exemple, et je me rendis compte qu'il y avait là une quantité abominable de dentelle et de satin. De la lingerie. Très fine, qui plus est, et arborant des étiquettes de fabricants français.

Si j'ignorais encore comment et quand, j'avais bien l'intention de me venger d'Alice un jour.

Abandonnant mes recherches, je me rendis dans la salle de bains. Les mêmes grandes fenêtres que dans la chambre ouvraient sur la même plage. J'y jetai un coup d'œil ; je ne le vis pas. Il devait être dans l'eau, sans avoir besoin de se donner la peine de remonter à la surface pour respirer. La lune était suspendue de travers, presque pleine, et le sable brillait d'un blanc irréel. Un léger mouvement attira mon attention – le reste de ses vêtements, accrochés à un tronc tordu parmi les palmiers qui poussaient au bord de la plage, s'agitaient mollement sous la brise.

Une fois encore, une bouffée de chaleur incendia ma peau.

Je me forçai à respirer profondément avant d'aller me poster devant les miroirs qui surplombaient les longs comptoirs. J'avais l'air de quelqu'un qui vient de passer sa journée à dormir dans un avion. Dénichant ma brosse, je me coiffai sans ménagement, jusqu'à ce que les boucles de ma nuque fussent lisses. Je me lavai les dents avec soin, deux fois de suite. Puis je m'aspergeai le visage et le cou pour tenter d'apaiser mon impression de fièvre. Ce fut si agréable que je me mouillai également les bras. À la fin, je décidai que le plus simple était encore de prendre une douche. Certes, c'était ridicule avant un bain de mer, mais il était indispensable que je me calme, et l'eau chaude était une bonne façon de le faire. Me raser les jambes me parut une bonne idée aussi.

La tâche accomplie, je m'enveloppai dans une vaste serviette blanche.

Ensuite, je fus confrontée à un dilemme auquel je n'avais pas songé. Qu'étais-je censée enfiler ? Pas un maillot de bain, naturellement. Remettre mes vêtements semblait également bête. Et je refusais de penser à ceux qu'Alice avait fourrés dans la valise pour moi.

De nouveau, mon pouls s'accéléra, mes mains tremblèrent – la douche n'y avait donc rien changé. En proie à un léger vertige, je devinai qu'une crise d'angoisse menaçait. Je m'assis sur le carrelage frais et mis ma tête entre mes jambes, tout en priant pour qu'il ne revienne pas voir ce que je fabriquais avant que je n'aie eu le temps de me ressaisir. J'imaginais trop bien ce qu'il se dirait s'il me découvrait dans cet état. Il n'aurait aucun mal à se persuader que nous étions sur le point de commettre une grosse erreur.

Or, je ne paniquais pas pour cette raison-là. Pas du tout, même. Je paniquais parce que je n'avais pas la moindre idée sur la façon dont il fallait procéder et parce que je redoutais de quitter cette pièce pour affronter l'inconnu. Surtout vêtue de lingerie fine. Je savais que je n'étais pas prête pour *ça*.

C'était exactement comme la perspective de monter sur une scène, dans un théâtre plein de spectateurs, sans avoir appris mon texte.

Comment les gens arrivaient-ils à ravaler leurs craintes et à faire confiance de manière aussi implicite à un autre, avec ses imperfections et ses propres peurs, sans même bénéficier de l'engagement absolu qu'Edward m'avait offert ? Si ce n'avait pas été lui, là dehors, si je n'avais pas senti jusque dans la moindre fibre de mon corps qu'il m'aimait autant que je l'aimais, de façon inconditionnelle, irrévocable et, pour être honnête, irrationnelle, je n'aurais jamais été capable de me relever.

Mais c'était lui qui m'attendait. Je m'exhortai donc au courage et me remis debout. Resserrant la serviette autour de moi, je sortis d'un pas déterminé de la salle de bains, dépassai la valise et le grand lit sans leur jeter un seul regard et franchis les portes-fenêtres. À l'extérieur, tout était noir et blanc, lessivé par la lune. Je marchai lentement sur le sable fin et chaud puis fis une halte près de l'arbre tordu où il avait suspendu ses vêtements. Je plaquai ma main sur l'écorce rugueuse et pris la mesure de ma respiration, m'assurant qu'elle était régulière. Assez régulière du moins. Ensuite, j'inspectai les vaguelettes sombres dans l'obscurité, cherchant Edward.

Il ne me fut pas difficile de le trouver. Me tournant le dos, enfoncé jusqu'à la taille dans l'eau nocturne, il contemplait la lune ovale. La lumière blafarde de l'astre colorait sa peau d'une blancheur parfaite, à l'instar du sable, de la lune elle-même, et rendait ses cheveux aussi noirs que l'océan. Il ne bougeait pas, ses paumes étaient posées à plat sur la surface ; le ressac se brisait sur lui, comme s'il avait été un rocher. J'étudiai les lignes fluides de son dos, de ses épaules, de ses bras, de sa nuque, sa silhouette dénuée de défauts.

Le feu, à présent, n'était plus le brusque incendie de ma peau. Lent, il couvait, consumant ma gaucherie, mon manque d'assurance timide. Sans hésiter, je me débarrassai de la serviette que je posai avec ses habits, et j'avançai dans la lumière blanche qui, moi aussi, me dotait d'un teint neigeux.

Même si je ne perçus pas le clapotis de mes pas dans l'eau, je fus certaine que lui, si. Il ne broncha pas, cependant. La houle tranquille submergea mes orteils – elle était très chaude, pareille à un bain. Je m'enfonçai dedans en marchant à pas prudents sur le fond. Ma réserve était inutile, car ce n'était que sable lisse, qui descendait en pente douce vers Edward. Je pataugeai ainsi à travers les courants légers, jusqu'à me retrouver à son côté. Je plaçai ma main près de la sienne, sur l'eau.

— Magnifique ! dis-je en me joignant à sa contemplation de la lune.

— Pas mal, répondit-il, guère impressionné.

Il se retourna avec lenteur pour me faire face, provoquant des vaguelettes qui s'écrasèrent sur ma peau. Dans son visage couleur de glace, ses prunelles avaient l'air argentées. Il déplaça sa main de façon à entrelacer nos doigts sous la surface. L'eau était assez chaude pour que le contact de sa peau gelée ne provoque pas ma chair de poule.

— Je n'emploierais pas le mot magnifique, poursuivit-il. Pas quand tu es là, à soutenir la comparaison.

J'accueillis le compliment avec un demi-sourire et je soulevai ma main libre – qui ne tremblait plus – pour la placer sur son cœur. Blanc sur blanc, pour une fois nous nous accordions. Il frémit. Son souffle se fit plus heurté.

— J'ai promis d'essayer, chuchota-t-il, soudain tendu. Si… si je fais quelque chose de mal, si je te blesse, tu dois aussitôt m'avertir.

J'opinai avec solennité sans cesser de le fixer dans les yeux. J'avançai d'un pas afin d'appuyer ma tête sur son torse.

— N'aie pas peur, murmurai-je. Nous sommes faits l'un pour l'autre.

Tout à coup, je fus submergée par la véracité de ce que je venais de dire. L'instant était si parfait, si juste qu'il était impossible d'en douter.

Ses bras se refermèrent autour de moi, me pressant

contre lui, été et hiver. J'eus l'impression que chacun des nerfs de mon corps était un fil électrique.

— À jamais, renchérit-il.

Alors, il nous entraîna en douceur vers les profondeurs.

Le soleil, brûlant sur mon dos nu, me réveilla au matin. Tard le matin, ou déjà l'après-midi, peut-être. Tout, sauf le temps écoulé, était clair. Je savais exactement où je me trouvais, dans la chambre claire au grand lit blanc, envahie d'un soleil triomphant qui se déversait généreusement par les portes-fenêtres ouvertes et dont seules les moustiquaires adoucissaient l'éclat.

Je gardai les paupières fermées. J'étais trop comblée pour changer quoi que ce soit, y compris un détail insignifiant. Les seuls bruits étaient ceux des vagues dehors, de nos respirations et des battements de mon cœur...

J'étais bien, malgré les rayons incandescents. Sa peau fraîche constituait l'antidote idéal à l'incendie. Être allongée sur sa poitrine glacée, ses bras autour de moi, paraissait très facile et naturel. Je me demandais pourquoi j'avais tellement redouté la nuit dernière. Mes craintes avaient l'air bien sottes, à présent.

Ses doigts roulèrent sur les contours de mon dos, et je compris qu'il avait deviné que j'étais éveillée. Sans ouvrir les yeux, je raffermis la prise de mes bras autour de son cou et me blottis contre lui. Il ne parla pas. Ses doigts montaient et descendaient le long de ma colonne vertébrale, m'effleurant à peine.

Je serais volontiers restée ainsi jusqu'à la fin des temps, sans jamais déranger ces instants, mais mon corps en avait décidé autrement. Mon estomac impatient déclencha mes rires. Il semblait tellement prosaïque d'avoir faim après les événements de la veille au soir. Comme si j'étais brutalement ramenée sur Terre.

— Qu'y a-t-il de si drôle ? souffla-t-il sans cesser de caresser ma peau.

Sa voix, sérieuse et rauque, ramena avec elle un déluge de souvenirs nocturnes, et je sentis que je m'empourprais. Comme pour répondre à sa question, mon ventre gargouilla, et je ris derechef.

— On n'échappe pas longtemps à sa condition d'humain, dis-je.

J'attendis qu'il s'esclaffe avec moi, ce qu'il ne fit pas. Lentement, traversant les brumes de mon esprit exalté, s'imposa à moi l'idée que l'atmosphère différait à l'extérieur de ma bulle de bonheur. J'ouvris les yeux et je vis la peau pâle et presque argentée de sa gorge, l'arc de son menton au-dessus de moi. Il serrait les mâchoires. Je me soulevai sur un coude afin d'étudier ses traits. Il fixait le baldaquin immaculé et il ne me regarda pas. Son expression provoqua un choc, dont tout mon corps éprouva la secousse.

— Edward, murmurai-je avec un drôle de petit enrouement, que se passe-t-il ?

— Parce que tu as besoin de poser la question ?

Son ton était cynique, dur.

Ma première réaction, conditionnée par une vie d'insécurité, fut de me demander ce que j'avais fait de mal. Je repensai à tout ce qui s'était déroulé, ne trouvai toutefois aucun souvenir d'une note déplaisante. Tout avait été beaucoup plus simple que ce que j'avais imaginé ; nous allions bien ensemble, comme des pièces se correspondant, conçues pour s'emboîter. Cette constatation m'avait procuré une secrète satisfaction – nous étions physiquement compatibles, comme nous l'étions pour le reste. Le feu et la glace, qui arrivaient à coexister sans se détruire mutuellement. Une preuve de plus que je lui appartenais corps et âme. Je ne saisissais pas ce qui avait pu déclencher cet air sévère et froid. Avais-je loupé quelque chose ? Son doigt lissa les rides d'inquiétude de mon front.

— À quoi songes-tu ? s'enquit-il à voix basse.

— Tu es bouleversé. Je ne comprends pas. Ai-je…

Je me tus, incapable de formuler la suite. Il plissa les yeux, furieux.

— As-tu très mal, Bella ? Et épargne-moi les mensonges, je t'en prie.

— Mal ? répétai-je avec des intonations plus aiguës que d'ordinaire, tant j'étais surprise.

Il haussa un sourcil, serra les lèvres. De mon côté, je procédai à une rapide vérification, m'étirant, pliant et dépliant les muscles. J'étais raide, courbatue également, certes, mais ce qui prédominait était l'étrange sensation que mes os s'étaient déboîtés de leurs articulations, et que j'avais plus ou moins pris la consistance d'une méduse. L'impression n'était pas désagréable, d'ailleurs.

Soudain, je me fâchai un peu, parce qu'il assombrissait le matin le plus parfait qui fût avec ses affirmations pessimistes.

— Pourquoi sautes-tu à la conclusion que j'ai mal quelque part ? lançai-je. Je ne me suis jamais sentie aussi bien que maintenant.

— Arrête !

— Mais arrêter quoi ?

— De te comporter comme si je n'étais pas le monstre qui a accepté de t'infliger cela.

— Edward ! protestai-je, vraiment secouée à présent, parce qu'il entachait mes merveilleux souvenirs, qu'il les salissait. Ne redis jamais ça !

Il avait fermé les paupières. Comme s'il refusait de me voir.

— Regarde-toi, Bella. Ensuite, ose me dire que je ne suis pas un monstre.

Blessée, choquée, j'obéis sans réfléchir.

Ma mâchoire se décrocha. Que m'était-il arrivé ? Je n'identifiais pas l'origine de la neige blanche et duveteuse qui s'accrochait à ma peau. Je secouai la tête, et une cascade blanche dégringola de mes cheveux. Je pinçai un morceau entre mes doigts. Du duvet.

— Pourquoi suis-je couverte de plumes ? m'exclamai-je.

— J'ai mordu un oreiller, soupira-t-il, impatient. Ou deux. Mais je ne parle pas de cela.

— Tu... as mordu un oreiller ? Pourquoi donc ?

— Regarde, Bella ! s'emporta-t-il presque. Regarde !

Il brandissait un de mes bras. Cette fois, je vis.

Sous la poussière duveteuse, de grands bleus avaient commencé à s'épanouir sur ma peau. Je suivis des yeux le sentier qu'ils formaient jusqu'à mon épaule, puis au niveau de mes côtes. Je libérai ma main afin de palper une décoloration sur mon avant-bras gauche, je l'observai s'estomper quand je la touchai et réapparaître quand je cessai d'appuyer dessus. Elle m'élançait un peu. Si légèrement que je sentis à peine son contact, Edward posa une paume sur les hématomes de mon bras, l'un après l'autre, ses longs doigts épousant leurs formes.

— Oh ! soufflai-je.

Je m'efforçai de me rappeler la douleur – en vain. Je ne me souvenais pas d'un instant où il aurait trop serré, où ses mains se seraient faites trop brutales. Je gardais seulement en mémoire mon exigence d'être étreinte plus fort, mon plaisir quand il avait obéi...

— Je... je suis tellement désolé, Bella, chuchota-t-il pendant que j'observais les marques. J'aurais dû m'en douter. Je n'aurais pas... (Un son révolté et sourd résonna au fond de sa gorge.) Je suis si navré que je n'ai pas les mots pour l'exprimer.

Se cachant derrière son bras, il se pétrifia. Longtemps, je restai moi aussi sans bouger, parfaitement ahurie, m'efforçant d'accepter son désarroi, maintenant que j'en connaissais l'origine. Mais il était si contraire à ce que je ressentais que cela me fut difficile. Ma stupeur s'effaça lentement, pour laisser la place à un grand vide. Le néant. Mon cerveau était désert. La parole me manquait. Comment lui expliquer de la bonne manière ? Comment le rendre aussi heureux que je l'étais, ou plutôt, que je l'avais été, quelques instants auparavant ?

Je l'effleurai, il ne réagit pas. J'enroulai mes doigts autour de son poignet pour tenter d'écarter son bras de son visage – autant essayer de déplacer une statue.

— Edward.

Rien.

— Edward ?

Rien. Bon. Ce serait donc un monologue.

— Moi, je ne suis pas désolée, Edward. Je suis… je n'arrive même pas à le formuler. Je suis *tellement* comblée ! Et encore, le mot est faible. Ne sois pas fâché. Vraiment. Franchement, je vais…

— Stop ! lâcha-t-il d'une voix réfrigérante. Je ne veux pas entendre que tu vas bien. Si tu tiens à ma raison, ne me dis pas ça.

— Mais c'est vrai !

— Je t'en supplie, Bella.

— Non, Edward. Moi, je t'en supplie.

Il cessa enfin de se cacher, et ses prunelles dorées me regardèrent avec précaution.

— Ne me gâche pas ça, insistai-je. Je. Suis. Heureuse.

— J'ai déjà tout gâché.

— Tais-toi !

Il grinça des dents.

— Bon Dieu ! Pourquoi ne peux-tu lire dans mon esprit ? Ce mutisme mental est un sacré inconvénient !

Il écarquilla les yeux, désarçonné.

— C'est nouveau, ça. Tu adores que je ne sois pas en mesure de deviner tes pensées.

— Pas aujourd'hui.

— Pourquoi ?

Agacée, je levai les mains, ressentant – et ignorant – au passage un élancement dans l'épaule, et les abattis brutalement sur son torse.

— Parce que ton angoisse serait inutile si tu pouvais voir ce que j'éprouve en ce moment. Enfin, il y a cinq minutes. J'étais parfaitement comblée, au nirvana. À présent, je suis… furax, en fait.

— Tu as raison d'être en colère après moi.

— Je le suis, tu es content ?

Il soupira.

— Non. Je crois que rien ne pourra me satisfaire, aujourd'hui.

— Voilà ce qui me rend furieuse. Tu me gâtes mon plaisir, Edward !

Il secoua la tête en levant les yeux au ciel. J'inspirai profondément. Mes douleurs commençaient à s'éveiller, mais ce n'était pas horrible. Un peu comme après une séance de musculation. Je m'y étais risquée, un jour, avec Renée, lors d'une de ces périodes où sa forme l'obsédait. Soixante-cinq mouvements d'affilée, des poids de cinq kilos dans chaque main. J'avais à peine réussi à marcher le lendemain. Ce que je ressentais en ce moment était beaucoup moins pénible. Ravalant mon irritation, je tâchai de m'exprimer d'une voix apaisante.

— Nous savions que cela serait risqué. Je croyais que c'était entendu. Par ailleurs… eh bien, ç'a été bien plus facile que ce que je prévoyais. Et ces bleus sont des brou-tilles. À mon avis, pour une première, nous nous sommes débrouillés comme des chefs, alors que nous allions vers l'inconnu. Avec un peu d'entraînement...

Il devint tellement livide que je m'interrompis au milieu de ma phrase.

— Franchement, Bella, tu avais deviné cela ? Que je te ferais du mal ? Avais-tu envisagé pire ? Considères-tu la chose comme un succès parce que tu es encore capable de marcher ? Pas d'os brisés, donc c'est une victoire ?

Je le laissai évacuer sa rage. Et se calmer. Alors, je repris la parole, détachant chaque mot :

— J'ignorais à quoi m'attendre. La seule chose certaine, c'est que je ne m'attendais pas à ce que ce soit aussi... mer-veilleux... parfait. Enfin, je ne sais pas comment ç'a été pour toi, mais moi, j'ai trouvé ça génial.

Un doigt froid me releva le menton.

— Tu t'inquiètes donc de cela ? demanda-t-il. De mon absence de plaisir ?

Je refusai de croiser son regard.

— J'ai conscience que ce n'est pas pareil. Tu n'es pas humain. J'essayais juste de t'expliquer que, en tant qu'hu-maine, je n'imagine rien d'aussi bon.

Il observa un silence si long que je me résolus à me tourner vers lui. Ses traits étaient empreints de plus de douceur, désormais.

— J'ai l'impression que j'ai d'autres excuses à te pré-senter, finit-il par dire. Je n'aurais pas osé imaginer que tu puisses interpréter mon bouleversement après ce que je t'ai infligé hier comme... eh bien, comme si ça n'avait pas été la meilleure nuit de ma vie. Mais je m'interdis de l'envisager ainsi, pas quand tu...

— C'est vrai ? La meilleure ?

— Après que toi et moi avons conclu notre accord, j'ai

discuté avec Carlisle, dans l'espoir qu'il saurait m'aider. Naturellement, il m'a prévenu que cela risquait d'être très dangereux pour toi. Mais il a eu foi en moi… une foi imméritée.

Je voulus protester, il m'en empêcha en posant deux doigts sur ma bouche.

— Je lui ai également demandé ce que j'allais éprouver… parce que je suis un vampire. (Il s'autorisa un demi-sourire.) Il m'a répondu que c'était une sensation très puissante, qui ne ressemblait à rien. Pour lui, l'amour physique n'est pas une chose à prendre à la légère. Vu nos tempéraments changeants, les émotions violentes peuvent nous altérer de façon permanente. Il m'a cependant conseillé de ne pas m'inquiéter de cela, que tu m'avais déjà complètement transformé.

Cette fois, son sourire fut plus authentique.

— J'ai aussi parlé à mes frères. Ils ont évoqué un intense plaisir. En deuxième position après celui que procure le sang humain. Mais j'ai déjà goûté le tien, et aucun sang n'est aussi puissant que *ça*… Je ne crois pas que Jasper et Emmett se trompent. Juste que, pour nous, ç'a été différent. Plus fort.

— Oui, ç'a été plus fort. Ç'a été tout.

— Cela n'enlève rien à mes torts. Même si ce que tu affirmes est vrai.

— Comment ça ? Tu crois que j'invente ? Pourquoi ferais-je un truc pareil ?

— Pour alléger ma conscience. Je ne peux pas ignorer l'évidence, Bella. Ni ta mauvaise habitude de vouloir m'innocenter quand je commets des erreurs.

Attrapant son menton, je me penchai vers lui, mon visage à seulement quelques centimètres du sien.

— Écoute-moi, Edward Cullen. Je ne raconte pas d'histoires pour que tu te sentes mieux, pigé ? Je ne savais même pas qu'il fallait te rassurer avant de comprendre que tu étais mal. Je n'ai *jamais* été aussi heureuse de ma vie, même le jour où tu as décidé que tu m'aimais trop pour me tuer, même le matin où je me suis réveillée pour découvrir que tu m'attendais… même lorsque j'ai entendu ta voix dans le studio de danse (il tressaillit à l'évocation de la fois où j'avais frôlé la mort, mais je poursuivis), ni quand tu as dit « oui » et que j'ai compris que tu étais mien pour toujours. Voilà les moments les plus heureux de mon existence, or la nuit que nous venons de vivre est encore mieux. Alors, fais avec et cesse de te torturer !

Il frôla les rides qui s'étaient formées entre mes sourcils.

— Je te rends malheureuse, en ce moment. Je n'ai pas envie de te rendre malheureuse.

— Alors, ne le sois pas toi-même. C'est le seul truc qui cloche, là.

Il plissa les yeux, respira un bon coup puis hocha la tête.

— Tu as raison. Le passé est le passé, je ne peux rien y changer. Inutile de laisser mon humeur gâcher la tienne. Je ferai tout ce que tu voudras pour que ton bonheur perdure.

Soupçonneuse, j'étudiai ses traits. Il me gratifia d'un sourire serein.

— Tout ?

Au même instant, mon ventre gargouilla.

— Tu as faim, s'empressa-t-il de constater.

Et il se leva vivement, dans un tourbillon de duvet blanc.

— Pour quelle raison as-tu décidé de détruire les oreillers d'Esmé ? m'enquis-je en m'asseyant.

Il avait déjà enfilé un pantalon de toile large et se tenait sur le seuil de la chambre, ôtant quelques plumes de ses cheveux.

— Je ne suis pas sûr d'avoir décidé de quoi que ce soit, marmonna-t-il. Disons que nous avons eu de la chance que ce soit les oreillers et pas toi.

Il prit une profonde inspiration puis secoua la tête, comme pour se débarrasser d'idées noires. Un sourire très sincère se dessina ensuite sur ses lèvres, mais je devinai qu'il lui demandait beaucoup d'efforts. Sortant du lit à mon tour, je m'étirai précautionneusement, plus consciente à présent des douleurs et des raideurs. Il étouffa un cri, et se détourna de moi, les poings serrés, les jointures blanchies.

— Suis-je tellement hideuse ? lançai-je d'un ton volontairement léger.

Il ne répondit pas, ne me fit pas face, sans doute pour ne pas me montrer son expression. Je me rendis dans la salle de bains afin d'évaluer l'ampleur des dégâts.

Devant le miroir en pied accroché à la porte, j'examinai mon corps nu. J'avais connu pire. L'une de mes pommettes s'ornait d'une ombre ténue, et mes lèvres étaient un peu enflées – à part ça, mon visage était intact. Le reste de ma petite personne s'ornait de taches bleues et mauves. Certains hématomes, sur les bras et les épaules, seraient difficiles à cacher. Rien de très grave cependant. J'avais tendance à marquer facilement. Le temps qu'un bleu se manifeste, j'avais en général oublié sa cause. Certes, ceux-ci commençaient seulement à se développer. J'aurais bien plus piètre allure le lendemain. Ce qui ne faciliterait pas la tâche.

En revanche, lorsque je vis mes cheveux, je gémis.

— Bella ?

Il était juste derrière moi.

— Je n'arriverai jamais à retirer tout ça de ma tête !

m'exclamai-je en montrant mon crâne, qui ressemblait à un nid d'oiseau.

— Nom d'un chien ! maugréa-t-il. C'est ça qui te préoccupe le plus !

Il s'approcha cependant et entreprit de m'aider à me débarrasser du duvet.

— Comment as-tu réussi à ne pas rire ? ronchonnai-je. J'ai l'air ridicule.

Sans répondre, il continua à s'activer. Il était évident que rien ne parviendrait à le dérider ce jour-là.

— On n'y arrivera pas comme ça, soupirai-je au bout d'une minute. Ils sont tout secs, je vais devoir les laver. Tu veux m'aider ? ajoutai-je en me retournant pour le prendre par la taille.

— Mieux vaut que je m'occupe de remplir ton estomac, murmura-t-il en s'écartant doucement de moi.

Il disparut aussitôt, pour ma plus grande frustration.

Apparemment, ma lune de miel était bel et bien terminée. Une grosse boule se forma dans ma gorge.

Lorsque je fus à peu près nettoyée de mes plumes et vêtue d'une robe de coton blanc que je ne connaissais pas et qui dissimulait mes pires hématomes, je suivis pieds nus l'odeur d'œufs, de bacon et de cheddar.

Devant une cuisinière en inox, Edward était en train de faire glisser une omelette sur une assiette bleu pâle. Le délicieux arôme me submergea, et j'eus l'impression que je pourrais dévorer l'assiette et la poêle. Mon estomac gronda.

— Tiens, me dit Edward en souriant.

Il posa mon petit déjeuner sur une petite table carrelée. Je m'assis sur l'une des chaises métalliques et entrepris d'engloutir le repas chaud. Je me brûlai la bouche, mais ça m'était bien égal.

— Je ne te nourris pas assez souvent, commenta-t-il en s'installant en face de moi.

— Je dormais, lui rappelai-je après avoir dégluti. À propos, c'est exquis. Impressionnant de la part de quelqu'un qui ne mange pas.

— Internet, répondit-il en me gratifiant du sourire en biais que j'adorais.

Je fus heureuse de le voir sur ses lèvres, heureuse qu'il parût d'humeur plus normale.

— D'où viennent ces œufs ?

— J'ai chargé l'équipe d'entretien de remplir la cuisine. Une première, ici. Il faudra que je leur demande comment nous débarrasser des plumes...

Sa voix mourut, et son regard se fixa quelque part au-dessus de ma tête. J'évitai de répondre, histoire de ne pas envenimer les choses.

Il avait beau avoir cuisiné pour deux, j'avalai le tout.

— Merci, dis-je à la fin en me penchant afin de l'embrasser.

Il me rendit automatiquement mon baiser, puis se raidit et recula. Serrant les dents, je lançai la question qui me turlupinait. Elle sonna comme une accusation.

— Tu n'as plus l'intention de me toucher tant que nous serons ici, hein ?

Il hésita puis me caressa la joue. Ses doigts s'attardèrent, légers, sur ma peau, et je ne pus m'empêcher de presser ma tête dans sa paume.

— Tu sais que ce n'est pas ce que j'escomptais.

— Oui, soupira-t-il en laissant tomber sa main. Et tu as raison.

Il se tut, releva le menton, puis reprit sur un ton ferme et définitif :

— Je ne ferai plus l'amour avec toi tant que tu n'auras pas été transformée. Je ne te ferai plus jamais de mal.

6

DISTRACTIONS

Me divertir devint la priorité. Nous fîmes de la plongée (enfin moi, car lui affichait son aptitude à nager sans avoir à reprendre son souffle) ; nous explorâmes la jungle miniature qui bordait le petit piton rocheux ; nous rendîmes visite aux perroquets qui nichaient dans la canopée, au sud-est de l'îlot. Nous admirâmes les couchers de soleil depuis les falaises de la côte ouest ; nous nageâmes avec les marsouins qui jouaient dans les eaux peu profondes et chaudes (enfin moi, car les animaux disparaissaient dès qu'Edward approchait, comme s'il avait été un requin).

Je savais très bien ce qui se passait. Il essayait de m'occuper, de me distraire, afin que je cesse de le harceler à propos de nos ébats intimes. Dès que je tentais de le convaincre qu'il serait peut-être bien de se calmer, en regardant par exemple l'un des millions de DVD entreposés sous la télévision à grand écran plasma, il m'attirait hors de la maison à l'aide de mots magiques tels « récif corallien », « grottes sous-marines » et « tortues des mers ». Nous nous dépensions toute la journée, et j'étais totalement morte de faim et de fatigue lorsque la nuit venait.

Tous les soirs après dîner, je somnolais sur mon assiette. Une fois, même, je m'endormis carrément à table, et il dut me porter au lit. Il faut dire qu'Edward me préparait toujours trop de nourriture, mais j'étais si affamée, après avoir nagé et crapahuté pendant des heures, que j'en mangeais la plupart. Puis, rassasiée et éreintée, j'avais du mal à garder les yeux ouverts. Tout cela relevait d'un stratagème soigneusement établi, sans aucun doute.

Ma fatigue handicapait mes tentatives pour le convaincre de changer d'avis. Pourtant, je ne renonçai pas. Je raisonnai, je suppliai, je boudai – en vain. En général, je sombrais avant que d'avoir pu vraiment plaider ma cause. Alors, mes rêves semblaient si réels – les cauchemars surtout, rendus encore plus vivants par les couleurs criardes de l'île – que je m'éveillais épuisée, quel que soit le nombre d'heures pendant lesquelles j'avais dormi.

Une semaine après notre arrivée environ, je décidai de risquer un compromis. Cela avait déjà fonctionné entre nous par le passé.

Je couchais à présent dans la chambre bleue. L'équipe de nettoyage ne viendrait que le lendemain, et la blanche était encore recouverte d'un tapis de plumes. Celle-ci était plus petite, le lit de proportions plus raisonnables. Les murs étaient lambrissés de teck sombre, et tous les accessoires étaient en luxueuse soie bleue.

Pour dormir, j'avais pris l'habitude de porter certains effets tirés de la collection de lingerie rassemblée par Alice. Ils n'étaient pas très osés, comparés aux bikinis scandaleux qu'elle avait également empaquetés. Je me demandai si ma belle-sœur avait eu une vision prémonitoire lui indiquant que j'aurais besoin de pareilles tenues, puis frissonnai, embarrassée par cette idée.

Je commençai avec d'innocents satins ivoire, craignant que révéler davantage ma peau ne produise un effet contraire à celui que je recherchais, mais prête à tout essayer. Edward parut ne rien remarquer, comme si j'étais encore fagotée dans mes sempiternels vieux survêtements.

Les hématomes avaient meilleure allure à présent. Ils jaunissaient à certains endroits, disparaissaient complètement à d'autres. Ce soir-là, donc, en me préparant dans la salle de bains, je sortis l'un des ensembles les plus osés. Il était en dentelle noire. Rien qu'à le regarder, j'en rougis et je pris bien soin de ne pas me contempler dans le miroir avant de regagner la chambre. Pas question de flancher dans mes résolutions.

J'eus l'immense satisfaction de le voir écarquiller les yeux, l'espace d'une seconde, avant qu'il ne se ressaisisse.

— Qu'en penses-tu ? demandai-je en pirouettant sur moi-même pour qu'il ne rate rien du tableau.

Il se racla la gorge.

— Tu es très belle. Comme toujours.

— Merci, répondis-je un peu aigrement.

J'étais trop fatiguée pour résister à l'envie de grimper tout de suite dans le lit moelleux. M'enfermant dans ses bras, il m'attira à lui, mais c'était là notre routine – il faisait trop chaud pour que je puisse dormir sans son corps glacé.

— Je te propose un marché, marmonnai-je, ensommeillée.

— Pas question.

— Tu n'as même pas entendu ce que j'ai à t'offrir.

— Pas grave.

— Flûte ! Tout ce que je voulais… oh, puis va au diable !

Il leva les yeux au ciel. Je fermai les miens, attendant qu'il morde à l'hameçon. Je bâillai. Il ne fallut qu'une minute, pas assez pour que je m'assoupisse.

— Très bien. Que veux-tu ?

Je retins un sourire. S'il y avait bien une tentation à laquelle il ne pouvait pas résister, c'était de me donner quelque chose.

— Eh bien, je me disais… je sais que cette histoire de Dartmouth n'est qu'une couverture mais, franchement, un semestre à l'université ne me tuerait pas. (C'étaient ses propres mots, prononcés longtemps auparavant, quand il avait tenté de me dégoûter de devenir vampire.) Je parie que Charlie serait friand d'anecdotes sur la fac. Bon, d'accord, si je ne réussis pas à me maintenir au niveau des cerveaux qui hantent les lieux, ça risque d'être un peu gênant. N'empêche… dix-huit ou dix-neuf ans, ça ne fait pas une grosse différence. Ce n'est pas comme si j'allais me rider en douze mois.

Il ne réagit pas pendant un bon moment.

— Tu serais prête à attendre, murmura-t-il ensuite, tout doucement. À rester humaine.

Je me mordis la langue. Allait-il tomber dans le piège ?

— Pourquoi m'infliges-tu cela ? se fâcha-t-il, tout à coup. Comme si ce n'était pas assez difficile avec ces fanfreluches ! (Il attrapa une poignée de dentelle noire qui froufroutait sur ma cuisse et, un instant, je crus qu'il allait la déchirer, puis sa poigne se détendit.) Aucune importance. De toute façon, je refuse de marchander avec toi.

— Je veux aller à la fac.

— Menteuse ! Et rien ne mérite que tu risques une nouvelle fois ta vie. Ou que tu souffres.

— Je te jure, j'en ai vraiment envie. Enfin, ce n'est pas

tant l'université. Je veux juste rester humaine un peu plus longtemps.

Fermant les paupières, il se pinça l'arête du nez.

— Tu me rends fou, Bella. N'avons-nous pas discuté de cela des milliers de fois déjà ? À l'époque tu me suppliais de te transformer en vampire immédiatement.

— Si, mais... eh bien, j'ai une raison de rester humaine que je n'avais pas avant.

— Laquelle ?

— Devine.

Sur ce je me redressai pour l'embrasser. Il me rendit mon baiser, mais pas d'une façon qui me donna à penser que j'étais en train de gagner. C'était plutôt comme s'il prenait soin de ne pas me vexer ; il se contrôlait d'une manière totale et agaçante. Tendrement, il rompit notre étreinte et me colla contre lui.

— Tu es tellement humaine, Bella, rit-il. Dominée par tes hormones.

— C'est tout l'intérêt, justement. J'aime cet aspect-là de mon humanité. Je n'ai pas envie d'y renoncer tout de suite. Je ne veux pas attendre des années, pendant lesquelles je serai un vampire nouveau-né avide de sang, pour la retrouver.

Je ne pus retenir un bâillement, et il sourit.

— Tu es fatiguée. Dors, mon amour.

Il se mit à fredonner la berceuse qu'il avait composée pour moi.

— Je me demande pourquoi je suis aussi éreintée, marmonnai-je. J'espère qu'il ne s'agit pas d'une de tes entourloupes.

Un bref rire lui échappa.

— Il est surprenant que je ne dorme pas mieux, d'ailleurs, poursuivis-je.

— Voyons, Bella ! Tu en écrases comme jamais ! Tu

n'as pas parlé dans ton sommeil depuis que nous sommes ici. Si tu ne ronflais pas, j'aurais même peur que tu ne sois comateuse.

J'ignorai la moquerie – je ne ronflais pas.

— Je ne me suis pas agitée ? Bizarre. D'habitude, je n'arrête pas de tournicoter quand j'ai des cauchemars. Et de crier.

— Parce que tu as des cauchemars ?

— Très impressionnants. Ce sont eux qui me fatiguent. Je m'étonne de ne pas bavasser toute la nuit.

— Sur quoi portent-ils ?

— Différentes choses, tout en étant reliés. À cause des couleurs.

— Pardon ?

— Ils sont si réels, si bigarrés. Normalement, quand je rêve, j'ai conscience de rêver. Là, je ne sais pas si je dors. Ça les rend encore plus effrayants.

— En quoi le sont-ils ? demanda-t-il, un peu perturbé par mes révélations.

Je frissonnai.

— Eh bien…

— Oui ?

Sans vraiment en déceler la raison, je ne tenais pas à lui parler de l'enfant qui revenait dans mes cauchemars récurrents. Cette horreur avait quelque chose de privé. Voilà pourquoi, j'éludai pour ne lui confier qu'un élément. Suffisant pour me terroriser. Comme n'importe qui, d'ailleurs.

— Les Volturi.

Ses bras se raffermirent autour de moi.

— Ils ne nous ennuieront pas, assura-t-il. Bientôt, tu seras immortelle, et ils n'auront plus aucun prétexte.

Je le laissai me réconforter, un peu coupable du malentendu. Mes songes n'étaient pas exactement ainsi. Ce n'était pas pour moi que j'avais peur, mais pour le garçonnet qui m'était apparu quatre fois en une semaine. Ce dernier n'était pas celui de ma première vision – l'enfant vampire aux prunelles rouge sang assis sur le monceau des cadavres des gens que j'aimais. Il était humain, joues roses et grands yeux verts. Pourtant, à l'instar du petit vampire, il tremblait d'effroi et de désespoir, cependant que les Volturi l'encerclaient. Dans ce cauchemar, à la fois ancien et nouveau, je n'avais d'autre choix que de protéger le gamin, tout en sachant que j'échouerais à coup sûr.

— Ai-je un moyen de t'aider ? s'enquit Edward en notant à quel point j'étais désolée.

— Ce ne sont que des rêves.

— Veux-tu que je chante pour toi ? Si cela doit les éloigner, je suis prêt à fredonner toute la nuit.

— Tous ne sont pas affreux. Certains sont chouettes, même. Tellement… colorés. Sous l'eau, en compagnie des poissons et des coraux. J'ai l'impression que c'est pour de vrai. Cette île est peut-être responsable. Tout est très vivace, ici.

— Souhaites-tu que nous retournions à la maison ?

— Non ! C'est trop tôt. Est-il possible de rester encore un peu ?

— Aussi longtemps que tu le voudras.

— Quand la rentrée universitaire commence-t-elle ? Tu as dû me le dire, mais j'ai oublié.

Il soupira. Je m'endormis avant qu'il n'ait recommencé à chantonner ma berceuse.

Plus tard, je me réveillai en sursaut. Mon rêve avait été très réel… vivant… sensoriel… Je poussai un cri, désorientée par l'obscurité, alors que, une seconde seulement auparavant, semblait-il, j'étais dans l'éclat du soleil.

119

— Bella ? chuchota Edward en me secouant doucement. Tu vas bien, chérie ?

— Oh ! haletai-je.

Ce n'avait été qu'un rêve. Pas la réalité. À ma grande surprise, je me mis à pleurer.

— Bella ! répéta Edward, inquiet. Que se passe-t-il ?

Il essuya mes larmes tièdes avec ses doigts froids et anxieux, mais le flot était intarissable.

— Un rêve, rien de plus, balbutiai-je.

Mes sanglots me déstabilisaient, mais c'était surtout le chagrin vertigineux qui s'était emparé de moi qui était incontrôlable. J'aurais tellement aimé que le rêve fût vrai.

— Tout va bien, mon amour, je suis là, me rassura Edward en me berçant un peu trop vite. As-tu fait un autre cauchemar ?

— Non, protestai-je. C'était un beau rêve.

— Alors, pourquoi pleures-tu ?

— Parce que je me suis réveillée.

J'enroulai mes bras autour de sa nuque et je me mis à sangloter dans son cou. Ma drôle de logique le fit rire, d'un rire tendu et angoissé cependant.

— Tout va bien, Bella. Respire.

— C'était si réel. Je voudrais que ce soit réel.

— Explique-moi. Ça t'aidera peut-être.

— Nous étions sur la plage…

Je m'interrompis, m'écartai de lui et regardai son visage angélique et anxieux à travers des yeux noyés de larmes. Ma tristesse refluait, cédant la place à la morosité.

— Et ? insista-t-il.

Déchirée, je ravalai les sanglots.

— Oh, Edward !

— Dis-moi.

Sauf que c'était impossible. À la place, je crochetai de nouveau son cou et l'embrassai fiévreusement. Ce n'était pas du tout du désir – c'était un besoin, violent jusqu'au chagrin. Il réagit aussitôt à mon baiser, m'écartant très vite après, néanmoins. Il le fit tendrement, surpris par ma ferveur.

— Non, Bella, murmura-t-il en m'observant comme s'il craignait que je ne perde la raison.

Vaincue, je le lâchai, en proie à un nouvel accès de larmes. Il avait raison, j'étais sûrement folle.

— Ex-ex-excuse-moi, bégayai-je.

Il me ramena contre lui et me serra fort contre son torse marmoréen.

— Je ne peux pas, Bella. Je ne peux pas !

Ce gémissement était celui d'une véritable souffrance.

— Je t'en supplie, Edward.

J'ignore s'il était ému par les larmes qui secouaient ma voix, s'il était désarçonné par la rapidité de mon attaque ou si son désir était tout bonnement aussi fougueux que le mien en cet instant. Quoi qu'il en soit, il m'embrassa et rendit les armes.

Nous reprîmes là où mon rêve s'était arrêté.

Au matin, lorsque je m'éveillai, je ne bougeai pas et tentai de garder une respiration mesurée. J'avais peur d'ouvrir les yeux. J'étais couchée sur la poitrine d'Edward, qui était figé ; ses bras ne m'enlaçaient pas, un mauvais signe. Je redoutais d'affronter sa colère.

Prudemment, je l'espionnai à travers mes cils. Il fixait le plafond, mains sous la tête. Je me dressai sur un coude afin de mieux examiner son expression. Il n'en affichait aucune.

— Qu'est-ce que je risque ? demandai-je d'une toute petite voix.

— Beaucoup, répondit-il en se tournant toutefois vers moi et en m'adressant un sourire narquois.

— Désolée, soufflai-je, soulagée. Je ne voulais pas... je ne sais pas exactement ce qui m'a pris, cette nuit.

— En tout cas, tu ne m'as toujours pas détaillé ton rêve.

— D'accord, mais je t'ai *montré* sur quoi il portait, ripostai-je avec un rire nerveux.

— Oh ! Intéressant.

— C'était un très beau rêve, marmonnai-je. Suis-je pardonnée ? demandai-je ensuite, parce qu'il ne commentait pas.

— J'y réfléchis.

Je m'assis, prête à inspecter les dégâts sur mon corps. Pas de plumes, cette fois. C'était déjà ça. Quand je bougeai, un vertige s'empara de moi, je vacillai et m'écroulai sur les oreillers.

— Houps ! Je me suis un peu précipitée.

— Tu as dormi longtemps. Douze heures.

— *Quoi ?*

Comme c'était étrange ! Je repris l'examen de moi-même en m'efforçant de rester discrète. Je n'avais rien. Les bleus sur mes bras étaient vieux d'une semaine. Je m'étirai. Là non plus, rien. Bref, j'étais en pleine forme.

— Tu as terminé l'inventaire ?

Penaude, je hochai la tête.

— Les oreillers semblent avoir survécu.

— Malheureusement, je ne peux pas dire la même chose de ta... euh... chemise de nuit.

Du menton, il désigna le pied du lit, où des lambeaux de dentelle noire jonchaient les draps de soie.

— Dommage, je l'aimais bien.

— Moi aussi.

— Où sont les autres blessés ?

— Il faudra que j'achète une nouvelle tête de lit à Esmé, confessa-t-il en jetant un coup d'œil derrière lui.

Suivant son regard, je fus choquée de découvrir que de vastes morceaux de bois avaient été arrachés au côté gauche du meuble.

— Hum ! Et moi qui n'ai rien entendu !

— Tu es extraordinairement distraite quand ton attention est accaparée.

— J'étais un peu absorbée, admis-je en devenant écarlate.

Il caressa ma joue et soupira.

— Cela va vraiment me manquer.

Je scrutai son visage, en quête des signes de colère ou de remords que je craignais. Il me contempla avec calme, sans rien trahir.

— Et toi, comment vas-tu ? lançai-je.

Il s'esclaffa.

— Quoi ? m'offusquai-je.

— Tu as l'air si coupable ! À croire que tu viens de commettre un crime.

— Je me sens coupable.

— Tu as séduit ton mari qui ne demandait que cela, ce n'est pas un meurtre.

Il se moquait. J'en rougis de plus belle.

— Le mot « séduire » implique un certain degré de préméditation, objectai-je.

— Alors, ce n'est peut-être pas le bon.

— Tu n'es pas fâché ?

— Non, sourit-il, comme à regret.

— Pourquoi ?

— Eh bien… je ne t'ai pas blessée. Cette fois, il m'a été plus facile de me contrôler, de canaliser mes excès (ses yeux se posèrent brièvement sur le lit). Peut-être parce que j'avais une meilleure idée de ce à quoi m'attendre.

Un sourire plein d'espoir étira mes lèvres.

— Ha ! je t'avais bien dit qu'il ne nous fallait qu'un peu d'entraînement !

Il fit la grimace. À cet instant, mon estomac gronda, et il rit.

— C'est l'heure du petit déjeuner pour les humains ?

— Oui, merci.

Je sautai à terre. Une fois encore, j'avais été trop brusque, et je titubai comme une ivrogne avant de retrouver mon équilibre. Il me rattrapa, m'évitant d'aller me cogner dans la commode.

— Tu es sûre que ça va ?

— Si, dans ma prochaine vie, je n'ai pas un meilleur sens de l'équilibre, j'exige qu'on me rembourse.

Ce matin-là, ce fut moi qui fis la cuisine. Trop impatiente pour préparer quelque chose d'élaboré, je me contentai d'œufs frits que je transvasai dans mon assiette après seulement quelques minutes de cuisson.

— Depuis quand aimes-tu les œufs sur le plat ? demanda Edward.

— Aujourd'hui.

— As-tu idée du nombre d'œufs que tu as avalés en une semaine ?

Il tira la poubelle de sous l'évier – elle était pleine de boîtes bleues.

— Étrange, admis-je en gobant un morceau brûlant. Cet endroit dérègle mon appétit. (Ainsi que mes rêves et mon équilibre déjà douteux.) Mais je m'y plais. Nous devrons pourtant partir bientôt, j'imagine, histoire d'être à Dartmouth en temps et en heure. Il faut aussi que nous trouvions un toit.

— Inutile de continuer à faire semblant de vouloir aller à la fac, riposta-t-il en s'asseyant près de moi. Tu as eu ce que tu voulais, après tout. Et nous n'avons pas conclu d'accord, donc tu n'as aucune obligation.

— Je ne fais pas semblant, objectai-je. Contrairement à certaines personnes de ma connaissance, je ne passe pas mon temps à comploter. Genre, qu'allons-nous bien pouvoir inventer pour épuiser Bella, aujourd'hui ?

Mon imitation de sa voix était nulle, et il s'esclaffa, sans vergogne aucune.

— J'ai vraiment envie d'être humaine encore un petit moment, poursuivis-je en caressant sa poitrine nue. Je ne suis pas rassasiée.

— De cela ? répliqua-t-il en arrêtant ma main qui descendait. C'était ça depuis le début ? Le sexe ? Pourquoi n'y ai-je pas pensé plus tôt ? Ça m'aurait évité bien des disputes.

— Oui, sans doute ! m'esclaffai-je.

— Tu es tellement humaine, répéta-t-il.

— Je sais.

Une ombre de sourire se dessina sur sa bouche.

— Ainsi, nous allons vraiment à Dartmouth ?

— Je serai sans doute éjectée dès le premier semestre.

— Je te ferai travailler. Tu vas adorer la fac.

Son sourire était immense à présent.

— Crois-tu que nous trouverons un appartement si près de la rentrée ?

— Nous avons déjà une maison, là-bas, avoua-t-il avec une moue. Au cas où.

— Vous avez acheté une maison ?

— L'immobilier est un bon investissement.

Je décidai de laisser tomber.

— Alors, tout est prêt.

— Je verrai s'il est possible de conserver ta voiture « d'avant » un peu plus longtemps.

— Oui. Dieu me garde de rencontrer des chars d'assaut.

Il rigola.

— Combien de temps encore pouvons-nous rester ici ?

— Rien ne presse. Quelques semaines, si tu veux. Puis nous n'aurons qu'à rendre visite à Charlie avant de gagner le New Hampshire. Et tu passeras Noël avec Renée.

Voilà qui promettait un futur proche heureux, libre de souffrance pour toutes les personnes impliquées. Le tiroir de Jacob, que je n'oubliais pas, se manifesta, et je corrigeai le tir – *presque* toutes les personnes impliquées.

C'était de moins en moins facile. Maintenant que j'avais découvert combien il pouvait être agréable d'être humaine, il était tentant de renoncer à mes plans. Dix-huit ou dix-neuf ans, dix-neuf ou vingt... était-ce important ? Je ne changerais pas tellement, en douze mois. Or, être humaine avec Edward... la décision était chaque jour plus compliquée à prendre.

— Va pour quelques semaines, agréai-je.

Mais comme j'avais l'impression que le temps filait, je m'empressai d'ajouter :

— Je me disais... tu te rappelles que j'ai mentionné la nécessité de nous exercer ?

— Un peu de patience ! rit-il. J'entends un bateau. L'équipe de nettoyage qui arrive.

Patienter. Cela signifiait-il qu'il ne s'opposerait plus à nos séances d'entraînement ?

— Laisse-moi expliquer à Gustavo pourquoi la chambre blanche est dans cet état. Ensuite, nous sortirons. Il y a un endroit dans la jungle, au sud de l'île, que...

— Je n'ai pas envie de crapahuter, aujourd'hui. Je veux rester ici et regarder un film.

Il serra les lèvres en s'efforçant de retenir le rire que provoquait ma maussaderie.

— D'accord. Va donc en choisir un pendant que je leur ouvre.

— Personne n'a frappé.

Il inclina la tête, aux aguets. Une demi-seconde plus tard, un coup timide retentit. Tout sourire, Edward gagna l'entrée.

De mon côté, je me dirigeai vers les étagères que surplombait l'énorme télévision. Difficile de décider par où commencer. Elles recelaient plus de DVD qu'un magasin de location.

Je perçus les intonations veloutées d'Edward, alors qu'il se rapprochait, s'exprimant couramment dans ce que je devinai être du portugais. Une voix humaine plus dure lui répondit dans la même langue. Ils passèrent dans le couloir, en direction de la cuisine. Le couple de Brésiliens qui accompagnaient Edward paraissaient très petits à côté de lui. L'homme était rondouillard, la femme menue. Tous deux étaient ridés. Edward me désigna avec un sourire fier, et je distinguai mon prénom dans la conversation. Je rougis vaguement en songeant au bazar que nous avions provoqué dans la chambre blanche. Le petit bonhomme m'adressa un sourire poli.

En revanche, sa compagne ne sourit pas. Elle me fixa avec un mélange d'horreur, d'inquiétude et presque de peur. Je n'eus pas le loisir de réagir cependant, car Edward les entraîna dans la chambre.

Quand il revint, il était seul. Il s'approcha vivement de moi et m'enlaça.

— Qu'est-ce qu'elle a ? chuchotai-je.

Il haussa les épaules, guère soucieux.

— Kaure a du sang indien Ticuna. Elle a davantage été élevée dans la superstition, ou la conscience, que les autres personnes qui peuplent notre monde moderne. Elle soupçonne ce que je suis, n'en est pas loin du moins. (Il semblait toujours aussi peu anxieux.) Ils ont leurs propres légendes, ici. Le *Libishomen*, une sorte de démon buveur de sang qui s'attaque exclusivement aux belles femmes.

Il ricana en me regardant. Les belles femmes ? Voilà qui était flatteur.

— Elle a l'air terrifié, dis-je.

— Elle l'est. En réalité, elle s'angoisse surtout pour toi.

— Moi ?

— Elle redoute les raisons de ta présence ici, seule avec moi, s'esclaffa-t-il, sarcastique. Bon, as-tu choisi un film ? C'est une activité humaine parfaitement acceptable.

— Oui, je suis certaine que ça la persuadera que tu l'es, humain.

Rieuse, je plaquai mes mains autour de sa nuque et me hissai sur la pointe des pieds. Il se pencha pour m'embrasser, et ses bras m'enlacèrent, me soulevant de terre.

— Au diable le film, marmonnai-je entre deux baisers tout en fourrageant dans ses boucles cuivrées.

Soudain, je perçus un souffle, et il me reposa brutalement par terre. Kaure était figée sur le seuil, des plumes dans ses cheveux noirs, un gros sac à la main, une expression horrifiée sur le visage. Yeux écarquillés, elle me contemplait. Je baissai la tête en rougissant. Puis elle se ressaisit et murmura quelques mots que, malgré mon ignorance de la langue, je compris être des excuses. Edward lui répondit avec affabilité, et elle fila dans le couloir.

— Pensait-elle ce que je pense qu'elle pensait ? chuchotai-je.

— Oui, répondit-il, amusé par mes circonvolutions.

— Tiens, dis-je en prenant un boîtier au hasard. Mets ça, qu'on fasse semblant de le regarder.

C'était une vieille comédie musicale, pleine de gens heureux et de robes froufroutantes.

— Idéal pour une lune de miel, commenta Edward.

Pendant que les acteurs dansaient sur une chanson entraînante, je me blottis dans le canapé en compagnie de mon époux.

— Réintégrerons-nous la chambre blanche ? demandai-je.

— Je ne sais pas. J'ai déjà abîmé le lit de la bleue. Si nous limitons nos dégâts à une partie de la maison, Esmé acceptera peut-être de nous y réinviter.

— Ainsi, il risque d'y avoir de nouveaux dégâts ? m'enthousiasmai-je.

— Je crois qu'il vaudra mieux préméditer les choses plutôt qu'attendre que tu m'agresses.

— Ce ne serait en effet qu'une question de temps, admis-je sans honte.

Dans mes veines, mon pouls s'accéléra.

— Ton cœur s'affole-t-il pour une raison précise ? me lança-t-il.

— Non. J'ai une santé de cheval. As-tu envie d'aller inspecter la zone de démolition maintenant ?

— Patience ! Nous ne sommes pas seuls. Ce serait impoli. Tu ne remarques pas que je démolis les meubles, mais cela leur flanquerait sûrement la frousse, à eux.

À vrai dire, j'avais déjà oublié la présence du couple.

— Tu as raison. Zut !

Gustavo et Kaure œuvrèrent discrètement pendant que je m'efforçais de suivre les scènes joyeuses qui se déroulaient sur l'écran. Je commençais à somnoler – même si Edward m'avait assuré que j'avais dormi presque toute la journée – quand de rudes intonations me réveillèrent en sursaut. Edward se redressa sans me lâcher et s'adressa à Gustavo, lequel acquiesça avant de se diriger vers la porte.

— Ils ont fini, m'annonça Edward.

— Dois-je comprendre que nous sommes enfin seuls ?

— Et si tu déjeunais d'abord ?

Partagée, je me mordis les lèvres. Je mourais de faim.

Avec un sourire, il m'emmena dans la cuisine. Il me connaissait si bien qu'il aurait pu lire dans mon esprit.

— Mon appétit devient incontrôlable ! me plaignis-je, une fois rassasiée.

— Désires-tu nager avec les dauphins cet après-midi, histoire de brûler les calories ?

— Plus tard peut-être. J'ai une autre idée pour ça.

— Laquelle ?

— Eh bien, la tête de lit est loin d'être entièrement cassée...

Je ne terminai pas ma phrase, car il m'avait déjà prise dans ses bras, et ses lèvres s'écrasaient sur les miennes, cependant qu'il m'entraînait à une vitesse inhumaine vers la chambre bleue.

7

◆

SURPRISE

La ligne noire avançait vers moi au milieu d'un brouillard pareil à un linceul. Je distinguais les prunelles rubis qui brillaient du désir de tuer. Les lèvres étaient retroussées sur des dents aiguisées et humides, qui pour gronder, qui pour sourire. Derrière moi, l'enfant se mit à pleurer, mais il m'était impossible de me retourner pour le regarder. Bien que j'eusse une envie désespérée de m'assurer qu'il allait bien, je ne pouvais me permettre de relâcher mon attention. Ils se rapprochèrent tels des fantômes, leurs capes noires doucement agitées par leurs mouvements. Leurs mains se recroquevillèrent en griffes couleur d'ossements. Ils se séparèrent afin de nous cerner de toutes parts. Nous étions coincés. Nous allions mourir.

Puis, pareille à l'éclair d'un flash, la scène se modifia brutalement. Rien n'avait changé, pourtant. Les Volturi continuaient à venir à nous, menaçants, prêts au massacre. En revanche, ma perception de ce qui se passait était tout autre. Soudain, j'avais hâte. Je *voulais* qu'ils attaquent. Ma panique se sublima en soif sanguinaire, alors que je me tapissais, un rictus aux lèvres, mes dents dévoilées, et qu'un grondement s'échappait de ma gorge.

Je m'éveillai en sursaut, choquée.

La chambre était plongée dans l'obscurité. La touffeur était infernale. La transpiration collait mes cheveux sur mes tempes et dégoulinait le long de mon cou. Je tapotai alentour sur les draps pour découvrir que j'étais seule.

— Edward ?

Au même instant, mes doigts frôlèrent un objet lisse, plat et raide. Une feuille de papier pliée en deux. M'emparant de la note, je tâtonnai afin d'allumer. La lettre était adressée à Mme Cullen.

J'espère que tu ne te réveilleras pas en mon absence. Si c'était le cas, sache que je ne tarderai pas à rentrer. Je me suis juste rendu à terre pour chasser. Rendors-toi, je serai là au matin. Je t'aime.

Je poussai un soupir. Nous étions sur l'île depuis deux semaines, j'aurais dû me douter qu'il aurait à s'éclipser. C'était comme si nous existions en dehors du temps, ici, dérivant de conserve dans une perfection totale.

J'essuyai la sueur sur mon front. J'étais alerte, bien que la pendule sur la coiffeuse indiquât plus de une heure du matin. Je savais que je ne me rendormirais pas, enfiévrée et collante comme je l'étais. Sans parler du fait que, si j'éteignais la lumière et que je fermais les yeux, je pouvais être certaine de revoir les silhouettes noires rôdant derrière mes paupières.

J'errai sans but dans la maison sombre, allumant les lampes au fur et à mesure. Elle paraissait si grande et si vide sans Edward. Différente.

Je terminai dans la cuisine, et je songeai que j'avais peut-être besoin d'un peu de réconfort. Je fouillai dans le réfrigérateur, jusqu'à ce que je déniche de quoi préparer des cuisses de poulet. La viande qui grésillait dans la poêle émit un bruit agréable et banal, qui me donna le sentiment d'être moins seule. L'odeur était si alléchante que je commençai à manger à même la poêle, me brûlant la langue au passage. Au cinquième ou sixième morceau cependant, le poulet avait suffisamment refroidi pour que je puisse en apprécier le goût. Je cessai peu à peu de mâcher. La saveur n'avait-elle pas quelque chose de particulier ? Je vérifiai que le tout était assez cuit, puis renouvelai l'expérience. Pouah ! Parfaitement immangeable. Je me précipitai vers l'évier pour cracher ma bouchée. Tout à coup, l'odeur de viande frite m'était devenue intolérable. Je jetai tout le contenu de l'assiette à la poubelle, puis j'ouvris les fenêtres afin d'aérer la pièce. Une brise frisquette s'était levée, sa caresse sur ma peau me fit du bien.

Brusquement, je me sentis épuisée. Mais comme je ne voulais pas retourner dans la chambre étouffante, j'ouvris également les fenêtres du salon et me couchai sur le canapé. Je remis le film que nous avions regardé quelques jours auparavant et m'endormis dès la première chanson.

Quand je me réveillai, le soleil était à mi-chemin de sa course dans le ciel. Cependant, c'étaient des bras frais autour de moi qui m'avaient tirée du sommeil. Edward me serrait contre lui. Au même instant, une douleur fulgurante me tordit l'estomac, un peu comme une réaction à un coup violent porté au ventre.

— Je suis désolé, Bella murmurait Edward en passant une paume glacée sur mon front moite. Je n'ai pas été très consciencieux. Je n'ai pas pensé que tu aurais si chaud sans moi. La prochaine fois, je ferai installer la climatisation avant de te quitter.

— Excuse-moi ! répondis-je, incapable de me concentrer sur ses paroles.

Je me débattis pour échapper à son étreinte. Aussitôt, il me lâcha.

— Bella ?

Je fonçai à la salle de bains, une main sur les lèvres. J'étais si malade qu'il me fut égal qu'il m'y suive. Au début, du moins. Accroupie, je vomis dans les toilettes.

— Que se passe-t-il, Bella ?

Je n'étais pas encore en mesure de m'expliquer. Il me soutint anxieusement, retenant mes cheveux en arrière, et attendit que je retrouve mon souffle.

— Fichu poulet pas frais, marmonnai-je.

— Ça va ? s'enquit-il d'une voix tendue.

— Très bien, haletai-je. Rien qu'une intoxication alimentaire. Inutile d'assister à cela. Va-t'en.

— Sûrement pas.

— Va-t'en !

Je me remis debout tant bien que mal afin de me rincer la bouche. Il m'aida, sans tenir compte de mes faibles tentatives pour l'écarter. Ensuite il me porta jusqu'au lit, où il m'assit précautionneusement avant de m'offrir le soutien de ses bras.

— Une intoxication ?

— Oui, croassai-je. Je me suis fait du poulet, cette nuit. Comme il avait un sale goût, je l'ai balancé. Mais j'en avais déjà avalé quelques morceaux.

— Et maintenant, comment te sens-tu ? s'enquit-il en posant une main fraîche et agréable sur mon front.

Je réfléchis un instant. La nausée avait disparu aussi rapidement qu'elle avait surgi, et j'étais dans le même état que tous les matins.

— Normale, répondis-je. J'ai même un peu faim, figure-toi.

Il m'obligea à patienter une heure et à boire un verre d'eau avant de me préparer des œufs. J'étais en forme, juste un peu fatiguée par mon insomnie. Il alluma CNN – nous avions été tellement coupés du monde, que la troisième guerre mondiale aurait pu éclater sans que nous fussions au courant –, et je somnolai sur ses genoux.

Les nouvelles finissant par me lasser, je me retournai pour l'embrasser. Exactement comme le matin, un violent élancement me déchira les entrailles quand je bougeai. Je m'écartai en me mordant le poing. Devinant que je n'arriverais pas à temps à la salle de bains, je courus jusqu'à l'évier de la cuisine. Une fois encore, Edward me suivit et retint mes cheveux.

— Nous devrions peut-être aller à Rio afin de consulter un médecin, suggéra-t-il anxieusement, lorsque je me fus rincé la bouche.

Je secouai la tête tout en retournant dans le couloir. Les docteurs étaient synonymes d'aiguilles.

— Je vais me brosser les dents, ça ira bien mieux après.

Une fois débarrassée du mauvais goût dans ma bouche, je fouillai ma valise, en quête de la trousse médicale d'urgence. Alice s'en était également occupée, et elle était pleine de choses humaines, comme des pansements, des antalgiques et, ce que je voulais, un médicament destiné à faciliter la digestion. Si je calmais les soubresauts de mon ventre, Edward se rassurerait sans doute. Toutefois, avant que j'aie pu trouver ce que je cherchais, je tombai sur autre chose : je contemplai longuement la petite boîte bleue placée dans mon bagage par Alice, oubliant tout le reste. Alors, je me mis à compter mentalement. Une fois. Deux fois. Trois fois.

Surprise par le coup frappé à la porte, je lâchai la boîte.

— Ça va ? me demanda Edward, de l'autre côté du battant. Tu es de nouveau malade ?

— Oui et non, répondis-je d'une voix étranglée.

— Bella ? Laisse-moi entrer.

— D'ac... d'accord.

Surgissant, il prit la mesure de la situation – j'étais assise en tailleur par terre près de la valise, une expression hébétée sur le visage. Il s'installa à côté de moi et sa main se porta derechef à mon front.

— Qu'y a-t-il ?

— Combien de jours se sont-ils écoulés depuis le mariage ? chuchotai-je.

— Dix-sept, lança-t-il automatiquement. Qu'as-tu, Bella ?

Occupée à recompter, je levai un doigt pour lui intimer le silence. Je m'étais trompée dans mes calculs, un peu plus tôt. Nous étions ici depuis plus longtemps que je ne l'avais cru. Je recommençai.

— Bella ! s'impatienta-t-il. Je deviens fou !

Je tentai de déglutir. Sans résultat. À la place, je ramassai la petite boîte bleue de tampons et la lui tendis sans rien dire. Il me contempla, ahuri.

— Tu essayes de mettre les malaises sur le compte de tes règles ?

— Non, Edward, parvins-je à balbutier. J'essaye juste de te dire que j'ai cinq jours de retard.

Ses traits ne changèrent pas, à croire que je n'avais pas parlé.

— À la réflexion, ce n'est sûrement pas une intoxication alimentaire.

Il ne broncha pas. Il s'était mué en statue.

— Les rêves, marmonnai-je. Ce sommeil abrutissant. Les larmes. Cette boulimie. Oh ! Oh ! *Oh !*

Edward était de glace, comme s'il ne me voyait plus.

Par instinct, presque involontairement, je portai la main à mon ventre.

— Oh ! couinai-je une fois encore.

Je bondis sur mes pieds, échappant aux bras inertes d'Edward. Ne m'étant pas changée, j'arborais toujours la camisole et le short que j'avais mis pour dormir. Écartant le tissu bleu, j'examinai mon estomac.

— Impossible ! chuchotai-je.

Je n'avais aucune expérience de la grossesse, des bébés, de cette partie de l'univers. Pour autant, je n'étais pas idiote. J'avais vu assez de films et d'émissions de télévision pour savoir que ça ne fonctionnait pas ainsi. Je n'avais que cinq jours de retard. Quand bien même j'aurais été enceinte, mon corps ne s'en serait pas rendu compte. Je n'aurais pas eu de nausées, ma façon de me nourrir et celle de dormir n'auraient pas changé. Et, par-dessus tout, un bedon, certes petit mais bien défini, n'aurait pas pointé entre mes hanches. Je me tortillai afin de l'inspecter sous toutes les coutures, comme s'il était susceptible de disparaître, pour peu qu'il fût exposé à la bonne lumière. Je fis courir mes doigts sur la proéminence subtile et m'étonnai de sa dureté de pierre.

— Impossible, répétai-je

En effet, bedon ou pas, règles ou pas (et je ne les avais pas, alors que je n'avais jamais eu de retard dans ma vie), il était inconcevable que je puisse être *enceinte*. Le seul avec lequel j'avais couché était un vampire, nom d'un chien !

Un vampire toujours aussi pétrifié et qui ne donnait pas le moindre signe de vouloir bouger.

Il devait y avoir une autre explication. Un dérangement. Une étrange maladie sud-américaine qui présentait les mêmes symptômes qu'une grossesse, en plus rapide…

C'est alors que je me rappelai une matinée de recherches sur l'Internet qui paraissait remonter à des siècles. Assise à mon vieux bureau, dans ma chambre chez Charlie, éclairée par la lumière grise et terne du jour, fixant l'antiquité qui me servait d'ordinateur, en train de lire avidement ce que racontait un site intitulé « Vampires de A à Z ». Moins de vingt-quatre heures auparavant, Jacob Black avait tenté de me divertir en me narrant les légendes Quileute auxquelles il ne croyait pas encore et m'avait révélé qu'Edward était un vampire. J'avais anxieusement parcouru les premières pages du site, dédié aux vampires de par le monde : *Danag* philippin, *Estrie* hébreux, *Varacolaci* roumain et *Stregoni benefici* italiens (un conte qui racontait en réalité les exploits de mon nouveau beau-père chez les Volturi, même si je n'en avais rien su à l'époque). J'avais prêté de moins en moins attention aux histoires au fur et à mesure qu'elles devenaient de plus en plus improbables. Je ne me souvenais que vaguement des dernières entrées. Elles m'étaient apparues comme de simples prétextes inventés pour expliquer des choses comme le taux de mortalité infantile et l'infidélité. « Non, chérie, je ne te trompe pas ! Cette femme sexy que tu as surprise en train de filer en douce de la maison était une affreuse succube. J'ai de la chance de m'en être tiré vivant ! » Naturellement, avec ce que je savais maintenant des vampires, je soupçonnai que ces fadaises n'en étaient pas. Il y en avait eu également à l'intention des dames. « Comment oses-tu m'accuser de t'avoir été infidèle, rien que parce que tu reviens d'un voyage en mer de deux ans et que je suis enceinte ? C'était l'incube. Il m'a hypnotisée grâce à ses pouvoirs mystiques… »

Telle avait été la définition d'un incube – sa capacité à engrosser ses proies infortunées.

Je secouai la tête, ahurie. Mais…

Je repensai à Esmé, à Rosalie surtout. Les vampires ne pouvaient pas avoir d'enfants. Sinon, Rosalie aurait trouvé un moyen de procréer, depuis le temps. Le mythe de l'incube n'était qu'une fable.

Sauf que... il y avait une différence. Rosalie était stérile, parce qu'elle était figée dans l'état où elle était au moment de sa transformation en vampire. Or, il fallait que les corps des femmes humaines changent pour porter des enfants. Il y avait les modifications constantes des cycles menstruels, puis les plus importantes indispensables à l'accommodation d'un fœtus en croissance. Le corps de Rosalie ne pouvait évoluer. Le mien, si. J'en avais la preuve. Je touchai la bosse qui n'avait pas été là la veille.

Quant aux hommes, ils restaient à peu près les mêmes de la puberté à la mort. Me revinrent des petits riens, glanés Dieu savait où : Charlie Chaplin avait dans les soixante-dix ans quand il avait engendré son plus jeune enfant. Les hommes n'étaient pas soumis à l'horloge biologique de la fertilité. Certes, nul n'était en mesure de dire si les vampires masculins étaient capables de donner la vie, là où leurs partenaires féminines ne l'étaient pas. Quel vampire au monde avait assez de contrôle sur lui – ou assez d'attirance – pour vérifier la chose avec une humaine ?

Personnellement, je n'en connaissais qu'un.

Tandis qu'une partie de mon cerveau triait les faits, les souvenirs et les spéculations, la deuxième – celle qui gérait mon aptitude à bouger le moindre de mes muscles – était stupéfaite au point que je n'étais même plus en état d'agir normalement. Impossible de remuer les lèvres pour parler, alors que j'avais envie de supplier Edward de m'expliquer ce qui se passait. Il fallait que je le rejoigne, que je le touche, mais mon corps refusait de m'obéir. J'en étais réduite à contempler mes yeux choqués dans le miroir et mes doigts appuyés sur le bossellement de mon estomac.

Soudain, comme dans mon cauchemar si réel de la nuit, la scène se transforma sans crier gare. Ce que je voyais dans la glace parut complètement différent, alors que rien de particulier n'avait changé. Cela fut dû à un infime mouvement contre ma paume – depuis l'intérieur de mon ventre.

Au même instant, le téléphone d'Edward se mit à sonner, strident, exigeant. Ni lui ni moi ne bronchâmes. L'appareil retentit, encore et encore. Je m'efforçai de l'oublier en appuyant mes doigts sur mon bedon, guettant un deuxième coup. Mon reflet ne me montrait plus un visage hébété, juste surpris. Je remarquai à peine les larmes étranges qui dégoulinaient sans bruit sur mes joues.

Le mobile carillonnait, et j'aurais voulu qu'Edward répondît. J'étais en train de vivre un moment important, peut-être le plus important de mon existence.

Dring ! Dring ! Dring !

L'agacement finit par l'emporter sur le reste. Je tombai à genoux près d'Edward. Bougeant avec une grande prudence (qui m'étonna), consciente comme jamais de chacun de mes gestes, je tapotai ses poches à la recherche de l'engin. Je m'attendais presque à ce qu'il reprenne vie et s'empare du téléphone, mais il était immobile comme un mort. Identifiant le numéro, je n'eus guère de peine à deviner qui nous contactait.

— Salut, Alice, croassai-je.

Je m'éclaircis la voix.

— Bella ? Bella ? Tout va bien ?

— Oui. Euh… Carlisle est dans les parages ?

— Oui. Quel est le problème ?

— Je… je ne suis pas… sûre…

Alice appela son père.

— Edward va bien ? enchaîna-t-elle ensuite. Pourquoi n'a-t-il pas décroché ?

— Je ne sais pas.

— Que se passe-t-il, Bella ?

— Qu'as-tu vu ?

Il y eut un silence.

— Je te passe Carlisle.

J'eus l'impression que de l'eau glacée avait été injectée dans mes veines. Si Alice avait eu une vision de moi avec un enfant angélique aux yeux verts dans les bras, pourquoi ne m'avait-elle pas répondu ? En attendant que Carlisle prenne la communication, j'imaginai ce qu'elle avait pu décrypter. Un petit bébé ravissant, encore plus beau que celui de mes rêves, un minuscule Edward. Une chaleur nouvelle chassa la glace de mes veines.

— Bella ? Bonjour, c'est Carlisle. Qu'y a-t-il ?

— Je...

Que dire ? Allait-il se moquer de mes conclusions ? Étais-je encore une fois en plein rêve ?

— Je suis un peu inquiète pour Edward... Les vampires sont-ils sujets aux états de choc ?

— A-t-il été blessé ?

— Non, non. Juste... surpris.

— Je ne comprends pas, Bella.

— Je crois... je pense que... peut-être... je pourrais être... (Je pris une grande inspiration.) ... enceinte.

Comme pour confirmer mes soupçons, un deuxième mouvement déforma mon abdomen. Je posai vivement la main dessus. Au bout d'un long moment, Carlisle se ressaisit.

— Quand ont débuté tes dernières règles ?

— Seize jours avant le mariage.

— Comment te sens-tu ?

— Bizarre, avouai-je avant de fondre en larmes. Ça va vous sembler dingue, je sais qu'il est trop tôt pour tout cela. Je suis peut-être dingue, d'ailleurs. Mais j'ai des rêves étranges, je mange et je pleure toute la journée, je vomis

141

et… et… je vous jure que quelque chose vient de bouger dans mon ventre.

Soudain, Edward releva la tête, et je poussai un soupir de soulagement. Le visage blanc et dur, il tendit la main vers le téléphone.

— Edward a l'air de vouloir vous parler, annonçai-je.

— Passe-le-moi, ordonna Carlisle d'une voix tendue.

J'obtempérai, bien que pas convaincue qu'Edward fût en mesure de parler.

— C'est possible ? chuchota-t-il, sitôt l'appareil pressé contre l'oreille.

Le regard vide, il écouta longtemps sans rien dire.

— Et Bella ? finit-il par demander.

Son bras s'enroula autour de ma taille et m'attira à lui. Encore une fois, il écouta pendant ce qui me parut de très longues minutes.

— Oui, d'accord, conclut-il soudain avant de couper la communication et de composer un numéro dans la foulée.

— Alors ? lançai-je.

— Carlisle pense que tu es enceinte, lâcha Edward sur un ton morne.

Cette confirmation déclencha un frisson chaleureux le long de ma colonne vertébrale. À l'intérieur de moi, ce qui bougeait se manifesta.

— Qui appelles-tu ?

— L'aéroport. Nous rentrons à la maison.

Edward passa plus d'une heure de suite au bout du fil. Apparemment, il organisait notre vol de retour. Comme il ne parlait pas anglais, je n'aurais pu en jurer cependant. Il protesta et grinça souvent des dents.

Tout en argumentant, il faisait les valises. Il tournoyait dans la chambre, pareil à un ouragan furieux, semant l'ordre plutôt que le chaos toutefois. Il jeta une de mes tenues sur le lit sans la regarder, et j'en conclus que j'étais censée m'habiller. Pendant qu'il continuait à négocier à l'aide de grands gestes brutaux, j'obéis.

Lorsque je ne fus plus en état de supporter l'énergie violente qui irradiait de lui, je quittai sans bruit la pièce. Sa concentration maniaque me donnait la nausée – pas la même que celle du matin, juste un inconfort. Autant attendre ailleurs qu'il soit de meilleure humeur. Cet Edward réfrigérant et concentré m'effrayait.

J'échouai dans la cuisine. M'emparant d'un sachet de bretzels, je me mis à les mâchonner sans y penser, tout en contemplant par la fenêtre le sable et les rochers, les arbres et l'océan qui étaient nimbés de soleil. Mon ventre tressauta.

— Je sais, dis-je. Moi non plus, je ne veux pas partir d'ici.

Pas de réaction.

— Je ne comprends pas, repris-je. Où est le mal ?

C'était surprenant. Ahurissant. Mais... mal ?

Non.

Alors, pourquoi Edward était-il aussi furieux ? Après tout, c'était lui qui avait exigé ce mariage. Je m'efforçai de réfléchir. Son souhait de rentrer immédiatement était peut-être légitime. Il désirait que Carlisle m'examinât, confirmât le diagnostic, bien que je n'eusse aucun doute à ce sujet. Ils voulaient sans doute comprendre pourquoi j'étais à un stade aussi avancé – anormal – de ma grossesse.

Je finis par me persuader que j'avais analysé correctement la situation. Edward s'inquiétait pour le bébé. Ce qui n'était pas mon cas, car mon cerveau fonctionnait plus lentement que le sien et en était encore au stade où je m'émerveillais devant l'image que je m'en étais faite :

l'enfant miniature ayant les yeux verts de son père, comme du temps où il avait été humain, reposant dans mes bras, magnifique. J'espérais qu'il aurait les traits d'Edward, sans rien de moi pour les gâcher.

La brusquerie avec laquelle cette vision s'était imposée à moi, ainsi que son absolue nécessité, étaient étranges. À partir de la première manifestation de vie, le monde avait changé. Là où, avant, il existait une chose sans laquelle je n'étais pas capable de vivre, il y en avait deux à présent. Je ne faisais pas la distinction, mon amour n'était pas coupé en deux. C'était plutôt comme si mon cœur avait grandi, s'était épanoui pour devenir deux fois plus gros. Tout cet espace supplémentaire déjà rempli. C'en était presque vertigineux.

Je n'avais jamais vraiment pris toute la mesure de la souffrance et de la rancœur de Rosalie. Je ne m'étais jamais envisagée non plus dans la peau d'une mère, ne l'avais pas désiré. Il m'avait été très facile de soutenir à Edward que je renoncerais à la maternité pour lui. Les enfants ne m'attiraient pas. À mes yeux, c'étaient des créatures bruyantes et toujours dégoulinantes. Je n'avais pas été beaucoup en contact avec eux non plus. Lorsqu'il m'était arrivé de rêver que Renée me donnait un frère, c'était systématiquement un *grand* frère. Quelqu'un capable de s'occuper de moi, plutôt que l'inverse.

Cet enfant, celui d'Edward, était une tout autre histoire. J'en avais besoin comme j'avais besoin d'air pour respirer. Il ne relevait pas d'un choix, mais d'une nécessité.

J'étais peut-être dotée d'une mauvaise imagination. Voilà pourquoi j'avais été incapable d'envisager que j'aimerais être mariée jusqu'à ce que je le sois ; pareillement, je n'avais pu me voir désirer un enfant, jusqu'à ce qu'il fût là, prêt à naître…

144

Je posai la main sur mon ventre, guettant une nouvelle manifestation, les joues couvertes de larmes.

— Bella ?

Je me retournai, inquiétée par ses intonations. Trop froides et prudentes. Son expression y correspondait d'ailleurs en tous points. Vide, dure.

Puis il s'aperçut que je pleurais.

— Bella ! s'exclama-t-il en traversant la pièce pour prendre mon visage entre ses paumes. Tu as mal ?

— Non, non !

Il m'attira contre lui.

— N'aie pas peur. Nous serons à la maison dans seize heures. Tout va bien se passer. Carlisle sera prêt à notre arrivée. Nous réglerons le problème, et tu iras bien.

— Comment ça, régler le problème ?

Il plongea ses yeux dans les miens.

— Nous allons te débarrasser de cette chose avant qu'elle ne puisse s'en prendre à toi. Rassure-toi, je ne la laisserai pas te faire du mal.

— Cette *chose* ? répétai-je, incrédule.

Il détourna brusquement la tête, en direction de l'entrée.

— Bon Dieu ! gronda-t-il. J'avais oublié que Gustavo devait venir aujourd'hui. Ne bouge pas, je me débarrasse de lui et je reviens.

Il fila.

Je m'appuyai au comptoir, les genoux flageolants. Edward venait de qualifier mon bébé de chose. Il avait assuré que Carlisle me débarrasserait de lui.

— Non ! soufflai-je.

Je m'étais donc trompée. Edward se fichait du bébé. Il voulait le supprimer. La belle image que je m'étais forgée se brisa en mille morceaux pour se transformer en une scène sombre. Mon joli bébé pleurait, mes bras faibles tentaient de le protéger.

Que pouvais-je faire ? Arriverais-je à les raisonner ? Cela expliquait-il l'étrange silence d'Alice au téléphone ? Était-ce ce qu'elle avait vu ? Edward et Carlisle tuant cet enfant pâle et parfait avant qu'il n'ait eu le temps de vivre ?

— Non, répétai-je, d'une voix plus forte cependant.

Cela ne serait pas. Je ne le permettrais pas.

J'entendis Edward parler en portugais. Agressif. Le bruit se rapprocha, il grogna, exaspéré. Suivirent d'autres paroles, prononcées par une femme, sur un ton timide. Entrant dans la cuisine, il vint droit à moi. Il essuya mes larmes et murmura quelques mots à travers ses lèvres serrées :

— Elle insiste pour nous donner le repas qu'elle nous a préparé. Rien qu'une excuse pour s'assurer que je ne t'ai pas encore assassinée.

Kaure apparut, nerveuse, un plat dans les mains. Je regrettai de ne pas connaître le portugais et de ne disposer que de rudiments d'espagnol afin de remercier cette femme qui osait défier un vampire, juste pour vérifier que j'allais bien.

Ses yeux firent la navette entre nous deux. Je la vis jauger mon teint, mes larmes. Marmonnant quelque chose qui m'échappa, elle posa le plat sur la table. Edward lui répondit avec une brutalité et une impolitesse qui ne lui ressemblaient pas. Elle tourna les talons dans une envolée de robe, ce qui amena jusqu'à mes narines l'odeur de ce qu'elle nous avait cuisiné. Poisson et oignons. Hoquetant, je me ruai sur l'évier. Je sentis les paumes d'Edward sur mon front, perçus ses murmures apaisants à travers le rugissement du sang à mes tympans, assourdissant. Ses mains me quittèrent un instant, le temps que j'entende la porte du réfrigérateur qui claquait. Aussitôt, les effluves disparurent. Mon malaise aussi.

Je me rinçai la bouche au robinet, cependant qu'il caressait ma joue.

Dans mon ventre, il y eut un petit mouvement timide.

« Tout va bien. Nous n'avons rien. »

Sans me lâcher, Edward me détourna de l'évier. J'appuyai ma tête contre son épaule, et mes mains gagnèrent par réflexe mon estomac. Un cri étouffé attira mon attention. La femme était sur le seuil, hésitante, les bras à demi tendus, comme si elle avait voulu m'aider. Ses yeux étaient vrillés sur moi, écarquillés sous l'effet du choc. Sa mâchoire était décrochée.

Edward retint une exclamation à son tour. Faisant face à Kaure, il s'arrangea pour me placer en retrait, derrière lui, un bras autour de mon torse, à croire qu'il voulait me retenir.

Alors, Kaure se fâcha, déversant à son adresse un torrent de paroles furieuses et inintelligibles, aussi tranchantes que des poignards. Elle avança de deux pas, son poing menu brandi en l'air, menaçant. Malgré la férocité de son comportement, je décelai de la peur dans ses prunelles.

Edward alla à sa rencontre, et je le retins, par crainte qu'il n'attaque la femme. Cependant, quand il interrompit la tirade enflammée, sa voix était étonnamment basse et suppliante, en comparaison de la dureté qui avait précédé, bien que Kaure ne s'en fût pas encore prise à lui. Par ailleurs, la langue dans laquelle il s'exprima était différente, plus gutturale, plus rythmée. Je devinai que ce n'était plus du portugais.

Pendant quelques instants, la femme le contempla avec curiosité, puis elle aboya une question. Edward acquiesça, l'air triste et grave. Elle recula et se signa. Il tendit la main, l'invitant à venir vers moi, et elle lui servit une réponse furibonde tout en agitant les siennes de façon accusatrice.

Lorsqu'elle se tut, il recommença à la supplier avec les mêmes accents doux et insistants.

L'expression de Kaure se modifia, la colère le cédant au doute. Elle sembla réfléchir, nous regarda tour à tour, puis, presque inconsciemment, avança. Elle fit un geste dessinant un ballon au niveau de son ventre. Je sursautai. Ses légendes sur le prédateur assoiffé de sang incluaient donc cela aussi ? Était-il possible qu'elle sût quelque chose à propos de ce qui était en train de grossir en moi ?

Délibérément cette fois, elle s'approcha tout en posant une série de brèves questions auxquelles Edward répondit avec nervosité. Puis ce fut à lui de l'interroger. Elle hésita, secoua lentement la tête. Quand il reprit la parole, ce fut avec une voix tellement empreinte de douleur que je le regardai, choquée. Ses traits exsudaient la souffrance.

En guise de réponse, elle vint lentement à moi, jusqu'à être assez près pour poser sa menotte sur la mienne, au-dessus de mon estomac. Elle ne prononça qu'un mot, en portugais.

— *Morte.*

Elle soupira, se retourna et quitta la pièce, les épaules affaissées.

Je connaissais assez d'espagnol pour avoir compris.

Edward s'était de nouveau figé sur place. Quelques instants plus tard, le ronronnement d'un moteur nous parvint. Je me dirigeai vers la salle de bains, et Edward sortit de sa stupeur et me retint d'une main.

— Où vas-tu ?

— Me brosser les dents.

— Ne te préoccupe pas de ce qu'elle a dit. Ce ne sont que des contes de bonne femme.

— Rassure-toi, je n'ai rien pigé.

Ce n'était pas tout à fait exact. De plus, il m'était impossible d'occulter quelque chose sous prétexte qu'il s'agissait d'une légende. Depuis un bon moment maintenant, les légendes me cernaient de toutes parts. Et elles s'étaient révélées vraies, sans exception.

— J'ai déjà rangé ta brosse à dents, me dit Edward. Je vais te la chercher.

— Nous partons bientôt ? lançai-je dans son dos.

— Dès que tu seras prête.

Il attendit que j'aie fini pour remballer ma trousse de toilette en arpentant silencieusement la chambre.

— Je vais porter les valises au bateau, m'annonça-t-il ensuite.

— Edward…

— Oui ?

J'hésitai, cherchant une façon d'être seule un moment.

— Pourrais-tu prendre aussi un peu de nourriture ? Au cas où j'aurais faim ?

— Bien sûr, répondit-il, les yeux soudain pleins de douceur. Ne t'inquiète pas. Nous serons avec Carlisle dans seulement quelques heures. Tout cela ne sera bientôt plus qu'un mauvais souvenir.

Je hochai la tête.

Il quitta la pièce, une valise dans chaque main.

Aussitôt, je m'emparai du téléphone qu'il avait oublié. Ce qui ne lui ressemblait pas. Le stress, sans doute. Je fis défiler les numéros enregistrés. J'avais peur qu'il ne me surprenne en flagrant délit. Était-il déjà au yacht ? Déjà revenu dans la maison ? M'entendrait-il, depuis la cuisine, si je chuchotais ?

Je trouvai l'interlocuteur que je cherchai, et que je n'avais jamais appelé de ma vie. Croisant les doigts, j'appuyai sur la touche.

— Allô ? lança la voix aux clochettes dorées.

— Rosalie ? murmurai-je. C'est Bella. S'il te plaît, il faut que tu m'aides.

LIVRE 2

<hr>

JACOB

À dire vrai, raison et amour ne vont guère ensemble, par les temps qui courent.

William Shakespeare, *Le Songe d'une nuit d'été*, acte III, scène 1

Prologue

◆

La vie est nulle, et ensuite on meurt.

Tu parles ! Je n'aurai pas cette chance.

8

◆

EN ATTENDANT QUE LA FICHUE BAGARRE
COMMENCE ENFIN

— Nom d'un chien, Paul, tu n'as pas de baraque à toi ?

Vautré sur *mon* canapé pour regarder un match de base-ball débile sur *ma* télévision, Paul se contenta de m'adresser un grand sourire puis, très lentement, prit une chips dans le sachet posé sur ses genoux et l'enfourna tout entière dans sa bouche.

— Tu as intérêt à avoir apporté ça.

Bruits de mastication.

— Non. Ta sœur m'a dit de me servir comme si j'étais chez moi.

J'essayai de contrôler ma voix.

— Rachel est ici ?

Ça ne fonctionna pas. Il avait compris où je voulais en venir. Il fourra le sachet derrière son dos, sous un coussin, l'aplatissant au passage et réduisant les chips en miettes.

157

Puis il serra les poings devant son visage, comme un boxeur prêt au combat.

— Amène-toi, môme ! plastronna-t-il. Je n'ai pas besoin de Rachel pour me défendre.

— Ben tiens ! ricanai-je. Comme si tu n'allais pas courir chialer dans ses jupes à la première occasion.

Il s'esclaffa et se détendit.

— Je n'irais pas te moucharder à une fille. Si, par pure chance, tu arrivais à me cogner, ça resterait entre nous. Et vice versa, non ?

Très sympa de sa part de lancer une invitation. Je fis semblant de m'apaiser.

— Si.

Il reporta son attention sur l'écran. J'en profitai pour plonger. Son nez émit un bruit très satisfaisant quand mon poing s'écrasa dessus. Il tenta de m'attraper, mais je m'écartai à temps, le sachet cabossé dans la main.

— Tu m'as cassé le pif, crétin !

— Ça reste entre nous, Paul, non ?

J'allai ranger les chips. Paul remettait son nez en place afin d'éviter qu'il ne reste tordu à vie. Il ne saignait déjà plus. C'était comme si la source des deux filets rouges qui décoraient ses lèvres et son menton n'avait jamais existé. Il jura et grimaça en redressant les cartilages.

— Tu es vraiment pénible, Jacob. Crois-moi, je préférerais encore traîner avec Leah.

— Ouille ! Je parie qu'elle va adorer t'entendre dire que tu souhaites passer du bon temps en sa compagnie. Voilà qui lui réchauffera le cœur.

— Merci d'oublier mes paroles.

— Bien sûr. Pas de danger qu'elles m'échappent.

— Pff ! maugréa-t-il en se réinstallant sur le divan et en essuyant le sang avec le col de sa chemise. Tu es un rapide, môme, je dois te reconnaître ça.

Sur ce, il se remit à regarder son match idiot. Je restai là un moment puis me réfugiai à grands pas furieux dans ma chambre.

Autrefois, on pouvait compter sur Paul pour une bonne bagarre, à peu près n'importe quand. Pas la peine de le frapper, alors, la plus petite insulte suffisait. Il ne lui en fallait pas beaucoup pour péter les plombs. Naturellement, à présent, quand je mourais d'envie d'une baston des familles, il était devenu doux comme un agneau.

Comme si ce n'était déjà pas assez horrible qu'un nouveau membre de la meute se soit à son tour imprégné. Quatre sur dix, maintenant ! Quand cela cesserait-il ? Ce mythe imbécile était censé être *rare*, nom d'une pipe ! Ces coups de foudre obligatoires étaient écœurants !

Et il avait fallu que ça tombe sur *ma sœur*, par-dessus le marché ! Ma *sœur* et *Paul* !

Quand Rachel était revenue de l'université de l'État de Washington, pour les vacances d'été – le petit génie avait décroché son diplôme en avance –, ma plus grosse difficulté avait été de garder le secret devant elle. Je n'étais pas habitué aux cachotteries à l'intérieur de ma propre maison. J'éprouvais d'ailleurs de la compassion pour des gosses comme Embry et Collin, dont les parents ignoraient qu'ils étaient des loups-garous. La mère d'Embry croyait qu'il traversait une espèce de rébellion adolescente. Elle le punissait constamment pour lui apprendre à filer en douce ; malheureusement, il n'y pouvait pas grand-chose. Tous les soirs, elle vérifiait qu'il était dans sa chambre et, tous les soirs, elle la découvrait vide, si bien qu'elle tempêtait, que lui acceptait les brimades en silence, et que le même cirque recommençait le lendemain. Nous avions tenté de persuader Sam de mettre la mère d'Embry au parfum, histoire qu'il ait la paix, mais lui-même soutenait qu'il s'en fichait. Le secret passait avant tout.

Bref, j'avais été sur des charbons ardents. Puis, deux jours après le retour de Rachel chez nous, Paul l'avait rencontrée sur la plage. Et là, badaboum ! L'amour, le vrai ! Le secret n'était plus nécessaire quand vous aviez trouvé votre moitié, l'imprégnation, gna gna gna. Rachel avait donc eu droit à toute l'histoire. Et moi à Paul comme beau-frère. Je devinais que Billy n'était pas superenthousiaste, même s'il supportait la chose mieux que moi. Certes, il se réfugiait chez les Clearwater plus souvent, ces derniers temps. Pour moi, c'était du pareil au même là-bas. Pas de Paul dans les pattes, mais de la Leah en veux-tu en voilà.

Est-ce qu'une balle dans la tête me tuerait ou se bornerait-elle à faire des tas de saletés que je devrais ensuite nettoyer ?

Je me jetai sur mon lit. J'étais fatigué – je n'avais pas dormi depuis ma dernière patrouille –, tout en sachant que je ne trouverais pas le sommeil. J'étais trop dingue. Les pensées se bousculaient dans mon crâne comme un essaim de guêpes désorientées. Bruyantes. Me piquant parfois. D'ailleurs, c'étaient sûrement des frelons, pas des guêpes, car celles-ci mouraient après vous avoir piqué. Or, les mêmes idées ne cessaient de m'aiguillonner, encore et encore.

L'attente me rendait fou. Cela faisait presque quatre semaines. Je m'étais attendu à ce que, d'une façon ou d'une autre, la nouvelle nous parvienne. Durant des nuits, je m'étais imaginé la forme qu'elle prendrait. Charlie pleurant au bout du fil – Bella et son mari disparus dans un accident. Une catastrophe aérienne ? Difficile à échafauder. À moins que les sangsues n'hésitent pas à tuer tout un tas d'innocents afin de crédibiliser la fable, ce qui ne m'aurait pas étonné de leur part. Un bimoteur privé au lieu d'un avion de ligne, peut-être. Ils en possédaient sûrement un à sacrifier à ce genre d'histoire.

Ou alors, l'assassin reviendrait seul chez lui, ayant échoué à la transformer en l'un d'eux. Sans être allé jusque-là, même. Il l'aurait peut-être écrasée comme un sachet de chips en voulant en manger une ou deux ? Parce que sa vie à elle était moins importante que son plaisir à lui...

Le conte serait tragique – Bella morte au cours d'un incident horrible. Victime d'un cambriolage ayant mal tourné. S'étouffant à table. Un accident de voiture, comme ma mère. Si banal. Ça se produisait tout le temps. La ramènerait-il à la maison ? L'enterrerait-il ici pour Charlie ? Une cérémonie avec cercueil fermé, bien sûr. Celui de ma mère avait été soigneusement cloué...

Je ne pouvais qu'espérer qu'il reviendrait, à ma portée.

Mais, si ça se trouve, il n'y aurait pas d'histoire. Charlie appellerait mon père pour lui demander s'il avait des nouvelles du docteur Cullen, qui n'était pas venu travailler un beau matin, tout simplement. La maison abandonnée. Aucun de leurs téléphones ne répondant. Le mystère relayé par quelque émission de second ordre, un soupçon de meurtre...

La grande villa blanche serait peut-être réduite en cendres, avec tous ses occupants. Certes, ils auraient besoin de cadavres. Huit humains ayant à peu près la bonne taille. Brûlés jusqu'à ne plus être identifiables, y compris à l'aide des dossiers dentaires.

Tous ces stratagèmes étaient compliqués – à mes yeux, du moins. Il serait dur de leur mettre la main dessus s'ils décidaient de se cacher. Certes, j'avais l'éternité pour les chercher. Quand on disposait d'une jeunesse presque infinie, il était possible de soulever un à un le moindre brin d'une meule de foin afin de voir s'il s'y trouvait une aiguille.

Tout de suite, là, je n'aurais rien eu contre démolir une meule de paille. Au moins, ça m'aurait occupé. Je détestais l'éventualité de passer à côté de ma chance. Par exemple, donner aux buveurs de sang le temps de se sauver, si telle était leur intention.

Nous pouvions y aller cette nuit. Nous pouvions liquider chacun de ceux qui nous tomberaient entre les pattes.

Ce plan me plaisait, car je connaissais suffisamment Edward pour savoir que, si je tuais un membre de son clan, il me procurerait l'occasion de m'en prendre à lui aussi. Car il reviendrait venger les siens. Je ne mégoterais pas – je n'autoriserais pas mes frères à l'attaquer en meute. Ce serait lui et moi. Et que le meilleur gagne.

Sauf que Sam ne voulait pas en entendre parler. « Nous n'enfreindrons pas le traité. Qu'ils rompent la trêve, eux ! » Tout ça, parce que nous n'avions aucune preuve que les Cullen s'étaient rendus coupables de quelque chose. Pas encore. Ces deux mots comptaient, car nous avions tous conscience qu'ils finiraient par agir, tôt ou tard. Soit Bella revenait dans la peau de l'un d'eux, soit elle ne revenait pas du tout. Quelle que soit l'issue, une vie humaine aurait été sacrifiée. Ce qui signifierait la reprise des hostilités.

Dans la pièce voisine, Paul se mit à rire comme un âne. Il regardait peut-être une comédie, maintenant. Ou alors la pub était marrante. En tout cas, ses braiments me portèrent sur les nerfs. J'envisageai de lui briser le nez une seconde fois. Mais ce n'était pas lui que j'avais envie de tabasser. Pas vraiment.

J'essayai de me concentrer sur d'autres sons, comme le vent dans les arbres. Ce n'était pas la même chose, avec des oreilles humaines. Dans ce corps, les millions de voix du vent m'étaient inaudibles. Pour autant, mon ouïe suffisait à me faire percevoir, au-delà de la forêt, le bruit des voitures qui prenaient le dernier virage avant la plage, celui qui permettait de découvrir les îles, les rochers et le grand océan bleu qui s'étirait jusqu'à l'horizon. Les flics de La

Push aimaient se poster juste là. Les touristes ne voyaient jamais le petit panneau limitant la vitesse, de l'autre côté de la route.

J'entendais aussi des voix devant la boutique de souvenirs, sur la grève. J'entendais la cloche de la porte qui tintinnabulait à chaque passage. J'entendais la mère d'Embry imprimant un ticket sur sa caisse enregistreuse. J'entendais le fracas du ressac sur les falaises. J'entendais les cris des enfants quand l'eau glacée montait trop vite pour qu'ils lui échappent. J'entendais les mères qui râlaient parce que leurs vêtements étaient mouillés. Et j'entendais une voix familière…

J'étais tellement focalisé sur ces bruits que le brusque hurlement de rire de Paul me fit sursauter.

— Fiche le camp de chez moi, grommelai-je.

Conscient qu'il m'ignorerait, je suivis mon propre ordre. Ouvrant la fenêtre, je me glissai dehors. Comme ça, je ne serais pas obligé de revoir Paul. Sinon, je serais trop tenté de le frapper une nouvelle fois, et Rachel serait encore plus furieuse qu'elle ne l'était déjà. Elle avait aperçu le sang sur sa chemise et m'en avait aussitôt rendu responsable. D'accord, elle avait raison. Mais quand même.

Poings dans les poches, je filai vers l'eau. Personne ne me dévisagea quand je traversai l'espace terreux qui conduisait à First Beach. C'était ça qui était bien, en été. On ne s'étonnait pas quand un garçon n'était vêtu que d'un short.

Me laissant guider par la voix que j'avais repérée un peu plus tôt, je n'eus aucun mal à dénicher Quil. Il était installé au sud du croissant de galets, afin d'éviter la plupart des touristes. Il débitait un flot continu de mises en garde.

— Éloigne-toi de l'eau, Claire. S'il te plaît. Non ! Ah, bravo ! Franchement, tu tiens à ce qu'Emily me dispute ? Je ne te ramènerai plus ici si tu ne… Ah oui ? Ne…

Beurk ! Parce que tu trouves ça drôle ? Ha ! Qui c'est qui rit, maintenant, hein ?

Il tenait la petite par la cheville quand je les rejoignis. Elle riait aux éclats. Elle portait un seau, et son jean était trempé. Lui avait une grande tache humide sur son T-shirt.

— Cinq dollars sur la gamine ! lançai-je.

— Salut, Jake.

Claire gloussa de joie et balança son seau dans les genoux de Quil.

— Pa' terre ! Pa' terre !

Il la déposa doucement sur le sol, et elle se précipita vers moi, nouant ses bras autour de ma jambe.

— Tonton Jake !

— Comment va, Claire ?

— Quil est tout mouillé ! rigola-t-elle.

— J'ai vu. Où est ta mère ?

— Pa'tie, pa'tie, pa'tie, fredonna la petite. Clai' joue avec Quil toujours. Clai' pas rentrer maison.

Me lâchant, elle retourna vers Quil, qui l'attrapa au vol et la percha sur ses épaules.

— Ils sont terribles, à deux ans.

— Trois, en fait. Tu as loupé son anniversaire. Le thème, c'était les princesses. Elle m'a obligé à porter une couronne, puis Emily lui a suggéré d'essayer sur moi la boîte de maquillage qu'elle avait reçue en cadeau.

— Wouah ! *Vraiment* désolé d'avoir raté ça.

— Ne te bile pas. Emily a pris des photos. J'ai un charme fou, dessus.

— Quelle espèce de gogo !

— Bah ! Claire était contente, c'est l'essentiel.

Je levai les yeux au ciel. Il n'était pas facile de fréquenter des personnes imprégnées. Quel que soit le stade où elles en étaient – sur le point de se passer la corde au cou, comme Sam, ou simples nounous malmenées, comme Quil –, la tranquille assurance qu'elles dégageaient était à vomir.

Sur son perchoir, Claire gloussa et montra le sol.

— Un caillou, Quil ! Un caillou pou' moi !

— Lequel, bébé ? Le rouge ?

— Non !

Il se mit vivement à genoux, et Claire hurla en agrippant sa tignasse comme des rênes.

— Celui-ci ? Le bleu ?

— Non, non, non..., chantonna la gamine, ravie par ce nouveau jeu.

Le plus bizarre, c'est que Quil s'amusait autant qu'elle. Contrairement à la majorité des parents présents sur la plage, il n'avait pas cette expression « à-quand-la-sieste ? ». Nul père n'était aussi heureux de jouer au nouveau sport idiot et puéril que son rejeton venait d'inventer. J'avais vu Quil faire coucou pendant une heure d'affilée sans se lasser. Or, je ne pouvais même pas me moquer de lui – je l'enviais trop.

Ce qui ne m'empêchait pas de juger nul qu'il doive passer encore quatorze ans au moins à faire l'imbécile avant que Claire n'ait son âge. Pour lui au moins, que les loups-garous ne vieillissent pas était une bonne chose. Toutefois, il ne paraissait pas ennuyé par cette attente forcée.

— Tu as déjà songé à sortir avec une fille, Quil ? demandai-je.

— Quoi ?

— Non, pas jaune ! brailla Claire.

— Avec une vraie fille, s'entend. Juste pour le moment. Les soirs où tu n'es pas baby-sitter.

Il me contempla avec des yeux ronds.

— Cailloux ! Cailloux ! piailla la gamine quand elle constata qu'il avait cessé de jouer.

Elle abattit son petit poing sur son crâne.

— Excuse-moi, Claire. Que dis-tu de ce joli violet ?

— Non ! rigola-t-elle. Caca !

— Aide-moi, s'il te plaît. Je suis perdu, là.

— Ve't, consentit-elle à lâcher après quelques secondes de réflexion.

Il se mit à examiner les galets, en ramassa quatre verts différents et les lui montra.

— C'est bon ?

— Ouais !

— Lequel choisis-tu ?

— Tous !

Elle tendit ses mains en coupe et il versa les cailloux dedans. Rieuse, elle entreprit aussitôt de le cogner avec sur la tête. Faisant une grimace théâtrale, il se releva et se dirigea vers le parking. Il s'inquiétait sûrement qu'elle attrape froid dans ses vêtements mouillés. Il était pire qu'une mère paranoïaque et trop protectrice.

— Désolé de t'avoir embêté avec cette histoire de fille, mec, m'excusai-je.

— Non, non, pas de souci. J'ai juste été surpris. Je n'y avais pas pensé.

— Je suis sûr qu'elle pigera. Quand elle sera grande. Elle ne t'en voudra pas d'avoir vécu ta vie pendant qu'elle portait encore des couches.

— Je sais. Elle comprendra.

Il n'ajouta rien, cependant.

— Sauf que tu ne le feras pas, hein ?

— Je n'arrive pas à l'envisager, murmura-t-il. Je ne l'imagine pas. Pour moi… je ne regarde personne de cette manière. Je ne remarque plus les filles, tu sais ? Je ne vois pas leurs visages.

— Eh ben ! Ajoute le maquillage et la tiare, et c'est une autre forme de rivalité que Claire devra affronter.

Quil s'esclaffa et m'adressa des baisers sonores.

— Tu es libre vendredi, Jacob ? me lança-t-il.

— Tu voudrais bien, hein ? ricanai-je. Oui, je suppose que je le suis, ajoutai-je avec une grimace.

— Et toi, répondit-il après une brève hésitation, tu as songé à sortir avec des filles ?

Je poussai un soupir. Je l'avais cherché.

— Tu devrais peut-être te mettre à vivre un peu, Jake.

Il ne l'avait pas dit sur le ton de la plaisanterie. Sa voix était pleine de compassion. Ce qui était pire.

— Moi non plus, je n'arrive pas à l'envisager, Quil. Moi non plus, je ne vois pas leurs visages.

Il soupira à son tour. Soudain, très loin, et trop faible pour que quiconque sauf nous le perçoive, un hurlement monta de la forêt.

— Zut ! maugréa Quil. C'est Sam.

Il leva les mains et toucha Claire, comme pour s'assurer qu'elle était toujours là.

— Je ne sais même pas où est sa mère, enchaîna-t-il.

— Je pars me renseigner. Si on a besoin de toi, je t'avertirai. Pourquoi ne la porterais-tu pas chez les Clearwater ? Sue et Billy s'occuperont d'elle. Si ça se trouve, ils savent ce qui se passe.

— D'accord. File, Jake !

Je partis en courant. Délaissant le sentier entre les haies herbeuses, je coupai au plus court en direction de la forêt, sautant par-dessus les morceaux de bois flotté pour foncer dans les ronces. Les épines déchirèrent ma peau, je les ignorai. Les éraflures cicatriseraient avant même que j'aie atteint la ligne des arbres. Je passai derrière la supérette, traversai l'autoroute, où quelqu'un klaxonna. Une fois en sécurité sous les frondaisons, j'accélérai. Si j'avais galopé ainsi au vu et su de tous, les gens auraient été interloqués. Les humains normaux ne couraient pas à cette vitesse.

Parfois, j'avais songé qu'il serait amusant de participer à des compétitions, les Jeux olympiques par exemple, rien que pour me régaler de la tête des autres athlètes quand je les aurais semés. Sauf que les tests sanguins qu'ils pratiquaient pour s'assurer que vous ne preniez pas de stéroïdes auraient sans doute révélé des anomalies dans mon sang.

Dès que je fus au cœur de la forêt, loin des routes ou des habitations, je m'arrêtai et me débarrassai de mon short. Avec une rapidité acquise à force d'entraînement, je roulai le vêtement et le fixai au cordon de cuir attaché à ma cheville. Je terminais à peine la boucle que je commençai à me transformer. La brûlure envahit ma colonne vertébrale en déclenchant de petits spasmes dans mes membres. Une seconde suffit. La chaleur me submergea, et je sentis le miroitement silencieux qui faisait de moi quelque chose d'autre. Abattant mes grosses pattes sur le sol, je m'étirai longuement.

La modification était facile, quand j'étais aussi concentré qu'à présent. Mon caractère emporté ne me donnait plus de soucis. Sauf quand la colère prenait le dessus. L'espace d'une demi-seconde, je me souvins ce qui s'était produit lors de cette mauvaise blague de mariage. J'avais été dans une telle fureur que je n'avais pas réussi à faire fonctionner mon corps correctement. J'avais été piégé par les tremblements et les brûlures, incapable d'accomplir la transformation et de tuer le monstre qui se trouvait à seulement quelques mètres de moi. Ç'avait été une expérience déroutante – l'envie de le tuer, la peur de la blesser, mes amis dans le chemin. Ensuite, quand j'avais réussi à prendre la forme que je voulais, l'ordre du chef était venu. L'édit de l'Alpha. S'il n'y avait eu sur place qu'Embry et Quil, pas Sam… aurais-je été capable de liquider l'assassin ? Je détestais que Sam nous impose ainsi sa loi. Je détestais l'impression de ne pas avoir le choix. D'avoir à obéir.

Brusquement, je fus conscient de ne plus être seul, d'avoir un auditoire.

Quel égocentrisme, pensa Leah.

Ouais, ma vieille, je ne suis pas hypocrite, moi, rétorquai-je sur le même mode.

Ça suffit, les gars ! ordonna Sam.

Nous nous tûmes, et je devinai que Leah avait tressailli au mot « gars ». Toujours aussi susceptible. Sam fit semblant de ne rien avoir remarqué.

Où sont Quil et Jared ?

Quil s'occupait de Claire. Il la dépose chez les Clearwater.

Bien. Sue s'en chargera.

Jared devait aller chez Kim, intervint Embry. *Il risque de ne pas t'avoir entendu.*

Un grognement sourd agita la meute. Y compris moi. Quand Jared finirait par débouler, il penserait encore à Kim. Or personne ne tenait à s'appuyer une rediffusion de ce qu'ils étaient en train de vivre en ce moment. Sam s'assit et lança un deuxième hurlement. Un signal et un ordre à la fois. La meute était rassemblée à quelques kilomètres à l'est de l'endroit où j'étais. Je bondis vers elle. Leah, Embry et Paul la rejoignaient également. Leah n'était pas très loin de moi, et je ne tardai pas à entendre le bruit de ses pattes. Nous avancions en lignes parallèles plutôt qu'ensemble – elle comme moi préférions cela.

En tout cas, pas question de l'attendre toute la journée. Il devra se mettre au courant plus tard.

Que se passe-t-il, chef ? demanda Paul.

Il faut que nous discutions. Un événement s'est produit.

Les pensées de Sam – mais aussi de Seth, de Collin et de Brady – résonnèrent dans mon cerveau. Collin et Brady, les petits nouveaux, avaient patrouillé avec Sam, aujourd'hui. Ils savaient donc à quoi il faisait allusion. J'ignore pourquoi Seth était déjà là-bas, au parfum lui aussi. Il n'était pas de garde.

Dis-leur ce que tu as appris, Seth.

J'accélérai encore, désireux d'y être. J'entendis Leah se dépêcher elle aussi. Elle n'appréciait pas du tout qu'on la dépasse. Être la plus rapide était sa seule gloire.

Gloire toi-même, crétin ! siffla-t-elle en redoublant ses efforts.

Plantant mes griffes dans la terre, je m'accrochai.

Jake, Leah, arrêtez ça ! ordonna Sam, qui n'était visiblement pas d'humeur à supporter nos bêtises.

Ni elle ni moi ne ralentîmes pour autant. Sam gronda, mais n'insista pas.

Seth ?

Charlie a téléphoné partout jusqu'à ce qu'il trouve Billy chez moi.

Oui, je sais, ajouta Paul, *je lui ai parlé.*

Une décharge électrique me secoua. C'était donc ça. L'attente avait pris fin. Je courus plus vite tout en m'efforçant de respirer, mes poumons donnant soudain l'impression d'être figés. Quelle histoire serait-ce, finalement ?

Il flippe. Figurez-vous qu'Edward et Bella sont rentrés la semaine dernière, et...

Dans ma poitrine, l'oppression s'amoindrit. Elle était vivante. Du moins, elle n'était pas encore morte. Je n'avais pas deviné la différence que cette distinction revêtirait à mes yeux. Je l'avais imaginée morte tout le temps, ce dont je ne me rendais compte que maintenant. Je n'avais pas cru un seul instant qu'il la ramènerait en vie. Ce qui n'avait pas d'importance, puisque je pressentais ce qui allait suivre.

Tu as raison, frère. Voici les mauvaises nouvelles. Charlie lui a parlé, et elle n'est pas en forme. Elle prétend être malade. Carlisle a expliqué à Charlie que Bella avait attrapé

une maladie rare en Amérique du Sud. Il l'a placée en qua-
rantaine. Charlie devient fou, parce qu'il n'est pas autorisé à
la voir. Il se fiche d'être contaminé, mais Carlisle refuse. Pas
de visites. D'après lui, c'est grave, même s'il fait son possible.
Voilà des jours que Charlie rumine, mais il n'a téléphoné à
Billy qu'aujourd'hui. Pour lui annoncer que l'état de Bella
avait empiré.

Le silence qui suivit cette révélation fut lourd. Tous, nous en comprenions les implications.

Ainsi, elle allait mourir de maladie. Si ce que racontait Charlie était vrai. L'autoriserait-il à se recueillir sur son cadavre ? Le corps pâle, parfaitement immobile, ne respirant plus ? Ils ne pourraient lui permettre de la toucher, car il risquerait de s'apercevoir à quel point sa peau froide serait dure. Ils devraient attendre jusqu'à ce qu'elle soit capable de rester tranquille, capable de ne pas tuer Charlie, ni les autres personnes en deuil. Combien de temps cela prendrait-il ? L'enterreraient-ils ? Se sortirait-elle seule de la tombe, ou les buveurs de sang viendraient-ils la libérer ?

Les autres écoutaient mes réflexions sans intervenir. J'avais beaucoup plus réfléchi à cette éventualité qu'eux-mêmes.

Leah et moi arrivâmes à la clairière à peu près en même temps. Elle s'arrangea quand même pour me précéder d'un museau. Elle s'affala près de son frère, cependant que je trottais m'installer à la droite de Sam. Paul se poussa pour me laisser la place.

Je t'ai encore battu, pensa Leah.

Je ne lui prêtai aucune attention.

Qu'attendons-nous ? demandai-je.

Personne ne répondit. Je décelai une hésitation générale.

Hé ! Le traité a été rompu !

Nous n'avons aucune preuve. Elle est peut-être vraiment malade...

Oh ! Je t'en prie !

Bon, d'accord, les circonstances sont troublantes, admit Sam, lentement. *N'empêche... Es-tu sûr de toi, Jacob ? Est-ce ce qu'il faut faire ? Nous savons tous ce qu'elle voulait.*

Le pacte ne stipule rien au sujet des préférences de la victime !

Mais est-elle une victime ? La qualifierais-tu ainsi ?

Oui !

Ils ne sont pas nos ennemis, Jake, intervint Seth.

La ferme, le môme ! Ce n'est pas parce que tu as une espèce de vénération répugnante pour ce buveur de sang que ça change quelque chose à la loi. Ce sont nos ennemis. Ils sont sur notre territoire. Nous les liquidons. Je me fiche que tu aies eu du plaisir à être l'allié d'Edward Cullen, autrefois.

Et que feras-tu quand Bella se battra avec eux, hein ? répliqua-t-il.

Elle n'est plus Bella.

C'est toi qui la tueras ?

Je ne pus m'empêcher de tressaillir.

Non, bien sûr que non ! poursuivit-il. *Quoi, alors ? Tu chargeras l'un de nous de s'occuper d'elle ? Et ensuite, tu en voudras au responsable jusqu'à la fin de ta vie ?*

Je ne...

Ben tiens ! Tu n'es pas prêt pour ce combat, Jacob.

L'instinct prit le dessus, et je me plaquai au sol en grondant contre le loup couleur sable qui se tenait de l'autre côté du cercle.

Jacob ! m'avertit Sam. *Seth, tais-toi une seconde, s'il te plaît.*

Seth acquiesça d'un mouvement de sa grosse tête.

Flûte ! lança Quil en arrivant à toute vitesse. *Qu'est-ce* que j'ai manqué ? J'ai entendu parler du coup de fil de Charlie…

On va y aller, répondis-je. Et si tu filais chercher Jared chez Kim pour nous le rapporter par la peau du cou ? On aura besoin de tout le monde.

Viens ici, Quil ! ordonna Sam. Nous n'avons encore rien décidé.

Je grognai.

Jacob, je suis obligé de prendre en compte l'intérêt de la meute. Il faut que je choisisse la méthode qui nous protégera tous au mieux. Les temps ont changé depuis que nos ancêtres ont signé le pacte. Je… franchement, je ne crois pas que les Cullen représentent un danger pour nous. Et nous savons tous qu'ils ne resteront pas longtemps ici. Ils disparaîtront sûrement après nous avoir servi leur histoire. Et nous, nous retrouverons une vie normale.

Normale ?

Si nous les défions, Jacob, ils se défendront.

Tu as peur ?

Et toi, es-tu prêt à perdre un frère ? Ou une sœur ?

Je n'ai pas peur de mourir.

Je sais. C'est la raison pour laquelle je me méfie de ton jugement.

Je le regardai fixement.

As-tu l'intention d'honorer le traité de tes ancêtres, oui ou non ?

J'honore ma meute. Je fais ce qui est le mieux pour elle.

Lâche !

Son museau frémit, ses babines se retroussèrent sur ses crocs.

Ça suffit, Jacob ! Ta décision est rejetée.

La voix mentale de Sam avait pris l'étrange double timbre auquel nous n'avions pas le droit de désobéir. La voix de l'Alpha. Il interrogea des yeux l'ensemble des présents.

La meute n'attaquera pas les Cullen sans avoir été pro-voquée, poursuivit-il. *L'esprit du pacte demeure. Ils ne menacent pas notre peuple, ni les habitants de Forks. Bella Swan a choisi en connaissance de cause. Nous ne punirons pas nos anciens alliés à cause de sa décision.*

Bravo ! lança Seth, ravi.

Je croyais t'avoir dit de la boucler, Seth.

Houps ! Désolé, Sam.

Où vas-tu, Jacob ?

Quittant le cercle, je m'étais tourné vers l'ouest, de façon à ne plus le voir.

Je vais dire au revoir à mon père. Si j'ai bien compris, il est inutile que je traîne encore longtemps ici.

S'il te plaît, Jake, ne recommence pas !

La ferme, Seth ! s'écrièrent plusieurs loups à l'unisson.

Nous ne voulons pas que tu partes, dit Sam, plus doux à présent.

Alors, force-moi à rester. Enlève-moi ma volonté. Fais de moi un esclave.

Tu sais que je ne m'y résoudrai pas.

Dans ce cas, il n'y a rien à ajouter.

Je m'éloignai à toute vitesse en m'efforçant de ne pas penser à ce que je comptais faire ensuite. Pour cela, je me concentrai sur le souvenir de mes longs mois dans ma peau de loup, quand j'avais quitté mon humanité pour devenir plus animal qu'humain. Vivant au jour le jour, mangeant quand j'avais faim, dormant quand j'étais fatigué, buvant quand j'avais soif, et courant, courant pour le plaisir de courir. Des désirs simples et des réponses tout aussi simples à ces désirs. La souffrance se manifestant sous des formes faciles à gérer. Celle de la faim, celle de la glace sous mes pattes, celle de s'arracher les griffes quand la proie était impétueuse. À chaque douleur, une réponse simple, et un acte évident pour y mettre fin.

Rien à voir avec l'état d'être humain.

Pourtant, dès que j'arrivai non loin de la maison, je repris mon corps d'homme. Il fallait que je puisse réfléchir sans être dérangé. Dénouant mon short, je le remis et repartis à toutes jambes chez moi.

J'avais réussi. J'avais dissimulé mes pensées, et il était désormais trop tard pour que Sam m'arrête. Il ne m'entendait plus. Il avait donné des ordres très clairs. La meute n'attaquerait pas les Cullen.

Il n'avait pas mentionné d'acte isolé.

Non, la meute ne s'en prendrait à personne aujourd'hui.

Mais moi, si.

9

POUR LE COUP, JE NE L'AI PAS VUE VENIR, CELLE-LÀ

Je n'avais pas vraiment l'intention de dire au revoir à mon père. Après tout, un rapide coup de fil à Sam, et la partie serait terminée. Ils m'intercepteraient, m'obligeraient à reculer. Ils essaieraient sans doute de me mettre en colère, voire de me blesser, afin de me forcer à muter pour que Sam puisse édicter un nouvel ordre de sa voix d'Alpha.

Malheureusement, Billy m'attendait, ayant deviné que je serais dans tous mes états. Il était dans le jardin, assis sur son fauteuil roulant, les yeux fixant l'endroit même d'où j'émergeai de la forêt. En l'apercevant, je filai directement vers mon garage, à l'arrière de la maison.

— Tu as une minute, Jake ?

Je stoppai net, le regardai, me détournai.

— Allez, fils ! Au moins, aide-moi à rentrer.

À la réflexion, je jugeai qu'il risquait de me causer plus d'ennuis avec Sam si je ne prenais pas le temps de lui mentir.

— Depuis quand as-tu besoin d'aide, vieux brigand ? demandai-je en serrant les dents.

Il éclata de son rire rauque.

— Mes bras sont fatigués. Je me suis poussé ici depuis chez Sue.

— Tu parles ! C'est en pente.

Je fis rouler son fauteuil sur la rampe que j'avais édifiée pour lui et l'installai dans le salon.

— Tu m'as eu, là. Je crois que j'ai atteint les cinquante kilomètres à l'heure. C'était super.

— Quand tu auras bousillé ton fauteuil, tu seras obligé de ramper sur tes coudes, tu sais ?

— Des clous ! Je t'obligerai à me porter partout.

— Alors, tu n'iras nulle part.

Il se dirigea seul vers le réfrigérateur, qu'il ouvrit.

— Il reste quelque chose à manger ?

— Aucune idée. Mais comme Paul a traîné ici toute la journée, sans doute pas.

— Il va falloir que je cache nos provisions, si nous ne voulons pas mourir de faim, soupira-t-il.

— Demande plutôt à Rachel de s'installer chez lui.

Le ton de Billy perdit toute légèreté, ses yeux s'adoucirent.

— Elle n'est à la maison que depuis quelques semaines, Jake. Et nous ne l'avons pas vue depuis longtemps. C'est dur. Les filles étaient plus âgées que toi, quand votre mère est morte. Elles ont plus de mal à vivre ici que toi.

— Je sais.

Rebecca n'était pas revenue depuis qu'elle s'était mariée, mais elle avait une bonne excuse. Les billets d'avion depuis Hawaii étaient chers. L'université de l'État de Washington était assez près pour que Rachel ne puisse pas s'abriter derrière ce prétexte. Elle avait continué à suivre des cours durant l'été, travaillant en prime dans un café du campus.

Sans Paul, elle serait sans doute repartie aussi sec. Voilà pourquoi Billy ne le chassait pas, j'imagine.

— Bon, j'ai du boulot, décrétai-je en gagnant la porte de derrière.

— Un instant, Jake. Tu ne comptes pas me raconter ce qui s'est passé ? Faut-il que j'appelle Sam à la place ?

Je me figeai, le dos tourné afin de cacher mon visage.

— Il ne s'est rien passé. Sam les laisse filer. On doit être devenus une bande de fans des sangsues, j'imagine.

— Jake…

— Je ne veux pas en discuter.

— As-tu l'intention de repartir ?

Le silence dura quelques minutes, pendant que je cherchais une réponse.

— Que Rachel reprenne sa chambre. Je sais qu'elle déteste le matelas pneumatique.

— Elle préférerait dormir par terre plutôt que te perdre. Moi aussi, d'ailleurs.

Je reniflai.

— S'il te plaît, Jacob. Si tu as besoin… d'une pause, prends-la. Mais reviens-nous vite.

— Pourquoi pas ? Il y aura les mariages pour ça. Je ferai une apparition à celui de Sam, puis à celui de Rachel. À moins que Jared et Kim ouvrent le bal. Il va sans doute falloir que je me dégote un costard.

— Regarde-moi, Jake.

Lentement, je me retournai.

— Quoi ?

Il me fixa un bon moment dans les yeux.

— Où vas-tu ?

— Je n'ai pas d'endroit précis en tête.

Il ne s'y laissa pas prendre.

— Vraiment ?

Nous nous toisâmes. Les secondes s'écoulèrent.

— Ne fais pas ça, Jacob, murmura-t-il d'une voix tendue. Ça n'en vaut pas la peine.

— J'ignore de quoi tu parles.

— Laisse Bella et les Cullen tranquilles. Sam a raison.

Brusquement, je traversai le salon afin d'arracher la prise du téléphone.

— Au revoir, papa.

— Attends, Jake !

Mais j'étais déjà sorti à toutes jambes.

La moto n'était pas aussi rapide que la course à pied, mais elle était plus discrète. Je me demandai combien de temps il faudrait à Billy pour se rendre à la supérette et contacter quelqu'un susceptible de transmettre un message à Sam. J'étais prêt à parier que ce dernier était encore dans sa peau de loup. Si Paul déboulait bientôt chez nous, je risquais d'avoir des problèmes. Il était capable de se transformer en une seconde et d'aller trouver Sam…

Mais je refusais de m'inquiéter de cela. Je me dépêcherais le plus possible et, s'ils m'attrapaient, je ferais face à ce moment-là.

Je démarrai l'engin et m'envolai sur la route boueuse. Je dépassai la maison sans me retourner. L'autoroute était chargée, à cause des touristes. Je zigzaguai entre les voitures, m'attirant bon nombre de coups d'avertisseur et de doigts d'honneur. Je m'engouffrai sur la 101 à cent dix kilomètres à l'heure sans un coup d'œil dans le rétroviseur et je dus rouler sur la bande d'arrêt d'urgence pendant un moment afin de ne pas être écrasé par un monospace familial. Sans me tuer, ça m'aurait ralenti. Les os brisés – les gros, s'entend – mettaient des *jours* à se ressouder, j'étais bien placé pour le savoir.

Peu à peu la circulation s'éclaircit, et je poussai la moto jusqu'à cent trente. Je ne freinai qu'en approchant de l'étroit sentier. Sam n'était plus un danger. Jamais il n'oserait venir aussi près de la villa. Ce ne fut qu'à cet instant que je me mis à réfléchir à la façon dont j'allais procéder. Je ralentis, enfilant les lacets de la petite route avec plus de prudence que nécessaire.

J'étais conscient que, moto ou non, ils m'entendraient arriver. Les prendre par surprise était donc exclu. Je ne disposais non plus d'aucun moyen pour dissimuler mes intentions. Edward lirait mon plan sitôt que je serais assez proche de lui. Si ça se trouve, il le pouvait déjà. Toutefois, ce n'était pas un obstacle, car j'avais son ego de mon côté. Il *voudrait* se battre d'homme à homme avec moi. Par conséquent, je me contenterais d'entrer et de vérifier les preuves si chères à Sam, puis je défierais Edward en duel.

Ha ! Le parasite allait adorer la théâtralité de tout cela.

Quand j'en aurais fini avec lui, je liquiderais un maximum des autres avant qu'ils ne me terrassent. Sam considérerait-il que ma mort relèverait d'une provocation ? Sûrement. Il dirait que je l'avais méritée. Il ne souhaiterait pas offenser ses délicieux amis buveurs de sang.

Le sentier déboucha sur la clairière, et l'odeur m'assaillit, telle une tomate pourrie reçue en pleine figure. Beurk ! Vampires puants ! Mon estomac se tordit. L'infection serait dure à supporter, non diluée par la présence d'autres humains, contrairement à la dernière fois, même si elle ne serait pas aussi terrible que si je l'avais respirée par mon museau de loup.

J'ignore à quoi je m'étais attendu, mais je fus surpris de constater qu'il n'y avait aucun signe de vie autour de la grande crypte blanche. Ils savaient que j'étais là, cependant, et ceci expliquait peut-être cela.

Je coupai le moteur et tendis l'oreille. Des murmures nerveux et furibonds me parvinrent de l'autre côté des grandes portes doubles. Il y avait du monde à la maison.

J'entendis mon nom et je souris, content de constater que je les perturbais un peu. J'avalai une goulée d'air – la puanteur serait pire à l'intérieur – puis je sautai sur le perron d'un seul bond.

Le battant s'ouvrit avant que je l'aie effleuré, et le médecin s'encadra sur le seuil, le regard grave.

— Bonjour, Jacob, me salua-t-il, plutôt calme. Comment vas-tu ?

Je respirai par la bouche à cause de l'odeur, insoutenable. J'étais déçu que Carlisle m'ait accueilli plutôt qu'Edward tous crocs dehors. Carlisle était si… humain… quelque chose comme ça. Cette impression tenait sans doute aux multiples visites qu'il m'avait rendues au printemps précédent, quand j'avais été amoché. En tout cas, j'étais gêné et j'avais du mal à le regarder en face, sachant que j'envisageais de le tuer si je pouvais.

— J'ai appris que Bella était rentrée vivante, lâchai-je.

— Euh… Tu n'as pas choisi le meilleur moment pour une visite, Jacob. Pourrais-tu revenir une autre fois ?

Lui aussi paraissait mal à l'aise, ce qui m'étonna. Quant à sa proposition, elle me déboussola complètement. Pourquoi reculer le duel ? Tout à coup, la voix de Bella résonna, sèche et rauque, et je perdis le fil de mes pensées.

— Pourquoi pas ? demandait-elle à quelqu'un. Faut-il aussi garder le secret devant Jacob ? À quoi bon ?

Elle ne s'exprimait pas de la manière à laquelle je m'étais attendu. J'essayai de me rappeler les jeunes vampires que nous avions combattus au printemps, mais je ne réussis à retrouver que des grognements. Si ça se trouve, ces nouveau-nés n'avaient pas les intonations perçantes de leurs aînés.

— Entre, Jacob ! croassa Bella.

Carlisle plissa les yeux. Bella était-elle assoiffée de sang ?

— Excusez-moi, dis-je en contournant le médecin.

Le geste ne fut pas aisé. Tous mes instincts me dictaient de ne jamais tourner le dos à un buveur de sang. Toutefois, si le concept de gentil vampire existait, c'était Carlisle qui aurait joué ce rôle. Je décidai de me débrouiller pour ne pas me retrouver près de lui quand la bataille aurait commencé. Il y en avait assez à tuer pour que je puisse me permettre de l'épargner.

Je pénétrai dans la maison en prenant soin de garder un mur derrière moi. Je balayai la pièce du regard. Elle me sembla peu familière. Lors de ma dernière visite, elle avait été décorée pour la fête. Là, elle était claire et pâle. À l'image des six vampires regroupés autour du canapé blanc, debout.

Ils étaient tous là ; ce ne fut pas cela qui me pétrifia sur place et me décrocha la mâchoire, cependant.

Ce fut Edward. L'expression de ses traits.

Je l'avais vu en colère, je l'avais connu arrogant et, un jour, j'avais été témoin de sa souffrance. Mais cela... cela était au-delà de la souffrance. Ses prunelles en étaient à moitié folles. Il ne releva pas la tête pour me toiser. Il baissa les yeux sur le divan, l'air d'un martyr au bûcher. Ses mains étaient des griffes rigides le long de ses flancs. Je ne pus me réjouir de son angoisse. Je ne pus que penser à ce qui la provoquait et, à mon tour, je regardai le canapé.

Je la vis au moment même où son parfum me chatouillait les narines.

Son odeur tiède et propre d'humaine.

Bella était en partie cachée par un accoudoir, dans une position vaguement fœtale, les bras noués autour des genoux. D'abord, je ne remarquai qu'une chose – elle était toujours celle que j'aimais, son teint pêche clair, ses yeux marron chocolat. Mon cœur battit sur un rythme étrange et précipité, et je me demandai si je vivais quelque rêve mensonger dont j'allais me réveiller.

Puis je la vis vraiment.

De grands cernes sombres marquaient ses yeux, ressortant d'autant plus que son visage était hagard. Avait-elle maigri ? Sa peau semblait tendue, au point que ses pommettes saillaient, menaçant de transpercer ses joues. Ses cheveux noirs étaient tirés en arrière en une sorte de chignon lâche, quelques mèches s'accrochaient mollement à son front et à son cou, collés par le film de sueur dont elle était couverte. Ses doigts et ses poignets paraissaient tellement fragiles que c'en était effrayant.

Elle était bien malade. Très malade.

Ainsi, c'était la vérité. L'histoire rapportée par Charlie à Billy n'était pas un mensonge. Sous mes yeux écarquillés, son visage vira au verdâtre, et la buveuse de sang blonde, la poseuse, Rosalie, se pencha sur elle, me la cachant dans un geste bizarrement protecteur. Quelque chose clochait. Je savais ce que Bella éprouvait pour à peu près tout – ses pensées étaient toujours si évidentes que, parfois, on avait l'impression qu'elles étaient gravées sur son front. Elle n'avait jamais besoin de me donner tous les détails d'une situation pour que j'en prenne la mesure. Or, elle n'aimait pas Rosalie. Je l'avais deviné à la façon dont ses lèvres se pinçaient quand elle la mentionnait. Plus même, elle en avait *peur*. Du moins, elle en avait eu peur.

Or, quand Bella leva les yeux vers Rosalie, je n'y décryptai aucune frayeur. Elle semblait plutôt… s'excuser. L'autre prit une bassine sur le plancher et la maintint sous le menton de la malade, tandis que celle-ci vomissait à grand bruit. Edward tomba à genoux, à côté d'elle, toujours aussi torturé, et sa sœur tendit une main, comme pour l'empêcher d'avancer.

184

Rien de cela n'avait de sens.

Lorsqu'elle fut en état de redresser la tête, Bella m'adressa un pauvre sourire embarrassé.

— Désolée, chuchota-t-elle.

Edward poussa un gémissement très bas. Il enfouit son visage dans les genoux de Bella, qui posa une paume sur sa joue, comme pour *le* réconforter.

Je me rendis compte que mes jambes m'avaient porté en avant seulement quand Rosalie s'interposa entre moi et le canapé en sifflant furieusement. On aurait dit quelqu'un sur un écran de télévision. Sa présence m'importait peu. Elle n'était pas réelle.

— Non, Rose ! souffla Bella. Ça va aller.

Blondie s'écarta de mon chemin, en dépit de ses réticences. Sourcils froncés, elle s'accroupit près de Bella, prête à bondir. Elle était cependant plus facile que jamais à ignorer.

— Que t'arrive-t-il, Bella ? murmurai-je.

Sans réfléchir, je m'agenouillai à mon tour et je me penchai par-dessus le dossier du canapé, juste en face de… son mari. Il parut à peine me remarquer et, de mon côté, je ne lui prêtai aucune attention. Je pris la main libre de Bella entre les deux miennes. Sa peau était glacée.

— Tu vas bien ?

— Je suis très heureuse de ta visite, Jacob.

Bien qu'Edward ne puisse lire dans ses pensées, il parut saisir une intention qui m'échappait. De nouveau, il gémit dans la couverture qui réchauffait… sa femme, et celle-ci caressa sa joue.

— Dis-moi ce qui se passe, Bella, insistai-je en serrant ses doigts maigres.

Au lieu de me répondre, elle regarda autour d'elle, à croire qu'elle cherchait quelque chose. Son regard portait à la fois la marque d'une supplication et d'un avertissement. Six paires de prunelles anxieuses la fixèrent. Finalement, elle s'adressa à Rosalie.

— Aide-moi, veux-tu ?

Blondie retroussa les lèvres sur ses dents et me toisa comme si elle avait envie de me trancher la gorge. Ce qui était sûrement le cas.

— S'il te plaît, Rose.

La poseuse fit une grimace mais se pencha et plaça un bras prudent autour des épaules de Bella.

— Non ! intervins-je. Ne te lève pas.

Elle avait l'air si faible.

— Je réponds à ta question, riposta-t-elle, alors laisse-moi faire !

Ce ton mordant lui ressemblait déjà plus.

Rosalie la souleva du divan. Edward resta sur place, tombant en avant jusqu'à ce que son visage soit enfoncé dans les coussins. La couverture glissa aux pieds de Bella.

Son corps était gonflé, son ventre formant une protubérance bizarre et répugnante. La bosse tirait sur le tissu gris fané du sweat-shirt qu'elle portait, et qui était beaucoup trop grand pour elle au niveau des manches et des épaules. Pour le reste, elle semblait plus mince, à croire que ce renflement avait aspiré ses chairs. Il me fallut une seconde pour comprendre ce que cette déformation signifiait, et je ne le compris que quand elle plaça ses mains autour de son ventre en un geste tendre. Comme pour le bercer.

Alors, je saisis. Sans arriver à y croire cependant. Je l'avais croisée un mois seulement auparavant. Il était impossible qu'elle fût enceinte. Pas à ce point-là, en tout cas.

Sauf qu'elle l'était bel et bien.

Je refusais d'assister à cela. Je refusais d'y penser. Je refusais de l'imaginer, lui, à l'intérieur d'elle. Je refusais de découvrir qu'une chose que je détestais tant avait pris racine dans le corps que j'aimais. Mon estomac se révolta, et je dus ravaler ma bile.

Toutefois, la situation était pire qu'une grossesse, largement pire que ça. Son corps déformé, ses os qui pointaient sous la peau de son visage... Je devinai que cette allure aussi maladive était due à ce qui, en elle, ôtait la vie afin d'alimenter la sienne...

Il s'agissait d'un monstre. Exactement comme son père.

J'avais toujours su que ce dernier finirait par la tuer.

Edward releva brusquement la tête en percevant mes pensées. Il sauta sur ses pieds, me dominant de toute sa taille – j'étais resté à genoux. Ses yeux étaient d'un noir d'encre, ses cernes d'un violet sombre.

— Dehors, Jacob, gronda-t-il.

Je m'étais mis debout moi aussi. C'était moi qui le regardais de haut, à présent.

— D'accord.

J'étais venu pour ça, après tout.

Le grand type, Emmett, se posta de l'autre côté d'Edward, cependant que celui à l'air toujours affamé, Jasper, se plaçait juste derrière lui. Je m'en fichais. Ma meute ramasserait les morceaux quand ils en auraient fini avec moi. Ou peut-être pas. Quelle importance ?

Durant un quart de seconde, mon regard effleura les deux créatures qui se tenaient en arrière-plan. Esmé. Alice. Petites, et agréablement féminines. J'étais certain que leurs comparses m'auraient tué avant que je n'aie à m'occuper d'elles. Tant mieux. Je n'avais pas envie de tuer des femmes... même des vampires.

Quoique... j'étais capable de faire une exception pour la blonde.

— Non ! cria Bella en titubant avant de s'effondrer dans les bras d'Edward.

Rosalie suivit le mouvement, à croire qu'elles étaient reliées par une chaîne.

— Il faut juste que je lui parle, Bella, expliqua Edward à voix basse.

Il caressa son visage, et la pièce devint brusquement rouge, un incendie se déclencha devant mes rétines – après tout ce qu'il lui avait infligé, il était encore autorisé à la toucher !

— Ne te fatigue pas, poursuivit-il. Nous serons de retour tous les deux dans quelques minutes.

Elle examina ses traits minutieusement, puis acquiesça et repartit vers le divan. Rosalie l'aida à se rallonger sur les coussins. Bella me contempla en essayant de soutenir mon regard.

— Tiens-toi bien, m'ordonna-t-elle. Et reviens.

Je ne répondis pas. Pas de promesses, aujourd'hui ! Détournant les yeux, je suivis Edward jusqu'à la porte d'entrée. Dans mon crâne, une voix irréelle me fit remarquer que je n'avais eu aucun mal à l'isoler de son clan. Il marchait, sans vérifier si j'étais sur le point de bondir sur son dos vulnérable. Il n'en avait sans doute pas besoin. Il devinerait quand je comptais l'attaquer. Voilà pourquoi je devrais me décider très vite.

— Je ne suis pas encore prêt à ce que tu me tues, Jacob Black, murmura-t-il tout en s'éloignant vivement de la villa. Il va falloir que tu patientes encore un peu.

Comme si j'avais l'intention de me conformer à son emploi du temps !

— La patience n'est pas ma spécialité, grommelai-je.

Il continua d'avancer le long du sentier, sur deux cents mètres environ. J'étais derrière lui, enfiévré, les doigts tremblants, sur la brèche, guettant l'instant. Il s'arrêta sans crier gare, se retourna pour me faire face. Une fois encore, son expression me glaça.

L'espace d'une seconde, je redevins un enfant, un môme qui avait passé toute son existence dans la même petite ville. Rien qu'un gosse. Je savais que je devrais vivre beaucoup plus longtemps et souffrir bien plus pour saisir la douleur incandescente qui brûlait dans les prunelles d'Edward. Il leva la main comme pour essuyer la sueur à son front, mais ses doigts griffèrent son visage, l'air de vouloir arracher sa peau granitique. Ses yeux noirs flamboyaient dans leurs orbites, voyant des choses qui n'étaient pas ici. Sa bouche s'ouvrit pour hurler, aucun son n'en sortit cependant.

J'avais devant moi un supplicié au bûcher.

Pendant un instant, je ne réussis pas à parler, moi non plus ; ce visage était trop réel – j'en avais entraperçu l'ombre à l'intérieur de la maison, je l'avais lu dans leurs regards, à elle et lui, mais ceci était d'une ampleur qui dépassait tout. C'était le dernier clou enfoncé dans le cercueil de Bella.

— Ce truc la tue, n'est-ce pas ? Elle est en train de mourir.

Mes traits devaient être un reflet délavé des siens. De manière atténuée, autre, parce que j'étais encore sous le choc. Je n'avais pas encore pris la mesure de la situation, cela arrivait trop vite. Lui avait eu le temps. La différence tenait aussi au fait que je l'avais perdue à tant de reprises, et de multiples façons. À ce qu'elle n'avait jamais été mienne, également.

Et enfin, à ce que ce n'était pas ma faute.

— C'est la mienne, chuchota Edward, en écho à mes pensées.

Il s'écroula par terre, sans défense, proie offerte sur

un plateau. Sauf que j'étais froid comme la neige – le feu m'avait déserté.

— Oui, gémit-il, courbé dans la poussière, à croire qu'il se confessait au sol. Oui, ça la tue.

Son impuissance d'homme brisé m'irrita. J'avais envie d'un combat, pas d'une exécution. Où était passée son arrogance ?

— Dans ce cas, pourquoi Carlisle n'est-il pas intervenu ? grondai-je. Il est médecin, non ? Il aurait pu l'en débarrasser.

Edward releva la tête et me répondit d'une voix lasse, l'air d'expliquer une chose à un moutard de la crèche pour la dixième fois de suite.

— Elle refuse.

Je mis du temps à encaisser. Bon Dieu ! Elle ne changerait jamais ! Prête à mourir pour l'engeance du monstre. Ça lui ressemblait tellement !

— Tu la connais bien, souffla-t-il. C'est allé si vite… je n'ai rien vu venir. J'ai compris trop tard. Elle ne m'a pas adressé la parole, sur le chemin du retour. Enfin, pas vraiment. J'ai cru qu'elle avait peur, ce qui était bien naturel. J'ai cru qu'elle était furieuse après moi pour avoir provoqué cela, pour avoir mis une fois de plus sa vie en danger. Je n'aurais jamais imaginé ce qu'elle avait en tête, ce qu'elle avait *décidé*. Ça ne m'est apparu que quand les miens nous ont accueillis à l'aéroport, et qu'elle a couru se jeter dans les bras de Rosalie. Rosalie ! Quand j'ai entendu les pensées de ma sœur, c'est devenu très clair. Pourtant, toi, tu n'as mis qu'une seconde à deviner…

Il s'interrompit, gémit, soupira.

— Une minute, gars ! protestai-je, acide. Elle refuse, d'accord. Mais n'as-tu pas remarqué qu'elle avait la force d'une humaine de cinquante-cinq kilos ? Vous êtes idiots ou quoi, vous autres vampires ? Il suffisait de l'assommer avec des médicaments.

— C'est ce que je voulais. Carlisle aurait…

Ben quoi, alors ? Ils étaient trop nobles pour s'abaisser à ce genre de pratique ?

— Non. Son garde du corps compliquait la situation.

Oh ! Les choses commençaient à prendre tournure. Ainsi, c'était ce à quoi servait Blondie ? Mais qu'est-ce qui l'y poussait ? La reine de beauté désirait donc tant la mort de Bella ?

— Peut-être, dit-il. Rosalie n'envisage pas les choses tout à fait comme ça, cependant.

— Eh bien, débarrassez-vous d'elle en premier. Votre espèce est susceptible d'être ressuscitée, non ? Mettez-la en pièces, puis occupez-vous de Bella.

— Esmé et Emmett la soutiennent. Ce dernier ne nous laisserait jamais… et Carlisle ne s'opposera pas à Esmé…

Il se tut, à bout de forces.

— Tu aurais dû me laisser Bella.

— Oui.

Un peu tard pour le reconnaître. Il aurait mieux fait d'y réfléchir avant de l'engrosser, de lui donner ce monstre voleur de vie. Quand il me regarda depuis son enfer personnel, je constatai qu'il était d'accord avec moi.

— Nous ne savions pas, reprit-il. Je n'aurais jamais osé en rêver. Bella et moi formons un couple inédit. Comment aurions-nous pu deviner qu'un être humain était capable de concevoir avec l'un d'entre nous ?

— Sans être massacré avant, s'entend ?

— Oui, admit-il dans un chuchotement tendu. Ils existent, les sadiques, les incubes, les succubes. Mais là, la séduction n'est qu'un prélude au festin. L'humain ne survit pas.

Il secoua la tête, révolté par cette idée. Comme s'il était différent, tiens !

— J'ignorais qu'il y avait des noms bien définis pour celui que tu es.

Quand il me contempla, il avait mille ans.

— Même toi, Jacob Black, tu ne peux me haïr autant que je me hais.

Faux, songeai-je, trop enragé pour parler.

— Me tuer maintenant ne la sauvera pas.

— Quoi, alors ?

— Il faut que tu me rendes service, Jacob.

— Tu peux toujours courir, sale parasite !

— À elle ? marmonna-t-il, en continuant de me fixer de ses yeux mi-fous mi-épuisés.

Je serrai les mâchoires. Très fort.

— J'ai fait tout ce qui était en mon pouvoir pour la préserver de toi. Il est trop tard.

— Tu la connais, Jacob. Tu es lié à elle d'une manière qui m'échappe. Tu es une part d'elle, et elle, une part de toi. Elle ne m'écoute pas, pensant que je la sous-estime. Elle se croit assez forte pour... (Il s'étrangla, déglutit.) Elle se rangera peut-être à tes arguments.

— En quel honneur ?

Il se releva brusquement, les prunelles encore plus brûlantes qu'avant. Était-il en train de devenir dingue pour de bon ? Les vampires pouvaient-ils perdre l'esprit ?

— Aucune idée, répondit-il. J'en ai l'impression. (Il secoua la tête.) Il faut que je le lui cache néanmoins. Le stress aggrave son état. Elle est très faible, elle ne supporte aucune nourriture. Je dois m'efforcer d'être serein, je n'ai pas le droit de lui compliquer la tâche. Enfin, passons ! Toi, elle sera obligée de t'écouter.

— Que veux-tu que je lui dise de plus que toi ? Que veux-tu que je fasse ? Que je la traite d'idiote ? Elle le sait déjà. Que je la prévienne qu'elle va mourir ? Je te parie que ça aussi, elle le sait.

— Offre-lui ce qu'elle souhaite.

Pardon ? C'était quoi, ce délire ?

— Rien ne m'importe, sinon de lui sauver la vie, reprit-il en se ressaisissant soudain. Si c'est un enfant qu'elle désire, qu'elle en ait un. Six, même ! Tout ce qu'elle voudra. Des chiots, s'il le faut.

Il me dévisagea, une expression hallucinée sur les traits. Ma détermination le céda à l'ahurissement quand je saisis le sens de ses paroles, et je sentis ma mâchoire se décrocher.

— Mais pas comme ça ! poursuivit-il avant que j'aie eu le temps de me reprendre. Pas cette *chose* qui aspire sa vie sans que je puisse intervenir, obligé que je suis de la regarder dépérir. Cette chose qui lui fait du *mal*.

Il aspira profondément, l'air d'avoir reçu un coup de poing dans le foie.

— Il *faut* que tu parviennes à la convaincre, Jacob. Moi, je n'ai plus aucune influence sur elle. Rosalie est toujours dans les parages, elle alimente sa folie, elle l'encourage, elle la protège. Non ! Elle protège la *chose*. Bella n'est rien, à ses yeux.

Le bruit qui émanait de ma gorge me donnait l'impression d'étouffer. Qu'est-ce qu'il racontait ? Que Bella devait... quoi ? Avoir un bébé ? Avec *moi* ? Quoi ? Maintenant ? Renonçait-il à elle ? Ou espérait-il qu'elle accepterait d'être partagée ?

— Je m'en fiche. Du moment qu'elle ne meurt pas.

— C'est le truc le plus dingue que tu aies jamais dit, marmonnai-je.

— Elle t'aime.

— Pas assez.

— Elle est prête à se sacrifier pour avoir un enfant. Elle acceptera peut-être une solution moins extrême.

— Tu ne la connais donc pas du tout ?

— Si, si. Je sais que ça va exiger beaucoup de talent de persuasion. Voilà pourquoi j'ai besoin de toi. Son mode de pensée n'a pas de secret pour toi. Fais-lui entendre raison.

Il m'était impossible d'envisager ce qu'il suggérait. C'était trop... inconcevable. Mal. Malsain. Emprunter Bella le week-end et la lui retourner le lundi matin, à l'instar d'un film de location ? N'importe quoi !

Mais tentant.

Non ! Je m'y refusais. Malheureusement, les images surgirent toutes seules. J'avais trop souvent fantasmé à ce sujet, à l'époque où l'éventualité d'un *nous* existait encore ; à l'époque où il m'était devenu évident que mes rêves ne me laisseraient que des blessures suppurantes, parce qu'il n'existait aucune possibilité. Je n'avais pu m'en empêcher, alors. Je ne pouvais m'en empêcher, maintenant. Bella dans *mes* bras. Bella soupirant *mon* prénom...

Pis encore, une nouvelle image, une qui ne m'avait jamais traversé l'esprit, une qui n'aurait pas dû exister. Une image dont je savais que je n'aurais jamais souffert pendant des années, s'il ne me l'avait pas insufflée. Elle était pourtant là, déployant ses ramifications dans ma tête comme une mauvaise herbe, vénéneuse, impossible à éradiquer. Bella, rayonnante, si différente de celle qu'elle était en ce moment, et pourtant identique ; son corps, pas déformé, changé d'une façon plus naturelle. Arrondi parce qu'elle portait *mon* enfant.

Je m'efforçai d'oublier l'idée empoisonnée.

— Faire entendre raison à Bella ? répétai-je. Dans quel monde vis-tu ?

— Au moins, essaye.

Je secouai la tête. Il attendit, ignorant ma réaction négative, parfaitement au courant du conflit qui se jouait dans
mon crâne.

— D'où sors-tu ces âneries de cinglé ? Tu les fabriques
à la chaîne ?

— Je n'ai réfléchi à rien d'autre qu'aux moyens de l'épargner depuis que j'ai compris ce qu'elle planifiait. Qu'elle
était prête à mourir. J'ignorais comment te contacter,
hélas. Je savais que, si je t'appelais, tu refuserais de m'écouter. Si tu n'étais pas venu aujourd'hui, je serais allé à toi.
Mais j'ai du mal à la quitter, même quelques minutes. Son
état... évolue si vite. La chose... grandit. Rapidement. Je
ne peux la laisser maintenant.

— Qu'est-ce que c'est exactement ?

— Aucun de nous n'en a la moindre idée. Mais c'est
déjà plus fort qu'elle.

Brusquement, je le vis, mentalement, ce monstre qui la
brisait depuis l'intérieur.

— Aide-moi à arrêter ça, murmura Edward. Aide-moi à
empêcher ce qui arrive.

— *Comment ?* En jouant les étalons ? (Il ne tressaillit
même pas devant ma grossièreté.) Tu es complètement
malade. Elle n'acceptera jamais.

— Essaye. Nous n'avons plus rien à perdre. Que
risquons-nous ?

Moi ? De souffrir. Bella ne m'avait-elle pas suffisamment rejeté par le passé ?

— Souffrir pour la sauver, est-ce un prix si élevé ?

— Ça ne fonctionnera pas.

— Peut-être. Mais cela suffira peut-être à la déboussso-
ler aussi. À l'amener à hésiter. Un moment de doute, c'est
tout ce que je demande.

— Et ensuite, tu retireras ton offre ? Ce n'était rien
qu'une blague, Bella ?

— Si elle désire un enfant, elle l'aura. Je ne me déroberai pas.

Je n'en revenais pas qu'il ait pu penser à cette solution. Bella allait me massacrer. Non que ça m'inquiétait – elle se casserait de nouveau la main, sans doute. Je regrettais d'avoir autorisé Edward à me parler, à mettre le bazar dans ma tête. Mieux valait que je le tue sur-le-champ.

— Pas tout de suite, chuchota-t-il. Que ma mort soit justifiée ou non, elle anéantirait Bella, tu le sais. Inutile de se précipiter. Si elle ne t'écoute pas, tu auras ta chance. Au moment où son cœur cessera de battre, je te supplierai d'en finir avec moi.

— Tu n'auras pas besoin de me supplier très longtemps.

L'ombre d'un sourire souleva le coin de ses lèvres.

— J'y compte bien, répondit-il.

— Marché conclu, alors.

Il acquiesça et me tendit sa main de pierre froide. Ravalant mon dégoût, je la serrai.

— Marché conclu.

10

POURQUOI NE SUIS-JE PAS PARTI, TOUT SIMPLEMENT ? AH OUI ! PARCE QUE JE SUIS UN IMBÉCILE...

Je me sentais comme... je l'ignore. Comme si c'était irréel. Comme si je jouais dans la version gothique d'un mauvais feuilleton. Au lieu d'être l'abruti de service s'apprêtant à inviter la chef des pom-pom girls au bal de fin d'année, j'étais le parfait loup-garou de second ordre s'apprêtant à demander à l'épouse d'un vampire de copuler afin de procréer. Génial !

Non, je ne le ferais pas. C'était tordu, malsain. J'allais oublier tout ce qu'Edward m'avait dit.

En revanche, je parlerais à Bella. Je tâcherais de l'amener à se ranger à mes arguments.

Ce qui ne se produirait pas, comme d'habitude.

Edward ne commenta pas mes pensées sur le chemin nous ramenant à la maison. Je m'interrogeais sur l'endroit qu'il avait choisi pour notre conversation. Était-ce assez loin de la villa pour que les autres n'entendent pas ses chuchotements ? Avait-ce été cela, la raison ? Peut-être. Lorsque nous entrâmes, les yeux des Cullen étaient soupçonneux, hésitants. Ni écœurés ni outragés. Ainsi, ils n'avaient pas perçu la faveur qu'Edward m'avait demandée.

Sur le seuil, j'hésitai, ignorant comment procéder. L'atmosphère, près de la porte, était moins intolérable, avec l'air qui venait de l'extérieur. Edward approcha du groupe, raide. Bella l'observa avec intensité, me regarda brièvement, puis s'intéressa de nouveau à lui. Son teint devint gris, et je constatai à quel point la pression empirait son état.

— Nous allons laisser Jacob et Bella discuter en privé, annonça Edward d'une voix robotique dénuée d'inflexions.

— Pour cela, il faudra me réduire en cendres, cracha Rosalie.

Elle rôdait autour de Bella, une main froide posée sur la joue creuse de la malade.

— Bella, poursuivit Edward sans relever. Jacob désire te parler. Crains-tu de rester seule avec lui ?

L'interpellée me contempla, l'air perdu. Puis elle se tourna vers Rosalie.

— Ne t'inquiète pas, Rose. Jake ne nous fera aucun mal. Accompagne Edward.

— Il pourrait s'agir d'un piège, objecta la blonde.

— Je ne vois pas en quoi, répliqua Bella.

— Tu ne perdras de vue ni Carlisle ni moi, Rosalie, lança Edward et, cette fois, la colère perça, sous les intonations apparemment monotones. C'est nous, dont elle a peur.

— Non ! chuchota Bella, les yeux mouillés de larmes. Non, Edward. Je ne…

Il lui adressa un petit sourire, douloureux à regarder.

— Je ne l'entendais pas ainsi, Bella. Je vais bien. Ne te soucie pas de moi.

Atroce. Il avait raison. Elle s'en voulait de le faire souffrir. Cette fille était une martyre-née. Elle s'était trompée de siècle. Elle aurait dû vivre à une époque où elle aurait pu être livrée aux lions pour une quelconque bonne cause.

— Tout le monde dehors, s'il vous plaît, reprit Edward en désignant la porte.

Le contrôle de soi qu'il s'efforçait de garder pour Bella commençait à se fissurer. Il était tout près de l'homme brûlé auquel j'avais eu droit, à l'extérieur de la maison. Les autres s'en rendirent compte car, en silence, ils sortirent, tandis que je m'écartais de leur chemin. Ils étaient vifs. Mon cœur battit deux fois, et la pièce fut vide, si ce n'est pour Rosalie, qui tergiversait, au milieu de la salle, et Edward, qui l'attendait sur le seuil.

— Je veux que tu t'en ailles, Rose, insista Bella à voix basse.

La blonde toisa Edward et lui fit signe de partir le premier. Il disparut. Ensuite, elle m'adressa un long regard d'avertissement, et s'évanouit à son tour.

Une fois seul avec Bella, j'allai m'asseoir par terre, près d'elle. Je m'emparai de ses mains glacées que j'entrepris de frotter doucement.

— Merci, Jake. C'est agréable.

— Je ne vais pas te mentir, Bella, tu es hideuse.

— Je sais, soupira-t-elle. Une horreur !

— Une créature sortie des pires cauchemars.

Elle rit.

— C'est bon de t'avoir ici. Et de sourire. Je ne supporte plus ces mines tragiques qui m'entourent.

Je levai les yeux au ciel.

— D'accord, d'accord, reconnut-elle, je suis responsable.

— Oui. Franchement, Bella ! À quoi tu penses ?

— T'a-t-il demandé de me disputer ?

— En quelque sorte. Même si je ne comprends pas pourquoi il croit que tu m'écouteras. Tu ne l'as jamais fait.

Elle poussa un soupir.

— Je t'avais bien dit…

— Sais-tu que « Je t'avais bien dit » a un frère, Jacob ? m'interrompit-elle. Il s'appelle « Ferme-la ! ».

— Elle est bonne, celle-là.

Quand elle me sourit, sa peau se tendit sur ses os.

— Je ne l'ai pas inventée. Je l'ai piquée aux *Simpson*.

— Je n'ai pas vu cet épisode.

— Il était drôle, pourtant.

Nous nous tûmes. Ses mains commençaient à se réchauffer.

— T'a-t-il vraiment prié de me parler ?

— Oui. De te ramener à la raison. Certaines batailles sont perdues d'avance, cependant.

— Pourquoi as-tu accepté, alors ?

Je ne répondis pas. Je n'étais pas certain de le savoir. Ce que je savais, en revanche, c'est que chaque seconde passée en sa compagnie n'allait qu'ajouter à la souffrance que j'endurerais plus tard. À l'instar d'un drogué n'ayant que des réserves limitées de stupéfiants, je ne couperais pas à l'instant de vérité. Plus je me piquais maintenant, plus dur ce serait, une fois mes stocks épuisés.

— Tout ira bien, dit-elle au bout d'une minute. J'ai confiance.

Ma colère revint aussitôt.

— La démence est-elle l'un des symptômes de cette grossesse ?

Elle s'esclaffa, bien que ma rage fût si authentique que mes mains tremblaient autour des siennes.

— Pourquoi pas ? Je ne prétends pas que ce sera facile, Jake. Néanmoins, je ne peux avoir vécu tout ce que j'ai vécu jusqu'à maintenant sans croire à la magie, non ?

— *La magie ?!*

— Surtout pour ce qui te concerne.

Elle souriait. Récupérant une de ses mains, elle l'appuya contre ma joue. Plus chaude que tout à l'heure, mais encore froide sur ma peau.

— Plus que quiconque, tu es enveloppé d'une magie, qui guette le moment pour agir dans le bon sens.

— C'est quoi, ce délire ?

— Edward m'a expliqué un jour à quoi ressemble votre imprégnation. Il l'a comparée à la trame du *Songe d'une nuit d'été*. Tu trouveras celle qui t'est destinée, Jacob. Alors, tout ceci te paraîtra enfin intelligible.

Si elle n'avait pas eu l'air aussi fragile, j'aurais hurlé. Je me bornai à gronder.

— Si tu crois que l'imprégnation donnera jamais une signification à ces *insanités*, tu te trompes lourdement. Penses-tu sérieusement, parce que je rencontrerai ma moitié, que ceci se justifiera ? (Je pointai le doigt sur son ventre gonflé.) Dans ce cas, justifie un peu tout ça, Bella ! À quoi bon mon amour pour toi ? À quoi bon ton amour pour lui ? À quoi bon ta mort ? À quoi bon autant de souffrance ? La mienne, la tienne, la sienne ! Même si ça m'est bien égal, tu le tueras aussi ! (Elle tressaillit.) Alors, quel sens donnes-tu à ton histoire d'amour tordue ? Si elle en a un, montre-le-moi, s'il te plaît, parce que, moi, je ne le vois pas.

— Je l'ignore, soupira-t-elle. Mais je... devine... que notre parcours mènera à quelque chose de positif, aussi difficile soit-il de s'en rendre compte maintenant. Appelle ça de la *foi*, si tu veux.

— Tu es en train de mourir pour rien, Bella ! Rien du tout !

Sa main délaissa ma joue pour la boursouflure de son estomac, qu'elle caressa. Sans qu'elle eût besoin de les formuler, ses réflexions me furent évidentes. Elle était en train de sacrifier sa vie pour *ça*.

— Je ne vais pas mourir, marmonna-t-elle entre ses dents (et je compris qu'elle répétait une phrase mille fois répétée). Je me débrouillerai pour que mon cœur continue de battre. Je suis assez forte pour cela.

— Ce sont des âneries. Tu as trop fréquenté le surnaturel. Aucune personne normale n'y survivrait. Tu n'es pas assez forte.

J'attrapai son visage avec douceur – inutile de m'inciter à la prudence : tout paraissait si cassable, en elle.

— J'en suis capable, j'en suis capable, murmura-t-elle avec entêtement.

— Pour moi, ça n'en a pas l'air. Alors, quel est ton plan ? Parce que j'espère que tu en as un.

Elle hocha le menton, sans oser croiser mes yeux cependant.

— Savais-tu qu'Esmé s'est jetée d'une falaise ? Quand elle était humaine, s'entend.

— Et ?

— Elle était si proche de la mort qu'on n'a même pas pris la peine de la conduire aux urgences et qu'on l'a directement flanquée à la morgue. Pourtant, son cœur battait encore, et quand Carlisle l'a trouvée…

Ainsi, c'est ce qu'elle avait voulu dire quand elle avait précisé qu'elle garderait son cœur en état de marche.

— Tu ne prévois pas de survivre à cela en tant qu'humaine.

— Non, en effet. Je ne suis pas idiote. Mais bon, j'imagine que tu es d'un avis différent, à ce sujet.

— Vampirisation d'urgence, marmonnai-je.

— Ç'a fonctionné pour Esmé, pour Emmett et pour Rosalie. Et même pour Edward. Aucun d'eux n'était en très grande forme, à ce moment-là. Carlisle ne les a transformés que pour leur éviter de mourir. Il ne tue pas les gens, il les sauve.

Une bouffée de culpabilité me submergea à l'évocation du bon médecin. J'écartai cependant cette pensée et j'entrepris de supplier Bella.

— Écoute-moi, s'il te plaît. Procède autrement.

Comme un peu plus tôt dans la journée, au moment du coup de fil de Charlie, je m'aperçus à quel point la différence comptait à mes yeux. Il m'était nécessaire qu'elle reste vivante, sous une forme ou une autre. N'importe laquelle. Je pris une grande aspiration.

— N'attends pas qu'il soit trop tard, poursuivis-je. Vis ! D'accord ? Vis, je ne t'en demande pas plus. Ne m'inflige pas ça. Ni à lui. Tu sais comment il réagira, si tu disparais. Tu en as déjà été témoin. Tu tiens donc tant que ça à ce qu'il retourne se jeter dans les bras de ces assassins italiens ?

Elle sursauta. Je ne précisai pas que ce voyage en Europe ne serait pas utile. Luttant pour garder un ton raisonnable, j'enchaînai :

— Tu te souviens de ce que tu m'as dit quand j'ai été blessé par ces nouveau-nés ?

J'attendis, elle ne répondit pas, lèvres serrées.

— Tu m'as dit d'être sage et d'écouter Carlisle. Et qu'ai-je fait ? J'ai obéi au vampire. Pour toi.

— Non, parce que c'était la seule solution.

— Si tu veux. Le résultat est le même.

— Pas dans mon cas, soupira-t-elle. Je ne le tuerai pas, ajouta-t-elle en contemplant son ventre rebondi.

— Oh ! m'exclamai-je. Je suis heureux d'apprendre la bonne nouvelle ! C'est un petit gars, hein ? J'aurais dû apporter des ballons bleus.

Elle rosit, de façon si jolie que j'en eus des crampes à l'estomac. Un vrai couteau à scie, rouillé et ébréché. J'allais perdre ce duel. Une fois encore.

— J'ignore si c'est un garçon, admit-elle, penaude. L'échographie n'a rien donné. La membrane est trop dure, comme leur peau. Ça reste un mystère, même si, dans ma tête, je vois un garçon.

— Il ne s'agit pas d'un ravissant bébé, Bella.

— On verra, se renfrogna-t-elle.

— Toi, non !

— Tu es trop pessimiste, Jacob. J'ai une chance de m'en tirer.

Je fus incapable de rétorquer quoi que ce soit à ça. Baissant les yeux, je respirai lentement pour tenter d'apaiser ma colère.

— Tout se passera bien, Jake, me rassura-t-elle en caressant mes cheveux et ma joue.

— Non, ça ne se passera pas bien, maugréai-je sans relever la tête.

— Chut ! souffla-t-elle en essuyant quelque chose d'humide qui coulait sur ma peau.

Je fixais mes pieds nus et sales qui laissaient des traces sur la moquette pâle. Tant mieux !

— Où est l'intérêt, Bella ? Je croyais que ce que tu voulais par-dessus tout, c'était Edward. Et là, tu renonces à lui ? Je ne pige pas. Depuis quand tiens-tu tellement à devenir mère ? Si ça t'importait à ce point, pourquoi avoir épousé un vampire ?

J'étais dangereusement près de l'offre qu'il voulait que

je formule. Les mots s'orientaient dans ce sens, et je ne pouvais pas changer de direction.

— Ce n'est pas comme ça que ça marche. Je ne me suis jamais souciée d'avoir un enfant. Là, ce n'est pas un bébé. C'est… eh bien… *ce* bébé.

— C'est un tueur ! Regarde-toi, bon Dieu !

— Non. Il n'y est pour rien. C'est ma faute. Parce que je suis une faible humaine. Mais je tiendrai le coup, Jake, j'y arriverai…

— Ferme-la, Bella ! Garde ces âneries pour ton buveur de sang. Moi, tu ne me tromperas pas. Tu sais très bien que tu y laisseras ta peau.

Elle me toisa, furieuse.

— Non, je n'en *sais* rien. Ça me préoccupe, voilà tout.

— Ça te préoccupe ! Je rêve !

Soudain, elle étouffa un cri, et ses mains se crispèrent sur son estomac. Ma fureur s'évanouit comme une lumière qu'on éteint.

— Ce n'est rien, pantela-t-elle. Rien du tout.

Cependant, un coin de son sweat-shirt s'était soulevé et, horrifié, j'avais découvert sa peau, marbrée de grandes marques d'un mauve presque noir. Remarquant mon regard, elle rabaissa vivement le tissu.

— Il est costaud, se défendit-elle.

Des hématomes ! Je faillis vomir en prenant la mesure de ce qu'Edward m'avait dit à propos de la souffrance à laquelle il assistait, impuissant. Tout à coup, j'eus l'impression de devenir un peu fou, moi aussi.

— Bella.

Alertée par mon changement de ton, elle me contempla avec anxiété, le souffle encore court.

— Je t'en prie, Bella.

— Jake…

— Ne te fâche pas, O.K. ? Contente-toi de m'écouter. Imagine que...

— Que quoi ?

— Que ce ne soit pas l'affaire d'une seule chance ? Si ce n'était pas tout ou rien ? Si tu obéissais à Carlisle comme une gentille fille et que tu restais vivante ?

— Je ne...

— Je n'ai pas terminé. Tu restes en vie. Et tu recommences. Celui-ci est un échec. Fais une nouvelle tentative.

Elle fronça les sourcils et posa sa main là où les miens se rejoignaient, lissant mon front tout en s'efforçant de saisir le sens de mes paroles.

— Comment ça, une nouvelle tentative ? Tu crois qu'Edward me laisserait... Et en quoi ça serait différent ? Je suis certaine que n'importe quel bébé...

— Oui, admis-je. N'importe lequel de *ses* bébés.

— Pardon ?

Je n'y parviendrais pas. Il ne servait à rien que je précise. Je ne la sauverais pas d'elle-même. Chaque fois que je m'y étais risqué, j'avais échoué. Elle tressaillit, et je devinai qu'elle avait enfin compris.

— Oh ! S'il te plaît, Jacob ! Tu penses vraiment que je devrais tuer mon bébé pour le remplacer par une espèce de substitut générique ? Insémination artificielle ? (Elle était en colère, à présent.) Pourquoi aurais-je envie de l'enfant d'un inconnu ? Tu crois que ça ne ferait aucune différence ? Que n'importe quel bébé conviendrait ?

— Je n'ai pas dit ça, marmonnai-je. Pas celui d'un inconnu.

— Que dis-tu exactement, alors ?

— Rien. Je ne dis rien. Comme d'habitude.

— Où es-tu allé pêcher cette idée ?

— Laisse tomber.

— C'est *lui* qui t'a demandé ça ?

206

J'hésitai, surpris qu'elle ait aussi vite deviné.

— Non.

— Si, j'en suis sûre.

— Je te jure que non. Il n'a pas du tout mentionné d'insémination artificielle.

Son visage se rasséréna, et elle s'enfonça dans les coussins, apparemment épuisée. Quand elle reprit la parole, elle ne me regardait pas, et ses mots ne m'étaient pas adressés.

— Il ferait n'importe quoi pour moi. Or, je le blesse tant... Mais à quoi songe-t-il ? Que j'échangerais ça – elle caressa son ventre – pour l'enfant d'un étranger ?

Elle avait les yeux humides.

— Tu n'es pas obligée de le blesser, chuchotai-je.

Supplier pour lui me brûlait la langue comme un poison. Je savais cependant que c'était le meilleur angle d'attaque si je voulais la sauver. Même si mes chances restaient fort minces.

— Tu pourrais le rendre de nouveau heureux, Bella. Et je crois vraiment qu'il est en train de devenir fou.

Elle semblait ailleurs. Sa main dessinait des cercles sur la protubérance, et elle se mordillait les lèvres. Les Cullen étaient-ils très loin ? Percevaient-ils mes pitoyables tentatives pour la raisonner ?

— Pas un inconnu, murmura-t-elle soudain. (Je sursautai.) Qu'est-ce que t'a précisément raconté Edward ?

— Rien. Il pensait seulement que tu m'écouterais peut-être.

— Je te parle de ce deuxième essai. Qu'a-t-il dit à ce sujet ?

Ses prunelles se rivèrent sur les miennes, et je sentis que j'étais allé trop loin.

— Rien.

— Wouah ! souffla-t-elle, un peu étonnée.

Le silence s'installa, et je fixai mes pieds, incapable de soutenir son regard.

— Il est vraiment prêt à *tout*, n'est-ce pas ? finit-elle par chuchoter.

— Il perd les pédales, Bella.

— Je suis surprise que tu ne l'aies pas dénoncé tout de suite. Histoire de lui attirer des ennuis.

Quand je relevai les yeux, elle arborait un grand sourire.

— J'y ai pensé, dis-je en tâchant de lui retourner ce sourire, en vain.

Elle était consciente de mon geste, le refusait d'emblée cependant. Je m'en étais douté, il n'empêche que ça faisait mal.

— Toi aussi, tu serais prêt à presque n'importe quoi pour moi, hein ? Je me demande vraiment pourquoi vous vous donnez cette peine. Je ne vous mérite ni l'un ni l'autre.

— De toute façon, ça ne change rien à rien, non ?

— Pas cette fois, soupira-t-elle. J'aimerais être en mesure de t'expliquer. Je ne suis pas plus capable de tuer mon enfant que je ne le serais de te tirer une balle dans le crâne. Je l'aime.

— Pourquoi t'attaches-tu toujours aux mauvaises choses, Bella ?

— Je ne crois pas que ce soit le cas.

Je me raclai la gorge, de façon à durcir ma voix au maximum.

— Fais-moi confiance, j'ai raison.

Je me mis debout.

— Où vas-tu ?

— Ma présence ici ne sert à rien.

— Ne t'en va pas ! me lança-t-elle en tendant la main.

Je sentis qu'il s'en faudrait de peu pour que je cède, que je redevienne accro.

— Je dois rentrer.

— Pourquoi es-tu venu ?

— Juste pour vérifier que tu étais bien vivante. Je ne croyais pas à ta maladie.

— Reviendras-tu ? Avant que…

— Il n'est pas question que je reste là à te regarder mourir, Bella.

Elle tressaillit.

— Oui, murmura-t-elle, tu as raison. Pars !

Je me dirigeai vers la porte.

— Au revoir, chuchota-t-elle. Je t'aime, Jake.

Je faillis rebrousser chemin. Je faillis me retourner, tomber à genoux et me remettre à la supplier. Ma conscience me dictait néanmoins de la quitter, de me sevrer d'elle avant qu'elle ne me tue, comme elle le tuait, lui.

— C'est ça, c'est ça, bougonnai-je en sortant.

Je n'aperçus aucun vampire. Je ne regagnai pas ma moto, seule au milieu du gazon. Elle n'était pas assez rapide pour évacuer mes émotions. Mon père allait s'inquiéter, Sam aussi. Comment avait réagi la meute quand elle ne m'avait pas senti me transformer ? Avait-elle cru que les Cullen m'avaient liquidé sans me laisser une chance ? Je me déshabillai, insoucieux des éventuels regards, puis me mis à courir. Je devins loup en pleine course.

Ils attendaient. Évidemment.

Jacob, Jake, entonnèrent huit voix à l'unisson.

Reviens tout de suite ! ordonna l'Alpha.

Sam était furieux. Paul s'effaça, et je devinai que Billy et Rachel avaient hâte d'avoir de mes nouvelles. Paul était trop pressé de leur annoncer que je n'avais pas servi de repas aux buveurs de sang pour s'attarder à écouter mon histoire.

Je n'eus pas besoin de préciser aux miens que je rentrais – ils virent la forêt défiler devant mes yeux, tandis que je fonçais vers la réserve. Je n'eus pas besoin non plus de leur préciser que j'étais à moitié fou. Dans ma tête, l'horreur était assez claire. Ils virent tout : le ventre tavelé de Bella, sa voix rauque : « Il est costaud » ; l'homme immolé sur le visage d'Edward : « Obligé de la regarder dépérir. Cette chose qui lui fait du mal » ; Rosalie planant sur le corps affaibli de Bella : « Bella n'est rien, à ses yeux. » Et, pour une fois, aucun d'eux ne se permit de commentaire. Leur incrédulité atterrée n'était qu'un hurlement muet dans mon crâne.

!!!!

J'étais à mi-chemin de chez moi quand ils se ressaisirent. Alors, tous se ruèrent à ma rencontre.

La nuit était presque tombée. Les nuages dissimulaient entièrement le crépuscule. Je me permis de risquer la traversée de l'autoroute – personne ne m'aperçut.

Nous nous retrouvâmes à environ quinze kilomètres de La Push, dans une clairière de bûcherons. Elle était à l'écart, protégée par deux montagnes. Paul arriva en même temps que moi. La meute était au grand complet. Les bavardages qui résonnaient dans mon cerveau formaient un chaos absolu. Tout le monde braillait.

Le poil de Sam était hérissé, et il grondait sans discontinuer tout en arpentant les parages. Paul et Jared le suivaient, telles des ombres, oreilles plaquées en arrière. Le cercle était nerveux, agité.

Au début, je crus que leur colère était dirigée contre moi. J'étais trop bouleversé pour m'en soucier. Qu'ils me punissent comme bon leur semble pour avoir enfreint les ordres. Puis, toute une série de pensées confuses m'assaillirent.

Comment est-ce possible ? Qu'est-ce que ça signifie ? Qu'est-ce que ça va donner ?

Danger. Mal. Risqué.

210

Contre-nature. Monstrueux. Abominable.

Nous ne pouvons le permettre.

Le groupe se déplaçait de conserve, réfléchissait de conserve. Sauf moi et un autre, auprès duquel je m'assis, trop hébété pour déterminer, que ce soit par mes yeux ou par mon esprit, de qui il s'agissait. La meute nous encercla.

Le pacte ne mentionne pas ce genre de chose.

Cela met tout le monde en péril.

Je m'efforçai de comprendre les voix enchevêtrées, j'essayai de suivre le cheminement des réflexions, afin de voir où elles menaient. En vain. Les images qui occupaient le centre de leurs pensées étaient les miennes, les pires, de surcroît. Les hématomes de Bella, les traits torturés d'Edward.

Eux aussi en ont peur.

Sauf qu'ils ne feront rien pour y remédier.

Ils protègent Bella Swan.

Nous n'allons pas nous laisser influencer par ça.

La sécurité de nos familles, de tout le monde ici, est plus importante que celle d'un seul être humain.

S'ils ne tuent pas cette chose, nous devrons nous en charger.

Protéger la tribu.

Il faut liquider ce truc avant qu'il ne soit trop tard.

D'autres souvenirs, les paroles d'Edward : « La chose grandit. Rapidement. » Je me concentrai pour isoler les voix de chacun.

Il n'y a pas de temps à perdre. Jared.

Ça signifie une bataille, une rude bataille. Embry. Prudent.

Nous sommes prêts. Paul. Insistant.

Nous les prendrons par surprise. Sam.

Si nous arrivons à les séparer, ce sera mieux. Cela augmentera nos chances de victoire. Jared, déjà dans la stratégie.

Secouant la tête, je me mis lentement debout. Je n'étais pas très stable, comme si la ronde des loups me donnait le vertige. Mon voisin se leva également. Son épaule s'appuya contre la mienne, me soutint.

Attendez, lançai-je.

Mes frères s'arrêtèrent un instant, avant de reprendre leur ronde infernale.

Nous ne disposons pas de beaucoup de temps, dit Sam.

Mais... qu'est-ce que vous racontez ? Vous refusiez de les attaquer cet après-midi, alors qu'ils avaient peut-être enfreint le traité, et là, vous planifiez une embuscade, alors que les termes du contrat ont été respectés ?

Il s'agit d'un événement que le pacte n'avait pas prévu, répondit Sam. *Nous ignorons quel type de créature les Cullen ont engendrée, mais nous savons qu'elle est forte et qu'elle se développe vite. Elle sera trop jeune pour respecter l'accord. Rappelle-toi les vampires nouveau-nés que nous avons combattus. Sauvages, violents, au-delà de toute raison et de toute contrainte. Imagine la même chose, mais sous la protection des Cullen.*

Nous n'avons pas la moindre idée de...

En effet. N'empêche, il est hors de question de prendre des risques avec ce genre d'inconnue. Nous pouvons permettre aux Cullen d'exister tant que nous sommes certains qu'ils ne feront aucun mal. Or, ce... cette chose n'est pas fiable.

Ils ne l'apprécient pas plus que nous.

S'emparant de l'image que mon esprit recelait, celle d'une Rosalie protégeant Bella, Sam l'exposa aux cerveaux de tous.

Néanmoins, certains sont prêts à se battre pour elle.

Ce n'est qu'un bébé, bon sang !

Pas pour longtemps, murmura Leah.

C'est un vrai problème, Jake, intervint Quil. *Impossible de l'occulter.*

Mais vous l'exagérez. La seule à être en danger, c'est Bella.

Encore une fois, elle l'a voulu, riposta Sam. *Malheureusement, son choix nous affecte tous, à présent.*

Je ne crois pas.

Nous ne nous exposerons pas à un danger pareil. Nous ne permettrons pas qu'un buveur de sang chasse sur notre territoire.

Alors, demandez-leur de partir, proposa le loup qui me soutenait toujours. (Seth, évidemment.)

Et renvoyer ainsi la menace sur d'autres ? Quand des buveurs de sang traversent nos frontières, nous les détruisons, quelle que soit leur destination de chasse initiale. Nous protégeons un maximum d'humains.

C'est dingue, dis-je. *Alors que cet après-midi, vous aviez peur de mettre la meute en péril.*

Cet après-midi, nous ignorions que nos familles seraient concernées.

Je n'y crois pas ! Comment comptez-vous tuer cette chose sans tuer Bella ?

Le silence qui me répondit fut éloquent. Je hurlai.

Elle est humaine ! Votre protection ne s'applique donc pas à elle ?

Elle est en train de mourir, pensa Leah. *Quelle différence ? Nous accélérerons le processus, c'est tout.*

Ce fut la parole de trop. Je bondis vers elle, tous crocs dehors. J'allais l'attraper par la patte arrière quand les dents de Sam mordirent dans mon flanc pour me retenir. Ululant de douleur et de rage, je me retournai contre lui.

Stop ! ordonna-t-il de sa double voix d'Alpha.

Mes pattes parurent se dérober sous moi. Je m'arrêtai

net, ne réussissant à rester debout que par un effort de volonté pure. Sam regarda Leah.

Ne sois pas cruelle, lui lança-t-il. *Le sacrifice de Bella est un prix lourd à payer, ce que nous reconnaîtrons tous. Il est contraire à nos principes fondamentaux de tuer un humain. Cette exception est d'une grande tristesse. Nous serons tous en deuil, après ce que nous aurons fait cette nuit.*

Cette nuit ? répéta Seth, choqué. *Sam... Je crois que nous devrions discuter de cela plus longuement. Consulter les anciens, au moins. Tu n'envisages pas sérieusement que nous...*

Nous ne pouvons plus nous offrir le luxe de tolérer les Cullen, maintenant. Inutile de discuter. Tu feras ce qu'on te dira, Seth.

Face au poids des ordres de l'Alpha, les genoux antérieurs de Seth fléchirent, et sa tête tomba en avant. Sam tournait autour de nous, sévère.

Nous avons besoin de la meute dans son entier, pour cette opération. Jacob, tu es notre combattant le plus fort. Tu lutteras à nos côtés cette nuit. Je comprends que ce te soit difficile, donc tu te concentreras sur leurs deux fers de lance, Emmett et Jasper. Inutile que tu t'impliques dans... le reste. Quil et Embry seront avec toi.

Mes genoux tremblaient, et je luttais pour ne pas céder à la voix irrésistible de l'Alpha.

Paul, Jared et moi nous chargerons d'Edward et de Rosalie. D'après les informations rapportées par Jacob, ils monteront la garde auprès de Bella. Carlisle et Alice seront aussi à proximité, de même qu'Esmé, sans doute. Brady, Collin, Seth et Leah se focaliseront sur eux trois. Le premier qui aura l'occasion de foncer sur – nous l'entendîmes tous buter mentalement sur le nom de Bella – *la créature en profitera. La détruire est notre priorité.*

La meute gronda son assentiment. La tension hérissait

les poils de tous. Les allers-retours s'intensifièrent, les bruits de pattes se firent plus sonores, les griffes se plantèrent plus profondément dans la boue. Seuls Seth et moi restions immobiles, œil d'un cyclone de dents dévoilées et d'oreilles aplaties. Le museau de Seth touchait presque terre, échine courbée sous le commandement de Sam. Je sentis sa souffrance devant l'attaque déloyale qui se préparait. Pour lui, c'était une trahison : du jour où notre alliance s'était nouée, lorsque nous avions combattu au côté d'Edward Cullen, Seth était vraiment devenu l'ami du vampire.

Il ne résistait pas, cependant. Il obéirait, aussi élevé soit le prix qu'il lui en coûterait. Il n'avait pas le choix.

Et moi, en avais-je un ? Lorsqu'un Alpha parlait, sa meute le suivait.

Jamais encore Sam n'avait poussé son autorité aussi loin. Je devinais qu'il détestait devoir assister à l'humiliation de Seth, tel l'esclave aux pieds de son maître. Il ne s'y serait pas résolu s'il n'avait pas estimé que c'était la seule solution. Il ne pouvait pas nous mentir, puisque nos esprits étaient reliés. Il croyait véritablement qu'il était de notre devoir de détruire Bella et le monstre qu'elle portait. Il croyait aussi que le temps pressait. Il y croyait assez pour mourir pour cette cause.

Je prévis qu'il affronterait Edward en personne. L'aptitude de ce dernier à lire dans nos pensées en faisait la menace la plus sérieuse, aux yeux de Sam. Il ne laisserait personne d'autre attaquer pareil danger.

Il considérait Jasper comme notre deuxième adversaire le plus redoutable. Voilà pourquoi il me l'avait attribué. Il était conscient que j'étais celui de la meute qui avait les meilleures chances de le vaincre. Il avait donné les cibles les plus faciles aux jeunes loups et à Leah. La petite Alice ne représentait aucun péril, sans ses visions de l'avenir pour la guider. Quant à Esmé, nous avions découvert pendant notre alliance qu'elle n'était pas une combattante. Carlisle serait un défi d'une tout autre envergure, mais sa détestation de la violence le gênerait.

Les plans de Sam pour trouver les meilleurs angles d'attaque afin d'offrir à chaque loup une vraie chance de survie me rendaient encore plus malade que Seth. Tout était sens dessus dessous. L'après-midi encore, j'avais incité à la guerre. Sauf que Seth avait eu raison – je n'étais pas prêt à cet affrontement. La haine m'avait aveuglé. Je ne m'étais pas autorisé à examiner plus minutieusement la situation, parce que j'avais dû me douter des conclusions que j'en tirerais.

Carlisle Cullen. Si je le regardais sans laisser le ressentiment obscurcir mes yeux, je ne pouvais nier que le tuer équivaudrait à un assassinat. Il était bon. Aussi bon que n'importe lequel des humains que nous protégions. Meilleur, peut-être. Les autres aussi, j'imagine. Mais je ne le ressentais pas avec autant d'évidence, dans leur cas. Je ne les connaissais pas aussi bien. C'était Carlisle qui refuserait de se défendre, même pour sauver sa propre peau. Nous n'arriverions pas à le tuer, parce qu'il ne souhaiterait pas que nous, ses ennemis, nous mourions.

C'était mal.

Pas seulement parce que tuer Bella était comme *me* tuer, équivalant à un suicide.

Reprends-toi, Jacob, m'ordonna Sam. *La tribu passe en premier.*

J'avais tort, aujourd'hui.

Tes raisons n'étaient pas les bonnes. À présent, nous avons un devoir à accomplir.

Je me raidis.

Non.

En grognant, Sam vint se poster devant moi. Il planta

216

ses prunelles dans les miennes, cependant qu'un grondement sourd montait des tréfonds de sa poitrine.

Si, déclara-t-il, sa double voix d'Alpha explosant sous
la brûlure de son autorité. *Il n'y aura pas de points faibles,
cette nuit. Toi, Jacob, tu combattras les Cullen avec nous.
Toi, aidé de Quil et Embry, tu t'occuperas de Jasper et
d'Emmett. Tu as l'obligation de défendre ta tribu. Telle est
ta raison d'être. Tu accompliras ton devoir.*

Mes épaules s'affaissèrent sous le poids écrasant du
décret. Mes pattes se dérobèrent sous moi, et je tombai
sur le ventre.

Aucun membre de la meute ne pouvait dire non à
l'Alpha.

11

LES DEUX CHOSES TOUT EN HAUT DE MA LISTE DES CHOSES QUE JE DÉTESTE PAR-DESSUS TOUT

Sam commença à mettre les autres en ordre de formation, cependant que je restais couché au sol. Embry et Quil s'étaient rapprochés de moi, attendant que je me ressaisisse et que je prenne ma place.

Je sentais l'envie, le besoin, de me lever et de les diriger. L'instinct forcit, et j'y résistai, inutilement, m'agrippant à la terre sur laquelle j'étais allongé. Embry gémit à mon oreille. Il s'interdisait de formuler ses pensées, par crainte d'attirer de nouveau l'attention de Sam sur moi. Je sentis sa prière muette m'incitant à me remettre debout, à agir, à en finir avec tout ça.

La peur dominait. Ce n'était pas tant que chacun craignait pour lui, plutôt pour la meute dans son ensemble. Pas un instant, nous ne pensions que nous en sortirions tous vivants. Lesquels de nos frères allions-nous perdre ? Quels seraient les esprits à nous quitter pour toujours ?

Quelles familles endeuillées nous faudrait-il consoler au matin ? Mon cerveau commença à travailler à l'unisson de celui des autres, à gérer cette angoisse. L'instinct me poussa à me dresser sur mes pattes et à m'ébrouer.

Embry et Quil émirent des grognements soulagés. Quil enfonça son nez dans mon flanc.

Leurs pensées étaient occupées par notre défi, nos ordres. Ensemble, nous nous souvînmes des nuits où nous avions observé les Cullen s'entraîner à lutter contre les nouveau-nés. Emmett était le plus puissant, mais Jasper serait le plus difficile à vaincre. Mortel, il bougeait à la vitesse de la foudre, mêlant force et rapidité. Combien de siècles d'expérience avait-il ? Suffisamment pour que le reste de son clan l'élise comme maître d'armes.

Je prendrai la tête des opérations, si tu flanches, proposa Quil.

Il était plus excité par la bagarre à venir que nous autres. Lorsqu'il avait assisté aux cours dispensés par Jasper, il avait intensément désiré tester ses talents face au vampire. Pour lui, ce serait une compétition. Il avait beau savoir que sa vie était en jeu, ça n'y changerait rien. Paul était pareil, ainsi que les gamins qui n'avaient encore jamais combattu, Brady et Collin. Seth aurait sans doute réagi à l'identique si nos adversaires n'avaient pas été ses amis.

Jake ? intervint Quil. *Comment veux-tu procéder ?*

Je secouai la tête. J'avais du mal à me concentrer. Ma propension à l'obéissance me donnait l'impression d'être une marionnette, dont chacun des muscles aurait été manœuvré par un fil. Une patte en avant, une deuxième, et ainsi de suite.

Seth traînait derrière Collin et Brady. C'était Leah qui commandait cette escouade. Elle parlait stratégie avec les deux autres en ignorant son frère. Il était clair qu'elle aurait préféré le laisser en dehors de tout cela. Elle éprouvait pour lui une affection maternelle plutôt que sororale, regrettait que Sam ne le renvoie pas à la maison. Seth était inconscient des doutes de sa sœur. Lui aussi essayait de s'adapter à son rôle de marionnette.

Si tu cessais de résister…, chuchota Embry.

Contente-toi de te concentrer sur notre enjeu, renchérit Quil. *Le gros de leurs troupes. Nous allons les abattre. Nous les tenons !*

Un véritable conditionnement d'avant match !

Je voyais combien ç'aurait été facile – ne penser à rien d'autre qu'à ma partie. Il n'était pas compliqué de m'imaginer en train d'attaquer Jasper et Emmett. Nous avions frôlé cette éventualité à maintes reprises par le passé. Je les avais considérés comme des ennemis pendant très, très longtemps. J'étais capable de recommencer. Il suffisait que j'oublie qu'ils protégeaient la même personne que celle que je désirais protéger. D'oublier pourquoi je pouvais souhaiter leur victoire…

Jake, me prévint Embry. *Concentre-toi.*

Mes pattes bougèrent, pataudes, luttant contre la force des fils qui les animaient.

Il avait raison. Je finirais par agir comme Sam le voulait, pour peu que ce dernier insiste. Or, il semblait en avoir décidé ainsi. L'autorité incontestable de l'Alpha avait une raison d'être. Une meute, y compris aussi forte que la nôtre, ne pesait guère dans la balance si elle manquait d'un chef. Il fallait que nous nous mouvions ensemble, que nous pensions ensemble si nous désirions être efficaces. Le corps avait besoin d'une tête. Que Sam soit dans l'erreur n'avait aucune importance. Personne n'y pouvait rien. Nul n'était en droit de s'opposer à ses décisions.

Sauf…

Une idée que je n'avais jamais, au grand jamais, voulu avoir m'envahit soudain. Comme j'étais réduit à l'impuissance d'un pantin, je la reçus avec soulagement. Plus même – avec une joie féroce : nul n'était en mesure de s'opposer à l'Alpha, sauf *moi*. J'étais l'exception à la règle. Je n'avais pas gagné ce droit – il était inné, comme d'autres prérogatives que je n'avais pas revendiquées. Ainsi, je n'avais pas désiré prendre le commandement de la meute ou endosser la responsabilité de tous nos destins. Sam était plus doué que moi pour cela.

Mais ce soir, il se fourvoyait. Or, je n'étais pas né pour me mettre à genoux devant lui.

Les fils disparurent à la seconde où je pris conscience de mes droits du sang. Ces derniers se rassemblèrent en moi en un étrange mélange alliant sentiment de liberté et de puissance dénuée de contenu. Vide. Vide, car le pouvoir d'un Alpha lui venait de sa meute, et je n'en avais pas. Un instant, la sensation de mon immense solitude me submergea. Je n'avais pas de meute.

Pour l'instant.

Cela ne m'empêcha pas cependant d'aller me planter, tête haute, déterminé, devant Sam, qui discutait avec Paul et Jared. Il se tourna vers moi, mécontent.

Non, lui répétai-je.

Il perçut tout de suite, à travers mon timbre, la résolution d'Alpha que j'exprimais. Poussant un piaillement surpris, il recula d'un demi-pas.

Jacob ! Que viens-tu de faire ?

Je ne te suivrai pas, Sam. Ta décision n'est pas la bonne.

Il me contempla, ébahi.

Tu… tu choisirais nos ennemis plutôt que ta famille ?

Ils ne sont pas nos ennemis. Ils ne l'ont jamais été. Je ne m'en étais pas rendu compte, jusqu'à ce que j'envisage sérieusement de les anéantir.

Tu te trompes de problème, cracha-t-il. *C'est Bella, le pro-*

blème. *Elle ne t'a jamais été destinée, elle t'a rejeté et, pourtant, tu continues à fiche ta vie en l'air pour elle !*

C'étaient des paroles dures, mais vraies. Je pris une profonde aspiration.

Tu as raison. Sauf que tu t'apprêtes à détruire la meute à cause d'elle, Sam. Quel que soit le nombre de ceux qui survivront à cette nuit, ils auront du sang innocent sur les mains.

Nous devons défendre la tribu !

Je comprends ta position. Mais ne décide pas pour moi, Sam. Ce temps-là est révolu.

Tu n'as pas le droit de tourner le dos aux tiens, Jacob.

Le double écho de son ordre d'Alpha voleta jusqu'à moi, sans produire aucun effet sur moi, cette fois. Je n'étais plus concerné. Mâchoires serrées, Sam essaya de m'obliger à réagir. Je contemplai ses prunelles furibondes.

Le fils d'Ephraïm Black n'est pas né pour suivre celui de Levi Uley.

C'est donc ça, Jacob Black ?

Le poil de son cou se hérissa, et ses babines se retroussèrent sur ses dents. Paul et Jared grondèrent leur soutien.

Même si tu parvenais à me vaincre, Jacob, la meute refuserait de t'obéir !

Ce fut à mon tour de reculer, et un geignement surpris m'échappa.

Te vaincre ? Je n'ai pas l'intention de me battre avec toi, Sam.

Alors, c'est quoi, ton plan ? Je ne m'écarterai pas pour que tu puisses protéger l'engeance du vampire aux dépens de la tribu.

Je ne te demande rien de tel.

Si tu ordonnes aux nôtres de te suivre…

Je n'en ai pas l'intention. Je ne suis pas du genre à priver quiconque de son libre arbitre, moi.

Il tressaillit face à l'accusation, et sa queue fouetta l'air. Puis il avança d'un pas, et nous nous retrouvâmes nez à nez, ses crocs à seulement quelques centimètres des miens. Je me rendis compte brusquement que j'étais devenu plus grand que lui.

Il ne peut y avoir deux Alpha, Jacob. La meute m'a choisi. Seras-tu celui qui nous divisera ce soir ? Tourneras-tu le dos à tes frères ? Ou cesseras-tu de débiter des insanités pour rallier nos rangs ?

Chaque mot avait beau être lesté du poids de l'ordre, j'étais désormais immunisé. Un sang de pur Alpha coulait dans mes veines. La raison pour laquelle chaque meute n'avait qu'un seul chef me devint soudain évidente. Mon corps réagit à la provocation de Sam. L'instinct me poussa à défendre mon dû. L'essence même de ma personnalité primitive de loup m'incita à lutter pour la suprématie. Je mis toute mon énergie à y résister. Inutile de tomber dans un combat destructeur et dénué de sens. Sam restait mon frère, même si je rejetais son commandement.

Cette meute n'a qu'un Alpha, je ne le conteste pas. Je choisis juste ma propre voie.

Ferais-tu partie de leur clan, *Jacob ?*

Je frémis sous l'insulte.

Je l'ignore, Sam. En revanche, je sais ceci… Je m'interposerai entre vous et les Cullen. Je ne me bornerai pas à regarder la meute tuer des innocents – qualifier les vampires de ce mot était difficile, mais si vrai. *La meute vaut mieux que cela. Mène-la dans la bonne direction.*

Le poids de l'Alpha dans ma voix lui fit courber l'échine. Mon autorité l'atteignait plus que moi la sienne, parce que j'étais *né* pour le diriger.

Un chœur de hurlements salua ma déclaration, et je

partis. Plantant mes griffes dans le sol, je m'enfuis du tohu-bohu que je venais de provoquer. Je ne disposais pas de beaucoup de temps. Heureusement, Leah était la seule susceptible de me rattraper, et j'avais une bonne longueur d'avance.

Les cris s'estompèrent avec la distance, et cela me rassura. Ils ne s'étaient pas encore lancés à ma poursuite. Il fallait que j'avertisse les Cullen avant que la meute ne se reprenne et ne m'arrête. Si le clan était préparé, Sam serait obligé de revoir ses plans avant qu'il ne soit trop tard. Je fonçai vers la villa blanche, que j'abhorrais toujours autant, abandonnant mon foyer. D'ailleurs, je n'avais plus de foyer. Je lui avais tourné le dos.

Cette journée avait commencé comme n'importe quelle autre. J'étais rentré chez moi après une nuit de patrouille, par une aube pluvieuse, j'avais pris mon petit déjeuner en compagnie de Billy et de Rachel, j'avais regardé des âneries à la télévision, je m'étais chamaillé avec Paul... Comment les choses avaient-elles réussi à changer de manière aussi brutale et irréelle ? Comment la situation avait-elle pu prendre un tour si compliqué que je me retrouvais seul, Alpha malgré moi, coupé de mes frères auxquels je préférais les vampires ?

Le son que j'avais redouté interrompit mes réflexions sans queue ni tête – le doux impact de grosses pattes sur le sol, à mes trousses. J'accélérai. Il me suffisait d'approcher suffisamment pour qu'Edward saisisse mes pensées et l'avertissement dont j'étais porteur. Seule, Leah ne serait pas en mesure de m'arrêter.

Puis je captai l'humeur de l'esprit qui était derrière moi. Pas de colère, de l'enthousiasme. Pas une chasse... une escorte.

Trébuchant, je manquai de tomber avant de me ressaisir.

Attends ! Mes pattes ne sont pas aussi longues que les tiennes.

Seth ! Qu'est-ce que tu fiches ici ? Rentre à la maison !

Il ne répondit pas, mais je perçus son entrain. Je voyais à travers ses yeux comme lui à travers les miens. Cette nuit, qui signifiait tristesse et désespoir pour moi, était prometteuse pour lui. Soudain, il fut à mon flanc. Je ne m'étais pas rendu compte que j'avais ralenti.

Je ne plaisante pas, Seth ! Tu n'as rien à faire ici. File !

Je suis avec toi, Jacob, répliqua-t-il. *Je pense que tu as raison. Pas question de me rallier à Sam, alors qu'il…*

Oh que si, tu vas te rallier à lui ! Tire ton derrière poilu d'ici, retourne à La Push et obéis à Sam !

Non.

Vas-y, Seth !

Est-ce un ordre, Jacob ?

Sa question me désarçonna tant que je stoppai net.

Je ne donne d'ordre à personne. Je te dis juste ce que tu sais déjà.

Il se laissa tomber à côté de moi.

Je vais te dire ce que je sais, moi. Je sais que le calme est incroyable. Tu as remarqué ?

Je tressaillis. Ma queue s'agita nerveusement quand je me rendis compte de la signification de ces paroles. Le calme ne régnait pas, dans un certain sens. Les hurlements continuaient de résonner, loin, très loin à l'ouest.

Ils ne se sont pas encore transformés, lâcha Seth.

Bien sûr. La meute était en alerte rouge, à présent, et c'est en gardant les liens de l'esprit qu'elle surveillerait sans relâche les alentours. Toutefois, je ne captais plus les pensées de mes frères. Je n'entendais que Seth, personne d'autre.

J'ai bien l'impression que des meutes différentes ne sont pas connectées mentalement, commenta ce dernier. *Mais* bon, nos ancêtres n'avaient aucune raison d'être au courant de ce phénomène, vu que la meute ne s'est jamais divisée avant. Faute d'un nombre suffisant de loups. Wouah ! Quel sacré silence ! Bizarre. Pas mal non plus, remarque. Non ? Je te parie que c'était plus facile pour Ephraïm, Quil et Levi. À trois, pas de bavardages incessants. Ni à deux.

La ferme, Seth.

À vos ordres.

Ça suffit ! Il n'y a pas deux meutes. Il y a la meute, et il y a moi. Rien de plus. Alors rentre à la maison.

S'il n'y a pas deux meutes, pourquoi toi et moi, mais pas eux, communiquons mentalement ? À mon avis, ta défection auprès de Sam est très significative. C'est un changement. Que je te suive en est un aussi.

D'accord, admis-je. Mais un changement est toujours réversible.

Il se leva, trottina vers l'est.

On discutera de ça une autre fois. Pour l'instant, mieux vaudrait avancer.

Il avait raison. Inutile de perdre du temps à se disputer. Je repartis, moins vite qu'auparavant cependant. Seth suivait, au poste traditionnel de second de la meute.

Je peux m'en aller, proposa-t-il, le museau bas. Je ne me suis pas rallié à toi pour obtenir une promotion.

Va où tu veux, je m'en fiche.

Nous ne percevions aucun bruit de poursuite, ce qui ne nous empêcha pas d'accélérer. J'étais inquiet, désormais. Si j'étais coupé de la meute, la situation n'en serait que plus difficile. À l'instar des Cullen, je ne serais pas prévenu à l'avance d'une éventuelle attaque.

On n'aura qu'à organiser des patrouilles, suggéra Seth.

Et si la meute nous défie ? Tu te battrais contre tes frères ? Contre ta sœur ?

Non. On sonne l'alarme, puis on s'écarte.

Bien vu. Et ensuite ? Je ne crois pas que…

Je sais, reconnut-il en perdant un peu de son assurance. *Je ne pense pas non plus que je serai capable de les affronter. Mais ce sera pareil pour eux. Ce qui pourrait suffire à calmer le jeu, à ce stade. Et puis, ils ne sont plus que huit, maintenant.*

Arrête d'être aussi… optimiste. Ça me tape sur le système.

O.K. Tu veux que je sois triste comme un lendemain de fête, ou juste que je la ferme ?

Juste que tu la fermes.

C'est envisageable.

Ah bon ? Tu n'en donnes pas l'air.

Pourtant, il se tut.

Nous ne tardâmes pas à traverser la route puis la forêt qui bordait la demeure des Cullen. Edward nous avait-il déjà repérés ?

On devrait peut-être penser un truc du style : « Nous sommes des émissaires de la paix. »

Je t'en prie.

Edward ? Edward, tu es là ? Bon, d'accord, je me sens idiot.

Tu l'es.

Tu crois qu'il nous a détectés ?

Nous étions à moins de deux kilomètres.

Oui. Hé, Edward ! Si tu m'entends, prépare la poix bouillante ! T'es dans les ennuis, buveur de sang !

Nous *sommes* dans les ennuis, corrigea Seth.

Nous déboulâmes sur la vaste pelouse. La maison était plongée dans l'obscurité, mais pas déserte. Edward se tenait sur le perron, encadré par Emmett et Jasper. Dans la lueur de la nuit, ils étaient blancs comme de la neige.

— Jacob ? Seth ? Que se passe-t-il ?

Je ralentis, puis reculai de quelques pas. L'odeur était

si forte, quand j'étais loup, que j'avais vraiment l'impression qu'elle me brûlait. Seth gémit doucement, hésita, puis s'assit derrière moi.

Pour répondre à la question d'Edward, je laissai mon esprit dérouler ma confrontation avec Sam. Seth m'imita, comblant les lacunes, montrant la scène selon un point de vue différent. Nous nous interrompîmes au moment où le mot « abominable » résonnait, car Edward avait bondi des marches, outragé.

— Ils veulent tuer Bella ? demanda-t-il d'une voix atone.

Ses frères, qui n'avaient pas pu suivre notre conversation, prirent son interrogation pour une constatation. Ils le rejoignirent en un éclair, lèvres retroussées, prêts à nous foncer dessus.

Hé, du calme ! pensa Seth en reculant.

— Pas eux ! intervint Edward. Les autres. La meute arrive.

Emmett et Jasper se figèrent sur place, puis Emmett se tourna vers Edward pendant que Jasper nous fixait du regard.

— C'est quoi, leur problème, à ces deux-là ? demanda Emmett.

— Le même que le mien, rétorqua son frère. Ils ont un plan. Va chercher les autres ! Appelle Carlisle. Que lui et Esmé rentrent immédiatement !

Ils s'étaient séparés ! La nouvelle m'agaça.

— Ils ne sont pas loin, me rassura Edward, sur le même ton morne.

Je vais jeter un coup d'œil autour de la propriété, annonça Seth. *Je m'occupe du périmètre ouest.*

— Cours-tu un danger ? lança Edward.

Seth et moi échangeâmes un coup d'œil.

Je ne crois pas, pensâmes-nous en même temps.

Mais je devrais peut-être l'accompagner, ajoutai-je. *Juste au cas où.*

Je doute qu'ils me défient, objecta Seth. *Pour eux, je ne suis qu'un môme.*

Pour moi aussi, le môme.

J'y vais. Toi, organise les choses avec les Cullen.

Il fila dans l'obscurité. Comme je me refusais à commander, je le laissai faire. Edward et moi nous regardâmes en silence. Emmett marmonnait dans son téléphone. Jasper contemplait l'endroit où Seth avait disparu dans les bois. Alice apparut sur le porche et, après m'avoir observé d'un air anxieux, rejoignit Jasper. Rosalie devait être à l'intérieur, avec Bella. À monter la garde. À la protéger des dangers qui n'étaient pas les bons.

— Encore une fois, je suis obligé de t'exprimer ma gratitude, Jacob, murmura Edward. Jamais je ne me serais permis d'exiger pareil sacrifice de ta part.

Je repensai à la prière qu'il m'avait adressée, un peu plus tôt dans la journée. Quand il s'agissait de Bella, il n'y avait pas de ligne qu'il ne fût prêt à franchir.

Si.

— Tu as raison, oui, admit-il après avoir réfléchi quelques instants.

Mais, encore une fois, ce n'est pas pour toi que je le fais, soupirai-je.

— Oui.

Désolé de n'avoir servi à rien. Je t'avais prévenu qu'elle ne m'écouterait pas.

— Oui. Je n'y ai jamais vraiment cru. Mais…

Il fallait essayer. Va-t-elle mieux ?

— Non, c'est pire, lâcha-t-il d'une voix encore plus terne qu'avant.

Je fus soulagé qu'Alice intervienne et détourne mon attention de Bella.

— Tu voudrais bien changer de forme, Jacob ? J'aimerais comprendre ce qui se passe.

Je secouai la tête, et Edward lui répondit.

— Il faut qu'il reste en contact avec Seth.

— Bon, alors serais-tu assez aimable, toi, pour me mettre au courant ?

Il lui résuma la situation en quelques phrases dénuées d'émotion :

— La meute estime que Bella est devenue un problème. Ils jugent que la... que ce qu'elle porte représente un danger potentiel, et qu'il est de leur devoir d'éradiquer ce danger. Jacob et Seth se sont désolidarisés d'eux et nous ont avertis. Les autres s'apprêtent à nous attaquer. Cette nuit.

Alice s'éloigna de moi, mécontente. Emmett et Jasper échangèrent un regard, avant de fixer de nouveau les arbres.

Il n'y a personne dans les parages, annonça Seth. *Tout est calme sur le front ouest.*

Ils peuvent décider de nous prendre à revers.

Je vais remonter un peu, alors.

— Carlisle et Esmé rentrent, lâcha Emmett. Ils seront ici dans moins de vingt minutes.

— Bien, acquiesça Edward. Rentrons.

Je rejoins Seth dans sa ronde. Si je m'éloigne trop, et que tu ne m'entends plus, guette mon hurlement.

— D'accord.

Toujours rien, me communiqua Seth.

Je prends l'autre moitié du périmètre. Bouge-toi, il serait dommage qu'ils se faufilent entre nous deux.

Il accéléra. Nous courûmes en silence. Je prêtai l'oreille aux bruits alentour, vérifiant que Seth ne s'était pas trompé.

Hé ! Quelqu'un arrive à toute vitesse ! me prévint-il au bout d'un quart d'heure.

Je te rejoins !

Non, reste où tu es. Je ne crois pas que ce soit la meute. C'est différent.

Seth...

Il huma le vent, et je décryptai l'arôme qui avait envahi son esprit.

Vampire. Je te parie que c'est Carlisle.

Recule, Seth. Ça pourrait être autre chose.

Non, ce sont bien eux. Je reconnais leur odeur. Attends, je vais me transformer pour leur expliquer.

Seth, non ! Je ne...

Il avait déjà disparu. Anxieusement, je courus vers la bordure ouest du périmètre. Ne serait-ce pas génial si je me révélais incapable de veiller sur Seth le temps d'une nuit ? Et si quelque chose lui arrivait durant ma garde ? Leah me mettrait en pièces.

Il eut la grâce de faire vite. Moins de deux minutes plus tard, je le perçus de nouveau dans ma tête.

C'est bien ça. Carlisle et Esmé. Je ne te dis pas leur surprise quand ils m'ont vu. Ils sont sûrement rentrés dans la maison, là. Carlisle te remercie.

C'est un chic type.

Ouais. Une des raisons qui justifient notre décision.

Je l'espère.

Pourquoi es-tu si pessimiste, Jake ? Je suis sûr que Sam ne bougera pas cette nuit. Il n'est pas du genre à se lancer dans une mission suicide.

Je poussai un soupir. Quoi qu'il se passe, ça paraissait ne guère avoir d'importance.

Oh ! Ce n'est pas lui qui te préoccupe, hein ?

La trace de Seth me chatouilla soudain les narines, et je

sus que j'étais parvenu au bout de ma ronde. Nous avions couvert tout l'endroit.

Tu penses que Bella va mourir, de toute façon.

Oui.

Pauvre Edward. Il doit être fou.

Il l'est. Littéralement.

Le prénom raviva des souvenirs à la surface de mon cerveau. Seth les déchiffra, stupéfait.

Oh, mec ! se mit-il ensuite à hurler. *Pas question ! Ne me dis pas que tu lui as promis ça ! C'est complètement nul, Jacob ! Et tu le sais ! Je n'en reviens pas que tu aies accepté de le tuer ! Tu es cinglé ou quoi ? Il faut que tu refuses !*

La ferme, crétin ! Ils vont croire que la meute débarque !

Houps !

Il se tut.

Revenant sur mes pas, je filai vers la villa.

Ne te mêle pas de cela, Seth. Continue plutôt à patrouiller.

J'ignorai ses protestations.

Fausse alerte ! pensai-je en me rapprochant. *Fausse alerte ! Seth est jeune. Il s'est laissé aller. Personne n'attaque. Fausse alerte !*

Quand je regagnai la pelouse, je vis Edward posté derrière une fenêtre sombre. Je poursuivis ma course afin de vérifier qu'il m'avait bien entendu.

Il n'y a rien. Tu as eu le message ?

Il hocha la tête. Tout cela aurait été plus facile si la communication ne s'était pas opérée dans un seul sens. En même temps, j'étais content de ne pas être dans son crâne.

Il regarda derrière lui, à l'intérieur de la villa, et un frisson le secoua tout entier. Sans se retourner vers moi, il me fit signe de partir, puis lui-même disparut de ma vue.

Qu'y a-t-il ?

Comme si j'allais obtenir une réponse !

Assis, immobile, je tendis l'oreille. Lorsque j'étais loup, j'entendais presque les doux bruits de pas de Seth, à des kilomètres d'ici. Les sons en provenance de la maison furent très simples à capter.

— Une fausse alerte, expliquait Edward, répétant ce que je venais de lui apprendre. Seth a mal réagi à quelque chose et a oublié que nous guettions un signal. Il est très jeune.

— Super ! grommela une voix plus grave. Le fort est gardé par des gosses.

— Ils nous ont rendu un fier service, ce soir, Emmett, intervint Carlisle. Qui implique aussi un gros sacrifice personnel.

— Ouais. Je suis jaloux, c'est tout. Je voudrais être dehors avec eux.

— Seth pense que Sam n'attaquera pas cette nuit, précisa Edward mécaniquement. Pas maintenant que nous sommes prévenus, et que la meute est privée de deux de ses membres.

— Et quel est l'avis de Jacob ? demanda Carlisle.

— Lui est moins confiant.

Ils se turent. Un bruit de gouttes prit le dessus, que je ne pus identifier. Des respirations me parvinrent, parmi lesquelles je reconnus celle de Bella, haletante, difficile, heurtée. J'entendis les battements de son cœur, trop rapides. Je les comparai aux miens, sans être sûr toutefois que c'était un bon étalon. Après tout, je n'étais pas dans mon état normal.

— Ne la touche pas ! chuchota Rosalie. Tu vas la réveiller.

Un soupir.

— Rosalie, murmura Carlisle.

— Fiche-moi la paix. Nous t'avons laissé agir pour ça, mais nous ne permettrons rien de plus.

Apparemment, Rosalie et Bella étaient devenues un « nous ». Comme si elles avaient formé leur propre meute. J'arpentai sans bruit le terrain devant la demeure, me rapprochant à chaque passage. Les fenêtres obscures avaient des allures d'écran de télévision dans quelque salle d'attente lugubre. Je n'arrivais pas à m'en détourner très longtemps.

Quelques minutes supplémentaires, quelques allers-retours encore, mon poil finit par effleurer le porche.

Par les vitres, j'apercevais le sommet des murs et le plafond, le lustre éteint qui y était suspendu. J'étais assez grand pour qu'il me suffise de tendre le cou et... une patte sur la première marche du perron, peut-être...

Je jetai un coup d'œil dans la grande salle, m'attendant à une scène similaire à celle de l'après-midi. Tout avait tellement changé, cependant, que je fus désorienté. Je crus même m'être trompé de pièce. Le mur de verre avait disparu pour céder la place à ce qui ressemblait à un rideau de métal. Les meubles avaient été repoussés contre les parois, et Bella était recroquevillée sur un lit étroit placé au milieu du salon. Pas un lit normal, un avec des barreaux, comme à l'hôpital. Et, comme à l'hôpital, des moniteurs étaient reliés à son corps, des tubes étaient plantés dans sa peau. Les lumières des écrans clignotaient en silence. Le bruit que j'avais perçu sans le reconnaître était celui d'un goutte-à-goutte fixé à son bras, avec à l'intérieur un liquide épais et blanc, pas transparent.

Bella s'agita dans son sommeil et toussa. Aussitôt, tant Rosalie qu'Edward s'approchèrent d'elle. La malade frémit et gémit. La blonde passa une paume sur son front. Edward se raidit. Je ne distinguais pas son visage, mais son expression devait être parlante, parce que Emmett se glissa entre lui et Blondie en moins de temps qu'il n'en faut pour l'écrire, mains levées devant son frère.

— Pas ce soir, Edward, dit-il. Nous avons des priorités plus urgentes.

Edward leur tourna le dos, et je revis l'homme au bûcher. Nos yeux se croisèrent, puis je retombai sur mes quatre pattes.

Je me précipitai dans la forêt afin de rejoindre Seth, fuyant ce qui était dans la maison.

Pire, avait-il dit. Oh oui ! C'était bien pire.

12

CERTAINES PERSONNES NE COMPRENDRONT JAMAIS QU'ELLES NE SONT PAS LES BIENVENUES

J'étais aux portes du sommeil.

Derrière les nuages, le soleil s'était levé, peu auparavant. De noire, la forêt était devenue grise. Vers une heure du matin, Seth s'était roulé en boule et avait aussitôt sombré, et je l'avais réveillé à l'aube pour qu'il prenne la relève. Bien que j'aie couru toute la nuit, j'avais du mal à faire taire mon cerveau assez longtemps pour m'endormir. Le rythme de la course de Seth m'y aidait, cependant. Un, deux-trois, quatre. Un, deux-trois, quatre. Pouf-pouf-pouf-pouf. Bruits sourds des pattes sur la terre humide, incessants, tandis qu'il effectuait sa ronde autour de la propriété des Cullen. Nos passages répétés avaient déjà tracé un sentier dans l'herbe. L'esprit de Seth était vide et ne reflétait que des images brouillées gris et vert des bois qui filaient. Il était reposant de remplir ma tête avec ce qu'il voyait plutôt que de laisser mes propres pensées l'emporter.

Soudain, son hurlement perçant déchira le calme matinal.

Je bondis et démarrai en trombe, mes pattes avant se mettant en mouvement avant même que celles de derrière aient quitté le sol. Je me ruai vers l'endroit où il s'était figé, écoutant avec lui les martèlements de pas qu'il avait détectés.

Salut, les gars.

Un gémissement surpris s'échappa de la gueule de Seth. Puis, à l'unisson, nous grognâmes en plongeant plus profondément dans les pensées de l'intruse.

Bon Dieu, Leah ! Fiche le camp ! grommela son frère.

La tête rejetée en arrière, il s'apprêta à pousser un nouveau hurlement.

Ça suffit ! lui lançai-je.

Tu as raison.

Il geignit et trépigna. Leah surgit au petit trot, son corps gris et menu sinuant entre les troncs.

Arrête de pleurnicher, Seth. Tu n'es qu'un gros bébé.

Je grondai à son adresse, et mes oreilles s'aplatirent sur mon crâne. D'instinct, elle recula.

Qu'est-ce que tu fiches ici, Leah ?

C'est pourtant évident, non ? soupira-t-elle. *Je me joins à votre minable meute de renégats. Les chiens de garde des vampires.*

Elle lâcha un bref aboiement moqueur.

Pas question. Décampe avant que je ne t'arrache un jarret.

Comme si tu étais capable de m'attraper ! On fait la course, ô chef sans peur et sans reproche ?

Je respirai à pleins poumons. Quand je fus certain de ne pas me mettre à hurler, j'exhalai.

Seth, va prévenir les Cullen qu'il s'agit juste de ta crétine de sœur. Je m'occupe d'elle.

J'avais pensé les mots de la manière la plus dure qui soit.

J'y cours !

Seth fila vers la villa, trop heureux de nous abandonner. Leah gémit et pointa le cou, poil hérissé.

Tu le laisses courir vers les vampires tout seul ?

Je te parie qu'il préfère être bouffé par eux plutôt que passer une minute de plus avec toi.

Boucle-la, Jacob. Houps ! Désolée. Boucle-la, ô Alpha si supérieur.

Qu'est-ce que tu fous ici ?

Tu me prends pour qui ? Tu crois que je vais rester sagement assise chez moi pendant que mon petit frère se porte volontaire pour servir de joujou à mâcher aux buveurs de sang ?

Seth ne veut pas ni n'a besoin de ta protection. Personne ne veut de toi, ici.

Ouille ! Une belle cicatrice en perspective. Ah ! Dis-moi un peu qui désire ma présence ailleurs, et je me tire.

Donc, tu n'es pas venue pour Seth ?

Bien sûr que si. Je souligne seulement qu'être de trop n'est pas une nouveauté pour moi. Pas un argument très convaincant non plus, du coup.

Je serrai les dents.

C'est Sam qui t'envoie ?

Si c'était le cas, tu ne m'entendrais pas. Je ne suis plus sa vassale.

J'inspectai minutieusement son esprit, afin de déterminer s'il s'agissait d'un complot ou d'une diversion. Mais je ne repérai rien. Elle disait la vérité. Une vérité réticente, presque désespérée.

Ainsi, tu m'es loyale, à présent ? raillai-je. Ben tiens !

Mes choix sont limités. Je fais avec. Crois-moi, cela ne me plaît pas plus qu'à toi.

Ça, c'était faux. Il émanait d'elle une étrange excitation. Sans être ravie, elle était animée par une sorte de plaisir. Je fouillai sa tête, essayant de comprendre. En sentant l'intrusion, elle se hérissa. D'ordinaire, je ne cherchais jamais à saisir le sens de son comportement. J'aimais mieux l'oublier.

Seth nous interrompit en transmettant son explication à Edward par la pensée. Leah poussa un gémissement anxieux. Le visage d'Edward, derrière la même fenêtre que la veille au soir, ne trahit aucune réaction. La nouvelle le laissait de marbre. Comme mort.

La vache, il n'a pas l'air en forme ! songea Seth.

Le vampire ne réagit pas à cela non plus. Il disparut dans les profondeurs de la maison. Seth fit demi-tour pour revenir vers nous ; sa sœur se détendit.

Que se passe-t-il ? demanda-t-elle. *Mets-moi au courant.*

Inutile. Tu t'en vas.

Oh que non, monsieur l'Alpha ! Vu que, apparemment, il faut que j'appartienne à quelqu'un, je te choisis. Et ne va pas imaginer que je n'ai pas tenté de prendre mon indépendance. Tu sais toi-même que ça ne marche pas comme ça.

Tu ne m'apprécies pas, Leah. Et la réciproque est vraie.

Merci du renseignement, capitaine de la Palisse. Ça m'est égal. Je reste avec Seth.

Tu détestes les vampires. Il y a conflit d'intérêts, là, non ?

Tu ne les aimes pas plus que moi.

Sauf que je suis attaché à cette alliance. Pas toi.

Je garderai mes distances. Je n'aurai qu'à patrouiller, comme Seth.

Et je suis censé te faire confiance ?

Elle tendit le cou et se dressa sur ses pattes afin de se hisser à ma hauteur pour me fixer dans les yeux.

Je ne trahirai pas ma meute, assena-t-elle.

J'eus envie de hurler, à l'égal de Seth, un peu plus tôt.

Ceci n'est pas ta meute ! Ce n'est même pas une meute ! Ce n'est que moi qui m'isole. Mais qu'est-ce que vous avez dans le sang, vous autres Clearwater ? Pourquoi ne pouvez-vous pas me fiche la paix ?

Seth, qui venait de nous rejoindre, gémit. Je l'avais offensé. Grandement.

Je t'ai été utile, non, Jake ? protesta-t-il timidement.

Tu n'as pas été trop pénible, le môme. Mais si toi et Leah allez par deux, et si ma seule façon de me débarrasser d'elle est de te renvoyer chez toi... tu ne peux pas me reprocher de te demander de partir.

Pff ! Leah ! Tu as tout gâché.

Oui, je sais.

Ces trois petits mots lestés de désespoir transpiraient une souffrance plus vive que je ne l'avais imaginée. Je n'avais pas envie d'être compatissant, cependant. Certes, la meute n'avait pas été tendre avec elle, mais c'était sa faute. Une telle amertume entachait son esprit qu'être dans sa tête devenait un cauchemar.

Jake..., plaida Seth, plein de culpabilité lui aussi. *Tu ne vas pas vraiment me renvoyer, hein ? Leah n'est pas si horrible. Je te jure. Avec elle, nous pourrions élargir notre périmètre de ronde. Et puis, Sam ne dispose plus que de sept loups. À force de perdre ses troupes, il va devoir renoncer à attaquer. C'est sûrement une bonne chose...*

Tu sais très bien que je ne veux pas devenir chef de meute, Seth.

Eh bien, ne sois pas le nôtre, proposa Leah.

D'accord. Rentrez chez vous.

Jake, intervint Seth, *j'ai ma place ici. J'aime les vampires. Les Cullen, du moins. Pour moi, ce sont des gens comme les autres, et je les défendrai parce que tel est notre rôle.*

Tu as peut-être ta place ici, le môme, mais pas ta sœur. Et elle te suivra partout où tu...

Je m'arrêtai net, car je venais de détecter une chose à laquelle Leah s'était efforcée de ne pas penser. Elle ne comptait aller nulle part.

Je croyais que c'était pour Seth, dis-je sévèrement.

Elle tressaillit.

C'est pour lui, en effet.

Pour t'éloigner de Sam, surtout !

Je n'ai pas à me justifier, gronda-t-elle, tendue. *Je n'ai qu'à obéir aux ordres. J'appartiens à ta meute, Jacob. Point barre.*

Je m'éloignai en grommelant. Flûte ! Je ne me débarrasserais pas d'elle. Elle avait beau ne pas m'aimer, elle avait beau mépriser les Cullen, l'idée de pouvoir tuer tous les vampires sur-le-champ avait beau la réjouir, celle de devoir les protéger avait beau l'agacer au plus haut point – rien de tout cela n'était comparable à ce qu'elle ressentait après s'être libérée de Sam. Elle ne m'appréciait pas – que j'aie envie qu'elle disparaisse n'était pas un tel fardeau. Elle aimait Sam. Toujours. Que *lui* souhaite la voir ailleurs était une souffrance plus pénible que ce qu'elle était prête à supporter, maintenant qu'un choix s'offrait à elle. Elle aurait accepté n'importe quelle occasion de s'éloigner de lui. Même si cela impliquait de devenir le toutou des Cullen.

Je ne suis pas sûre que j'irais aussi loin, répondit-elle en écho à mes réflexions. (Elle s'efforçait d'être dure et agressive, sans beaucoup d'efficacité cependant.) *Je crois plutôt que je me tuerais d'abord. Quitte à m'y reprendre à plusieurs fois.*

Écoute, Leah...

Non, toi, écoute, Jacob. Arrête d'essayer de me convaincre, ça ne sert à rien. Je ne me mettrai pas dans tes pattes, d'accord ? Je ferai tout ce que tu voudras. Sauf regagner la meute de Sam et reprendre le rôle de la minable ex-petite amie dont il n'arrive pas à se débarrasser. Si tu souhaites que je m'en aille, tu vas devoir m'y forcer.

Sur ce, elle s'assit posément et me regarda droit dans les yeux. Je pestai pendant une longue minute rageuse. Je commençais à éprouver de la sympathie pour Sam, en dépit de ce qu'il nous avait infligé, à Seth et à moi. Pas étonnant qu'il passe son temps à donner des ordres à la meute. Sinon, il n'en aurait jamais rien obtenu.

Serais-tu fâché si je tuais ta sœur, Seth ?

Il fit semblant d'y réfléchir.

Ben… sûrement, oui.

Je soupirai.

D'accord, alors, mademoiselle Tout-ce-que-je-voudrai. Commence donc par te rendre utile en nous disant ce que tu sais. Que s'est-il passé hier soir, après notre départ ?

Il y a eu beaucoup de hurlements. Que vous avez sûrement entendus. C'était un tel vacarme que nous avons mis un bon moment à nous apercevoir que nous ne captions plus vos esprits… Sam était…

Les mots lui manquèrent, mais Seth et moi les lûmes dans sa tête. Nous tressaillîmes.

Après, reprit-elle, *il est vite devenu évident que nous allions devoir revoir nos plans. Sam comptait s'entretenir avec les anciens, tôt ce matin. Nous étions censés nous retrouver afin de mettre au point une nouvelle stratégie, même si j'ai deviné qu'il n'était plus question d'une attaque immédiate. Avec toi et Seth qui aviez pris le large, avec les vampires au courant, ç'aurait été du suicide. J'ignore ce qu'ils comptent faire, mais je ne me baladerais pas seule dans la forêt si j'étais une sangsue. La chasse est ouverte.*

Tu as décidé de sécher le rendez-vous ce matin ?

Quand nous nous sommes séparés pour patrouiller, cette

nuit, j'ai demandé la permission de rentrer à la maison, afin d'expliquer à ma mère ce qui s'était passé...

Zut ! gémit Seth. *Tu en as parlé à maman ?*

Mets-la en veilleuse, Seth. Continue, Leah.

Bref, une fois humaine, je me suis accordé une minute pour réfléchir. Toute la nuit, en fait. Les autres croient sûrement que je me suis endormie, mais cette histoire de meute divisée et d'esprits accessibles ou non m'a donné pas mal de grain à moudre. J'ai soupesé entre la sécurité de Seth et... les éventuels bénéfices d'une part, et l'idée de trahir et de devoir respirer la puanteur des vampires pendant Dieu sait combien de temps de l'autre. Tu connais ma décision, Jacob. J'ai laissé une note à maman. J'imagine que nous en entendrons parler quand Sam apprendra la nouvelle...

Elle tendit une oreille en direction de l'ouest.

Oui, tu as sans doute raison, acquiesçai-je.

Voilà, j'ai fini, déclara-t-elle. *Et maintenant, que fait-on ?*

Elle et son frère me regardèrent avec espoir. Exactement le genre de chose dont je ne voulais pas.

On garde l'œil ouvert. Nous n'avons rien de plus urgent pour l'instant. Tu devrais dormir un peu, Leah.

Tu n'as pas plus dormi que moi.

Je croyais que tu obéirais aux ordres sans discuter ?

Ah oui, c'est vrai. Ça promet. Bah ! Je m'en fiche, après tout.

Elle bâilla.

Je vais patrouiller sur le périmètre, Jake, je ne suis pas fatigué.

Seth était si content que je ne l'aie pas renvoyé chez lui qu'il en dansait de joie.

C'est ça. Moi, je retourne chez les Cullen.

Seth déguerpit sous le regard pensif de sa sœur.

Une ronde ou deux avant de pioncer, marmonna-t-elle.

Hé, Seth ! Je te montre en combien d'enjambées je te rat-trape ?

Non !

En ricanant, elle se lança à sa poursuite. Je grondai. C'en était fini de ma paix et de mon silence.

Leah faisait des efforts... à sa manière. Tout en courant sur le périmètre, elle contenait dans la mesure du possible ses railleries. En revanche, il était impossible de ne pas être touché par son sentiment de supériorité. Je songeai au proverbe : « Deux, c'est bien, trois, c'est un de trop. » Il ne s'appliquait pas vraiment à nous, parce que, à mes yeux, un seul suffisait amplement. Mais si nous devions abso-lument être trois, j'aurais volontiers échangé Leah contre à peu près n'importe qui.

Paul ? suggéra-t-elle.

Peut-être, admis-je.

Elle rit, trop énervée pour se vexer. Je me demandai combien de temps durerait ce plaisir d'avoir échappé à la pitié de Sam.

Ce sera mon objectif, alors. Être moins pénible que Paul.

Oui, travaille donc là-dessus.

Je me transformai à quelques mètres de la maison. Je n'avais pas envisagé de passer beaucoup de temps comme humain dans les parages, mais je ne savais pas, alors, que j'aurais Leah dans ma tête. Enfilant mon short usé, je tra-versai la pelouse.

La porte s'ouvrit avant que je n'atteigne le perron, et je fus surpris de voir Carlisle, et non Edward, sortir pour m'accueillir. Il avait l'air épuisé, vaincu. L'espace d'une seconde, mon cœur se glaça, et je m'arrêtai, incapable de prononcer un mot.

— Vas-tu bien, Jacob ?

— Et Bella ?

— Elle... est à peu près dans le même état qu'hier soir.

T'ai-je fait peur ? Désolé. Edward m'a averti que tu arrivais sous ta forme humaine, et je suis venu à ta rencontre, car il ne veut pas la quitter. Elle est réveillée.

Edward souhaitait ne pas perdre un moment avec elle, car il n'en restait plus beaucoup. Si Carlisle n'exprima pas l'idée à haute voix, il n'en pensait pas moins, et moi aussi.

Je n'avais pas dormi depuis longtemps – ma dernière patrouille –, et l'épuisement me submergea. Je m'assis sur les marches du perron et m'affalai contre la rambarde. Se déplaçant avec la vitesse et le silence d'un courant d'air, comme seuls les vampires en étaient capables, Carlisle s'installa sur la même marche que moi, le long de l'autre balustrade.

— Je n'ai pas eu l'occasion de te remercier, hier, Jacob. Tu n'imagines pas à quel point j'apprécie ta... compassion. Je suis conscient que ton seul but est de protéger Bella ; malgré tout, je te dois la sauvegarde du reste de ma famille. Edward m'a raconté ce que tu as dû...

— N'en parlons plus, marmonnai-je.

— À ta guise.

Le silence tomba. J'entendais les autres, à l'intérieur. Emmett, Alice et Jasper, qui conversaient à voix basses et graves, Esmé, qui fredonnait n'importe quoi dans une pièce voisine. Rosalie et Edward, qui respiraient, pas loin de nous. Si je ne différenciais pas leurs souffles, je percevais celui, laborieux, de Bella. Je captais également les battements de son cœur. Ils étaient... inégaux.

J'avais l'impression que le destin avait décidé de m'obliger à faire durant ces dernières vingt-quatre heures tout ce que je m'étais juré de ne jamais faire. Par exemple, j'étais là à attendre qu'elle meure. Écouter devint insupportable. Mieux valait encore discuter.

— Vous la considérez comme un membre de votre

famille ? demandai-je en repensant à ce qu'il venait de dire sur la sauvegarde du *reste* des siens.

— Oui. Elle est ma fille. Une fille que j'aime.

— Pourtant, vous la laissez mourir.

Il ne répondit pas, si longtemps que je relevai la tête. Ses traits étaient vraiment épuisés. Je comprenais ce qu'il ressentait.

— Je me doute de la mauvaise opinion que tu as de moi, finit-il par murmurer. Je ne peux aller contre sa volonté, cependant. Il ne serait pas bien de choisir à sa place, de la forcer.

J'avais envie d'être en colère contre lui, mais il ne me facilitait pas la tâche. C'était comme s'il me renvoyait à la figure mes propres paroles, brouillées. Elles avaient sonné juste, ce n'était plus le cas maintenant. Pas quand Bella était à l'agonie. N'empêche… Je me souvins de l'effet éprouvé quand Sam avait brisé ma volonté – cette confrontation à l'obligation de s'impliquer dans le meurtre de quelqu'un qui m'était cher. La situation n'était pas totalement identique, toutefois. Sam se trompait. Et Bella aimait ce qu'elle n'aurait pas dû aimer.

— Croyez-vous qu'elle ait une chance de s'en tirer ? Comme vampire et tout ça, s'entend. Elle m'a parlé… d'Esmé.

— À mon avis, c'est cinquante-cinquante. J'ai vu le venin des vampires opérer des miracles. Malheureusement, il est impuissant dans certaines situations. Son cœur est trop sollicité, à présent. S'il lâche… je ne pourrai plus rien pour elle.

Comme pour confirmer ces dires, le pouls de Bella eut des ratés épouvantables.

Si ça se trouve, la planète s'était mise à tourner dans le mauvais sens. Voilà pourquoi tout était à l'opposé de la veille. Sinon, comment expliquer que j'étais en train de souhaiter ce que, à une époque, j'avais considéré comme la pire abomination qui soit ?

— Que lui fait cette chose ? chuchotai-je. Son état a empiré si vite. J'ai vu… les tubes et le reste. Par la fenêtre.

— Le fœtus n'est pas compatible avec son corps. Il est trop fort, pour commencer, même si elle devrait être capable d'endurer ça un moment. Le plus inquiétant, c'est qu'il ne l'autorise pas à se sustenter comme il le faudrait. Elle rejette toute forme d'alimentation. J'essaye de la nourrir par intraveineuse, mais son organisme ne l'absorbe pas. Le processus est tellement accéléré que, à chaque heure qui passe, je constate qu'elle et le fœtus sont en train de mourir de faim. Je suis incapable d'enrayer cela, et je ne comprends pas ce que le bébé veut.

Sur la fin, sa voix se brisa. Comme la veille, lorsque j'avais découvert les hématomes sur le ventre de Bella, je me sentis furieux et un peu fou. Je serrai les poings tout en essayant de contrôler mes tremblements. Je détestais la chose qui lui faisait du mal. Non seulement ce petit monstre la frappait, mais en plus il l'amenait à dépérir, faute d'alimentation. Il cherchait sûrement juste un truc où planter ses crocs – une gorge à saigner à blanc. Comme il n'était pas encore assez grand pour tuer, il se contentait de sucer la vie de Bella. Ce qu'il voulait était parfaitement clair, à mes yeux : de la mort et du sang, du sang et de la mort.

Ma peau était hérissée et me brûlait. Je me concentrai sur ma respiration, afin de me calmer.

— J'aimerais avoir une meilleure idée de ce qu'il est exactement, reprit Carlisle. Mais il est bien protégé. Ma tentative d'échographie n'a rien donné. Je doute que j'arriverais à ponctionner un peu de liquide amniotique. De toute façon Rosalie refuse de me laisser essayer.

— À quoi ça servirait ?

— Plus j'en apprends sur le fœtus, plus je suis en mesure d'estimer ce dont il sera capable. Je donnerais n'importe quoi pour un peu de ce liquide amniotique. Si seulement je savais combien il a de chromosomes…

— Je ne vous suis plus, là. Vous pourriez être plus clair ?

Il eut un rire bref. Même son rire avait l'air éreinté.

— Oui, bien sûr. Tu as suivi des cours de biologie, non ? Avez-vous étudié les chromosomes ?

— Je crois me rappeler que oui. Nous en avons vingt-trois paires, non ?

— Les humains, oui.

— Pas vous ?

— Vingt-cinq.

— Quelles conclusions faut-il en tirer ?

— Je croyais que nos espèces étaient presque entièrement différentes. Qu'elles avaient moins en commun qu'un lion et un chat domestique. Or, voici que cette nouvelle vie… suggère que nous sommes génétiquement plus compatibles que je ne le pensais. (Il poussa un soupir triste.) J'ignorais que j'aurais dû les mettre en garde.

Je soupirai moi aussi. Il m'avait été aisé de haïr Edward pour cette insouciance. Je le haïssais encore, d'ailleurs. En revanche, j'avais du mal à détester Carlisle. Peut-être parce que je n'étais pas jaloux de lui.

— Connaître le nombre de chromosomes pourrait m'aider. Histoire de voir si le fœtus est plus proche d'elle que de nous. D'avoir une idée de ce à quoi il faut s'attendre. Quoique… ça ne servirait peut-être à rien non plus. En réalité, ce que je voudrais, c'est une tâche qui m'occupe les mains et l'esprit.

— Je me demande à quoi ressemblent mes chromosomes, marmonnai-je.

Les tests des Jeux olympiques me revinrent à l'esprit. Comprenaient-ils des recherches sur l'ADN ?

— Tu en as vingt-quatre, Jacob, m'annonça Carlisle en toussotant.

Je me tournai lentement vers lui, surpris. Il eut l'air gêné.

— Simple curiosité. J'ai pris la liberté de vérifier, en juin, quand je t'ai soigné.

— Ça devrait sans doute m'énerver, mais je m'en fiche complètement, répondis-je après avoir réfléchi un instant.

— Excuse-moi. J'aurais dû te demander l'autorisation.

— Ne vous bilez pas. Vous ne pensiez pas à mal.

— Non, c'est vrai. Je trouve votre espèce fascinante, rien de plus. La nature des vampires m'est devenue banale, au fil des siècles. La façon dont vous divergez des humains est beaucoup plus intéressante. Presque magique.

— N'importe quoi !

Il était bien comme Bella, avec ses âneries sur la magie ! Il partit d'un autre rire las.

Soudain, dans la maison, Edward parla et nous tendîmes l'oreille.

— Je reviens tout de suite, Bella. Il faut que j'aie une petite conversation avec Carlisle. Rosalie ? J'aimerais que tu m'accompagnes.

La voix d'Edward avait changé. La mort absolue avait laissé place à une étincelle de vie. Pas franchement de l'espoir... le *désir* d'espérer, peut-être.

— Qu'y a-t-il ? croassa Bella.

— Rien d'inquiétant, mon amour. J'en ai pour une seconde. Rose ?

— Esmé ? appela cette dernière. Peux-tu me remplacer auprès de Bella ?

Un froissement aérien résonna quand Esmé dévala l'escalier.

— Naturellement, dit-elle.

Carlisle se dévissa le cou pour regarder la porte, attentif et intrigué. Edward apparut le premier, sa sœur sur ses talons. Comme ses intonations, son visage avait retrouvé un semblant d'animation. Il paraissait extrêmement concentré. À l'inverse, Rosalie transpirait la suspicion. Il referma le battant derrière elle.

— Carlisle ? murmura-t-il.

— Oui ?

— Nous nous y prenons mal, je crois. Je vous ai écoutés, toi et Jacob, quand vous parliez de ce que la... le fœtus veut. Jacob a émis une idée intéressante.

Moi ? Quoi donc ? Je n'avais pensé à rien si ce n'est à la haine que je nourrissais à l'égard de l'abomination. D'ailleurs, je n'étais pas le seul à l'exécrer. Edward avait eu du mal à utiliser un terme aussi neutre que « fœtus ».

— Nous n'avons même pas envisagé cette approche, poursuivait-il. Nous avons tenté de répondre aux besoins de Bella. Or, son corps rejette nos essais. Et si nous tentions plutôt de satisfaire ceux de la... du fœtus ? Si ça marche, Bella en sera peut-être soulagée ?

— En clair, Edward ? demanda Carlisle.

— Réfléchis ! Si cette créature est plus vampire qu'humain, devine un peu ce à quoi elle aspire. Jacob a trouvé, lui.

Ah bon ? Je me repassai ma discussion avec le médecin. Cela me revint au moment où Carlisle pigeait.

— Oh ! s'exclama-t-il, étonné. Tu crois qu'il... qu'il a soif ?

Rosalie poussa un sifflement étouffé. Son visage à la perfection révoltante s'éclaira.

— Mais oui, bien sûr ! marmonna-t-elle, les yeux brillants. Nous avons des tonnes d'O négatif en réserve pour Bella, Carlisle. C'est une bonne idée, ajouta-t-elle sans daigner me regarder.

— Hmm, réfléchit leur père, le menton dans la main. Je ne sais pas… Et comment le lui administrerait-on ?

— Nous n'avons pas le temps d'être créatifs, répliqua Blondie. Je propose que nous commencions de façon traditionnelle.

— Hé, une minute ! intervins-je. Vous êtes en train de suggérer que Bella boive du sang ?

— C'est ton idée, sale chien, me lança Rosalie en fronçant les sourcils.

L'ignorant, j'observai Carlisle. Le même espoir fantomatique que celui qui avait envahi les traits d'Edward se dessinait à présent dans ses prunelles.

— C'est juste que c'est…

Je me tus, incapable de trouver le bon mot.

— Monstrueux ? suggéra Edward. Répugnant ?

— Plutôt, oui.

— Mais si ça l'aide ? insista-t-il.

— Comment comptes-tu procéder ? En lui fourrant un tube dans la gorge ?

— Non, je vais lui demander son avis. Je voulais juste en parler avec Carlisle d'abord.

— Si tu lui dis que ce sera bien pour le bébé, renchérit Rosalie, elle acceptera. Même si nous sommes obligés de la nourrir par intubation.

Quand j'entendis le ton sucré sur lequel elle prononçait le mot « bébé », je compris qu'elle était prête à tout pour secourir le petit monstre suceur de vie. Était-ce donc ça, ce mystérieux lien entre elle et Bella ? Rosalie espérait-elle récupérer le moutard ? Du coin de l'œil, je vis Edward hocher la tête sans pour autant s'adresser directement à moi. Sa réponse à mes interrogations. Ça alors ! Je n'aurais jamais cru que cette Barbie glacée était capable d'instinct maternel. En tout cas, son empressement n'avait rien à voir avec l'envie de sauver Bella. Elle était sans doute capable de lui enfoncer en personne le tube dans la bouche. Edward pinça les lèvres, et je devinai que, là encore, j'avais raison.

— Bon, s'impatienta Rosalie, nous perdons du temps. Qu'en penses-tu, Carlisle ? On essaye ?

— Allons en parler à Bella, soupira le médecin en se levant.

Blondie eut un petit sourire satisfait. Si la décision dépendait de Bella, elle était certaine d'obtenir ce qu'elle désirait. Me levant, je suivis le trio dans la maison d'un pas lourd. J'ignore pourquoi. Par simple curiosité morbide ? On aurait dit un film d'horreur. Des monstres et du sang partout. Ou alors, je n'étais pas capable de résister à une nouvelle injection de ma drogue préférée.

Bella gisait sur son lit d'hôpital. Son ventre formait une montagne, sous le drap. Elle ressemblait à de la cire – dénuée de couleur et presque transparente. On aurait dit qu'elle était déjà morte, si ce n'est pour sa respiration courte qui agitait sa poitrine de petits mouvements. Et ses yeux épuisés qui nous suivirent tous les quatre avec méfiance.

Les autres furent à son chevet en un rien de temps, se déplaçant à travers la pièce à une vitesse effarante à voir. Je les rejoignis plus lentement.

— Que se passe-t-il ? chuchota Bella d'une voix rauque.

Sa main cireuse tressaillit, comme si elle essayait de protéger son ventre en montgolfière.

— Jacob a eu une idée susceptible de t'aider, annonça Carlisle.

J'aurais bien aimé qu'il me laisse en dehors de tout cela.

Je n'avais rien suggéré du tout. Tout le mérite en revenait à son buveur de sang de mari.

— Ce ne sera pas... agréable, mais...

— Ça sauvera le bébé, l'interrompit avidement Rosalie. Nous avons trouvé une façon de le nourrir. Peut-être.

Les paupières de Bella papillonnèrent. Puis elle eut un rire qui ressemblait à une quinte de toux.

— Désagréable ? murmura-t-elle. Voilà qui changera, pour une fois.

Elle jeta un coup d'œil au tube planté dans son bras et toussa derechef. Blondie ricana elle aussi. Bon Dieu ! Bella avait l'air de n'avoir plus que quelques heures à vivre, elle souffrait, et pourtant elle arrivait à plaisanter. C'était bien elle, ça ! Tenter d'apaiser les tensions, de rendre la situation plus supportable pour tout le monde.

Edward contourna Rosalie, une expression grave sur le visage. Je lui en fus reconnaissant. Qu'il ait plus mal que moi m'aidait un peu. Il prit sa main, celle qui ne défendait pas le ventre distendu.

— Bella chérie, nous allons te demander de faire quelque chose de monstrueux. De répugnant.

Je notai qu'il utilisait les mêmes termes qu'avec moi. Au moins, il était direct.

— C'est si affreux ? s'enquit-elle en respirant avec peine.

Ce fut Carlisle qui se chargea d'expliquer :

— Nous pensons que le fœtus est doté d'un appétit plus proche du nôtre que du tien. D'après nous, il a soif.

— Oh ! *Oh !*

— Votre état, à toi et à lui, se détériore rapidement. Nous n'avons pas le temps de présenter cette solution sous un jour plus... appétissant. La manière la plus rapide de tester notre théorie...

— Est que je boive du sang. (Elle acquiesça à peine

– l'énergie lui manquait pour hocher la tête.) J'en suis capable. Un bon entraînement pour l'avenir, hein ?

Ses lèvres décolorées se fendirent en un sourire faiblard quand elle regarda Edward. Lui ne sourit pas. Rosalie tapait du pied avec impatience. Le bruit était vraiment irritant. Comment réagirait-elle si je le balançais à travers un mur tout de suite ?

— Alors, qui se charge de me capturer un grizzli ? murmura Bella.

Carlisle et Edward échangèrent un coup d'œil. Rosalie cessa de taper du pied.

— Qu'est-ce que j'ai dit ? marmonna la mourante.

— Le test sera plus efficace si nous y allons franchement, expliqua Carlisle.

— Si le fœtus a soif, précisa Edward, ce n'est pas de sang animal.

— Tu ne sentiras pas la différence, l'encouragea Rosalie. Il te suffira de ne pas y penser.

Bella écarquilla les yeux.

— Qui ? souffla-t-elle en me contemplant.

— Je ne suis pas ici en tant que donneur, grommelai-je. Et puis, cette chose veut du sang humain. Le mien ne lui conviendra sans doute pas…

— Nous en avons en réserve, me coupa Rosalie, comme si je n'existais pas. Nous les avons constituées pour toi. Au cas où. Ne te soucie de rien. Tout va bien se passer. J'ai un bon pressentiment. Je crois que le bébé s'en portera mieux.

La main de Bella caressa son ventre.

— Eh bien, dit-elle, à peine audible. Je meurs de faim, donc lui aussi, j'imagine. (Encore une blague.) Allons-y. Mon premier acte vampirique.

13

HEUREUSEMENT QUE J'AI L'ESTOMAC SOLIDE

Carlisle et Rosalie filèrent aussitôt dans l'escalier. Je les entendis débattre pour savoir s'ils devaient le réchauffer avant de le lui donner. Beurk ! Avaient-ils donc beaucoup de trucs abominables de cet acabit, genre maison de l'horreur ? Un réfrigérateur rempli de sang – ça, c'était fait. Quoi d'autre ? Une salle de torture ? Une crypte pleine de cercueils ?

Edward ne bougea pas, ses doigts refermés autour de ceux de Bella. Son visage avait retrouvé son expression de mort. Il paraissait ne pas avoir l'énergie d'afficher cette toute petite lueur d'espoir qu'il avait eue, un peu auparavant. Lui et elle se fixaient, mais pas d'une façon romantique. C'était plutôt comme s'ils discutaient. Ça me rappelait Sam et Emily.

Ce n'était pas romantique... et d'autant plus dur à regarder.

Je savais combien il était difficile pour Leah d'avoir

constamment à assister à des scènes identiques. D'avoir à entendre cet amour dans les pensées de Sam. Bien sûr, nous éprouvions tous de la compassion pour elle – nous n'étions pas des monstres, pas dans ce sens du moins. Mais nous lui en voulions aussi de la façon dont elle gérait sa douleur. L'affichant au vu et su de tous, tentant de nous rendre aussi malheureux qu'elle.

Plus jamais je ne le lui reprocherais. Comment pouvait-on s'empêcher de répandre cette souffrance autour de soi ? Comment pouvait-on ne pas essayer de se décharger de ce fardeau en le faisant un peu porter aux autres ? Et si, pour cela, je devais diriger une meute, comment osais-je l'accuser de me voler ma liberté ? J'aurais agi pareillement, à sa place. S'il avait existé une quelconque manière d'échapper à la douleur, je l'aurais aussitôt adoptée moi aussi.

Rosalie dévala les marches une seconde après les avoir grimpées. Elle traversa la pièce, tel un courant d'air glacé, en remuant l'odeur brûlante dans mon nez, et fonça dans la cuisine. Un placard craqua.

— Évite le transparent, Rosalie, soupira Edward en levant les yeux au ciel.

Bella parut intriguée, mais il se borna à secouer la tête. Sa sœur ressortit de la cuisine et s'éclipsa de nouveau.

— C'est toi qui as eu cette idée ? me souffla Bella.

Elle avait forcé la voix, ayant oublié que je l'entendais très bien sans cela. Souvent, elle semblait ne plus se souvenir que je n'étais pas complètement humain. Ça me plaisait. Je me rapprochai d'elle pour lui épargner ces efforts.

— Ne m'accuse pas de cela. Ton vampire a juste piqué des commentaires méprisants dans ma tête.

Elle sourit.

— Je ne m'attendais pas à te revoir.

— Ouais. Je suis le premier surpris.

C'était bizarre de se tenir debout dans cette pièce. Les vampires avaient poussé tous les meubles pour installer leur batterie d'équipements médicaux. Pour eux, quelle différence ? Assis ou debout, quand on était de pierre, ça ne changeait pas grand-chose. D'ordinaire, ça m'était égal aussi, mais j'étais vraiment épuisé.

— Edward m'a expliqué ce qui est arrivé à la meute. Je suis navrée.

— T'occupe. Ce n'était sans doute qu'une histoire de temps. Tôt ou tard, j'aurais refusé d'exécuter un ordre de Sam.

Pieux mensonge.

— Il y a Seth.

— Il est ravi d'aider.

— Je déteste te causer des ennuis.

Je m'esclaffai – plus un aboiement qu'un rire, d'ailleurs. Elle émit un faible soupir.

— Mais rien de neuf sous le soleil, hein ?

— Non, en effet.

— Tu n'es pas obligé d'assister à ce qui va suivre.

Je pouvais partir, oui. C'était sans doute une bonne idée, même. Mais, vu son apparence, je risquais de rater les quinze dernières minutes de son existence.

— Je n'ai pas vraiment d'autre endroit où aller, répondis-je en m'efforçant de parler sans laisser cours à mon émotion. Ce truc de loup est bien moins intéressant depuis que Leah s'est jointe à nous.

— Leah ? haleta-t-elle.

— Tu ne l'as pas avertie ? reprochai-je à Edward.

Il se borna à hausser les épaules sans quitter des yeux le visage de Bella. Pour lui, le ralliement de Leah n'était pas une nouvelle excitante qui méritait qu'on la partage, alors que des événements autrement plus importants se déroulaient ici. Bella ne prit pas les choses aussi à la légère.

— Pourquoi ? souffla-t-elle.

Inutile de lui servir la version longue.

— Pour veiller sur Seth.

— Mais elle nous déteste.

Nous. Super ! Sa peur ne m'échappa pas, toutefois.

— Leah n'embêtera personne. (Sauf moi.) Elle est membre de ma meute (je grimaçai), donc elle obéit à mes ordres. (Pff !) Écoute, ajoutai-je, car elle n'avait pas l'air convaincu, tu crains Leah alors que tu fraternises avec la psychopathe blonde ?

Un sifflement nous parvint du premier étage. Elle m'avait entendu. Tant mieux ! Bella plissa le front.

— Ne dis pas ça. Rose… comprend.

— Ben tiens ! Elle pige surtout que tu vas mourir, et elle s'en moque, du moment qu'elle met la main sur le petit mutant.

— Arrête de te comporter comme un imbécile, Jake, souffla-t-elle.

Elle était trop faible pour que je me mette en colère contre elle. À la place, je risquai une plaisanterie.

— Tu as l'air de croire que c'est possible.

Pendant une seconde, Bella essaya de ne pas sourire, mais elle craqua, et les coins de ses lèvres crayeuses se retroussèrent.

À cet instant, Carlisle et la psychopathe de service revinrent. Carlisle tenait une tasse en plastique blanc, équipée d'un couvercle et d'une paille tordue. Oh ! Évite le transparent… d'accord ! Edward ne voulait pas que Bella pense plus que nécessaire à ce qu'elle allait boire. On ne voyait rien, dans cette tasse. L'odeur, en revanche…

Le médecin hésita, la tasse à demi tendue vers Bella. Cette dernière la regardait, effrayée.

— Nous pouvons tenter une autre méthode, proposa doucement Carlisle.

— Non. Je vais d'abord essayer ça. Le temps presse...

Je crus qu'elle avait enfin pris conscience de son état. Lorsque sa main voleta sur son ventre, je me rendis compte que je m'étais trompé. Elle s'empara de la tasse. Ses doigts tremblaient un peu, et je perçus un clapotis. Elle voulut s'appuyer sur son coude, mais elle avait à peine la force de soulever la tête. Une vague chaleur m'envahit quand je constatai à quel point elle s'était affaiblie en moins d'un jour. Rosalie passa un bras sous ses épaules et la soutint, comme on ferait avec un bébé. Vraiment branchée gamins, la Blondie !

— Merci, murmura Bella.

Ses yeux firent le tour de la pièce. Elle restait suffisamment consciente pour être gênée. Si elle n'avait pas été aussi frêle, elle aurait rougi.

— Ne t'occupe pas d'eux, souffla Rosalie.

Je me sentis gauche. J'aurais dû partir quand Bella me l'avait suggéré. Ma place n'était pas ici. Je n'avais aucun rôle à jouer dans ce drame. J'envisageai de m'esquiver, puis songeai que pareil geste risquait de rendre la situation encore pire pour Bella, de lui donner davantage de mal à accomplir ce qui devait l'être. Elle prendrait ma réaction pour du dégoût. Ce qui ne serait pas faux.

N'empêche. Si je refusais d'endosser la responsabilité de cette idée, je n'avais pour autant pas l'intention de la mettre en péril.

Elle approcha la tasse de sa bouche et renifla l'extrémité de la paille. Elle grimaça.

— Bella, ma chérie, il y a sans doute un moyen plus facile, dit Edward en voulant la lui reprendre.

— Pince-toi le nez, suggéra Rosalie.

Elle toisa son frère, l'air de vouloir lui mordre la main. J'aurais bien aimé qu'elle cède à son impulsion. Je parie qu'Edward n'aurait pas encaissé sans réagir, et j'aurais adoré voir Blondie être amputée d'un membre.

— Non, ce n'est pas ça, protesta Bella en respirant un bon coup. Ça sent bon.

Cet aveu fut émis d'une toute petite voix penaude. Je déglutis pour cacher mon écœurement.

— Tant mieux, l'encouragea Rosalie. C'est que nous sommes sur la bonne voie. Allez, essaye.

Vu l'expression ravie qu'arborait Blondie, je fus surpris qu'elle ne se mette pas à danser sur place.

Bella se fourra la paille dans la bouche, ferma fort les yeux et fronça le nez. Le sang clapota une nouvelle fois, sous l'effet des tremblements de sa main. Elle sirota une seconde, puis gémit, les paupières toujours closes. Edward et moi avançâmes en même temps. Il effleura sa joue, je croisai mes doigts dans mon dos.

— Bella, mon amour...

— Tout va bien.

Elle ouvrit les yeux et le regarda. Elle semblait... s'excuser. Supplier. Avoir peur.

— C'est *bon*.

La bile s'agita au fond de mon estomac, menaçant de déborder. Je serrai les dents.

— Formidable, assura Blondie, aux anges. Encore un bon signe.

Edward se contenta d'enrouler ses doigts autour des pommettes fragiles de Bella. En soupirant, elle recommença. Cette fois, elle aspira fort et longtemps. Le geste était plus déterminé, comme si une sorte d'instinct se réveillait.

— Tu tiens le coup ? s'enquit Carlisle. Tu ne te sens pas nauséeuse ?

— Non. Je vais bien. Une vraie première, hein ?

— Excellent ! s'enthousiasma Rosalie.

— Ne nous précipitons pas, Rose, la calma son père.

Bella avala une nouvelle gorgée de sang.

— Est-ce que cela va bousiller mon dossier ? lança Bella à Edward. Ou les points ne seront-ils comptabilisés qu'une fois que je serai vampire ?

Il lui adressa un sourire sans joie.

— Ça ne compte pas, chérie. Et puis, personne n'est mort pour ça. Ton dossier est encore vierge.

J'étais paumé.

— Je t'expliquerai plus tard, me dit Edward, si bas que ses mots ne furent qu'un souffle.

— Quoi ? demanda Bella.

— Rien, je me parlais à moi-même, mentit-il sans effort.

S'ils réussissaient, et si Bella survivait, il ne s'en tirerait pas aussi facilement quand les sens de sa femme seraient aussi aiguisés que les siens. Il allait devoir travailler sa franchise. Les lèvres d'Edward frémirent, luttant contre l'amusement que provoquait ma réflexion.

Bella but encore, le regard fixé sur la fenêtre, au-delà de nous. Elle imaginait sûrement que nous n'étions pas là. Ou alors, juste moi. J'étais le seul du groupe à être dégoûté par ce qu'elle faisait. Eux, en revanche, devaient avoir du mal à se retenir de lui arracher la tasse. Edward leva les yeux au ciel.

Nom d'une pipe ! Comment supportaient-ils de vivre sous le même toit que lui ? Dommage qu'il soit incapable de lire l'esprit de Bella. Celle-ci en serait tellement agacée qu'elle se lasserait de lui et le quitterait.

Il gloussa. Aussitôt, Bella se tourna vers lui, et la bonne humeur qu'elle vit sur ses traits lui tira un petit sourire. Apparemment, c'était plutôt rare chez lui, ces derniers temps.

— J'ai loupé quelque chose de drôle ? lança-t-elle.

— Jacob, répondit-il.

— Jake est un vrai boute-en-train, reconnut-elle en m'adressant à mon tour un sourire las.

Super ! Voilà que j'étais le fou du roi, maintenant. J'émis un son qui se voulait une imitation – plutôt mauvaise – d'un roulement de tambour. Sans cesser de sourire, Bella avala une gorgée de sang. Quand la paille fut vide et qu'un bruit de succion résonna, je frémis.

— J'y suis arrivée ! dit-elle, contente d'elle, d'une voix certes encore rauque, mais plus audible. Si je parviens à ne pas vomir, Carlisle, accepterez-vous de retirer toutes ces aiguilles de mon corps ?

— Dès que possible, promit-il. D'ailleurs, elles ne servent pas à grand-chose.

Rosalie tapota le front de Bella, et toutes deux échangèrent un regard plein d'espérance. Il était évident que le sang humain avait eu des effets immédiats. Bella reprenait des couleurs, ses joues cireuses se teintaient d'un soupçon de rose. Elle paraissait ne plus avoir besoin que Blondie la soutienne, elle respirait mieux, et j'aurais juré que son cœur battait avec plus de régularité.

Tout s'accélérait.

L'espoir fantomatique qui avait traversé les prunelles d'Edward était revenu, réel cette fois.

— En veux-tu encore ? demanda Rosalie

Les épaules de Bella s'affaissèrent. Edward fusilla sa sœur des yeux.

— Tu n'es pas forcée d'en boire plus maintenant.

— Je sais… mais j'en ai envie, avoua-t-elle, maussade.

— Tu n'as pas à être gênée, lui dit Rosalie en peignant ses cheveux ternes avec ses doigts. Ton corps a des besoins. C'est une chose que nous comprenons tous. Enfin, précisa-t-elle sur un ton soudain plus dur, qui ne comprendrait pas n'aurait rien à faire ici.

Cette phrase m'était évidemment destinée. Sauf que je n'allais pas me laisser démonter par la psychopathe. J'étais soulagé que l'état de Bella se soit amélioré. Quelle importance si la méthode me répugnait ? Et puis, je ne m'étais permis aucun commentaire.

— Je reviens tout de suite, annonça Carlisle en prenant la tasse des mains de Bella.

Cette dernière me contempla.

— Tu as mauvaise mine, Jake, me lança-t-elle.

— C'est l'hôpital qui se moque de la charité.

— Sérieux. Quand as-tu dormi pour la dernière fois ?

— Euh... je ne me souviens pas.

— Ah, Jake ! Voilà que je détruis ta santé aussi. Ne fais pas l'idiot.

Je me contins. Elle était autorisée à se tuer pour un monstre, mais je n'avais pas le droit de manquer quelques nuits de sommeil pour assister à cela ?

— Tâche de te reposer un peu, s'il te plaît, enchaîna-t-elle. Il y a des lits, à l'étage. N'hésite pas à en utiliser un.

L'expression de Rosalie me laissa clairement entendre qu'il valait mieux pour moi que je n'utilise pas un de ces fameux lits. Ce qui m'amena à me demander l'usage que la Belle au bois veillant pouvait en avoir. Souffrait-elle d'un sens de la propriété excessif ?

— Merci, Bella, mais je préfère dormir par terre. Loin de la puanteur.

— Ah oui !

Carlisle réapparut à cet instant, et elle s'empara de la tasse avec distraction, comme si elle pensait à autre chose. Et c'est avec une identique distraction qu'elle se mit à siroter.

Elle avait vraiment meilleure mine. Elle se redressa pour s'asseoir en prenant soin de ne pas arracher ses perfusions. Rosalie rôdait alentour, prête à la rattraper en cas d'accès de faiblesse. Cependant, c'était inutile. Respirant profondément entre deux gorgées, Bella ne tarda pas à vider sa deuxième tasse.

— Comment te sens-tu, maintenant ? s'enquit Carlisle.

— Pas nauséeuse. Plutôt affamée, même... sauf que j'ignore si c'est de la faim ou de la soif.

— Regarde-la, Carlisle, murmura Rosalie avec un contentement de soi qui lui donnait des airs du chat qui vient de manger le canari. Il est évident que c'est ce que réclamait son corps. Elle devrait en boire encore.

— Elle reste humaine, objecta son père. Il faut aussi qu'elle s'alimente. Attendons de voir les effets, puis essayons un peu de nourriture. As-tu envie de quelque chose en particulier, Bella ?

— Des œufs, répondit-elle aussitôt.

Ses yeux croisèrent ceux d'Edward, et ils se sourirent. Celui d'Edward était un tantinet forcé, mais ses traits étaient plus animés qu'avant. Je clignai des paupières, oubliai presque de les garder ouvertes.

— Jacob, murmura Edward. Tu devrais te coucher, vraiment. Comme te l'a dit Bella, tu es le bienvenu ici, même si tu serais sûrement plus à l'aise dehors. Ne t'inquiète pas, je te promets que je te trouverai s'il se passe quelque chose.

— D'accord, d'accord.

À présent que Bella semblait avoir quelques heures de répit, je pouvais m'échapper. Me rouler en boule sous un arbre, assez loin de l'odeur. Le buveur de sang me réveillerait en cas de besoin. Il me devait bien ça.

— Oui, acquiesça-t-il.

Hochant la tête, je mis ma main sur celles de Bella. Elles étaient glacées.

— Porte-toi bien.

— Merci, Jacob.

Elle serra mes doigts, et je sentis le fin anneau de son alliance, qui était devenu trop large.

— Prends une couverture, un pull, marmonnai-je en me dirigeant vers la porte.

Je n'y étais pas encore quand deux hurlements retentirent. L'urgence de l'appel ne prêtait à aucune confusion, cette fois.

— Bon Dieu ! grognai-je.

Je me ruai dehors en laissant le feu me transformer en plein vol. Mon short se déchira bruyamment. Flûte ! Je n'avais pas d'autres vêtements. Mais bon, ce n'était pas grave, pour l'instant. Atterrissant sur mes pattes, je déguerpis vers l'ouest.

Qu'y a-t-il ? criai-je mentalement.

Des intrus, me renseigna Seth. *Trois au moins.*

En groupe ou séparément ?

Je vais rejoindre Seth à la vitesse de l'éclair, annonça Leah.

Je perçus l'air qui s'engouffrait dans ses poumons tandis qu'elle se propulsait avec une vélocité incroyable dans la forêt.

Je ne vois rien pour l'instant, précisa-t-elle.

Ne les provoque pas, Seth. Attends-moi.

Ils ralentissent. Pff ! C'est pénible de ne pas capter leurs pensées. Je crois…

Quoi ?

Ils se sont arrêtés.

Pour que le reste de la meute les rattrape ?

Chut ! Tu sens ça ?

Je me plongeai dans ses impressions. Un frémissement silencieux et ténu de l'atmosphère.

Une transformation ?

On dirait bien.

Leah déboula dans la petite clairière où Seth se tenait. Elle planta ses griffes dans la terre, dérapant comme une voiture de course.

Me voici, frangin.

Ils approchent, dit Seth avec nervosité. Lentement. *Ils marchent, ils ne courent plus.*

J'y suis presque.

Je m'efforçai de voler comme Leah. Il était horrible d'être séparé des Clearwater quand ces derniers se trouvaient plus proches du danger que moi. J'aurais dû être avec eux, entre eux et ce qui se profilait.

Tiens, tiens, tiens, marmonna Leah. *On devient paternaliste.*

Concentre-toi, la morigénai-je.

Ils sont quatre, intervint Seth, qui avait décidément de bonnes oreilles. *Trois loups et un homme.*

Je les rejoignis et me postai immédiatement à leur tête. Seth poussa un soupir de soulagement et carra les épaules quand il se plaça sur ma droite. Leah s'installa à ma gauche, un peu réticente.

Me voici donc à un rang plus bas que Seth, grommela-t-elle.

Le premier arrivé est le premier servi, riposta-t-il, tout content. *Et puis, c'est la première fois que tu es troisième dans la hiérarchie. C'est quand même une promotion.*

Derrière mon bébé de frangin ? Tu parles d'une promotion !

Chut ! ordonnai-je. *Je me fiche de votre rang. Fermez-la et préparez-vous.*

Les intrus surgirent quelques secondes plus tard. Jared ouvrait la marche, sous sa forme humaine, les mains levées. Paul, Quil et Collin le suivaient sur leurs pattes de loup. Aucune agressivité dans leur attitude. Ils restaient sagement derrière leur guide, les oreilles bien droites, alertes mais calmes.

Je jugeai étrange que Sam ait choisi Collin plutôt qu'Embry. Aurais-je dû envoyer une ambassade en territoire ennemi, je n'aurais pas préféré un môme sans expérience à un guerrier accompli.

Une diversion ? s'interrogea Leah.

Sam, Embry et Brady étaient-ils en train d'avancer de leur côté ? Peu probable, à mon avis.

Tu veux que je vérifie ? Je peux parcourir le périmètre en deux minutes.

Faut-il prévenir les Cullen ? proposa Seth.

Et si le but était de nous séparer, justement ? répondis-je. *Les Cullen savent que quelque chose se prépare. Ils sont prêts.*

Sam ne serait pas assez bête pour..., chuchota Leah.

Elle avait peur. Elle imaginait Sam attaquant les vampires avec seulement deux combattants.

Non, la rassurai-je, même si, moi aussi, je n'osais envisager le pire.

Pendant ce temps, Jared et les trois loups nous contemplaient patiemment. Il était bizarre de ne pas entendre les échanges entre Quil, Paul et Collin. Leurs expressions étaient vides, indéchiffrables. Jared se racla la gorge et hocha la tête dans ma direction.

— Trêve, Jake. Drapeau blanc. Nous sommes ici pour discuter.

Tu crois que c'est vrai ? me demanda Seth.

Pourquoi pas ? Sauf que...

Sauf que en effet, renchérit Leah.

Nous ne relâchâmes pas notre garde. Jared fronça les sourcils.

— La conversation serait plus aisée si je t'entendais, me reprocha-t-il.

Je le toisai. Pas question que je me métamorphose tant que je n'aurais pas mieux saisi la mesure de la situation. Pourquoi Collin ? C'était le détail qui m'inquiétait le plus.

— Bon, d'accord, décida Jared. Je vais donc tenir le crachoir. Alors, voilà, Jake, nous voulons que tu reviennes.

À côté de lui, Quil émit un gémissement. Histoire d'appuyer cette déclaration.

— Tu as déchiré notre famille. Cela n'aurait pas dû se produire.

Sans être franchement en désaccord, j'estimais que là n'était pas l'important. Subsistaient entre Sam et moi des divergences d'opinions loin d'être résolues.

— Nous comprenons ce que tu éprouves avec autant de... force, par rapport aux Cullen. Nous savons que c'est un problème. N'empêche, ta réaction est outrée.

Pardon ? grogna Seth. *Et attaquer nos alliés sans crier gare, ce n'est pas une réaction outrée ?*

Tu as déjà entendu parler du flegme des joueurs de poker, Seth ? Retiens-toi.

Désolé.

Les yeux de Jared firent la navette entre Seth et moi.

— Sam est d'accord pour calmer le jeu, Jacob. Il a pris du recul, il a discuté avec les anciens. Tous ont décidé qu'une action immédiate n'était dans l'intérêt de personne.

Je traduis, dit Leah : *ils ont perdu l'élément de surprise.*

Étonnant de constater à quel point nos modes de pensée différaient déjà. La meute de Sam, c'était « ils ». Des étrangers. Que cela vienne de Leah, qu'elle se considère comme un pilier de « nous », était encore plus surprenant.

— Comme toi, Billy et Sue jugent que nous pouvons

attendre que Bella... soit séparée du problème. L'idée de la tuer ne plaît à personne.

Bien que je vienne de disputer Seth pour cela, je ne pus retenir un petit grondement. Ainsi, le meurtre leur déplaisait ? De nouveau, Jared leva les mains.

— Du calme, Jake. Tu me comprends. Ce qui compte, c'est que nous allons attendre et réévaluer la situation. Nous verrons plus tard si le... si la chose pose difficulté.

Ha ! bougonna Leah. *Quel ramassis d'âneries !*

Tu n'y crois pas ?

Je devine ce qu'ils espèrent. Ce que Sam espère. Ils comptent sur la mort de Bella. Tu seras alors tellement furieux, que...

Je conduirai l'attaque en personne.

Mes oreilles s'aplatirent sur mon crâne. La suggestion de Leah était loin d'être sotte. Quand... si cette chose tuait Bella, il me serait facile d'oublier ce que je ressentais en ce moment pour la famille de Carlisle. À nouveau, je les considérerais sans doute comme des ennemis, comme rien d'autre que des sangsues.

Je serai là pour te rafraîchir la mémoire, chuchota Seth.

Je sais, le môme. La question, c'est : est-ce que je t'écouterai ?

— Jake ? insista Jared.

Je poussai un soupir.

Leah, fais une ronde, juste pour t'assurer que ça va. Je vais devoir lui parler, et je veux être certain que rien ne se passera quand je me métamorphoserai.

À d'autres, Jacob ! Tu peux te transformer devant moi. Malgré tous mes efforts, je t'ai souvent vu nu. Le spectacle me laisse indifférente, alors ne te bile pas.

Je n'essaye pas de protéger ton innocence, juste notre peau. File !

En grondant, elle s'enfuit dans les bois à toute vitesse.

La nudité représentait un inconvénient malheureusement inévitable dans la vie de la meute. Les gars n'y avaient guère prêté attention, jusqu'à ce que Leah les rejoigne. Alors, c'était devenu embarrassant. Elle n'avait pas un meilleur contrôle que nous sur son caractère – il lui avait fallu le même temps qu'à nous pour cesser d'exploser hors de ses vêtements quand elle était furax. Nous avions tous eu droit à ces scènes. Et ce n'était pas comme si elle ne valait pas le coup d'œil. En revanche, ce qui se passait quand elle nous surprenait à y repenser ne valait vraiment pas la peine.

Jared et les autres regardaient avec inquiétude l'endroit où elle avait disparu.

— Où va-t-elle ?

Ignorant le porte-parole, je fermai les yeux et repris forme humaine. J'eus l'impression que l'air vacillait en vaguelettes autour de moi. Je me dressai sur mes pattes arrière au bon moment, de façon à être debout quand je serais homme.

— Oh ! marmonna Jared. Salut, Jake.

— Salut, Jared.

— Merci d'accepter de me parler.

— Pas de souci.

— Nous voulons que tu reviennes, mec.

Quil gémit de nouveau.

— Je ne suis pas sûr que ce soit aussi simple que ça.

— Rentre à la maison, me supplia-t-il en se penchant vers moi. Nous sommes capables de régler ce différend. Ta place n'est pas ici. Celle de Leah et de Seth non plus.

— Figure-toi que je n'ai pas cessé de leur demander de s'en aller ! m'esclaffai-je.

Derrière moi, Seth renifla. Jared réfléchit, ses yeux redevinrent prudents.

— Alors, que fait-on, maintenant ?

— Aucune idée, répondis-je au bout de quelques minutes. Je ne suis pas sûr que les choses pourront reprendre comme avant. J'ignore comment ça marche. Je n'ai pas le sentiment d'être en mesure de rejeter mon caractère Alpha en fonction de mes humeurs. Ç'a l'air permanent.

— Tu es de notre meute.

— Une meute ne peut avoir deux Alpha, Jared. Rappelle-toi, hier soir, ç'a failli mal tourner. L'instinct de domination est trop fort.

— Vous allez donc traîner avec les parasites jusqu'à la fin de vos jours ? se fâcha-t-il. Votre foyer n'est pas ici. Tu n'as même plus de vêtements ! Tu as l'intention de rester loup indéfiniment ? Et puis, tu sais que Leah n'aime pas se nourrir comme ça.

— Elle n'aura qu'à faire comme bon lui semblera quand elle aura faim. Elle est venue ici de son propre gré. Je n'oblige personne à se plier à ma volonté, moi.

— Sam est désolé pour ça, soupira-t-il.

— Je ne suis plus en colère.

— Mais…

— Je ne reviendrai pas. Pas maintenant, en tout cas. Nous allons attendre de voir comment la situation évolue. Et, tant que ce sera nécessaire, nous veillerons sur les Cullen. Parce que, en dépit de ce que tu penses, tout ne tourne pas seulement autour de Bella. Nous défendons ceux qui doivent être défendus. Cela s'applique également aux Cullen.

À un certain nombre d'entre eux, du moins.

Seth aboya, façon de marquer son accord. Jared plissa le front.

— Alors je n'ai plus rien à te dire, conclut-il.

— En effet. Nous reparlerons de tout ça plus tard.

Il s'adressa à Seth :

— Sue te demande, non, elle te supplie de rentrer à la

maison. Elle a le cœur brisé, Seth. Elle est seule. Comment toi et Leah pouvez-vous lui infliger cela ? L'abandonner ainsi, alors que votre père vient de mourir…

Seth geignit.

— Vas-y mollo, Jared ! lançai-je.

— Je le mets juste au courant de la situation.

— Ben tiens ! ricanai-je.

Sue était la femme la plus dure qui soit. Plus que mon père, plus que moi. Assez pour jouer la carte du chantage affectif, si c'était ce qu'il fallait pour récupérer ses enfants. La présenter en mère éplorée était injuste.

— Sue est au courant de la situation depuis combien d'heures ? repris-je. Des heures qu'elle aura passées avec Billy, le vieux Quil et Sam. Ouais, je suis convaincu qu'elle dépérit de solitude. Mais bon, Seth, tu es libre de partir quand tu veux, tu le sais.

Seth grogna. Soudain, il pointa une oreille vers le nord. Leah ne devait pas être loin. Bon sang, elle était rapide ! Deux secondes plus tard, elle s'arrêta en glissant dans les fourrés. Elle nous rejoignit au petit trot et alla s'installer devant Seth, prenant soin de garder le museau en l'air et de ne pas regarder dans ma direction. Ce que j'appréciai.

— Leah ? dit Jared.

Elle croisa ses yeux, retroussa ses babines. L'hostilité ne parut pas surprendre son interlocuteur.

— Tu n'as pas envie d'être ici, Leah. Je me trompe ?

Elle gronda. Je voulus lui jeter un coup d'œil d'avertissement, mais elle me tournait le dos. Seth gémit et lui donna un coup d'épaule.

— Désolé, reprit Jared. Je n'aurais pas dû présumer de ce que tu veux ou pas. Mais tu n'as aucun lien avec les buveurs de sang.

Délibérément, Leah contempla son frère, puis moi.

— Tu veilles sur Seth, d'accord, admit Jared, qui,

274

comme moi, devait s'interroger sur le sens du regard qu'elle m'avait adressé. Rassure-toi, Jake s'arrangera pour qu'il ne lui arrive rien, et Seth n'a pas peur. Alors, je t'en prie, Leah, reviens-nous.

Elle agita la queue.

— Sam t'en supplie. Il m'a littéralement demandé de me mettre à genoux, s'il le fallait. Il te réclame, Lili, ta place est là-bas.

Leah frémit quand Jared recourut au surnom que Sam lui avait donné, du temps où ils sortaient ensemble. Cependant, les mots suivants lui hérissèrent le poil de l'encolure, et elle poussa un long torrent de grognements furieux. Inutile de partager ses pensées pour deviner qu'elle l'agonissait d'injures, ce qu'il comprit fort bien lui aussi. Les termes étaient presque éloquents.

— Je vais prendre le risque de parler en son nom, intervins-je quand elle eut terminé, mais je pense que la place de Leah se trouve où elle le décide.

Elle grommela. Comme elle fixait Jared, j'en conclus qu'elle était d'accord avec moi.

— Écoute, Jared, nous continuons d'appartenir à la même famille. Nous allons oublier notre querelle. En attendant, mieux vaudrait que vous vous cantonniez à votre territoire. Histoire qu'il n'y ait aucun malentendu. Personne n'a envie que la famille se déchire. Y compris Sam, n'est-ce pas ?

— Bien sûr ! s'emporta-t-il. Nous ne quitterons pas notre territoire, d'accord. Mais où se situe le tien, Jacob ? Chez les vampires ?

— Non. Je suis sans domicile fixe pour le moment. Ne t'inquiète pas, ça ne durera pas. Il ne nous reste plus beaucoup de temps, ajoutai-je en respirant un bon coup. Après, les Cullen s'en iront sans doute, et Leah et Seth reviendront à La Push.

Les deux intéressés gémirent à l'unisson en tournant leur nez vers moi d'un même mouvement.

— Et toi, Jake ?

— J'imagine que je retournerai dans la forêt. Impossible de rester à la réserve. Deux Alpha, c'est trop de tension. Et puis, c'est là que je comptais me rendre, les bois, avant que la pagaille ne commence.

— Et si nous avons besoin de vous contacter ?

— Hurlez. Mais attention à la frontière, compris ? Nous viendrons à vous. Et il est inutile que Sam envoie des délégations aussi nombreuses. Nous ne cherchons pas la bagarre.

Jared eut beau avoir l'air mécontent, il acquiesça. Que je pose mes conditions à Sam ne lui plaisait guère.

— À plus, alors, Jake. Ou peut-être pas.

Il me fit un geste de la main, sans beaucoup d'entrain.

— Un instant ! Est-ce qu'Embry va bien ?

— Embry ? s'étonna-t-il. Oui, pourquoi ?

— Je me demandais juste pourquoi Collin était ici à sa place.

Je l'observai avec attention, soupçonnant quelque chose de pas clair. Un éclat traversa furtivement ses prunelles, ne révélant cependant pas ce que j'espérais.

— Cela ne te concerne plus, Jake.

— Tu as raison. Simple curiosité de ma part.

Je décelai un mouvement du coin de l'œil. Je fis comme si de rien n'était, toutefois, car je ne tenais pas à trahir Quil. Lui avait réagi à ma question.

— Je transmettrai... tes instructions à Sam. Salut, Jacob.

— C'est ça, salut. Hé ! Dis à mon père que je vais bien, d'accord ? Et que je suis désolé. Et que je l'aime.

— Pas de problème.

— Merci.

— Venez, les gars.

Jared nous tourna le dos et s'éclipsa, peu désireux de se transformer devant Leah. Paul et Collin le suivirent aussitôt, tandis que Quil hésitait. Il aboya doucement, et j'avançai d'un pas.

— Oui, tu me manques aussi, frangin.

Il trottina vers moi, la tête basse, morose. Je lui tapotai l'épaule.

— Tout ira bien.

Il pleurnicha.

— Dis à Embry que votre compagnie à tous deux me manque.

Il acquiesça, puis appuya son nez sur mon front. Leah ricana. Quil releva la tête et regarda derrière lui, là où les autres avaient disparu.

— Allez, vas-y.

Après un nouveau piaillement, il fila. Jared devait l'attendre avec impatience. Dès qu'il fut parti, je libérai la chaleur qui couvait au centre de mon corps et je me transformai en un rien de temps.

J'ai cru que vous alliez vous rouler un patin, railla Leah.

Je l'ignorai.

Ça a été ? Je n'ai rien dit que vous ne vouliez pas que je dise ? Ai-je oublié quelque chose d'important ?

J'avais parlé en leur nom, et cela m'inquiétait, parce que je n'avais pas su avec exactitude ce qu'ils pensaient à ce moment-là. Je ne voulais pas endosser certaines responsabilités. Je ne voulais pas ressembler à Jared, de ce point de vue-là.

Tu as été super, Jake ! lança Seth, toujours fidèle.

Mais tu aurais dû frapper Jared, précisa Leah. *Ça ne m'aurait pas dérangée.*

Nous savons maintenant pourquoi Embry n'a pas été autorisé à venir, enchaîna son frère.

Pardon ? sursautai-je.

*Enfin, Jake, tu as bien regardé Quil ? Il est sacrément par-
tagé. Je suis certain qu'Embry est encore plus malheureux.
De plus, il n'a pas Claire, lui. En aucun cas, Quil ne pourrait
choisir de quitter La Push. Embry, si. Sam ne prend aucun
risque, des fois que tu le convainques de déserter. Il ne tient
pas à ce que notre meute soit plus grande que la sienne.*

Tu crois vraiment ? Embry adorerait liquider les Cullen.

*Sauf qu'il est ton meilleur ami. Lui et Quil préféreraient
ne pas se battre plutôt que t'affronter.*

*Eh bien, peut-être. Mais je suis content que Sam l'ait
gardé près de lui. Cette meute de trois est assez vaste comme
ça. Bon, nous sommes tranquilles pour l'instant. Ça ne te
dérange pas d'ouvrir l'œil tout seul, Seth ? Pendant que Leah
et moi dormons ? Nous en avons besoin. Cette rencontre
m'a paru normale, mais c'était peut-être une diversion.*

Par nature, je n'étais pas enclin à la paranoïa. Cependant,
je n'oubliais pas non plus le sens du devoir qui habitait
Sam. Son sentiment qu'il fallait détruire immédiatement
tout danger identifié. Profiterait-il de l'avantage dont il
disposait à présent, celui de nous mentir sans que nous le
sachions ?

Aucun souci, répondit Seth, trop heureux de se rendre
utile. *Tu veux que j'aille expliquer la situation aux Cullen ?
Ils doivent être sur les nerfs.*

Je m'en occupe. J'ai des trucs à vérifier, de toute façon.

Leah et Seth captèrent le tourbillon d'images qui défila
rapidement dans mon cerveau épuisé.

Seth gémit de stupeur. Leah rejeta la tête en arrière,
comme si elle essayait de se débarrasser de ce qu'elle avait
vu.

*Sans aucun doute, c'est la chose la plus répugnante que
j'aie entendue de ma vie. Pouah ! Si j'avais avalé quoi que
ce soit, je vomirais.*

Ce sont des vampires, commenta Seth au bout d'une minute, comme pour compenser la réaction violente de sa sœur. *C'est compréhensible. Et si ça aide Bella, c'est bien, non ?*

Interloqués, Leah et moi le dévisageâmes.

Quoi ?

Maman l'a beaucoup fait tomber par terre, bébé, me dit Leah.

Sur la tête, apparemment.

Il mordillait les barreaux de son berceau, aussi.

Peinture au plomb ?

J'en ai l'impression.

Très drôle, grogna Seth. *Et si vous la boucliez et que vous pionciez un coup, hein ?*

14

LES CHOSES VONT MAL QUAND ON REGRETTE D'AVOIR ÉTÉ IMPOLI ENVERS LES VAMPIRES

Quand je revins à la villa, personne n'attendait dehors que je fasse mon rapport. Étaient-ils encore sur leurs gardes ?

Tout va bien, pensai-je avec lassitude.

Mes yeux ne tardèrent pas à repérer ce qui avait changé dans les environs à présent familiers. Un tas de tissu clair était empilé sur la première marche du perron. Je m'en approchai rapidement. Retenant mon souffle à cause de l'odeur de vampire qui s'accrochait au coton de façon incroyable, je fourrai mon museau dedans.

C'étaient des habits. Edward avait dû percevoir mon irritation lorsque j'avais déchiré mon short en filant. Hum... Voilà qui était... gentil. Bizarre.

Je ramassai les vêtements entre mes dents – beurk ! – et les emportai à l'abri des arbres. Au cas où il s'agirait d'une blague montée par la psychopathe blonde, et que s'y dissimuleraient des trucs de fille. À coup sûr, elle aurait adoré voir ma réaction si je m'étais retrouvé à poil, une robe dos-nu à la main.

Une fois dans la forêt, je lâchai le paquet puant et me transformai en homme. Je secouai les vêtements et les frappai contre un tronc pour tenter de chasser la puanteur. C'étaient bien des habits masculins – pantalon de toile et chemise blanche. Trop petits, mais susceptibles de me convenir. Appartenant à Emmett, sans doute. Je retroussai les manches de la chemise. Pour le pantalon, je ne pouvais rien. Tant pis !

J'avoue que je me sentis plus à l'aise une fois – mal – habillé, en dépit de l'odeur. Il était dur de ne pouvoir rentrer tout simplement chez moi afin d'y prendre un vieux survêtement quand j'en avais besoin. Une fois encore, l'absence de domicile. Pas d'endroit où *retourner*. Pas de possessions non plus, ce qui ne me gênait pas trop pour l'instant mais risquait de devenir pesant bientôt.

Épuisé, je grimpai lentement le perron des Cullen dans mes jolis habits d'emprunt. Sur le pas de la porte, j'hésitai. Fallait-il que je frappe ? C'était idiot, puisqu'ils étaient au courant de ma présence. Pourquoi aucun d'eux ne le reconnaissait, en me criant d'entrer ou d'aller me faire voir ? Enfin, bref. Haussant les épaules, je poussai le battant.

Encore des changements. La pièce avait repris son aspect initial durant la vingtaine de minutes qu'avait duré mon absence. Le grand écran plat de la télévision était allumé, le volume baissé, et montrait un film à l'eau de rose que personne n'avait l'air de regarder. Carlisle et Esmé se tenaient devant la vaste baie vitrée du fond, qui ouvrait de nouveau sur la rivière. Alice, Jasper et Emmett n'étaient pas là – je les entendais discuter à l'étage. Comme la veille, Bella était installée sur le canapé. Elle n'avait plus qu'une aiguille dans le bras, et une perfusion était accrochée au dossier du divan. Elle était emmitouflée dans deux plaids épais. Au moins, ils m'avaient écouté. Rosalie était assise en tailleur par terre, près de sa tête ; Edward posé à l'autre bout du sofa, les pieds de Bella sur les genoux. Quand j'apparus, il releva la tête et me sourit – rien qu'un bref mouvement de la bouche – comme s'il était amusé par quelque chose.

Bella ne m'entendit pas. Elle ne réagit qu'en le voyant bouger et me sourit également. Son visage s'éclaira, empreint d'une véritable énergie. La dernière fois où elle avait manifesté autant de joie à me revoir remontait à loin.

Qu'est-ce qu'elle était bizarre, nom d'un chien ! Elle était *mariée* ! Avec celui qu'elle aimait, qui plus est ! Ajoutez à cela qu'elle était enceinte jusqu'aux yeux. Alors, pourquoi fallait-il qu'elle soit aussi ravie de me retrouver ? À croire que j'avais embelli sa fichue journée rien qu'en franchissant le seuil. Si seulement elle avait manifesté de l'indifférence ! Mieux, même, si elle avait rejeté ma présence. Il m'aurait été beaucoup plus facile de m'éloigner, du coup.

Edward semblait partager mes pensées. Nous étions sur la même longueur d'ondes à un tel point, ces derniers temps, que ça en devenait dingue. Tandis qu'elle rayonnait de plaisir, lui fronçait les sourcils.

— Ils désiraient juste parler, marmonnai-je. Pas d'attaque prévue à l'horizon.

— Oui, dit Edward. J'ai capté l'essentiel.

Cela me réveilla un peu. L'entretien s'était déroulé à cinq bons kilomètres.

— Comment ça ?

— Je te perçois plus clairement, maintenant. C'est une affaire d'habitude et de concentration. Et puis, tes pensées sont plus claires quand tu es humain. Bref, j'ai eu droit au principal.

Cela m'agaça un peu, mais sans raison valable, donc je laissai tomber.

— Tant mieux, je n'aime pas me répéter.

— Je te conseillerais bien de dormir, intervint Bella, mais ça ne servirait sûrement à rien, vu que tu vas t'effondrer dans environ six secondes

Elle semblait avoir récupéré de façon stupéfiante. Sentant du sang frais, je constatai qu'elle avait, encore une fois, une tasse dans les mains. Combien lui en faudrait-il pour qu'elle continue à tenir le coup ? Ils finiraient par devoir aller se ravitailler dans le voisinage. Lui obéissant, je regagnai la porte en comptant les secondes.

— Un Mississippi… deux Mississippi…

— Et l'inondation, espèce de cabot ? marmonna Rosalie.

— Tu sais comment on noie une blonde, Rosalie ? lançai-je sans me retourner. En collant un miroir au fond d'une piscine.

Au moment où je fermais la porte derrière moi, Edward étouffa un rire. Son humeur s'était améliorée à l'aune exacte de l'état de santé de Bella.

— On me l'a déjà faite ! cria Blondie.

Je descendis les marches, n'aspirant qu'à me traîner assez loin sous les arbres pour y jouir d'un air plus sain. J'envisageais de me débarrasser des vêtements, une fois loin de la maison, et de les garder au sec pour l'avenir plutôt que de les nouer à ma cheville, de façon à ne pas les sentir non plus. Je me débattis avec les boutons de la chemise, en songeant vaguement que ce style n'était pas très loup-garou.

L'échange me parvint alors que je traversais lentement la pelouse.

— Où vas-tu ? demanda Bella.

— J'ai oublié de lui dire quelque chose.

— Laisse-le dormir, ça peut attendre.

Oui, qu'on me permette de me reposer, s'il vous plaît.

— J'en ai pour une minute.

Je me retournai lentement. Edward était déjà sorti. L'air de s'excuser, il s'approcha de moi.

— Quoi encore ? soupirai-je.

— Désolé.

Il se tut, hésitant, comme s'il ne savait pas comment formuler ce qu'il avait à dire.

On a perdu sa langue ?

— Tout à l'heure, murmura-t-il, quand tu as discuté avec les envoyés de Sam, j'ai transmis les nouvelles à Carlisle, à Esmé et aux autres. Ils étaient très inquiets...

— Écoute, nous, nous restons sur le qui-vive. Vous n'êtes pas obligés de croire Sam comme nous.

— Non, non, Jacob, il ne s'agit pas de cela. Nous avons confiance dans votre jugement. C'est plutôt qu'Esmé est troublée par les difficultés que traverse votre meute. Elle m'a demandé d'aborder le sujet avec toi en privé.

Je fus pris au dépourvu.

— Quelles difficultés ?

— Que vous soyez sans toit, notamment. Elle est embêtée par votre... dénuement.

Je reniflai. Une mère poule vampire... bizarre.

— Nous sommes costauds. Dis-lui de ne pas s'inquiéter.

— Elle aimerait quand même faire un geste. J'ai cru comprendre que Leah n'aimait pas se nourrir quand elle est loup ?

— Et ?

— Nous disposons de plein d'aliments normaux, Jacob. Pour sauver les apparences, bien sûr, et pour Bella. Que Leah se sente libre de venir réclamer ce qu'elle veut. Seth et toi aussi.

— Je transmettrai le message.

— Leah nous déteste.

— Et alors ?

— Alors, tâche de présenter notre offre de façon à ce qu'elle y réfléchisse, si tu veux bien.

— Je ferai mon possible.

— Il y a aussi les vêtements.

Je jetai un coup d'œil aux miens.

— Ah oui ! Merci.

Il aurait sans doute été mal élevé de mentionner qu'ils empestaient. Il sourit. Un peu.

— Nous avons largement de quoi satisfaire à vos besoins en la matière. Alice nous autorise rarement à porter deux fois la même chose. Nous avons des piles de tenues toutes neuves destinées à des organismes de charité. D'après moi, Leah et Esmé ont à peu près la même taille…

— Je ne te garantis pas qu'elle acceptera de porter les surplus des buveurs de sang. Son sens pratique n'est pas aussi développé que le mien.

— Je compte sur toi pour lui en parler sous le meilleur jour possible. L'offre vaut pour tout objet, moyen de transport, n'importe quoi dont vous pourriez avoir besoin. Pareil pour les douches, puisque vous préférez dormir à la belle étoile. Surtout, profitez de tous les avantages que propose la maison.

Il avait prononcé cette dernière phrase à voix très basse, non parce qu'il s'efforçait de ne pas être entendu par les autres, mais parce qu'il était en proie à une émotion réelle. Je le contemplai une seconde en clignant des yeux, mes paupières alourdies par le sommeil.

— Euh… c'est très gentil de votre part. Remercie Esmé. Le périmètre traverse la rivière en plusieurs endroits, donc nous restons à peu près propres.

— Transmets quand même.

— Pas de souci.

— Merci.

Je me détournai de lui. Un cri de douleur étouffé qui provenait de la maison m'arrêta net. Le temps que je regarde derrière moi, Edward avait disparu.

Quoi *encore* ?

Je le suivis en traînant des pieds comme un zombie. Et avec à peu près autant de neurones. Mais avais-je le choix ? Quelque chose n'allait pas. Il fallait que je voie ce que c'était. Je n'y pourrais rien, et je me sentirais encore plus mal. Bref, la routine.

J'entrai de nouveau dans la demeure. Bella haletait, roulée en boule sur la montagne qui occupait le centre de son corps. Rosalie la soutenait, cependant qu'Edward, Carlisle et Esmé tournaient autour d'elle. Un mouvement vif attira mon attention. Alice se tenait au sommet de l'escalier. Elle scrutait le rez-de-chaussée, ses doigts appuyés sur ses tempes. Bizarre. On aurait dit qu'elle n'avait pas le droit de descendre.

— Une seconde, Carlisle, pantela Bella.

— J'ai entendu un craquement, la raisonna anxieusement le médecin. Il faut que je jette un coup d'œil.

— Je suis presque sûre que c'était une côte. Ouille ! Oui, juste là.

Elle désigna son flanc gauche en prenant soin de ne pas le toucher. Voilà que la chose lui brisait les os, maintenant !

— Je dois faire une radio. Des fois qu'il y ait des éclats susceptibles de provoquer des dégâts.

— D'accord, admit Bella en respirant profondément.

Rosalie la souleva avec douceur. Edward parut sur le point de protester, mais sa sœur montra les dents.

— Je la tiens, gronda-t-elle.

Si je comprenais bien, Bella avait repris des forces, mais

le monstre aussi. Si l'un mourait de faim, l'autre aussi ; et la guérison marchait à l'identique. Aucune chance de remporter ce combat.

Blondie emporta vivement Bella dans l'escalier, Edward et Carlisle sur ses talons. Aucun d'eux n'eut l'air de me remarquer, planté sur le seuil, hébété. Ainsi, ils avaient une banque du sang et une machine à rayons X ? Il faut croire que le toubib rapportait du boulot à la maison après ses heures de travail. J'étais trop fatigué pour les suivre, pour seulement bouger. M'appuyant contre le mur, je me laissai glisser à terre. La porte était restée ouverte, et je tournai le nez vers l'extérieur, heureux de la brise qui soufflait. Tête contre le chambranle, je tendis l'oreille.

Du premier étage me parvint le bruit de l'appareil. Enfin, je l'identifiai comme tel. Puis des pas légers sur les marches. Je n'eus pas besoin de regarder pour savoir de quel vampire il s'agissait.

— Tu veux un oreiller ? me demanda Alice.

— Non.

Qu'est-ce qu'ils avaient, avec leur hospitalité envahissante ? Ça me flanquait les jetons.

— Tu n'as pas l'air très à l'aise, comme ça.

— Non.

— Pourquoi ne t'installes-tu pas ailleurs ?

— Crevé. Et toi, pourquoi n'es-tu pas là-haut avec eux ?

— Maux de tête.

Je tournai le cou vers elle. Alice était vraiment petite. La taille d'un de mes bras. Elle paraissait encore plus menue que d'ordinaire, voûtée, son visage pincé.

— Les vampires ont mal au crâne ?

— Les normaux, non.

Des vampires normaux. Ha !

— Explique-moi un peu pourquoi tu n'es plus jamais avec Bella.

Ma demande prit des airs accusateurs. Je ne m'en étais pas encore rendu compte, parce que j'avais le crâne bourré de bêtises, mais il était étrange qu'Alice ne se soit pas trouvée près de Bella, les fois où j'avais été présent, en tout cas. Quitte à choisir entre elle et Blondie, je préférais Alice.

— Je vous croyais comme ça, ajoutai-je en croisant mes doigts.

— Maux de tête, répondit-elle en s'asseyant sur le carrelage, les bras enroulés autour des genoux.

— Bella te donne la migraine ?

— Oui.

Je fronçai les sourcils. J'étais trop épuisé pour les devinettes. Je fermai les yeux, le nez au vent.

— Ce n'est pas vraiment Bella, reprit Alice. Plutôt le… le fœtus.

Ah ! Enfin quelqu'un qui ressentait la même chose que moi. Pas difficile à reconnaître. Elle avait utilisé le terme avec réticence, à l'instar d'Edward.

— Je n'arrive pas à le voir, continua-t-elle (mais elle aurait tout aussi bien pu se parler à elle-même). Et je ne vois rien à son sujet. Comme avec toi.

Je tressaillis. Je n'aimais pas qu'on me compare à la créature.

— Bella se met sur le chemin. Elle est enroulée autour de lui, donc elle est… floue. Comme une mauvaise réception, à la télévision. J'ai l'impression d'essayer de concentrer mon regard sur des gens mal définis qui sautent sur une image. C'est ça qui déclenche mes migraines. De toute façon, je suis limitée à quelques minutes dans l'avenir. Le… fœtus est une part trop intrinsèque du futur de Bella. Quand elle a décidé, au début… quand elle a compris qu'elle désirait le garder, elle est devenue immédiatement floue pour moi. Ça m'a filé une de ces frousses !

Elle se tut, puis ajouta soudain :

— Je suis obligée de reconnaître que c'est un soulagement de t'avoir dans le coin, malgré l'odeur de chien mouillé. Tout s'efface. À croire que je ferme les yeux. Mes maux de tête s'atténuent.

— Ravi de vous rendre ce service, madame.

— Je me demande ce qu'il a de commun avec toi… Le fœtus. Pourquoi vous vous ressemblez, de ce point de vue-là.

Une brûlure incendia brusquement mes os jusqu'à la moelle, et je serrai les poings pour contrôler mes tremblements.

— Je n'ai rien en commun avec ce buveur de sang, marmonnai-je.

— En tout cas, il y a quelque chose.

Je ne relevai pas. L'incandescence s'apaisait déjà. J'étais trop éreinté pour que ma colère subsiste.

— Ça ne te dérange pas, si je reste près de toi ?

— Bah ! Non. Ça ne puera pas plus.

— Merci. C'est le meilleur remède, puisque je ne peux pas prendre d'aspirine.

— Tu veux bien te taire ? Je dors.

Elle obtempéra, et je sombrai en quelques secondes.

Je rêvais que je mourais de soif. Il y avait un grand verre d'eau devant moi – glacé : la condensation perlait sur les côtés. Je m'en emparais et j'avalais une grande gorgée pour découvrir qu'il ne s'agissait pas d'eau mais de Javel. Je m'étranglais en recrachant partout, un geyser me sortait par le nez, le brûlant au passage.

La douleur fut telle que je me réveillai assez pour me rappeler où je me trouvais. L'odeur était lourde, d'autant que mon nez n'était pas à l'intérieur de la maison. Pouah ! Il y avait du bruit, aussi. Quelqu'un riait trop fort. Un rire familier, mais qui ne correspondait pas à la puanteur, qui n'était pas d'ici. En gémissant, j'ouvris les yeux. Le ciel était gris et triste. C'était le jour, mais quand exactement ? Mystère. Peut-être pas loin de la tombée de la nuit, car il faisait assez sombre.

— Il était temps, maugréa Blondie. Ton imitation d'une tronçonneuse commençait à me lasser.

Roulant sur moi-même, je m'assis. Je compris alors d'où venait l'odeur. Quelqu'un avait fourré un oreiller sous mon visage. Un geste qui se voulait sûrement plein de bonnes intentions. À moins qu'il n'ait été accompli par Rosalie. Enfin sorti de cet oreiller, je captai d'autres odeurs. Bacon et cannelle qui se mélangeaient aux relents des vampires.

Je clignai des paupières.

La pièce n'avait pas trop changé, sinon que Bella était assise au milieu du canapé, et que la perfusion avait disparu. Blondie était à ses pieds, la tête appuyée contre les genoux de Bella. J'en avais la chair de poule, de voir avec quelle décontraction ils la touchaient, même si je n'aurais pas dû m'en étonner, j'imagine. À côté d'elle, Edward lui tenait la main. Alice était sur le plancher, comme Rosalie. Ses traits n'étaient plus pincés. Je devinai aisément pourquoi – elle s'était trouvé un nouvel analgésique.

— Hé, Jake se réveille ! roucoula Seth.

Assis de l'autre côté de Bella, il avait négligemment passé un bras sur ses épaules. Une assiette débordant d'aliments était posée sur ses genoux. Qu'est-ce que ça signifiait ?

— Il est venu te chercher, m'expliqua Edward tandis que je me levais. Esmé l'a persuadé de rester pour le petit déjeuner.

— C'est vrai, Jake, s'empressa de renchérir l'intéressé

en voyant mon expression. Je vérifiais juste que tu allais bien, vu que tu ne t'étais pas retransformé. Leah s'inquiétait. J'ai eu beau lui assurer que tu devais pioncer, tu la connais. Bref, ils avaient toute cette nourriture, et – il se tourna vers Edward – tu cuisines sacrément bien, mec !

— Merci.

J'inspirai lentement en m'efforçant de me relaxer. Mes yeux étaient rivés sur le bras de Seth.

— Bella avait froid, précisa Edward.

Bon. Ce n'était mes affaires, de toute façon. Elle ne m'appartenait pas. Entendant la remarque d'Edward, Seth releva la tête et, soudain, il eut besoin de ses deux mains pour manger. Je m'approchai du canapé tout en continuant de reprendre contact avec la réalité.

— Leah patrouille ? demandai-je à Seth d'une voix encore lourde de sommeil.

— Oui, acquiesça-t-il, la bouche pleine.

Il avait de nouveaux vêtements, qui lui seyaient mieux qu'à moi les miens.

— Elle veille, me rassura-t-il. Pas de soucis à avoir. Elle hurlera si nécessaire. Nous avons permuté à minuit. J'ai couru douze heures d'affilée.

Il en était fier, et ça s'entendait.

— Minuit ? Une minute ! Quelle heure est-il, là ?

— L'aube ne va pas tarder, répondit-il après avoir jeté un coup d'œil par la fenêtre.

Nom d'une pipe ! J'avais dormi toute la fin de la journée précédente et toute la nuit.

— Flûte ! Désolé, Seth, vraiment. Tu aurais dû me réveiller à coups de pied dans les fesses.

— Mais non, mec ! Tu avais drôlement besoin de récupérer. Tu ne t'étais pas accordé de pause depuis... quand ? La nuit avant ta dernière ronde pour Sam.

292

Quarante heures ? Cinquante ? Tu n'es pas un robot, tu sais ? Et puis, tu n'as rien loupé.

Rien du tout ? Je regardai brièvement Bella. Elle avait retrouvé ses couleurs naturelles. Pâlichonne, avec une touche de rose dessous. Ses lèvres étaient roses elles aussi. Même ses cheveux avaient meilleure allure et brillaient. Constatant que j'approuvais, elle m'adressa un grand sourire.

— Comment va ta côte ?

— Raccommodée. Je ne la sens même pas !

Je poussai un soupir exaspéré, pendant qu'Edward grinçait des dents. Cette fausse désinvolture l'agaçait autant que moi.

— Qu'y a-t-il au menu du petit déjeuner ? lançai-je, moqueur. O négatif ou AB positif ?

Elle me tira la langue. Elle avait décidément retrouvé toute sa personnalité !

— De l'omelette, répondit-elle.

Mais elle baissa brièvement les yeux, et je remarquai que sa tasse de sang était coincée entre sa jambe et celle d'Edward.

— Va te chercher à manger, Jake ! m'encouragea Seth. Il y en a des tonnes, dans la cuisine. Tu dois avoir faim.

J'examinai le contenu de son assiette : au jugé, la moitié d'une omelette au fromage et le dernier quart d'un roulé à la cannelle de la taille d'un frisbee. Mon estomac gargouilla, je fis mine de rien.

— Et Leah ? dis-je, acerbe.

— Hé, je lui ai apporté quelque chose avant d'avaler une seule miette ! se défendit-il. Elle m'a dit qu'elle préférerait encore bouffer des cancrelats, mais je te parie qu'elle craquera. Ces roulés…

C'était tellement bon que les mots lui manquèrent.

— Je l'accompagnerai pour chasser.

Seth soupira. Je tournai les talons.

— Jacob ? Un instant.

Comme la demande émanait de Carlisle, je me retournai. Je devais afficher moins d'insolence que si un autre que lui avait tenté de me retenir.

— Ouais ?

Il approcha, cependant qu'Esmé filait dans une autre pièce. Il s'arrêta à quelques centimètres de moi, un peu plus loin que l'espace normal observé en général par deux humains qui discutent. Il n'envahissait pas mon territoire, ce que j'appréciais à sa juste valeur.

— À propos de chasse, cela va finir par poser un problème aux miens. Si j'ai bien compris, notre trêve a pris fin. J'ai besoin d'un conseil. Sam nous poursuivra-t-il hors du périmètre que vous avez délimité ? Nous ne tenons pas à courir le risque de blesser l'un des vôtres et vice versa. À notre place, comment procéderais-tu ?

Je sursautai, un peu surpris. Qu'est-ce que j'en savais, moi ? Je n'étais pas un des leurs, même s'il était vrai que je connaissais Sam mieux qu'eux.

— Le danger est réel, répondis-je en essayant d'ignorer tous les regards qui s'étaient reportés sur moi. Sam s'est calmé, mais je suis presque certain que, pour lui, le traité est nul et non avenu. Tant qu'il estimera que la tribu ou n'importe quel autre humain sont menacés, il n'y réfléchira pas à deux fois, si vous me suivez. En même temps, sa priorité, c'est La Push. Ils ne sont pas assez nombreux pour monter une garde digne de ce nom tout en vous pourchassant avec efficacité. Je crois qu'il préférera assurer la défense de la maison.

Carlisle opina pensivement.

— J'en conclus qu'il vaut mieux que vous sortiez en groupe et plutôt de jour, puisqu'ils vous attendront la nuit. Les trucs habituels sur les vampires. Vous êtes rapides.

Dépassez les montagnes et chassez assez loin pour qu'il n'envoie personne à vos trousses.

— En laissant Bella ici, sans défense ?

— Et nous ? grommelai-je. Nous comptons pour du beurre ?

Carlisle éclata de rire avant de recouvrer son sérieux.

— Tu ne peux pas te battre contre tes frères, Jacob.

— Je ne dis pas que ce serait chose facile, ripostai-je. Mais s'ils venaient dans l'intention de la tuer, je serais capable de les en empêcher.

— Je ne voulais pas dire que tu en serais… incapable. Ce serait très mal, c'est tout. Je refuse d'avoir ça sur la conscience.

— Ce ne serait pas sur la vôtre, mais sur la mienne. Et j'ai le dos large.

— Pas question, Jacob. Nous allons veiller à ne pas te mettre dans ce genre de situation. Nous irons trois par trois. C'est sûrement la meilleure solution.

— Vous êtes sûr ? Diviser vos forces, ce n'est pas forcément de la grande stratégie.

— Nous disposons de talents annexes qui compenseront ce handicap. Si Edward est l'un des trois, il pourra nous garantir un périmètre de sécurité de plusieurs kilomètres.

Tous deux, nous regardâmes l'intéressé. Son expression amena Carlisle à vite se raviser.

— Il y a sans doute d'autres moyens. (Et pas de force physique susceptible d'arracher son fils à Bella.) Alice, tu devrais être en mesure de prévoir quels chemins seraient une erreur ?

— Ceux qui disparaissent, acquiesça-t-elle. Très facile.

Edward se détendit. Bella regardait Alice d'un air malheureux, avec l'habituelle ride entre les yeux qui montrait qu'elle était soucieuse.

— Bon, dis-je, c'est réglé. Je me sauve, Seth. Je t'attends au coucher du soleil. Alors, essaye de dormir avant, compris ?

— D'accord, Jake. Je me transformerai dès que j'aurai fini. À moins que... (Il hésita, se tourna vers Bella.) Tu as besoin de moi ?

— Elle n'a qu'à utiliser des couvertures ! aboyai-je.

— Tout ira bien, Seth, merci, se dépêcha-t-elle de répondre.

Soudain, Esmé revint dans la pièce, porteuse d'un vaste plat couvert d'un torchon. Elle s'arrêta au niveau de Carlisle, timide. Ses grands yeux dorés se posèrent sur moi. Elle me tendit le plat en avançant d'un pas.

— Jacob, murmura-t-elle d'une voix moins perçante que celle des autres, je sais que... ça n'est guère appétissant pour toi, l'idée de manger ici, où l'odeur est si désagréable. Mais je me sentirais infiniment mieux si tu acceptais d'emporter un peu de nourriture. Je sais que tu ne peux rentrer chez toi, par notre faute. S'il te plaît, apaise mes remords. Prends ce repas.

Elle me tendait le plat, le visage plein d'une douceur suppliante. J'ignore comment elle s'y prit, parce qu'elle n'avait pas l'air d'avoir plus d'une petite trentaine d'années, mais elle me rappela brusquement ma mère.

Nom de Dieu !

— Euh... oui, bien sûr, balbutiai-je. Leah aura sûrement faim.

Je m'emparai de la nourriture à bout de bras, avec l'intention de jeter le tout sous un arbre à la première occasion. Je ne voulais pas lui faire de la peine. Puis je me rappelai Edward.

Tu as intérêt à te taire, toi ! Qu'elle croie que je l'ai mangée.

Je ne me tournai pas vers lui pour vérifier qu'il avait

capté et acceptait. Il valait mieux qu'il soit d'accord. Ce fichu buveur de sang avait une dette envers moi.

— Merci, Jacob, lança Esmé en me souriant.

Comment une statue de pierre arrivait-elle à avoir des fossettes, nom d'un chien ?

— Euh... merci à vous.

Mes joues étaient encore plus brûlantes que d'ordinaire. C'était bien le problème, avec les vampires. À force de traîner avec eux, on finissait par s'habituer. Et ils en profitaient pour brouiller l'opinion que vous aviez du monde. Ils commençaient à ressembler à des amis.

— Reviendras-tu me voir, Jake ? lança Bella, alors que je m'apprêtais à déguerpir.

— Je ne sais pas.

Elle pinça les lèvres, comme si elle essayait de ne pas rire.

— S'il te plaît ? Imagine que j'aie froid ?

Je respirai à fond par le nez, me rendant compte trop tard que c'était une mauvaise idée.

— On verra.

— Jacob ? demanda Esmé.

Je reculai en direction de la porte, tandis qu'elle avançait.

— J'ai laissé un panier de linge sous le porche. Pour Leah. Il a été lavé de frais, et je me suis efforcée de le toucher le moins possible. Ça ne t'ennuie pas de le lui porter ?

— D'accord, marmonnai-je.

Sur ce, je filai avant que quelqu'un d'autre ait eu le temps de me culpabiliser davantage.

15

TIC TAC TIC TAC TIC TAC

*Hé, Jake, je croyais que tu m'attendais au crépuscule. Alors,
pourquoi n'as-tu pas demandé à Leah de me réveiller avant
d'aller dormir ?*

*Parce que je n'avais pas besoin de toi. Je suis en pleine
forme.*

Il galopait déjà sur la moitié nord du périmètre.

Du nouveau ?

Non. Rien de rien.

Tu as fait des incursions à droite et à gauche ?

Il venait de renifler une de mes escapades, en suivait le
tracé.

*Oui. Quelques petits écarts, histoire d'assurer le jeu. Si les
Cullen doivent aller chasser…*

Bien vu.

Seth revint vers le sentier principal de nos rondes. Il
était plus aisé de patrouiller avec lui qu'avec sa sœur. Elle
avait beau déployer des efforts, beaucoup d'efforts, elle

ne parvenait pas à évacuer son amertume de ses pensées. Elle n'avait pas envie d'être ici. Elle n'aimait pas la tolérance envers les vampires qui se dessinait peu à peu dans ma tête. Elle refusait de gérer l'amitié douillette que Seth entretenait avec eux, et qui se renforçait lentement.

J'avais pourtant cru que son plus gros problème, ce serait moi. Du temps où nous étions dans la meute de Sam, nous nous étions portés sur les nerfs mutuellement. Depuis le début. En réalité, elle ne nourrissait aucun antagonisme à mon encontre, maintenant, juste à celui des Cullen et de Bella. Je me demandais pourquoi. Peut-être par simple gratitude parce que je ne l'obligeais pas à partir. Ou alors, parce que je saisissais mieux son hostilité, désormais. Quoi que ce fût, courir en sa compagnie n'était pas aussi désagréable que ce à quoi je m'étais attendu.

Bien sûr, elle restait la même. La nourriture et les vêtements envoyés par Esmé gisaient au fond de la rivière. Elle avait refusé de manger, y compris après que j'avais avalé ma part – pas parce que les plats avaient dégagé une odeur presque irrésistible une fois loin de la puanteur brûlante des vampires, mais pour donner à Leah un exemple de tolérance et de sacrifice de soi. Le petit élan qu'elle avait attrapé vers midi n'avait pas suffi à combler sa faim. Il avait également contribué à assombrir son humeur. Leah détestait la viande crue.

Et si nous tentions une sortie à l'est ? proposa Seth. *Pour voir s'ils sont à l'affût ?*

J'y songeais, justement. Mais attendons d'être tous réveillés. Je ne tiens pas à affaiblir notre surveillance. Nous devrons agir avant que les Cullen ne se risquent par là, toutefois.

D'accord.

L'allusion à la chasse des vampires me donna à réfléchir. S'ils étaient en mesure de quitter les parages sans danger, ils auraient intérêt à poursuivre leur route. D'ailleurs, ils auraient dû s'en aller à l'instant où nous les avions avertis. Ils avaient sûrement les moyens de s'offrir une nouvelle maison. N'avaient-ils pas des amis dans le Nord ? Prendre leurs jambes à leur cou en emportant Bella paraissait être la réponse évidente à leurs problèmes.

Il aurait sans doute fallu que je leur soumette l'idée. Mais je craignais qu'ils m'obéissent et je ne voulais pas que Bella disparaisse ; j'avais besoin de savoir si elle s'en était sortie ou pas.

Non. C'était idiot. Je leur conseillerais de partir. Il était insensé qu'ils restent, et il serait mieux pour moi, moins douloureux, plus sain, que Bella s'en aille.

Facile à dire quand elle n'était pas à côté de moi, l'air ravi de me voir tout en s'accrochant à la vie par les ongles...

J'en ai déjà parlé à Edward, tu sais ?

Quoi ?

Je lui ai demandé pourquoi ils ne s'étaient pas encore enfuis. Chez Tanya, un truc comme ça. Assez loin en tout cas pour que Sam ne les y suive pas.

Je dus me remémorer que je venais moi-même de décider de pousser les Cullen à partir. C'était ce qu'il y avait de mieux. Donc, je n'avais aucune raison d'être furieux contre Seth qui s'était chargé du fardeau à ma place. Strictement aucune raison.

Qu'a-t-il répondu ? Ils attendent le bon moment ?

Non. Ils restent.

Ce qui n'aurait pas dû me réjouir.

Pourquoi ? Ils sont bêtes ou quoi ?

Ce n'est pas ça, les défendit Seth. *Rassembler tout l'équipement médical dont Carlisle dispose ici prend du temps. Il a tout ce qu'il faut pour s'occuper de Bella, plus des tas de références. Voilà pourquoi ils veulent aller chasser. Le docteur estime qu'ils ne vont pas tarder à avoir besoin de sang sup-*

plémentaire pour Bella. Elle vide leurs stocks d'O négatif, ce qui inquiète Carlisle. Il compte en racheter. Tu savais qu'on pouvait acheter du sang, toi ? Il suffit d'être médecin.

Je n'étais cependant pas encore prêt à être logique.

Ça reste idiot. Ils pourraient emporter leur bazar avec eux. Et voler le reste ensuite. Les morts vivants se fichent de ce qui est légal ou non.

Edward ne veut pas prendre le risque de la déplacer.

Elle va mieux.

C'est vrai.

Dans sa tête, il compara les souvenirs que j'avais de Bella et de ses perfusions aux siens, la dernière fois qu'il l'avait vue, au moment de quitter la demeure. Elle lui avait souri, avait agité la main.

Elle a du mal à bouger, reprit-il. *Cette chose passe son temps à la bourrer de coups de pied.*

Je ravalai ma bile.

Je suis au courant.

Elle lui a cassé une deuxième côte, précisa-t-il sombrement.

Je trébuchai.

Carlisle l'a soignée. Juste une petite fêlure, d'après lui. Rosalie a ajouté que même les bébés humains normaux étaient connus pour ça. J'ai cru qu'Edward allait lui arracher la tête.

Dommage qu'il se soit retenu.

Seth était tout à son rapport, maintenant. Il se doutait que c'était d'un intérêt vital à mes yeux, même si je n'aurais jamais posé de questions.

Bella a eu des accès de fièvre, aujourd'hui. Pas très élevée, la température. Elle transpire puis grelotte. Carlisle ne sait pas trop qu'en penser. Elle est peut-être juste malade. Son système immunitaire ne doit pas être au mieux, en ce moment.

Oui, sûrement une coïncidence.

Mais elle est de bonne humeur. Quand elle a eu Charlie, elle rigolait et...

Quoi ?! Comment ça, elle a eu Charlie ?

Seth ralentit le pas, surpris par ma fureur.

J'ai cru comprendre qu'il lui téléphonait tous les jours pour prendre des nouvelles. Sa mère aussi, parfois. Bella a l'air en meilleure forme, maintenant. Bref, elle l'a rassuré, lui a dit qu'elle était en voie de guérison...

Mais ils pensent à quoi, ces crétins ? Ils entretiennent l'espoir de Charlie, histoire de mieux le démolir quand elle mourra ? Je pensais qu'ils le préparaient, au contraire ! Qu'est-ce que c'est que cette provocation ?

Elle pourrait ne pas mourir, murmura Seth.

Je pris une profonde inspiration pour essayer de me calmer.

Même si elle s'en tire, Seth, ce ne sera pas en tant qu'humaine. Elle le sait très bien, et eux aussi. Si elle reste vivante, elle va devoir jouer le rôle d'un cadavre, et ce de la manière la plus convaincante possible. Ou alors, il faudra qu'elle disparaisse. Je croyais qu'ils essayaient de faciliter les choses à Charlie. Pourquoi...

C'est l'idée de Bella. Personne n'a osé protester, mais j'ai bien vu qu'Edward pensait exactement comme toi.

Encore une fois, le buveur de sang et moi étions sur la même longueur d'onde.

Le silence s'installa. Je bifurquai vers le sud, sur un nouveau chemin.

Ne t'éloigne pas trop, me conseilla Seth.

Pourquoi ?

Bella m'a prié de te demander de passer.

Je serrai les dents.

Alice aussi te réclame. Elle affirme qu'elle en a marre de rester confinée dans le grenier comme une vampire de chauve-souris dans un clocher. (Seth ricana.) *Edward et moi nous sommes relayés auprès de Bella pour tenter de maintenir une température stable. Du froid au chaud, en fonction de ses besoins. Si tu ne veux pas t'y coller, j'imagine que je...*

Non, je m'en charge, aboyai-je.

O.K.

Seth n'ajouta rien et se concentra très fort sur la forêt environnante. Je retraversai le périmètre pour retourner vers la maison. C'était stupide, mais plus fort que moi. Je devais être masochiste.

Tu n'es rien de tel, Jake. La situation est particulière.

La ferme, Seth !

Je la ferme.

Cette fois, je n'hésitai pas, sur le seuil. J'entrai comme si j'étais le propriétaire. Je me disais que ça énerverait Rosalie, mais mes efforts furent vains, car ni elle ni Bella n'étaient dans le coin. Je les cherchai vivement du regard, espérant les avoir loupées, le cœur battant la chamade de façon bizarre et inconfortable.

— Elle va bien, chuchota Edward. Du moins, son état n'a pas empiré.

Il était assis sur le canapé, le visage enfoui dans les mains. Il n'avait pas relevé la tête pour s'adresser à moi. Esmé se trouvait à côté de lui, son bras enroulé autour des épaules de son fils.

— Bonjour, Jacob, me lança-t-elle. Je suis heureuse que tu sois venu.

— Moi aussi, renchérit Alice en poussant un gros soupir.

Elle descendit l'escalier de sa démarche sautillante en faisant la grimace. Comme si j'étais en retard à un rendez-vous.

— Euh… salut ! dis-je, un peu mal à l'aise à l'idée de devoir être poli. Où est Bella ?

— Aux toilettes, répondit Alice. Son régime est essentiellement liquide. Et puis, la grossesse joue là-dessus, d'après ce que j'ai entendu dire.

— Ah !

Je restai planté sur place, gêné, à me balancer sur mes talons.

— Manquait plus que lui ! grogna soudain Rosalie.

Tournant vivement la tête, je la vis sortir de derrière la volée de marches. Elle portait Bella avec douceur, en dépit de son visage qui affichait une moue dégoûtée (à cause de moi).

— Il me semblait bien avoir senti une mauvaise odeur, ajouta-t-elle.

Comme précédemment, les traits de Bella s'illuminèrent lorsqu'elle découvrit ma présence. Un gosse le jour de Noël ! À croire que j'étais le plus beau cadeau de sa vie.

Quelle injustice !

— Jacob ! souffla-t-elle. Tu es venu.

— Salut, Bella.

Esmé et Edward se levèrent. Rosalie allongea la malade sur le divan avec des gestes d'une grande prévenance. Malgré cela, Bella pâlit et retint sa respiration, l'air de s'être juré de ne pas émettre un cri de souffrance. Edward caressa son front puis son cou, comme s'il se bornait à lisser ses cheveux en arrière. J'eus cependant l'impression d'un médecin en plein examen.

— As-tu froid ? murmura-t-il.

— Ça va.

— Bella, rappelle-toi ce que t'a dit Carlisle, intervint Rosalie. Inutile de mentir. Cela ne nous aide pas à prendre soin de toi.

— Bon, d'accord, j'ai un peu froid. Passe-moi la couverture, Edward, s'il te plaît.

— Je ne suis pas là pour ça ? soupirai-je.

— Mais tu viens d'arriver, protesta-t-elle. Après avoir couru toute la journée. Repose-toi cinq minutes. Je vais sûrement me réchauffer en un rien de temps.

L'ignorant, j'allai m'asseoir par terre, près du canapé. Je n'étais pas trop certain de ce que je devais faire, cependant. Elle semblait tellement fragile, et j'avais peur de la déplacer, et même de l'enlacer. Voilà pourquoi je me contentai de m'appuyer contre son flanc, mon bras collé au sien, et de lui prendre la main. J'effleurai son visage. Difficile de déterminer si elle était plus glacée que d'habitude.

— Merci, Jake ! marmonna-t-elle en frissonnant.

Edward s'installa sur l'accoudoir, aux pieds de Bella, sans la quitter des yeux. Mon estomac gronda. Avec toutes ces créatures dotées d'une ouïe particulière dans la pièce, il aurait été vain d'espérer que personne ne le remarque.

— Et si tu allais chercher quelque chose dans la cuisine pour Jacob, Rosalie ? suggéra Alice.

Elle était assise derrière le canapé, invisible. Incrédule, Blondie regarda l'endroit d'où était montée la voix.

— Merci, Alice, dis-je, mais je ne tiens pas à manger un truc dans lequel Rosalie aura craché. Mon organisme ne supporterait pas bien le venin, je pense.

— Jamais Rosalie ne mettrait Esmé dans l'embarras en s'abaissant à pareil manque d'hospitalité.

— Bien sûr que non ! susurra l'intéressée sur un ton qui renforça mes soupçons.

Elle se leva et fila. Edward soupira.

— Tu m'avertirais si elle tentait de m'empoisonner, hein ?

— Oui, promit-il.

J'ignore pourquoi, mais je le crus. De la cuisine nous parvinrent des bruits brutaux et, assez étrangement, la plainte du métal protestant contre ce qu'on lui faisait subir. Edward poussa un nouveau soupir, accompagné d'un faible sourire cependant. Rosalie revint avant que j'aie eu le temps de m'interroger. Un rictus ravi aux lèvres, elle posa un plat argenté par terre, près de moi.

— Régale-toi, clébard !

Le plat, qui servait à mélanger des ingrédients, avait été replié sur lui-même en divers endroits de façon à ressembler à la gamelle d'un chien. Je fus impressionné par le talent artistique de Rosalie. Et l'attention qu'elle avait portée aux détails. Le nom Fido avait été gravé sur le côté. Jolie écriture. La nourriture avait l'air appétissante – un steak et une grosse patate au four avec tout l'assaisonnement nécessaire.

— Merci, Blondie.

Elle renifla.

— Hé ! Tu sais comment on appelle une blonde dotée d'un cerveau ? Un golden retriever.

— Celle-là aussi, je la connaissais, riposta-t-elle sans plus sourire.

— T'inquiète ! Je vais en chercher d'autres.

Sur ce, je m'attaquai à mon repas. Avec une grimace, elle leva les yeux au ciel, avant de s'installer dans un fauteuil et de se mettre à zapper sur la vaste télévision, si vite qu'il était impossible qu'elle cherche vraiment une chaîne à regarder.

La nourriture était bonne, en dépit de la puanteur ambiante. À laquelle je m'habituais, d'ailleurs. Pff ! Ça non plus, je ne m'y étais pas préparé. Ma gamelle vide, j'envisageai de la lécher, rien que pour donner à Rosalie une raison de se plaindre. Les doigts froids de Bella caressèrent mes cheveux, les aplatissant sur ma nuque.

— Il est temps que j'aille chez le coiffeur ?

— Tu fais un peu négligé. Peut-être que...

— Laisse-moi deviner. Quelqu'un ici a été artiste capillaire à Paris ?

— Il y a des chances, rit-elle.

— Non merci. J'ai encore quelques semaines devant moi.

Ce qui m'amena à me demander combien *elle* en avait. Je cherchai une façon polie de poser la question.

— Alors... euh... c'est quoi, euh, la date ? Pour l'arrivée du petit monstre ?

Elle gifla l'arrière de ma tête avec la force d'une plume, ne répondit pas toutefois.

— Non, sérieux, insistai-je. J'ai envie de savoir si je vais encore devoir traîner longtemps ici.

Et toi aussi, ajoutai-je mentalement. Je me tournai pour la contempler. Ses prunelles étaient pensives. La ride inquiète entre ses sourcils était revenue.

— Je l'ignore, murmura-t-elle. Visiblement, nous ne suivons pas le modèle habituel des neuf mois. Comme nous ne sommes pas en mesure de procéder à une échographie, Carlisle est obligé de s'en remettre à la taille de mon ventre. Les femmes normales sont censées atteindre les quarante centimètres ici – elle fit courir son doigt sur le milieu de son estomac enflé – quand le bébé est à maturité. Un centimètre par semaine. J'en mesurais trente ce matin, et je grossis de deux par jour, des fois plus...

Deux semaines exactement, qui étaient passées à toute vitesse. Sa vie en mode accéléré. Combien cela lui donnait-il, si elle escomptait parvenir à quarante ? Quatre jours ?

Je mis une bonne minute à me rappeler comment on avale sa salive.

— Ça va ? me demanda-t-elle.

J'acquiesçai, pas assez sûr de la stabilité de ma voix pour

m'exprimer tout fort. Edward avait détourné la tête en entendant ce que je pensais. Son reflet était visible dans la baie vitrée. Il était redevenu le supplicié sur son bûcher.

Il était étrange de constater que cette date limite rendait plus difficile la perspective de la quitter ou de la voir me quitter. Je fus heureux d'avoir appris, grâce à Seth, qu'ils voulaient rester. Il aurait été intolérable de me torturer l'esprit avec l'éventualité de leur départ, d'être privé d'un, deux ou trois de ces quatre jours à venir. Mes quatre jours.

Il était tout aussi étrange que, même en sachant que c'était presque terminé, l'emprise qu'elle avait sur moi devienne encore plus dure à briser. Comme si ce lien était relié à l'épanouissement de son ventre, comme si, en grossissant, elle gagnait en force d'attraction.

Un instant, je tentai de l'observer à distance, de me séparer de ce champ gravitationnel. Ce n'était pas mon imagination. Mon besoin d'elle était plus fort que jamais. Pourquoi donc ? Parce qu'elle était en train de mourir ? Ou parce que même si elle survivait – le meilleur scénario –, elle se transformerait en une créature que je ne connaîtrais ni ne comprendrais ?

Son doigt caressa ma pommette humide.

— Tout va bien se passer, me consola-t-elle.

Les mots n'avaient pas de sens, ce qui n'était pas grave. Elle les avait prononcés comme on fredonne des berceuses absurdes aux enfants.

— Oui, chuchotai-je.

Elle se blottit contre mon bras et appuya la tête sur mon épaule.

— Je ne pensais pas que tu viendrais, reprit-elle. Seth soutenait le contraire, Edward aussi, mais je ne les ai pas crus.

— Pourquoi ? maugréai-je.

— Tu es malheureux, ici. Pourtant, tu es là.

— Tu m'as demandé de passer.

— Oui. Rien ne t'y obligeait, cependant. Il n'est pas juste de ma part d'avoir ces exigences. J'aurais compris.

Un bref silence s'installa. Edward se ressaisit. Il regardait la télévision, sur laquelle Rosalie continuait de zapper à toute vitesse. Elle en était à la six centième chaîne. Combien de temps avant qu'elle reparte de zéro ?

— Merci d'être venu, murmura Bella.

— Je peux te poser une question ?

— Bien sûr.

Edward semblait ne pas nous prêter attention. Comme il savait ce que j'allais demander, cette indifférence affichée ne m'abusa pas.

— Pourquoi veux-tu de moi ici ? Seth aurait pu te servir de radiateur, et il est sûrement de compagnie plus agréable, l'espèce de joyeuse petite crapule. Pourtant, quand *je* franchis le seuil, tu souris comme si j'étais ta personne préférée dans l'univers.

— Tu es l'une d'elles.

— C'est nul.

— Oui, soupira-t-elle. Désolée.

— Mais pourquoi ? Tu n'as pas répondu.

De nouveau, Edward fixait la fenêtre, qui reflétait son visage vide de toute expression.

— Lorsque tu es là, je me sens… entière. Un peu comme si tous les miens étaient présents. Je n'ai jamais eu de grande famille, jusqu'à maintenant. J'aime ça. Mais elle n'est complète que quand tu es ici.

— Je ne ferai jamais partie de ta famille, Bella.

J'aurais pu, cependant. J'y aurais été bien. Mais ce futur lointain était mort avant même d'avoir eu une chance de vivre.

— Tu as toujours fait partie de ma famille, objecta-t-elle.

— Ta réponse est bête, marmonnai-je.

— Propose-m'en une intelligente.

— Que penses-tu de : « Jacob, ta souffrance me réjouit » ?

Elle tressaillit.

— Tu préférerais ça ? souffla-t-elle.

— Ce serait plus simple. Je m'y vautrerais. Je gérerais.

Je baissai les yeux sur son visage, si proche du mien. Elle avait fermé les paupières, son front était plissé.

— Nous avons dérapé, Jake. Perdu l'équilibre. Tu étais censé jouer un rôle dans mon existence – je le sens, et toi aussi.

Elle se tut, sans rouvrir les yeux, attendant peut-être que je nie. Comme je ne réagissais pas, elle enchaîna :

— Mais pas de cette façon. Nous avons raté quelque chose. Non. J'ai raté quelque chose, et nous avons dérapé…

Sa voix s'éteignit, et elle se détendit. Je patientai, histoire qu'elle verse un peu plus de jus de citron dans mes blessures. À la place, un ronflement ténu s'échappa de sa gorge.

— Elle est épuisée, intervint Edward. La journée a été longue. Difficile. Elle se serait bien endormie plus tôt, mais elle t'attendait.

— Seth m'a appris qu'il lui avait brisé une deuxième côte, dis-je sans le regarder.

— Oui. Elle a de plus en plus de mal à respirer.

— Génial.

— Préviens-moi quand elle se sera réchauffée.

— D'accord.

Le bras qui ne touchait pas le mien avait encore la chair de poule. J'avais à peine commencé à chercher des yeux une couverture, quand Edward en jeta une sur elle. Parfois, cette capacité à lire les pensées d'autrui économisait du temps. Ainsi, pas la peine que j'expose à tout vent les accusations que m'inspirait leur comportement envers Charlie. Cette pagaille. Edward entendait très bien à quel point j'étais furieux.

— Oui, admit-il, ce n'est pas une bonne idée.

— À quoi bon, dans ce cas ?

Pourquoi Bella racontait-elle à son père qu'elle était en voie de guérison, ce qui ne ferait qu'aggraver sa tristesse ?

— Elle ne tolère pas son anxiété.

— Donc, il vaut mieux…

— Non. Pas du tout. Mais je n'ai pas l'intention de la forcer à quoi que ce soit susceptible de la rendre malheureuse maintenant. Elle se sent moins mal. Je réparerai les dégâts après.

Ça ne paraissait pas bien. Bella ne pouvait reculer la souffrance de Charlie à une date ultérieure, repasser à quelqu'un d'autre l'obligation de l'affronter. Même si elle était à l'agonie. Ça ne lui ressemblait pas. Si je la connaissais bien, elle avait forcément un autre plan.

— Elle est convaincue qu'elle va survivre, précisa Edward.

— Pas en tant qu'humaine.

— Non, en effet. Mais elle espère revoir Charlie.

De mieux en mieux !

— Revoir Charlie, répétai-je. Après. Quand elle sera d'un blanc lumineux et dotée d'yeux rouges. Comme je ne suis pas un buveur de sang, je rate peut-être quelque chose, mais Charlie est un drôle de choix, pour son premier repas.

— Elle est consciente qu'elle ne sera pas en mesure de l'approcher durant au moins un an, soupira Edward. Elle pense réussir à gagner du temps. En racontant à Charlie qu'elle doit aller se soigner dans un hôpital très spécialisé, à l'autre bout du monde. En restant en contact via le téléphone...

— N'importe quoi !

— Oui.

— Charlie n'est pas sot. Même si elle ne le tue pas, il remarquera la différence.

— Elle mise là-dessus.

Je continuai de le toiser furieusement, attendant des explications.

— Elle cesserait de vieillir, si bien que le délai serait limité, en admettant que Charlie accepte les excuses qu'elle lui fournira pour justifier du changement physique. Te souviens-tu de la fois où tu as essayé de lui parler de ta transformation ? De la façon dont tu t'y es pris pour qu'elle devine ?

— Elle t'a confié cela ? m'écriai-je en serrant les poings.

— Oui. Quand elle essayait de me persuader du bien-fondé de son... idée. Elle n'est pas autorisée à dire la vérité à son père, cela le mettrait en danger. Mais c'est un homme malin, plein de sens pratique. Elle estime qu'il finira par s'inventer sa propre explication. Et qu'il se trompera. Après tout, nous ne donnons pas dans le folklore. Il échafaudera de fausses hypothèses sur nous, comme elle au début, et nous ferons avec. Elle pense que, ensuite, elle pourra le voir... de temps en temps.

— N'importe quoi, décrétai-je derechef.

— Oui, acquiesça-t-il de nouveau.

Autoriser Bella à n'en faire qu'à sa tête, juste pour ne pas la contrarier, était une faiblesse de la part d'Edward. Ça tournerait mal. Ce qui m'amena à songer qu'il ne s'attendait sans doute pas à ce qu'elle survive pour mettre en œuvre son plan démentiel. Il l'apaisait, de manière à ce qu'elle soit heureuse encore un peu.

Quatre jours.

— J'affronterai les conséquences, chuchota-t-il en baissant la tête pour me dissimuler son expression. Je refuse de lui infliger cette douleur maintenant.

— Quatre jours ? Vraiment ?

— Dans ces eaux-là.

— Et ensuite ?

— Que veux-tu savoir exactement ?

Je repensai à ce que Bella avait dit. À propos de la chose bien à l'abri dans son ventre, protégée par une membrane dure comme la peau d'un vampire. Comment cela marchait-il ? Comment le monstre sortait-il ?

— D'après le peu de recherches que nous avons réussi à mener à bien, il semblerait que la créature utilise ses propres dents pour naître, souffla Edward.

Je dus ravaler une gorgée de bile.

— Des recherches ? marmonnai-je d'une voix tremblante.

— C'est pour cela que Jasper et Emmett ne sont pas beaucoup avec nous. C'est ce à quoi s'occupe Carlisle en ce moment. Ils essayent de déchiffrer de vieilles histoires, des mythes. D'obtenir un maximum avec le peu de choses dont nous disposons ici. Cherchant ce qui pourrait aider à prédire le comportement de la créature.

Des histoires ? Mais si c'étaient des légendes...

— Eh bien, ce ne serait pas la première fois, non ? C'est délicat. Les mythes pourraient aisément n'être que le fruit de la peur et de l'imagination. En même temps... les vôtres se sont avérés, non ? Ceux-là aussi, peut-être. Ils semblent localisés, reliés...

— Comment avez-vous trouvé...

— Nous avons rencontré une femme, en Amérique du

Sud. Elle avait été élevée dans la tradition de son peuple. Elle avait entendu parler de mises en garde contre de telles créatures, de légendes ancestrales transmises de génération en génération.

— Et que disaient ces avertissements ?

— Qu'il fallait tuer le fœtus tout de suite. Avant qu'il n'ait le temps de devenir assez fort.

Exactement l'idée de Sam. Avait-il raison, en fin de compte ?

— Bien sûr, ces histoires affirment la même chose à notre propos. Que nous devons être détruits. Que nous sommes des assassins dénués d'âme.

Un prêté pour un rendu.

Edward émit un rire bref et rauque.

— Et que disaient les histoires sur les... mères ?

Un éclat de souffrance déchira son visage, si intense que je reculai. Je compris que je n'obtiendrais pas de réponse. Il était incapable de parler.

Ce fut Rosalie, qui avait réussi à se tenir tranquille depuis que Bella s'était endormie au point que je l'avais presque oubliée, qui se chargea de me renseigner.

— Elles mouraient toutes, évidemment, lâcha-t-elle tout à trac avec un bruit de gorge méprisant. Accoucher au beau milieu d'un marécage délétère avec la seule aide d'un sorcier qui vous enduisait la figure de salive de paresseux afin de chasser les mauvais esprits n'a jamais été la méthode la plus sûre d'accoucher. Même les parturientes normales y restaient, la moitié du temps. Aucune d'elles n'avait ce que ce bébé a, des gens sachant le soigner et à l'écoute de ses besoins. Un médecin ayant une connaissance rare de la nature vampirique. Un plan en vue de mettre au monde l'enfant dans les meilleures conditions de sécurité possibles. Du venin qui réparera les éventuels dégâts. Le bébé ira bien. Si ces autres mères avaient eu tout cela, elles auraient probablement sauvé leur peau, en admettant qu'elles aient seulement existé. Une chose dont je doute beaucoup.

Elle renifla avec dédain.

Le bébé, le bébé ! Comme s'il n'y avait que cela qui comptait. La vie de Bella était un détail mineur à ses yeux, facile à oublier. Edward devint blanc comme un linge. Il serra les mains. Totalement égocentrique et indifférente, Rosalie se retourna sur son siège, face à la télévision. Il se pencha en avant, prêt à sauter.

Si tu permets, suggérai-je.

Il se figea, souleva un sourcil interrogateur. Sans bruit, je ramassai mon écuelle de chien. Puis, d'un geste vif et puissant du poignet, je la jetai sur la tête de Blondie, avec tant de force que le plat s'aplatit avec fracas contre son crâne avant de rebondir et d'arracher la boule qui ornait le pilier de la balustrade, au pied de l'escalier.

Bella sursauta sans pour autant se réveiller.

— Imbécile de blonde ! bougonnai-je.

Rosalie tourna lentement la tête, les yeux étincelants.

— Tu m'as mis de la nourriture dans les cheveux, dit-elle en détachant chaque mot.

Ce fut trop. Je craquai. M'écartant de Bella pour ne pas la déranger, je m'esclaffai au point d'en pleurer. Derrière le canapé, le rire argentin d'Alice se joignit au mien. J'ignore pourquoi Rosalie ne passa pas à l'attaque. C'était ce que j'attendais. Puis je me rendis compte que mon hilarité avait tiré Bella du sommeil, alors qu'elle avait à peine bronché au moment du vacarme.

— Qu'y a-t-il de si drôle ? marmonna-t-elle.

— Je l'ai bombardée de nourriture, haletai-je, plié en deux.

— Je saurai m'en souvenir, clébard ! siffla Rosalie.

— Bah ! Il n'est pas difficile d'effacer la mémoire d'une blonde. Il suffit de lui souffler dans les oreilles.

— Trouve de nouvelles blagues !

— Allons, Jake, laisse Rosalie tranq...

Bella s'interrompit au milieu de sa phrase et retint son souffle. Aussitôt, Edward se pencha sur moi et arracha la couverture. Bella parut être prise de convulsions, et son dos s'arc-bouta au-dessus du canapé.

— Il... il s'étire seulement, haleta-t-elle.

Ses lèvres étaient blanches, et elle serrait les dents comme si elle s'efforçait de retenir un hurlement. Edward posa ses paumes de chaque côté de son visage.

— Carlisle ? appela-t-il à voix basse.

— Je suis là, répondit le médecin, que je n'avais pas entendu arriver.

— Ça va, reprit Bella, le souffle encore court. Je crois que c'est fini. Le pauvre chéri n'a pas assez de place, c'est tout. Il grandit tellement.

Ce ton d'adoration pour décrire la chose qui la déchirait fut vraiment difficile à supporter. Surtout après le couplet insensible de Rosalie. J'eus soudain envie de bombarder Bella elle aussi. Mon humeur lui passa complètement au-dessus de la tête, cependant.

— Tu sais, il me fait penser à toi, Jake, enchaîna-t-elle, toujours aussi affectueuse.

— Ne me compare pas à cette chose ! crachai-je.

— Je pensais seulement à ta croissance accélérée, se justifia-t-elle, offensée. (Et tant mieux !) Tu as grandi d'un seul coup. J'avais l'impression de te voir pousser en direct. Il est comme ça.

Je me mordis la langue, si fort que le sang envahit ma bouche. Naturellement, la coupure se refermerait avant que j'aie le temps de déglutir. C'était ce qu'il fallait à Bella. Qu'elle soit forte comme moi, susceptible de guérir...

Respirant mieux, elle se détendit, et son corps retomba sur le divan.

— Hmm, murmura Carlisle.

Je levai les yeux. Il me fixait.

— Quoi ?

Edward réfléchissait à ce qui venait de traverser l'esprit du médecin.

— Je m'interrogeais sur la carte génétique du fœtus, Jacob, dit ce dernier. Sur ses chromosomes.

— Et alors ?

— Si l'on songe aux similitudes…

— Pardon ? grognai-je.

— La croissance accélérée, le fait qu'Alice ne puisse voir ni lui ni toi. (J'avais oublié cela.) Bref, je me demande si cela nous donne une réponse. Si ces ressemblances sont génétiques.

— Vingt-quatre paires, marmonna Edward.

— Vous n'en savez rien, me défendis-je.

— Non, mais c'est intéressant.

— Ben tiens ! Proprement fascinant !

Le léger ronflement de Bella avait repris, comme pour souligner mon ironie.

En tout cas, ils étaient lancés. Ils se mirent à parler biologie, à un niveau tel que je finis par ne plus saisir que les mots « le » ainsi que « et ». Mon prénom aussi, évidemment. Alice se mêlait parfois à la conversation de sa voix gazouillante d'oiseau. Bien que le sujet tourne autour de moi, je n'essayai pas de comprendre vers quelles conclusions ils allaient. J'avais d'autres urgences à l'esprit. Des faits que je tentais de concilier.

Un, Bella avait stipulé que la créature était protégée par une membrane aussi résistante qu'une peau de vampire, résistante aux ultrasons et aux aiguilles. Deux, Rosalie avait évoqué un plan destiné à ce que la chose naisse sans encombre. Trois, Edward avait précisé que, selon les mythes, les monstres de cet acabit sortaient de l'utérus avec leurs crocs.

Je frissonnai.

Tout se mit en place, parce que, quatre, il n'y avait guère de choses capables de trancher dans la peau d'un vampire. Les dents de la créature, oui. Les miennes aussi. Et celles des vampires.

Il était impossible de nier l'évidence, même si j'aurais bien aimé que ce fût le cas. Parce que j'avais soudain une idée assez précise du plan que Rosalie avait mis au point pour faire naître ce truc en toute « sécurité ».

16

◆

ALERTE POUR CAUSE D'ÉPANCHEMENTS

Je partis tôt, bien avant le lever du soleil. Je n'avais dormi que quelques heures d'un mauvais sommeil, appuyé contre le canapé. Edward m'avait réveillé quand le visage de Bella avait viré au rouge sous l'effet de la chaleur et il avait pris ma place. Je m'étais étiré, avais décidé que j'étais suffisamment reposé pour me remettre au boulot.

— Merci, m'avait chuchoté Edward, lorsqu'il avait déchiffré mes pensées. Si la voie est libre, ils iront aujourd'hui.

— Je te tiens au courant.

Je fus content de retrouver ma peau de loup. J'étais raide d'être resté assis aussi longtemps, et je pressai le pas afin de me dérouiller.

Bonjour, Jacob, me salua Leah.

Super, tu es levée. Seth s'est endormi il y a longtemps ?

Je ne dors pas encore, annonça ce dernier, tout ensommeillé. *Mais c'est bientôt la quille. Tu as besoin de quoi ?*

Tu crois être capable de bosser une heure de plus ?

Sûr. Aucun problème.

Il se leva aussitôt et se secoua.

Mission de reconnaissance, dis-je à Leah. *Seth, tu te charges des rondes en notre absence.*

O.K. ! acquiesça-t-il en filant.

On rend encore service à ces fichus vampires ? marmonna Leah.

Ça te pose un problème ?

Quelle question ! J'adore dorloter ces mignonnes sangsues.

Tant mieux, alors ! Voyons un peu à quelle vitesse tu cours.

D'accord. Toujours partante pour ça !

Elle se trouvait à l'extrémité ouest du périmètre. Plutôt que de couper et de passer près de la maison des Cullen, elle s'en tint au sentier et vint vers moi. Je déguerpis en direction de l'est, sachant que, même avec mon avance, elle me rattraperait si je ne me dépêchais pas.

Nez à terre, Leah ! Ce n'est pas une compétition, je te rappelle.

Je suis capable de flairer les traces et de te battre au poteau.

Je sais.

Elle rit, heureuse que je le reconnaisse.

Nous empruntâmes un sentier sinueux qui s'enfonçait dans les montagnes. C'était un chemin familier. Nous l'avions parcouru un an auparavant, quand les vampires étaient partis, afin de protéger au mieux les habitants du coin. Au retour des Cullen, nous leur avions rendu ce territoire. Le traité le leur accordait. Ce qui ne signifierait sans doute plus rien pour Sam maintenant. Le pacte était mort. La question aujourd'hui était de découvrir jusqu'à quel point il était prêt à affaiblir ses défenses. Traquait-il un Cullen braconnant sur ces terres ? Jared avait-il dit la vérité ou profité du silence mental qui régnait désormais entre nous ?

Nous nous enfonçâmes plus avant dans les montagnes sans déceler de traces de la meute. En revanche, il y en avait des tas appartenant aux vampires, plus ou moins vivaces, mais elles m'étaient familières, à présent. À force de les respirer toute la sainte journée.

J'en trouvai une concentration assez récente sur l'un des chemins. Seul Edward manquait à l'appel. Ils avaient dû avoir une raison de se rassembler ici, raison oubliée dès lors qu'Edward avait ramené son épouse enceinte et mourante à la maison. De toute façon, cela ne me concernait pas.

Leah ne s'amusa pas à me doubler, alors qu'elle en avait la possibilité. Je m'intéressais plus aux odeurs qu'à la course. Elle se maintenait sur mon flanc droit sans me défier.

Nous sommes drôlement loin, lâcha-t-elle soudain.

Oui. Si Sam patrouillait, nous aurions croisé sa trace.

Il est plus raisonnable de rester à La Push. Il sait que nous défendons les buveurs de sang. Il ne peut plus jouer sur l'effet de surprise.

Simple mesure de précaution.

Oui, il serait dommage que nos précieux parasites risquent leur peau.

En effet, répondis-je en ignorant l'ironie.

Tu as tellement changé, Jacob ! Un virage à cent quatre-vingts degrés.

Tu n'es plus exactement celle que j'ai toujours connue et aimée non plus.

C'est vrai. Suis-je moins agaçante que Paul, maintenant ?

Bizarrement… oui.

Ah ! Quelle promotion !

Félicitations.

Le silence se réinstalla. Il était temps de rentrer, mais ni elle ni moi ne le désirions. Il était si agréable de galoper en toute liberté. Nous avions été trop longtemps cantonnés sur le même petit cercle. Il était bon de se dégourdir les pattes. Comme nous n'étions pas particulièrement pressés, je songeai qu'il serait bien de chasser en revenant. Leah avait faim.

Miam, miam ! pensa-t-elle avec aigreur.

Ta répugnance est purement mentale. Les loups se nourrissent comme ça. C'est naturel. Et bon. Si tu cessais de l'envisager du point de vue humain…

Épargne-moi ta morale, Jacob. Je chasserai. Je ne suis pas obligée d'aimer ça, toutefois.

Vrai.

Après tout, si elle avait envie de se compliquer l'existence, ça la regardait.

Merci, lâcha-t-elle, sur un ton très différent, au bout de quelques minutes.

De quoi ?

De m'avoir gardée. Tu as été plus gentil avec moi que je ne le méritais.

Euh… pas de souci. Crois-moi, ta présence ne me gêne pas autant que je le craignais.

Quel éloge ! renifla-t-elle, mais de façon amusée.

Surtout, que ça ne te monte pas à la tête !

D'accord. À condition que tu fasses pareil avec ce compliment : je crois que tu es un bon Alpha. Pas dans le même sens que Sam, à ta manière. Tu es digne d'être suivi, Jacob.

La surprise me vida l'esprit, et il me fallut une seconde pour m'en remettre.

Euh… merci. Je ne suis pas certain que je vais arriver à ne pas me rengorger, en revanche. Qu'est-ce qui te prend ?

Elle ne répondit pas tout de suite, et je suivis le cheminement silencieux de sa réflexion. Elle pensait au futur, à ce qu'avait dit Jared l'autre matin. Au fait que nous en aurions bientôt fini, et que je regagnerais la forêt. Qu'elle et Seth rejoindraient la meute, une fois les Cullen partis.

Je désire rester avec toi, déclara-t-elle.

Le choc me secoua tout entier, et je m'arrêtai net. Elle continua sur sa lancée, me dépassa et freina. Lentement, elle revint à l'endroit où je m'étais figé.

Je ne t'embêterai pas, je te le jure. Je ne te suivrai pas. Tu iras où tu voudras, et moi pareil de mon côté. Tu n'auras à me supporter que quand nous serons loups tous les deux. (Elle allait et venait devant moi, sa longue queue grise fouettant nerveusement l'air.) *Cela ne se produira peut-être pas très souvent, d'ailleurs, car je compte démissionner dès que ce sera possible.*

J'étais à court de mots.

Je suis plus heureuse que je ne l'ai jamais été, maintenant que je fais partie de ta meute.

Moi aussi, je veux rester, lança timidement Seth (qui nous avait donc écoutés). *Cette vie-là me plaît.*

Hé, ho ! Seth ! Notre meute sera bientôt dissoute.

Je m'efforçai de rassembler mes idées de façon à le convaincre.

Notre raison d'être est liée à un but. Quand... lorsque ce sera terminé, je resterai loup. Toi, Seth, tu as des objectifs. Tu es un chouette gosse. Le genre de personne qui part toujours en croisade. Il est hors de question que tu quittes La Push tout de suite. Tu dois passer ton bac et te construire une vie. Il faut que tu t'occupes de Sue. Mes problèmes personnels ne bousilleront pas ton avenir.

Mais...

Jacob a raison, me soutint Leah.

Tu es d'accord avec moi ? m'étonnai-je.

Bien sûr. Cependant, aucune de tes paroles ne s'applique

à moi. De toute façon, je comptais m'en aller. Je trouverai un boulot loin de la réserve. Je m'inscrirai peut-être à des cours du soir. Je ferai du yoga, de la méditation, afin de travailler sur mon fichu caractère... Et je resterai membre de cette meute pour ne pas devenir folle. Comprends-tu le bien-fondé de tout cela, Jacob ? Je ne t'ennuierai pas, et réciproquement. Tout le monde sera content.

Tournant les talons, je pris lentement le chemin du retour.

Laisse-moi y réfléchir, Leah. Ça fait beaucoup de choses à digérer d'un seul coup.

Naturellement. Ne te précipite pas.

Le trajet exigea plus de temps qu'à l'aller. Je n'étais pas pressé, cependant. Je me concentrais pour ne pas m'écraser tête la première contre un arbre. Seth bougonnait dans son coin, mais je n'eus pas de mal à l'ignorer. Il était conscient que j'avais raison. Il n'abandonnerait pas sa mère. Il retournerait à La Push et protégerait la tribu, comme c'était son devoir.

Je ne voyais pas Leah agir de même, toutefois. Et ça me flanquait la frousse. Une meute constituée de nous deux ? Quelles que soient les distances physiques que nous observerions, je ne parvenais pas à imaginer... l'intimité de la situation. Avait-elle réellement envisagé la question sous tous les angles ou éprouvait-elle un besoin désespéré de rester libre ?

Elle ne commenta pas mes réflexions. Comme si elle s'efforçait de me prouver combien notre cohabitation future serait facile.

Nous tombâmes sur une harde de cerfs à queue noire juste au moment où le soleil se levait, éclaircissant un peu les nuages dans notre dos. Leah eut beau pousser un soupir, elle n'hésita pas. Son plongeon fut agile et efficace, gracieux même. Elle tua le plus gros, le mâle, avant que l'animal n'ait pris la mesure du danger.

Pour ne pas être en reste, j'abattis la femelle la plus imposante, lui brisant le cou d'un rapide coup de mâchoire – pas la peine d'ajouter à ses souffrances. Sentant le dégoût de Leah le disputer à sa faim, je tentai de lui faciliter la tâche en laissant le loup en moi prendre le dessus. J'avais assez vécu ainsi pour savoir comment devenir entièrement bestial. Mes instincts pratiques l'emportèrent, déteignant sur elle. Après avoir tergiversé une seconde, elle essaya de voir les choses comme moi. Ce fut très étrange, nos esprits plus proches que jamais, car nous tâchions de penser ensemble.

Étrange mais efficace. Ses dents déchirèrent le poil et la peau de l'épaule de sa proie. Plutôt que d'autoriser son humanité à la diriger, elle suivit sa nature lupine et mordit dans la chair. Sorte d'engourdissement dénué de réflexion qui lui permit de manger en paix.

Je n'eus aucun mal à l'imiter et je fus heureux de ne pas avoir oublié le mode d'emploi car, bientôt, ce serait de nouveau ma vie. Leah en ferait-elle partie ? Une semaine auparavant, j'aurais jugé cette perspective plus qu'horrifiante. Je ne l'aurais pas supportée. Aujourd'hui, je connaissais mieux Leah. Soulagée de sa perpétuelle souffrance, elle n'était plus le même loup. Plus la même fille.

Nous dévorâmes jusqu'à satiété.

Plus tard, elle me remercia tout en s'essuyant le museau et les pattes sur l'herbe humide. Je ne me donnai pas cette peine – il s'était mis à bruiner, et nous allions devoir traverser la rivière pour réintégrer le territoire des Cullen. Cela suffirait à me laver.

Ta façon de penser n'est pas si mal, ajouta-t-elle.

Tout le plaisir a été pour moi.

Seth se traînait quand nous atteignîmes le périmètre.

Je lui dis d'aller dormir, que Leah et moi prendrions la relève. Son esprit s'enfonça dans l'inconscient en quelques secondes à peine.

Tu retournes chez les buveurs de sang ?

Peut-être.

C'est dur pour toi, là-bas. Mais dur aussi de rester éloigné. Je connais ça.

Tu sais, Leah, tu devrais réfléchir un peu à ton avenir, à ce que tu as vraiment envie de faire. Ma tête ne sera pas l'endroit le plus joyeux du monde. Tu seras contrainte de souffrir avec moi.

Pas très alléchant, admit-elle après quelques secondes de réflexion. *Franchement, il sera quand même plus simple d'affronter ta douleur que la mienne.*

Je comprends.

J'ai conscience que tu vas vivre de sales moments, Jacob. Je le devine, plus que tu ne le soupçonnes, sans doute. Je n'apprécie pas Bella, mais… elle est ton Sam. Elle représente tout ce que tu désires et tout ce que tu ne peux obtenir.

Je fus incapable de lui répondre.

Pour toi, c'est pire, cependant. Au moins, Sam est heureux. Au moins, il est vivant et bien portant. Je l'aime assez pour le lui souhaiter. Je veux ce qu'il y a de mieux pour lui. Simplement, je n'ai pas envie d'en être témoin.

Sommes-nous obligés d'en parler ?

À mon avis, oui. Parce que je tiens à te dire que je n'aggraverai pas les choses. Si ça se trouve, même, je te soulagerai. Je ne suis pas une mégère dénuée de compassion. J'étais plutôt sympa, avant.

Ma mémoire ne remonte pas aussi loin.

Nous rîmes.

Je suis désolée pour toi, Jacob. Désolée que tu aies mal. Désolée si ça ne s'arrange pas.

Merci.

Elle repensa au pire – les images sombres accumulées dans mon esprit – tandis que j'essayais de ne pas l'écouter, sans beaucoup de succès d'ailleurs. Elle parvint à les contempler en prenant de la distance, sous un autre angle, et je fus forcé de reconnaître que c'était secourable. En effet, je me dis que, d'ici quelques années, j'arriverais peut-être à les appréhender selon sa perspective.

Elle ne manqua pas non plus le côté amusant des irritations quotidiennes que m'imposait la cohabitation avec les vampires. Mes railleries à l'encontre de Rosalie lui plurent, la divertirent, et elle alla jusqu'à me transmettre quelques blagues de blondes, des fois que je puisse les ressortir. Puis elle devint sérieuse, et s'attarda sur le visage de Rosalie d'une manière qui m'échappa.

Tu sais ce qui est le plus dingue ? finit-elle par me demander.

Honnêtement, toute la situation est dingue, non ? Mais bon, vas-y.

Cette fille blonde que tu ne supportes pas, je partage complètement son point de vue.

Un instant, je crus qu'elle plaisantait – une très mauvaise plaisanterie. Mais lorsque je saisis qu'elle était sérieuse, j'eus du mal à contrôler la fureur qui me submergea. Heureusement que nous nous étions séparés pour patrouiller. Si elle avait été assez près pour que je la morde…

Hé, mollo ! Laisse-moi t'expliquer !

Je ne veux rien savoir. Je me tire.

Je m'incitai au calme afin de reprendre ma forme humaine.

Attends ! Attends, Jake !

Voilà qui n'est pas la meilleure méthode pour me convaincre de passer plus de temps avec toi dans le futur.

*Pff ! Quelle réaction outrée ! Tu ne sais même pas ce que
je veux te dire !*

Eh bien, crache le morceau !

Brusquement, elle redevint la Leah d'avant, celle que la
souffrance avait endurcie.

Il s'agit d'une impasse génétique, Jacob.

L'amertume de ses mots me laissa pantois. Ma colère
fondit comme neige au soleil.

Comprends pas.

*Tu comprendrais si tu n'étais pas comme tous les autres, si
« mes trucs de fille » ne t'incitaient pas à décamper comme
n'importe quel mâle stupide. Si seulement tu y prêtais un
peu attention, tu pigerais ce que ça signifie.*

Oh !

Elle avait raison. Aucun de nous n'aimait s'attarder
sur le sujet. Ça n'avait rien d'étonnant, non ? Je me souvenais naturellement de la panique de Leah, le premier
mois après qu'elle avait rejoint la meute. Je me rappelais
aussi avoir fui, comme mes amis. Il était impossible qu'elle
fût enceinte alors – sauf intervention divine, immaculée
conception et autres âneries du genre. Elle n'avait fréquenté personne depuis Sam. Ensuite, au fur et à mesure
que les semaines s'étaient écoulées, qu'il n'en était rien
ressorti, elle avait deviné que son corps avait cessé de
se comporter normalement. Qu'était-elle, à présent ?
C'est dans ces termes horribles que se posait la question.
Son métabolisme s'était-il modifié parce qu'elle était un
loup-garou ? Ou l'était-elle devenue parce que son corps
pâtissait d'une quelconque anormalité ? Elle était la seule
femelle de l'espèce dans toute notre histoire. Était-ce parce
qu'elle n'était pas suffisamment femme ?

En tout cas, nul parmi nous n'avait souhaité gérer sa
dépression nerveuse. Et puis, nous étions plutôt mal pla-
cés pour ressentir de l'empathie.

330

Tu connais l'opinion de Sam sur l'imprégnation, pour-suivit-elle.

Oui. Elle sert à perpétuer la lignée.

Exactement. À procréer toute une marmaille de bébés loups-garous. La survie de la race, la pureté génétique. On est attiré par la personne qui a les meilleures chances de transmettre le gène du loup.

J'attendis qu'elle en vienne au but.

Si j'avais eu ce talent-là, Sam ne m'aurait pas quittée.

Sa douleur était telle que je trébuchai.

Mais ce n'est pas le cas. Quelque chose ne tourne pas rond chez moi. Apparemment, je n'ai pas l'aptitude de passer le gène, en dépit de mon sang, de mes ancêtres. Donc, je suis un monstre, la fille-loup, qui n'est bonne à rien d'autre. Je suis une impasse génétique. Toi comme moi le savons bien.

Non, objectai-je. *Ça, c'est juste la théorie de Sam. Nous ne sommes pas sûrs de ce qui motive l'imprégnation. Billy est d'un avis différent.*

D'accord, d'accord. Pour lui, l'imprégnation est destinée à procréer des loups plus forts. La preuve, toi et Sam êtes des monstres énormes, plus gros que nos pères. Quoi qu'il en soit, je ne suis pas une candidate à l'imprégnation. Je suis... ménopausée. J'ai vingt ans, et je suis ménopausée.

Pouah ! Je n'avais vraiment pas envie d'avoir cette conversation.

Ce n'est pas du tout certain, Leah. Si ça se trouve, c'est juste notre aspect « évolution figée dans le temps ». Quand tu quitteras ton loup et que tu recommenceras à vieillir, je pense que les choses reprendront... euh... là où elles se sont arrêtées.

Je pourrais en effet y croire, si ce n'est que personne ne s'est imprégné de moi, en dépit de mon remarquable pedigree. Si tu n'existais pas, Seth serait sans doute le mieux placé pour revendiquer le poste d'Alpha, figure-toi. À cause de notre lignée. Évidemment, il ne viendrait à l'idée de personne que moi...

Tu tiens vraiment à t'imprégner ou à être imprégnée ? m'exclamai-je. *Qu'y a-t-il de mal à sortir et à tomber amoureuse comme une fille normale ? L'imprégnation n'est qu'une façon supplémentaire de te priver de ta liberté de choix.*

Sam, Jared, Paul, Quil... ils n'ont pas l'air de le regretter.

Parce qu'ils n'ont aucune indépendance d'esprit.

Et toi, tu ne veux pas t'imprégner ?

Surtout pas !

Juste parce que tu es déjà amoureux d'elle. Si tu t'imprégnais, cet amour s'évanouirait. Tu n'aurais plus à souffrir à cause d'elle.

Souhaites-tu réellement oublier ce que tu ressens pour Sam ?

Elle réfléchit un moment.

Je le crois, oui.

Je soupirai. Elle avait fait plus de chemin que moi.

Mais revenons au point de départ, Jacob. Je comprends pourquoi ta vampirette blonde est si froide — au sens figuré du terme. Elle a un but. Elle lorgne la récompense. On souhaite toujours obtenir par-dessus tout ce qui nous est inaccessible.

Agirais-tu comme Rosalie ? Serais-tu prête à assassiner quelqu'un ? Parce que c'est ce qu'elle fait, je te rappelle. Elle s'assure que personne n'empêche la mort de Bella. Alors, irais-tu jusqu'à de telles extrémités pour avoir un bébé ? Depuis quand es-tu une poule pondeuse ?

Je veux juste avoir les choix dont je suis privée, Jacob. Si j'étais normale, ce ne serait peut-être pas ainsi. Je n'y accorderais pas une seule pensée.

Tu tuerais pour ça ? insistai-je.

Blondie ne tue personne. Pour moi, c'est plutôt comme si elle vivait par procuration. Et... si Bella m'avait demandé mon aide… eh bien, même si je ne l'apprécie guère, j'agirais comme Rosalie.

Un grognement sonore résonna au fond de ma gorge.

Si les rôles étaient inversés, poursuivit-elle néanmoins, *j'aimerais que Bella me rende ce service. Idem pour Rosalie. Je me rangerais à son avis et à ses méthodes.*

Pff ! Tu es aussi nulle qu'elles !

C'est ça, le truc, quand tu sais que tu ne peux pas avoir quelque chose. Ça te rend désespéré.

Et… Non, je suis à bout. Le sujet est clos.

Très bien.

Qu'elle renonce aussi facilement ne me satisfit pas. J'aurais aimé une conclusion plus ferme.

N'étant qu'à environ un kilomètre de l'endroit où j'avais laissé mes vêtements, je me transformai et parcourus à pied la fin du trajet. Je ne repensai pas à notre échange. Non qu'il n'y ait pas matière à le faire, mais parce que ces paroles m'étaient intolérables. Je refusais d'envisager les choses ainsi – sauf que ça m'était plus difficile, maintenant que Leah avait enfoncé ces réflexions et ces émotions dans mon crâne.

Non, je ne partirais pas avec elle, une fois ce bazar terminé. Qu'elle soit malheureuse à La Push ! Un dernier petit ordre d'Alpha avant que je m'en aille pour de bon ne la tuerait pas.

Il était très tôt quand j'arrivai à la villa. Bella n'était pas encore réveillée, sans doute. J'allais jeter un coup d'œil afin de vérifier ce qui se passait, je leur donnerais le feu vert pour la chasse, puis je me dénicherais un carré d'herbe tendre pour me coucher sous ma forme humaine. Je ne redeviendrais pas loup avant que Leah ne se soit endormie.

Cependant, on discutait beaucoup, à l'intérieur de la maison. Bella était peut-être debout, finalement. Me parvint alors le bruit de l'appareil de radiographie, depuis le premier étage. Super ! Apparemment le compte à rebours des quatre derniers jours commençait par un problème.

Alice m'ouvrit avant que j'aie atteint la porte.

— Salut, le loup !

— Salut, la naine ! Que se passe-t-il, là-haut ?

La grande pièce du rez-de-chaussée était déserte. Les murmures se concentraient à l'étage. Alice haussa les épaules.

— Encore de la casse.

Elle s'était efforcée de prononcer la phrase avec décontraction, mais j'avais repéré les flammes qui brûlaient au fond de ses prunelles. Edward et moi n'étions donc pas les seuls à enrager. Alice aimait Bella, elle aussi.

— Une troisième côte ? croassai-je.

— Non, le pelvis.

Il était étrange que chaque nouvelle de ce genre me frappe à ce point. À croire qu'il s'agissait de surprises. Quand cesserais-je de m'étonner ? Parce que, avec le recul, les désastres étaient prévisibles. Alice contemplait mes mains tremblantes. Soudain, la voix de Rosalie résonna :

— Je te l'avais bien dit ! Je n'ai perçu aucun craquement, moi. Tu devrais te faire examiner les oreilles, Edward.

Ce dernier ne répondit pas. Alice grimaça.

— Edward va finir par massacrer Rosalie, je pense. Bizarre qu'elle ne s'en soit pas encore rendu compte. Ou alors, elle croit qu'Emmett l'en empêchera.

— Je me charge d'Emmett, proposai-je. Toi, tu n'auras qu'à aider Edward à ratatiner Blondie.

Elle eut un vague sourire.

La procession descendit l'escalier. Cette fois, c'était Edward qui portait Bella. Cette dernière agrippait sa tasse de sang à deux mains, elle était blême. Bien qu'Edward s'arrange pour atténuer les répercussions du moindre mouvement, elle souffrait.

— Jake ! chuchota-t-elle en me souriant en dépit de sa douleur.

Je la dévisageai sans un mot. Il la déposa sur le divan avant de s'asseoir par terre, près de sa tête. Je m'interrogeai brièvement sur les raisons qui les poussaient à ne pas la laisser à l'étage, puis je compris que c'était sans doute une des exigences de Bella. Elle voulait sûrement agir comme si tout était normal et éviter le côté hospitalisation. Et lui, naturellement, cédait pour lui plaire.

Carlisle était le dernier de la bande. L'inquiétude marquait ses traits et, une fois n'est pas coutume, le vieillissait suffisamment pour qu'il ait enfin l'air du médecin qu'il était.

— Nous sommes allés presque jusqu'à Seattle, lui annonçai-je. Aucune trace de la meute. La voie est libre.

— Merci, Jacob. Ça tombe bien, nous avons pas mal de choses à régler.

Il jeta un coup d'œil à la tasse que tenait Bella.

— Franchement, je pense que vous pouvez y aller à plus de trois sans danger. Je suis presque certain que Sam s'en tiendra à la réserve.

Il acquiesça, et je m'étonnai qu'il se range aussi facilement à mon avis.

— Dans ce cas, Alice, Esmé, Jasper et moi seront de l'équipée. Puis Emmett et Rosa…

— Pas question ! siffla cette dernière. Emmett n'a qu'à vous accompagner.

— Il faut que tu chasses, objecta gentiment Carlisle.

Elle s'adoucit.

— Je le ferai en même temps que lui, grommela-t-elle en désignant du menton Edward.

Carlisle soupira. Jasper et Emmett dégringolèrent les

marches en un rien de temps, et Alice les rejoignit près de la baie vitrée, suivie d'Esmé. Carlisle posa sa main sur mon bras. Si ses doigts glacés me furent désagréables, je ne m'écartai pas cependant. Je ne voulais pas le blesser, ce qui me surprit moi-même.

— Merci, répéta-t-il avant de foncer vers les autres.

Je les suivis du regard, tandis qu'ils filaient sur la pelouse. Ils disparurent avant que j'aie eu le temps de respirer deux fois. Leurs besoins étaient sans doute plus impérieux que je ne l'avais imaginé.

Il y eut une minute de silence. Je sentis qu'une paire d'yeux fixait mon dos. Inutile de chercher bien loin qui me toisait ainsi. J'avais eu l'intention de partir pour dormir, mais je n'avais pas envie de laisser passer mes chances d'embêter Rosalie. Je gagnai donc le fauteuil voisin du sien et m'affalai dessus, de façon à ce que ma tête soit penchée vers Bella et mes pieds tout près du nez de Blondie.

— Que quelqu'un sorte le chien ! marmonna-t-elle.

— Et celle-là, psychopathe, tu la connais ? De quoi meurent les neurones d'une blonde ?

Elle ne réagit pas.

— Alors, tu la connais ou non ?

Elle m'ignora, les prunelles vrillées sur la télévision.

— Elle l'a déjà entendue ? demandai-je à Edward.

Le visage de ce dernier était tendu, ses yeux tristes.

— Non, répondit-il quand même.

— Formidable ! Alors, régale-toi, buveuse de sang ! Les neurones d'une blonde meurent de solitude.

— J'ai tué cent fois plus que toi, espèce de bête répugnante, me dit-elle sans daigner me regarder. Tâche de ne pas l'oublier.

— Un jour, tu te lasseras de me menacer, Blondie. J'ai hâte que ce moment arrive.

— Ça suffit, Jacob ! m'ordonna Bella.

336

Elle était mécontente. Sa bonne humeur de la veille s'était évaporée. Si j'étais de trop...

— Souhaites-tu que je m'en aille ?

Elle cligna des paupières et, au lieu de sembler fatiguée de moi, parut au contraire choquée de ma suggestion.

— Non ! Bien sûr que non !

Je soupirai, et j'entendis Edward m'imiter. Il aurait voulu lui aussi qu'elle en ait assez de moi. Dommage qu'il ne lui ait jamais demandé de faire une chose susceptible de la rendre malheureuse.

— Tu as l'air épuisé, me lança-t-elle.

— Je suis mort de fatigue, admis-je.

— J'aimerais bien que tu sois mort tout court, grommela Rosalie, trop bas pour que Bella l'entende cependant.

Je me bornai à m'enfoncer dans mon fauteuil et à me mettre encore plus à l'aise. Mon pied nu se rapprocha de Rosalie, qui se raidit. Au bout de quelques minutes, Bella la pria de remplir sa tasse. La blonde fila à l'étage dans un courant d'air. Le silence était intense. Autant en profiter pour piquer un roupillon.

— As-tu dit quelque chose ? s'enquit brusquement Edward, avec étonnement.

Bizarre. Personne n'avait parlé, ce qu'il aurait dû savoir, puisque son ouïe était aussi fine que la mienne. Lui et Bella se contemplèrent, tous deux un peu perdus.

— Qui, moi ? répliqua-t-elle. Non, je n'ai rien dit.

Se mettant à genoux, il se pencha vers elle, une expression tendue sur le visage, mais dans un genre très différent. Ses prunelles sombres se fixèrent sur Bella.

— À quoi penses-tu, là, tout de suite ?

— À rien. Pourquoi ?

— À quoi pensais-tu il y a une minute ?

— À... l'Île d'Esmé. Aux plumes.

Je n'y compris goutte ; comme elle rougissait, j'en conclus que c'était mieux ainsi.

— Dis quelque chose, souffla-t-il.

— Quoi donc ? Que se passe-t-il, Edward ?

Une fois encore, ses traits se modifièrent, et il réagit d'une façon qui me laissa pantois. Derrière moi, Rosalie étouffa un petit cri, et je devinai qu'elle était tout aussi ahurie que moi. Très légèrement, Edward posa ses mains sur l'énorme ventre rond.

— Le f… la… le bébé aime le son de ta voix, murmura-t-il.

Il y eut un instant de silence absolu. J'étais incapable de bouger un muscle, même pas de cligner. Puis…

— Nom d'un chien ! hurla Bella. Tu l'entends !

La seconde suivante, elle tressaillit. Edward déplaça ses paumes au sommet de la baudruche et caressa doucement l'endroit où la chose devait avoir donné un coup de pied.

— Chut ! souffla-t-il. Tu l'as effrayé.

Elle écarquilla les yeux, émerveillée, avant de tapoter son estomac.

— Excuse-moi, bébé.

Edward tendait l'oreille, concentré, tête baissée sur la montgolfière.

— Que pense-t-il ? s'enquit Bella, enthousiaste.

— Il… ou elle… est…

Il s'interrompit pour la regarder, et je constatai que ses yeux étaient empreints d'une stupeur égale à celle de Bella, mais plus prudente, presque réticente.

— Heureux, termina-t-il, incrédule.

Elle hoqueta, et sa joie fanatique, son adoration, sa dévotion ne purent m'échapper. De grosses larmes débordèrent sur ses joues et ses lèvres souriantes. Quant à lui, il avait perdu sa frayeur, sa colère, tous les sentiments par lesquels il était passé depuis leur retour de voyage de noces. Il se réjouissait avec elle.

— Mais bien sûr, joli bébé, roucoula-t-elle en frottant son ventre et sans cesser de pleurer. Il est normal que tu sois heureux. Tu es bien au chaud, en sécurité, aimé. Je t'aime tant, petit EJ. Tu ne peux qu'être heureux.

— Comment l'as-tu appelé ? sursauta Edward.

Elle s'empourpra derechef.

— Je lui ai déjà donné un prénom. Je pensais que tu ne voudrais pas... enfin, tu sais.

— EJ ?

— Edward J. Ton père naturel s'appelait Edward, non ?

— Si. Que... Hmm.

— Oui ?

— Il aime ma voix également.

— Ça va de soi, rayonna-t-elle. Tu as la plus belle voix du monde. Qui ne l'aimerait pas ?

— As-tu un plan de rechange ? s'inquiéta Rosalie en se penchant par-dessus le dossier du canapé, tout aussi émerveillée que les deux autres. Et si c'était une fille ?

Bella essuya ses yeux du revers de la main.

— Je pensais à... Re-nez-may.

— Renezmay ?

— Renesmée. C'est trop bizarre ?

— Non, j'aime bien, la rassura Rosalie. C'est magnifique. Et ça correspond à ce qu'elle sera : unique en son genre.

— Je persiste à croire que c'est un Edward.

Edward, le père, avait le regard vide, aux aguets.

— Qu'y a-t-il ? s'inquiéta Bella. À quoi pense-t-il, maintenant ?

Il commença par ne pas répondre, puis émit trois mots

en autant de halètements qui nous choquèrent tous, en plaquant tendrement son oreille sur le ventre de Bella.

— Il t'aime, murmura-t-il, comme hypnotisé. Il t'adore littéralement.

Alors, je compris que j'étais seul. Définitivement seul.

En m'apercevant à quel point j'avais compté sur ce vampire méprisable, j'eus envie de me donner des claques. Quel imbécile ! Comme si on pouvait faire confiance à une sangsue ! Il était évident qu'il finirait par me trahir. J'avais espéré qu'il se rangerait de mon côté. J'avais espéré qu'il souffrirait plus que je ne souffrais. Par-dessus tout, j'avais espéré qu'il détesterait plus que moi cette chose révoltante qui tuait Bella.

Là reposait ma confiance.

À présent, je voyais qu'ils étaient ensemble, tous deux penchés sur le monstre invisible en devenir, leurs prunelles éclairées comme celles d'une vraie famille aux anges. Et moi, je me retrouvais seul avec ma haine et ma douleur, laquelle était tellement intense qu'elle s'apparentait à de la torture. Comme si j'avais été lentement traîné sur un lit de lames de rasoir. Une souffrance telle que j'aurais accueilli la mort en souriant, ne serait-ce que pour lui échapper.

La brûlure dénoua mes muscles, et je bondis sur mes pieds.

Leurs trois têtes se tournèrent vivement vers moi. Ma peine se lut sur le visage d'Edward quand il s'introduisit une fois encore dans mon esprit.

— Ah ! s'étrangla-t-il.

Je n'étais plus moi-même. J'étais planté là, debout, tremblant de tous mes membres, prêt à filer vers la première sortie de secours qui se présenterait. À la vitesse du serpent qui frappe, Edward fonça vers une petite table. Il sortit un objet du tiroir et me le lança. Je le rattrapai automatiquement.

— Va-t'en, Jacob. Va-t'en loin d'ici.

Il ne le dit pas avec hargne, plutôt comme on jette une bouée de sauvetage. Il m'offrait l'échappatoire dont j'avais un besoin vital.

Dans ma main, il y avait des clés de voiture.

17

◆

DE QUOI J'AI L'AIR ? DU MAGICIEN D'OZ ? TE FAUT-IL UN CERVEAU ? TE FAUT-IL UN CŒUR ? TIENS, PRENDS LES MIENS. PRENDS TOUT CE QUE J'AI...

Je courus vers le garage des Cullen, une sorte de plan dans la tête. La deuxième partie consistait à bousiller la bagnole du buveur de sang sur le chemin du retour.

Aussi fus-je ahuri quand, appuyant sur le bouton de la télécommande, ce ne fut pas sa Volvo qui bipa en clignotant, mais un autre véhicule, une voiture exceptionnelle parmi la longue file d'automobiles qui étaient déjà toutes remarquables.

Avait-il réellement eu l'intention de me donner les clés d'une Aston Martin Vanquish, ou était-ce une erreur ?

Je ne m'arrêtai pas pour répondre à cette question, cependant, sinon je risquais de modifier le deuxième volet de mon projet. Je me ruai sur le siège en cuir soyeux et mis le contact. Le ronronnement du moteur m'aurait arraché des gémissements d'envie un autre jour ; là, j'avais besoin de toute ma concentration pour conduire. Je reculai le siège tout en enfonçant l'accélérateur. L'engin bondit comme s'il était aéroporté.

Il ne fallut que quelques secondes pour parcourir le sentier sinueux. La voiture répondait à mes gestes comme si c'était mon cerveau, et non mes mains, qui tenait le volant. Lorsque je déboulai du tunnel de verdure sur la route, j'entrevis furtivement la gueule grise de Leah, qui m'observait, mal à l'aise, depuis l'abri des fougères. Un instant, je m'interrogeai sur ce qu'elle pouvait imaginer, puis je me rendis compte que je m'en fichais.

Je pris vers le sud, car je n'avais pas la patience nécessaire pour supporter des ferries, des embouteillages ou tout autre chose qui m'aurait obligé à lever le pied. Dans un sens, et assez ironiquement, c'était mon jour de chance. J'entends par-là rouler sur une nationale d'ordinaire encombrée à près de trois cents kilomètres à l'heure sans apercevoir un flic, y compris dans les bourgades-pièges limitées à cinquante. Dommage ! Une petite course-poursuite aurait été agréable, surtout que la plaque d'immatriculation aurait valu des ennuis à la sangsue. Certes, il s'en serait tiré sans encombre, mais cela aurait représenté un inconvénient, même mineur.

Le seul signe de surveillance que je rencontrai fut une tache de poil brun qui fonça dans les bois, parallèlement à moi, un peu en dehors de Forks. Quil, apparemment. Il dut me voir aussi, car il disparut au bout de quelques minutes sans déclencher l'alerte. Avec lui également, je me demandai vaguement quelle histoire il allait raconter, avant de me souvenir que ça m'était égal.

Je filai le long de la route en U qui menait à la grosse ville la plus proche. Telle était la première partie de mon plan. J'eus l'impression que le trajet durait des siècles, sans doute parce que j'étais encore sur les lames de rasoir, alors que, en réalité, il me fallut moins de deux heures pour rallier la banlieue mal définie qui appartenait à la fois à Tacoma et à Seattle. Je ralentis à ce moment-là, car je ne voulais pas tuer un passant innocent.

Mon idée était idiote. Elle ne fonctionnerait pas. Mais, quand je m'étais creusé la cervelle pour tenter d'échapper à la douleur, m'étaient revenues les paroles que Leah avait prononcées, un peu plus tôt dans la journée : « *Si tu t'imprégnais, cet amour s'évanouirait. Tu n'aurais plus à souffrir à cause d'elle.* » Il semblait que se voir retirer sa liberté de choix n'était pas la pire chose au monde. Le pire était ce que je ressentais maintenant.

Je connaissais toutes les filles de La Push, de la réserve Makah et de Forks. Un terrain de chasse plus vaste m'était nécessaire.

Comment cherche-t-on l'âme sœur dans une foule ? En premier lieu, en trouvant une foule. J'errai donc alentour, en quête du bon endroit. Je dépassai des centres commerciaux qui recelaient sûrement des tas de filles de mon âge, mais je ne pus me résoudre à m'arrêter. Avais-je envie de m'imprégner d'une gamine qui passait ses journées dans les magasins ?

Je continuai ma route vers le nord, et les rues devinrent de plus en plus encombrées. Finalement, je dénichai un grand parc plein de mômes, de parents, de skate-boards, de vélos, de cerfs-volants, de pique-niques – la totale. Je ne m'en étais pas encore aperçu, mais la journée était belle. Soleil et tout le bataclan. Les gens étaient sortis pour en profiter.

Après m'être garé à cheval sur deux places réservées aux handicapés – je la cherchais, cette contravention ! –, je me fondis dans la cohue.

Je marchai pendant ce qui me parut être des heures.

Assez longtemps en tout cas pour que le soleil commence à descendre, à l'ouest. Je scrutai les traits de toutes les filles que je croisais, m'obligeant à vraiment les regarder, à noter qui était jolie, qui avait le regard bleu, qui n'était pas laide en dépit de son appareil dentaire, qui était trop maquillée. Je tentai de repérer un détail intéressant dans chaque visage, histoire de m'assurer que j'avais vraiment joué le jeu. Par exemple : celle-ci avait un beau nez droit ; celle-là aurait dû relever les cheveux qui lui tombaient dans les yeux ; telle autre aurait pu tourner des publicités pour du rouge à lèvres, si son minois avait été aussi parfait que sa bouche...

Parfois, elles me contemplaient elles aussi. Certaines avaient l'air d'avoir peur, de penser : « Qui est ce grand crétin monstrueux qui me reluque de cette manière ? » D'autres semblaient intéressées, mais ce n'était peut-être que mon ego qui s'imaginait des choses.

Quoi qu'il en soit, il ne se produisit rien. Même quand je croisai les yeux de celle qui, de loin, était la plus jolie fille du parc, de la ville sans doute, et qu'elle me retourna mon regard d'un air méditatif, comme si elle était *vraiment* titillée, je n'éprouvai rien. Sinon la même impulsion désespérée d'échapper à ma souffrance.

Peu à peu, je commençai à remarquer les points négatifs. En rapport avec Bella. Les cheveux de la première étaient de la même couleur que les siens. Les yeux de la deuxième étaient eux aussi taillés en amande. Les pommettes de la troisième saillaient d'une façon absolument identique. La quatrième avait cette ride entre les sourcils – je me demandai d'ailleurs quelle était la raison de ses soucis...

Alors, j'abandonnai. Parce qu'il était d'une stupidité consommée de croire que j'avais choisi le bon lieu au bon moment et que j'allais tomber sur mon âme sœur simplement parce je le désirais ardemment.

De toute façon, la trouver n'aurait eu aucun sens. Si Sam avait raison, le meilleur endroit où dénicher mon alter ego génétique était La Push. Or, là-bas, il était clair que personne ne répondait à cette définition. En revanche, si Billy avait raison, comment savoir ? Qu'est-ce qui fortifie un loup ?

Ayant regagné l'Aston Martin d'un pas lent, je m'appuyai sur le capot en jouant avec les clés. J'étais peut-être ce que Leah estimait être elle-même. Une espèce d'impasse génétique qui ne devait pas être transmise à la génération suivante. Ou alors, ma vie n'était qu'une vaste blague cruelle, et je n'avais aucun moyen d'éviter la chute.

— Hé, tu vas bien ? Coucou ? Toi, là-bas, l'homme à la voiture volée.

Je mis une seconde à comprendre qu'on s'adressait à moi, une autre pour décider de relever la tête. Une fille que j'avais déjà vue quelque part me dévisageait, l'air anxieux. Je ne tardai pas à comprendre pourquoi je la reconnaissais. Je l'avais déjà cataloguée. Chevelure d'un blond vénitien clair, peau blanche, taches de rousseur sur les joues et le nez, yeux couleur cannelle.

— Si tu as tant de remords d'avoir piqué la bagnole, continua-t-elle en souriant (révélant au passage une fossette au menton), tu n'as qu'à te rendre à la police.

— Je l'ai empruntée, pas fauchée, répliquai-je.

Mes intonations me parurent horribles, comme si je pleurais. Très embarrassant.

— Ben tiens ! Je suis sûre que le tribunal gobera ça.

— Qu'est-ce que tu veux ? m'emportai-je.

— Rien de particulier. Je plaisantais, tu sais, à propos de la voiture. C'est juste que… tu parais bouleversé. Oh, à propos, je m'appelle Lizzie.

Elle me tendit une main, que je fixai jusqu'à ce qu'elle la laisse retomber.

— Bref, enchaîna-t-elle, mal à l'aise, je me demandais si je pouvais t'être utile. Tout à l'heure, j'ai eu l'impression que tu cherchais quelqu'un.

Elle désigna le parc, haussa les épaules.

— Ouais.

Elle patienta.

— Je n'ai pas besoin d'aide, soupirai-je. Elle n'est pas ici.

— Désolée.

— Moi aussi, marmonnai-je.

Je la regardai de nouveau. Lizzie. Jolie. Assez gentille pour tenter de secourir un inconnu bougon qui avait sûrement l'apparence d'un fou. Pourquoi était-il impossible que ce soit elle ? Pourquoi fallait-il que tout soit si foutrement compliqué ? Une gamine chouette et mignonne, marrante aussi. Alors, pourquoi pas elle ?

— Très belle voiture, commenta-t-elle. Quel dommage qu'ils ne la fabriquent plus ! La ligne de la Vantage est superbe aussi, mais la Vanquish avait quelque chose...

Une chouette nana qui s'y connaissait en bagnoles. Wouah ! Je l'observai avec plus d'attention, regrettant de ne pas savoir comment ça marchait. « Allez, Jake, imprègne-toi ! »

— Elle est sympa à conduire ? demanda-t-elle.

— Tu n'imagines même pas.

Elle m'offrit son sourire et sa fossette, visiblement ravie de m'avoir arraché une réponse à peu près civilisée, et je lui rendis son sourire – avec réserve.

Le sien n'avait aucun effet sur les lames aiguisées qui ratissaient mon corps de haut en bas. J'avais beau le souhaiter de toutes mes forces, mon existence ne se raccommoderait pas comme ça. Je n'étais pas sur le chemin où m'avait précédé Leah. Je ne serais pas capable de tomber amoureux, à l'instar d'une personne normale. Pas quand je me consumais pour une autre. Un jour peut-être, d'ici dix ans, quand le cœur de Bella aurait cessé de battre depuis longtemps, quand je me serais extirpé de ce travail de deuil en un seul morceau, je pourrais offrir à Lizzie une balade dans une voiture rapide tout en discutant de modèles et de lignes, je pourrais en apprendre plus sur elle et voir si je l'appréciais en tant que personne. Cela ne se produirait pas tout de suite, cependant.

La magie ne me sauverait pas. J'allais devoir endurer la souffrance comme un homme. Boire la coupe jusqu'à la lie.

Lizzie attendait, espérant peut-être cette offre de balade. Ou peut-être pas.

— Il vaut mieux que je rende cette bagnole au type à qui je l'ai empruntée, marmonnai-je.

— Je suis ravie que tu rentres dans le droit chemin, s'amusa-t-elle.

— Tu vois, tu m'as convaincu.

Elle me regarda m'installer au volant, toujours un peu inquiète. J'avais sans doute l'air de quelqu'un prêt à se jeter du haut d'une falaise. Ce à quoi j'aurais pu me résoudre, si ç'avait été efficace pour un loup-garou. Elle agita la main tout en suivant des yeux l'Aston Martin.

Au début, je conduisis plus prudemment qu'à l'aller. Je n'étais pas pressé. Je ne désirais pas me rendre où je me rendais. Cette maison, cette forêt. Cette douleur que j'avais fuie. Cette solitude absolue en compagnie de cette douleur.

Bon, d'accord, je donnais dans le mélo. Je ne serais pas entièrement seul. Mais ça ne valait pas mieux. Leah et Seth seraient obligés de souffrir avec moi. J'étais soulagé que, dans le cas de Seth, ça ne dure pas. Le gamin ne méritait pas qu'on détruise sa paix intérieure. Leah non plus, d'ailleurs. Au moins, c'était une chose qu'elle comprenait. La souffrance n'était rien de neuf sous le soleil, pour elle.

Je soupirai en songeant à ce que Leah attendait de moi – et qu'elle allait obtenir. Je lui en voulais encore, mais je ne pouvais nier que j'étais susceptible d'alléger le fardeau de son existence. Et, maintenant que je la connaissais mieux, je devinais qu'elle me rendrait la pareille, si nos places devaient un jour permuter. Au moins, ce serait étrange, intéressant aussi, d'avoir Leah pour camarade, pour amie. Nous nous chamaillerions, c'était gagné d'avance. Elle n'était pas du genre à me laisser me vautrer dans mon chagrin. Ce qui était une bonne chose, malgré tout. J'aurais sans doute besoin que quelqu'un me botte les fesses de temps en temps. Pourtant, quand j'y réfléchissais bien, elle était la seule qui risquait de saisir ce que je traversais. Je repensai à la chasse du matin. À la communion de nos esprits en cet instant. Ça n'avait pas été négatif. Juste différent. Un peu effrayant, un peu gêné aux entournures. Mais également sympa, d'une drôle de manière.

Je n'étais pas obligé d'être seul.

Et je savais que Leah était assez forte pour affronter les mois à venir en ma compagnie. Les mois et les années. Rien que d'y songer, j'étais fatigué. J'avais l'impression de scruter l'horizon au-dessus d'un océan que j'allais être obligé de traverser à la nage avant d'être en mesure de me reposer. Tant de temps qui se dessinait, et si peu avant que ça ne commence. Avant qu'on ne me jette à la mer. Trois jours et demi, et j'étais là à gaspiller les maigres heures qui me restaient.

J'accélérai.

En remontant vers Forks, je croisai Sam et Jared, postés de chaque côté de la route, telles deux sentinelles. Ils étaient bien cachés dans les branches épaisses, sauf que je les attendais là et que je savais quoi chercher. Je hochai la tête en les dépassant, sans prendre la peine de me demander quelles questions leur posait mon escapade.

Je saluai Leah et Seth également, sur le sentier menant à la villa. Le soir tombait, et les nuages étaient épais de ce côté du détroit, mais leurs prunelles luisirent dans la lumière des phares. Je leur expliquerais plus tard. Nous aurions largement le temps pour ça.

Je fus surpris de découvrir qu'Edward m'attendait dans le garage. Depuis des jours maintenant, il ne s'était pas éloigné de Bella. Son expression m'apprit qu'il ne s'était produit aucune catastrophe. Il semblait d'ailleurs plus en paix. Mon ventre se serra quand je me souvins d'où venait cet apaisement.

À force de ruminer, j'avais oublié de détruire la voiture. Dommage ! De toute façon, je n'aurais sans doute pas été capable d'abîmer un engin pareil. C'était peut-être pour cela qu'il me l'avait prêtée, parce qu'il l'avait pressenti.

— Juste quelques petites choses, Jacob, me dit-il sitôt que j'eus coupé le moteur.

Je pris une profonde aspiration et la retins pendant une minute. Il était clair que j'allais devoir rembourser le prêt de l'Aston Lentement, j'en descendis et je lui lançai les clés.

— Merci, grognai-je. Que veux-tu encore ?

— D'abord... je sais combien tu détestes faire preuve d'autorité sur ta meute, mais...

Je tressaillis, ahuri qu'il ose aborder ce sujet.

— Quoi ?

— Si tu ne parviens pas à contrôler Leah, je...

— Qu'a-t-elle fait ? l'interrompis-je, les dents serrées.

— Elle est montée voir pour quelles raisons tu étais parti aussi abruptement, rétorqua-t-il, tout aussi tendu que moi. J'ai tenté de lui expliquer. Je n'ai pas dû trouver les bons mots.

— Et ?

— Elle a repris forme humaine et...

— Vraiment ? le coupai-je, choqué cette fois.

Leah baissant sa garde et se jetant dans la gueule de l'ennemi ?

— Elle souhaitait parler à Bella.

— Pardon ?

— Je ne permettrai pas qu'on bouleverse Bella de cette manière, s'emporta-t-il. Je me fiche que Leah s'estime en droit d'intervenir. Je ne l'ai pas attaquée, naturellement, mais si cela devait se reproduire, je n'hésiterais pas à la jeter dehors. Je la balancerais de l'autre côté de la rivière...

— Une minute. Qu'a-t-elle dit ?

Je n'y comprenais rien. Edward tenta de se contrôler.

— Leah s'est montrée d'une dureté inutile. Je ne prétends pas saisir pourquoi Bella n'arrive pas à te laisser partir, mais je sais qu'elle ne se comporte pas ainsi juste pour le plaisir de te blesser. Elle souffre de la peine qu'elle t'inflige, de même qu'à moi, en exprimant son besoin que tu restes. Les paroles de Leah étaient déplacées. Bella a pleuré...

— Attends ! Leah a engueulé Bella à cause de *moi* ?

— Elle s'est transformée en un champion des plus véhéments pour te défendre.

Wouah !

— Je ne lui ai rien demandé de tel.

— Je sais.

Je levai les yeux au ciel. Bien sûr qu'il savait ! Il savait tout.

N'empêche, cette Leah... Qui aurait cru ça d'elle ? Leah pénétrant dans le repaire des buveurs de sang sous sa forme *humaine* pour se plaindre de la façon dont ils *me* traitaient.

— Je ne peux te promettre de la contrôler, répondis-je. Je m'y refuse. Mais je lui parlerai, d'accord ? D'ailleurs, je ne pense pas que la scène se répétera. Leah n'est pas du genre à se retenir, elle a sûrement vidé son sac.

— C'est également mon avis.

— Bref, je vais aussi en discuter avec Bella. Inutile qu'elle se sente mal. C'est mon problème.

— Je le lui ai déjà dit.

— Ça ne m'étonne pas. Comment va-t-elle ?

— Elle dort. Rose est à son chevet.

Ainsi, la psychopathe était « Rose », à présent. Il était entièrement passé du côté sombre de la barrière. Ignorant ma réflexion intérieure, il enchaîna :

— Bella va mieux... par certains côtés. Excepté la tirade de Leah et la culpabilité qui s'est ensuivie.

Elle allait mieux. Parce qu'Edward entendait le monstre et que, désormais, tout était rose et beau. Super !

— C'est un peu plus compliqué que cela, murmura-t-il. Maintenant que j'arrive à déchiffrer les pensées de l'enfant, il est évident qu'il a des aptitudes mentales remarquablement développées. Il nous comprend, jusqu'à un certain point du moins.

— Tu es sérieux ?

— Oui. Il paraît avoir une vague idée de la souffrance qu'il inflige à Bella. Il essaie de l'éviter, dans la mesure du possible. Il... *l'aime*. Déjà.

Je le contemplai avec l'impression que mes yeux allaient jaillir de leurs orbites. Malgré mon incrédulité, je devinais qu'il s'agissait là d'un facteur critique. C'était la raison pour laquelle Edward avait changé d'attitude – le monstre l'avait persuadé de cet amour. Edward n'était pas capable de détester ce qui aimait Bella. Voilà pourquoi, sans doute, il ne réussissait pas à me haïr non plus. Sauf qu'il y avait une grande différence. Moi, je n'essayais pas de la tuer.

Edward continua à se comporter comme s'il n'avait rien entendu.

— Les progrès sont plus fulgurants que nous le pensions, reprit-il. Quand Carlisle reviendra...

— Parce qu'ils ne sont pas encore rentrés ?

Je songeai à Sam et à Jared, qui surveillaient la route.

— Alice et Jasper, si. Carlisle leur a confié tout le sang qu'il a réussi à acheter, mais ce n'était pas autant qu'il le souhaitait. Au train où augmente l'appétit de Bella, elle l'aura fini demain. Carlisle cherche une autre source d'approvisionnement, au cas où, même si je ne crois pas que ce sera nécessaire.

— Pourquoi ?

— Je m'efforce de convaincre Carlisle de provoquer l'accouchement dès son retour, se justifia-t-il, prudent, anxieux de ma réaction.

— *Quoi ?!*

— L'enfant paraît vouloir éviter les mouvements brusques. Il est trop gros, maintenant. Ce serait de la folie d'attendre, alors qu'il a atteint un stade de développement pareil. Bella est trop fragile pour aller à terme.

Je n'en finissais pas d'être désorienté. D'abord, la haine d'Edward envers la chose, qui n'était plus à la hauteur de mes espérances. Maintenant le délai raccourci, alors que j'avais compté sur ces quatre jours restants. L'océan infini de chagrin prit une réalité beaucoup plus concrète, soudain. Le souffle me manqua. Edward patientait. Sur son visage, une nouvelle expression se dessina.

— Tu crois qu'elle va réussir, chuchotai-je.

— Oui. Et c'est une autre des choses que je voulais aborder avec toi.

Les mots me firent défaut. Au bout d'un moment, il poursuivit :

— Oui, répéta-t-il. Attendre le terme serait dangereux. Il risque d'être trop tard. Si nous l'avançons, si nous agissons rapidement, je ne vois pas pourquoi cela se passerait mal. Décrypter l'esprit de l'enfant m'aide énormément. Par bonheur, Bella et Rose sont d'accord. À présent, plus rien ne nous retient.

— Quand Carlisle sera-t-il ici ?

— Demain à midi.

Mes genoux se dérobèrent sous moi, et je fus contraint de m'accrocher à la voiture. Edward tendit le bras comme pour m'aider, mais il se ravisa.

— Navré, murmura-t-il. Vraiment désolé pour la souffrance que cela te cause, Jacob. Tu as beau me détester, je ne te déteste pas, moi. De bien des façons, je te considère comme… un frère. Un frère d'armes, pour le moins. Mais Bella survivra, ajouta-t-il d'une voix féroce, presque violente. Je sais que c'est ce qui importe à tes yeux.

Il avait sans doute raison. Difficile à dire, tant la tête me tournait.

— Alors, enchaîna-t-il, je me hais de te demander cela, surtout au moment où tu dois affronter tant d'épreuves, mais nous n'avons guère de temps. Je suis prêt à te supplier, s'il le faut.

De nouveau, il souleva le bras, l'air de vouloir mettre sa main sur mon épaule, puis le laissa retomber, comme précédemment.

— Je suis conscient de tout ce que tu as déjà donné, soupira-t-il. Il s'agit cependant d'une chose que toi seul détiens. Je m'adresse au véritable Alpha, à l'héritier d'Ephraïm.

Je n'étais pas en état de répondre.

— Je voudrais que tu m'accordes la permission de

m'écarter de ce que stipule notre traité avec Ephraïm. Je voudrais que tu m'accordes la permission de sauver la vie de Bella. Je le ferai, de toute façon, mais je ne souhaite pas manquer à la parole que je t'ai donnée, si cela est possible. Nous n'avons jamais eu l'intention de nous dérober à notre engagement, et la démarche n'est pas facile. Je voudrais que tu me comprennes, Jacob. Parce que tu sais très bien pourquoi nous agissons ainsi. Je tiens à ce que l'alliance entre nos familles survive, une fois les événements passés.

J'avalai ma salive. *Sam,* songeai-je, *c'est à Sam que tu dois demander.*

— Non. L'autorité de Sam est factice. Pas la tienne. Tu ne lui reprendras jamais ce rôle de chef, mais personne d'autre que *toi* n'est en mesure d'exaucer mon vœu.

La décision ne m'appartient pas.

— Si, Jacob. Ta parole à ce propos nous condamnera ou nous absoudra. Tu es le seul à pouvoir m'accorder cela.

Ma tête est vide. Laisse-moi réfléchir.

— Nous ne disposons guère de temps, précisa-t-il en jetant un coup d'œil derrière lui, à l'intérieur de la maison.

Vrai. Mes quelques malheureux jours s'étaient transformés en heures.

Donne-moi cinq minutes.

— Entendu.

Je me dirigeai en direction de la villa, il m'emboîta le pas. Incroyable que je parvienne à marcher dans le noir, un vampire juste derrière moi. Je n'avais l'impression ni d'un danger ni d'un malaise. Plutôt celle d'être accompagné par n'importe qui. Enfin, n'importe qui dégageant une mauvaise odeur.

À l'extrémité de la pelouse, dans les broussailles, un

mouvement attira mon attention, suivi d'un faible gémissement. Émergeant des fougères, Seth s'approcha.

— Salut, le môme, marmonnai-je.

Il baissa la tête, je lui tapotai l'encolure.

— Tout va bien, mentis-je. Je te mettrai au courant plus tard. Désolé d'être parti comme ça.

Il me sourit.

— Hé, dis à ta sœur de se calmer, d'accord ? J'en ai assez.

Il acquiesça.

— Retourne au boulot, dis-je en le repoussant. Je te ferai signe dans pas longtemps.

Il s'appuya contre moi avant de filer dans les arbres.

— Il a l'un des esprits les plus purs, les plus sincères, les plus gentils qu'il m'ait été donné d'entendre, chuchota Edward, une fois Seth disparu. Tu as de la chance de partager ses pensées.

— Je sais, maugréai-je.

Nous repartîmes. Soudain, d'un même mouvement, nous relevâmes la tête, alertés par un bruit de succion – quelqu'un buvait à l'aide d'une paille. Edward se précipita sur le perron.

— Bella, mon amour, je croyais que tu dormais. Excuse-moi de t'avoir délaissée.

— Ne t'inquiète pas, j'ai eu soif, ce qui m'a réveillée, c'est tout. Heureusement que Carlisle en rapporte davantage. Cet enfant en aura besoin, une fois né.

— Bonne déduction.

— Je me demande s'il aura envie d'autre chose.

— Nous le découvrirons à ce moment-là.

J'entrai.

— Enfin ! s'exclama Alice.

Bella m'observa vivement. Le sourire irrésistible et terriblement agaçant traversa son visage avant de s'évanouir.

Elle fit la moue, l'air de retenir ses larmes. J'eus envie de cogner Leah.

— Salut, Bella ! me dépêchai-je de lancer. Comment vas-tu ?

— Bien.

— Sacrée journée, hein ? Pleine d'événements.

— Tu n'es pas obligé, Jacob.

— J'ignore de quoi tu parles.

J'allai m'asseoir sur l'accoudoir du canapé, vu qu'Edward était déjà installé par terre. Elle m'adressa un regard de reproche.

— Je suis dés...

Je fermai ses lèvres entre mon pouce et mon index.

— Jake, marmonna-t-elle en essayant d'échapper à ma main.

Elle était si faible qu'on aurait cru que ses protestations étaient du chiqué.

— Nous discuterons quand tu auras cessé de faire l'idiote, lui répondis-je.

— D'accord, je me tais.

Je libérai sa bouche.

— Désolée ! lança-t-elle très vite avant de sourire.

En soupirant, je lui retournai la politesse. Dans ses prunelles, je lus tout ce que j'avais cherché au parc.

Demain, elle serait quelqu'un d'autre. Vivante, avec un peu de chance, et Dieu merci. C'était ça qui comptait, non ? Elle me contemplerait avec les mêmes yeux, en quelque sorte. Elle sourirait avec les mêmes lèvres, presque. Elle continuerait à me connaître mieux que n'importe qui n'ayant pas accès à l'intérieur de mon crâne.

Leah serait une camarade intéressante, une véritable amie, peut-être – elle me soutiendrait. Mais elle ne serait jamais ma *meilleure* amie, contrairement à Bella. En plus de l'amour que j'éprouvais pour cette dernière, ce lien-là était primordial.

Demain, Bella serait mon ennemie. Ou mon alliée. Et, visiblement, la décision me revenait. Je poussai un nouveau soupir.

D'accord ! finis-je par céder, renonçant à l'ultime chose qui me restait, me vidant complètement. *Vas-y. Sauve-la. En tant qu'héritier d'Ephraïm, je te donne ma permission et ma parole que ça n'entachera pas le traité. Les autres n'auront qu'à s'en prendre à moi. Tu avais raison, ils ne pourront nier que j'ai le droit d'accepter cela.*

— Merci, chuchota Edward, suffisamment bas pour que Bella n'entende rien.

Les mots avaient cependant une telle ferveur que, du coin de l'œil, je vis les autres vampires se retourner pour le dévisager.

— Alors, reprit Bella en s'efforçant de paraître nonchalante, comment s'est passée ta journée ?

— Super. J'ai fait un tour en voiture. J'ai traîné dans le parc.

— Ç'a l'air sympa.

— Ça l'était.

Soudain, elle grimaça.

— Rose ?

— Encore ? s'amusa l'interpellée.

— J'ai l'impression d'avoir avalé six litres, cette dernière heure.

Edward et moi nous écartâmes pour que Rosalie la soulève du canapé et l'emporte aux toilettes.

— Tu m'autorises à marcher ? s'enquit Bella. Mes jambes sont toutes raides.

— Tu es sûre ? s'inquiéta Edward.

— Rose me rattrapera si je trébuche. Ce qui a toutes les chances d'arriver, puisque je ne les vois pas.

Prudemment, Blondie aida Bella à se lever. Celle-ci s'étira avec une petite moue de douleur.

— C'est agréable, dit-elle. Mais qu'est-ce que je suis grosse !

Elle l'était, en effet. Le ventre pareil à un continent.

— Plus qu'un jour, ajouta-t-elle en tapotant son estomac.

Je ne pus éviter le chagrin qui me transperça, tel un coup de poignard. Du moins, j'essayai de ne pas changer d'expression. Après tout, j'étais capable de tenir une journée supplémentaire, non ?

— Très bien, allons-y... Houps ! Oh, flûte !

La tasse que Bella avait abandonnée sur le divan venait de se renverser sur le tissu clair. D'instinct, elle se pencha pour la rattraper, en dépit des trois autres mains qui l'avaient devancée. À l'intérieur de son corps, on entendit un drôle de déchirement étouffé.

— Oh ! gémit-elle.

Puis elle devint toute molle, manquant de tomber tête la première. Rosalie la saisit à temps, tandis qu'Edward bondissait vers elle, le canapé taché de rouge complètement oublié.

— Bella ? demanda-t-il.

Ses prunelles perdirent leur éclat, et la panique envahit ses traits. La seconde d'après, Bella se mit à hurler. Ce ne fut pas un cri, mais un hurlement de douleur à vous figer sur place. Il s'acheva en gargouillement. Ses yeux se révulsèrent, son corps s'arqua, et elle vomit un geyser de sang.

18

◆

IL N'Y A PAS DE MOTS POUR CELA

Rougi de sang, le corps de Bella se mit à se contracter et à se tordre entre les bras de Rosalie, comme secoué par des décharges électriques. Son visage n'exprimait rien, elle était inconsciente. C'étaient les violentes ruades en provenance de ses entrailles qui provoquaient ces convulsions, dont chaque spasme s'accompagnait de craquements sonores.

L'espace d'une demi-seconde, Rosalie et Edward restèrent tétanisés avant de réagir. Rosalie serra Bella contre elle et, criant si rapidement qu'il me fut difficile de détacher les mots, fonça dans l'escalier, suivie par son frère. Je leur emboîtai le pas.

— De la morphine ! hurla Edward.

— Alice, appelle Carlisle ! ordonna Rosalie.

La pièce dans laquelle je les rejoignis donnait l'impression qu'une salle des urgences avait été installée au milieu d'une bibliothèque. Les lampes blanches diffusaient une lumière crue qui teintait la peau de Bella, allongée sur une table comme un poisson échoué sur le sable, de reflets fantomatiques. Rosalie lui arracha ses vêtements, tandis qu'Edward plantait une seringue dans son bras.

Combien de fois l'avais-je imaginée nue ? Pourtant, je ne me résolus pas à la regarder, craignant les souvenirs qui hantaient ma mémoire.

— Que se passe-t-il, Edward ?

— Le bébé suffoque.

— Le placenta a dû se décoller.

Bella revint à elle. Ces paroles lui arrachèrent un braillement qui me déchira les tympans.

— Sortez-le ! Il ne peut pas respirer. Maintenant !

Ses cris atroces et affolés firent éclater les vaisseaux de ses yeux, qui s'emplirent de taches rouges.

— La morphine…, commença Edward.

— Non ! Tout de suite !

Une autre cataracte de sang étouffa ses hurlements. Edward lui releva la tête pour essayer de lui vider la bouche, afin qu'elle puisse respirer. Déboulant dans la pièce, Alice fixa une oreillette bleue sous les cheveux de Rosalie. Puis elle recula, ses yeux dorés écarquillés et brûlant d'un feu inquiet, pendant que sa sœur parlait frénétiquement au téléphone.

Sous la lumière aveuglante, la peau de Bella paraissait plus mauve et noire que blanche. Sous l'épiderme de son énorme ventre gonflé, un rouge sombre suintait. Rosalie approcha, un scalpel à la main.

— Attends que la morphine fasse effet ! beugla Edward.

— Nous n'avons pas le temps, répliqua-t-elle. Le bébé est en train de mourir.

Sa main s'abattit sur l'estomac de Bella, et un rouge écarlate jaillit à l'endroit où elle avait percé la peau. On aurait cru qu'un seau avait été retourné, ou qu'un robinet avait été ouvert à fond. Bella tressaillit mais ne cria pas, encore étranglée par le sang qui lui coulait de la bouche.

Ce fut alors que Rosalie perdit les pédales. Son expression se modifia, ses lèvres se retroussèrent sur ses dents, et ses prunelles noires étincelèrent sous l'effet de la soif.

— Non, Rose ! rugit Edward.

Comme il tentait d'aider Bella à respirer en lui soutenant la tête, il avait les mains prises, cependant. Je me jetai sur Blondie, sautant par-dessus la table sans même me soucier de me transformer en loup. Lorsque je heurtai son corps de pierre, la repoussant vers la porte, le scalpel s'enfonça profondément dans mon bras. Ma paume se plaqua sur son visage, coinçant sa mâchoire et lui coupant le souffle. D'un même élan, j'écartai son corps afin de lui balancer un bon coup de pied dans le foie. J'eus l'impression de taper dans du béton. Elle alla s'écraser contre les montants de la porte, qu'elle enfonça. L'oreillette explosa. Soudain, Alice surgit, l'attrapa par le cou et l'entraîna dans le couloir.

Je dus reconnaître cela à Blondie : elle ne se défendit pas. Elle *voulait* que nous ayons le dessus. Elle m'avait laissé la tabasser pour sauver Bella. Enfin, pour sauver la chose.

J'arrachai la lame de mon bras.

— Alice, sors-la d'ici ! s'époumona Edward. Confie-la à Jasper, qu'elle reste en bas ! Jacob, j'ai besoin de toi !

Je ne regardai pas Alice terminer le boulot que j'avais commencé et fonçai vers la table d'opération, où Bella s'était mise à bleuir, ses yeux grands ouverts ne voyant rien.

— Tu sais faire les massages cardiaques ? aboya Edward.

— Oui !

J'inspectai brièvement ses traits, afin de m'assurer qu'il

ne risquait pas de réagir comme Rosalie. Ils n'affichaient rien, sinon une détermination féroce.

— Débrouille-toi pour qu'elle respire ! Il faut que je sorte le bébé d'ici avant qu'elle…

Un autre craquement assourdissant retentit à l'intérieur de Bella, si fort que lui et moi nous pétrifiâmes dans l'attente d'un hurlement. Rien ne vint, cependant. Ses jambes, qui avaient été tétanisées par la souffrance, s'écartèrent de manière artificielle.

— Colonne vertébrale, s'étrangla Edward, horrifié.

— Sors ce truc de là ! grondai-je en lui tendant le scalpel. Elle ne sentira plus rien, maintenant !

Puis je me penchai sur Bella. Sa bouche ne saignant plus, j'y pressai la mienne et soufflai dedans. Son corps tendu se dilata, et plus rien n'obstrua sa gorge. Ses lèvres avaient le goût du sang. J'entendis les battements inégaux de son cœur. *Tiens bon,* pensai-je en insufflant une deuxième goulée d'air dans ses poumons. *Tu as promis. Tiens bon !*

Me parvint le son doux et humide du scalpel qui entaillait son ventre. Du sang dégoutta sur le sol. Le bruit qui suivit, inattendu et terrifiant, me fit bondir. Il ressemblait à du métal déchiré et me ramena à la bagarre qui s'était déroulée dans la clairière, des mois plus tôt – c'était le feulement qu'émettaient les corps des vampires nouveau-nés mis en pièces. Jetant un coup d'œil, je vis qu'Edward avait enfoncé son visage dans le renflement de l'estomac – les dents d'un vampire étaient le moyen le plus sûr d'entamer la peau d'un vampire. Frissonnant, je continuai mon bouche-à-bouche.

Bella toussa, et ses yeux roulèrent dans ses orbites, aveugles.

— Ne *me* quitte pas maintenant, Bella ! hurlai-je. Tu m'entends ? Je t'interdis de me quitter ! Tiens bon !

Ses prunelles réagirent, cherchant Edward ou moi, mais ne voyant rien. Je fixai mon regard dessus. Soudain, sous mes mains, son corps s'apaisa, bien que son pouls continuât d'être désordonné, son souffle heurté. Je compris que cette immobilité signifiait que c'en était fini. La chose devait avoir été délivrée.

J'avais raison.

— Renesmée, chuchota Edward.

Ainsi, Bella s'était trompée. Il ne s'agissait pas d'un garçon. Mais bon, ce n'était pas nouveau. Quelles erreurs avait-elle évitées, jusqu'à présent ? Je ne me détournai pas de ses yeux injectés de sang, sentis cependant ses mains se soulever légèrement.

— Laissez-moi…, croassa-t-elle dans un chuchotement laborieux. Donnez-la-moi.

J'aurais dû me douter qu'il lui céderait, comme toujours, aussi sottes soient ses requêtes. Pourtant, je ne crus pas qu'il s'exécuterait, sur ce coup-là. Voilà pourquoi je ne songeai pas à l'en empêcher.

Quelque chose de tiède effleura mon bras. Rien que cela aurait dû attirer mon attention. Rien n'était jamais chaud, en comparaison de moi.

Mais je ne pouvais m'arracher au visage de Bella. Elle cligna des paupières, son regard se focalisa, retrouvant enfin ses facultés de vision. Elle poussa un étrange et faible gémissement.

— Renes… mée. Tu es si… belle.

Puis elle haleta de souffrance. Le temps que je relève la tête, il était trop tard. Edward avait retiré la chose sanguinolente et tiède de ses bras frêles. Je balayai du regard le corps de Bella. Il était rougi par le sang – celui qui avait cascadé de sa bouche, celui dont était enduite la créature, celui qui s'écoulait d'une minuscule morsure, juste au-dessus de son sein gauche.

— Non, Renesmée, murmura l'heureux père, comme s'il apprenait les bonnes manières au petit monstre.

Je ne me tournai ni vers l'un, ni vers l'autre. Je n'avais d'yeux que pour Bella, dont les prunelles s'étaient de nouveau révulsées. Dans un ultime soubresaut, son cœur cessa de battre. Je posai aussitôt mes mains sur sa poitrine et j'appuyai dessus en comptant pour conserver une régularité à mes gestes. Un. Deux. Trois. Quatre. M'interrompant un instant, j'insufflai une autre goulée d'air dans ses poumons.

Je n'y voyais plus. Ma vision était floue, humide. En revanche, j'étais hyperconscient des autres bruits qui résonnaient dans la pièce. Le glouglou réticent de son cœur sous mes mains exigeantes, les battements du mien, et un troisième, furtif, trop rapide, trop léger pour que je l'identifie.

Bouche-à-bouche.

— Qu'est-ce que tu attends ? haletai-je en recommençant à comprimer son torse.

Un. Deux. Trois. Quatre.

— Prends le bébé, m'ordonna Edward.

— Balance-le par la fenêtre !

Un. Deux. Trois. Quatre.

— Donne-la-moi, pépia une voix, depuis le seuil.

Edward et moi grondâmes comme un seul homme.

Un. Deux. Trois. Quatre.

— Je me contrôle, jura Rosalie. Passe-moi le bébé, Edward. Je m'en occuperai jusqu'à ce que Bella…

Bouche-à-bouche. L'échange eut lieu, et les martèlements de papillon s'éloignèrent.

— Écarte-toi, Jacob.

Sans cesser d'appuyer, je relevai la tête. Edward tenait une seringue argentée, comme si elle était d'acier.

— Qu'est-ce que c'est ?

Sa main de pierre bouscula la mienne, me cassant l'auriculaire avec un léger craquement. Dans sa lancée, il enfonça l'aiguille en plein dans le cœur de Bella.

— Mon venin, répondit-il en poussant à fond.

Je perçus le soubresaut du cœur, comme s'il l'avait soumis à un électrochoc.

— Continue ! lâcha-t-il d'une voix glacée, morte.

Farouche, instinctif, il ressemblait à un robot. Ignorant la douleur de mon doigt en train de guérir, je recommençai à comprimer la poitrine de Bella. Elle s'était durcie, comme si le sang s'était congelé, avait épaissi et ralenti. Tout en le faisant circuler dans les artères, j'observai les gestes d'Edward.

On aurait dit qu'il l'embrassait, posant ses lèvres sur sa gorge et ses poignets, dans le creux de son bras. Le déchirement soyeux de la peau me parvenait, encore et encore, cependant qu'il forçait le venin dans son corps en un maximum d'endroits possible. Sa langue pâle essuyait les morsures ensanglantées. Avant que j'aie pu céder au dégoût ou à la colère, je compris qu'il refermait les blessures, de façon à maintenir le poison en elle.

Bouche-à-bouche. Elle ne réagissait plus, mis à part pour les mouvements sans vie de sa poitrine. Je m'acharnai néanmoins, appuyant, comptant, cependant qu'Edward s'activait comme un fou pour tâcher de la ressusciter. Malheureusement, il n'y avait plus rien. Plus que lui et moi. Nous escrimant sur un cadavre.

C'était tout ce qu'il restait de la fille que lui et moi avions aimée. Un corps brisé, déchiré, sanglant. Il était impossible de ressusciter Bella.

Il était trop tard, je le savais. Elle était morte, je le savais. Je le savais, car l'attraction avait disparu. Je ne ressentais plus aucune raison de me trouver près de Bella. Elle n'était plus ici. Cette dépouille ne me faisait plus aucun effet. Le besoin inepte d'être à son côté s'était évaporé. Déplacé. C'était peut-être un terme plus juste. J'avais l'impression que l'attraction venait d'une direction différente, maintenant. Du rez-de-chaussée, de dehors. J'étais envahi par le désir de m'éloigner d'ici et de ne plus jamais, au grand jamais, y revenir.

— Va-t'en, alors ! aboya Edward.

Une fois encore, il écarta mes mains pour prendre ma place, me brisant trois doigts ce coup-ci. Je me redressai, engourdi, insoucieux de la douleur lancinante. Lui comprima le cœur mort plus fort que je ne l'avais fait.

— Elle n'est pas morte, grogna-t-il. Elle va s'en tirer.

Je ne fus pas sûr qu'il s'adressait encore à moi.

Tournant les talons, le laissant avec la défunte, j'avançai à pas lents vers la porte. Très lents. Je n'arrivais pas à me mouvoir plus vite.

Ainsi, c'était ça. Un océan de souffrance. La rive opposée, tellement lointaine, de l'autre côté des eaux bouillonnantes, que je ne pouvais l'imaginer et encore moins la voir. À présent que j'avais perdu mon but, je me sentais de nouveau vide. Sauver Bella était mon combat depuis si longtemps. Or, elle était morte. Elle s'était sacrifiée, avait volontiers accepté d'être massacrée par ce jeune monstre, et j'avais perdu la partie. C'était fini. Je descendis l'escalier en frissonnant à cause des bruits qui résonnaient derrière moi – ceux d'un cœur mort qu'on forçait à battre.

J'avais envie de verser de la Javel dans ma tête pour qu'elle me brûle la cervelle. Qu'elle brûle les images des derniers instants de Bella. J'étais prêt à devenir légume si j'étais débarrassé de ça – les hurlements, le sang, les craquements intolérables provoqués par la créature qui la déchirait de l'intérieur…

J'avais envie de me sauver, de dévaler les marches dix à dix, de franchir la porte en courant, mais mes pieds étaient lourds comme du plomb, et ma carcasse plus fatiguée que jamais. Je descendis l'escalier comme un vieillard estropié. En bas, je rassemblai mes forces pour quitter la villa blanche.

Installée sur la partie propre du canapé blanc, Rosalie me tournait le dos, roucoulant, fredonnant à l'intention de la chose qu'elle tenait, enveloppée dans une couverture. Elle m'entendit sûrement m'arrêter, mais m'ignora, trop absorbée par ce moment de maternité volée. Elle serait peut-être heureuse, désormais. Elle avait ce qu'elle avait désiré, et Bella ne risquait pas de venir le lui reprendre. Était-ce ce que cette blonde venimeuse avait souhaité depuis le début ?

Elle avait un objet sombre dans la main, et des bruits féroces de succion voletaient dans l'air, émis par la petite meurtrière.

L'odeur du sang. Du sang humain. Rosalie la nourrissait. Naturellement, la créature voulait du sang. Ce genre de monstre capable de mutiler sa propre mère de manière aussi horrible ne pouvait désirer autre chose. Tant qu'à faire, elle aurait tout aussi bien pu sucer celui de Bella. D'ailleurs c'était peut-être ce que contenait le biberon.

Les sons que produisait la tétée du petit exécuteur me rendirent soudain mes forces. Ma haine et ma chaleur aussi. Une brûlure rouge qui submergea mon cerveau, incandescente mais pas destructrice. Les images qui se dessinèrent dans mon esprit étaient du carburant qui alimentait mon enfer et refusait de se laisser anéantir. Des trémulations me secouèrent de la tête aux pieds, et je ne fis rien pour les museler.

Rosalie était si hypnotisée par le bébé qu'elle ne me prêtait aucune attention. Elle ne serait pas assez rapide pour me retenir.

Sam avait eu raison. La chose était une aberration, et

contre-nature sa seule existence. Il s'agissait d'un démon dénué d'âme. D'un être qui n'avait pas le droit d'exister.

Qu'il fallait annihiler.

Apparemment, l'attraction n'était pas venue de la porte. Je le sentais, à présent, m'encourageant, me poussant en avant, m'incitant à en finir, à débarrasser le monde de cette abomination.

Rosalie tenterait de me tuer, une fois le monstre éliminé. Je me défendrais. Je n'étais pas certain de pouvoir la liquider avant que les autres ne viennent à la rescousse. Quelle importance, de toute façon ?

Je me fichais aussi que les loups me vengent ou exigent que justice soit faite auprès des Cullen. Rien de tout cela ne comptait. Seule m'importait ma propre justice. Ma vengeance. La chose responsable de la mort de Bella ne vivrait pas une minute de plus.

Si Bella avait survécu, elle m'aurait détesté pour cela. Elle aurait voulu me tuer de ses propres mains.

Mais je m'en fichais également. Elle-même se moquait de ce qu'elle m'avait infligé – cet abattage en règle digne d'un animal. Pourquoi aurais-je dû prendre en compte ses sentiments ?

Et puis, il y avait Edward. Il devait être trop occupé pour le moment, trop enfoncé dans son déni dément à essayer de réanimer un cadavre, pour être à l'affût de mes plans, de mes pensées.

Ainsi, je n'aurais pas l'occasion de tenir la promesse que je lui avais faite, sauf si – et je n'aurais pas parié là-dessus – je gagnais mon combat contre Rosalie, Jasper et Alice. Trois contre un. Quoi qu'il en soit, je ne pensais pas avoir en moi ce qu'il fallait pour tuer Edward.

C'était la compassion qui me manquait. Pourquoi l'autoriser à se détourner de ce dont il était coupable ? N'aurait-il pas été plus juste – plus satisfaisant – de l'obliger à vivre avec rien, plus rien du tout ? Je faillis sourire, malgré toute la haine qui me submergeait. Plus de Bella. Plus de rejeton de vampire. Et un maximum de membres de sa famille liquidés. Certes, il serait sûrement capable de ressusciter ces derniers, puisque je n'aurais pas le temps de les immoler. Bella en revanche... elle, ne revivrait pas.

Et la créature ? J'en doutais. Elle était en partie humaine, elle devait donc avoir hérité un peu de sa vulnérabilité. Je le devinais aux minuscules battements de son cœur.

Car le sien battait. Pas celui de sa mère.

En une seconde seulement, je pris toutes ces décisions, sans hésiter.

Mes tremblements s'accentuèrent. Je m'accroupis, prêt à bondir sur la vampirette blonde afin de réduire en pièces et à coups de dents la chose meurtrière qu'elle berçait. Rosalie émit de nouveaux roucoulements, posa le biberon métallique et souleva le monstre pour lui caresser le visage de son nez.

Parfait. Elle m'offrait littéralement ma proie. Je me penchai en avant, sentant la chaleur me transformer cependant que l'attraction vers le petit assassin augmentait. Jamais elle n'avait été aussi puissante, au point qu'elle m'évoqua un ordre lancé par un Alpha. Comme si elle risquait de m'écraser si je ne lui obéissais pas.

Mais cette fois, je souhaitais lui obéir.

L'assassin miniature me regarda par-dessus l'épaule de Rosalie. Ses prunelles étaient plus concentrées que celles de n'importe quel autre nouveau-né. Des yeux marron chaleureux, couleur chocolat au lait, comme ceux de Bella.

Mes frissons s'arrêtèrent net. La chaleur m'envahit, encore plus forte, mais elle avait changé de qualité – elle ne brûlait plus.

Elle rougeoyait.

Tout ce qui me constituait se délita pendant que je fixais le visage de porcelaine du bébé mi-vampire, mi-humain. Tous les fils qui me retenaient à la vie furent vivement tranchés. Tout ce qui participait de celui que j'étais – mon amour pour la morte à l'étage, mon amour pour mon père, ma loyauté envers ma nouvelle meute, mon amour pour mes autres frères, la haine de mes ennemis, de mon foyer, de mon nom, de moi-même – fut coupé en un instant comme des ficelles de ballons – clic, clic, clic –, qui s'envolèrent dans le ciel.

Moi, je ne m'envolai pas. Je restai attaché là où je me trouvais.

Pas par une ficelle, par un million de ficelles. Pas par des ficelles, par des câbles d'acier. Un million de câbles d'acier qui tous me liaient à une seule chose – au centre même du monde.

Il m'apparut alors que l'univers tournait autour de ce point unique. Moi qui n'avais encore jamais pris conscience de la symétrie des choses, je la découvris clairement.

La gravité terrestre ne me retenait plus à l'endroit où j'étais. À la place, c'était cette petite fille dans les bras de Rosalie.

Renesmée.

Du premier étage nous parvint un nouveau son. Le seul susceptible de me toucher en cet instant infini.

Un battement frénétique et précipité...

Un cœur en mutation.

LIVRE 3

---◆---

BELLA

L'attachement personnel est un luxe que nous ne pouvons nous permettre qu'après avoir éliminé tous nos ennemis. Avant cela, tous ceux que nous aimons sont des otages qui sapent notre courage et corrompent notre jugement.

Orson Scott Card (né en 1951), *Empire*

Prologue

◆

Cessant d'être un cauchemar, la ligne noire avança vers nous, cependant que les foulées de ceux qui la constituaient agitaient la brume glaciale.

« Nous allons mourir », songeai-je, paniquée. J'étais au désespoir pour l'être précieux que je défendais. Toutefois, y penser maintenant détournait mon attention et je n'étais pas en mesure de me le permettre.

Ils se rapprochèrent tels des fantômes, leurs capes noires doucement agitées par leurs mouvements. Leurs mains se recroquevillèrent en griffes couleur d'ossements. Ils se séparèrent, afin de nous cerner de toutes parts. Nous étions coincés. Nous allions mourir.

Puis, comme sous l'éclair d'un flash, la scène se modifia brutalement. Rien n'avait changé, pourtant. Les Volturi continuaient à venir à nous, menaçants, prêts au massacre. En revanche, ma perception de ce qui se passait était tout autre. Soudain, j'avais hâte. Je *voulais* qu'ils attaquent. Ma panique se sublima en soif sanguinaire, alors que je me tapissais, un rictus aux lèvres, mes dents dévoilées, et qu'un grondement s'échappait de ma gorge.

19

◆

BRÛLURE

La douleur était déroutante.

C'était exactement ça – j'étais déroutée. Je ne comprenais pas, j'étais incapable de saisir ce qui se passait.

Mon corps essayant de rejeter la souffrance, je fus aspirée, encore et encore, par une obscurité qui effaça les secondes (les minutes peut-être) de torture, rendant encore plus difficile la perception de la réalité.

Je tentai de séparer les deux univers.

L'irréel était noir et ne faisait pas trop mal.

Le réel était rouge, et j'avais alors l'impression d'être sciée en deux, renversée par un bus, tabassée par un boxeur, jetée dans de l'acide – tout cela simultanément. La réalité, c'était sentir mon corps se tordre dans tous les sens, alors que la douleur m'empêchait de bouger. La réalité, c'était savoir qu'il y avait quelque chose de plus important que cette litanie de supplices et de ne pas réussir à me souvenir de quoi il s'agissait. La réalité était survenue si vite.

À un moment, tout était ce qu'il devait être. J'étais entourée par les gens que j'aimais, par des sourires. Aussi surprenant que cela pût paraître, j'allais apparemment obtenir tout ce que je m'étais battue pour avoir.

Puis, un événement, minuscule, futile, avait mal tourné.

J'avais vu ma tasse se renverser, et le sang sombre tacher le tissu immaculé. Par réflexe, je m'étais penchée. Des mains, plus rapides que les miennes, m'avaient précédée. Pourtant, j'avais continué à tendre le bras, à m'étirer... En moi, quelque chose avait alors tiré dans le sens contraire. Déchirure. Brisure. Fulgurance de la douleur.

Les ténèbres s'étaient installées, avant d'être balayées par une vague de souffrance. Je ne pouvais plus respirer. Il m'était arrivé de me noyer, autrefois, et ceci était différent ; ma gorge était trop chaude. Des bouts de moi se cassaient, s'éparpillaient, se fendaient...

Puis, de nouveau, le noir.

Des voix, à présent, hurlant, cependant que l'agonie resurgissait.

— Le placenta a dû se décoller.

Une lame plus aiguisée que celle d'un couteau m'avait incisée, et les mots avaient pris leur sens en dépit des multitudes de supplices qui me tourmentaient. Placenta décollé. Je savais ce que cela signifiait. Que mon bébé était en train de mourir, à l'intérieur de moi.

— Sortez-le ! avais-je crié à Edward. Il ne peut pas respirer. Maintenant !

— La morphine.

Il voulait attendre, m'administrer des antalgiques, alors que le bébé agonisait !

— Non ! Tout de suite !

Des taches noires avaient caché la lampe de la chambre, cependant qu'un raz de marée glacé de douleur nouvelle poignardait mon ventre. Je m'étais instinctivement débattue afin de protéger mon utérus, mon bébé, mon petit Edward Jacob ; malheureusement, j'étais faible. Mes poumons étaient douloureux, privés d'oxygène.

Derechef, la peine s'était estompée, bien que je m'y accroche, désormais. Mon bébé, mon bébé qui mourait...

Combien de temps s'était écoulé ? La souffrance avait disparu. J'étais engourdie. Je ne sentais rien, ne voyais rien non plus, mais j'entendais. Il y avait de l'air dans mes poumons, qui montait et descendait en bulles le long de ma gorge.

— Ne *me* quitte pas maintenant, Bella ! Tu m'entends ? Je t'interdis de me quitter ! Tiens bon !

Jacob ? Jacob était donc encore là, à essayer de me sauver la vie. « Mais bien sûr ! » avais-je eu envie de lui dire. Bien sûr que je n'allais quitter personne. Ne leur avais-je pas promis à tous deux ? J'avais alors tenté de localiser mon cœur. Il était hélas perdu quelque part dans mon corps. Je ne sentais pas ce que j'aurais dû sentir, rien n'était à sa place. Ayant cligné les paupières, j'avais recouvré la vue. J'avais distingué la lumière. Ce n'était pas ce que je cherchais, c'était mieux que rien quand même. Tandis que mes yeux s'efforçaient de s'habituer à l'éclat, Edward avait murmuré :

— Renesmée.

Renesmée ? Pas le fils parfait et pâle que mon imagination avait engendré ? Sur le coup, j'avais eu un choc. Auquel s'était vite substituée une bouffée de chaleur.

Renesmée.

J'avais forcé mes lèvres à bouger, j'avais ordonné aux

bulles d'air de se transformer en murmure. J'avais obligé mes mains gourdes à se soulever.

— Laissez-moi… Donnez-la-moi.

La lumière avait dansé, explosant les doigts cristallins d'Edward en milliers d'étincelles aux reflets rouges, le sang qui maculait sa peau. Il tenait encore du rouge. Quelque chose de petit, qui gigotait, qui dégoulinait de sang. Il avait effleuré mes pauvres bras avec le corps tiède, et j'avais cru la prendre. Sa peau était chaude, aussi chaude que celle de Jacob.

Puis mes yeux s'étaient ajustés et, soudain, tout était devenu clair.

Renesmée n'avait pas crié ; en revanche, elle avait respiré à petits coups surpris. Ses prunelles étaient ouvertes, son expression si ahurie que c'en était presque drôle. La petite tête ronde sans défauts était couverte de boucles épaisses, souillées de sang. Ses iris étaient d'un brun chocolat familier, et pourtant stupéfiant. Sous le rouge, sa peau semblait pâle, d'un ivoire crémeux. Sauf ses joues, qui flamboyaient. Ses traits étaient d'une perfection telle que j'en avais été hébétée. L'enfant dépassait son père en beauté. C'était incroyable. Impossible.

— Renes… mée, avais-je chuchoté. Tu es si… belle.

Alors, le visage incroyable s'était fendu d'un sourire, un grand sourire délibéré. Les lèvres roses comme l'intérieur d'un coquillage abritaient toute une rangée de dents d'un blanc neigeux. Elle avait penché la tête sur ma poitrine, s'était blottie contre ma chaleur. Sa peau avait beau être tiède et soyeuse, elle n'était pas molle comme la mienne. Puis il y avait eu un brusque élan de douleur – j'avais étouffé un cri.

La petite avait soudain disparu. Mon angelot n'était plus nulle part. Je ne la voyais ni ne la sentais plus. « Non, avais-je eu envie de hurler. Rendez-la-moi ! » Malheureusement, j'étais trop faible. Un instant, mes bras avaient donné l'impression d'être des tuyaux de caoutchouc vides avant de ne m'offrir plus aucune sensation. Comme s'ils n'existaient plus. Comme si *je* n'existais plus.

Les ténèbres avaient obscurci ma vision encore plus solidement que précédemment. Un bandeau épais, bien serré. Couvrant à la fois mes yeux mais aussi moi-même, m'anéantissant d'un poids écrasant. Lutter était épuisant. Il aurait été tellement plus aisé de renoncer, de me laisser submerger par le noir, entraîner en bas, toujours plus bas, jusqu'en un lieu où il n'y avait plus ni fatigue, ni inquiétude, ni angoisse.

Si ça n'avait tenu qu'à moi, je ne me serais pas battue très longtemps. Je n'étais qu'une pauvre humaine dotée de sa seule et misérable force d'humaine. Comme Jacob l'avait dit, j'avais par trop fréquenté le surnaturel. Mais il n'y avait pas que moi. Si je cédais à la facilité, si je permettais à l'obscurité de m'effacer, je leur ferais du mal.

Edward. Edward. Ma vie et la sienne étaient deux brins d'un même fil. Si l'on en coupait un, l'autre s'effilochait. Lui disparu, je n'aurais pas survécu. La réciproque était vraie. Or, un monde sans Edward perdait son sens. Son existence était indispensable.

Jacob, qui n'avait cessé de me dire au revoir, mais qui était revenu chaque fois que j'avais eu besoin de lui. Jacob, que j'avais blessé à tant de reprises que c'en était criminel. Le maltraiterais-je à nouveau, et de la pire façon qui fût ? Il était resté pour moi, en dépit de tout ce que je lui avais infligé. À présent, il ne demandait qu'une chose – que je reste pour lui.

Malheureusement, la noirceur était telle que je n'arrivais à distinguer les visages ni de l'un ni de l'autre. Rien ne semblait réel. S'accrocher en était d'autant plus compliqué. Je repoussais le voile sombre, presque par réflexe. Je n'essayais pas de le soulever. Je me contentais de résister. Je l'empêchais de me broyer entièrement. Je n'étais pas Atlas, toutefois, et il pesait aussi lourd qu'une planète. Je ne pouvais pas m'en débarrasser ; je pouvais juste ne pas baisser les armes.

L'histoire de mon existence, en quelque sorte. Je n'avais jamais eu la force de gérer les choses qui échappaient à mon contrôle, celle d'attaquer ou de fuir mes ennemis. Celle d'éviter la douleur. Faible humaine, je n'avais toujours su que continuer. Endurer. Survivre.

Cela avait suffi, jusqu'à maintenant. Il faudrait que cela suffise aujourd'hui également. J'allais résister en attendant qu'on me vienne en aide. Edward ferait son possible. Il ne renoncerait pas. Moi non plus.

Je maintiendrais les ténèbres de l'inexistence à l'écart.

Hélas, ma détermination n'avait pas été suffisante. Au fur et à mesure que le temps m'avait moulue et que le noir avait grignoté petit à petit mon espace vital, il m'avait fallu puiser mon courage ailleurs. Je ne pouvais même pas invoquer le visage d'Edward, ni ceux de Jacob, d'Alice, de Rosalie, de Charlie, de Renée, de Carlisle ou d'Esmé. Rien. Cela m'avait terrifiée, je m'étais demandé s'il était trop tard.

Je m'étais sentie glisser, sans prise à laquelle m'accrocher.

Non ! Je devais survivre. Edward dépendait de moi. Et Jacob, Charlie, Rosalie, Carlisle, Renée, Esmé.

Renesmée.

Alors, bien que ne voyant toujours rien, j'avais soudain perçu un changement. J'avais cru retrouver la sensation de mes bras, pareils à des limbes fantomatiques, avec, à l'intérieur, une chose petite, dure et très, très chaude.

Mon bébé.

J'avais réussi. En dépit des pronostics, j'avais été assez solide pour survivre à Renesmée, pour m'agripper à elle jusqu'à ce qu'elle soit elle-même assez forte pour exister sans moi.

Cette source de chaleur au niveau de mes bras spectraux avait semblé si réelle que j'avais raffermi ma prise autour d'elle. Tel était l'endroit exact où mon cœur devait être. Concentrée sur le souvenir de ma fille, j'avais compris que j'allais être en mesure de lutter contre les ténèbres aussi longtemps qu'il le faudrait. La chaleur avait continué à gagner en intensité et en réalité, au point qu'il était difficile de croire que je l'imaginais.

Toujours plus chaud.

Trop chaud. Inconfortable. Brûlant.

Ma réaction instinctive avait été de lâcher cette incandescence, comme je l'aurais fait si j'avais pris un fer à friser par le mauvais bout. Sauf qu'il n'y avait rien dans mes bras. Ils n'étaient pas croisés sur ma poitrine. Ils étaient des poids morts reposant le long de mes flancs. La brûlure était en moi. Elle avait augmenté, encore et encore, jusqu'à surpasser tout ce que j'avais pu ressentir un jour.

Sous le feu qui ravageait ma poitrine, j'avais décelé un battement ; j'avais compris alors que mon cœur avait redémarré, juste au moment où j'avais souhaité que cela ne se produisît pas. Où j'avais regretté de ne pas avoir accueilli l'obscurité tant que j'en avais encore l'occasion. J'avais eu envie de soulever les bras, de lacérer mon torse et de m'arracher le cœur – tout plutôt que cette torture. Malheureusement, mes bras avaient disparu, mes doigts étaient incapables de bouger.

En comparaison, lorsque James m'avait brisé la jambe d'un coup de pied, ç'avait été aussi agréable que poser sa tête sur un oreiller de plume. Je l'aurais accepté avec joie, à présent, cent fois de suite si nécessaire. Le bébé, fêlant mes côtes, se frayant un passage en me cassant partout, cela non plus n'avait rien été, sinon un bain paresseux dans une mare d'eau fraîche. Je l'aurais enduré mille fois. Avec joie.

L'incendie s'était déchaîné, j'aurais souhaité hurler. Supplier qu'on me tue, plutôt qu'endurer une minute de plus cette souffrance infernale. Mais je ne pouvais remuer les lèvres. Le poids m'écrasait encore.

Je m'étais rendu compte que ce n'était pas les ténèbres qui me faisaient plonger – c'était mon corps. Lourd. M'enterrant dans les flammes qui se répandaient à partir de mon cœur et envahissaient maintenant mes épaules et mon estomac, qui embrasaient ma gorge, qui léchaient mon visage, en provoquant une douleur inouïe.

Pourquoi étais-je pétrifiée ? Pourquoi étais-je muette ? Les histoires racontées n'évoquaient pas cette impuissance.

J'avais l'esprit d'une clarté intolérable, aiguisée par l'agonie, et la réponse à mes interrogations s'était imposée à moi immédiatement.

La morphine.

Nous en avions parlé – des millions de morts auparavant, semblait-il – avec Edward et Carlisle. Ces derniers avaient espéré que des doses suffisantes d'analgésiques m'aideraient à supporter l'acidité du venin. Carlisle avait tenté l'expérience sur Emmett, mais le venin s'était répandu plus vite que les médicaments, scellant au passage ses veines. Les potions humaines n'avaient pas eu le temps de se répandre. Sur le moment, j'avais opiné, sereine, soulagée qu'Edward ne puisse lire dans mes pensées.

Ayant déjà eu droit à un mélange de morphine et de venin par le passé, je connaissais la vérité. Je savais que l'engourdissement bénéfique de l'antalgique était parfaitement inutile face à la brûlure qui incendiait mon système sanguin. Il avait été cependant hors de question de le préciser. Pas de danger que je mentionne un détail qui risquait de renforcer ses réticences à me transformer.

Néanmoins, je n'avais pas envisagé que la morphine pût avoir pour effet de me clouer sur la table d'opération et de me bâillonner. De me paralyser, tandis que je brûlais.

Ils avaient partagé leurs expériences avec moi. Carlisle avait réussi à rester tranquille pour éviter d'être percé à jour. Rosalie affirmait que crier ne servait à rien. J'avais escompté être à la hauteur de Carlisle. J'avais espéré croire aux paroles de Rosalie afin de pouvoir me taire. Parce que chacun de mes hurlements serait une torture pour Edward.

Mes vœux avaient donc été exaucés, et cela ressemblait à une très mauvaise plaisanterie.

Si j'étais incapable de crier, comment lui dire que je désirais qu'il en finisse avec moi ?

Car je ne souhaitais plus que cela. N'être jamais née. Ce que j'avais vécu ne valait pas cette douleur. Ne valait pas que je tienne une seconde de plus.

Laissez-moi mourir. Laissez-moi mourir. Laissez-moi mourir.

Infiniment, tout s'était résumé à cela, les tourments cruels, mes hurlements muets, mes supplications informulées. Rien d'autre, pas même le temps, qui n'avait plus ni début ni fin. Une souffrance interminable.

Le seul changement qui s'était produit, brusque, incroyable, avait été le redoublement de la torture. La partie basse de mon corps, qui était morte bien avant la morphine, s'était soudain embrasée à son tour. Des liens brisés avaient guéri, raccommodés par les doigts brûlants des flammes.

L'incendie s'était poursuivi, acharné.

Cela aurait pu durer quelques secondes ou quelques

jours, voire quelques semaines ou quelques années, mais le temps finit par retrouver sa signification.

Trois événements se produisirent simultanément, s'engendrant les uns les autres, si bien que je ne pus déterminer lequel avait précédé les autres : le temps repartit, le poids de la morphine s'estompa, je recouvrai mes forces.

Le contrôle de mon corps me revint par vagues, lesquelles constituèrent mes premières prises de conscience du redémarrage du temps. Je m'en rendis compte lorsque je pus de nouveau agiter les orteils et serrer les poings. Ce que je ne fis pas, cependant.

Le feu ne diminua en rien – je commençais d'ailleurs à savoir l'appréhender d'une nouvelle manière, à apprécier séparément chaque langue brûlante qui écorchait mes veines – mais je découvris que j'étais en mesure de réfléchir malgré les blessures qu'il m'infligeait. Ainsi, je me souvins des raisons qui m'avaient empêchée de hurler. De celles aussi pour lesquelles j'avais accepté d'endurer cette torture intolérable. Je me rappelai, bien que cela parût impensable, que ma souffrance était censée déboucher sur quelque chose qui en valait la peine.

Cette prise de conscience eut lieu juste au bon moment, quand je dus tenir, alors que mon corps s'allégeait. Aucun témoin n'aurait décelé ce changement. Mais moi, en pleine lutte pour étouffer mes cris et le séisme qui secouait mon enveloppe charnelle afin de ne blesser personne alentour, j'eus le sentiment que j'avais cessé d'être enchaînée au bûcher et que, à la place, je m'y *accrochais*.

Je n'avais la force que de rester immobile, cependant que j'étais brûlée vive.

Mon esprit gagna en lucidité, et je fus en mesure de compter les battements désordonnés et bruyants de mon cœur qui mesuraient le fil du temps. De compter les aspirations haletantes qui se succédaient par à-coups entre mes lèvres. De compter les souffles mesurés et faibles qui résonnaient quelque part près de moi. Comme ils étaient plus lents, je me concentrai dessus. Ils signifiaient davantage de minutes égrenées. Plus rythmés que le balancier d'une horloge, ils m'entraînaient vers la fin à travers les secondes incandescentes.

Forces physiques et clarté mentale se poursuivirent. Je devins capable d'identifier d'autres bruits. Pas légers, chuchotis d'un courant d'air déclenché par une porte ouverte. Les pas se rapprochèrent, et une douce pression s'exerça à l'intérieur de mon poignet. Je ne sentis pas la fraîcheur des doigts. L'incendie avait éradiqué tout souvenir du froid.

— Toujours rien ?

— Non.

Un effleurement, une haleine caressant ma peau en feu.

— Plus de trace de la morphine.

— Je sais.

— Bella ? Tu m'entends, Bella ?

Je savais, sans le moindre doute, que si je desserrais les dents, je perdrais le contrôle sur moi. Je hurlerais, je me débattrais. Si je clignais les paupières, si j'agitais ne serait-ce qu'une phalange, c'en serait fini.

— Bella ? Mon amour ? Peux-tu ouvrir les yeux ? Peux-tu presser mes doigts ?

Frôlement sur mes mains. Il me fut plus ardu de ne pas réagir au son de cette voix. La souffrance qu'elle trahissait n'était rien, comparée à celle qu'elle risquait d'être. Pour l'instant, il *redoutait* juste que j'aie mal.

— Si ça se trouve… j'ai peut-être trop tardé, Carlisle.

Les intonations se brisèrent sur le mot « tardé ». L'espace d'un instant, ma détermination flancha.

— Écoute son cœur, Edward. Il bat plus fort que ne le faisait celui d'Emmett. Je n'ai jamais entendu pareille vitalité. Elle sera parfaite.

Oui, j'avais raison de rester tranquille. Carlisle se chargerait de le rassurer. Inutile qu'il souffre avec moi.

— Et sa colonne vertébrale ?

— Ses blessures n'étaient pas pires que celles d'Esmé. Le venin les aura guéries.

— Elle est tellement immobile, cependant. J'ai forcément commis une erreur.

— Ou, au contraire, tu as bien agi. Tu as eu les gestes que j'aurais eus, fils. Plus, même. Je n'aurais pas eu ton entêtement, la foi qu'il a fallu pour la sauver. Cesse de te fustiger. Bella va s'en sortir.

Un chuchotement :

— Elle doit endurer le martyre.

— Nous n'en avons pas la moindre idée. Tu lui as injecté tellement de morphine. Nous ignorons comment cela aura affecté le processus.

Une faible pression dans le creux de mon coude. Un murmure :

— Je t'aime, Bella. Je suis navré.

J'aurais tant voulu lui répondre. Mais je refusais d'augmenter ses tourments. Pas quand j'avais encore la force de tenir.

Pendant ce temps, le feu poursuivait ses ravages. J'avais plein de place dans ma tête, cependant. Pour méditer sur la conversation qui venait de se dérouler, pour me rappeler ce qui s'était passé, pour envisager l'avenir, et pour avoir toujours plus mal.

Pour m'inquiéter aussi.

Où était mon bébé ? Pourquoi me l'avait-on enlevé ? Pourquoi Edward et Carlisle n'en parlaient-ils pas ?

— Non, je ne la quitte pas, répondit Edward à une

question non formulée de son père. Qu'ils se débrouillent sans moi.

— Une situation particulière, marmonna Carlisle. Et moi qui croyais avoir tout vu.

— Je m'en occuperai plus tard. *Nous* nous en occuperons plus tard.

Contact aérien avec ma paume brûlante.

— À nous cinq, nous devrions réussir à éviter le carnage.

— Je ne sais pas quel parti prendre, soupira Edward. Aucun des deux, sans doute. Enfin, rien ne presse.

— J'aimerais savoir ce que Bella en pense. De quel côté elle se rangera.

— Oh, je suis certain qu'elle me surprendra ! Comme toujours.

Les pas de Carlisle s'éloignèrent. Je regrettai de ne pas avoir plus d'explications. S'exprimaient-ils de façon cryptée rien que pour m'agacer ? Je repris mon compte des respirations d'Edward pour mesurer le temps.

Dix mille neuf cent quarante-trois souffles plus tard, des pas différents résonnèrent dans la pièce. Plus légers. Plus rythmiques. Bizarre... J'étais capable de distinguer des détails infimes entre telle ou telle démarche que je n'avais jamais perçus auparavant.

— Encore combien de temps ? lança Edward.

— Plus tellement, répondit Alice. Elle s'éclaircit. Je la vois beaucoup mieux. Ouf !

— Toujours aussi amère ?

— Oui. Merci de ramener ça sur le tapis. Toi aussi, tu serais mortifié si tu te rendais compte que ta propre nature t'entrave. Ce sont les vampires que je distingue le mieux, car j'en suis un. Pour les humains, ça va, parce que j'en ai été un. Malheureusement, je ne vois pas du tout ces métis, parce que je n'ai aucune expérience de cela. Pff !

— Ne t'égare pas, Alice !

— Tu as raison. Bella est presque trop perceptible, à présent.

Il y eut un long silence, puis Edward poussa un soupir – différent, plus joyeux.

— Elle va vraiment s'en tirer, dit-il.

— Bien sûr !

— Tu n'étais pas aussi sûre de toi, il y a deux jours.

— Je ne captais rien, à ce moment-là. Maintenant qu'elle est libérée de tout angle mort, c'est fastoche.

— Pourrais-tu te concentrer pour moi ? Sur l'heure… approximativement.

— Quelle impatience ! D'accord. Un instant…

Respirations mesurées.

— Merci, Alice.

Sa voix était plus enjouée.

Combien ? N'auraient-ils pas pu le dire tout fort ? Était-ce trop exiger ? Encore combien de secondes à brûler ainsi ? Dix mille ? Vingt mille ? Un jour supplémentaire – quatre-vingt-six mille quatre cents secondes ? Davantage encore ?

— Elle va être époustouflante.

— Elle l'a toujours été, objecta Edward.

— Tu me comprends. Regarde-la !

Les paroles d'Alice m'emplirent d'espoir. Si ça se trouve, je ne ressemblais pas à un morceau de charbon, contrairement à l'impression que j'avais. Pour moi, je n'étais plus qu'un tas d'ossements calcinés. La moindre de mes cellules avait forcément été réduite en cendres.

J'entendis ma belle-sœur filer de la pièce. J'entendis le froissement du tissu dérangé par ses mouvements. J'entendis le faible bourdonnement de la lampe accrochée au plafond. J'entendis le léger souffle du vent à l'extérieur de la maison. J'entendais *tout*. En bas, quelqu'un regardait un match de base-ball à la télévision. Les Mariners de Seattle gagnaient de deux points.

— C'est mon tour ! lança Rosalie avec aigreur.

Un grondement bas lui répondit.

— Du calme ! intervint Emmett.

Quelqu'un grommela.

Je tendis l'oreille mais ne perçus rien d'autre que le match. Le base-ball ne m'intéressant pas assez pour me faire oublier la douleur, je me concentrai de nouveau sur la respiration d'Edward.

Vingt et un mille neuf cent dix-sept secondes et demie plus tard, la souffrance se modifia.

Pour l'aspect positif des choses, elle commença à se retirer de mes doigts et de mes orteils. Lentement, mais c'était du neuf. Enfin, la torture s'évacuait. Quant aux mauvaises nouvelles… l'incendie de ma gorge avait changé de caractère. Non seulement je me consumais, mais j'étais assoiffée. Ma bouche était sèche comme le désert. Parcheminée. Un feu brûlant, une soif brûlante. Autre point négatif : l'incendie de mon cœur avait redoublé de vigueur.

Comment était-ce possible ?

Mon pouls, déjà trop rapide, avait accéléré pour atteindre une vitesse frénétique.

— Carlisle ? appela Edward.

Il s'était exprimé à voix basse mais audible, et son père l'entendrait, pour peu qu'il se trouve dans la maison ou dans les parages immédiats.

La morsure du feu se retira de mes paumes, qui en furent immédiatement soulagées et refroidirent tout aussi rapidement. Hélas, elle se concentra dans mon cœur, qui irradiait comme le soleil et battait à une allure redoublée.

Carlisle entra dans la pièce accompagné d'Alice. Leurs pas étaient si distincts que je réussis à déterminer que lui se tenait sur la droite, un peu en avant d'elle.

— Écoutez, leur enjoignit Edward.

Le bruit le plus fort était celui émis par mon cœur affolé, qui pulsait au rythme de l'incendie.

— Ah ! murmura Carlisle. C'est presque fini.

Mon soulagement fut anéanti par la douleur inimaginable qui tordit soudain ma poitrine. En revanche, mes poignets et mes chevilles ne brûlaient plus.

— Oui, acquiesça Alice, enthousiaste. Je vais chercher les autres. Dois-je demander à Rosalie de…

— Absolument. Que le bébé reste à l'écart.

Quoi ? Non. *Non !* Comment ça, écarter mon bébé ? Mais à quoi pensait-il ? Mes doigts s'agitèrent, et mon irritation transperça la façade de morte que je conservais. Mis à part le tambourinement de mon pouls, la pièce était silencieuse – tous avaient cessé de respirer en constatant que j'avais bougé. Une main serra la mienne.

— Bella ? Bella, mon amour ?

Étais-je en mesure de lui répondre sans me mettre à hurler ? J'y réfléchis un instant, puis le feu explosa à l'intérieur de mon torse, encore plus chaud, en provenance de mes coudes et de mes genoux. Mieux valait ne pas courir le risque.

— Je reviens tout de suite, annonça Alice avant de filer dans un envol de vêtements.

Tout à coup… Oh !

Mon cœur décolla, ronflant comme les pales d'un hélicoptère en une note soutenue et presque unique. J'eus l'impression qu'il allait se creuser un passage à travers mes côtes. Les flammes crépitèrent dans ma cage thoracique, avalant les ultimes brandons qui s'attardaient dans le reste de mon corps, afin d'alimenter cette fournaise à la brûlure insensée. La douleur me pétrifia, brisa ma prise sur le bûcher. Mon dos s'arqua, comme si le feu me hissait vers le haut par le cœur.

Lorsque je retombai sur la table, je ne permis à aucune partie de mon corps de rompre les rangs. En moi, la bataille devint enragée, entre mon cœur et l'incendie. L'un comme l'autre perdaient. Les flammes étaient condamnées, ayant déjà consumé tout ce qui était combustible ; mon cœur galopait à toute vitesse vers son dernier battement.

Le feu se rétrécit, se rassemblant dans le seul organe humain qui subsistait avec une violence proprement intolérable. Y répondit un bruit sourd, profond, creux. Mon cœur tressauta à deux reprises puis, moins fort, une dernière fois.

Il n'y avait plus de bruit. Plus un souffle. Pas même le mien.

Durant un moment, je ne compris qu'une chose – la disparition de la souffrance.

Alors, j'ouvris les yeux et je contemplai le plafond avec étonnement.

20

◆

RENAISSANCE

Tout était si clair. Affûté. Défini.

La lampe qui brillait d'une lumière aveuglante au plafond ne m'empêchait pas de distinguer les filaments incandescents à l'intérieur de l'ampoule. Dans l'éclat blanc, je discernais chacune des sept couleurs de l'arc-en-ciel, de même qu'une huitième, pour laquelle je n'avais pas de nom. Au-delà, j'étais capable de séparer chaque parcelle du bois noir constituant le plafond. Entre les deux, je voyais les particules de poussière qui voletaient, le côté éclairé par le lustre comme celui qui restait dans l'ombre. Elles tourbillonnaient, telles de petites planètes, se déplaçant les unes par rapport aux autres en une danse céleste.

Le spectacle était si beau que, sous le choc, j'aspirai une goulée d'air qui s'engouffra en sifflant dans ma gorge, avalant les grains de poussière comme un tourbillon. Ce geste me sembla bizarre. Après réflexion, je compris pourquoi : je n'en éprouvai aucun soulagement. Je n'avais pas besoin d'oxygène. Mes poumons ne l'attendaient pas. Ils réagirent de façon indifférente à son arrivée.

Si je n'avais pas besoin d'air, je l'appréciai. À travers lui, je goûtai la pièce qui m'entourait : les adorables particules, l'atmosphère stagnante mêlée à un courant légèrement plus frais en provenance de la porte ouverte ; une luxuriante bouffée de soie ; un faible effluve de quelque chose de tiède et de désirable, de quelque chose qui aurait dû être humide mais ne l'était pas… Cet arôme déclencha la brûlure de ma gorge, écho atténué de celui du venin, bien qu'il fût teinté par la morsure du chlore et de l'ammoniaque. Par-dessus tout, je savourai un parfum aux saveurs de lilas et de soleil empreintes de touches miellées, qui était prédominant, plus proche de moi.

Je perçus le bruit d'autres respirations qui reprenaient à l'unisson de la mienne. Les haleines se mêlèrent au parfum de lilas, de soleil et de miel, porteuses de nouvelles fragrances : cannelle, jacinthe, poire, eau de mer, pain chaud, sapin, vanille, cuir, pomme, mousse, lavande, chocolat… Je tentai une dizaine de comparaisons, dont aucune ne correspondait cependant. C'était si doux, si agréable.

En bas, le son de la télévision avait été coupé, et j'entendis quelqu'un – Rosalie ? – se déplacer. Je captai également un rythme lointain sur lequel hurlait une voix furieuse. Du rap ? Un instant, l'étonnement m'envahit, puis le bruit s'éloigna, comme si une voiture était passée, fenêtres ouvertes. En tressaillant, je me rendis compte que c'était sûrement cela. Était-il possible que mon ouïe portât jusqu'à la route ?

Je m'aperçus qu'on me tenait la main seulement quand une douce pression s'exerça autour de mes doigts. Comme il l'avait fait pour étouffer ma souffrance, mon corps se recroquevilla sous l'effet de la surprise. Je ne m'étais pas attendue à un contact de cette nature : la peau était parfaitement lisse, la température ne correspondait pas – je ne ressentis aucun froid. L'étonnement passé, mon enveloppe corporelle réagit à ce toucher étranger d'une façon qui me stupéfia encore plus.

Un sifflement s'échappa de ma gorge et de mes dents serrées, menaçant comme un essaim d'abeilles. Mes muscles s'arquèrent pour m'arracher à l'inconnu. J'effectuai un saut périlleux arrière si rapide que l'image de la pièce aurait dû devenir floue, ce qui ne fut pas le cas. Je vis la moindre particule de poussière, la moindre écharde des lambris, le moindre détail microscopique pendant le mouvement. Lorsque je me retrouvai tapie contre le mur en position de défense, environ un seizième de seconde plus tard, j'identifiai immédiatement ce qui m'avait prise au dépourvu et je devinai que ma réaction avait été outrée.

Cela allait de soi. Edward n'était plus glacé, à présent. Du moins, nous l'étions tous les deux.

Je maintins ma position durant un huitième de seconde supplémentaire, le temps de m'habituer à la scène que j'avais sous les yeux.

Edward était penché sur la table d'opération qui avait été mon bûcher, main tendue vers moi, l'air anxieux. Il était ce qui importait le plus, mais ma vision périphérique enregistra tout le reste, au cas où. Mon instinct protecteur avait été déclenché, et je cherchai automatiquement un quelconque signe de danger.

Ma famille attendait prudemment, de l'autre côté de la pièce. Emmett et Jasper se tenaient devant les autres. C'est donc qu'il y avait péril. Mes narines se dilatèrent, traquant la menace. Je ne humai rien qui ne fût à sa place. Une fois encore, la bouffée ténue d'un parfum exquis, cependant entachée par des relents chimiques, me chatouilla les papilles, les brûlant douloureusement.

Par-dessous le coude de Jasper, Alice me contemplait en

affichant un grand sourire. Ses dents reflétèrent la lumière, et j'entrevis derechef l'arc-en-ciel aux huit couleurs. Ce sourire me rassura, et les pièces du puzzle s'assemblèrent. Jasper et Emmett protégeaient les autres, comme je l'avais deviné. Ce que je n'avais pas immédiatement saisi, c'est que c'était moi, le danger.

Tout cela était annexe, cependant. Pour l'essentiel, mes sens et mon esprit étaient focalisés sur le visage d'Edward.

Je le découvrais.

À combien de reprises m'étais-je émerveillée devant sa beauté ? Combien d'heures – de jours, de semaines – avais-je consacrées à rêvasser à ce que, alors, j'avais considéré comme la perfection incarnée ? J'avais cru connaître ses traits mieux que les miens. J'avais cru que l'absence de défaut physique d'Edward était la seule certitude de mon univers personnel chaotique.

J'aurais pu tout aussi bien avoir été aveugle.

Pour la première fois, maintenant que j'étais débarrassée des ombres et des flous, des faiblesses et des limites de ma vision d'humaine, je vis vraiment ce visage. Je m'étranglai, en quête de vocabulaire, incapable de trouver les bons mots. Les mots suffisants. Entre-temps, ayant vérifié que j'étais la seule menace dans la pièce, je m'étais relevée. Il s'était écoulé presque une seconde depuis que j'avais quitté la table.

L'espace d'un instant, ma manière de me mouvoir m'inquiéta. Au moment où j'envisageais de me redresser, j'étais déjà debout. Aucun laps de temps ne venait interférer entre la pensée de l'action et l'action. Les changements étaient immédiats, comme si je n'avais pas bougé du tout.

De nouveau immobile, je continuai à fixer Edward.

Lui se déplaça lentement autour de la table. Chaque pas durait presque une demi-seconde, sinueux comme une rivière coulant sur des pierres lisses. Il n'avait pas baissé la main. J'observai la grâce de sa démarche à travers mes nouvelles prunelles.

— Bella ?

Ses intonations douces étaient destinées à m'apaiser, même si la tension y était perceptible.

Je ne pus lui répondre tout de suite, tant j'étais perdue dans les replis veloutés de cette voix. C'était la symphonie la plus harmonieuse qui fût, la symphonie d'un instrument unique, un instrument plus mélodieux que n'importe quel autre créé des mains de l'homme.

— Bella, mon amour ? Je suis désolé. Je sais combien tu es désorientée. Tout va bien, rassure-toi. Tout va bien.

Vraiment ? Mon esprit remonta jusqu'à ma dernière heure en tant qu'humaine. Déjà, le souvenir semblait s'en estomper, un peu comme si je l'avais contemplée à travers un épais voile noir – l'explication résidait dans mes yeux à moitié aveugles d'alors. Néanmoins, lorsqu'il affirmait que tout allait bien, cela incluait-il Renesmée ? Où était-elle ? Avec Rosalie ? Je tentai de me rappeler son visage. Je savais qu'elle était belle, mais il était irritant d'essayer de voir par le biais de ma mémoire d'humaine. Ses traits étaient enveloppés d'obscurité, faiblement éclairés…

Et qu'en était-il de Jacob ? Allait-il bien, lui ? Mon martyr de meilleur ami me détestait-il, désormais ? Avait-il regagné la meute de Sam, de même que Seth et Leah ? Les Cullen étaient-ils en sécurité, ou ma transformation avait-elle déclenché une guerre avec les loups ? L'assurance affichée par Edward couvrait-elle l'ensemble de ces interrogations, ou essayait-il juste de me rassurer ? Et Charlie ? Qu'allais-je lui dire ? Il avait sûrement téléphoné pendant que je brûlais. Que lui avaient-ils raconté ? Que croyait-il qu'il m'était arrivé ?

Tandis que je délibérais ainsi, Edward effleura ma joue du bout des doigts, prudent. Sa peau était lisse comme du satin, douce comme de la plume et à une température identique à celle de la mienne. J'eus le sentiment que cette caresse s'enfonçait jusqu'à mes os, provoquant un picotement électrique qui me secoua la moelle épinière et frémit au fond de mon ventre. « Attends ! » pensai-je, tandis que mes tremblements s'épanouissaient en un désir brûlant. N'étais-je pas censée perdre cela ? Le renoncement à cette émotion ne faisait-il pas partie du marché ? J'étais un vampire de fraîche date. La douleur sèche et incandescente qui irritait ma gorge suffisait à le prouver. Je savais ce que l'état de nouveau-né supposait. Les sensations et les envies humaines me reviendraient plus tard, sous d'autres formes, mais j'avais accepté de m'en priver au début. Ne subsisterait que la soif. Tel était le contrat, tel était le prix à payer.

Pourtant, quand la main d'Edward s'enroula autour de mon visage, tel de l'acier recouvert de satin, le désir parcourut mes veines desséchées, m'enflammant des orteils au sommet du crâne.

Il arrondit un sourcil, attendant que **je** parle.

Je me jetai à son cou.

Derechef, ce fut comme s'il n'y avait pas eu de mouvement. Dans un même instant, je fus à la fois debout immobile, et lui dans mes bras. Tiède – du moins ce fut la perception que j'en eus. L'odeur douce et délicieuse, que je n'avais jamais été vraiment en mesure de capter à cause de mes sens émoussés d'humaine, mais qui était Edward à cent pour cent, me submergea. J'enfonçai mon visage dans son torse lisse.

Soudain, il se déplaça, mal à l'aise, cherchant à échapper à mon étreinte. Déboussolée, effrayée par ce rejet, je le regardai.

— Euh… attention, Bella. Ouille !

Je m'écartai brusquement, croisant mes bras dans mon dos. J'étais trop forte. Mon désarroi dut se lire sur mes traits, car il sourit de ce sourire qui aurait arrêté les battements de mon cœur si ce dernier avait encore battu.

— Ne t'inquiète pas, chérie, dit-il en frôlant mes lèvres entrouvertes sous l'effet de la stupéfaction horrifiée. Tu es simplement un peu plus solide que moi pour l'instant.

Je fronçai les sourcils. Ça aussi, je l'avais su, ce qui n'empêchait pas que ça paraissait plus irréel que tout le reste de cette minute d'une absolue irréalité. J'étais plus puissante qu'Edward. Je lui avais arraché un « ouille ». De nouveau, il caressa ma joue, et mon trouble fut balayé par une seconde vague de désir. Mes sensations étaient tellement plus violentes que celles auxquelles j'étais habituée qu'il m'était difficile de me concentrer sur mes réflexions, même s'il semblait que j'avais plus de place qu'auparavant dans la tête. Chaque ressenti me noyait. Je me souvins qu'Edward m'avait un jour signalé – et sa voix dans ma mémoire était une ombre faiblarde en comparaison de la clarté musicale et cristalline de celle avec laquelle il s'exprimait dorénavant – que son espèce, *notre* espèce, se laissait facilement distraire. Je comprenais pourquoi, maintenant.

Je me concentrai. Il fallait que je dise quelque chose. D'une importance vitale.

Très prudemment, si prudemment que ce geste-là fut décelable, je sortis mon bras droit de derrière mon dos et levai la main vers son visage. Je m'interdis de songer à la couleur perle de ma peau, à la soie de la sienne ou à la décharge qui électrocutait l'extrémité de mes doigts. Plantant mes yeux dans les siens, j'entendis ma propre voix pour la première fois :

— Je t'aime.

Ce fut comme si je l'avais chanté. Le carillon d'une clochette. En réponse, il m'offrit le sourire le plus ravageur qui soit et que je voyais vraiment à présent.

— Autant que je t'aime, dit-il.

Prenant mon menton entre ses mains, il s'approcha de moi, assez lentement pour me rappeler de faire attention, et il m'embrassa, d'un baiser d'abord léger comme un murmure, puis de manière plus osée, plus passionnée. Je m'efforçai d'être délicate, mais la tâche ne me fut pas facile sous l'assaut des émotions, qui m'empêchaient de penser de manière cohérente. J'eus l'impression qu'il ne m'avait encore jamais embrassée, que ceci était notre premier baiser. Et, en vérité, il ne m'avait jamais embrassée *ainsi*. Je fus traversée par une bouffée de culpabilité. Sûrement, j'étais en train de rompre le contrat. Il m'était sans doute interdit d'en bénéficier également.

Bien que l'oxygène me fût désormais inutile, je sentis ma respiration s'accélérer aussi vite que lorsque j'avais brûlé. Le feu qui me consumait était cependant très différent.

Quelqu'un se racla la gorge. Emmett. Je reconnus immédiatement la basse de sa voix teintée d'amusement et d'agacement. J'avais oublié que nous n'étions pas seuls. Je me rendis compte ensuite que ma posture (j'étais à moitié enroulée autour d'Edward) n'était pas des plus polies. Gênée, je reculai d'un pas. Rieur, Edward suivit le mouvement et ne desserra pas son étreinte sur ma taille. Son visage resplendissait, telle une flamme blanche qui se serait allumée derrière sa peau adamantine.

J'eus besoin d'une respiration pour me ressaisir.

Comme ce baiser avait été différent ! Tout en comparant son intensité évidente au souvenir flou de mon époque humaine, je constatai qu'Edward semblait... plutôt satisfait de lui.

— Tu te retenais, avant ! l'accusai-je de ma voix chantante.

Il s'esclaffa, radieux, soulagé que tout fût terminé – la peur, la douleur, l'incertitude, l'attente.

— C'était nécessaire, alors, se justifia-t-il. Maintenant, c'est à toi de ne pas me briser.

Je considérai cette remarque, le front plissé. Puis, quelqu'un d'autre joignit ses rires au sien. Contournant Emmett, Carlisle approcha vivement. Ses prunelles contenaient une infime trace d'inquiétude, et Jasper le suivait comme son ombre. Là encore, j'eus l'impression de découvrir le visage du médecin, et je dus me retenir de cligner les paupières, comme éblouie par l'éclat du soleil.

— Comment te sens-tu, Bella ? me demanda-t-il.

J'y réfléchis pendant un soixante-quatrième de seconde.

— Confondue. Tout est tellement trop...

— Oui, ça peut se révéler déroutant.

— Pourtant, je me sens moi-même. Pour ainsi dire. Je ne m'attendais pas à cela.

— Je te l'avais bien dit, me chuchota Edward avec une pression des mains sur ma taille.

— Tu sembles te contrôler, reprit Carlisle. Plus que ce à quoi je m'attendais. Même en tenant compte du temps dont tu as disposé pour te préparer mentalement.

— Je n'en suis pas aussi certaine que vous, répondis-je en repensant aux brusques changements d'humeur, à mes difficultés de concentration.

Il acquiesça avec gravité, puis ses prunelles semblables à des bijoux s'enflammèrent sous l'effet de la curiosité.

— Il semble que nous ayons correctement procédé dans notre usage de la morphine, cette fois. Dis-moi un peu ce que tu te rappelles de ta transformation.

J'hésitai, consciente de l'haleine d'Edward qui frôlait ma peau et y déclenchait des frissons électriques.

— Tout a été... très trouble, d'abord. Je me souviens que le bébé ne pouvait plus respirer...

Effrayée par cette image, je me tournai vers Edward.

— Renesmée est en pleine forme, me jura-t-il, ses yeux luisant d'un éclat particulier.

Il avait prononcé son prénom avec une ferveur rare. De la vénération. Une révérence qui me fit penser à des fidèles évoquant leurs dieux.

— Et après ? demanda-t-il.

— J'ai du mal à me souvenir, mentis-je en tâchant d'afficher l'impassibilité d'une joueuse de poker. (Je n'avais jamais été très douée pour cet exercice.) Avant, tout était si sombre et, après, j'ai ouvert les paupières et je distinguais tout, absolument tout.

— Stupéfiant, souffla Carlisle.

Honteuse, je guettai le feu censé me monter aux joues et me trahir. Puis je me souvins que je ne rougirais plus jamais. Voilà qui protégerait peut-être Edward de la vérité. Il faudrait toutefois que je renseigne Carlisle, un de ces jours prochains. Au cas où il créerait un nouveau vampire. Cela semblait peu probable, cependant, ce qui calma mes scrupules.

— J'aimerais que tu réfléchisses et que tu me racontes tout ce qui te reviendra, poursuivait cependant le médecin avec passion.

Je ne pus retenir une grimace. Je ne tenais guère à m'enfoncer dans mes mensonges, car je risquais de commettre une bévue. Par ailleurs, je souhaitais oublier le bûcher. Contrairement à mes souvenirs humains, celui-là était parfaitement clair, trop précis à mon goût, même.

— Pardonne-moi, Bella ! s'exclama soudain Carlisle. Tu dois avoir très soif. Cette conversation peut attendre.

Jusqu'à ce qu'il la mentionne, la soif n'avait pas été incontrôlable. Encore une fois, j'avais tant de place dans ma tête ! Une partie de mon cerveau gardait l'œil sur la brûlure de ma gorge, espèce de réflexe qui n'allait pas sans rappeler celui que, humaine, j'avais eu de respirer et de cligner les paupières. Toutefois, la réflexion de Carlisle ramena ce souci au-devant de mes préoccupations. Tout à coup, la douleur provoquée par la sécheresse se transforma en obsession ; plus j'y pensais, plus elle s'intensifiait. Je portai ma main à ma gorge, comme si j'étais en mesure d'en apaiser le feu de l'extérieur. Ma peau me parut étrange, sous mes doigts. Si lisse qu'elle en était douce, bien que dure comme la pierre. Desserrant son étreinte, Edward s'empara de mon autre main.

— Allons chasser, Bella.

La proposition me fit écarquiller les yeux, et la surprise prit le dessus sur la soif. Chasser ? Moi ? Avec Edward ? Mais… comment ? J'ignorais comment on procédait. Ayant deviné mon anxiété, il m'adressa un sourire rassurant.

— C'est assez facile, mon amour. Instinctif. Ne t'inquiète pas, je te montrerai.

Je ne bronchai pas, cependant, et son sourire se transforma en celui, un peu tordu, que j'adorais.

— Moi qui croyais que tu avais toujours voulu me voir chasser, ajouta-t-il, moqueur.

Ces paroles ranimèrent des souvenirs humains brumeux, et je partis d'un rire subit – une part de moi-même s'émerveilla encore devant le carillon de ma voix. Je consacrai ensuite une seconde entière à me remémorer mes premiers jours en compagnie d'Edward, l'époque où ma vie avait commencé pour de bon, histoire de ne pas les oublier. Je fus surprise de découvrir que l'exercice était inconfortable. Un peu comme essayer d'y voir dans des eaux troubles. Rosalie m'avait appris que, si je repensais assez à mes souvenirs d'avant, ces derniers ne s'effaceraient pas. Or, je ne tenais pas à perdre une seule des minutes que j'avais passées avec Edward, y compris à présent que l'éternité s'offrait à nous. Je désirais cimenter ma mémoire humaine dans mon infaillible esprit de vampire.

— On y va ? reprit Edward.

Il s'empara de celle de mes mains qui tenait toujours ma gorge et caressa mon cou.

— Je ne veux pas que tu souffres, poursuivit-il.

Cette dernière phrase avait été formulée d'une voix si basse que, autrefois, je ne l'aurais pas perçue.

— Je vais bien, affirmai-je, à ma bonne habitude. Attends un peu. D'abord...

J'avais des priorités plus urgentes que cette soif douloureuse.

— Oui ? demanda Carlisle.

— Je désire voir... Renesmée.

Bizarrement, j'eus du mal à prononcer son prénom. « Ma fille » aurait été encore plus difficile. Tout cela paraissait si lointain. Je m'obligeai à ranimer mes sensations datant de trois jours plus tôt ; automatiquement, mes mains se posèrent sur mon ventre. Il était plat. Vide. Mes doigts agrippèrent la soie qui le recouvrait, et la panique ne m'empêcha pas de noter qu'Alice avait dû m'habiller, à un moment ou un autre.

Je savais qu'il ne restait plus rien en moi. Je me rappelai également l'accouchement sanglant, bien que de manière vague. Malgré tout, il ne m'était pas aisé d'en intégrer les preuves physiques. J'avais aimé mon bébé tant qu'il avait été à l'intérieur de moi. Dehors, il prenait des allures de fantasme que j'aurais entièrement imaginé. De rêve se dissipant. Un rêve qui confinait au cauchemar.

Edward et Carlisle échangèrent un coup d'œil réticent.

— Qu'y a-t-il ? m'inquiétai-je.

— Ce n'est pas une très bonne idée, Bella, m'expliqua gentiment Edward. Elle est à moitié humaine, mon amour. Son cœur bat, du sang court dans ses veines. Tant que ta soif n'aura pas été étanchée… Tu ne voudrais pas l'exposer au danger, n'est-ce pas ?

Je fronçai les sourcils. Quelle drôle de question ! Jusqu'à quel point me contrôlais-je ? J'étais un peu perdue, certes, mais dangereuse ? Pour ma fille ? Je ne pouvais être absolument certaine que ce n'était pas le cas, cependant. Il me faudrait être patiente. Difficile… Parce que, tant que je ne l'aurais pas revue, elle n'aurait aucune réalité, elle resterait l'ombre onirique d'une inconnue.

— Où est-elle ? m'enquis-je en tendant l'oreille.

Je perçus un cœur qui battait, au rez-de-chaussée, captai plusieurs respirations, mesurées et douces, comme si, en bas, on était attentif à ce qui se passait à l'étage. J'entendis aussi une vibration ténue, que je n'identifiai pas… Le bruit du pouls en mouvement était tellement humide et attirant que l'eau me vint à la bouche. Conclusion, j'allais devoir apprendre à chasser avant d'être en mesure de voir ma fille, mon bébé inconnu.

— Rosalie est avec elle ?

— Oui, répondit sèchement Edward.

Je devinai que quelque chose lui déplaisait. Pourtant, j'avais cru que sa sœur et lui avaient surmonté leur différend. Leur animosité s'était-elle ravivée ? Je n'eus pas le loisir de poser la question, car il ôta mes mains de mon ventre et voulut m'entraîner.

— Un instant ! protestai-je. Et Jacob ? Charlie ? Racontez-moi ce que j'ai manqué. Combien de temps ai-je été… inconsciente ?

Edward parut ne pas remarquer que j'hésitais sur le dernier mot. Là encore, il adressa un coup d'œil soucieux à son père.

— Que se passe-t-il ? chuchotai-je.

— Rien, rien du tout, s'empressa d'intervenir Carlisle. En vérité, il n'y a pas eu beaucoup de changements. Le processus a pris seulement deux jours. Ç'a été très vite. Edward a fait un excellent travail. Il a également eu des initiatives heureuses, comme l'injection de son venin directement dans ton cœur. (Il s'interrompit pour lancer un sourire plein de fierté à son fils, puis soupira.) Jacob est encore ici, et Charlie te croit toujours malade. Officiellement, tu subis toute une batterie de tests au CDC[1] d'Atlanta. Nous lui avons fourni un faux numéro de téléphone. Il est très agacé. Esmé se charge de le tenir au courant.

— Il faudrait que je l'appelle, murmurai-je pour moi-même.

Mais, rien qu'en entendant mon timbre, je compris à quelles difficultés ce serait m'exposer. Il ne reconnaîtrait pas ma voix. Il ne serait pas rassuré.

— Une minute ! m'exclamai-je ensuite en me souvenant d'une autre information. Jacob n'est pas parti ?

Nouvel échange de regards.

— Nous avons des tas de sujets à aborder, se dépêcha de lancer Edward. Néanmoins, notre priorité est de veiller sur toi. Tu souffres sans doute…

Sa remarque me rappela ma gorge parcheminée, et je déglutis avidement.

— Mais Jacob…

— Nous avons tout le temps devant nous pour en discuter, mon amour.

---

1. Littéralement *Communicable Disease Center* (soit « Centre sur les maladies contagieuses »), structure publique datant des années 1960, aujourd'hui modernisée et dotée de compétences comme la surveillance et la prévention des maladies pour l'ensemble des États-Unis.

En effet. D'ailleurs, je serais plus attentive, une fois ma soif étanchée et ma souffrance apaisée.

— D'accord, cédai-je.

— Un instant ! trilla Alice depuis le seuil.

Elle vint vers nous de sa démarche dansante et gracieuse. À l'instar de ce qui était arrivé avec Edward et Carlisle, je fus choquée en découvrant ses traits adorables.

— Tu as promis que j'aurais le droit d'être présente, la première fois ! pépia-t-elle. Et si tu tombais par hasard sur ton reflet ?

— Alice…, voulut protester Edward.

— Ça ne prendra qu'une seconde, objecta-t-elle en filant.

Il soupira.

— Mais de quoi parle-t-elle ? m'étonnai-je.

Cependant, Alice revenait déjà, porteuse du vaste miroir au cadre doré de Rosalie, presque deux fois plus grand qu'elle. Jasper, dont j'avais oublié la présence tant il était resté immobile, alla à sa rencontre sans me quitter des yeux, puisque je représentais le seul danger, dans cette pièce. Spécialiste de l'état d'esprit des autres, il dut sentir ma surprise quand je m'attardai sur son visage, notant là encore des détails qui, humaine, m'avaient échappé. Ainsi, les cicatrices de son ancienne existence en tant que chef d'armées de nouveau-nés dans le Sud m'avaient été invisibles, à moins qu'il ne fût éclairé par une lumière violente. Désormais, je les distinguais et prenais conscience qu'elles constituaient sa caractéristique première. J'eus du mal à me détacher de son cou et de sa mâchoire scarifiés, comme j'eus du mal à croire qu'un vampire ait pu survivre à autant de coups de dents.

Instinctivement, sa prudence m'incita à adopter une posture défensive. N'importe quel vampire, en le voyant, aurait eu la même attitude. Les marques sur sa peau affichaient clairement qu'il était, lui aussi, dangereux. Combien avaient tenté de le tuer ? Des centaines ? Des milliers ? Tous avaient péri en s'y risquant, cependant. Quoi qu'il en fût, il devina aisément mes réflexions et m'adressa un sourire dénué d'humour.

— Edward m'a reproché de ne pas t'avoir obligée à te regarder dans une glace avant le mariage, dit Alice, détournant mon attention de son terrifiant amant. Pas question qu'il me morde une deuxième fois.

— Mordre, moi ? marmonna l'intéressé.

— Bon, d'accord, j'exagère un peu, répondit-elle en orientant le miroir vers moi.

— En réalité, tu cherches seulement à satisfaire tes instincts de voyeuse, hein ? maugréa Edward.

Elle le gratifia d'un clin d'œil.

Cet échange me parvenait de loin, car j'étais presque entièrement concentrée sur le reflet qu'affichait la glace. Ma première réaction fut un plaisir indicible. L'étrangère qui m'observait était indiscutablement très belle, comme Alice ou Esmé. Même quand elle ne bougeait pas, il émanait d'elle une sorte de fluidité. Son visage impeccable était clair comme la lune et encadré par de lourds cheveux bruns. Ses membres étaient fins et forts, sa peau luisait subtilement, aussi lumineuse qu'une perle. Ma seconde réaction confina à l'horreur. Qui était-elle ? Je ne retrouvais aucun de mes traits dans autant de perfection. Quant à ses prunelles ! J'avais beau m'y attendre, elles déclenchèrent une vague de panique chez moi.

Tandis que je poursuivais mon examen, l'image resta de marbre, incarnation divine qui ne montrait rien de mon agitation intérieure. Soudain, ses lèvres pulpeuses bougèrent.

— Les yeux, murmurai-je, incapable de dire « mes yeux ». Combien de temps…

— Ils s'assombriront d'ici quelques mois, me réconforta Edward. Le sang animal dilue la couleur plus rapidement que le sang humain. Ils tourneront à l'ambre, puis à l'or.

Ainsi, mes iris allaient flamboyer comme des flammes rouges durant des *mois* ?

— Des mois ! répétai-je, et ma voix monta dans les aigus.

Sur la glace, les sourcils de la déesse s'arquèrent légèrement au-dessus de ses prunelles écarlates qui brillaient plus intensément que celles des jeunes vampires qu'il m'était arrivé de rencontrer. Inquiet, Jasper avança. Il ne connaissait que trop bien les nouveau-nés. Une émotion violente risquait-elle de me pousser au faux pas ?

Je me détournai de mon reflet. Edward et Alice avaient le regard légèrement voilé, réaction au malaise de Jasper. Edward en écoutait les raisons, Alice se focalisait sur le futur immédiat. Je pris une profonde – et inutile – aspiration.

— Tout va bien, les rassurai-je. Disons juste que... c'est beaucoup d'un seul coup.

Jasper fronça les sourcils, mettant en évidence les deux cicatrices qui surplombaient son œil gauche.

— Je l'ignore, marmonna mon mari.

— J'ai loupé une question, là ? s'enquit la femme dans le miroir.

— Jasper se demande comment tu fais, m'expliqua Edward avec un sourire.

— Quoi donc ?

— Pour maîtriser tes émotions, Bella, répondit en personne Jasper. Je n'ai jamais vu un nouveau-né arrêter net un sentiment. Tu étais bouleversée, à l'instant ; pourtant, quand tu t'es rendu compte de notre inquiétude, tu t'es aussitôt calmée, tu as repris le contrôle de toi-même. J'allais t'aider, mais tu t'es débrouillée seule.

— Et c'est mal ? lançai-je en me raidissant.

— Non, admit-il, après une hésitation cependant.

Edward me caressa la main, comme pour m'inciter à la décontraction.

— C'est surtout très impressionnant, Bella, renchérit-il. Nous ne comprenons pas. Nous ignorons combien de temps tu y parviendras.

Je réfléchis durant une fraction de seconde. Allais-je craquer sans prévenir ? Me transformer en monstre ? Je ne sentais rien de tel se dessiner. Il n'y avait peut-être aucun moyen d'anticiper ce genre de réaction.

— Alors, ton avis ? s'impatienta Alice en désignant la glace.

— Je n'en sais trop rien, éludai-je, refusant d'avouer que j'étais effrayée.

Je contemplai la femme aux yeux rouges atroces, en quête de pans de moi-même. Au-delà de la beauté fracassante, en effet, il y avait quelque chose dans la forme des lèvres. Celle du dessus présentait un léger déséquilibre, elle était un peu trop pleine par rapport à celle du dessous. Ce défaut sans importance me rasséréna. Il y avait sûrement d'autres aspects de moi dans ce reflet.

Je levai la main, imitée par la femme, et j'effleurai ma joue. Les prunelles cramoisies me surveillaient d'un air anxieux. Edward ayant poussé un soupir, je le regardai.

— Tu es déçu ? lui demandai-je d'une voix impassible.

— Oui, s'esclaffa-t-il.

La surprise m'ébranla, aussitôt suivie par le sentiment de l'offense. Alice grogna, Jasper se pencha, prêt à réagir si je flanchais. Les ignorant, Edward m'enlaça fermement et posa sa bouche sur mon cou.

— J'espérais enfin arriver à percer tes pensées. Or me

voici aussi frustré qu'avant, incapable de savoir ce qui se passe dans ta tête.

Je me sentis tout de suite mieux.

— Ah, c'est donc ça ! répondis-je, soulagée d'être en mesure de préserver mes réflexions pour moi. Il faut croire que mon cerveau ne fonctionnera jamais correctement, alors. Au moins, je suis devenue jolie.

Il m'était plus facile de plaisanter avec lui, maintenant que je commençais à m'adapter, à penser logiquement, à être moi.

— Tu as toujours été bien plus que jolie, Bella, gronda-t-il à mon oreille.

Ensuite, il s'écarta et soupira.

— D'accord, d'accord, dit-il à la cantonade.

— Quoi ? demandai-je.

— Jasper est de plus en plus nerveux. Il se détendra quand tu auras chassé.

Me tournant vers mon beau-frère, j'acquiesçai. Si je devais craquer, je ne voulais pas que cela se produise ici. Autant le faire au milieu des bois.

— Très bien, allons-y, décrétai-je.

Une bouffée d'enthousiasme me réchauffa le ventre. Me dégageant de l'étreinte d'Edward, je m'éloignai de l'étrange beauté du miroir.

21

PREMIÈRE CHASSE

— Par la fenêtre ? sursautai-je en regardant le sol, deux niveaux plus bas.

Je n'avais jamais souffert du vertige, mais mon aptitude à distinguer les détails avec une clarté nouvelle rendait l'idée peu attrayante. Les rochers parurent soudain plus anguleux.

— C'est la sortie la plus pratique, répondit Edward avec un sourire. Si tu as peur, je te porte.

— Nous avons l'éternité devant nous, et tu te soucies du temps que peut prendre l'usage de la porte ?

— Renesmée et Jacob sont au rez-de-chaussée, objecta-t-il, un léger pli au front.

—Oh !

J'avais oublié. C'était moi, le monstre, à présent. Il me fallait rester à l'écart des odeurs susceptibles de déclencher ma sauvagerie. Des gens qui m'étaient particulièrement chers. Même de ceux que je ne connaissais pas encore vraiment.

— Renesmée... elle ne craint rien, avec Jacob aussi près ? chuchotai-je.

Un peu tard, je me rendis compte que c'était sans doute le cœur de mon meilleur ami que j'avais entendu battre, à l'étage en dessous. Derechef, je tendis l'oreille mais ne perçus plus qu'un pouls régulier.

— Il ne l'apprécie guère, ajoutai-je.

Edward pinça les lèvres d'une drôle de façon.

— Crois-moi, elle ne risque absolument rien. Je sais très précisément ce que pense Jacob.

— Bien sûr, marmonnai-je en baissant les yeux.

— Essaierais-tu de gagner du temps ? me défia-t-il.

— Un peu, je l'avoue. Et puis, je ne sais pas comment...

J'avais aussi conscience de ma famille qui, derrière moi, m'observait en silence. Enfin, presque : Emmett avait déjà étouffé un ricanement. Une erreur de ma part, et il se tordrait de rire. Alors, les blagues n'en finiraient plus, à propos du seul vampire maladroit au monde. Sans compter ma robe – celle qu'Alice m'avait enfilée sans que je m'en aperçoive, absorbée que j'étais par mon martyre – que je n'aurais sûrement pas choisie pour une partie de chasse ou de saute-mouton. De la soie bleue moulante ? À quoi pensait-elle ? Un cocktail était-il prévu en fin de journée ?

— Prends exemple sur moi, m'enjoignit Edward.

Sur ce, avec une décontraction désarmante, il se percha sur le rebord de la fenêtre ouverte et bondit. Je le suivis attentivement des yeux, étudiant au passage l'angle selon lequel il pliait les genoux pour absorber le choc. Il atterrit en émettant un bruit très feutré qui aurait pu être celui d'une porte refermée doucement ou d'un livre posé avec délicatesse sur une table.

Ça n'avait pas *l'air* très difficile.

Mâchoires serrées, je me laissai tomber dans le vide en m'efforçant d'imiter ses gestes. Ha ! Le sol parut monter vers moi avec une telle lenteur que je n'eus aucun mal à positionner mes pieds chaussés... (De quoi m'avait affublée Alice ? De talons aiguilles ? Avait-elle complètement perdu l'esprit ?)... de souliers ridicules et à toucher terre sans plus d'encombre que si j'avais avancé d'un simple pas. J'amortis l'impact de la pointe des pieds, histoire de ne pas briser mes talons hauts. Ma réception fut aussi silencieuse que la sienne. Je souris.

— Fastoche !

— Bella ?

— Oui.

— Très gracieux, ton saut. Même pour un vampire.

Je méditai cette réflexion quelques instants avant de rayonner de plaisir. Si Edward s'était moqué, Emmett se serait esclaffé. Comme personne ne riait, j'en conclus que le compliment était authentique. C'était la première fois qu'on me qualifiait de gracieuse.

— Merci, répondis-je.

J'ôtai alors mes chaussures en satin argenté, l'une après l'autre, et les balançai vers la fenêtre. Avec un peu trop d'entrain sans doute, mais quelqu'un les rattrapa au vol, avant qu'elles n'aillent endommager les lambris.

— Dommage que son élégance ne se soit pas autant améliorée que son équilibre, grommela Alice.

Me prenant par la main – je ne cessais de m'émerveiller devant la douceur et la température agréable de sa peau –, Edward m'entraîna jusqu'à la rivière. Je le suivis sans effort. Tout acte physique paraissait d'une simplicité enfantine.

— On nage ? m'enquis-je quand nous nous arrêtâmes sur la berge.

— Pour abîmer ta jolie tenue ? Non, on saute.

Je fis la moue. Le cours d'eau mesurait au moins cinquante mètres de large.

— Toi le premier, décrétai-je.

Il effleura ma joue, recula de deux pas, puis prit son élan et se propulsa à partir d'une pierre plate. J'observai ses mouvements lorsqu'il s'envola. Au dernier moment, il fit un saut périlleux et disparut dans la forêt dense, de l'autre côté de la rivière.

— Frimeur ! bougonnai-je.

Il rit, invisible. Je reculai de *cinq* pas, histoire d'éviter les risques inutiles, et inspirai profondément. Soudain, mon anxiété avait resurgi. Je ne craignais pas de tomber ou de me blesser – je m'inquiétais plus pour les arbres. Bien qu'elle se fût manifestée lentement, je sentais fort bien à présent la puissance impressionnante qui animait mes membres. J'étais certaine que, si je l'avais voulu, j'aurais été capable de creuser un tunnel sous le cours d'eau ; me frayer un passage à coups de poing et de griffes dans le sol rocheux ne m'aurait guère pris de temps. Autour de moi, les arbres, les buissons, les pierres, la maison, tout avait commencé à me sembler très fragile.

En espérant qu'Esmé n'était pas particulièrement attachée à l'une des espèces poussant dans le bois qui bordait la berge opposée, je me lançai. Pour m'arrêter aussitôt, car le bas de ma robe venait de se fendre sur quinze centimètres. Maudite Alice ! Mais bon, vu qu'elle paraissait traiter les vêtements comme s'ils étaient jetables et à usage unique, je n'éprouvai aucun scrupule à déchirer le tissu, jusqu'au sommet de mes cuisses, en ayant soin de procéder en douceur. Voilà qui était beaucoup mieux.

Des rires étouffés me parvinrent depuis la maison,

ainsi qu'un grincement de dents. Les rires provenaient du rez-de-chaussée comme de l'étage, et je n'eus aucun mal à identifier celui, différent, rude, plus rauque de Jacob. Ainsi, lui aussi m'observait ? Difficile d'imaginer ce qu'il pensait, ni pourquoi il était encore ici. J'avais envisagé que nos retrouvailles – pour peu qu'il arrive à me pardonner – auraient lieu dans un futur lointain, lorsque je me serais stabilisée, et que le temps aurait guéri les blessures de son cœur.

Je ne me retournai pas, me méfiant des sautes d'humeur auxquelles je pouvais être sujette. Il ne serait pas bon que je permette à mes émotions de l'emporter. Les craintes de Jasper avaient déteint sur moi. Mieux valait que je chasse avant tout. M'efforçant d'oublier le reste, je me concentrai.

— Bella ? appela Edward, dont la voix se rapprocha. Veux-tu que je te montre une nouvelle fois ?

C'était inutile. Je me rappelais chaque geste à la perfection, naturellement. De plus, je ne souhaitais pas donner à Emmett une raison de trouver mon éducation encore plus amusante qu'elle ne l'était déjà. Sauter par-dessus la rivière était physique ; cela devait également être instinctif. Respirant un bon coup, je me ruai en avant.

Un bond suffit pour que j'atteigne le bord de l'eau, maintenant que ma robe ne me gênait plus. Rien qu'un quatre-vingt-quatrième de seconde, et pourtant cela fut largement assez – mes yeux et mon cerveau fonctionnaient à une telle vitesse qu'un seul pas fut nécessaire. Je n'eus aucune difficulté à placer mon pied droit sur la pierre plate et à exercer la pression adéquate pour m'expédier dans les airs. Je me focalisai plus sur le but que sur la force que je déployai pour l'atteindre, me fiant à ma puissance nouvelle. Les cinquante mètres se révélèrent être une distance un peu *trop* facile à traverser. L'expérience fut étrange, enivrante et vertigineuse, mais brève. Je fus rendue en moins de temps qu'il n'en faut pour le dire.

Je m'étais attendue à ce que la densité de la végétation me pose un problème. Ce fut le contraire qui se produisit. Suivant mon instinct, lorsque je retombai, j'attrapai une branche d'épicéa puis, dans un même élan, me projetai vers une autre, sur laquelle j'atterris debout, à environ quinze mètres du sol. Ce fut formidable !

Par-dessus mon rire argentin, j'entendis Edward qui accourait vers moi. J'avais sauté deux fois plus loin que lui. Quand il eut rejoint mon arbre, ses yeux étaient écarquillés. Je bondis avec agilité et sans bruit à côté de lui.

— Comment j'étais ? lui demandai-je, ravie.

— Très douée.

Son ton était nonchalant mais contredisait l'étonnement de son regard.

— On recommence ?

— Reste concentrée, Bella. Nous sommes ici pour chasser.

— Ah oui, c'est vrai !

— Suis-moi… si tu peux.

Sa bouche se fendit d'un sourire malicieux, et il déguerpit. Il était plus rapide que moi, doué d'une telle vélocité qu'elle dépassait mon entendement. J'étais cependant plus forte, et je faisais une enjambée là où il lui en fallait trois. C'est ainsi que je courus non derrière lui, mais à son côté, à travers le labyrinthe de verdure. Je ne pouvais retenir mes rires tant c'était exaltant, et mon hilarité ne me ralentissait ni n'amoindrissait mes sens.

Je comprenais à présent pourquoi Edward ne se cognait jamais dans les troncs, mystère qui m'avait toujours intriguée. L'équilibre entre la vélocité et la clairvoyance provoquait une drôle de sensation. En effet, tout en fonçant au milieu de l'enchevêtrement végétal à une vitesse qui aurait dû brouiller chaque détail environnant, je discernais chaque minuscule feuille de la moindre branchette du plus insignifiant fourré que je dépassais.

Le vent de la course ébouriffait mes cheveux, faisait voler ma robe déchirée derrière moi et me semblait tiède, alors qu'il aurait dû être froid. Le sol inégal me donnait l'impression de fouler du velours. Les rameaux qui fouettaient ma peau ressemblaient à des plumes.

La forêt grouillait de vie, d'une façon également nouvelle pour moi. De petites créatures dont je n'aurais jamais soupçonné l'existence se taisaient à notre passage, leurs respirations s'accélérant à cause de la peur que nous leur inspirions. Les animaux réagissaient à notre odeur de manière bien plus sage que les humains. En tout cas que moi, du temps où j'avais été humaine.

Je guettais l'instant où je serais essoufflée, mais je respirais normalement. Je guettais la brûlure de la fatigue dans mes muscles, mais mes forces avaient l'air d'augmenter à mesure que je m'habituais à mon allure. Mes bonds s'allongeaient et, bientôt, Edward fut obligé d'accélérer pour ne pas être distancé. J'éclatai de rire, aux anges, quand je devinai qu'il prenait du retard sur moi. Désormais, mes pieds nus touchaient si rarement la terre que j'avais plus l'impression de voler que de courir.

— Bella ! me héla Edward d'une voix égale et paresseuse.

Il s'était arrêté. J'envisageai brièvement de ne pas lui obéir puis, en soupirant, je fis demi-tour et revins vers lui, à une centaine de mètres de là. Il souriait, les sourcils arqués par l'étonnement. Il était si beau que je ne m'en rassasiais pas.

— Comptes-tu aller jusqu'au Canada ?

— Non, c'est très bien, ici, admis-je, moins captivée par ses paroles que par sa bouche fascinante. (Difficile de ne pas me laisser distraire par ce spectacle que je découvrais avec mes nouveaux yeux.) Et que chasse-t-on, à propos ?

— L'élan. Une proie facile, pour cette première fois..

Il s'interrompit en constatant que je grimaçais au mot « facile ». Je n'allais pas protester, néanmoins. J'avais trop soif. Dès lors que je me mettais à penser à ma gorge parcheminée, je ne pouvais penser à rien d'autre. Ça empirait, apparemment. J'avais l'impression que ma bouche était un après-midi de juin, à seize heures, dans la vallée de la Mort.

— Où ? demandai-je en balayant impatiemment les arbres du regard.

Maintenant qu'il avait attiré mon attention sur ma soif, celle-ci envahissait toute ma tête, contaminant les sensations plus agréables de ma course, des lèvres d'Edward, de baisers à venir…

— Tiens-toi tranquille un instant, m'ordonna-t-il en posant ses mains sur mes épaules. (Son contact m'apaisa momentanément.) Ferme les paupières.

J'obtempérai, et il caressa mes pommettes. Mon souffle se fit plus court, et je craignis de m'empourprer avant de me souvenir que ce n'était plus possible.

— Écoute, poursuivit-il. Que perçois-tu ?

« Tout », aurais-je pu répondre. Sa voix parfaite, sa respiration, le frôlement de ses lèvres quand il parlait, le chuchotement des oiseaux nettoyant leurs ailes dans les cimes et leur pouls infime, le friselis des feuilles d'érable, le cliquetis ténu des fourmis qui marchaient à la queue leu leu sur le tronc de l'arbre le plus proche. Comme je savais qu'il avait une idée précise en tête, j'élargis mon champ auditif, traquant autre chose que le faible bourdonnement de la vie qui m'entourait. Non loin de nous, il y avait une clairière – le vent résonnait différemment sur l'herbe à découvert – ainsi qu'un torrent aux berges rocheuses. Là, à côté du clapotis de l'eau, je perçus les éclaboussures de langues en train de laper, le martèlement de gros cœurs, le feulement d'un sang épais courant dans des veines...

Ma gorge sembla se rétrécir, soudain.

— Le ruisseau au nord-est ? demandai-je sans rouvrir les yeux.

— Oui, acquiesça-t-il, content. À présent, attends une bourrasque... Que sens-tu ?

Lui, surtout – son étrange parfum de lilas, de soleil et de miel. Mais aussi les riches effluves de la terre, des racines et de la mousse, la résine des pins, l'arôme de noisette des petits rongeurs qui se cachaient au pied des arbres. Puis, tout à coup, l'odeur fraîche de l'eau, étonnamment peu attirante malgré ma soif. Remontant le torrent, je dénichai le fumet qui accompagnait les bruits de lapement et les chamades des cœurs. Des fragrances tièdes, puissantes, plus fortes que les autres. Et presque aussi peu appétissantes que le ruisseau. Je fronçai le nez. Il rit.

— Je sais, il faut un peu de temps pour s'habituer.

— Trois ?

— Cinq. Il y en a deux autres dans les bois, à l'écart du torrent.

— Qu'est-ce que je fais, maintenant ?

— Qu'as-tu envie de faire ? riposta-t-il, l'air de sourire.

J'y réfléchis, paupières closes, humant les traces du gibier. Une autre flamme brûlante me submergea et, brusquement, l'odeur animale sembla moins repoussante. Cette tiède moiteur allait humecter ma bouche desséchée. J'ouvris les yeux.

— Ne te pose pas trop de questions, me conseilla Edward en reculant. Suis tes instincts.

Je me laissai entraîner vers l'odeur, à peine consciente de mes mouvements, tandis que je dévalais en silence la pente menant à la clairière où coulait le ruisseau. Mon corps se tapit de lui-même dans les fougères, à l'orée des arbres. Sur la rive, j'aperçus un gros mâle dont la tête s'ornait de deux douzaines d'andouillers ; les silhouettes de ses quatre compagnons se découpaient sous la ramure. Ils s'enfonçaient dans la forêt à pas lents.

Je me focalisai sur le fumet du mâle et sur le point chaud qui, au niveau de son cou velu, abritait une pulsation plus forte. Trente mètres – deux ou trois bonds – nous séparaient. Je me tendis, prête à m'élancer.

À cet instant, le vent tourna, plus violent, en provenance du sud. Sans réfléchir, je surgis des bois en suivant une ligne perpendiculaire au plan que j'avais formé au départ, effrayant la bête qui s'enfuit, et me ruai sur les traces d'une odeur nouvelle, si enivrante que je n'avais d'autre choix que d'en localiser la source. C'était compulsif. Le parfum me dirigeait entièrement. Il m'obsédait, promettant d'étancher la soif qui me dévorait, pire maintenant, si douloureuse qu'elle m'égarait, et que je commençais à me souvenir de l'incendie que le venin avait déclenché dans mes veines.

Seule une chose avait encore le pouvoir de m'atteindre, un instinct encore plus puissant que le besoin d'apaiser le feu – celui de préservation. Or, je m'aperçus soudain que j'étais suivie. L'attrait irrésistible de l'odeur lutta contre l'impulsion de me retourner et de protéger mon gibier. Un grondement monta de ma poitrine, mes lèvres se retroussèrent sur mes dents. Je ralentis, déchirée entre deux envies. Mais j'entendis que mon traqueur se rapprochait, et la défense l'emporta. Je virevoltai, et le grognement m'échappa.

Le cri de bête fut tellement inattendu que je stoppai net. Déboussolée, je revins à moi, et le besoin de boire s'éloigna, bien que ma gorge brûlât encore. De nouveau, le vent tourna, m'envoyant à la figure l'odeur de terre humide et de pluie imminente, me libérant de l'emprise féroce de l'autre arôme – si exquis qu'il ne pouvait être qu'humain.

À quelques pas de là, Edward hésitait, bras levés comme pour m'enlacer – ou me retenir. Ses traits étaient tendus et prudents. Je me figeai sur place, horrifiée. J'avais failli l'attaquer ! Je me redressai vivement, abandonnant ma posture agressive, et retins mon souffle. Mes idées s'éclaircirent, et je me mis à redouter la force des fragrances que les bourrasques apportaient du sud. Voyant que je me calmais, Edward baissa les bras et avança.

— Il faut que je file d'ici ! lançai-je entre mes dents serrées.

— Quoi ? s'exclama-t-il, ahuri. Tu saurais t'éloigner ?

Je n'eus pas le temps de lui demander ce qu'il entendait par là. Consciente que ma capacité à réfléchir raisonnablement ne durerait que tant que j'arriverais à ne pas penser à... Je repris ma course, droit en direction du nord, ne songeant qu'à la désagréable sensation de privation qui semblait être la réaction de mon corps face au manque d'oxygène. Je n'avais qu'un objectif, mettre le plus de distance possible entre moi et le délicieux arôme, le semer de façon à ce qu'il soit indétectable si jamais je changeais d'avis...

Une fois encore, je me rendis compte qu'on me suivait, mais j'avais recouvré mes esprits et ne m'affolai pas. Je luttai contre l'instinct qui me poussait à respirer afin de vérifier qu'il s'agissait bien d'Edward. Je n'eus pas à résister très longtemps, cependant. J'avais beau courir plus vite qu'auparavant, filant comme une comète sur le sentier le plus direct que je pouvais trouver au milieu des arbres, il me rattrapa au bout d'une petite minute.

Une nouvelle pensée me traversa la tête et, derechef, je me figeai sur place. J'étais à peu près certaine de ne plus rien risquer, ici, mais je retins mon souffle pour plus de sécurité. Edward me doubla, dérouté par mon brusque arrêt. Revenant en arrière, il fut près de moi dans la seconde qui suivit. Il posa ses mains sur mes épaules et planta ses yeux dans les miens. Il était encore sous le choc.

— Comment as-tu réussi à faire cela ? me demanda-t-il.

— Tu m'as laissée gagner, tout à l'heure, hein ? rétorquai-je en ignorant sa question. Et moi qui croyais me débrouiller comme un chef !

Pour avoir parlé, je m'aperçus que l'air était pur, désormais, débarrassé de toute trace du parfum captivant. J'aspirai prudemment. Edward secoua la tête, refusant de se laisser entraîner sur un autre terrain.

— Comment t'y es-tu prise, Bella ?

— Pour me sauver ? J'ai cessé de respirer.

— Mais comment as-tu réussi à interrompre ta chasse ?

— Tu es arrivé derrière moi... Je suis désolée, à propos.

— Tu es folle de t'excuser ? C'est moi qui me suis montré d'une imprudence impardonnable ! J'ai cru que personne ne s'écarterait aussi loin des sentiers de randonnée, or j'aurais dû vérifier au préalable. Quel imbécile ! Toi, tu n'as aucune raison d'être désolée.

— Mais je t'ai grogné dessus !

J'étais horrifiée de m'apercevoir que j'étais physiquement capable de pareil blasphème.

— Bien sûr ! Rien de plus naturel. Ce que je ne comprends pas, c'est comment tu es parvenue à t'enfuir.

— Et que voulais-tu que je fasse ? m'emportai-je, faute de comprendre son attitude. Si ça se trouve, c'était quelqu'un que je connais !

Soudain, il éclata d'un rire homérique qui me désarçonna.

— Pourquoi te moques-tu de moi ? m'écriai-je.

Il se ressaisit immédiatement, et ses prunelles retrouvèrent leur éclat inquiet. « Contrôle-toi », m'exhortai-je. Il fallait que j'apprenne à surveiller mes emportements. Comme si j'avais été un jeune loup-garou plutôt qu'un vampire nouveau-né.

— Je ne me moque pas de toi, Bella. Je ris, parce que je suis choqué. Stupéfait.

— Pourquoi ça ?

— Tu ne devrais pas être en mesure d'agir ainsi. Tu ne devrais pas être aussi… rationnelle. Tu ne devrais pas être ici, en train de discuter calmement du sujet avec moi. Mieux encore, tu n'aurais pas dû pouvoir interrompre ta chasse, alors que l'air embaumait le sang humain. Même les vampires matures éprouvent des difficultés, dans ce genre de situation. Nous sommes toujours très prudents quand nous chassons, nous nous arrangeons pour ne pas croiser le chemin de la tentation. Tu te conduis comme si tu avais des dizaines d'années, Bella, pas quelques jours seulement !

— Oh !

Mais j'avais été prévenue que ce serait dur. Voilà pourquoi j'étais sur mes gardes. Edward prit mon visage entre ses mains. Ses yeux exprimaient un réel émerveillement.

— Comme je regrette de ne pouvoir lire dans tes pensées en ce moment, murmura-t-il.

Que d'émotions ! J'avais été préparée à ressentir la soif dévorante, pas à réagir ainsi quand il me toucherait, cependant. Je m'étais persuadée que ce ne serait plus pareil. C'était d'ailleurs vrai. C'était différent. Plus puissant. À mon tour, je caressai ses traits, et mes doigts s'attardèrent sur ses lèvres.

— Je croyais que je n'éprouverais rien de tel pendant très longtemps, chuchotai-je. Or, je te désire encore.

— Comment y parviens-tu ? s'exclama-t-il, étonné. Tu dois mourir de soif, non ?

Maintenant qu'il en parlait... oui ! Je déglutis puis, en soupirant, je fermai les paupières afin de mieux me concentrer. Je libérai mes sens, un peu tendue, au cas où la formidable odeur taboue m'assaillirait de nouveau.

Edward me lâcha, cessa même de respirer, tandis que j'écoutais, m'enfonçant de plus en plus dans la forêt, à l'affût de traces olfactives et de bruits susceptibles de soulager ma gorge desséchée. Je finis par repérer quelque chose de différent, une piste, quelque part à l'est. J'ouvris les yeux d'un seul coup et je filai dans cette direction, guidée par mes sens aiguisés. Le terrain ne tarda pas à devenir raide. Je courais à demi accroupie, près du sol, en chasseuse, m'agrippant aux troncs quand cela m'aidait. Je sentais plus que je n'entendais Edward, derrière moi.

Au fur et à mesure que nous grimpâmes, la végétation s'amenuisa, et le parfum de résine se renforça, à l'instar de l'odeur que je traquais, un fumet chaud et plus fort que celui des élans, plus attirant aussi. Au bout de quelques secondes, je perçus le frôlement étouffé de pattes énormes, bien plus subtil que le martèlement des sabots. Le son provenait de la ramure, pas du sol. Je me perchai aussitôt dans les branches d'un pin immense, escaladant les arbres jusqu'à une position plus élevée, stratégique.

Plus bas, le bruit de pas se poursuivait, à présent furtif. La trace était toute proche. Je repérai les mouvements qui l'accompagnaient et distinguai le dos fauve du grand félin qui rampait sur une grosse branche d'épicéa, à ma gauche, légèrement en dessous de moi. Imposant, il devait faire quatre fois mon poids. Ses prunelles fixaient le sol – lui aussi était en chasse. Je captai l'odeur, insipide en comparaison de celle de ma proie, d'une créature plus petite qui se blottissait dans les broussailles. Le puma agita la queue, prêt à plonger.

Je m'élançai dans l'air avec légèreté et atterris sur le perchoir qu'il occupait. Percevant le frémissement du bois, il se retourna vivement en feulant, à la fois surpris et agressif. Les iris enragés, il lacéra la branche. Ignorant ses crocs dévoilés et ses griffes sorties, je me jetai sur lui. Mon élan nous fit tomber par terre.

Le duel fut aisé.

Ses griffes qui se débattaient auraient pu être des doigts caressants, vu le peu d'effet qu'elles avaient sur ma peau. Ses crocs n'avaient pas de prise sur mon épaule ou mon cou. Son poids était celui d'une plume. La résistance qu'il m'opposa fut d'une faiblesse pitoyable, cependant que ma mâchoire cherchait sa gorge et se refermait sans mal autour de l'endroit exact où le flux se concentrait. J'eus l'impression de mordre dans du beurre. Mes dents d'acier acérées comme des lames de rasoir transpercèrent le poil, la graisse, les tendons comme s'ils n'avaient pas existé.

Le goût me déplut, mais le sang était chaud et il apaisa ma soif. Je bus à longs traits. Les soubresauts de la bête devinrent de plus en plus faibles, et ses cris s'étranglèrent dans un bouillonnement. La tiédeur du liquide envahit mon corps, jusqu'au bout de mes doigts et de mes orteils.

Ma victime ne suffit pas à me rassasier, et mes besoins repartirent de plus belle lorsque j'eus vidé l'animal. Dégoûtée, je repoussai sa carcasse. Comment était-il possible que j'eusse encore soif après tout ça ? Je me remis debout rapidement… pour me rendre compte que j'étais dans un sale état. Essuyant ma bouche d'un revers du poignet, je tentai d'arranger ma robe. Les griffes du puma, inefficaces sur ma peau, l'avaient réduite en lambeaux.

— Hum..., commenta Edward.

Levant les yeux, je découvris qu'il était nonchalamment appuyé à un tronc et me contemplait, pensif.

— Je reconnais que j'aurais pu être plus soigneuse, admis-je.

J'étais couverte de terre, j'avais les cheveux en bataille, des taches rouges maculaient ma tenue déchirée de toutes parts. Edward, lui, ne revenait pas de ses parties de chasse avec ces allures de souillon.

— Tu t'es très bien débrouillée, me rassura-t-il. Simplement, j'ai eu plus de mal que je ne l'avais imaginé à assister au spectacle.

Je le regardai sans comprendre.

— Te laisser attaquer des pumas va à l'encontre des règles. J'ai cru mourir d'angoisse.

— Bêta !

— Oui. Les vieilles habitudes s'accrochent. En revanche, j'apprécie beaucoup ta nouvelle tenue.

Si j'avais pu, j'aurais rougi. À défaut, je me contentai de changer de sujet.

— Pourquoi suis-je encore assoiffée ?

— Parce que tu es jeune.

— Et je suppose qu'il n'y a pas d'autres fauves dans les parages, soupirai-je.

— Non, mais des tas de cerfs.

— Ils ne sentent pas aussi bons, grimaçai-je.

— Parce que ce sont des herbivores. L'arôme des carnivores est ce qui se rapproche le plus de celui des humains.

— Pas tant que ça, objectai-je.

— On y retourne, si tu veux, me provoqua-t-il. Quels que soient les types qui étaient là-bas, si ce sont des hommes, ils accepteront sûrement la mort avec joie quand ils verront que c'est toi qui la leur administres. D'ailleurs, ajouta-t-il après avoir balayé mon corps indécent du regard, ils trépasseront et gagneront le paradis dès le moment où ils t'apercevront.

— Allons plutôt traquer des herbivores puants ! grognai-je.

Nous dénichâmes une harde importante sur le chemin du retour. Edward chassa avec moi, maintenant que je savais m'y prendre. J'abattis un gros mâle en faisant à peu près autant de saletés qu'avec le puma. Edward en tua deux alors que je n'avais pas encore terminé le mien. Pas un de ses cheveux ne dépassait, et sa chemise blanche était immaculée. Nous poursuivîmes le troupeau, qui s'était dispersé. Cependant, au lieu de me ruer sur mes proies, j'examinai la façon dont il s'y prenait pour chasser aussi proprement.

Toutes les fois où Edward s'était absenté pour se nourrir, me laissant à la maison, j'avais éprouvé un secret soulagement. J'avais été persuadée, alors, que ces randonnées devaient être effrayantes, horribles ; qu'y assister aurait fini par m'amener à le considérer comme un vampire. Naturellement, c'était différent, maintenant, puisque j'étais moi-même une immortelle. Néanmoins, il me sembla que mes yeux d'humaine auraient su apprécier la beauté de la chose.

Observer Edward en pleine action était d'une étrange sensualité. Ses bonds gracieux rappelaient les mouvements sinueux d'un serpent. Ses mains étaient sûres d'elles, puissantes, implacables. Ses lèvres conservaient leur perfection quand elles dévoilaient ses dents d'une blancheur éclatante. Il resplendissait, au point qu'une bouffée de fierté et de désir me submergea. Il était *mien*. Plus rien, désormais, ne nous séparerait. J'étais trop forte pour qu'on me l'arrache.

Il fut rapide. Se tournant vers moi, il contempla avec curiosité mon air radieux.

— Tu n'as plus soif ?

— Tu m'as distraite. Tu es bien meilleur que moi.

— J'ai surtout des siècles d'entraînement.

Il sourit. Ses prunelles étaient d'une adorable et déconcertante couleur de miel doré.

— Un seul siècle, le repris-je.

Il s'esclaffa.

— Alors, en as-tu terminé pour aujourd'hui ? Ou souhaites-tu continuer ?

— Non, c'est bon, je crois.

Je me sentais en effet remplie, presque trop, même. Sans savoir quelles doses supplémentaires de liquide j'aurais été capable d'absorber, je sentais que la brûlure de ma gorge s'était calmée. Tout en devinant qu'elle reviendrait bientôt, puisqu'elle était une part incontournable de ma nouvelle vie. Une part qui valait la peine, toutefois.

J'avais l'impression de me contrôler. Je me trompais peut-être, mais je n'avais plus envie de tuer. Si j'étais en mesure de résister à un humain complètement étranger, serais-je capable de tenir, face à un loup-garou et à l'enfant à demi vampire que j'aimais ?

— Je veux voir Renesmée, annonçai-je.

Maintenant que ma soif était apaisée, à défaut d'être entièrement étanchée, mes premières inquiétudes me revenaient en force. Je tenais à réconcilier l'inconnue qu'était ma fille avec la créature que j'avais adorée, trois jours plus tôt. Ne plus l'avoir en moi était bizarre, et comme mal. Je me sentis soudain vidée et mal à l'aise.

Edward me tendit la main, et je m'en emparai. Sa peau me sembla plus chaude qu'auparavant. Ses joues s'étaient colorées, ses cernes avaient disparu. Je ne pus m'empêcher de caresser son visage, encore et encore. Plongée dans ses iris dorés, j'en oubliai ma requête. Notant mentalement qu'il me fallait être prudente – ce qui fut presque aussi dur qu'il l'avait été de me détourner de l'odeur du sang humain –, j'enroulai mes bras autour de lui. Timidement. Lui ne fut pas aussi hésitant. M'enlaçant fermement, il m'attira à lui, et ses lèvres s'écrasèrent sur les miennes, avides et pourtant douces. Au lieu de s'y coller immédiatement, les miennes se retinrent.

Comme autrefois, le contact de sa peau, de sa bouche, de ses mains parut pénétrer jusqu'au plus profond de moi-même. Je n'avais pas imaginé que je pouvais l'aimer encore plus qu'alors. Mon esprit d'humaine n'avait pas été capable d'envisager pareille passion. Mon cœur d'humaine n'avait pas été assez fort pour le supporter. C'était peut-être la partie de moi que j'avais emportée pour qu'elle fût intensifiée dans ma nouvelle vie. À l'instar de la compassion de Carlisle et de la dévotion d'Esmé. Je ne serais sans doute jamais en mesure de développer des dons aussi intéressants et particuliers que ceux d'Edward, Alice et Jasper. Je me bornerais peut-être à aimer Edward comme personne n'avait aimé dans l'histoire du monde.

Cela ne me dérangeait en rien.

Certains gestes – passer mes doigts dans ses cheveux, dessiner les contours de son torse – étaient les mêmes que ceux d'avant. D'autres étaient inédits. Lui l'était. De même, le baiser intense et dénué de peur qu'il me donna et auquel je répondis sans retenue fut une expérience différente. Nous perdîmes l'équilibre et roulâmes dans l'herbe.

— Houps ! m'exclamai-je, cependant qu'il riait. Désolée, je n'avais pas l'intention de te plaquer au sol. Ça va ?

— Un peu mieux que très bien, répondit-il en effleurant ma joue. Renesmée, ajouta-t-il ensuite, l'air perplexe.

Comme s'il essayait de déterminer ce dont j'avais le plus envie en cet instant. Une question difficile, car j'étais la proie d'une foule de désirs simultanés.

Je devinai qu'il n'aurait rien eu contre retarder notre retour à la villa, et j'eus du mal à penser à autre chose qu'à sa peau contre la mienne – il ne restait vraiment plus beaucoup de tissu sur ma robe. Cependant, ma mémoire de Renesmée, avant et après sa naissance, ressemblait de plus en plus à un rêve. Improbable. Les souvenirs que j'en avais étaient humains et entourés d'une aura d'irréalité. Tout ce que je n'avais pas vu avec mes nouveaux yeux ni touché avec mes nouvelles mains paraissait artificiel. À chaque minute qui s'écoulait, la petite inconnue s'éloignait de moi.

— Renesmée, oui, décrétai-je.

Sur ce, je me remis debout d'un bond, l'entraînant avec moi.

22

◆

PROMESSE

Renesmée reprit la place centrale parmi mes préoccupations, dans mon esprit surprenant, vaste mais par trop volatile. J'avais tant de questions à son sujet.

— Parle-moi d'elle, insistai-je tout en courant.

Nous tenir par la main ne ralentissait en rien notre allure.

— Elle est unique, répondit-il, avec les mêmes intonations de dévotion presque religieuse que je lui avais entendues, un peu plus tôt.

Je fus traversée par une bouffée de jalousie. Il la connaissait, pas moi. C'était injuste.

— Jusqu'à quel point te ressemble-t-elle ? Et à moi ? Enfin, à celle que j'étais, du moins.

— C'est à peu près moitié-moitié.

— Son sang était chaud, me souvins-je.

— Oui, et son cœur bat. Un peu plus rapidement que

celui des humains. Sa température est aussi plus élevée. Elle dort.

— Ah bon ?

— Et plutôt bien, pour un bébé. Nous sommes les seuls parents au monde à ne pas avoir besoin de sommeil, et notre enfant fait déjà ses nuits !

Il rit. J'aimais la façon dont il disait « notre enfant ». Ces mots la rendaient plus réelle.

— Elle a la couleur exacte de tes yeux. Au moins une chose qui ne s'est pas perdue. Ils sont magnifiques.

— Et le côté vampire ?

— Sa peau semble aussi dure que la nôtre. Non que quiconque se risquerait à le vérifier.

Je sursautai, choquée par cette réflexion.

— Ne t'inquiète pas, enchaîna-t-il. Son régime alimentaire… eh bien, elle préfère le sang humain. Carlisle s'entête à vouloir la convaincre de goûter à des bouillies pour bébé, mais elle manque de patience. Ce n'est pas moi qui le lui reprocherais. Même pour de la nourriture humaine, ces trucs-là empestent.

— Comment ça, « il s'entête à vouloir la convaincre ? » m'écriai-je, ahurie.

À croire qu'ils conversaient avec elle !

— Elle est d'une intelligence stupéfiante et progresse à une vitesse tout aussi hallucinante. Bien qu'elle ne parle pas encore, elle sait communiquer avec efficacité.

— Elle… ne… parle… pas… encore.

Il ralentit, histoire de me laisser le temps de digérer la nouvelle.

— Et comment s'y prend-elle, pour communiquer ? repris-je.

— Je pense que ce sera plus facile à comprendre si tu le vois par toi-même. C'est assez dur à décrire.

Il avait raison. Être témoin des choses par moi-même

serait la seule façon de rendre réelle Renesmée. D'ailleurs, je n'étais pas certaine d'être capable d'absorber d'autres détails aussi surprenants. Aussi, je changeai de sujet.

— Pourquoi Jacob est-il encore ici ? Comment parvient-il à supporter la situation ? En quoi s'y sent-il obligé ? Pourquoi souffrir davantage ?

— Jacob ne souffre nullement, marmonna Edward sur un drôle de ton. Et il ne me déplairait pas de changer ça.

— Voyons, Edward ! m'exclamai-je en le tirant en arrière.

Il fut obligé de s'arrêter net, ce qui me satisfit grandement – ma force physique était donc bien réelle.

— Comment oses-tu dire des horreurs pareilles ? Jacob a renoncé à tout ce qu'il avait pour nous protéger. Je l'ai contraint à passer par des choses tellement difficiles !

Le souvenir de ma honte et de mon sentiment de culpabilité déclencha mes frissons. Il me paraissait étrange que j'aie pu avoir autant besoin de lui, à l'époque. L'impression de manque lorsqu'il n'était pas là avait presque disparu, maintenant. Une faiblesse humaine, sans doute.

— Tu comprendras pourquoi je m'exprime ainsi, marmonna Edward. Je lui ai promis de le laisser s'expliquer, alors je ne t'en raconte pas plus pour l'instant. De toute façon, je doute que tu réagiras mieux pour autant. Mais bon, je me trompe si souvent sur ce que tu penses, hein ?

— S'expliquer sur quoi ?

Il secoua la tête.

— J'ai juré. Bien que je ne sois plus certain d'avoir encore une dette à son égard.

Il grinça des dents.

— Je ne pige rien, Edward ! protestai-je, à la fois frustrée et indignée.

Il me caressa la joue, sourit quand je me détendis, mon désir l'emportant brièvement sur mon agacement.

— C'est plus difficile que ce que tu laisses croire, murmura-t-il. Je n'ai pas oublié.

— Je n'apprécie pas d'être déboussolée.

— Je sais. Alors, rentrons à la maison. Comme ça, tu te rendras compte de la situation par toi-même.

Après avoir balayé mon corps du regard, il déboutonna sa chemise et me la tendit.

— C'est à ce point ? demandai-je en me glissant dans le vêtement.

Il s'esclaffa. Maintenant qu'il était torse nu, j'avais plus de mal à me concentrer.

— On fait la course ! décrétai-je. Et pas question de piper les dés, cette fois !

Il me lâcha.

— À vos marques...

Retrouver le chemin de la villa fut plus simple que rentrer chez Charlie du temps où j'avais été humaine. Nous avions laissé une odeur claire et nette qu'il était facile de suivre, même à toute vitesse. Edward me devança jusqu'à la rivière où, saisissant ma chance, je bondis en y mettant toutes mes forces.

— Ha ! exultai-je en atterrissant la première dans l'herbe.

Alors que je guettais son arrivée, j'entendis un bruit différent auquel je ne m'attendais pas. Un son bas et bien trop proche. Les battements d'un cœur.

Edward fut à mon côté immédiatement, et ses mains s'abattirent sur mes bras.

— Retiens ta respiration, m'ordonna-t-il d'une voix pressante.

Je m'exécutai tout en m'efforçant de contenir ma panique. Pétrifiée, je n'osais bouger que mes yeux, qui se portèrent instinctivement sur la source du bruit. Jacob se tenait à l'orée de la forêt, bras croisés sur son torse, mâchoire serrée. Derrière lui, invisibles, je perçus deux autres cœurs, de taille imposante, ainsi que le léger froissement des fougères sous de grosses pattes qui faisaient les cent pas.

— Prudence, Jacob ! lança Edward (et un grognement venant des bois répondit à son inquiétude). Ceci n'est sans doute pas la meilleure manière de...

— Parce que tu estimes qu'il vaudrait mieux essayer avec le bébé d'abord ? l'interrompit l'Indien. Il est plus raisonnable de jauger des réactions de Bella sur moi. Je guéris vite.

Ainsi, il s'agissait d'une épreuve ? Une façon de vérifier que je ne tuais pas Jacob avant de m'en prendre à Renesmée ? J'en eus la nausée. (Rien à voir avec mon estomac, c'était mental.) Cette idée saugrenue était-elle celle d'Edward ? Je lui jetai un coup d'œil anxieux. Il parut réfléchir un instant avant de hausser les épaules, comme libéré de son angoisse.

— C'est ton cou, après tout, lâcha-t-il, avec une trace d'hostilité dans la voix.

Cette fois, le grondement en provenance des arbres eut des accents furibonds. Leah, à coup sûr.

Je ne comprenais plus Edward. Après les épreuves par lesquelles nous étions passés, n'aurait-il pas dû éprouver une sorte de reconnaissance envers mon meilleur ami ? J'avais cru, sottement peut-être, qu'eux deux étaient devenus amis. Je m'étais trompée, apparemment. Quant à Jacob, quelle mouche le piquait ? Pourquoi s'offrait-il en pâture afin de protéger Renesmée ? Cela n'avait aucun sens. Même si nos liens privilégiés avaient survécu à ma transformation.

Ce qui me sembla plausible, lorsque je croisai son regard. Il ressemblait toujours à mon meilleur ami. Sauf que ce n'était pas lui qui avait changé. Comment m'envisageait-il, désormais ?

Soudain, il m'offrit son vieux sourire, celui qui était empreint d'une gentillesse absolue, et je fus rassurée. Tout était comme avant, à l'époque où nous avions traîné ensemble dans son garage. Deux amis tuant le temps. Aux relations faciles et *normales*. Derechef, je remarquai que le besoin incompréhensible de sa présence s'était entièrement évaporé. Il n'était *que* mon ami, comme cela aurait dû être.

N'empêche, ce qu'il s'apprêtait à faire continuait à être insensé. Se moquait-il tant de la vie qu'il était prêt à risquer sa peau afin de me protéger, de m'empêcher de commettre un acte irréfléchi que j'aurais l'éternité pour regretter ? Cela dépassait de loin la seule tolérance envers ce que j'étais devenue ; cela dépassait aussi le miracle de notre amitié préservée. Jacob avait beau être l'une des meilleures personnes de ma connaissance, ce sacrifice me semblait un peu trop outré pour que je l'accepte.

Son sourire s'élargit, puis il frémit.

— Je dois avouer que tu es un vrai monstre, Bella.

Je lui retournai son sourire, entrant sans mal dans notre jeu familier de répliques provocatrices. Voilà qui était à la portée de ma compréhension.

— Gare à ce que tu dis, clébard ! gronda Edward.

Le vent souffla dans mon dos, et j'en profitai pour aspirer une goulée d'air, de façon à pouvoir parler.

— Non, il a raison, Edward. Tu as vu mes yeux ? C'est quelque chose, hein ?

— Superangoissant. Mais pas aussi terrible que je le craignais.

— Ça, c'est du compliment ! Merci !

— Tu sais très bien ce que je veux dire, souffla-t-il. Tu te ressembles toujours… en quelque sorte. C'est peut-être moins dû à ton apparence qu'à... eh bien, tu *es* Bella. Je ne pensais pas que ce serait ainsi.

Une fois encore, il sourit. Sans amertume ni rancœur.

— Et puis, ajouta-t-il en rigolant, je crois que je ne tarderai pas à m'habituer aux yeux.

— Ah bon ?

J'étais déroutée. Il était merveilleux que nous soyons restés amis, mais ce n'était pas comme si nous étions destinés à passer beaucoup de temps ensemble. Une expression étrange se dessina sur son visage, effaçant sa bonne humeur. Une sorte de... culpabilité, presque. Puis il se tourna vers Edward.

— Merci. Je n'étais pas certain que tu saurais garder le secret, promesse ou non. Comme tu lui cèdes toujours, d'habitude...

— J'espère peut-être qu'elle sera tellement furieuse qu'elle t'arrachera la tête, répliqua Edward.

Jacob renifla avec dédain.

— Qu'y a-t-il ? demandai-je. Quels secrets me cachez-vous, tous les deux ?

— Je t'expliquerai plus tard, répondit Jacob, mal à l'aise, comme s'il n'y tenait pas vraiment. (D'ailleurs, il changea de sujet.) Avant tout, voyons un peu ce dont tu es capable !

Avec un regard de défi, il commença à avancer lentement vers moi. Derrière lui, un gémissement de protestation résonna, puis la grande silhouette grise de Leah surgit de sous les arbres, suivie par celle, encore plus imposante, couleur sable, de Seth.

— Du calme, les gars ! leur lança Jacob. Restez en dehors de ça.

Je fus heureuse qu'ils lui désobéissent et continuent de se rapprocher, quoique à pas plus mesurés. Le vent étant tombé, je sus que j'allais devoir affronter l'odeur de

Jacob. Il fut bientôt si proche que je sentis la chaleur que dégageait son corps vibrer dans l'air qui nous séparait. Ma gorge me brûla aussitôt.

— Allez, Bella, fais de ton pire.

Leah feula. Je ne pouvais m'y résoudre. Il était mal de profiter de l'avantage physique que j'avais sur Jacob, même s'il se mettait lui-même dans cette situation impossible. Je comprenais son raisonnement, cependant. Comment s'assurer autrement que je ne représentais aucun danger pour Renesmée ?

— Je m'impatiente, Bella, se moqua-t-il. Vas-y, hume-moi.

— Retiens-moi, ordonnai-je à Edward, en reculant vers lui.

Ses doigts se refermèrent sur mes bras. Je bloquai mes muscles, dans l'espoir de me pétrifier. Je me promis d'être aussi forte que je l'avais été durant la chasse. Au pire, je m'interdirais de respirer et je me sauverais. Nerveuse, j'inhalai un petit coup par le nez, m'attendant à tout.

Cela fut douloureux, sans plus, car j'avais déjà la gorge en feu. Par ailleurs, l'arôme de Jacob était à peine plus humain que celui du puma. Son sang contenait des éléments animaux qui me déplurent immédiatement. La chamade bruyante et mouillée de son cœur avait beau m'attirer, ses fragrances me firent plisser le nez. En vérité, elles m'aidaient à supporter le bruit du sang chaud qui courait dans ses veines. Je me permis une deuxième tentative et me détendis.

— Pff ! Je comprends mieux les autres, à présent. Qu'est-ce que tu pues, Jacob !

Edward éclata de rire et me serra contre lui, par la taille. Comme en écho, Seth partit d'un aboiement amusé et vint à nous, tandis que sa sœur se retirait à la lisière des arbres. C'est alors que je pris conscience de la présence d'un public, car Emmett s'esclaffa également, son hilarité quelque peu étouffée par les vitres.

— Venant de toi, c'est fort de café, rétorqua Jacob en se pinçant le nez d'un geste théâtral.

Son expression ne se modifia pas quand Edward me pressa contre lui et me chuchota à l'oreille qu'il m'aimait. Il continua de sourire, ce qui m'emplit d'espérance : entre nous, les choses allaient peut-être s'arranger, redevenir ce qu'elles n'étaient plus depuis trop longtemps. Nous arriverions à être de vrais amis, puisque je le dégoûtais assez pour qu'il ne m'aime plus comme avant. Tel était le détail nécessaire, finalement.

— Bon, j'ai réussi le test, non ? Et si vous m'avouiez ce fameux secret, maintenant ?

— Aucune urgence, répliqua Jacob en cédant derechef à la nervosité.

Une fois encore, je perçus le rire d'Emmett. Teinté d'impatience. J'aurais bien insisté, si ce n'est que je captais à présent d'autres bruits. Sept respirations, dont l'une plus rapide et heurtée, un cœur léger, vif, qui voletait comme des ailes d'oiseau. Cela retint toute mon attention. Ma fille était juste de l'autre côté de la paroi vitrée. Je ne la voyais pas, cependant, car le soleil incendiait les fenêtres, aveuglant. Je ne percevais que mon très étrange reflet – si blanc, si immobile – en comparaison de celui de Jacob. Ou d'Edward, lequel était parfait.

— Renesmée, soufflai-je.

Ma tension interne me donnait des allures de statue. Renesmée n'allait pas avoir une odeur animale. Serais-je capable de me contenir ?

— Allons la retrouver, dit Edward. Tu vas y arriver, je le sais.

— M'aideras-tu ?

— Cela va de soi.

— Emmett et Jasper aussi, au cas où ?

— Nous veillerons tous sur toi, Bella. Ne t'inquiète pas, nous serons prêts. Aucun de nous ne mettrait la vie de Renesmée en péril. Tu seras surprise de constater à quel point elle nous a déjà embobinés et nous mène par le bout du nez. Tout ira bien.

Mon désir de la rencontrer, de comprendre pourquoi il en parlait avec une telle vénération brisa mon immobilité. J'avançai d'un pas. Soudain, Jacob me barra le chemin, l'air soucieux.

— Es-tu sûr de toi, buveur de sang ? lança-t-il à Edward d'une voix presque suppliante que je ne lui avais jamais entendue quand il s'adressait à mon mari. Ça ne me plaît pas. Nous devrions peut-être attendre...

— Tu l'as mise à l'épreuve, Jacob.

Ainsi, c'était lui l'initiateur du test.

— Mais...

— Mais rien du tout, s'emporta brusquement Edward. Bella a besoin de voir notre fille. Ôte-toi de là !

Jacob me jeta un coup d'œil affolé, puis tourna les talons et décampa vers la maison, nous y précédant. Edward grogna. Cet antagonisme me dépassait, mais je n'étais pas en état d'y réfléchir, juste de penser à l'image floue de mon enfant que m'offraient mes souvenirs, de lutter pour tenter de lui rendre sa netteté.

— Allons-y, lâcha Edward, qui avait recouvré son calme.

J'acquiesçai.

Ils attendaient, souriants, alignés en une rangée à la fois accueillante et défensive. Rosalie se tenait en retrait des autres, près de la porte d'entrée. Jacob la rejoignit et se posta devant elle, plus près que d'habitude. Il n'émanait cependant aucune aisance de cette proximité, et tous deux paraissaient l'accepter avec bien des efforts sur eux-mêmes.

Dans les bras de Rosalie, une toute petite créature se penchait en avant et tentait de regarder au-delà de Jacob. Je n'eus aussitôt d'yeux que pour elle, qui m'absorba plus que tout ce que j'avais découvert depuis que je m'étais relevée de ma transformation.

— Vous êtes certains que j'ai été inconsciente seulement deux jours ? marmonnai-je incrédule.

L'enfant inconnue devait avoir des semaines, sinon des mois. Elle était au moins deux fois plus grande que le bébé dont j'avais gardé un souvenir confus et, tandis qu'elle se tortillait dans ma direction, elle paraissait en mesure de soutenir très bien sa tête et de se tenir droite. Ses cheveux bronze luisants tombaient en bouclettes sur ses épaules. Ses prunelles chocolat m'examinaient avec un intérêt qui était tout sauf enfantin – curieux, éveillé, intelligent, bref : adulte. Elle souleva la main et l'agita vers moi avant de la poser sur le cou de Rosalie.

Si son visage n'avait pas été d'une perfection et d'une beauté stupéfiantes, je n'aurais pas cru qu'il s'agissait du même enfant. Du mien. Mais il y avait vraiment de l'Edward, dans ses traits, et elle avait hérité de mes yeux et de mes pommettes. Même Charlie était présent – les boucles épaisses, bien qu'elles aient la couleur des cheveux de son père. Elle était nôtre. Aussi incroyable que cela pût sembler.

Pour autant, elle ne prit pas plus de réalité pour moi. Au contraire, elle n'en fut que plus fantastique.

— Oui, c'est elle, murmura Rosalie en caressant la menotte qui s'agrippait à son cou.

Renesmée me fixa. Puis, à l'instar de ce qui s'était produit après sa naissance si violente, elle me sourit, dévoilant des dents minuscules et d'un blanc immaculé. Proprement abasourdie, je fis un pas vers elle.

Tout le monde réagit très vite.

Emmett et Jasper se retrouvèrent devant moi, épaule contre épaule, poings levés. Edward m'attrapa par le haut des bras. Même Carlisle et Esmé vinrent se ranger aux côtés de Jasper et d'Emmett, tandis que Rosalie reculait vers la porte, serrant Renesmée dans ses bras. Jacob suivit le mouvement, véritable rempart vivant.

Alice fut la seule à ne pas broncher.

— Faites-lui un peu confiance ! pépia-t-elle. Elle n'allait pas l'attaquer. À sa place, vous auriez vous aussi envie de voir l'enfant de plus près.

Elle ne se trompait pas. Je me contrôlais. Je m'étais préparée à tout, à une odeur humaine aussi insistante que celle dans la forêt. Ici, la tentation n'était pas comparable. Les fragrances qui émanaient de Renesmée offraient un équilibre exact entre le parfum le plus captivant et l'arôme de la nourriture la plus exquise. Elles contenaient assez de la douce odeur des vampires pour empêcher que le fumet humain ne domine.

J'étais en mesure de le supporter. J'en étais sûre.

— Je tiens le coup, assurai-je en me dégageant des mains d'Edward. Mais reste vigilant, des fois que...

Paupières plissées, concentré, Jasper humait mon humeur, et je m'incitai au calme. Edward décela l'assentiment – encore réticent – de son frère et s'écarta.

En entendant ma voix, l'enfant s'était débattue afin d'échapper aux bras de Rosalie. Elle réussissait à avoir l'air impatiente.

— Jasper, Emmett, lança Edward, laissez-nous passer. Bella gère.

— Le risque est..., voulut protester le premier.

— Minime, le coupa Edward. Écoute, pendant que

nous chassions, elle a senti l'odeur d'un ou plusieurs randonneurs qui se trouvaient au mauvais endroit au mauvais moment...

J'entendis Carlisle retenir son souffle. Esmé afficha une expression inquiète mêlée de compassion. Jasper écarquilla les yeux, même s'il opina légèrement, comme si ces mots répondaient à l'une de ses interrogations silencieuses. Jacob fit la grimace, Emmett haussa les épaules. Quant à Rosalie, elle parut encore plus indifférente que son amant, dans la mesure où elle tentait de retenir Renesmée.

Je lus sur les traits d'Alice que cette dernière n'était pas dupe. Son regard se fixa sur la chemise dont j'étais habillée, et j'eus l'impression qu'elle était plus inquiète de ce que j'avais pu infliger à sa robe qu'autre chose.

— Comment as-tu pu te montrer aussi irresponsable, Edward ? le morigéna Carlisle.

— Je sais, désolé. J'ai été idiot. J'aurais dû prendre le temps de m'assurer que nous étions dans une zone sans danger avant de la lâcher.

— Dis donc, toi ! marmonnai-je, gênée d'être le point de mire général.

À croire qu'ils cherchaient tous à déceler une lueur plus rouge dans mes prunelles.

— Carlisle a raison de se fâcher, Bella, sourit Edward. J'ai commis une erreur grossière. Que tu sois plus forte que tous les nouveau-nés qu'il m'a été donné de croiser n'y change rien.

— Quel sens de l'humour ! railla Alice.

— Ce n'est pas de l'humour. J'expliquais à Jasper pourquoi je suis sûr de Bella. Ce n'est pas ma faute si tout le monde a sauté aux conclusions.

— Un instant, intervint Jasper. Elle n'a pas traqué les humains ?

— Au début, si, répondit Edward qui, visiblement, s'amusait beaucoup. Avec pas mal d'entrain, même.

Je grinçai des dents.

— Et ? lança Carlisle.

Ses yeux avaient pris un éclat nouveau, et un sourire interloqué commençait à se dessiner sur ses lèvres. Cela me renvoya au moment où il m'avait interrogée sur ma transformation. La curiosité incarnée.

— Elle a entendu que je la suivais, et son instinct de défense l'a emporté. Dès que ma présence a eu démoli son obsession des humains, elle s'en est échappée. Je n'ai jamais rien vu de tel. Elle a immédiatement compris ce qui se passait, et alors… elle a retenu sa respiration et s'est enfuie.

— Wouah ! souffla Emmett. Sérieux ?

— Il ne vous dit pas tout, ajoutai-je. Il oublie de signaler que je lui ai grondé dessus.

— J'espère que tu lui as donné une ou deux bonnes baffes ! s'empressa de s'exclamer le colosse, aux anges.

— Non ! Bien sûr que non !

— Quoi ? Tu ne l'as pas attaqué ?

— Emmett, voyons !

— Ah ! Quel gâchis ! Tu es sûrement la seule qui aurait pu le battre, vu qu'il ne peut tricher en lisant tes pensées. En plus, tu avais une super excuse. Moi qui meurs d'envie d'assister à un combat où il sera privé de ses atouts.

— Eh bien, ne compte pas sur moi ! rétorquai-je, glaciale.

De son côté, Jasper plissait le front, encore plus soucieux qu'auparavant.

— Tu piges ? lui demanda Edward en lui donnant une bourrade amicale dans l'épaule.

— Ce n'est pas naturel, marmonna son frère.

— Elle aurait pu se retourner contre toi, Edward !

hoqueta Esmé. Elle n'a que quelques heures d'expérience !
Nous aurions dû vous accompagner.

Maintenant qu'Edward en avait terminé avec son anec-
dote, je ne leur prêtais plus attention. Je contemplais la
magnifique fillette qui continuait à me fixer. Ses menottes
dodues se tendirent vers moi, comme si elle savait exactement qui j'étais. Instinctivement, j'imitai son geste.

— Edward ? demandai-je en me penchant pour mieux
la voir. S'il te plaît ?

Jasper ne bougea pas.

— Ce n'est pas parce que tu n'as jamais assisté à cela
que c'est impossible, plaida Alice. Fais-moi confiance.

Leurs regards se croisèrent, et Jasper acquiesça. Il
s'écarta, mais posa une main sur mon épaule, prêt à
m'escorter jusqu'à Rosalie. Je réfléchis à chaque pas avant
de l'entreprendre, analysant mon état d'esprit, la brûlure
de ma gorge, la position des autres autour de moi ; leurs
chances de me retenir, face à la force qui bouillonnait en
moi. Ce fut un parcours très lent.

Soudain, la petite, qui se débattait avec de plus en plus
d'acharnement, l'air de plus en plus contrariée, laissa échapper un gémissement aigu et sonore. Les Cullen et Jacob
réagirent comme si – ce qui était mon cas – ils n'avaient
encore jamais entendu sa voix. Ils se ruèrent vers elle, me
laissant seule, figée sur place. Le cri de Renesmée m'avait
transpercée, me clouant au sol. Mes yeux me piquèrent
d'une drôle de façon, à croire qu'ils allaient se déchirer.
Tout le monde posait la main sur elle, qui lui tapotant le
dos, qui la rassurant.

Tout le monde sauf moi.

— Qu'y a-t-il ? Elle a mal quelque part ? Qu'est-il
arrivé ?

C'était Jacob qui braillait le plus fort, complètement
paniqué. Choquée, je le vis tendre les bras pour s'emparer

de Renesmée et, horrifiée, constatai que Rosalie la lui passait sans protester.

— Non, le rassura-t-elle, tout va bien.

Renesmée accepta volontiers de rejoindre Jacob puis, une main sur la joue du gaillard, se tortilla et se pencha vers moi.

— Tu vois ? enchaîna Rosalie. Elle veut juste être avec Bella.

— Quoi ? murmurai-je.

Les prunelles de Renesmée – les miennes – me toisèrent avec agacement. Edward s'empressa de revenir près de moi et me poussa doucement.

— Voilà presque trois jours qu'elle t'attend, chuchota-t-il.

Nous n'étions plus séparées que par quelques pas. Des bouffées de chaleur semblaient s'échapper d'elle pour me caresser. À moins que ce ne soit Jacob, qui tremblait de tous ses membres, incarnation de l'anxiété. Ce que, bizarrement, contredisait l'expression sereine qu'il arborait, et à laquelle je n'avais pas eu droit depuis un bon moment.

— Je me contrôle, Jake, lui dis-je.

Même si je n'étais guère rassurée de voir ma fille dans ses bras agités. Il fronça les sourcils, dubitatif, comme s'il n'avait pas plus confiance en moi que moi en lui. Renesmée geignit et s'étira, serrant ses petits poings. À cet instant, un déclic se fit en moi. La tonalité de ce cri, la familiarité des yeux, l'impatience encore plus vive que la mienne avec laquelle elle semblait désirer ces retrouvailles – tout cela se mélangea de la façon la plus naturelle qui fût. Soudain, elle devint complètement réelle et perdit, bien sûr, son caractère étranger. Faire le dernier pas et la prendre dans mes bras devint parfaitement ordinaire, comme fut naturelle la position que mes mains adoptèrent afin de lui offrir le réceptacle le plus confortable possible.

Jacob accompagna mes mouvements pour que je puisse la bercer, mais il ne la lâcha pas. Lorsque nos doigts s'effleurèrent, il frémit légèrement, sans plus. Sa peau, toujours si tiède autrefois, me sembla incandescente. Elle était aussi chaude que celle de ma fille, à un ou deux degrés de différence. Renesmée n'eut pas l'air dérangée par la froideur de glace qui était désormais la mienne. Ou alors, elle était habituée.

Levant la tête, elle m'adressa un nouveau sourire, tout en fossettes et en quenottes. Puis, délibérément, elle essaya de toucher ma joue. Aussitôt, autour de nous, les autres se raidirent, ce dont je me rendis à peine compte. À la fois ébahie et effrayée par l'image bizarre et alarmante qui envahissait mon cerveau, je haletais. Elle ressemblait de beaucoup à un souvenir très puissant et en même temps inconnu. Je tentai de la décrypter à travers le visage attentif de Renesmée, tout en luttant pour conserver mon calme.

En plus d'être choquante et étrangère, l'image était également trompeuse. J'y reconnaissais presque mes propres traits, mes anciens traits, mais ils étaient en retrait. Je compris alors que je les voyais de la même façon que les autres, plutôt que quand je me regardais dans un miroir. Le visage de ma mémoire était tordu, ravagé, couvert de sueur et de sang. Malgré cela, mon expression était celle d'un sourire adorateur ; l'éclat de mes prunelles effaçait mes cernes. L'image s'élargit, mon visage se rapprocha avant de brusquement disparaître.

Renesmée laissa retomber sa main, son sourire s'agrandit.

Dans la pièce régnait un silence absolu, rompu seulement par les battements de cœur. Personne ne respirait, mis à part Jacob et Renesmée. Cette quiétude se prolongea. Comme si les autres attendaient que je réagisse.

— Qu'est-ce... que... c'était ? réussis-je à balbutier.

— Quoi donc ? s'enquit Rosalie avec curiosité en se penchant par-dessus Jacob, qui avait des airs d'intrus. Que t'a-t-elle montré ?

— Parce que c'est elle qui m'a montré cela ? m'étonnai-je.

— Je t'avais dit que ce n'était pas facile à expliquer, intervint Edward. N'empêche, c'est un moyen de communication plutôt efficace, non ?

— De quoi s'agissait-il ? demanda Jacob.

— Euh... de moi. Je crois. J'étais affreuse.

— Alors, expliqua Edward, c'est l'unique souvenir qu'elle a de toi.

Il était évident qu'il avait détecté dans sa pensée le message qu'elle m'avait envoyé à mesure qu'elle le formulait. D'ailleurs, il avait la voix rauque, tant revivre l'expérience était déplaisant.

— Elle te transmet qu'elle a fait le lien, qu'elle sait qui tu es, poursuivit-il.

— Mais comment s'y prend-elle ?

Comme inconsciente de mon hébétude, Renesmée jouait avec l'une de mes boucles.

— Et comment est-ce que je capte les pensées des autres ? enchaîna Edward de façon rhétorique. Comment Alice lit-elle l'avenir ? Notre fille a un don.

Il haussa les épaules, n'ayant d'autre explication à fournir.

— Une évolution très intéressante, intervint Carlisle. Comme si elle faisait l'exact contraire de toi.

— En effet, renchérit Edward. Je me demande si...

Les laissant à leurs spéculations, j'admirai le visage le plus beau du monde, la seule chose qui comptait. L'enfant était chaude dans mes bras, ce qui me renvoyait au moment où les ténèbres avaient failli gagner, quand je n'avais eu plus rien à quoi me raccrocher. Rien d'assez puissant pour m'extirper de l'obscurité écrasante. Le moment où j'avais songé à Renesmée et où, enfin, j'avais découvert quelque chose que je ne lâcherais jamais.

— Je ne t'ai pas oubliée non plus, lui dis-je à voix basse.

Ce fut d'un geste très naturel que je me penchai et que je déposai un baiser sur son front. Son odeur était merveilleuse. Ma gorge s'enflamma, mais je n'eus aucun mal à l'ignorer, et cela ne gâcha pas la joie de ces instants. Renesmée était réelle, et je la connaissais. Elle était la même que celle pour laquelle je m'étais battue, dès le début. Mon enfant, celle qui m'avait aimée tout de suite, dans mon ventre. À demi Edward, parfaite, adorable. À demi moi, ce qui, étonnamment, jouait en sa faveur plutôt qu'en sa défaveur.

J'avais eu raison depuis le début. Elle méritait le combat que j'avais mené.

— Tout va bien, murmura Alice, sans doute à l'intention de Jasper,

Je les sentais rôder alentour, méfiants.

— Ça suffit sûrement pour aujourd'hui, lança Jacob, dont la voix montait dans les aigus, sous l'effet de l'angoisse. Bella se débrouille très bien, mais inutile de tenter le sort.

Je le toisai avec irritation. Près de moi, Jasper se trémoussa, mal à l'aise. Nous étions tellement serrés les uns contre les autres que le moindre mouvement prenait des proportions démesurées.

— C'est quoi, ton problème, Jacob ? aboyai-je.

Je tirai légèrement sur l'enfant, et il se rapprocha. Au point que Renesmée nous touchait l'un et l'autre.

— Ce n'est pas parce que je suis en mesure de comprendre que je ne suis pas prêt à te jeter dehors, Jacob ! siffla Edward. Bella s'en tire remarquablement bien. Ne lui gâche pas son plaisir.

— Et je l'aiderai à te mettre à la porte, clébard ! fulmina Rosalie. Je te dois un bon coup dans le ventre, je te rappelle.

Bon, visiblement, ces deux-là ne s'étaient pas rabibochés. Leur antagonisme paraissait avoir empiré, même.

Je scrutai l'expression presque furieuse de Jacob. Ses yeux étaient vrillés sur Renesmée. Vu la cohue, il devait être en contact avec au moins six vampires à la fois, ce qui semblait ne pas le déranger le moins du monde. Était-il vraiment prêt à endurer tout cela rien que pour me protéger de moi-même ? Que s'était-il passé, durant ma transformation – en une créature qu'il détestait –, pour qu'il se radoucisse autant envers ce qui en était à l'origine ? Je continuai à m'interroger tout en l'observant contempler ma fille. On aurait dit qu'il… qu'il était un aveugle découvrant le soleil pour la première fois de son existence.

— *Non !* hoquetai-je.

Jasper montra les dents, et Edward noua ses bras autour de ma poitrine avec la force d'un boa constricteur. Jacob me reprit Renesmée, et je le laissai faire. En effet, je sentais venir la crise que tous avaient guettée, redoutée.

— Rose ? grondai-je d'une voix lente et précise. Emmène Renesmée.

Rosalie tendit les bras, et Jacob lui donna aussitôt l'enfant. Tous deux s'écartèrent de moi.

— Edward ? Je ne veux pas te blesser. Lâche-moi, s'il te plaît.

Il hésita.

— Va te mettre devant Renesmée, suggérai-je.

Il tergiversa, puis obtempéra. Bondissant en position d'attaque, je fis deux pas vers Jacob.

— Tu n'as pas osé ! grognai-je.

Il recula, paumes en l'air, tentant de me raisonner.

— Tu sais bien que je n'ai aucun contrôle là-dessus.

— Espèce de *fichu cabot* ! Comment as-tu *pu* ? *Mon bébé* !

Il sortit, et je le suivis sur le perron.

— Je n'y suis pour rien, Bella !

— Je viens à peine de la mettre au monde et tu te crois déjà en droit d'avoir des visées sur elle, sous prétexte de je ne sais quelle imbécillité de loup ? Elle est à *moi* !

— Je partagerai, cria-t-il d'une voix suppliante, sans cesser de s'éloigner à travers la pelouse.

— Par ici la monnaie, entendis-je Emmett dire à quelqu'un.

Une partie de mon cerveau se demanda qui avait eu l'idiotie de parier contre, vu la tournure que prenaient les événements. Mais cela ne m'occupa pas longtemps, tant j'étais furieuse.

— Comment as-tu eu le culot de t'imprégner de mon bébé ? Tu as perdu l'esprit ?

— C'était involontaire, plaida-t-il en s'enfonçant dans la forêt.

Soudain, il ne fut plus seul. Deux énormes loups avaient surgi, le flanquant de chaque côté. Leah montra les crocs. Un grondement effrayant monta de ma gorge, en guise de réponse. Si le bruit me perturba, il ne m'empêcha pas de continuer à avancer.

— S'il te plaît, Bella, écoute-moi une seconde ! Je t'en prie. Recule, Leah !

Cette dernière n'obéit pas.

— Et pourquoi t'écouterais-je ? braillai-je.

Dans mon crâne, la fureur obscurcissait tout le reste.

— Parce que tu es celle qui m'a dit cela. As-tu oublié ? Tu m'as dit que nos vies étaient entremêlées. Que nous formions une seule famille. Que c'était censé se passer comme ça. Eh bien, voilà… nous y sommes. C'est ce que tu désirais.

Je le fusillai du regard. Je me rappelai vaguement ces mots. Hélas, mon cerveau neuf et rapide précédait de deux pas ces âneries.

— Tu espères intégrer ma famille comme *gendre* ? hurlai-je.

Ma voix monta de deux octaves, ce qui ne l'empêcha pas de sonner comme une musique. Emmett éclata de rire.

— Retiens-la, Edward, murmura Esmé. Elle sera malheureuse, si elle lui fait du mal.

Toutefois, je ne devinai aucun mouvement derrière moi.

— Non, braillait Jacob pendant ce temps-là. Comment peux-tu croire une chose pareille ? Elle n'est qu'un bébé, bon Dieu !

— *Justement !*

— Tu sais bien que je ne l'envisage pas ainsi. Penses-tu qu'Edward m'aurait laissé en vie aussi longtemps, sinon ? Tout ce que je veux, c'est qu'elle soit heureuse, en bonne santé. Est-ce si mal ? Si différent de ce que toi, tu souhaites ?

Lui aussi était en colère, à présent. Incapable de trouver les bonnes paroles, je grognai.

— N'est-elle pas extraordinaire ? entendis-je Edward chuchoter.

— Elle ne lui a pas encore sauté à la gorge, renchérit Carlisle, admiratif.

— D'accord, tu gagnes celui-là, grommela Emmett.

— Tu as intérêt à ne pas t'approcher d'elle, lançai-je à Jacob.

— C'est impossible.

— Je te conseille d'*essayer* ! Et *tout de suite* !

— Je ne peux pas. Te souviens-tu à quel point tu voulais que je sois présent à ton côté, il y a trois jours ? À quel point il nous était difficile d'être séparés l'un de l'autre ? Cela n'est plus, pour toi, n'est-ce pas ?

Je fulminai, soupçonneuse quant au message qu'il s'efforçait de faire passer.

— C'était elle, continua-t-il. Dès le début. C'est à cause d'elle que nous devions être ensemble.

Je me souvins, je compris. Une minuscule part de moi fut soulagée d'avoir une explication à cette démence. Sauf que la perte de ce fardeau ne fit que renforcer ma rage. S'attendait-il à ce que cela me suffise ? Que cette clarification infime me rende pour autant la situation tolérable ?

— Cours tant que tu peux ! le menaçai-je.

— Allons, Bella ! Nessie m'aime bien, elle aussi.

Je me figeai. Je cessai de respirer. Derrière moi, l'absence de réaction me signifia une soudaine anxiété générale.

— Comment l'as-tu appelée ?

Jacob s'éloigna encore, l'air penaud.

— Ben… le prénom que tu lui as donné est compliqué, alors…

— Tu as surnommé ma fille comme le *monstre du loch Ness* ? écumai-je.

Sitôt après, je me jetai à sa gorge.

23

❖

SOUVENIRS

— Je suis désolé, Seth. J'aurais dû me tenir plus près.

Edward n'arrêtait pas de s'excuser, ce que je ne jugeais
ni juste ni approprié. Après tout, ce n'était pas lui qui avait
craqué, pas lui qui était impardonnable, pas lui qui avait
voulu arracher la tête de Jacob, lequel ne s'était même
pas transformé pour résister à l'assaut, pas lui non plus
qui avait accidentellement brisé l'épaule et la clavicule de
Seth quand ce dernier s'était jeté devant moi. Ce n'était
pas Edward qui avait failli tuer son meilleur ami.

Non que le meilleur ami en question n'ait rien eu à se
reprocher. Mais ce n'était pas une raison pour que je me
comporte de manière aussi incontrôlée. Par conséquent,
c'était à moi de présenter des excuses. Une fois encore, je
m'y risquai.

— Seth, je...

— Laisse tomber, Bella, ce n'est rien du tout, m'interrompit l'intéressé.

— Personne ne te reproche rien, mon amour, répliqua Edward en même temps. Tu te débrouilles si bien.

Jusqu'à présent, je n'avais pas réussi à terminer une seule phrase. Qu'Edward ait du mal à retenir son sourire n'arrangeait rien. Si j'étais consciente que Jacob ne méritait pas que je me mette dans des colères pareilles, mon époux paraissait y trouver une certaine satisfaction, lui. Il regrettait peut-être de ne pouvoir s'abriter derrière un statut de nouveau-né pour flanquer une raclée à Jacob, histoire de soulager son irritation. Je m'appliquai à gommer les dernières traces de ma fureur, ce qui ne fut pas aisé, dans la mesure où Jacob était présentement dehors, avec Renesmée. Afin de la protéger de moi, le vampire de fraîche date.

Carlisle fixa une nouvelle attelle autour du bras de Seth qui grimaça.

— Navrée, vraiment navrée, marmonnai-je.

— Arrête de t'en vouloir, Bella, me rassura Seth en tapotant mon genou de sa main intacte, tandis qu'Edward caressait mon autre bras.

Seth semblait n'éprouver aucune aversion à l'idée d'être assis à côté de moi, sur le canapé, pendant que Carlisle le soignait. De même, le contact de ma peau froide et dure ne le rebutait apparemment pas.

— J'aurai guéri d'ici une demi-heure, poursuivit-il. N'importe qui aurait réagi comme ça, vu ce que Jake et Ness…

S'interrompant, il s'empressa de changer de sujet.

— Au moins, tu ne m'as pas mordu. Ce qui aurait été très nul.

J'enfouis mon visage entre mes mains en frissonnant. Cela aurait pu en effet se produire. Or, les loups-garous réagissaient différemment des humains au venin des vampires. Pour eux, c'était un véritable poison.

— Je suis une mauvaise personne, gémis-je.

— Bien sûr que non ! rétorqua Edward. C'est moi qui...

— Tais-toi, soupirai-je.

Je refusais qu'il se fustige à ma place, à sa mauvaise habitude.

— Heureusement que Ness... que Renesmée n'est pas venimeuse, lâcha Seth après un silence gêné. Parce qu'elle passe son temps à planter ses quenottes dans Jacob.

— Ah bon ? m'exclamai-je en relevant la tête.

— Oui. Quand lui, ou Rosalie, ne la nourrit pas assez vite à son gré. Rose trouve ça très drôle.

Je contemplai Seth avec des yeux ronds. J'étais certes ébranlée par cette nouvelle, mais je me sentais aussi un peu coupable, car elle satisfaisait ma colère. Naturellement, je savais déjà que Renesmée était inoffensive. J'étais la première qu'elle avait mordue. Toutefois, je gardai cette réflexion pour moi, dans la mesure où je feignais d'avoir perdu la mémoire des événements récents.

— Et voilà, Seth ! déclara Carlisle en se redressant et en s'écartant. Je ne peux guère faire plus. Tâche de ne pas bouger pendant... Bah ! Quelques heures suffiront, j'imagine. J'aimerais pouvoir soigner les humains de façon aussi efficace, ajouta-t-il en riant.

Après avoir ébouriffé les cheveux de son patient, il disparut dans l'escalier. Peu après, à l'étage, la porte de son bureau se referma. Je me demandai si la pièce avait été nettoyée depuis la naissance de ma fille.

— Je devrais être en mesure de rester assis un moment, acquiesça Seth en bâillant.

Sur ce, prenant soin de ne pas s'appuyer sur son épaule endolorie, il s'adossa au canapé et ferma les paupières. Deux secondes plus tard, sa bouche se détendit. J'observai son visage paisible durant une minute. Seth paraissait doué du même talent que Jacob quand il s'agissait de s'endormir à volonté. Mes excuses remises à une date ultérieure, je me levai à mon tour. Le mouvement n'ébranla même pas le divan. Tout ce qui était physique ne posait aucun problème. Pour le reste en revanche...

Edward me suivit jusqu'à la baie vitrée et me prit la main. Leah arpentait les berges de la rivière, s'arrêtant parfois pour regarder vers la maison. Il n'était pas compliqué de distinguer les fois où elle cherchait son frère de celles où elle *me* cherchait ; ses coups d'œil étaient tantôt angoissés tantôt meurtriers.

Dehors sur le perron, Jacob et Rosalie se disputaient à voix basse pour déterminer à qui il revenait de nourrir Renesmée. Leurs relations étaient plus que jamais animées par une détestation mutuelle. Ils ne s'accordaient désormais que sur un point – il fallait m'éloigner de mon bébé tant que je ne me serais pas remise à cent pour cent de ma crise de rage. Edward avait voulu s'opposer à ce verdict, mais j'avais laissé faire. Moi aussi, je voulais être certaine de moi. Néanmoins, je doutais que leur notion du cent pour cent soit identique à la mienne, et cela m'inquiétait.

Mis à part leurs échanges, la respiration tranquille de Seth et les halètements agaçants de Leah, la villa était très calme. Emmett, Alice et Esmé chassaient. Jasper était resté sur place afin de me surveiller. Discret, il se tenait derrière le pilier de l'escalier en s'efforçant de ne pas m'importuner.

Je profitai de cette quiétude pour repenser à tout ce que m'avaient appris Edward et Seth pendant que Carlisle s'occupait de ce dernier. Durant les deux jours de bûcher, j'avais loupé pas mal de choses. Le plus important était la fin de la querelle avec la meute de Sam, qui expliquait pourquoi les vampires se sentaient de nouveau libres d'aller et venir à leur guise. La trêve était plus forte que jamais. Ou plus contraignante, selon le point de vue que l'on adoptait.

En effet, l'une des règles les plus absolues édictées par la meute stipulait qu'aucun loup ne pouvait tuer l'être dont s'était imprégné un frère. Le chagrin qui en aurait résulté aurait été trop douloureux pour tous. Le crime, qu'il fût volontaire ou accidentel, était impardonnable, et le coupable condamné, sans appel possible, à se battre jusqu'à la mort. Seth m'avait confié que cela était déjà arrivé, fort longtemps auparavant, et uniquement par hasard. Jamais un loup n'aurait intentionnellement détruit l'un de ses frères de cette manière. Ainsi, Renesmée était intouchable, au regard des sentiments que Jacob éprouvait désormais envers elle. Je tâchai d'en ressentir plus de soulagement que de rancœur, ce qui ne me fut pas facile. J'avais l'esprit assez vaste maintenant pour que ces deux émotions contraires y cohabitent avec intensité.

Sam ne pouvait pas non plus reprocher ma transformation aux Cullen, puisque Jacob, en tant qu'Alpha de droit, l'avait autorisée. Quand je prenais la mesure de ma dette envers lui, j'avais du mal à la digérer, d'autant que j'avais juste envie de fulminer contre lui, à cause de cette stupide imprégnation.

Désireuse de m'épargner un déchirement, je décidai de songer à un autre phénomène intéressant. Bien que le silence entre les deux meutes perdurât, Jacob et Sam avaient découvert que les Alpha étaient capables de communiquer entre eux quand ils étaient loups. Certes, le procédé différait de celui d'avant : ils n'entendaient pas les moindres pensées de l'autre, cela ressemblait plus à une conversation normale. Sam ne captait que les réflexions que Jacob souhaitait partager avec lui, et vice versa. Ils s'étaient également rendu compte que la distance ne gênait en rien ce type de communication. Cette nouveauté leur était apparue quand Jacob, malgré les protestations de Seth et de Leah, était allé seul trouver Sam afin de lui expliquer ce qui se passait avec Renesmée. C'était d'ailleurs l'unique fois depuis sa naissance où il l'avait abandonnée un moment.

Lorsque Sam avait compris à quel point la situation avait évolué, il avait raccompagné Jacob afin de s'entretenir avec Carlisle. Comme Edward avait refusé de quitter mon chevet pour servir de traducteur, ils avaient discuté sous leur forme humaine, et le traité avait été reconduit. Certes, les sentiments amicaux risquaient de ne jamais être ravivés, eux.

Mais bon, c'était un gros souci de moins.

Malheureusement, un nouveau avait surgi qui, bien que loin d'être aussi périlleux, physiquement parlant, qu'une meute de loups en colère, paraissait beaucoup plus pressant à mes yeux. Charlie. Il avait beau avoir parlé avec Esmé le matin même, il avait rappelé à deux reprises, la dernière quelques minutes auparavant, quand Carlisle soignait Seth. Personne n'avait décroché le téléphone.

Que fallait-il lui dire ? Les Cullen avaient-ils raison ? Valait-il mieux lui annoncer que j'étais morte ? Était-ce la façon la moins douloureuse de procéder ? Serais-je capable de rester immobile dans mon cercueil, tandis que lui et ma mère pleureraient toutes les larmes de leur corps ? Je n'aimais pas cela. En même temps, mettre Charlie ou Renée en danger en raison de l'obsession des Volturi pour le secret était hors de question.

Il y avait encore ma solution : permettre à Charlie de me rencontrer quand je serais vraiment prête et le laisser en tirer ses propres conclusions. Fausses, naturellement. D'un point de vue technique, le règlement en vigueur chez les vampires n'aurait pas été enfreint. Ne serait-il pas mieux pour Charlie qu'il me sache en vie – en quelque sorte – et heureuse ? Y compris si je lui paraissais étrange, différente, voire effrayante ?

Hélas, mes yeux étaient encore trop redoutables. Combien de temps faudrait-il pour qu'ils soient de la bonne couleur et que je parvienne à me contrôler entièrement ?

— Qu'as-tu, Bella ? chuchota Jasper en sentant ma tension monter. Personne ne te reproche rien (il ignora le grondement sourd contredisant cette assertion, en provenance de la rivière) ni ne s'étonne. Enfin si, nous sommes surpris, mais plutôt que tu aies été capable de te ressaisir aussi vite. Tu as bien agi. Mieux que ce à quoi nous nous attendions.

Au fur et à mesure qu'il parlait, une paix s'installa dans la pièce. Le souffle de Seth se transforma en doux ronflements. Je me sentis plus calme, sans pour autant oublier mon anxiété.

— Je pensais à Charlie, expliquai-je.

Sur le perron, la dispute cessa.

— Ah ! chuchota Jasper.

— Nous devrons vraiment partir, n'est-ce pas ? poursuivis-je. Au moins un moment. Prétendre que nous sommes à Atlanta, par exemple.

Edward se tourna vers moi, mais je fixais Jasper. Ce fut lui qui me répondit, sur un ton empreint de gravité.

— Oui. C'est la seule façon de protéger ton père.

— Il va tellement me manquer, dis-je après avoir réfléchi. Comme tout le monde ici.

Y compris Jacob, songeai-je malgré moi. Le désir de sa compagnie avait beau avoir à la fois disparu et s'être redéfini – ce dont j'étais grandement soulagée –, il restait mon ami. Quelqu'un qui me connaissait réellement et qui m'acceptait. Même si j'étais un monstre. Je repensai à ses paroles suppliantes, juste avant que je ne l'attaque :

« Tu m'as dit que nos vies étaient entremêlées. Que nous formions une seule famille. Que c'était censé se passer comme ça. Eh bien, voilà… nous y sommes. C'est ce que tu désirais. » Pourtant, ça ne ressemblait pas à ce que j'avais souhaité. Pas tout à fait, du moins. Je remontai le cours embrumé et flou de mes souvenirs humains, jusqu'à la période la plus dure, celle sans Edward, des temps si sombres que je les avais refoulés. Si mes paroles exactes ne me revinrent pas, je me rappelai que j'avais regretté que Jacob ne fût pas mon frère, de manière à ce que nous puissions nous aimer sans qu'il n'y eût ni confusion ni douleur. Comme des membres d'une même famille. Nonobstant, je n'avais pas envisagé de mettre une fille dans la balance.

Plus tard, en l'une des multiples occasions où j'avais dit adieu à Jacob, je m'étais demandé à voix haute avec qui il finirait, qui rétablirait l'équilibre de son existence après ce que je lui avais infligé. J'avais dû lâcher une phrase comme quoi cette fille, qui qu'elle soit, ne serait jamais assez bien pour lui.

Je ronchonnai, et Edward souleva un sourcil interrogateur, mais je me bornai à secouer la tête.

Mes amis auraient beau me manquer cruellement quand nous serions partis, un nouveau problème était apparu, plus délicat. Sam, Jared ou Quil avaient-ils passé une seule journée sans voir l'objet de leur imprégnation, Emily, Kim ou Claire ? En étaient-ils seulement capables ? Comment Jacob réagirait-il si on le séparait de Renesmée ? En souffrirait-il ? J'étais encore assez furieuse pour que cette perspective – pas celle de son chagrin, celle de l'éloigner de ma fille – me réjouisse. Comment étais-je censée gérer une situation où elle finirait par appartenir à Jacob alors qu'elle semblait à peine mienne ?

Des mouvements sous le porche interrompirent mes réflexions. J'entendis Jacob et Rosalie se lever, puis entrer.

Au même instant, Carlisle descendit les marches, les mains chargées d'un mètre mesureur et d'une balance. Jasper me rejoignit vivement. Comme si un signal avait été lancé qui m'aurait échappé, Leah s'assit devant la baie vitrée et me contempla avec une expression laissant supposer qu'elle s'attendait à un événement banal et inintéressant.

— Il doit être dix-huit heures, commenta Edward.

— Et alors ? répliquai-je.

Je dévisageai Rosalie, Jacob et Renesmée. Celle-ci était dans les bras de Rose, laquelle avait l'air méfiante. Jacob semblait troublé. L'enfant était belle et impatiente.

— C'est le moment de mesurer Ness... euh, Renesmée, expliqua Carlisle.

— Oh ! Vous le faites tous les jours ?

— Quatre fois par jour, corrigea-t-il distraitement tout en invitant les autres à s'approcher du canapé.

Je crus voir Renesmée pousser un soupir.

— Pardon ? sursautai-je. Pourquoi autant ?

— Elle grandit tellement vite, murmura Edward d'une voix tendue.

Il serra ma main, et son bras s'enroula fermement autour de ma taille, presque comme s'il avait besoin d'être soutenu. Obnubilée par ma fille, j'observai son expression. Elle paraissait en pleine forme. Sa peau luisait comme de l'albâtre indirectement éclairé ; ses joues étaient roses. Une beauté aussi radieuse ne pouvait être malade. Sa vie n'était menacée par aucun autre danger que sa propre mère. Non ?

La différence entre l'enfant que j'avais mise au monde et celle que j'avais retrouvée une heure plus tôt aurait sauté aux yeux de n'importe qui. Celle séparant la Renesmée d'une heure auparavant et celle de maintenant était plus subtile, même si un humain ne l'aurait sans doute pas détectée. Son corps s'était allongé, avait minci de manière infime. Son visage avait perdu de sa rondeur. Ses boucles avaient poussé de quinze millimètres. Elle s'étira de bonne grâce quand Carlisle la mesura des pieds au sommet du crâne, avant de mesurer également le contour de celui-ci. Le médecin prit des notes. Rien ne manquait.

Je remarquai que Jacob croisait les bras sur son torse avec autant de force qu'Edward emprisonnait ma taille des siens. Ses sourcils épais formaient une ligne continue au-dessus de ses prunelles profondément enfoncées dans leurs orbites.

Renesmée s'était transformée de cellule en bébé en quelques semaines seulement. Elle semblait bien partie pour pouvoir marcher deux jours après être née. À ce rythme-là… Mon esprit de vampire n'eut aucun mal à calculer l'horreur de ce que cela supposait.

— Que faisons-nous ? murmurai-je, horrifiée.

— Je n'en sais rien, répondit Edward, tendu, en comprenant parfaitement ce que j'entendais par cette question.

— Ça ralentit, marmonna Jacob entre ses dents.

— Quelques jours de mesure supplémentaires nous seront nécessaires pour le vérifier, tempéra Carlisle. Je ne peux rien promettre.

— Hier, elle a pris cinq centimètres. C'est moins, aujourd'hui.

— Sauf erreur de ma part, un soixante-dix, confirma le médecin.

— Tâchez d'éviter les erreurs, répliqua Jacob, presque menaçant.

Rosalie se raidit.

— Je suis le plus professionnel possible, tu le sais.

— Oui, maugréa mon ami. Inutile d'en demander plus.

Une fois encore, l'irritation m'envahit. J'avais l'impression que Jacob me volait mes répliques et, de plus, qu'il les prononçait mal. Renesmée avait l'air agacée elle aussi. Elle se tortilla et tendit une main impérieuse vers Rosalie, qui se pencha pour que la petite puisse toucher son visage. Au bout d'une seconde, Rose poussa un soupir.

— Que veut-elle ? s'enquit Jacob, me volant une fois encore ma réplique.

— Bella, bien sûr, répondit Rosalie.

Ces paroles me réchauffèrent un peu le cœur.

— Comment te sens-tu ? me lança ma belle-sœur.

— Soucieuse, avouai-je.

— Comme nous tous. Mais ce n'est pas ce à quoi je pensais.

— Je me contrôle.

La soif était en dernière position sur la liste de mes inquiétudes, à présent. Et puis, Renesmée sentait bon d'une façon qui n'évoquait en rien un repas potentiel. Jacob se mordit la lèvre mais n'esquissa aucun geste pour empêcher Rosalie de me donner l'enfant. Jasper et Edward se rapprochèrent, sans plus. Je sentis à quel point Rose était tendue, et je me demandai quelle impression Jasper avait du salon. À moins qu'il ne soit si focalisé sur moi qu'il ne perçoive pas les humeurs des autres ?

Renesmée brandit ses menottes quand je la pris, et un sourire éblouissant illumina ses traits. Elle se blottit dans mes bras comme dans un nid, à croire qu'ils avaient été conçus pour la tenir. Aussitôt, elle posa sa petite main chaude contre ma joue.

Bien que je m'y sois préparée, je retins un hoquet quand elle fit défiler sa mémoire dans ma tête, à l'instar d'une vision lumineuse, bigarrée, translucide. Elle se rappelait que j'avais chargé Jacob sur la pelouse de devant, et que Seth s'était interposé. La scène était d'une clarté totale. La gracieuse prédatrice qui bondissait sur sa proie, telle la flèche d'un arc, ne me ressemblait pas, à mes yeux. Il ne pouvait s'agir que de quelqu'un d'autre. Cela amoindrit un tantinet mon sentiment de culpabilité, surtout que Jacob se tenait là, sans défense, les mains levées mais qui ne tremblaient pas.

En lisant les pensées de Renesmée, Edward partit d'un petit rire. Puis, lui comme moi, nous tressaillîmes lorsque les os de Seth craquèrent. Sans cesser de sourire, Renesmée fixa son intérêt sur Jacob, cependant que se déroulait la pagaille des événements suivants. Ce souvenir me donna l'impression de découvrir une Renesmée moins protectrice que possessive envers mon ami. J'eus le très net sentiment qu'elle était heureuse que Seth se soit immiscé dans la bagarre. Elle ne voulait pas que Jacob fût blessé. Il était à elle.

— Génial ! marmonnai-je. Il ne manquait plus que ça !

— C'est seulement parce qu'il a meilleur goût que nous autres, me rassura Edward, très agacé lui aussi.

— Je t'avais bien dit qu'elle m'appréciait, lança Jacob, moqueur, depuis le côté opposé de la pièce, le regard vrillé sur Renesmée.

Sa plaisanterie sonna creux, cependant, tant il était encore sur le qui-vive.

Ma fille me tapota impatiemment la joue, exigeant mon attention. Encore des souvenirs : Rosalie brossant doucement chacune de ses boucles, ce qu'elle avait trouvé agréable ; Carlisle et son mètre mesureur, qui lui demandait de se tenir droite et de ne pas bouger, ce qui la laissait de marbre.

— On dirait bien qu'elle a l'intention de ne rien t'épargner, commenta Edward.

Au souvenir suivant, je fronçai les narines. L'odeur émanant d'un drôle de biberon métallique, assez dur pour résister aux coups de dent, alluma une flamme dans ma gorge. Ouille !

Soudain, je me retrouvai privée de Renesmée, les bras repliés dans le dos. Je ne tentai pas d'échapper à la poigne de Jasper. Simplement, je regardai le visage effaré d'Edward.

— Qu'est-ce que j'ai fait ?

Edward observa son frère, puis moi.

— Elle se rappelait avoir eu soif ! murmura-t-il en fronçant les sourcils. Elle évoquait le goût du sang humain.

Jasper raffermit sa prise. Je notai vaguement que la position n'était pas pénible, encore moins douloureuse, contrairement à ce qui se serait passé pour un humain. Elle était juste irritante. Bien que certaine de pouvoir m'échapper, je ne bronchai pas.

— Oui, reconnus-je. Et alors ?

Au bout d'un moment, Edward se détendit. Il eut un rire bref.

— Et alors, rien, apparemment. Cette fois, c'est moi qui ai eu une réaction outrée. Lâche-la, Jasper.

Ce dernier s'exécuta, et je réclamai immédiatement qu'on me rende ma fille, ce que fit Edward, sans hésiter.

— Je n'y comprends rien, dit Jasper. C'est insupportable.

Sous mes yeux surpris, il sortit à grands pas par la porte de derrière. Leah s'écarta très largement, tandis qu'il fonçait jusqu'à la rivière et la traversait d'un bond. Renesmée effleura mon cou, rejouant tout de suite la scène de ce départ. Je sentis que, comme moi, elle s'interrogeait sur sa signification. J'avais à présent surmonté le choc de son don si particulier ; il paraissait être une part entière d'elle, presque naturel. À présent que, moi aussi, j'étais un être fantastique, je ne serais peut-être plus jamais sceptique. N'empêche... qu'avait Jasper ?

— Il reviendra, dit Edward (à moi ou à Renesmée). Il a seulement besoin d'être seul afin de revoir sa façon d'envisager la vie.

Il avait du mal à ne pas céder à une certaine hilarité. Cette fois, ce fut un souvenir humain qui m'apparut, celui d'Edward affirmant que Jasper se sentirait mieux par rapport à lui-même si j'avais du mal à m'habituer à mon nouvel état, suite à ma transformation. Cette phrase avait été prononcée lors d'une discussion portant sur le nombre de malheureux que je tuerais lors de ma première année en tant que jeune vampire.

— M'en veut-il ? chuchotai-je.

— Non ! s'exclama Edward. Pourquoi le devrait-il ?

— Qu'est-ce qu'il a, dans ce cas ?

— C'est contre lui qu'il est fâché, Bella, pas contre toi. Il s'inquiète au sujet de… des prédictions qui s'accomplissent pour peu qu'on les mentionne, en quelque sorte.

— Comment ça ? s'enquit Carlisle, précédant ma propre question.

— Il se demande si la folie des nouveau-nés a toujours été aussi pénible qu'on a bien voulu le croire ou si, à condition de le vouloir, n'importe qui aurait pu se débrouiller aussi bien que Bella. Il a peut-être du mal à l'accepter, parce que, pour lui, le phénomène est naturel et inéluctable. S'il avait plus confiance en lui, il le comprendrait mieux, sans doute. Bella l'oblige à remettre en question des convictions inébranlables.

— Mais c'est injuste ! protesta Carlisle. Tout le monde est différent. Chacun affronte ses propres défis. Si ça se trouve, l'attitude de Bella dépasse la seule nature. Son don consiste en cela, peut-être.

La surprise me pétrifia. Sentant mon changement de comportement, Renesmée me caressa le menton ; se souvenant de la dernière seconde écoulée, elle s'interrogea sur son sens.

— Voilà une théorie plutôt intéressante et assez plausible, commenta Edward.

L'espace d'un bref instant, je fus déçue. Ainsi, pas de visions magiques, pas d'aptitudes guerrières formidables, comme lancer des éclairs à partir de mes yeux, ou je ne sais quoi ? Rien d'utile, rien de cool ? Puis je pris la mesure de ce que ce superpouvoir pouvait signifier, dès lors qu'il consistait en un contrôle de soi exceptionnel. Et d'une, j'avais enfin un don moi aussi. C'était mieux que rien. Et de deux, bien plus essentiel, j'étais du coup en mesure d'éviter ce que je redoutais le plus.

Et si je n'avais pas à être un vampire nouveau-né ? Pas dans le sens machine à tuer du terme, s'entend ? Si j'étais capable de m'intégrer à la vie des Cullen dès mon premier jour ? Si nous n'étions plus obligés de nous cacher dans un endroit retiré pendant un an, le temps que je « grandisse » ? Si, comme Carlisle, je n'avais jamais à tuer un humain ? Si j'avais le pouvoir d'être un bon vampire, dès le départ ?

Je pourrais voir Charlie.

Malheureusement, la réalité vint gâcher mes espérances. Il m'était impossible de croiser Charlie tout de suite. Mes yeux, ma voix, mon visage sans défaut. Que lui raconterais-je ? Par quoi commencerais-je, même ? J'étais assez contente d'avoir un prétexte pour reculer notre rencontre. J'avais beau ne pas vouloir effacer mon père de mon existence, la perspective de ces premières retrouvailles me terrifiait – sa réaction devant mon apparence, sa frayeur, ce qu'il allait inventer comme explication.

J'étais assez froussarde pour attendre un an, le temps que mes prunelles aient refroidi. Et moi qui avais cru que je serais débarrassée de toute peur une fois devenue indestructible !

— As-tu déjà vu un tel contrôle de soi ? demanda Edward à Carlisle. Penses-tu qu'il s'agit d'un réel talent chez Bella ou seulement du résultat de sa préparation ?

— Cela ressemble un peu à ce que Siobhan a toujours fait, même si elle ne l'appellerait pas ainsi.

— Cette amie d'Irlande ? lança Rosalie. J'ignorais qu'elle était spéciale. Je croyais que c'était Maggie, la fille douée.

— Siobhan partage cet avis. Pourtant, la façon qu'elle a de se fixer des buts puis de... de les forcer, presque, à se concrétiser... Elle considère cela comme un bon sens de l'organisation, mais j'ai toujours jugé qu'il y avait quelque chose de plus, là-dedans. Comme quand elle a intégré Maggie au clan, par exemple. Liam n'était pas du tout d'accord, il défendait son territoire. Pourtant, Siobhan l'a voulu, et cela s'est fait.

Edward, Carlisle et Rosalie s'installèrent dans des fauteuils pour poursuivre leur conversation. Jacob s'affala près de Seth, protecteur, l'air de s'ennuyer à périr. Vu la manière dont ses paupières tombaient, j'en déduisis qu'il ne tarderait pas à s'endormir. Je les écoutai distraitement, sollicitée par Renesmée qui, ses yeux vrillés sur les miens, me racontait toujours sa journée.

Postée près de la baie vitrée, je la berçais mécaniquement. J'étais debout, et je me rendis compte que les autres n'avaient aucune raison de s'asseoir. En effet, ma position était confortable, aussi reposante que si j'avais été étendue sur un lit. Je savais que j'étais capable de rester ainsi pendant une semaine sans broncher, sans pour autant ressentir la moindre ankylose. Ils devaient se comporter comme ça à force d'habitude. Les humains n'auraient pas manqué de s'interroger sur quelqu'un qui restait des heures

476

debout sans même faire porter son poids d'un pied sur l'autre. Rosalie alla jusqu'à passer ses doigts dans ses cheveux, et Carlisle croisa les jambes. Gestes infimes qui les empêchaient d'être trop figés, trop vampires. Il faudrait que je prenne exemple sur eux et m'entraîne. Aussitôt, je changeai d'appui, de la jambe droite à la gauche... et me sentis bête.

Ou alors, c'était une manière de m'offrir un peu d'intimité avec ma fille, autant de solitude que l'autorisaient leurs règles de sécurité. Renesmée cita la moindre minute de ce qui lui était arrivé. Au regard de ses récits, j'eus l'impression qu'elle voulait autant que moi que j'en apprenne un maximum sur elle. Elle s'inquiétait de ce que j'avais pu louper, comme les moineaux qui avaient sautillé de plus en plus près d'elle, alors qu'elle était dans les bras de Jacob, à côté d'une des grandes ciguës. Les oiseaux refusaient de s'approcher de Rosalie. Il y avait aussi la chose blanche absolument répugnante – de la bouillie pour bébé – que Carlisle avait mise dans son bol ; ça sentait la vieille crasse. Et la chanson qu'Edward lui avait fredonnée, si merveilleuse que Renesmée me la joua deux fois de suite. Je fus étonnée de me découvrir en arrière-plan de ces souvenirs, complètement immobile et encore cabossée. Me rappelant ce que j'avais enduré à ces moments-là, la brûlure atroce, je frissonnai.

Au bout d'une heure – les autres discutaient toujours, Seth et Jacob ronflaient à l'unisson sur le divan –, les images envoyées par l'enfant commencèrent à ralentir. Peu à peu, elles perdirent de leur netteté, s'interrompirent avant d'avoir atteint leur conclusion. Inquiète, j'allais interpeller Edward, quand Renesmée cligna des yeux, les ferma et bâilla, ses lèvres charnues formant un O. Sa menotte retomba, et elle s'enfonça dans le sommeil. Ses paupières étaient du lavande pâle des nuages à l'aurore. Prenant soin de ne pas la réveiller, je m'emparai de sa main et la portai à ma joue, poussée par la curiosité. D'abord, je ne distinguai rien ; au bout de quelques minutes cependant, des éclats bigarrés pareils à des poignées de papillons s'éparpillèrent dans ses pensées.

Fascinée, j'assistai à ses rêves. Ils n'avaient aucune logique définie, n'étaient constitués que de couleurs, de silhouettes et de visages. Le mien – tant l'humain, hideux, que l'immortel, radieux – revenait souvent, ce qui me ravit, plus souvent même que ceux d'Edward ou de Rosalie. J'étais à égalité avec Jacob. Je m'efforçai d'étouffer une bouffée de jalousie.

Pour la première fois, je compris comment Edward avait pu consacrer des nuits entières à me contempler, rien que pour m'entendre divaguer dans mon sommeil. J'aurais pu regarder Renesmée rêver indéfiniment.

— Enfin ! lança soudain Edward en se retournant vers la fenêtre.

Ramenée à la réalité, je l'imitai. Dehors, la nuit était tombée, mauve sombre, ce qui ne m'empêchait cependant pas de voir aussi loin qu'en plein jour. L'obscurité ne cachait rien, les choses avaient juste changé de couleur.

Leah, toujours aussi furibonde, se leva pour s'enfoncer dans les bois, au moment où Alice apparaissait, sur la berge opposée de la rivière. Se balançant à une branche comme une trapéziste, elle s'élança gracieusement au-dessus de l'eau. Esmé se contenta d'un saut plus traditionnel, tandis qu'Emmett fonçait droit devant en provoquant de tels geysers que les fenêtres en furent éclaboussées. À ma grande surprise, Jasper les suivait. Son bond fut plus retenu que celui des autres, presque subtil.

Alice arborait un immense sourire qui, bizarrement, m'était familier. Brusquement, tout le monde se mit à me sourire, d'ailleurs – Esmé avec douceur, Emmett avec enthousiasme, Rosalie avec une certaine arrogance, Carlisle avec indulgence, Edward avec impatience. Alice déboula dans la pièce la première, à la limite de trépigner, main tendue devant elle. Sa paume recelait une clé en laiton à laquelle était accroché un nœud en satin rose surdimensionné. Par réflexe, je raffermis ma prise sur Renesmée de mon seul bras gauche, de façon à avancer le droit. Alice lâcha la clé dans ma main ouverte.

— Bon anniversaire ! gazouilla-t-elle.

Je levai les yeux au ciel.

— On attend une année complète avant de célébrer quoi que ce soit, lui rappelai-je.

— Oh, mais nous ne fêtons pas ton anniversaire comme vampire, Bella, riposta-t-elle avec satisfaction. Nous sommes le treize septembre. Tu as dix-neuf ans aujourd'hui !

24

CADEAU

— Non ! Pas question ! protestai-je en secouant la tête et en jetant un coup d'œil à l'air narquois de mon mari figé dans ses dix-sept ans. Ça ne compte pas. J'ai cessé de vieillir il y a trois jours. J'ai dix-huit ans pour l'éternité.

— Aucune importance, répliqua Alice en haussant les épaules. Que tu le veuilles ou non, c'est comme ça, alors boucle-la !

Je poussai un soupir. Inutile d'essayer de discuter avec elle. Mon renoncement étira encore son sourire.

— Es-tu prête à ouvrir ton cadeau ? reprit-elle.

— Tes cadeaux, rectifia Edward en tirant une deuxième clé de sa poche.

Celle-ci était argentée et plus longue, ornée d'un ruban bleu moins criard. Je retins un gémissement agacé. Il était évident qu'il s'agissait de la clé de la voiture « d'après ». J'aurais sans doute dû éprouver un peu plus d'enthousiasme mais, apparemment, ma transformation en vampire n'avait pas éveillé en moi une passion soudaine pour les voitures de sport.

— Le mien d'abord ! décréta Alice en tirant la langue à son frère.

— Le mien est plus près.

— Regarde un peu comment elle est habillée ! pleurnicha presque Alice. Ça me tue ! Il est clair qu'il s'agit d'une priorité.

Je sursautai. Comment une clé allait-elle changer ma tenue ? Ma belle-sœur m'avait-elle acheté une valise pleine de nouveaux vêtements ?

— J'ai une idée ! enchaîna-t-elle. Je te la joue à caillou, ciseaux, papier.

Jasper rigola, Edward grogna.

— Contente-toi de m'annoncer qui va gagner, rétorqua-t-il.

— Moi ! Génial !

— Pas grave, dit Edward en m'adressant son sourire en coin. Autant attendre demain matin, ajouta-t-il en désignant du menton Jacob et Seth, qui ne s'étaient pas réveillés. Ce sera plus drôle si Jacob est debout pour assister à la grande révélation, non ? Que quelqu'un au moins soit en mesure d'exprimer un peu de joie.

Je lui retournai son sourire. Il me connaissait bien.

— Hourra ! chantonna Alice, aux anges. Bella, donne Ness… Renesmée à Rosalie.

— Où dort-elle, d'habitude ?

— Dans les bras de Rose. Ou ceux de Jacob. D'Esmé. Tu vois le tableau. On ne l'a jamais posée depuis qu'elle est née. Elle risque de devenir le demi-vampire le plus gâté qui soit.

Edward s'esclaffa, cependant que Rosalie récupérait l'enfant avec adresse.

— Rien de gâté en elle, objecta la blonde. C'est la beauté d'être unique en son genre.

Elle m'adressa un sourire, et je fus heureuse de constater que notre bonne entente n'avait pas disparu. Je n'avais pas été certaine qu'elle durerait, une fois que la vie de Renesmée ne serait plus intrinsèquement liée à la mienne. Notre lutte en commun nous avait peut-être assez rapprochées pour que nous fussions des amies pour toujours. J'avais pris la même décision que celle qu'elle aurait prise si elle avait été à ma place. Cela semblait avoir balayé le ressentiment qu'elle éprouvait à l'égard de mes autres choix.

M'attrapant par le coude, Alice m'entraîna vers la porte de derrière.

— Allons-y, allons-y ! pépia-t-elle.

— Parce que ton cadeau se trouve dehors ?

— En quelque sorte, répondit-elle en me poussant en avant.

— J'espère que tu l'apprécieras, lança Rosalie. C'est de notre part à tous, d'Esmé surtout.

— Vous ne nous accompagnez pas ?

— Nous préférons que tu le découvres seule. Tu nous raconteras ça… plus tard.

Emmett partit d'un fou rire qui me donna envie de rougir, sans que je sache très bien pourquoi. Alice me tira une nouvelle fois par le coude, et je la suivis dans la nuit violette. Seul Edward vint avec nous.

Je découvrais que nombre de choses en moi – ma détestation des surprises et des cadeaux – n'avaient pas changé le moins du monde. La persistance de ce qui avait constitué ma personnalité humaine était un soulagement. Ne m'étant pas attendue à rester moi-même, je me découvris soudain de très bonne humeur.

— Voilà la réaction que j'espérais, marmonna Alice en remarquant mon sourire.

Me lâchant, elle sauta par-dessus la rivière.

— Allez, Bella, dépêche un peu ! lança-t-elle, une fois sur l'autre berge.

Edward bondit en même temps que moi, et l'expérience fut aussi amusante que celle de l'après-midi. Peut-être plus, d'ailleurs, car l'obscurité dotait les alentours de couleurs nouvelles. Alice décampa vers le nord. Il était plus facile de suivre le chuchotement de ses pieds sur le sol et l'odeur toute fraîche de son passage plutôt que d'essayer de la repérer visuellement dans l'épaisse végétation. Brusquement, elle fit demi-tour et revint à l'endroit où je m'étais tout aussi brutalement arrêtée.

— Du calme, cria-t-elle en me sautant dessus.

— Mais qu'est-ce que tu fabriques ?

Agrippée à mon dos, elle avait plaqué ses paumes sur mon visage. Je me tortillai mais réussis à me dominer suffisamment pour ne pas la jeter par terre.

— Je m'assure que tu n'y vois rien, répondit-elle.

— J'aurais pu m'en charger sans recourir à tes excentricités, intervint Edward.

— Et tu l'aurais laissée tricher ? Tu plaisantes ! Prends-la par la main et avance !

— Alice, je…

— La ferme, Bella. C'est moi qui commande, ce soir.

Les doigts d'Edward se nouèrent autour des miens.

— Il n'y en a que pour quelques secondes, me rassura-t-il. Ensuite, elle ira embêter quelqu'un d'autre.

Je le suivis docilement. Je n'avais même pas peur de me cogner dans un tronc ; de toute façon, c'est l'arbre qui aurait souffert, dans l'histoire.

— Tu pourrais être un peu plus reconnaissant, lança

Alice, boudeuse, à son frère. Le cadeau est autant pour toi que pour elle.

— C'est vrai. Merci encore, Alice.

— Bon, bon, ça va ! Stop ! Tourne-la un peu sur la droite, voilà, oui, comme ça. Prête, Bella ?

— Prête.

De nouvelles odeurs me chatouillaient les narines, piquant ma curiosité. Ces arômes n'appartenaient pas à la nature sauvage. Chèvrefeuille, fumée, roses. Sciure ? Une pointe de métal, aussi. La richesse de la terre profondément retournée. Un véritable mystère. Alice quitta mon dos et libéra mes yeux.

Je contemplai la pénombre mauve. Blotti au milieu d'une clairière perdue dans les bois, se dressait un minuscule cottage en pierre. La lumière des étoiles le colorait en gris lavande. La maisonnette était tellement à sa place, ici, qu'elle paraissait avoir poussé sur la roche, telle une concrétion naturelle. Un de ses murs était couvert de chèvrefeuille, jusqu'aux tuiles en bois. Des roses tardives s'épanouissaient dans un jardin grand comme un mouchoir de poche sous les fenêtres sombres et renfoncées dans les murs épais. Un sentier de pierres plates qui, sous le ciel nocturne, étaient améthyste, menait à la porte en bois arquée très pittoresque. Mes doigts se refermèrent autour de la clé. J'étais sous le choc.

— Alors, qu'en penses-tu ? s'enquit Alice.

La douceur de sa voix s'harmonisait avec la quiétude des lieux qui semblaient tirés d'une légende. J'ouvris la bouche – les mots me manquèrent.

— Esmé a pensé que nous aimerions avoir un endroit à nous, expliqua Edward. Pas trop loin d'elle, cependant. Elle adore rénover de vieilles maisons. Celle-ci tombait en ruine depuis au moins un siècle.

Je restai bouche bée comme une carpe.

— Elle ne te plaît pas ? se désola Alice. Je suis sûre que nous pourrions l'arranger autrement, si tu préfères. Emmett voulait ajouter plusieurs centaines de mètres carrés, un étage, des colonnes et une tourelle, mais Esmé a estimé que tu l'aimerais mieux en l'état. Si elle s'est trompée, nous recommencerons. Il ne nous faudra pas long-temps pour...

— Chut ! réussis-je à souffler.

Elle se tut. Je mis quelques secondes à enchaîner.

— Vous m'offrez une maison pour mon anniversaire ? finis-je par murmurer.

— Elle est pour nous deux, me corrigea Edward. Et ce n'est rien qu'un modeste cottage.

— Ne dis pas de mal de ma maison, chuchotai-je.

— Elle te plaît ! s'exclama Alice, ravie.

Je secouai la tête.

— Tu l'adores ?

Je hochai le menton.

— J'ai hâte d'annoncer la nouvelle à Esmé.

— Pourquoi a-t-elle refusé de nous accompagner ?

Le sourire d'Alice s'estompa, à croire que je lui avais posé une question difficile.

— Tu sais... ils n'ont pas oublié la façon dont tu accep-tes les cadeaux. Ils voulaient t'éviter la pression, des fois que tu ne l'aimes pas.

— Mais c'est tout le contraire ! Comment aurait-il pu en aller autrement ?

— Ils seront contents, me rassura-t-elle en me tapotant le bras. Quoi qu'il en soit, ton dressing déborde de frin-gues. N'hésite pas à te servir. Et... c'est tout, j'imagine.

— Tu n'entres pas ?

— Edward connaît les lieux, dit-elle en reculant de quelques pas. Je passerai... plus tard. Fais-moi signe si

486

tu n'arrives pas à assortir des vêtements. Jasper m'attend pour chasser. À plus !

Sur ce, elle déguerpit comme un elfe adorable.

— Bizarre, commentai-je, une fois éteints les bruits de sa fuite. Suis-je aussi méchante ? Ils auraient pu venir. Maintenant, je me sens coupable. Je ne l'ai même pas remerciée correctement. Nous devrions y retourner pour dire à Esmé que...

— Ne sois pas bête, Bella. Personne ne s'offusquera.

— Alors, pourquoi...

— Un peu de temps à nous, seuls, c'est leur deuxième présent. Alice essayait d'être subtile.

— Oh !

Il n'en fallut pas plus pour que la maison s'efface. Nous aurions pu être n'importe où. Edward éclipsait les arbres, les rochers, les étoiles.

— Permets-moi de te montrer leur travail, dit-il en prenant ma main.

Se rendit-il compte qu'un courant électrique me secouait tout entière comme si du sang excité par une vague d'adrénaline avait circulé dans mes veines ? Je me sentis étrangement déséquilibrée, guettant des réactions que mon corps n'était plus en mesure d'avoir. Mon cœur aurait dû battre la chamade, assourdissant. Mes joues auraient dû se colorer d'un rouge écarlate. Par ailleurs, j'aurais dû être épuisée. Cette journée avait été la plus longue de mon existence.

J'eus un petit rire surpris quand je compris qu'elle ne se terminerait jamais.

— Tu partages la plaisanterie avec moi ?

Edward m'entraînait vers la porte.

— Elle n'est pas terrible. Je me disais seulement qu'aujourd'hui était le premier et le dernier jour de l'éternité. J'ai un peu de mal à appréhender le concept. En dépit de mon nouveau cerveau.

Il mêla ses rires aux miens, tout en désignant la serrure. J'y enfonçai la clé, la tournai.

— Tu te comportes de façon tellement naturelle, Bella. Je n'arrête pas d'oublier combien la situation doit être étrange, pour toi. J'aimerais tant être dans ta tête !

Se baissant, il me prit dans ses bras, si vite que je ne vis rien venir.

— Hé !

— T'aider à franchir les seuils fait partie de mes obligations, me rappela-t-il. Mais ça m'intrigue : à quoi penses-tu, là, tout de suite ?

Il poussa le battant qui gémit à peine et entra dans un petit salon.

— À tout et à rien en même temps. Les trucs bien, ceux qui m'inquiètent, les nouveaux. La multiplication des superlatifs dans ma perception des choses. En ce moment, je pense qu'Esmé est une artiste. Cet endroit est merveilleux !

La pièce semblait en effet sortie d'un conte de fées. Le sol était un assemblage de pavés bruts. Le plafond bas était constitué de longues poutres, et une personne aussi grande que Jacob se serait sûrement cogné la tête. Les murs alternaient le bois et la pierre. Dans un coin, la cheminée contenait les restes d'un feu paresseux, les bûches étaient du bois flotté – le sil colorait les flammes de bleu et de vert.

Les meubles étaient éclectiques, pas du tout assortis entre eux, harmonieux néanmoins. Il y avait une chaise aux allures médiévales, cependant qu'une ottomane près de l'âtre paraissait plus contemporaine ; la bibliothèque bien fournie contre la paroi du fond m'évoquait des films tournés en Italie. Toutes ces pièces d'ameublement s'emboîtaient comme celles d'un puzzle en trois dimensions. Quelques tableaux aux murs m'étaient connus – ils provenaient de la villa blanche, et certains étaient parmi mes préférés. Des originaux inestimables, sans doute aucun, mais qui s'intégraient parfaitement ici, comme le reste.

C'était une maison où le plus sceptique aurait cru à la magie. Une maison où l'on se serait attendu à ce que Blanche-Neige entre avec une pomme dans la main, où une licorne aurait pu s'arrêter afin de brouter les boutons de rose. Edward avait toujours considéré qu'il appartenait au monde des histoires d'horreur. Il se trompait du tout au tout. Il était évident qu'il appartenait à ce cottage. Aux contes de fées. Désormais, je l'avais rejoint dans le récit.

Je m'apprêtais à profiter du fait qu'il ne m'avait toujours pas reposée par terre, et que son visage à la beauté fracassante n'était qu'à quelques centimètres du mien, quand il reprit la parole.

— Heureusement qu'Esmé a songé à ajouter une chambre supplémentaire. Personne n'avait rien prévu pour Ness… Renesmée.

— Non ! m'exclamai-je, sourcils froncés. Pas toi aussi !

— Désolé, mon amour. J'entends le diminutif dans leur tête du matin au soir. Ils m'ont contaminé.

Je soupirai. Mon bébé était un serpent de mer. C'était peut-être inévitable. En tout cas, moi, je ne céderais pas.

— Je suis sûr que tu meurs d'envie de découvrir le dressing. Du moins, c'est ce que je raconterai à Alice, pour lui faire plaisir.

— Faut-il que j'aie peur ?

— Tu devrais être carrément terrifiée.

Il emprunta un couloir étroit au plafond voûté qui donnait l'impression d'être dans un château miniature.

— Voici la chambre de Renesmée, annonça-t-il en montrant du menton une pièce vide au plancher clair. Ils n'ont pas eu le temps de s'en occuper vraiment, avec ces loups-garous furibonds...

Je ris, ébahie que la situation se soit arrangée aussi vite, alors que, une semaine auparavant, elle avait paru inextricable et cauchemardesque. Maudit soit Jacob, cependant, qui nous avait facilité les choses de cette manière-là !

— Et voici la nôtre. Esmé a tenté d'y insuffler une touche de son île. Elle avait deviné que nous nous plairions, là-bas.

Le lit était immense et blanc, le baldaquin vomissait ses nuages de gaze jusque sur le sol. Là encore, le plancher était clair, et il m'apparut que la couleur reproduisait précisément celle du sable immaculé de l'île. Les murs étaient de ce bleu presque blanc d'un beau jour ensoleillé, et celui du fond était percé de grandes fenêtres qui ouvraient sur un deuxième petit jardin, caché à la vue. Des rosiers grimpants y poussaient à profusion, et un modeste étang rond, lisse comme un miroir, était cerné d'une rocaille brillante. Océan miniature rien que pour nous.

— Oh ! soufflai-je, incapable d'un autre commentaire.

— Oui, acquiesça-t-il doucement.

Nous restâmes là une minute, en proie à nos souvenirs. Bien qu'humains et embrumés, les miens captivèrent entièrement mon esprit. Tout à coup, un immense sourire fendit les lèvres d'Edward, qui céda ensuite à une franche hilarité.

— Le dressing est situé derrière ces portes doubles, mais je te préviens : il est plus grand que cette pièce.

Je n'y jetai même pas un coup d'œil. De nouveau, Edward éclipsait le reste du monde. Ses bras qui me portaient, son haleine parfumée sur mon visage, ses lèvres toutes proches des miennes... Rien ne serait en mesure de me distraire, vampire nouveau-né ou pas.

— Nous dirons à Alice que je me suis précipitée sur les vêtements, chuchotai-je en accrochant mes doigts à ses cheveux de bronze pour me rapprocher encore de lui. Nous lui dirons que nous avons joué à nous déguiser pendant des heures. Nous lui mentirons.

Il perçut immédiatement mon humeur. Ou alors, il la partageait depuis un moment déjà mais, en vrai gentleman, il m'accordait le temps de savourer mon cadeau d'anniversaire. Un gémissement s'échappa de sa gorge, et il plongea sur ma bouche avec une férocité soudaine. En moi, le courant électrique se mit à bourdonner de manière frénétique, comme si je ne pouvais plus attendre.

Le tissu se déchira sous nos mains, et je fus heureuse que ma robe bleue ait déjà été lacérée. Pour les vêtements d'Edward, il était trop tard. Je me sentis presque impolie de ne pas utiliser le beau lit blanc, mais nous n'arriverions pas jusque-là.

Cette seconde lune de miel différa de la première.

Notre séjour sur l'île avait représenté l'apothéose de ma vie humaine. Son apogée. J'avais été alors prête à prolonger mon existence, à m'accrocher encore un peu à ce que je partageais avec Edward, parce que l'expérience physique ne serait plus jamais la même, ensuite.

Après la journée que je venais de passer, j'aurais dû me douter que ce serait encore mieux.

Désormais, il m'était possible de l'apprécier vraiment, de voir chaque trait splendide de son visage magnifique, de goûter la moindre perfection de son long corps sans défaut, de ne rater aucun angle, aucune facette de lui. Je pouvais goûter son arôme pur et vif sur ma langue et sentir le soyeux incroyable de sa peau marmoréenne sous mes doigts hypersensibles. La mienne aussi prenait vie sous ses mains.

Il était tout neuf, autre, cependant que nos corps

s'entremêlaient avec grâce sur le plancher couleur sable. Il n'y avait ni prudence, ni retenue, ni peurs. *Surtout* aucune peur. Nous pouvions nous aimer ensemble, deux amants aussi entreprenants l'un que l'autre, à égalité. Comme nos précédents baisers, chaque caresse était plus que ce à quoi j'avais été habituée. Il avait tant retenu de lui-même. Certes, à l'époque, cela avait été nécessaire, mais je n'en revenais pas de tout ce que j'avais manqué.

Je tâchai de garder en tête que j'étais plus forte que lui ; malheureusement, il était difficile de me concentrer quand j'étais submergée par des sensations aussi intenses qui, à chaque seconde, m'entraînaient dans des milliers de lieux différents de mon corps. Si je lui fis mal, il ne s'en plaignit pas, néanmoins.

Une petite, toute petite partie de mon cerveau s'arrêta un instant sur l'étrange énigme que la situation offrait. Je ne me fatiguerais jamais, lui non plus. Nous n'avions pas besoin de reprendre notre souffle, de nous reposer, de manger ni même de nous soulager. Les banals impératifs humains nous étaient étrangers. Il possédait le corps le plus beau de la Terre, je l'avais pour moi seule et je n'avais pas l'impression que viendrait le moment où je me dirais : « Assez pour aujourd'hui. » J'avais au contraire de plus en plus de désir, et l'envie que cette journée ne se termine pas. Dans pareilles conditions, comment nous arrêterions-nous ?

Il me fut complètement égal de ne pas obtenir de réponse.

Je finis par remarquer que le ciel avait commencé à s'éclaircir. Le minuscule océan avait viré du noir au gris, et une alouette s'était mise à chanter, tout près de nous. Elle nichait peut-être dans les roses.

— Ça te manque ? demandai-je à Edward quand l'oiseau se fut tu.

— Quoi donc ? murmura-t-il.

— Tout. La chaleur, la douceur de la peau, l'odeur alléchante... Moi, je n'ai rien perdu, mais j'ai peur que, pour toi, ce soit un peu plus triste.

Il partit d'un rire tendre.

— Tu aurais du mal à trouver quelqu'un de moins triste que moi en ce moment. Impossible, même. Rares sont ceux qui obtiennent tout ce qu'ils désirent, plus des choses auxquelles ils n'ont pas pensé.

— Serais-tu en train d'esquiver la question ?

Il enfouit son visage dans mon cou.

— Tu *es* tiède, chuchota-t-il.

C'était sûrement vrai, dans un sens. Ainsi, sa main me semblait chaude. Son contact différait de celui de Jacob, brûlant, il était aussi plus confortable. Plus naturel. Edward fit lentement courir ses doigts sur mon visage, le long de ma gorge, de ma poitrine, jusqu'à ma taille. J'étouffai un gémissement.

— Tu *es* douce.

Son toucher était comme du satin sur ma peau.

— Quant à ton parfum, je ne pourrais dire qu'il me manque. Te souviens-tu de la trace des randonneurs, pendant notre chasse ?

— Je me suis obligée à ne pas le faire.

— Imagine un peu que tu l'embrasses...

Ma gorge explosa dans un geyser de feu, comme si on avait alimenté le ballon d'une montgolfière.

— Oh !

— Exactement. Alors, la réponse est non. Je suis plein d'une joie pure, parce que rien ne me manque. Nul n'est plus comblé que moi, en cet instant.

J'allais l'informer que j'étais l'exception à cette règle, quand mes lèvres furent soudain très occupées...

Plus tard, à l'heure où l'étang prenait une couleur perle sous la lumière du soleil levant, je lui posai une nouvelle question.

— Combien de temps cela dure-t-il ? Vois Carlisle et Esmé, Emmett et Rose, Alice et Jasper... ils ne passent pas leurs journées enfermés dans leurs chambres. Au contraire, ils sont dehors tout le temps, habillés, avec les autres. Est-ce que... le désir retombe ?

Je me blottis contre lui, histoire de lui montrer clairement à quoi je pensais.

— Pas facile à dire. Tout le monde est différent, toi plus que les autres. Le nouveau-né moyen est trop obsédé par sa soif pour s'intéresser à grand-chose d'autre. Pas toi. Au bout d'une année, le vampire de base découvre de nouveaux besoins. Ni la soif ni aucun désir ne s'estompent jamais complètement. Tout l'art réside dans l'équilibre qu'on apprend à instaurer, dans la découverte des priorités, dans la gestion de...

— Combien ?

Il sourit en plissant le nez.

— Rosalie et Emmett ont été les pires. Il a fallu une bonne décennie pour que je réussisse à rester dans un rayon de dix kilomètres par rapport à eux. Même Carlisle et Esmé ont eu du mal à le supporter et ils ont fini par jeter dehors nos tourtereaux. Esmé leur a offert une maison aussi. Plus prestigieuse que celle-ci. Elle connaît les goûts de Rose comme elle connaît les tiens.

— Dix ans, donc ?

J'étais à peu près convaincue que Rosalie et Emmett n'avaient rien en commun avec nous. Toutefois, envisager que cela dure plus longtemps eût été prétentieux.

— Et après ? Tout le monde redevient normal ? Comme eux ?

— Je ne vois pas très bien ce que tu entends par « normal », s'amusa Edward. Pour toi, ma famille a vécu de manière plus ou moins humaine, mais tu dormais la nuit. On dispose d'énormément de temps, quand on peut se passer de sommeil. Ça permet notamment d'équilibrer ses... intérêts. Voilà pourquoi je suis le meilleur musicien de la famille, pourquoi aussi j'ai le plus lu, Carlisle mis à part, pourquoi j'ai étudié la plupart des sciences et je parle couramment bien des langues... Emmett aimerait faire croire que je suis un monsieur-je-sais-tout à cause de ma faculté à lire dans les pensées des gens. En vérité, c'est simplement parce que j'ai disposé de beaucoup de loisir.

Nous nous esclaffâmes, et les secousses de notre hilarité provoquèrent de drôles de sensations au sein de nos corps imbriqués, mettant un terme à la conversation.

25

SERVICE RENDU

Ce ne fut qu'un peu plus tard qu'Edward me ramena à mes priorités. Il n'eut besoin que d'un mot.

— Renesmée...

Je soupirai. Elle allait bientôt se réveiller. Il devait être presque sept heures du matin. Me chercherait-elle ? Soudain, quelque chose, proche de la panique, me pétrifia sur place. À quoi ressemblerait-elle, aujourd'hui ? Edward perçut ma tension.

— Tout va bien, chérie. Habille-toi, et nous serons là-bas en moins de deux secondes.

Je dus sûrement avoir l'air d'un personnage de dessin animé, à la façon dont je bondis sur mes pieds, regardai Edward – son corps adamantin luisait faiblement dans la lumière diffuse – avant de me tourner vers l'ouest, où Renesmée attendait, répétant ainsi à plusieurs reprises le geste en moins d'une seconde. Si Edward sourit, il n'éclata pas de rire. Quelle force d'âme !

— Tout n'est qu'une question d'équilibre, mon amour. Tu es si douée que je ne pense pas qu'il te faudra très longtemps pour donner sa juste valeur à chaque chose.

— Et puis, nous avons toute la nuit, n'est-ce pas ?

— Autrement, crois-tu que je t'autoriserais à t'habiller ? plaisanta-t-il.

Il faudrait que je me contente de cela pour tenir la journée. Je refrénerais ce désir dévastateur afin d'être une bonne… j'eus du mal à formuler le mot, même mentalement. Bien que Renesmée fût très réelle et vitale à mes yeux, j'avais encore des difficultés à m'envisager comme une mère. J'imagine que n'importe qui, à ma place, aurait éprouvé la même chose – après tout, je n'avais pas eu neuf mois pour m'habituer à l'idée. De surcroît, mon enfant changeait d'heure en heure.

Repenser à la croissance accélérée de Renesmée me replongea aussitôt dans la panique. Je ne m'arrêtai même pas devant la double porte ornementée du dressing pour souffler un coup et me demander ce qu'Alice avait bien pu concocter. Je m'engouffrai à l'intérieur, prête à enfiler ce qui me tomberait sous la main. Grave erreur ! J'aurais dû me douter que ce ne serait pas aussi simple.

— Lesquels sont à moi ? lançai-je.

Comme annoncé, la pièce était plus vaste que notre chambre à coucher. Si ça se trouve, elle surpassait en surface l'ensemble de la maisonnette, mais je n'aurais su m'en assurer sans la mesurer. J'eus une brève vision d'Alice s'efforçant de convaincre Esmé d'ignorer les proportions afin de l'autoriser à élaborer cette monstruosité. Je me demandai comment elle avait emporté la partie. Tous les habits étaient enfermés dans des housses blanches et impeccables, sur des rangées et des rangées de cintres.

— À ma connaissance, tout t'appartient, sauf ce portemanteau-là, me dit Edward en effleurant une barre qui s'étendait sur la moitié du mur, à gauche de la porte.

— Pardon ?

Il haussa les épaules.

— Cette Alice ! marmonnâmes-nous à l'unisson

Le prénom, dans sa bouche, sonna comme une constatation ; dans la mienne, comme une grossièreté.

— Bah ! maugréai-je ensuite en baissant la fermeture Éclair de la housse la plus proche.

Je retins un grognement quand je découvris une robe du soir en soie... rose. Me dégoter une tenue normale allait me prendre toute la journée !

— Laisse-moi t'aider, intervint Edward.

Humant l'air, il suivit une trace quelconque jusqu'au fond de la pièce, où se trouvait un placard. Il renifla de nouveau, ouvrit un tiroir. Avec un sourire triomphant, il en sortit un jean d'un bleu artistiquement délavé.

— Comment fais-tu ça ? demandai-je en le rejoignant.

— Le denim a sa propre odeur, comme toute chose. Et maintenant... de la flanelle ?

Se fiant à son odorat, il s'approcha d'une barre, d'où il tira un T-shirt blanc à manches longues qu'il me lança. Je le remerciai chaleureusement en inhalant les arômes des tissus, histoire de faciliter mes futures recherches, dans cette maison de fous. Je mémorisai ceux du satin et de la soie. Je les éviterais, à l'avenir.

Edward ne mit que quelques secondes à s'habiller. Si je ne l'avais vu nu, j'aurais estimé qu'il n'y avait pas plus beau que lui en pantalon de toile et pull-over beige. Il me prit la main, et nous filâmes dans le jardin clos, sautâmes par-dessus le mur d'enceinte et nous enfonçâmes dans la forêt à une vitesse terrifiante. Au bout d'un instant, je récupérai ma main et le défiai à la course. Cette fois, il me battit.

Renesmée était réveillée. Assise par terre en compagnie de Rose et d'Emmett, elle jouait avec un petit tas d'argenterie tordue. Elle tenait une cuiller déformée et, dès qu'elle m'aperçut à travers la baie vitrée, elle la jeta sur le sol, entaillant le plancher au passage, et tendit un doigt impérieux dans ma direction. Son public s'esclaffa Alice, Jasper, Esmé et Carlisle, installés sur le canapé, la regardaient comme si elle était le film le plus captivant qui fût.

Je franchis la porte avant que leurs rires aient eu le temps de s'éteindre et je bondis à travers la pièce pour prendre Renesmée dans mes bras, le tout en une seconde. Nous nous sourîmes, ravies de nous retrouver. Elle avait changé, mais pas trop. Légèrement plus grande, peut-être, la silhouette affinée, moins bébé et plus enfant. Ses cheveux avaient encore poussé d'un centimètre, et ses boucles rebondissaient comme des ressorts à chacun de ses mouvements. Sur le chemin du retour à la villa, j'avais laissé mon imagination s'emballer, et j'avais craint pire que cela. Grâce à mes angoisses exagérées, ces légères transformations furent presque un soulagement. Même sans les mesures de Carlisle, j'étais certaine qu'elle avait évolué plus lentement que la veille.

Elle tapota ma joue et je frémis. Elle avait faim.

— Elle est levée depuis longtemps ? m'enquis-je.

Edward avait déjà disparu dans la cuisine, sûrement pour préparer le petit déjeuner de Renesmée, ayant vu aussi clairement que moi ses envies. Aurait-il détecté sa manière particulière de communiquer s'il avait été le seul à la connaître, dans la mesure où il aurait sans doute cru lire dans ses pensées comme dans celles de tout un chacun ?

— Il y a quelques minutes à peine, me répondit Rose. Nous vous aurions appelés, si vous n'étiez pas venus de vous-mêmes. Elle vous réclame depuis son réveil. Plus exactement, elle *exige* votre présence. Esmé a sacrifié une de ses ménagères en argent pour calmer le bébé monstre.

Rose sourit avec une telle tendresse que sa critique passa sans problème.

— Nous ne voulions pas... euh... vous déranger, ajouta-t-elle.

Elle se mordit les lèvres et se détourna en s'efforçant de retenir ses rires. Derrière moi, Emmett s'esclaffa en silence, déclenchant les vibrations de la maison jusque dans ses fondations. Je fis comme si de rien n'était.

— Nous allons vite aménager ta chambre, dis-je à Renesmée. Tu vas aimer le cottage. Il est magique. D'ailleurs, merci, Esmé. Il est génial.

Ma belle-mère n'eut pas le loisir de répondre, car Emmett fut pris d'un nouveau fou rire, bruyant cette fois.

— Parce qu'il est toujours debout ? hoqueta-t-il entre deux ricanements. J'aurais pensé que vous l'aviez réduit à l'état de ruine. Qu'avez-vous fichu, cette nuit ? Discuté de l'endettement du pays ?

Grinçant des dents, je me souvins des conséquences négatives qu'avait entraînées ma colère de la veille. Certes, Emmett n'était pas aussi fragile que Seth. À propos...

— Où sont les loups ?

Je jetai un coup d'œil par la baie vitrée. Aucune trace de Leah.

— Jacob est parti tôt ce matin, expliqua Rosalie, en se renfrognant soudain. Seth l'a accompagné.

— Quelque chose l'avait contrarié ? demanda Edward, qui revenait de la cuisine avec le biberon de Renesmée.

Apparemment, l'expression de Rosalie cachait des soucis plus graves. Je lui tendis ma fille pour qu'elle la nourrisse. J'avais beau être dotée d'un talent spécial pour me contrôler, il était encore trop tôt pour que je me risque à l'exercice.

— Je n'en sais rien et je m'en fiche, répliqua Rose. Il regardait dormir Nessie, béat comme l'imbécile qu'il est, puis il a sauté sur ses pieds sans prévenir et a filé. J'étais drôlement contente. Plus il passera de temps ici, plus nous aurons du mal à nous débarrasser de la puanteur.

— Voyons, Rose, la morigéna doucement Esmé.

— De toute façon, enchaîna l'interpellée, ça n'a guère d'importance, puisque nous allons bientôt partir.

— Je persiste et signe, intervint Emmett, reprenant visiblement le fil d'une ancienne conversation. Nous devrions nous rendre directement dans le New Hampshire pour préparer le terrain. Bella est inscrite à Dartmouth. J'ai l'impression qu'elle sera vite en mesure de suivre ses cours. Je suis sûr que tu seras la meilleure élève, ajouta-t-il à mon intention avec un sourire malicieux. Puisque rien ne t'intéresse la nuit, en dehors des études.

Rosalie rigola. « Garde ton calme, garde ton calme », psalmodiai-je dans ma tête. Ça fonctionna, pour ma plus grande fierté. En revanche, Edward se fâcha, ce qui me surprit. Il lâcha un grondement mauvais, et un éclat de rage noire traversa son visage. Alice réagit la première en se levant d'un bond.

— Que diable fabrique ce Jacob ? s'exclama-t-elle. Qu'est-ce qui lui prend de démolir mon emploi du temps de la journée comme ça ? Je ne vois plus rien ! Zut ! Regarde-toi, Bella ! Il faut absolument que je te montre comment utiliser ton dressing !

Un instant, je fus ravie de la diversion de Jacob, quelle qu'elle fût. Ce fut de courte durée, hélas.

— Il a parlé à Charlie, rugit Edward en serrant les poings. Ton père va venir ici, Bella. Aujourd'hui.

Alice lâcha un juron qui parut très déplacé, vu sa voix

de dame bien élevée. Puis elle déguerpit par la porte de derrière.

— Quoi ? m'écriai-je. Mais... il ne comprend donc rien ? Comment a-t-il pu ?

Il était exclu que Charlie découvre mon état ou l'existence des vampires. Cela l'inscrirait sur une liste dont même les Cullen ne pourraient le sauver.

— Jacob arrive, grommela Edward.

Il avait dû commencer à pleuvoir, un peu plus à l'est, car Jake entra en s'ébrouant comme un chien, expédiant des gouttelettes sur le tapis et le canapé, qui en fut moucheté de gris. Ses dents luisaient entre ses lèvres sombres. Son regard était brillant, enthousiaste. Il se mouvait avec des gestes saccadés, comme si l'idée de détruire la vie de mon père le réjouissait.

— Salut, tout le monde ! lança-t-il, radieux.

Un silence de plomb l'accueillit. Leah et Seth (humains) le suivaient. Leurs mains tremblaient sous l'effet de la tension qui régnait dans la pièce.

— Rose ? dis-je en tendant les bras.

Sans un mot, elle me donna Renesmée que je serrai contre mon cœur muet, tel un talisman censé contenir une crise éventuelle. Je la garderais avec moi jusqu'à ce que je sois persuadée que ma décision de tuer Jacob relevait d'arguments rationnels plutôt que de la fureur pure. Renesmée restait immobile, regardant autour d'elle, écoutant. Quelle part saisissait-elle de ce qui se passait ?

— Charlie ne va pas tarder, m'annonça Jacob avec décontraction. Je le précède de peu. Alice est allée te chercher des lunettes de soleil, j'imagine ?

— Tu imagines trop pour ton bien, grondai-je. Qu'as-tu fait ?

Le sourire de Jacob s'estompa un peu, mais il était bien trop excité pour répondre sérieusement.

— Blondie et Emmett m'ont réveillé, ce matin, en parlant de votre installation à l'autre bout du pays. Comme si je pouvais vous laisser partir ! On est bien d'accord que la raison principale de cette fuite était Charlie, non ? Eh bien, grâce à moi, le problème est résolu.

— Te rends-tu seulement compte de l'ânerie que tu viens de commettre ? Tu mets sa vie en danger !

— Pas du tout ! protesta-t-il. C'est toi le seul danger potentiel, dans les parages. Mais tu as bien une espèce de pouvoir de contrôle surnaturel, non ? Si tu veux mon avis, ce n'est pas aussi chouette que lire dans les pensées d'autrui, d'ailleurs. Beaucoup moins marrant.

Edward fonça sur Jacob. Bien qu'il soit plus petit que lui d'une demi-tête, l'Indien recula devant la colère qu'il irradiait littéralement.

— Ce n'est qu'une théorie, sale cabot ! Tu as l'intention de la tester sur Charlie ? As-tu réfléchi à la douleur qu'une rencontre allait occasionner à Bella, même si elle se retient ? Ou à sa souffrance émotionnelle si ce n'est pas le cas ? Ce qui arrive à Bella t'est complètement égal, ou quoi ?

Renesmée appuya ses doigts sur ma joue, et son anxiété colora la scène qui se rejouait dans son esprit. Les paroles d'Edward eurent le mérite de transpercer enfin la bonne humeur de Jacob, qui fronça les sourcils, et dont la mâchoire se décrocha.

— Bella aura mal ?

— Autant que si tu lui enfonçais un fer chauffé à blanc dans la gorge !

Je tressaillis en me rappelant l'odeur du sang humain.

— Je l'ignorais, chuchota Jacob, douché.

— Auquel cas tu aurais mieux fait de demander la permission avant, râla Edward.

— Tu ne me l'aurais pas donnée.

504

— À juste titre !

J'interrompis la dispute.

— J'importe peu, lançai-je, très raide, accrochée tant à Renesmée qu'à ma raison. C'est de Charlie qu'il s'agit, Jacob. Comment as-tu osé l'exposer à pareille menace ? Comprends-tu que, pour lui, désormais, c'est la mort ou la transformation en vampire ?

Ma voix tremblait sous l'effet des larmes que mes yeux n'étaient plus capables de verser. Si Jacob semblait ébranlé par les accusations d'Edward, il accueillit les miennes avec indifférence.

— Du calme, Bella. Je ne lui ai rien révélé de plus que ce que tu te préparais à lui dire.

— Sauf qu'il débarque ici !

— C'était bien le but, figure-toi. N'envisageais-tu pas de le laisser tirer les mauvaises conclusions ? Je lui ai fourni une excellente fausse piste, si tu permets.

D'eux-mêmes, mes doigts se détachèrent de ma fille, je m'empressai de les remettre à leur place.

— Explique-toi, Jacob. Ma patience a des limites.

— Je ne lui ai rien raconté à ton propos, Bella. Enfin, rien de précis. Je lui ai parlé de moi. Ou plutôt, je me suis *montré* à lui.

— Il s'est transformé devant ton père ! souffla Edward, furibond.

— Quoi ?

— Charlie est courageux, s'empressa de se défendre Jacob. Autant que toi. Il ne s'est pas évanoui, n'a pas vomi, rien de tel. J'avoue qu'il m'a impressionné. Tu aurais vu sa tronche quand j'ai commencé à me déshabiller ! Hilarant.

Et il eut le culot de ricaner !

— Espèce de débile ! Tu aurais pu lui flanquer une crise cardiaque !

— Charlie est en pleine forme. C'est un dur. Si tu acceptais d'y réfléchir une minute, tu t'apercevrais que je t'ai rendu un fier service.

— Je t'en accorde la moitié pour me répéter le moindre des mots que tu lui as sortis, Jacob, lâchai-je d'une voix glaciale. Trente secondes avant que je ne rende Renesmée à Rosalie pour t'arracher ta caboche de minable ! Cette fois, Seth ne pourra pas m'en empêcher.

— Hé, Bella ! Vas-y mollo ! Tu n'étais pas aussi mélodramatique, avant. Fichus vampires !

— Vingt-six secondes.

Levant les yeux au ciel, il s'affala dans le fauteuil le plus proche. Sa meute miniature vint se poster à ses côtés, beaucoup moins détendue que lui. Leah ne me quittait pas des yeux, les dents vaguement dévoilées.

— Ce matin, je suis allé frapper à la porte de Charlie. Je lui ai demandé de venir faire un tour avec moi. Il a hésité, mais j'ai précisé que ça te concernait, que tu étais revenue en ville, alors il m'a suivi dans les bois. Je lui ai annoncé que tu n'étais plus malade, que la situation était certes un peu bizarre mais positive. Il a failli filer ici sur-le-champ, sauf que je tenais d'abord à lui montrer un truc. Et là, j'ai muté.

Il haussa les épaules. J'eus l'impression que ma mâchoire était prise dans un étau.

— Chaque mot, espèce de monstre !

— Ben, je n'ai que trente secondes ! plaisanta-t-il. Bon, d'accord, ne t'énerve pas. Voyons un peu… Ensuite, j'ai récupéré ma forme humaine, je me suis rhabillé, et lui, il a recommencé à respirer. Je lui ai dit quelque chose comme : « Charlie, vous ne vivez pas dans le monde dans lequel vous croyez vivre. Rassurez-vous, rien n'a changé, sinon que, maintenant, vous êtes au courant. La vie continuera comme avant. Il vous suffira de faire semblant de ne pas croire à tout cela. » Il a eu besoin d'une bonne minute pour récupérer, puis il m'a demandé ce qui t'était vraiment arrivé, ce qu'il en était de cette maladie rare. Je lui ai confirmé que tu avais bel et bien été malade, que tu t'étais rétablie, et que tu avais un peu changé au cours de l'affaire. Il a exigé que je lui explique en quoi consistaient ces changements, et je lui ai répondu que tu ressemblais plus à Esmé qu'à Renée, aujourd'hui.

Edward étouffa un juron, cependant que j'écarquillais des yeux horrifiés. C'était de pire en pire !

— Au bout d'un moment, enchaîna Jacob, il m'a demandé d'une toute petite voix si tu t'étais transformée en animal. « Elle aurait bien aimé ! », je lui ai répliqué. Ha !

Rosalie émit un bruit dégoûté.

— Après, j'ai voulu lui en raconter davantage sur les loups-garous, mais j'avais à peine prononcé le mot qu'il m'a interrompu en disant qu'il préférait ne pas connaître les détails. Et là, il a voulu savoir si tu avais été au courant de ce qui t'attendait en épousant Edward. J'ai répondu : « Bien sûr. Ça fait des années qu'elle est au parfum de tout. Depuis son emménagement à Forks. » La nouvelle ne lui a pas beaucoup plu, et je l'ai laissé râler jusqu'à ce qu'il soit fatigué. Une fois calmé, il a exigé deux choses : d'abord, te rencontrer. Je lui ai dit qu'il valait mieux que je monte en premier, histoire de préparer le terrain.

J'inhalai profondément.

— Et la seconde chose ?

— Tu vas apprécier, rigola Jacob. Sa requête majeure, c'est qu'on lui en dise le moins possible. Inutile de balancer ce qui n'est pas indispensable à sa compréhension de la situation.

Pour la première fois depuis que Jacob était rentré, je fus soulagée.

— Je me débrouillerai pour le rassurer sans lui en révéler trop, répondis-je.

— À part ça, il aimerait faire comme si tout était normal, insista Jacob.

Son sourire devint l'expression d'une intense satisfaction de soi. Il devait avoir deviné que je commençais à ressentir les premiers élans de gratitude.

— Que lui as-tu raconté sur Renesmée ? m'enquis-je.

Je me forçai à garder un timbre coupant et à assourdir mon approbation réticente. Il était encore trop tôt, la situation restait périlleuse. Même si l'intervention de Jacob avait déclenché chez Charlie une réaction plus positive que je ne l'aurais jamais espéré.

— Ah oui ! Je lui ai dit que toi et Edward aviez hérité d'une petite bouche à nourrir. L'orpheline qui t'a été confiée, Edward, comme avec Batman et Robin. J'ai pensé que vous ne m'en voudriez pas de mentir. Après tout, c'est la règle du jeu, non ?

Edward ne relevant pas, Jacob poursuivit :

— Charlie n'était déjà plus en état d'être choqué par quoi que ce soit, à ce moment-là, mais il a voulu savoir si vous l'adoptiez. « C'est leur fille ? Genre, je suis grand-père ? » Tels ont été ses mots. J'ai acquiescé. « Félicitations, pépé » et tout le toutim ! Il a même souri !

De nouveau les yeux me picotèrent, mais pas à cause de la peur ou de l'angoisse. Charlie avait souri à l'idée d'être grand-père… Il allait rencontrer Renesmée…

— Mais elle change tellement vite ! objectai-je.

— Je lui ai précisé qu'elle était plus spéciale que nous tous réunis, murmura Jacob.

Se levant, il vint droit sur moi, intimant d'un geste à ses acolytes de rester où ils étaient quand ils voulurent le suivre. Renesmée tendit les bras dans sa direction, mais je la serrai encore plus fort contre moi.

— Je lui ai dit, reprit-il : « Croyez-moi, vous ne voulez rien savoir de tout cela. Mais si vous parvenez à faire abstraction de ce qui est étrange, vous allez être sous le charme. La petite est le plus merveilleux être qui soit. » Ensuite, j'ai ajouté que, s'il s'en sentait capable, vous resteriez dans les parages, et qu'il aurait une chance de la connaître. Mais que si, au contraire, c'était trop, vous partiriez. Il a répondu que, à partir du moment où personne ne le forçait à ingurgiter plus d'informations que nécessaire, il y arriverait.

Jacob me contempla, l'air de guetter ma réaction.

— Pas question que je te remercie, lâchai-je. Tu as tout de même exposé Charlie à un très grand risque.

— Je suis désolé si cela te fait du mal. J'ignorais que ça fonctionnait ainsi. Les choses ont changé entre nous, Bella, mais tu resteras toujours ma meilleure amie, et je t'aimerai toujours. Sauf que, maintenant, je t'aime du bon amour. Il y a enfin un équilibre. Tous deux avons des gens sans lesquels il nous est impossible de vivre.

Il m'adressa son sourire si particulier et ajouta :

— Alors, toujours amis ?

Malgré moi, je fus obligée de lui retourner son sourire. (Tout petit, le sourire.) Il tendit la main comme pour m'offrir la paix. Prenant une grande aspiration, je la lui serrai. Il ne sursauta même pas au contact de ma peau glacée.

— Si je n'ai pas tué Charlie d'ici ce soir, j'envisagerai de te pardonner, marmonnai-je.

— Tu ne le tueras pas et tu me devras une fière chandelle.

Je levai les yeux au ciel.

— Je peux ? demanda-t-il en esquissant un geste pour s'emparer de Renesmée.

— En vérité, si je la tiens dans mes bras, c'est pour ne pas t'assassiner, Jacob. Plus tard, peut-être.

Il soupira, n'insista pas cependant. Sage décision. À cet instant, Alice débonla par la porte du jardin, chargée d'objets et l'air mauvais.

— Toi, toi et toi, aboya-t-elle en fusillant du regard les loups-garous, si vous comptez vous incruster, allez vous mettre dans ce coin et apprêtez-vous à y rester un moment. Il faut que j'y voie clair. Bella, donne-lui le bébé. J'ai besoin que tu aies les mains libres.

Jacob afficha une mine triomphale.

Un concentré de peur s'empara de moi devant l'énormité de ce que je m'apprêtais à faire. J'allais mettre en jeu mon self-control plutôt aléatoire, et mon père jouerait le rôle de cobaye humain. Les paroles d'Edward me revinrent : « As-tu réfléchi à la douleur qu'une rencontre allait occasionner à Bella, même si elle se retient ? Ou à sa souffrance émotionnelle si ce n'est pas le cas ? » Le chagrin d'un échec était inenvisageable. Je me mis à haleter.

— Prends-la, chuchotai-je en fourrant Renesmée dans les bras de Jacob.

Il acquiesça, soudain soucieux. D'un signe, il entraîna Seth et Leah dans un coin opposé de la pièce. Les garçons s'affalèrent aussitôt par terre, mais Leah secoua la tête.

— Suis-je autorisée à partir ? s'enquit-elle avec une grimace.

Elle semblait être mal à l'aise dans son corps de jeune fille. Elle portait les mêmes T-shirt sali et short en coton usé que la fois où elle était venue m'injurier parce que je blessais Jacob. Ses cheveux courts étaient hérissés en touffes irrégulières. Ses mains n'avaient cessé de trembler.

— Bien sûr, accepta Jake.

— Reste à l'est, de façon à ne pas croiser Charlie, lui recommanda Alice.

Sans lui adresser un coup d'œil, Leah se glissa dehors et fila dans les buissons pour se métamorphoser.

— Tu vas y arriver, me dit Edward, qui s'était approché de moi. J'en suis certain. Je t'aiderai. Tu peux compter sur nous tous.

Je le contemplai, complètement paniquée. Était-il assez fort pour m'empêcher de commettre un acte irréparable ?

— Si je ne t'en pensais pas capable, nous disparaîtrions tout de suite, poursuivit-il. Mais tu peux le faire. Et tu seras plus heureuse, si Charlie continue d'appartenir à ta vie.

Je tentai de respirer plus calmement. Alice me tendit un écrin blanc.

— Ça va t'irriter les yeux. Ce n'est pas douloureux, mais ta vision en sera troublée. Ce qui est agaçant. Même si la couleur n'est pas la bonne, ça vaut mieux que du rouge vif, non ?

Elle me lança la boîte que je rattrapai d'un geste mécanique.

— Quand as-tu…

— Avant que vous ne partiez en lune de miel. Je me préparais pour plusieurs scénarios possibles.

Hochant la tête, j'ouvris l'écrin. Je n'avais encore jamais porté de lentilles, mais ça ne devait pas être bien compliqué. Je pinçai la petite sphère brune et la pressai contre mon œil. Je clignai les paupières, et un film opacifia ma vision. Je n'étais pas aveugle, bien sûr ; cependant, la texture du filtre m'apparaissait, et je ne cessai de m'arrêter sur ses rayures microscopiques.

— Hum, je comprends, maintenant, marmonnai-je en mettant la deuxième. J'ai l'air de quoi ?

— Superbe, naturellement, décréta Edward en souriant.

— Oui, oui, s'impatienta Alice, elle est toujours superbe. Désolée, ça te fait des prunelles d'un marron boueux. Les tiennes étaient plus jolies. Rappelle-toi qu'elles ne durent pas. Le venin qui court dans tes yeux les dissoudra au bout de quelques heures. Donc, si Charlie s'attarde, trouve-toi une excuse pour changer de lentilles. De toute façon, c'est une bonne idée, car les humains ont besoin de se soulager régulièrement. Esmé, ajouta-t-elle en soupirant, donne-lui quelques tuyaux pour se comporter en humaine pendant que je vais mettre ces boîtes dans les toilettes.

— J'ai combien de temps ? demanda sa mère.

— Cinq minutes. Va au plus simple.

Esmé acquiesça et me prit la main.

— Le plus important, dit-elle, est de ne pas être trop immobile ni de bouger trop vite.

— Assieds-toi si lui s'assoit, intervint Emmett. Les humains n'aiment pas rester debout.

— Laisse tes yeux s'égarer à droite et à gauche toutes les trente secondes environ, ajouta Jasper. Les humains ne restent jamais concentrés très longtemps sur un point.

— Croise les jambes toutes les cinq minutes, puis tes chevilles ensuite, lança Rosalie.

J'opinai à chacune de leurs suggestions. Je les avais observés se comporter ainsi, la veille, et je pensais être en mesure de les imiter.

— Et n'oublie pas de cligner les paupières au moins trois fois par minute, renchérit Emmett.

Fronçant les sourcils, il s'empara vivement de la télé-commande de la télévision et brancha celle-ci sur une compétition interuniversitaire de football américain. C'était une bonne idée : les matchs distrairaient quelque peu l'attention de Charlie.

— Bouge tes mains également, indiqua Jasper. Secoue tes cheveux, ou gratte-toi.

— J'avais chargé Esmé de s'en occuper, se plaignit Alice en revenant. Vous allez la noyer sous les renseignements.

— Non, c'est bon, je crois avoir tout saisi, protestai-je. M'asseoir, regarder autour de moi, cligner les yeux, me trémousser.

— C'est ça, approuva Esmé en m'enlaçant brièvement.

— Retiens ton souffle le plus possible, me conseilla Jasper, renfrogné. Mais pense à agiter un peu tes épaules, comme ça, tu donneras l'impression de respirer.

Edward me serra contre lui.

— Tu vas y arriver, me répéta-t-il, encourageant.

— Deux minutes, annonça Alice. Tu devrais peut-être commencer en t'installant sur le canapé, Bella. Tu relèves de maladie, après tout. Ainsi, il ne te verra pas bouger tout de suite.

Elle me poussa vers le divan. J'essayai de me déplacer avec lenteur, de rendre mes jambes plus maladroites. Elle soupira, et j'en conclus que je ne devais pas être très douée pour donner le change.

— J'ai besoin de Renesmée, Jacob, lançai-je.

Il fronça les sourcils, ne broncha pas.

— Cela ne m'aidera pas à prévoir tes réactions, objecta Alice.

— Oui, mais elle m'est indispensable. Elle m'apaise.

Mes accents d'anxiété furent audibles à tous.

— Très bien, céda Alice. Tâche qu'elle soit aussi figée que toi. Je tâcherai de la contourner pour voir.

Elle souffla, lasse, comme si on l'avait obligée à faire des heures supplémentaires pendant un jour de congé. Jacob l'imita mais accepta de m'apporter l'enfant avant de se retirer rapidement, devant le regard noir que lui adressait ma belle-sœur, toujours aussi furibonde.

S'asseyant à mon côté, Edward passa son bras autour de

moi et de Renesmée. Il se pencha sur notre fille et la fixa droit dans les yeux avec gravité.

— Renesmée, un monsieur très spécial va venir vous rendre visite, à toi et à ta mère, annonça-t-il d'une voix solennelle, l'air de croire qu'elle saisissait chacun de ses mots. (Était-ce le cas ? Elle le contemplait avec beaucoup d'attention, ses grands yeux pleins de sérieux.) Il n'est pas comme nous, ni même comme Jacob. Nous allons devoir être très prudents, avec lui. Il ne faut pas que tu lui dises les choses comme à nous.

La petite effleura le visage de son père.

— C'est bien ça, confirma-t-il. Il va te donner soif aussi, mais tu ne le mordras pas. Parce qu'il ne guérit pas comme Jacob.

— Tu crois qu'elle te comprend ? murmurai-je.

— Très bien, oui. Donc, je compte sur toi, Renesmée. Tu seras prudente ? Tu nous aideras ?

Elle le toucha de nouveau.

— Non, ça m'est égal que tu mordes Jacob, répondit-il. C'est très bien, même.

L'intéressé rigola.

— Tu ferais peut-être mieux de t'en aller, lui lança Edward froidement.

Il ne lui avait pas pardonné, sachant que, quoi qu'il se passe, je souffrirais. Personnellement, ce serait avec joie que je subirais la brûlure, si rien de pire ne devait se produire.

— J'ai promis à Charlie d'être là, répondit Jacob. Il a besoin de soutien moral.

— Ha ! grogna Edward. Pour lui, tu es le monstre le plus répugnant parmi nous.

— Répugnant, moi ? protesta l'Indien avant de rire doucement.

J'entendis des pneus quitter l'asphalte de la route pour

s'engager sur la terre humide et silencieuse du chemin menant à la villa, et ma respiration s'affola de nouveau. Mon cœur aurait dû battre à tout rompre. Que mon corps ne réagisse pas comme il le fallait m'angoissait. Pour me calmer, je me focalisai sur le pouls régulier de Renesmée, et j'obtins le résultat escompté assez vite.

— Bien joué, souffla Jasper, approbateur.

Edward resserra son emprise autour de mes épaules.

— Tu es sûr que c'est une bonne idée ? demandai-je.

— Sûr et certain. Rien n'est au-dessus de tes forces.

Il sourit et m'embrassa. Ce ne fut pas exactement un baiser rapide sur la joue, et ma réaction brutale me prit au dépourvu. Les lèvres d'Edward ressemblaient à une injection de drogue directement dans mon système nerveux. J'eus aussitôt envie de plus, et je dus en appeler à tous mes neurones pour me souvenir que je tenais mon bébé dans mes bras. Jasper le sentit.

— Edward, s'il te plaît, sois gentil de ne pas la distraire comme ça maintenant. Il faut qu'elle ait toute sa tête à elle.

— Houps ! s'exclama mon mari en s'écartant.

J'éclatai de rire, car cette interjection avait été la mienne depuis le début, depuis notre tout premier baiser.

— Concentre-toi, Bella, me morigéna Jasper.

— Oui, tu as raison.

Je repoussai mon désir. Charlie était ce qui importait le plus. Edward et moi aurions toute la nuit…

— Bella !

— Désolée, Jasper.

Emmett s'esclaffa.

La voiture de patrouille se rapprochait. Le moment de légèreté fut très vite oublié, et tout le monde se figea. Croisant les jambes, je m'entraînai à cligner les paupières. Le véhicule s'arrêta devant le perron, le moteur tournant au ralenti pendant quelques secondes. Charlie était-il aussi nerveux que moi ? Ensuite, il coupa le contact, une portière claqua. Trois pas dans l'herbe, puis huit sur les marches en bois. Quatre encore sur le porche. Le silence. Deux grandes inspirations.

Toc, toc, toc.

J'inhalai profondément pour ce qui était la dernière fois, peut-être. Renesmée se blottit dans mes bras et cacha son visage dans mes cheveux.

Carlisle alla ouvrir. Sa tension céda la place à une expression avenante.

— Bonjour, Charlie ! le salua-t-il.

— Carlisle, répondit mon père avec raideur. Où est Bella ?

— Ici, papa !

Pouah ! Ma voix n'était pas la bonne. En plus, je venais de gâcher mes réserves d'air. Je me dépêchai de réapprovisionner mes stocks, heureuse que l'odeur humaine n'ait pas encore saturé l'atmosphère de la maison. Le visage interdit de Charlie me fit comprendre à quel point mes intonations le déroutaient. Ses yeux se posèrent sur moi et s'écarquillèrent. Les émotions défilèrent sur ses traits : choc, incrédulité, chagrin, peur, colère, soupçon, chagrin encore.

Je me mordis la lèvre, une drôle de sensation. Mes nouvelles dents entamaient plus ma peau granitique que ne l'avaient fait mes dents sur mes chairs molles quand j'avais été humaine.

— C'est bien toi, Bella ? murmura mon père.

— Oui, répondis-je en tressaillant au son argentin de mon timbre. Salut, papa.

Il respira profondément.

— Coucou, Charlie, lança Jacob depuis son coin. Comment va ?

Mon père le fusilla du regard, frissonna, puis revint à moi, inquisiteur. Lentement, il traversa la pièce, jusqu'à se trouver à quelques pas du canapé. Il lança un coup d'œil accusateur à Edward. La chaleur qui émanait de son corps me frappait à chaque battement de son cœur.

— Bella ? répéta-t-il.

— C'est moi, je te le jure, dis-je en m'efforçant de parler d'une voix plus grave, moins chantante.

Il serra les mâchoires.

— Je suis navrée, papa.

— Tu vas bien ?

— Très bien. J'ai une santé de fer, maintenant.

C'en était fini de mon oxygène.

— Jake m'a dit que cela était... nécessaire. Que tu avais failli mourir.

Il avait prononcé ces paroles comme s'il n'y croyait pas un instant. Me préparant, concentrée sur la tiédeur de Renesmée, appuyée contre Edward, j'aspirai un grand coup.

L'arôme de Charlie fut comme un lance-flammes. Cependant, la douleur fut moins féroce que le désir. Charlie sentait encore meilleur que tout ce que j'aurais pu imaginer. Aussi attirant ait été le parfum des randonneurs dans les bois, celui de mon père était doublement captivant. De plus, il n'était qu'à quelques pas de moi, dégoulinant d'une chaleur et d'une humidité appétissantes.

Toutefois, je ne chassais pas, et il s'agissait de mon père.

Edward me pressa l'épaule pour me montrer sa compassion, et Jacob m'adressa un regard d'excuse. Je tâchai de me ressaisir et d'ignorer la force et la douleur de la soif. Charlie attendait ma réponse.

— Jacob a dit la vérité.

— Eh bien, grommela Charlie, au moins un parmi vous qui ne m'aura pas menti.

J'espérais qu'il saurait voir au-delà de ma nouvelle apparence à quel point le remords me rongeait. Sous le voile de mes cheveux, Renesmée huma l'odeur de Charlie. Je renforçai ma prise autour d'elle. Ayant remarqué mon coup d'œil, mon père découvrit l'enfant, et sa colère s'évanouit aussitôt.

— Oh ! marmonna-t-il. La voici, donc. L'orpheline que vous adoptez.

— Ma nièce, mentit Edward.

La ressemblance entre Renesmée et lui était trop évidente pour qu'on l'ignorât. Mieux valait prétendre à un lien sanguin quelconque.

— Je croyais que ta famille était morte, répliqua Charlie, de nouveau accusateur.

— Mes parents. Mon frère aîné a été recueilli par des gens, lui aussi. Je ne l'ai jamais revu. Le tribunal m'a localisé quand lui et sa femme ont péri dans un accident de voiture, laissant cette petite seule au monde.

Il était doué. Ses intonations étaient égales, avec ce qu'il fallait d'innocence. Il faudrait que je m'entraîne à cela également. Renesmée risqua un regard tout en reniflant. Elle observa Charlie avec timidité, puis se cacha de nouveau.

— Elle est… elle… c'est une beauté.

— Oui, convint Edward.

— Une sacrée responsabilité, non ? Vous venez juste de vous marier.

— Avions-nous le choix ? objecta Edward en caressant la joue de Renesmée (ses doigts s'attardèrent sur sa bouche, rappel de leur accord). Vous auriez refusé, vous ?

— Humph ! Jake m'a dit qu'elle s'appelle Nessie.

— Non, ripostai-je, d'un ton un peu trop cinglant. Son vrai nom, c'est Renesmée.

— Et toi, Bella, comment envisages-tu cela ? Carlisle et Esmé pourraient sans doute…

— Elle est à *moi*, le coupai-je. Je la *veux*.

Charlie fronça les sourcils.

— Et faire de moi un papi alors que je suis encore jeune ?

— Carlisle est également devenu grand-père, s'amusa Edward.

Charlie adressa un regard incrédule au médecin, toujours debout près de la porte. Il ressemblait au jeune frère de Zeus… en plus beau.

— Ça ne me console pas, rigola Charlie après s'être ébroué. Mais elle est supermignonne, ajouta-t-il en contemplant Renesmée.

Son haleine tiède envahit l'espace qui nous séparait. Se tendant vers l'odeur, l'enfant écarta mes cheveux et le fixa droit dans les yeux pour la première fois. Charlie retint son souffle. Je compris ce qu'il voyait. Une réplique exacte de mes yeux – des siens aussi – dans ce visage parfait. Il se mit à respirer à petits coups nerveux. Ses lèvres tremblèrent, et il compta en silence, essayant de transformer un mois en neuf, s'efforçant de donner un sens à la preuve qui se trouvait devant lui. En vain.

Se levant, Jacob vint lui tapoter le dos. Il lui chuchota quelque chose à l'oreille, ce que nous entendîmes tous, sans que mon père s'en doute.

— Secret trop gros pour vous, Charlie, mais ce n'est rien de dramatique, je vous le promets.

Charlie hocha la tête en avalant sa salive. Puis ses yeux lancèrent des éclairs, et il se planta devant Edward, poings sur les hanches.

— Si je ne tiens pas à tout savoir, j'en ai assez des mystères ! déclara-t-il.

— Je suis désolé, répondit calmement l'interpellé. La

vérité compte moins que l'histoire officielle, cependant, si vous souhaitez partager notre secret. L'idée est de protéger Bella et Renesmée, ainsi que nous autres. Êtes-vous en mesure de mentir pour elles ?

Dans la pièce, tous s'étaient mués en statues. Je croisai les jambes. Charlie bougonna, puis se tourna vers moi.

— Tu aurais pu m'avertir, Bella.

— Cela aurait-il facilité les choses ?

Il se renfrogna avant de s'agenouiller devant moi. Les pulsations de son sang dans son cou, sous la peau, m'étaient parfaitement visibles. Leur chaude vibration me parvenait. Ainsi qu'à Renesmée. En souriant, elle tendit sa paume rose dans sa direction. Je retins la menotte. Elle pressa son autre main sur ma gorge, et je perçus sa soif, sa curiosité et le visage de Charlie. Le message laissait entendre qu'elle avait très bien compris la leçon d'Edward. Elle admettait avoir soif, mais passait outre.

— Wouah ! marmonna Charlie en découvrant la rangée de dents. Quel âge a-t-elle ?

— Euh…

— Trois mois, répondit Edward, avant de préciser lentement : ou plutôt, elle a la taille d'un enfant de trois mois. Par bien des aspects, elle est plus jeune, par d'autres beaucoup plus mûre.

Délibérément, Renesmée fit un signe à mon père, qui cligna les yeux comme un dément.

— Je vous avais bien dit qu'elle était spéciale, hein ? rigola Jacob en lui enfonçant son coude dans les côtes.

Charlie s'écarta de lui.

— Oh, Charlie ! maugréa Jacob. Je suis le même qu'avant. Vous n'avez qu'à faire comme si l'après-midi n'avait jamais existé.

L'allusion blanchit les lèvres de mon père, qui acquiesça, toutefois.

— Quel est ton rôle dans tout ça, Jake ? demanda-t-il. Que sait Billy ? Que fiches-tu ici ?

Il contemplait Jacob, dont le visage resplendissait de bonheur, alors qu'il fixait Renesmée.

— Ben... je pourrais tout vous raconter, Billy est au courant d'ailleurs, mais cela impliquerait des détails sur les loups-gar...

— Non ! protesta mon père en se bouchant les oreilles. Tant pis, oublie !

— Ça va être super, s'esclaffa Jacob. Simplement, tâchez de ne pas croire tout ce que vous voyez.

Charlie marmonna quelques paroles inintelligibles.

— Géant ! brailla soudain Emmett. Allez, les Alligators !

Jacob et Charlie sursautèrent. Nous autres nous pétrifiâmes. Puis mon père se ressaisit et regarda par-dessus son épaule.

— La Floride gagne ? lança-t-il au géant.

— Ils viennent de réussir un super coup, confirma Emmett. Il était grand temps que quelqu'un tire son coup, d'ailleurs, ajouta-t-il à mon intention, en plissant ses sourcils comme le méchant d'un vaudeville.

Je retins un sifflement furieux. Devant Charlie ? Il dépassait les bornes !

Cependant, Charlie était au-delà des insinuations sexuelles d'Emmett. Une fois encore, il respira profondément, inhalant comme s'il voulait se remplir d'air jusqu'aux orteils. Cela me fit envie. Il vacilla, contourna Jacob et se laissa tomber dans un fauteuil.

— Eh bien, soupira-t-il, voyons si ces gars de Floride tiennent la route.

26

◆

BRILLANTE

— Je ne sais pas trop ce qu'il faut que je raconte de tout cela à Renée, dit Charlie, qui hésitait, sur le seuil.

Il s'étira, et son estomac gargouilla.

— Je suis d'accord, acquiesçai-je. Je ne veux pas qu'elle panique. Protégeons-la. Ces histoires ne sont pas pour les faibles.

Ses lèvres se tordirent en un sourire réticent.

— Je t'aurais protégée également, si j'avais été au courant. Mais tu n'as jamais été du clan des faibles, hein ?

Je lui rendis son sourire tout en aspirant une gorgée d'air brûlant. Il tapota son estomac d'un geste distrait.

— Nous aurons le temps d'en discuter, n'est-ce pas ?

— Oui, assurai-je.

Par certains aspects, ç'avait été une longue journée ; trop courte par d'autres. Charlie était en retard – il était invité à dîner chez Sue Clearwater en compagnie de Billy. Voilà qui risquait d'être une soirée un peu gênée aux entournures mais, au moins, il serait bien nourri. J'étais heureuse que quelqu'un l'empêche de mourir de faim, vu son incapacité totale à cuisiner.

À cause de la tension, les minutes avaient paru s'étirer. La raideur dans les épaules de mon père ne s'était pas relâchée un instant. En même temps, il n'avait pas semblé pressé de partir. Il avait regardé deux matchs entiers, si absorbé par ses réflexions que les blagues suggestives d'Emmett, de plus en plus transparentes, de moins en moins en rapport avec le football, lui étaient passées complètement au-dessus de la tête. Il avait également tenu à entendre les commentaires d'après match ainsi que les nouvelles, et il ne s'était décidé à partir que quand Seth lui avait rappelé l'heure.

— Vous comptez poser un lapin à Billy et ma mère ? lui avait-il lancé. Venez ! Bella et Nessie seront encore là demain. Allons becqueter.

Apparemment, Charlie n'avait pas cru l'assertion du jeune homme, mais il s'était laissé emmener. Cependant, sur le point de franchir la porte, il doutait toujours. Les nuages s'estompaient, la pluie avait cessé. Le soleil ferait même une apparition, peut-être, juste avant de se coucher.

— Jake m'a dit que vous vouliez partir à cause de moi, marmonna mon père.

— C'était le dernier recours. Je cherchais un moyen d'agir différemment... Pourquoi crois-tu que nous sommes toujours ici ?

— Il a affirmé que vous pourriez rester, mais seulement si j'étais assez costaud et que je me taisais.

— Oui. Malheureusement, je ne peux te promettre que nous serons à Forks indéfiniment. La situation est très compliquée.

— Secret trop gros, murmura-t-il.

— Oui.

— Si tu dois t'en aller, tu passeras me voir avant ?

— Juré. Maintenant que tu sais juste ce que tu as à savoir, je pense que ça marchera. Je serai le plus proche de toi possible.

Il se mordilla les lèvres, puis se pencha vers moi, bras tendus dans un geste prudent. Je transférai Renesmée, qui dormait à présent, sur mon bras gauche, serrai les dents, retins mon souffle et passai mon bras droit, très délicatement, autour de sa taille tiède et douce.

— Ne t'éloigne pas, Bella, bougonna-t-il. Ne t'éloigne pas.

— Je t'aime, papa.

En frissonnant, il s'écarta.

— Moi aussi, Bella, cela n'a pas changé, en dépit du reste. Elle te ressemble beaucoup.

Il caressait la joue de ma fille du bout du doigt. J'affichai une décontraction que je n'éprouvais pas.

— Plus à Edward, à mon avis, le contredis-je. Elle a hérité de tes boucles, ajoutai-je après une hésitation.

Il regarda les cheveux de Renesmée, grogna.

— Ouais, ça m'en a tout l'air. Pépé... Pff ! Est-ce que j'aurai le droit de la prendre un jour ?

Sa requête me désarçonna. Comme l'enfant dormait profondément, je décidai cependant de tenter le sort jusqu'au bout. Après tout, les choses s'étaient si bien déroulées...

— Tiens, dis-je en la lui tendant.

Ses bras formèrent un berceau malhabile, et j'y déposai la petite. La peau de Charlie n'était pas aussi chaude que celle de Renesmée, mais cela n'empêcha pas que ma gorge me chatouilla sous l'effet du sang qui coulait dans ses veines. En revanche, mon contact lui donna la chair de poule. Je ne sus déterminer si cela était dû à ma nouvelle température ou tenait d'une réaction purement psychologique.

— Elle est… robuste, maugréa Charlie en découvrant son poids.

Je plissai le nez. Pour moi, elle était légère comme une plume. J'avais sans doute perdu le sens des mesures.

— Mais c'est bien, s'empressa-t-il d'assurer en voyant mon expression. De toute façon, il va falloir qu'elle soit dure pour résister à la folie qui l'entoure. (Il la berça.) C'est le plus joli bébé qu'il m'ait été donné de voir. Plus jolie que toi, même. Désolé, mais c'est vrai.

— J'en suis consciente.

— Joli bébé, répéta-t-il en roucoulant presque.

Je constatai qu'il était aussi impuissant que nous autres face à la magie de Renesmée. Il la tenait seulement depuis deux secondes qu'elle l'avait déjà envoûté.

— M'autorises-tu à revenir demain ? demanda-t-il.

— Bien sûr, papa. Nous ne bougerons pas.

— Vous avez intérêt, grommela-t-il avant de se radoucir. À demain, Nessie.

— Ah non, pas toi !

— Quoi ?

— Elle s'appelle Renesmée. Comme Renée et Esmé. Pas de diminutifs, s'il te plaît. (Je tâchai de me calmer sans respirer un bon coup.) Tu veux savoir quel est son deuxième prénom ?

— Oui.

— Carlie, avec un C. Comme Carlisle et Charlie.

Son sourire fut si immense qu'il me déstabilisa.

— Merci, Bella.

— Merci à toi, papa. Tout a changé tellement vite que j'en ai encore la tête qui tourne. Si tu n'étais pas là, j'ignore comment j'affronterais ce… la réalité.

J'avais failli dire « celle que je suis », mais ç'aurait été sans doute plus que ce qu'il était prêt à accepter. Une fois encore, son estomac se manifesta.

— Va manger, papa. Nous serons ici demain.

Je me rappelai les sensations de la première et malaisée immersion dans l'univers fantastique, la peur que tout ne disparaisse au lever du soleil. Charlie hocha la tête et se força à me rendre Renesmée. Il regarda derrière moi, et ses yeux s'affolèrent un peu quand il découvrit la grande pièce claire. Tout le monde était là, sauf Jacob, qui dévalisait le réfrigérateur, dans la cuisine. Alice était paresseusement allongée sur une marche, la tête de Jasper sur les genoux ; Carlisle était plongé dans un gros ouvrage ; Esmé fredonnait tout en dessinant dans un calepin, tandis que Rosalie et Emmett érigeaient les fondations d'un immense château de cartes, sous l'escalier. Edward s'était mis au piano et jouait doucement pour lui-même. Rien n'indiquait que la journée touchait à sa fin, qu'il allait être temps de passer à table ou de s'adonner à des activités vespérales. Un changement imperceptible s'était produit. Les Cullen avaient baissé la garde – la mascarade humaine avait cédé la place, un peu, très peu, assez cependant pour que Charlie perçoive la différence.

Il frissonna, secoua le menton, soupira.

— À demain, Bella. Tu es plus... belle. Je m'y habituerai.

— Merci, papa.

Il regagna pensivement sa voiture, et je le suivis des yeux, tandis qu'il s'en allait. Ce ne fut pas avant d'avoir entendu les pneus tourner sur la route que je pris conscience que j'avais réussi. J'avais réussi à tenir des heures sans faire de mal à Charlie. Toute seule ! J'avais vraiment un superpouvoir ! Cela semblait trop beau pour être vrai. Était-il possible que je puisse à la fois profiter de ma nouvelle famille et de l'ancienne ? Et dire que j'avais trouvé parfaite la journée de la veille !

— Nom d'un chien ! murmurai-je.

Je battis des yeux, et ma troisième paire de lentilles se désintégra. Le piano s'interrompit, les bras d'Edward s'enroulèrent autour de ma taille. Il posa son menton sur mon épaule.

— J'allais le dire, musa-t-il.

— J'y suis parvenue, Edward !

— Oui. Incroyable. Tous ces soucis à propos des nouveau-nés, et toi tu franchis l'étape sans même t'en rendre compte.

— Je doute qu'elle soit un vampire, encore moins un vampire nouveau-né, lança Emmett. Elle est bien trop docile !

Tous les commentaires gênants qu'il s'était permis en présence de mon père me revinrent à l'esprit. Il eut de la chance que je sois en charge de Renesmée. Incapable de me maîtriser entièrement, je grondai cependant.

— Hou ! J'ai la frousse ! se marra le géant.

Je sifflai avec rage, et l'enfant bougea. Elle ouvrit les paupières, regarda autour d'elle, un peu perdue, puis renifla et m'effleura le visage.

— Charlie reviendra demain, lui expliquai-je.

— Génial ! lâcha Emmett.

Rosalie joignit ses rires aux siens, cette fois.

— Ce que tu es bête, Emmett, grogna Edward.

Il tendit les bras pour s'emparer de Renesmée. Devant mon hésitation, il m'adressa un clin d'œil complice. Je cédai.

— Comment ça ? brailla Emmett.

— Crois-tu malin d'asticoter le vampire le plus fort de la maison ?

— Oh, je t'en prie !

— Te souviens-tu, Bella, poursuivit Edward, il y a quelques mois, je t'ai demandé de me rendre un service quand tu serais immortelle ?

Cela me rappelait effectivement quelque chose. Je ravivai ma mémoire humaine et ses conversations floues. Au bout d'un moment, cela me revint.

— Oh ! lâchai-je.

Alice partit d'un long rire carillonnant. Jacob passa la tête par la porte de la cuisine, la bouche pleine.

— Quoi ? grommela Emmett.

— Tu crois ? demandai-je à Edward.

— Fais-moi confiance.

— Alors, Emmett, dis-je après avoir pris une grande aspiration. Que dirais-tu d'un petit pari ?

Il se leva aussitôt.

— Super ! Vas-y.

J'hésitai. Il était tellement impressionnant.

— Tu as les foies ? se moqua-t-il.

Je carrai les épaules.

— Toi et moi. Un défi. Je te prends au bras de fer. La table de la salle à manger. Tout de suite.

Le sourire d'Emmett s'élargit.

— Hum, intervint Alice, je crois qu'Esmé aime beaucoup cette table, Bella. C'est une antiquité.

Sa mère la remercia d'un hochement de tête.

— Aucun souci, lança Emmett. Par ici, jeune arrogante.

Je le suivis dans le garage, les autres derrière nous. Près de la rivière, un gros bloc de granit s'était détaché d'un éboulement. C'est là qu'Emmett se dirigeait. Bien qu'un peu arrondi et irrégulier, le rocher ferait l'affaire. Mon adversaire y plaça son coude et m'invita à le rejoindre. La nervosité s'empara une fois de plus de moi quand je vis ses énormes biceps, mais je réussis à garder une expression sereine. Edward m'avait garanti que je serais plus forte qu'aucun d'entre eux pendant un certain temps. Il avait paru très sûr de lui, je me sentais effectivement puissante. Assez, cependant ? Je n'avais que deux jours, ce qui devait entrer en ligne de compte. À moins que je ne souffre de quelque anormalité. Je n'étais peut-être pas aussi forte que les autres nouveau-nés. Voilà pourquoi il m'était si facile de conserver la maîtrise de moi. À mon tour, je plaçai mon coude sur la pierre en m'efforçant d'adopter une attitude décontractée.

— Bien, Emmett. Si je gagne, tu n'as plus le droit de commenter ma vie sexuelle devant personne, y compris Rosalie. Plus d'allusions, plus d'insinuations. Rien.

— D'accord, bougonna-t-il. Si c'est moi qui gagne, je te promets que ça sera encore pire.

Entendant que je cessais de respirer, il eut un sourire diabolique. Il ne bluffait pas.

— Alors, sœurette, on recule ? me provoqua-t-il. Tu n'as pas grand-chose de féroce en toi, hein ? Je te parie que ce cottage n'a pas une égratignure. Edward t'a-t-il dit combien de maisons Rosalie et moi avions détruites ?

Grinçant des dents, je saisis sa main.

— Un, deux...

— Trois, grommela-t-il, en appuyant.

Il ne se passa rien.

Oh, je sentis la pression qu'il exerçait sur moi ! Mon esprit paraissait doué pour toutes ces sortes de calculs, et je devinai que, s'il n'avait rencontré aucune résistance, son bras se serait abattu sans mal sur le rocher. Mon plaisir en augmenta d'autant, et je me demandai vaguement si une bétonnière roulant à soixante kilomètres à l'heure sur une pente raide dégagerait une puissance égale. Quatre-vingts kilomètres à l'heure ? Cent ? Plus, sans doute. Les efforts d'Emmett ne suffirent pas à m'ébranler. La pression de sa main contre la mienne n'était pas déplaisante. Elle était même agréable, bizarrement. Je m'étais montrée tellement prudente depuis mon réveil, je m'étais tellement obligée à ne rien casser. Utiliser mes muscles m'offrait une sorte de soulagement. Permettre à la force de s'écouler plutôt que la restreindre.

Mon adversaire grogna. Son front était plissé, son corps tétanisé, tout entier concentré sur l'obstacle que ma main immobile constituait. Je le laissai transpirer – pour ainsi dire – pendant un moment tout en jouissant de la sensation que me procurait ma résistance. Au bout de quelques secondes, je me lassai, cependant. Je pliai le coude. Emmett perdit deux centimètres de terrain.

J'éclatai de rire. Lui gronda, féroce, la mâchoire serrée.

— N'oublie pas que tu devras te taire, lui rappelai-je.

Sur ce, j'aplatis sa main sur la pierre. Un craquement assourdissant résonna dans les arbres. Le rocher frissonna, un morceau se détacha et roula au sol. Il tomba sur le pied d'Emmett, ce qui me fit ricaner. J'entendis les rires étouffés de Jacob et d'Edward. Emmett jeta le fragment cassé au-delà de la rivière. Le caillou fendit en deux un jeune érable avant de s'écraser à la base d'un énorme épicéa qui se fracassa sur un troisième arbre.

— Revanche ! exigea le géant. Demain.

— Ma force ne s'effacera pas aussi vite, lui rétorquai-je. Donne-lui plutôt un mois.

— Demain, répéta-t-il en grondant.

— Comme tu voudras, grand frère !

Il tourna les talons, non sans envoyer au préalable un coup de poing dans le granit, déclenchant une avalanche d'éclats et de poussière. Plutôt cool, même si le geste était puéril.

Fascinée par la preuve que j'étais plus forte que le plus fort des vampires de ma connaissance, je positionnai mes mains sur la pierre, doigts écartés, et j'enfonçai ces derniers dedans, l'écrasant plutôt que la creusant ; sa consistance me fit penser à celle d'un fromage dur. J'obtins vite une poignée de gravier.

— Génial, marmonnai-je.

Un grand sourire sur les lèvres, j'effectuai une brusque rotation et, tel un karatéka, assenai le tranchant de ma main sur le rocher, qui gémit, grinça et céda dans un nuage de fragments, brisé net en deux. Je m'esclaffai. Sans prêter attention à d'autres rires, dans mon dos, j'entrepris de réduire la pierre en gravillons à coups de pied et de poing, ce qui me procura un plaisir indicible. Soudain, un nouveau son ténu, clochette tintinnabulant, me détourna de mon jeu idiot.

— Vient-elle de rire ?

Tout le monde contemplait Renesmée avec un ahurissement identique au mien.

— Oui, répondit Edward.

— Reconnais que tu es risible, marmonna Jacob en levant les yeux au ciel.

— Ose dire que tu ne t'es pas laissé aller, la première fois, clébard ! se moqua Edward, sans méchanceté cependant.

— C'était différent, se défendit l'Indien en lui donnant une bourrade amicale (à ma plus grande surprise). Bella est censée être adulte, mariée, mère de famille, et tout. Ne devrait-elle pas faire preuve de plus de dignité ?

Renesmée fronça les sourcils et frôla le visage de son père.

— Que veut-elle ? demandai-je.

— Moins de dignité, s'amusa Edward. Elle avait presque autant de plaisir à te regarder que toi à détruire ce malheureux rocher.

— Je suis drôle ? lançai-je à Renesmée en me précipitant vers elle.

Elle me tendit aussitôt les bras, et je la pris et lui offris un éclat de pierre.

— Tu veux essayer ?

Me gratifiant de son sourire éblouissant, elle attrapa le caillou à deux mains. Elle serra les doigts, et un pli concentré marqua son front. On entendit un bruit de meulage, et de la poussière tomba. L'air inquiet, la petite me rendit le bout de pierre.

— Je m'en occupe, dis-je en le réduisant en poussière.

Elle applaudit en riant, un son si joli que nous ne pûmes que l'imiter.

Tout à coup, le soleil perça les nuages, nous inondant de longs rayons rouges et dorés, et la beauté de ma peau me fascina. M'éblouit. Renesmée caressa les facettes des diamants qui couraient sur mon bras avant de poser le sien à côté. Il n'émettait qu'une faible luminosité, subtile et mystérieuse. Elle ne serait pas contrainte de rester à l'intérieur, un jour de grand soleil, contrairement à moi. Elle effleura ma joue, mécontente de la différence qui nous séparait.

— C'est toi la plus jolie, lui assurai-je.

— Je ne suis pas certain d'être d'accord avec ça, objecta Edward.

Je me tournai vers lui, et les reflets du soleil sur son visage me réduisirent au silence. Jacob faisait semblant de se protéger les yeux.

— Bella le monstre, commenta-t-il.

— C'est une créature stupéfiante, murmura Edward.

Comme s'il était d'accord avec Jake, comme si ses paroles avaient été un compliment. Edward était à la fois captivant et captivé.

Il était étrange, mais pas surprenant, puisque tout était étrange désormais, que je me révèle douée pour quelque chose. Humaine, je n'avais brillé en rien. Je m'étais débrouillée pour gérer Renée, mais des tas de gens s'en seraient sans doute mieux tirés que moi ; ainsi, Phil paraissait très à l'aise. J'avais été bonne élève, jamais première. Naturellement, j'étais tout sauf douée en sport. Je n'avais aucun talent artistique ni musical, rien dont je puisse me vanter. Personne ne m'avait jamais récompensée parce que je lisais beaucoup. Au bout de dix-huit années de médiocrité, je m'étais habituée à être moyenne. Je me rendais compte à présent que j'avais renoncé depuis longtemps à aspirer à l'éclat en quelque domaine que ce fût. Je faisais de mon mieux avec ce que j'avais, tout simplement, sans jamais être complètement adaptée à mon monde.

À présent, c'était très différent. J'étais « stupéfiante », à leurs yeux comme aux miens. Comme si j'avais été destinée à devenir vampire. L'idée m'amusa, me donna envie de chanter. J'avais enfin trouvé ma vraie place dans l'univers ; je n'étais plus décalée ; j'y brillais.

27

PROJETS DE VOYAGE

Depuis que j'étais vampire, je m'intéressais beaucoup plus à la mythologie qu'autrefois.

Souvent, quand je repensais à mes trois premiers mois d'immortelle, j'imaginais l'allure que le fil de ma destinée pouvait avoir sur le métier à tisser des Parques – lequel existait vraiment, qui l'aurait cru ? Le mien avait changé de couleur, j'en étais certaine. Il avait dû commencer par être d'un joli beige rassurant et apaisant, un fond de décor plutôt agréable. Maintenant, il avait sûrement viré au cramoisi, ou à un or étincelant. La trame de ma famille et de mes amis entremêlant leurs fils au mien formait une belle tapisserie brillante, pleine de couleurs vives et complémentaires.

Je m'étonnais d'avoir intégré certains de ces fils dans ma vie. Ainsi, je ne m'étais pas attendue aux loups-garous et à leurs teintes soutenues et boisées. Il y avait Jacob, bien sûr, et Seth. Mais mes anciens camarades Quil et

Embry étaient devenus des composants du tissu lorsqu'ils s'étaient ralliés à la meute de Jake, et même Sam et Emily se montraient cordiaux. Les tensions entre vampires et loups s'étaient calmées, surtout grâce à Renesmée. Il était difficile de ne pas l'aimer.

Sue et Leah Clearwater participaient également à notre existence – elles aussi, constituaient une surprise. Sue semblait s'être donné pour mission de faciliter l'accès de Charlie au monde des chimères. Elle l'accompagnait chez les Cullen la plupart du temps, même si elle n'y était jamais aussi à l'aise que son fils et la plupart des membres de la meute de Jacob. Elle parlait peu, se bornant à coller, protectrice, à mon père. Elle était toujours la première qu'il regardait, lorsque Renesmée accomplissait un geste particulièrement précoce, ce qui n'était pas rare. En guise de réponse, Sue jetait un coup d'œil à Seth, l'air de dire : « Oui, à qui le dis-tu ! »

Leah était encore plus gênée que sa mère, chez nous, et elle était la seule de notre tribu récemment élargie à manifester de l'hostilité envers notre fusion. Toutefois, Jacob et elle partageaient une nouvelle camaraderie qui empêchait qu'elle s'éloigne. J'avais interrogé Jake à ce sujet, un jour, un peu hésitante : je ne voulais pas me mêler de ce qui ne me regardait pas ; en même temps leurs relations avaient pris une tournure si différente que j'étais curieuse. Haussant les épaules, il m'avait répondu que c'était un truc lié à la meute. Elle était son second, maintenant, son « Bêta ».

— Puisque je suis bien parti pour remplir pleinement ce poste d'Alpha, autant faire les choses comme il faut, m'avait-il expliqué.

Ses responsabilités amenaient Leah à le consulter souvent ; et comme il était tout le temps avec Renesmée... Il n'empêche, elle était la seule à se sentir malheureuse en notre compagnie. La joie était à présent l'élément constitutif le plus important de ma vie, le motif récurrent de la tapisserie. À tel point que j'étais plus proche de Jasper que je n'aurais jamais rêvé l'être. Au début, pourtant, cela m'avait agacée, et je m'en étais plainte à Edward un soir, après que j'avais déposé Renesmée dans son berceau en fer forgé.

— Nom d'une pipe ! m'étais-je exclamée. Si je n'ai pas encore tué Charlie ou Sue, c'est que ça ne se produira sans doute pas. J'aimerais bien que Jasper arrête de me suivre comme un toutou !

— Personne ne se méfie de toi, Bella, l'avait défendu Edward. Tu sais comment est Jasper. Il ne peut résister à une bonne atmosphère émotionnelle. Tu es heureuse, mon amour, alors il gravite autour de toi sans y réfléchir.

Puis il m'avait serrée contre lui, parce que rien ne le ravissait plus que mon extase permanente. Il est vrai que j'étais euphorique la plupart du temps. Les journées ne suffisaient pas à ce que je me lasse de mon adorable fille ; les nuits ne comptaient pas assez d'heures pour satisfaire le besoin que j'avais de mon mari.

Le bonheur avait son revers, cependant. Si l'on avait retourné la trame de nos destins, j'imagine que le motif qui serait apparu au revers de la tapisserie aurait été tissé des fils gris du doute et de la peur.

Renesmée prononça son premier mot à une semaine. « Maman. » Cela aurait dû me réjouir, si ce n'est que ses progrès me terrifiaient. J'eus du mal à me contraindre à sourire. Comme elle enchaîna aussitôt sur sa première phrase – « Maman, où est pépé ? » –, cela me facilita encore moins la tâche. Elle s'était exprimée d'une voix claire, un soprano aigu, et seulement parce que je me trouvais de l'autre côté de la pièce. Elle avait déjà posé la question à Rosalie, en recourant à son moyen de communication normal (ou très anormal, cela dépendait du point de vue). Sa tante n'ayant pas la réponse, Renesmée s'était adressée à moi.

Ce fut pareil quand elle marcha pour la première fois, moins de trois semaines plus tard. Pendant un long moment, elle se contenta d'observer Alice, qui s'affairait à arranger des bouquets dans le salon, dansant de-ci de-là, les bras chargés de fleurs. Renesmée se mit alors debout et, sans vaciller le moins du monde, traversa la pièce avec presque autant de grâce qu'Alice.

Jacob applaudit, la réaction qu'espérait Renesmée, sans doute aucun. Le lien qui les unissait avait pour conséquence que les volontés de Jacob passaient toujours au second plan, que son premier réflexe était de donner à la petite ce qu'elle voulait ou ce dont elle avait besoin. Mais nos yeux se croisèrent, et je lus la panique qui habitait les miens reflétée dans les siens. Je m'obligeai à taper des mains également en tâchant de dissimuler la peur que m'inspirait ma fille. Edward se joignit à moi – il ne nous fut pas nécessaire d'exprimer nos pensées pour comprendre qu'elles étaient identiques.

Edward et Carlisle s'étaient lancés dans des recherches frénétiques, en quête de réponses, d'une description de ce qui nous attendait. Ils n'avaient pas trouvé grand-chose, rien qui fût vérifiable en tout cas.

Alice et Rosalie avaient l'habitude de débuter la journée par un défilé de mode. Renesmée ne portait jamais deux fois la même tenue, partiellement parce qu'elle grandissait trop vite, partiellement parce que ses tantes essayaient de constituer un album de photos qui s'étalerait sur plusieurs années au lieu de quelques semaines. Elles prenaient des milliers de clichés afin d'illustrer chaque phase de son enfance accélérée.

À trois mois, Renesmée aurait pu passer pour un grand

enfant d'un an ou un petit de deux. Elle était plus fine et plus gracieuse qu'une fillette ayant tout juste commencé à marcher, et ses proportions étaient plus équilibrées, à l'instar de celles d'un adulte. Ses boucles couleur bronze lui tombaient jusqu'à la taille. Je ne pouvais me résoudre à les couper, quand bien même Alice m'eût autorisée à le faire. Son discours était dénué de fautes de grammaire ou de défauts de prononciation ; néanmoins, elle se donnait rarement cette peine, préférant *montrer* aux gens ce qu'elle voulait. Elle était capable de marcher, mais aussi de danser et de courir. Et elle savait lire.

Un soir, je lui avais lu du Tennyson, parce que le rythme de sa poésie me paraissait apaisant. J'avais été contrainte de constamment chercher de nouveaux livres : Renesmée, contrairement aux autres enfants, n'aimait pas qu'on lui répète la même histoire à l'heure du coucher ; elle n'appréciait pas plus les albums. Ce soir-là, elle effleura ma joue, et j'eus droit à une image de nous deux en train de lire, si ce n'est qu'*elle* tenait le volume. Je le lui tendis en souriant.

— « La musique est suave ici, déchiffra-t-elle sans hésiter, qui tombe plus doucement que les pétales de roses sur l'herbe ou que les rosées nocturnes sur des eaux paisibles entre les murs de granit sombre d'un col miroitant[1]… »

Je lui repris le texte d'un geste mécanique.

— Si tu lis, comment vas-tu t'endormir ? lui demandai-je d'une voix qui avait du mal à ne pas trembler.

D'après les calculs de Carlisle, la croissance physique de Renesmée se ralentissait ; en revanche, ses facultés mentales continuaient à progresser à toute vitesse. Même si elle grandissait moins rapidement, elle serait adulte d'ici moins de quatre ans.

---

1. Lord Alfred Tennyson (1809-1892), *Poèmes*, in *Les Mangeurs de lotus*.

Quatre ans ! Vieille à quinze...

Juste quinze années à vivre.

Pourtant, elle jouissait d'une excellente santé. Pleine de vitalité, brillante, resplendissante, joyeuse. Son bien-être évident me permettait de profiter du présent avec elle et de remettre l'avenir au lendemain.

Carlisle et Edward envisageaient le futur sous tous les angles, à voix basse, et je m'efforçais de ne pas les écouter. Ces discussions n'avaient jamais lieu en présence de Jacob, dans la mesure où il existait une seule façon certaine de stopper le vieillissement, méthode qui n'aurait évidemment pas ses faveurs. Ni les miennes. « Trop risqué ! » me criait mon instinct. Jacob et Renesmée se ressemblaient sur bien des points, tous deux êtres hybrides. Dans le credo des loups-garous, le venin des vampires représentait une condamnation à mort plutôt qu'une voie d'accès à l'immortalité...

Carlisle et Edward avaient épuisé les sources de renseignement dans lesquelles ils pouvaient piocher à distance. Ils se préparaient désormais à les remonter, à replonger dans l'origine des vieux mythes. Nous commencerions par le Brésil. Les Ticuna avaient des légendes évoquant les enfants comme Renesmée. Si d'autres petits êtres identiques avaient existé, un conte avait peut-être subsisté, susceptible de nous informer sur la durée de vie de ces créatures à demi immortelles.

La seule question en suspens était de décider d'une date.

C'était moi qui traînais des pieds. En partie parce que je désirais rester à Forks jusqu'à la fin des vacances de Noël, pour Charlie. En partie parce que j'étais consciente qu'un autre voyage s'imposait, prioritaire. Un voyage que je devrais accomplir seule.

Ce fut la seule dispute qui nous opposa, Edward et moi,

depuis que j'étais devenue vampire. La pierre d'achoppement tenait justement à mon désir de partir sans compagnie aucune. Vu la situation, mon plan était imparable. Il fallait que je voie les Volturi. Seule. Bien que mes anciens cauchemars aient cessé, à l'instar de tout rêve, il m'était impossible d'oublier les Italiens qui, de leur côté, ne se laissaient d'ailleurs pas oublier.

J'ignorais qu'Alice avait envoyé un faire-part de mariage à leurs chefs, jusqu'à ce qu'un cadeau arrive de la part d'Aro. Nous avions été sur l'île d'Esmé quand ma belle-sœur avait eu une vision des soldats Volturi et, parmi eux, de Jane et d'Alec, les jumeaux à la puissance dévastatrice. Caïus projetait une partie de chasse afin de vérifier si j'étais encore humaine, malgré leur édit (parce que j'étais dans le secret des vampires, je devais soit les rejoindre, soit être réduite au silence, et ce définitivement). Alice avait donc pris sur elle de leur annoncer la nouvelle, histoire de les retarder, le temps qu'ils déchiffrent le message caché derrière. Nonobstant, ils viendraient, c'était à n'en pas douter.

Le cadeau en lui-même n'avait rien de menaçant. Il était extravagant, certes, effrayant en cela, peut-être. La menace consistait dans le mot de félicitation d'Aro, rédigé de sa propre main à l'encre noire sur une feuille de papier blanc épais :

J'ai vraiment hâte de rencontrer en personne la nouvelle Mme Cullen.

Le présent était enfermé dans une vieille boîte en bois sculptée, incrustée d'or et de nacre, le tout rehaussé d'un arc-en-ciel de pierres précieuses. D'après Alice, le coffret à lui seul représentait un trésor inestimable, qui aurait éclipsé n'importe quel bijou contenu à l'intérieur, sauf celui qu'Aro m'envoyait.

— Je me suis toujours demandé ce qu'étaient devenus les joyaux de la couronne après que Jean sans Terre les a gagés, au XIIIe siècle, avait commenté Carlisle. Je ne devrais pas être étonné que les Volturi en détiennent une partie, j'imagine.

Le collier était sobre, tresse d'or formant une chaîne épaisse presque écaillée, pareille à un serpent qui se serait lové autour du cou. Une unique pierre y était suspendue : un diamant blanc de la taille d'une balle de golf.

L'allusion peu subtile de la note d'Aro m'intéressait plus que le bijou. Les Volturi voulaient s'assurer que j'étais immortelle, que les Cullen leur avaient obéi, et cela au plus vite. Il était hors de question de les laisser approcher de Forks, ce qui n'était possible qu'en y allant moi-même.

— Tu n'iras pas seule, avait grondé Edward, les poings serrés.

— Ils ne me toucheront pas, avais-je répondu en m'incitant au calme et à l'assurance. Ils n'auront aucune raison pour cela. Je suis un vampire. Fermez le ban.

— Non. C'est exclu.

— Edward, nous n'avons pas d'autres moyens de protéger Renesmée !

Il n'avait rien pu objecter à cet argument d'une logique infaillible. J'avais beau n'avoir qu'entrevu Aro, j'avais eu le temps de comprendre que c'était un collectionneur. Il prisait par-dessus tout les trésors vivants. Il convoitait la beauté, le talent, la rareté chez ses fidèles plus que toutes les pierreries accumulées dans ses coffres-forts. Il était déjà délicat qu'il ait eu envie de s'approprier les dons d'Alice et d'Edward ; je ne lui fournirais pas une raison supplémentaire d'envier le clan de Carlisle. Renesmée était belle, douée et unique en son genre. Aro ne pouvait être mis au courant de son existence, y compris au travers de l'esprit d'autrui.

Or, j'étais la seule dont il n'était pas capable de lire les pensées. Voilà pourquoi je me rendrais en Italie sans personne.

Alice ne prédisait aucun souci lors de ce voyage, mais elle était troublée par la pauvre qualité de ses visions. Elle affirmait qu'elles étaient parfois entachées d'un flou similaire à celui qui caractérisait les décisions contradictoires, non encore résolues. Cette incertitude amenait Edward, déjà très réticent, à s'opposer fermement à mon projet. Il voulait m'accompagner jusqu'à mon escale de Londres, mais je refusais que Renesmée soit privée de ses deux parents. Carlisle le remplacerait à mon côté, ce qui nous apaisa un peu, Edward et moi, puisque son père ne serait qu'à quelques heures de l'Italie.

Alice ne cessait de scruter l'avenir, mais elle ne voyait que des événements sans rapports avec ce qu'elle cherchait. Une nouvelle tendance de la Bourse ; une éventuelle visite d'Irina dans l'espoir de se réconcilier avec les Cullen, mais tergiversant encore ; une tempête de neige qui ne se produirait que dans six semaines ; un coup de téléphone de Renée. (Je m'entraînais à parler d'une voix « rauque », m'améliorant au quotidien – ma mère pensait que j'étais encore malade, sur la voie de la guérison cependant.)

Nous achetâmes les billets pour l'Italie le lendemain des trois mois de Renesmée. Envisageant un séjour très bref, je n'en avais pas touché mot à Charlie. Jacob était au courant, et il se rangeait du côté d'Edward. Toutefois, la dispute de ces derniers temps portait sur le voyage au Brésil. Jacob était bien décidé à en être.

Jacob, Renesmée et moi chassions ensemble. La petite n'appréciait guère ce régime à base de sang animal, ce qui expliquait la présence de Jake. En transformant l'exercice en concours entre lui et Renesmée, il avait vaincu ses réticences.

Ma fille avait fort bien compris les inconvénients qu'aurait engendrés une traque à l'humain. En revanche, elle estimait que le don du sang était un juste compromis. La nourriture normale lui profitait, semblait compatible avec son organisme mais, confrontée aux aliments solides, elle faisait montre de la même irritation de martyre que moi, autrefois, envers le chou-fleur ou les haricots. Le sang animal était meilleur. Comme elle était dotée d'un esprit de compétition, le défi que présentait la perspective de battre Jacob rendait la chasse exaltante.

Ce jour-là, nous étions dans la forêt, Renesmée dansait devant nous au milieu d'une clairière, cherchant la trace d'une bête qu'elle aimait bien. De mon côté, je tentais de raisonner Jacob pour qu'il reste à Forks pendant notre séjour en Amérique du Sud.

— Tu as des obligations. Seth et Leah…

— Je ne suis pas la nounou de ma meute, riposta-t-il. De toute façon, ils ont des obligations, à La Push.

— Pas toi, peut-être ? Tu laisses tomber le lycée pour de bon ? Je te préviens, si tu veux rester à la hauteur de Renesmée, tu vas devoir étudier un peu plus dur.

— Ce n'est qu'un congé sabbatique. Je retournerai au bahut quand les choses… se seront ralenties.

D'un même geste automatique, nous contemplâmes la petite. Elle observait les flocons qui voletaient et fondaient avant d'atteindre les herbes jaunies. Sa robe ivoire était d'une teinte à peine plus foncée que la neige, et ses boucles d'un brun roux réussissaient à luire, en dépit de l'absence de soleil. Soudain, elle s'accroupit puis sauta à plus de quatre mètres de haut. Ses mains se refermèrent sur un flocon, et elle retomba légèrement sur ses pieds. Elle se tourna vers nous, son sourire incroyable aux lèvres

– personne ne s'y habituait –, et ouvrit les paumes pour nous montrer la minuscule étoile de glace à huit pointes avant qu'elle ne fonde.

— Très joli, commenta Jacob. Mais j'ai l'impression que tu essayes de gagner du temps, Nessie.

Se ruant vers lui, elle bondit dans ses bras. Elle faisait toujours ça quand elle avait quelque chose à dire, puisqu'elle continuait à préférer ne pas s'exprimer à voix haute. Fronçant les sourcils de façon craquante, elle toucha le visage de Jake, et nous tendîmes l'oreille en direction d'une harde d'élans qui se déplaçait un peu plus loin dans les bois.

— Comme si j'allais croire que tu n'as pas soif, Nessie ! se moqua gentiment Jacob. En réalité, tu as juste peur que j'attrape le plus gros, une fois encore !

Échappant à son étreinte, elle leva les yeux au ciel – une mimique qu'elle avait héritée de son père – et décampa au milieu des arbres.

— Je m'en occupe ! me lança Jacob, alors que je m'apprêtais à la suivre.

Il se débarrassa de sa chemise et fonça derrière elle, déjà secoué par des tremblements.

— Si tu triches, ça ne comptera pas ! l'entendis-je crier.

Je souris en secouant la tête. Parfois, Jacob était plus enfant que Renesmée. Je m'arrêtai pour leur laisser quelques minutes d'avance. Je n'aurais aucun mal à les retrouver, et ma fille serait ravie de me montrer la taille de sa prise.

L'étroite clairière qui avait la forme d'une pointe de flèche était calme et déserte. Il ne neigeait presque plus. Alice avait annoncé que ça ne deviendrait sérieux que d'ici quelques semaines.

D'ordinaire, Edward m'accompagnait à la chasse, mais

il était resté auprès de Carlisle afin de mettre au point le voyage à Rio, dans le dos de Jacob. Lorsque je rentrerais, je défendrais la position de ce dernier. J'estimais qu'il avait le droit de venir avec nous. L'enjeu – son existence entière – était aussi important pour lui que pour nous.

Plongée dans mes réflexions sur notre avenir, je balayai du regard les flancs des montagnes, cherchant une proie, guettant un éventuel danger. La routine, que j'accomplissais sans y penser. Sauf que, cette fois... quelque chose avait peut-être éveillé l'attention de mes sens aiguisés comme des rasoirs en repérant une anomalie avant que ma conscience ne le fasse. En effet, au bout d'une falaise lointaine, je repérai un éclat argenté (doré ?) qui se détachait sur le fond bleu-gris de la roche et le vert sombre de la forêt.

Ma vision zooma sur la couleur incongrue ici, si éloignée qu'un aigle ne l'aurait pas remarquée. J'observai l'intruse.

Elle me rendit la pareille.

Il était évident qu'il s'agissait d'un vampire. Sa peau avait la blancheur du marbre, une texture un million de fois plus lisse que l'épiderme humain. Malgré les nuages, elle étincelait légèrement. Si ces caractéristiques ne l'avaient pas trahie, son immobilité absolue l'aurait fait. Seuls les vampires et les statues étaient si parfaitement pétrifiés. Ses cheveux étaient clairs, blonds, presque argentés. C'étaient eux qui avaient attiré mon attention. Raides comme des baguettes, ils étaient coupés au niveau du menton et séparés par une raie bien droite au milieu.

Je ne la connaissais pas. J'étais absolument certaine de ne l'avoir jamais rencontrée, même humaine. Aucun des visages hantant ma mémoire embrouillée ne ressemblait au sien. Pourtant, je l'identifiai tout de suite à ses prunelles d'un or sombre.

Ainsi, Irina s'était finalement décidée à venir.

Je me demandai si elle aussi saurait immédiatement qui j'étais. Je levai ma main, prête à lui adresser un signe quand ses lèvres se pincèrent soudain, colorant son visage d'une expression hostile. Au même instant, me parvint le cri victorieux de Renesmée, suivi par le hurlement de Jacob. Irina sursauta quand l'écho du son rebondit jusqu'à elle, quelques secondes plus tard. Son regard se porta légèrement sur la droite, et je devinai ce qu'elle vit. Un énorme loup roux, celui qui, peut-être, avait tué Laurent, son amant. Depuis combien de temps nous épiait-elle ? Suffisamment à mon avis pour avoir assisté à nos échanges cordiaux.

Le chagrin tordit ses traits.

Instinctivement, j'ouvris mes bras en un geste d'excuse. Elle me tourna le dos, lèvres retroussées sur ses dents. Sa mâchoire se desserra pour laisser échapper un grondement. Lorsque le bruit m'atteignit, elle avait disparu dans la forêt.

— Flûte !

Je me précipitai en direction de Renesmée et de Jacob. J'ignorais où Irina était partie, ni quelle était l'ampleur de sa colère. Les vampires étaient assez couramment obsédés par la vengeance. Je ne mis que quelques secondes à rejoindre ma fille et mon ami.

— Le mien est plus gros, entendis-je Renesmée insister quand je déboulai des épais fourrés de ronces.

En découvrant mon expression, Jacob aplatit les oreilles. Il se tapit, montra les crocs, le museau taché de sang. Ses yeux fouillèrent les alentours, et un grognement monta de sa poitrine. Renesmée était sur le qui-vive elle aussi. Abandonnant la dépouille d'un cerf, elle sauta dans les bras que je lui tendais et appuya sa menotte sur ma joue.

— Je me suis laissé emporter, la rassurai-je vivement. Tout va bien, je crois. Attends.

Tirant mon téléphone portable de ma poche, j'appuyai sur la touche du numéro préenregistré. Edward répondit à la première tonalité. Je le mis au courant, écoutée attentivement par mes deux compagnons.

— Viens, et amène Carlisle, lançai-je à toute vitesse. J'ai vu Irina, et elle m'a vue également. Ensuite, elle a aperçu Jacob, s'est fâchée et enfuie. Il me semble. Elle n'est pas ici, pas encore du moins, mais elle a l'air si bouleversée qu'elle risque de débarquer. Si ce n'était pas le cas, toi et ton père devrez la poursuivre pour lui parler. Je me sens nulle.

Jacob gronda.

— Nous serons là dans une demi-minute, promit Edward.

J'entendis le vent que provoquait sa course. Nous regagnâmes rapidement la clairière, où nous patientâmes en silence, Jacob et moi aux aguets, dans l'attente d'une approche que nous n'aurions pas identifiée.

Mais ce furent des pas familiers qui retentirent et, l'instant d'après, Edward surgit avec Carlisle. Plus loin résonnèrent des martèlements de grosses pattes. Naturellement, Jacob avait averti les siens, puisque Renesmée courait un danger éventuel.

— Elle se tenait juste sur cette saillie, expliquai-je tout de suite en montrant l'endroit en question.

Si Irina s'était sauvée, elle avait une bonne longueur d'avance. Accepterait-elle de s'arrêter pour discuter avec Carlisle ? Son expression me laissait supposer que non.

— Il faudrait peut-être appeler Emmett et Jasper. Elle paraissait… très émue. Elle m'a grogné dessus.

— Quoi ? s'écria Edward, furieux.

— Elle souffre, le calma Carlisle en posant une main sur son bras. Je vais aller la voir.

— Je t'accompagne, insista Edward.

Ils échangèrent un long regard. Carlisle pesait peut-être le pour et le contre entre l'irritation de son fils et son aptitude à décrypter les pensées d'autrui. Finalement, il hocha la tête, et tous deux filèrent sans prendre la peine d'avertir Jasper ou Emmett.

Jacob poussa un feulement impatient et planta son museau dans mon dos. Il souhaitait que je ramène Renesmée en sécurité à la maison. D'accord avec lui sur ce point, je rentrai rapidement, escortée par Jake, Seth et Leah.

Dans mes bras, Renesmée était très satisfaite. La chasse ayant tourné court, elle devrait se nourrir de sang humain, ce qui la ravissait.

28

FUTUR

Carlisle et Edward n'avaient pas réussi à rattraper Irina, et sa trace s'était perdue dans le détroit. Ils avaient nagé jusqu'à l'autre rive afin de vérifier s'ils la humaient là-bas, mais avaient fait chou blanc : rien n'indiquait qu'elle ait pris telle ou telle direction sur des kilomètres à la ronde.

C'était ma faute. Comme Alice l'avait prévu, Irina était venue se réconcilier avec les Cullen ; or ma camaraderie avec Jacob avait ranimé sa colère. Je regrettais de ne pas l'avoir repérée plus tôt, avant que mon ami ne se métamorphose ; je regrettais que nous ne soyons pas allés chasser ailleurs.

Il n'y avait pas grand-chose à faire. Carlisle avait téléphoné à Tanya pour lui apprendre la nouvelle. Tanya et Kate n'avaient pas revu Irina depuis qu'elles avaient assisté à mon mariage. Qu'elle ne soit pas rentrée à la maison après s'être autant approchée de Forks les angoissait. Il ne leur était pas facile de perdre leur sœur, aussi temporaire puisse être leur séparation, et je me demandai si cela ranimait le pénible souvenir de la mort de leur mère, des siècles plus tôt.

Alice réussit à saisir quelques images du futur immédiat d'Irina, fort peu concrètes hélas. Elle ne retournait pas à Denali, apparemment. Elle était bouleversée, cela au moins était clair. Elle errait dans des paysages neigeux – le nord ? l'est ? –, l'air complètement dévasté. Elle ne prenait aucune décision quant à l'endroit où elle se rendrait ensuite, tout entière à son chagrin vagabond.

Le temps s'égrena et, sans que j'oublie rien, Irina et sa souffrance passèrent à l'arrière-plan de mes préoccupations. J'avais d'autres priorités. Je devais partir pour l'Italie dans quelques jours. À mon retour, toute la famille s'envolerait pour l'Amérique du Sud.

Chaque détail avait été examiné cent fois. Nous commencerions par les Indiens Ticuna, remontant aussi loin que possible à la source de leurs légendes. Maintenant que la présence de Jacob avait été entérinée, il était convenu qu'il jouerait un rôle important – il était peu probable que des gens qui croyaient à l'existence des vampires acceptent de *nous* parler de leurs histoires. Si la piste des Ticuna se révélait être une impasse, il existait de nombreuses tribus proches, dans la région. Carlisle avait de vieilles amies en Amazonie. Elles aussi étaient susceptibles de nous informer, pour peu que nous les localisions. Ne serait-ce qu'en nous suggérant où chercher. Ces vampires d'Amazonie n'auraient sans doute aucun rapport avec les mythes ou les hybrides, puisque c'étaient toutes des femmes. Nous n'avions aucun moyen de savoir combien de temps notre quête allait nous prendre.

Je n'avais toujours pas mis Charlie au courant de ce long voyage, et je m'inquiétais sur la manière de lui annoncer les choses. Tout en réfléchissant, je contemplai Renesmée, blottie sur le canapé, profondément endormie, dans un entremêlement de boucles désordonnées. D'ordinaire, Edward et moi la ramenions au cottage pour la coucher mais, ce soir-là, nous nous étions attardés à la villa, vu l'organisation exigée par le périple.

Tandis qu'Edward et Carlisle continuaient de soulever tel ou tel point, Emmett et Jasper projetaient des chasses excitantes. L'Amazonie représentait une nouveauté par rapport à notre terrain de jeu habituel. Ainsi, il y aurait des jaguars et des panthères. Emmett mourait d'envie de se battre avec un anaconda. Esmé et Rosalie discutaient bagages. Jacob était avec la meute de Sam, afin de planifier sa propre absence.

Alice se déplaçait lentement – pour elle – à travers la grande pièce, nettoyant inutilement les lieux déjà immaculés, rectifiant les plis impeccables des embrasses. En cet instant, elle repositionnait des vases sur une console. À la façon dont son visage passait par des émotions diverses – alerte, vide, derechef alerte –, je déduisis qu'elle scrutait l'avenir. Elle devait s'efforcer de voir au-delà des vides dont Jacob et Renesmée trouaient ses prédictions, afin de déterminer ce qui nous attendait, en Amérique du Sud.

— Laisse tomber, Alice, lui lança soudain Jasper. Ce n'est pas notre problème.

Sur ce, il expédia un nuage de sérénité, silencieux et invisible, au-dessus du salon. Une fois encore, Alice se faisait du souci à cause d'Irina. Elle tira la langue à Jasper, puis souleva un vase en cristal plein de roses rouges et blanches avant de se diriger vers la cuisine. L'une des fleurs avait tout juste commencé à faner, mais Alice paraissait estimer que seule la perfection absolue serait en mesure de la distraire de son absence de vision.

M'étant remise à admirer Renesmée, je ne vis pas le

vase glisser des doigts de ma belle-sœur. Je n'entendis que le souffle de l'air traversé par le cristal, et mes yeux se tournèrent juste à temps pour assister à l'explosion du verre en dix mille éclats adamantins sur le marbre de la cuisine. Tandis que les morceaux rebondissaient dans tous les coins en émettant un tintement peu musical, nous nous figeâmes. Tous les regards se posèrent sur le dos d'Alice.

Ma première pensée, illogique, fut qu'elle nous faisait une blague. En effet, il ne pouvait s'agir d'un accident. Si je n'avais pas cru qu'elle allait rattraper le vase, j'aurais moi-même eu largement le loisir de foncer le récupérer avant qu'il ne heurte le sol. D'ailleurs, comment s'était-elle débrouillée pour le lâcher ? Elle toujours si adroite… Je n'avais jamais vu un vampire laisser tomber quelque chose. Jamais.

Alice se retourna, si vivement que le mouvement sembla ne pas avoir eu lieu. Ses prunelles étaient à moitié avec nous, à moitié perdues dans le futur, écarquillées, si vastes qu'elles donnaient l'impression d'engloutir son visage mince. Se noyer dans ses yeux était comme plonger dans un tombeau – leur expression de terreur, de désespoir et de souffrance me submergea. Edward étouffa un cri.

— Quoi ? grommela Jasper en rejoignant Alice d'un bond, écrasant le cristal au passage.

Il la prit par les épaules et la secoua sèchement – elle eut l'air désarticulée entre ses mains.

— Qu'y a-t-il, Alice ?

Emmett traversa mon champ de vision, dents sorties, aux aguets devant la fenêtre, anticipant une attaque. Esmé, Carlisle et Rose étaient aussi figés que moi. Une fois encore, Jasper secoua Alice.

— Qu'as-tu vu ?

— Ils arrivent. Tous.

Alice et Edward s'étaient exprimés à l'unisson. Cette déclaration fut accueillie par un silence de plomb.

Une fois n'est pas coutume, je fus la première à comprendre. Quelque chose dans ces mots avait réveillé le souvenir d'un rêve lointain, léger, transparent, aussi flou que si j'avais posé une bande de tulle épais devant mes yeux. Je revis une ligne noire qui avançait sur moi, le fantôme de mes cauchemars humains à moitié oubliés. Je ne distinguai pas le scintillement des iris rubis, ni la lueur des dents humides et acérées, mais je les devinai... Plus puissant que le souvenir de ce songe vint celui de la sensation qu'il avait provoquée : le besoin poignant de protéger la chose précieuse dans mon dos.

J'eus envie de serrer Renesmée dans mes bras, de la cacher sous ma peau et sous mes cheveux, de la rendre invisible. Or, je ne fus même pas capable de me tourner vers elle. Je n'avais pas le sentiment d'être en pierre, mais en glace. Pour la première fois depuis que j'étais vampire, j'avais froid.

Je n'eus pas besoin d'entendre mes peurs confirmées. Oh que non ! Je savais déjà.

— Les Volturi, gémit Alice.

— Tous, gronda Edward au même instant.

— Pourquoi ? chuchota Alice comme pour elle-même. Comment ?

— Quand ? murmura Edward.

— Pourquoi ? répéta Esmé.

— Quand ? répéta Jasper d'une voix atone.

Soudain, ce fut comme si un voile avait recouvert les prunelles d'Alice, qui devinrent toutes blanches. Seule sa bouche exprimait l'horreur, à présent.

— Dans peu de temps, dit-elle à l'unisson d'Edward, avant de continuer sans lui : la forêt est sous la neige, la ville aussi. Dans un peu plus d'un mois.

— Pourquoi ? s'enquit Carlisle.

— Ils ont forcément une raison, intervint Esmé. Ils veulent peut-être voir…

— Il ne s'agit pas de Bella, ânonna Alice. Ils seront tous là : Aro, Caïus, Marcus, tous les soldats de la garde, et même les épouses.

— Elles n'ont jamais quitté la tour, objecta Jasper. Ni pendant la rébellion en Amérique du Sud, ni lors de la tentative de putsch des Roumains, ni même au cours de la traque des enfants immortels. Jamais !

— Et pourtant, elles arrivent aussi, souffla Edward.

— Mais pourquoi ? insista Carlisle. Nous n'avons rien fait. Et quand bien même ce serait le cas, qu'est-ce qui justifierait un tel déploiement de forces ?

— Nous sommes si nombreux, expliqua sombrement Edward. Ils doivent vouloir s'assurer que…

Il ne finit pas sa phrase.

— Qu'y a-t-il ?

J'eus le sentiment que j'avais la clé, sans l'avoir cependant. Renesmée était à l'origine de tout cela, j'en étais certaine. Dans un sens, j'avais deviné depuis le début qu'ils viendraient la chercher, me priver de mon bonheur. Mon subconscient m'avait avertie avant que je sache que j'étais enceinte. Bizarrement, la nouvelle n'en était pas une. Pour autant, cela ne répondait pas à la question.

— Repars en arrière, Alice, je t'en prie, la supplia Jasper. Cherche le déclencheur.

Alice secoua lentement la tête, ses épaules s'affaissèrent.

— C'est sorti de nulle part, Jasper. Je ne les épiais même pas, j'étais concentrée sur Irina. Elle n'était pas là où je m'attendais à la trouver…

Elle s'interrompit, ses yeux divaguèrent de nouveau. Une longue seconde, elle ne vit rien du tout. Puis, soudain, elle tressaillit, et ses prunelles prirent la dureté de la pierre. J'entendis Edward retenir son souffle.

— Elle a décidé d'aller les trouver, révéla Alice. Irina va aller voir les Volturi. À eux de décider… mais c'est comme s'ils la guettaient, comme s'ils avaient déjà arrêté leur résolution…

Le silence revint, tandis que nous digérions cette nouvelle. Qu'allait donc raconter Irina aux Volturi pour qu'il en résulte la vision d'Alice ?

— Pouvons-nous la retenir ? demanda Jasper.

— Non. Elle y est presque.

— Que fait-elle ? s'enquit Carlisle.

Mais je ne prêtais plus l'oreille à la discussion, à présent. Toute mon attention était fixée sur une image douloureuse, celle d'Irina postée sur la falaise, nous observant. Qu'avait-elle vu ? Un vampire et un loup-garou qui étaient les meilleurs amis du monde. Je m'étais attardée sur ce détail, qui avait expliqué sa réaction, alors. Elle avait vu autre chose aussi, cependant. Elle avait vu une fillette. Une fillette magnifique et exquise qui faisait son intéressante dans la neige, qui était plus qu'humaine…

Irina… les sœurs orphelines… Carlisle avait précisé que la perte de leur mère avait rendu Tanya, Kate et Irina très respectueuses des lois. Une minute auparavant, Jasper avait lui-même prononcé la phrase clé : « Ni même au cours de la traque des enfants immortels. » Les enfants immortels, la plaie innommable, l'épouvantable tabou…

Au regard de son passé, quelle autre lecture Irina pouvait-elle faire de ce qu'elle avait aperçu ce jour-là dans les bois ? Elle n'avait pas été assez près pour capter les battements du cœur de Renesmée, non plus que pour percevoir la chaleur qui émanait de son corps. Les joues roses de la petite auraient très bien pu être une mascarade de notre part. Après tout, les Cullen étaient les alliés des loups-garous. Aux yeux d'Irina cela signifiait peut-être que nous ne reculions devant rien.

Irina, se tordant les mains dans des paysages neigeux, ne pleurant pas Laurent, finalement, mais sachant qu'il était de son devoir de dénoncer les Cullen, tout en étant consciente de ce qu'il leur arriverait. Apparemment, sa conscience l'avait emporté sur des siècles d'amitié. Or, la réponse des Volturi à ce genre d'infraction était tellement automatique qu'elle était déjà décidée.

Me retournant, je m'allongeai sur le corps endormi de Renesmée, je l'enfouis sous ma chevelure, j'enfonçai mon visage dans ses boucles.

— Rappelez-vous ce qu'elle a vu, cet après-midi-là, dis-je d'une voix sourde. À votre avis, ayant perdu sa mère à cause d'un enfant immortel, pour quoi a-t-elle pris Renesmée ?

Derechef, le silence s'installa, pendant que les Cullen assimilaient ma remarque.

— Un enfant immortel, murmura Carlisle.

S'agenouillant près du canapé, Edward enroula ses bras autour de moi.

— Elle se trompe, poursuivis-je. Renesmée n'est pas comme ceux-là. Ils étaient figés dans leur âge, alors qu'elle grandit très vite. Ils étaient incontrôlables, alors qu'elle ne fait jamais de mal à Charlie ou à Sue, ni ne leur montre des choses qui risqueraient de les bouleverser. Elle a la maîtrise d'elle-même. Elle est déjà plus intelligente que la majorité des adultes. Il n'y a aucune raison…

Je continuai à jacasser ainsi, attendant que quelqu'un pousse un soupir de soulagement, guettant l'instant où la tension glacée qui régnait dans la pièce se relâcherait, quand on se rendrait compte que je disais vrai. Malheureusement, la température du salon sembla encore baisser, et je finis par me taire.

Longtemps, personne ne prononça un mot.

— Ce n'est pas le genre de crime qu'ils jugent, mon amour, chuchota ensuite Edward dans mes cheveux. Aro aura vu la *preuve* apportée par Irina dans ses pensées. Ils viennent pour détruire, pas pour raisonner.

— Mais ils se trompent, m'entêtai-je.

— Ils n'auront pas la patience d'attendre que nous le leur démontrions.

Sa voix était douce, tendre, veloutée et, pourtant, le chagrin et la désolation y étaient perceptibles. Comme les yeux d'Alice tout à l'heure, sa résonance était celle d'un tombeau.

— Quelle solution avons-nous ? demandai-je.

Renesmée rêvait paisiblement, tiède entre mes bras. Je m'étais tellement inquiétée de la vitesse de sa croissance ; je m'étais torturée parce qu'elle n'avait qu'une décennie à vivre environ. Mes terreurs avaient l'air risibles, désormais.

Juste un petit mois.

Était-ce donc la limite ? J'avais connu plus de joies que la plupart des gens. Existait-il une sorte de loi naturelle qui exigeait qu'on partageât équitablement le bonheur et le malheur dans le monde ? Ma félicité avait-elle déséquilibré la balance ? Quatre mois, était-ce tout ce que j'aurais ?

Emmett se chargea de répondre à ma question purement rhétorique.

— Nous allons nous battre, dit-il calmement.

— Nous perdrons, grommela Jasper.

J'imaginais son expression, sa posture protectrice, face à Alice.

— En tout cas, nous ne pouvons pas nous sauver. Pas avec Démétri dans le coin.

Emmett émit un bruit écœuré, dont je compris qu'il ne

ponctuait pas sa contrariété quant au traqueur des Volturi mais la seule idée de se dérober.

— Et puis, il n'est pas sûr que nous ne puissions pas gagner, enchaîna-t-il. Il faut prendre en compte certaines options. Nous ne sommes pas obligés de résister seuls.

Je redressai immédiatement la tête.

— Nous ne condamnerons pas les Quileute à mort eux aussi, Emmett !

— Du calme, Bella !

Il n'était pas plus perturbé que quand il parlait de chasser des anacondas. Même la menace d'une éradication totale n'arrivait pas à changer sa façon d'appréhender les choses, son aptitude à relever un défi avec enthousiasme.

— Je ne pensais pas à la meute, reprit-il. Soyons réalistes, toutefois. Tu crois que Jacob ou Sam vont ignorer l'invasion de leur territoire ? Quand bien même la vie de Nessie ne serait pas en jeu ? De plus, grâce à Irina, Aro est au courant de notre alliance avec les loups-garous. J'envisageais plutôt nos autres amis.

— D'autres amis que nous ne condamnerons pas à mort, protesta doucement Carlisle.

— Bah ! Nous les laisserons décider, plaida Emmett d'une voix apaisante. Je n'oblige personne à rien. Du moment qu'ils nous soutiennent, le temps d'amener les Volturi à hésiter. Bella a raison. Il suffirait de les forcer à nous écouter. Mais ça nous priverait d'une bonne bagarre.

Une ombre de sourire s'afficha sur ses lèvres. Je m'étonnai que personne n'ait encore songé à le frapper. Personnellement, ça me démangeait.

— Oui, s'empressa de renchérir Esmé, c'est une bonne idée, Emmett. Nous ne demandons qu'une chose, de pouvoir plaider notre cause.

— Il va nous en falloir, des témoins, rouspéta Rosalie sur un ton tranchant.

Esmé acquiesça, comme si elle n'avait pas perçu l'ironie de sa fille.

— Nos amis témoigneront pour nous.

— Nous le ferions pour eux, affirma Emmett.

— Oui, nous allons les contacter, murmura Alice, dont les prunelles étaient redevenues un abîme noir. Il faudra leur montrer avec soin.

— Leur montrer ? répéta Jasper.

Alice et Edward regardèrent Renesmée, puis les yeux d'Alice se voilèrent de nouveau.

— La famille de Tanya, le clan de Siobhan, énumérat-elle. Celui d'Amun aussi. Les nomades : Garrett et Mary, sans aucun doute. Alistair, peut-être.

— Peter et Charlotte ? demanda Jasper, presque effrayé.

Comme s'il espérait qu'on lui dise non, et que son vieil ami échappe ainsi au carnage à venir.

— Pourquoi pas ?

— Les Amazones ? lança Carlisle. Kachiri, Zafrina et Senna ?

Alice parut d'abord trop absorbée par sa vision pour répondre, puis elle frissonna, et son regard retrouva sa clarté normale. Croisant un très bref instant celui de Carlisle, elle baissa les yeux.

— Je ne vois rien.

— Qu'est-ce que c'était, ça ? lança Edward. Cette partie, dans la jungle. On va aller les chercher ?

— Je ne vois rien, répéta Alice en détournant la tête, à la surprise d'Edward. Nous allons devoir nous séparer et agir vite, avant que la neige ne tienne au sol. Rassemblons un maximum de personnes ici et montrons-leur. (Elle se replongea dans une transe.) Contactons Eleazar. Il ne s'agit pas seulement d'un problème d'enfant immortel.

Un long silence menaçant plana, tandis qu'elle dérivait. Puis elle revint à nous, les iris étrangement opaques.

— Il y a tant de choses, chuchota-t-elle. Le temps presse.

— Alice ? demanda Edward. Tu as été trop rapide, je n'ai pas suivi. Qu'est-ce que...

— Je n'y vois rien ! s'emporta-t-elle. Jacob est tout près d'ici.

Rosalie fit un pas vers la porte.

— Je m'en occupe...

— Non, qu'il vienne, se dépêcha d'objecter Alice d'une voix de plus en plus aiguë. Mieux vaut que je m'éloigne de Nessie également, ajouta-t-elle en attrapant Jasper par la manche et en l'entraînant vers la porte de derrière. J'ai besoin de partir, de me concentrer. Je ne peux laisser quelque chose m'échapper. Viens, Jasper, ne perdons pas de temps !

Les pas de Jacob résonnèrent sur le perron. Alice tira impatiemment son amant par la main. Il la suivit, aussi dérouté que l'était Edward. Ils décampèrent dans la nuit argentée.

— Dépêchez-vous ! nous lança-t-elle au dernier moment. Vous devez les trouver. Tous !

— Trouver quoi ? demanda Jacob en refermant la porte derrière lui. Et où a filé Alice ?

Personne ne releva. Nous étions figés sur place. Jake s'ébroua et remonta les manches de son T-shirt tout en fixant Renesmée.

— Bella ! lança-t-il. Je croyais que vous seriez rentrés chez vous, à cette heure !

Il me regarda, prit enfin la mesure de mon expression et de l'atmosphère pesante de la pièce et tressaillit. Yeux écarquillés, il découvrit la flaque d'eau, les roses éparpillées et les éclats de cristal par terre.

— Que s'est-il passé ? finit-il par lâcher d'une voix dénuée d'intonations.

Ni moi ni les autres ne sûmes par où commencer. Jacob traversa le salon en trois enjambées et s'agenouilla devant Renesmée et moi. La chaleur émanant de son corps me submergea, cependant que ses membres étaient secoués par des frissons.

— Elle n'a rien ? gronda-t-il en effleurant le front de la petite et en se penchant pour écouter son cœur. Bella, réponds-moi, s'il te plaît !

— Renesmée va bien, balbutiai-je.

— Qui est concerné, alors ?

— Nous tous, Jacob, chuchotai-je, et l'intérieur du tombeau était audible dans mon timbre, cette fois. C'est fini. Nous avons été condamnés à mort. Tous.

29

DÉFECTION

Toute la nuit, nous restâmes assis dans le salon, statues incarnant l'horreur et le chagrin. Alice ne revint pas.

Nous étions à bout, affolés dans une immobilité absolue. Carlisle avait à peine eu la force de remuer les lèvres pour expliquer la situation à Jacob. Répéter les choses avait semblé les empirer. Même Emmett avait gardé le silence et s'était tenu tranquille.

Lorsque le soleil se leva et que je pressentis que Renesmée allait bientôt se réveiller, je m'interrogeai enfin sur ce qui retenait Alice. J'avais espéré en apprendre plus et disposer de quelques réponses avant d'être confrontée à la curiosité de ma fille. Un minuscule espoir qui me permettrait de sourire et de lui cacher la terrifiante vérité. Mon visage était figé dans le masque qu'il avait porté durant ces longues heures. Je n'étais même plus certaine de savoir encore sourire.

Jacob ronflait dans un coin, tas de poils qui s'agitait

dans son sommeil. Sam était au courant de tout. Les loups se préparaient à la suite des événements. Non que cela changerait quoi que ce soit, sinon qu'ils mourraient tous, comme nous.

Le soleil traversa la baie vitrée, illuminant la peau d'Edward. Depuis le départ d'Alice, lui et moi nous étions contemplés mutuellement, fixant ce sans quoi nous étions incapables de vivre – l'autre. Je distinguais mon reflet scintillant dans ses prunelles torturées quand les rayons effleurèrent ma peau à son tour. Il souleva les sourcils de façon infime.

— Alice, dit-il.

Sa voix résonna comme la glace qui craque, au printemps. Nous nous fendîmes, nous ramollîmes, nous remîmes à nous mouvoir.

— Elle est partie depuis drôlement longtemps, murmura Rosalie sur un ton surpris.

— Où a-t-elle pu aller ? s'enquit Emmett en esquissant un pas en direction de la porte.

— Ne la dérangeons pas, intervint Esmé en le retenant par le bras.

— Elle n'a jamais mis autant de temps, lâcha Edward.

Des rides anxieuses plissèrent son front. Ses traits reprirent vie, ses yeux s'écarquillèrent, en proie à une peur nouvelle, à une dose supplémentaire de panique.

— Carlisle ? Tu ne penses pas que… une action préventive ? Alice l'aurait-elle vu, s'ils avaient envoyé quelqu'un pour la capturer ?

Le visage à la peau translucide d'Aro s'imposa à mon esprit. Aro, qui avait fouillé le cerveau d'Alice, qui savait très bien ce dont elle était capable… Emmett poussa un tel juron que Jacob sauta sur ses pattes en grondant. Dehors, d'autres grognements lui répondirent. Les Cullen étaient déjà passés à l'action.

— Reste avec Renesmée ! criai-je à Jake avant de me ruer dans le jardin.

Je restais la plus forte, ce dont je profitai pour rattraper Esmé en quelques bonds, puis Rosalie. Je fonçai dans la forêt, jusqu'à ce que j'aie rejoint Edward et Carlisle.

— Ont-ils pu la prendre par surprise ? demanda Carlisle d'une voix aussi égale que s'il n'avait pas couru.

— Je ne vois pas comment ils auraient fait, répliqua Edward. Mais Aro la connaît mieux que quiconque. Mieux que moi, même.

— Un piège ? suggéra Emmett, derrière nous.

— Peut-être, marmonna Edward. Je ne repère aucune trace autre que celles d'Alice et de Jasper. Où se rendaient-ils ?

Le chemin qu'ils avaient suivi formait un vaste arc de cercle partant de l'est de la villa, se poursuivant au nord, de l'autre côté de la rivière, avant de revenir vers l'ouest au bout de quelques kilomètres. Nous retraversâmes le cours d'eau d'un bond. Edward ouvrait la marche, entièrement concentré.

— As-tu remarqué cette odeur ? cria Esmé peu après.

Elle était la dernière du groupe, et agitait le bras vers le sud-est.

— Ne quittons pas le sentier principal, ordonna sèchement Edward. Nous sommes presque à la frontière du territoire Quileute. Restons ensemble. Voyons s'ils ont bifurqué au nord ou au sud.

Contrairement au clan, je ne connaissais pas bien les limites que le traité impliquait, mais je humais des fumets lupins dans la brise qui soufflait de l'est. Par habitude, Edward et Carlisle ralentirent légèrement et tournèrent la tête à droite et à gauche, traquant la trace.

Soudain, l'odeur de loup se renforça, et Edward s'arrêta net. Nous l'imitâmes.

— Sam ? lança-t-il. Qu'est-ce que c'est ?

L'interpellé apparut dans les arbres, à quelques centaines de mètres de là, et avança rapidement à notre rencontre. Il était humain, flanqué de deux grosses bêtes, Paul et Jared. Il lui fallut un moment pour nous rejoindre, et je m'impatientai. Je ne voulais pas avoir le loisir de réfléchir à ce qui se passait. Je souhaitais agir, bouger. Je désirais enlacer Alice pour m'assurer sans l'ombre d'un doute qu'elle n'avait rien.

Edward blêmit quand il lut dans les pensées de Sam. Ce dernier l'ignora pour s'adresser directement à Carlisle.

— Juste après minuit, Alice et Jasper sont venus ici nous demander la permission de traverser notre territoire afin d'accéder à l'océan. J'ai accepté et je les ai escortés en personne jusqu'à la côte. Ils se sont aussitôt jetés à l'eau, sans se retourner. Pendant le trajet, Alice m'a confié qu'il était de la plus haute importance que je ne dise rien de cette rencontre à Jacob avant de vous parler. Je devais attendre que vous vous lanciez à leur recherche pour vous donner ce message. Elle m'a prié de lui obéir comme si la vie de tout le monde en dépendait.

L'air sombre, Sam tendit une feuille de papier pliée en deux, qui était couverte d'un texte imprimé en petites lettres noires. Une page de livre. Ma vision aiguisée en déchiffra les mots quand Carlisle l'ouvrit pour lire ce qui était écrit au verso. Le recto était le copyright du *Marchand de Venise*. Une bouffée de ma propre odeur s'en échappa lorsque Carlisle agita le papier pour le défroisser. C'était une page arrachée à l'un de mes livres. J'avais apporté au cottage quelques affaires personnelles de chez Charlie : vêtements normaux, la correspondance de ma mère, mes ouvrages préférés. Ma vieille collection des œuvres de Shakespeare occupait une étagère de la bibliothèque du salon…

— Alice a décidé de nous quitter, annonça doucement Carlisle.

— Quoi ? s'exclama Rosalie.

Le médecin retourna la feuille, de façon à ce que nous puissions tous la déchiffrer.

Ne nous cherchez pas. Il n'y a pas de temps à perdre. Rappelez-vous : Tanya, Siobhan, Amun, Alistair, tous les nomades que vous réussirez à contacter. Nous chercherons Peter et Charlotte en chemin. Nous sommes désolés de vous abandonner comme ça, sans au revoir ni explications. Nous n'avons pas le choix. Avec tout notre amour.

Une fois encore, nous étions pétrifiés, et un silence total régnait, seulement rompu par les battements de cœur et les respirations des loups. Leurs pensées devaient également être bruyantes. Edward fut le premier à se ressaisir et répondit à ce qu'il avait entendu dans la tête de Sam.

— Oui, la situation est périlleuse.

— Suffisamment pour lâcher les siens ? répliqua Sam à haute voix, accusateur.

Il était évident qu'il n'avait pas lu le message avant de le transmettre à Carlisle. Il était mécontent, à présent, comme s'il regrettait d'avoir obéi aux ordres d'Alice. Edward était raide, et Sam prenait sans doute son expression pour de la colère ou de l'arrogance, alors que moi, j'y discernais sans peine le chagrin.

— Nous ignorons ce qu'elle a vu, dit-il. Alice n'est ni insensible ni froussarde. Elle détient seulement plus d'informations que nous.

— Nous ne…, commença Sam.

— Vos liens sont différents des nôtres, l'interrompit sèchement Edward. *Nous* gardons toujours notre liberté de pensée et d'action.

Sam tressaillit, et son regard devint noir.

— Vous devriez tenir compte de l'avertissement, poursuivit Edward. Vous n'avez pas à vous impliquer dans cette histoire. Vous pouvez encore éviter ce qu'Alice a vu.

— *Nous* ne fuyons pas le danger, répliqua Sam.

Paul renifla avec dédain.

— Inutile de courir au massacre par orgueil, intervint Carlisle.

Sam lui jeta un regard empreint de douceur.

— Comme l'a souligné Edward, nous ne jouissons pas de la même liberté que vous. Renesmée fait autant partie de notre famille que de la vôtre. Jacob n'a pas le droit de l'abandonner, et nous n'avons pas le droit d'abandonner Jacob.

Il balaya des yeux le mot d'Alice, serra les lèvres.

— Vous ne la connaissez pas, la défendit Edward.

— Parce que vous, si ?

Carlisle posa une main sur l'épaule de son fils.

— Nous avons du pain sur la planche. Quelle que soit la décision d'Alice, il serait insensé de ne pas suivre son conseil. Rentrons et mettons-nous au travail.

Edward acquiesça, les traits figés par la peine. Derrière moi, j'entendis les sanglots feutrés et dénués de larmes d'Esmé. Je ne savais pas pleurer, dans ce corps. J'étais incapable d'une réaction. Je n'éprouvais rien. Tout me paraissait irréel, comme si, après tous ces mois, je m'étais remise à rêver. À cauchemarder.

— Merci, dit Carlisle.

— Je suis navré, répondit Sam. Nous n'aurions pas dû lui permettre de passer.

— Non, vous avez bien agi. Alice est libre de faire ce qu'elle veut. Je ne lui refuserai jamais cela.

J'avais systématiquement envisagé les Cullen comme un tout, un groupe indivisible. Tout à coup, il me revenait qu'il n'en était pas toujours allé ainsi. Carlisle avait créé Edward, Esmé, Rosalie et Emmett ; Edward m'avait créée. Nous étions physiquement liés par le sang et le venin. Je n'avais pas imaginé Alice et Jasper comme différents, comme adoptés par la famille. La vérité, c'est qu'Alice avait adopté les Cullen. Elle avait surgi avec son propre passé, Jasper et le sien dans son sillage, et s'était fondue dans le clan. Tant elle que son compagnon avaient connu une vie en dehors d'eux. Avait-elle vraiment décidé de commencer une nouvelle existence après avoir eu une vision lui annonçant que celle des Cullen était finie ?

Car nous étions condamnés, n'est-ce pas ? Il n'y avait plus d'espoir. Pas une once d'espérance qui eût convaincu Alice de rester à nos côtés. L'air frais et lumineux du matin parut soudain s'épaissir et s'assombrir, comme sous l'effet de mon désarroi.

— Je ne me rendrai pas sans me battre, grommela Emmett. Alice nous a indiqué la voie à suivre. Occupons-nous-en.

Les autres hochèrent la tête avec détermination, et je compris qu'ils misaient sur ces maigres chances. Ils ne céderaient pas au désespoir en attendant la mort. Oui, nous allions tous lutter. Avions-nous un autre choix ? Apparemment, nous impliquerions des étrangers dans cette résistance, puisque Alice en avait décidé ainsi avant de nous quitter. Il eût été fou de ne pas nous ranger à son avis. Les loups se rangeraient à nos côtés également, pour Renesmée.

Nous nous battrions, ils se battraient, et nous mourrions tous.

Je ne partageais pas la résolution des autres. Alice connaissait les risques. Elle nous offrait la seule solution possible, malheureusement trop mince pour qu'elle-même la choisisse. Ce fut vaincue d'avance que, tournant le dos au visage critique de Sam, j'emboîtai le pas aux Cullen pour rentrer à la maison.

Nous courûmes par réflexe, sans la précipitation paniquée qui nous avait saisis plus tôt. En approchant de la rivière, Esmé releva soudain la tête.

— Il y avait cette autre trace, dit-elle. Toute fraîche.

Elle désigna du menton l'odeur qu'elle avait détectée auparavant, alors que nous pensions devoir *sauver* Alice.

— Elle doit être plus ancienne, d'hier, répondit Edward d'une voix dénuée de vie. C'est juste Alice. Pas Jasper.

Esmé acquiesça, déçue.

Je m'éloignai sur la droite, m'attardant, hésitant. J'étais convaincue qu'Edward avait raison, et pourtant… Comment Alice avait-elle mis la main sur une feuille appartenant à l'un de mes livres, après tout ?

— Bella ? m'appela Edward.

— Je souhaite suivre cette trace, décrétai-je en humant le parfum d'Alice.

C'était une première, pour moi, mais l'odeur m'apparaissait clairement. Les prunelles dorées d'Edward n'exprimaient rien.

— Elle ramène sûrement à la maison, objecta-t-il. Rien de plus.

— Alors, je t'y retrouve.

Je crus qu'il allait me laisser agir seule, puis ses yeux s'animèrent.

— Je t'accompagne, décida-t-il. À tout à l'heure, Carlisle.

Ce dernier hocha la tête, et ils continuèrent leur chemin. J'attendis qu'ils aient disparu avant de regarder mon mari d'un air interrogateur.

— Pas question que tu t'éloignes de moi, m'expliquat-il. C'est trop douloureux.

Il n'eut pas besoin d'en dire plus. Imaginant une séparation maintenant, même brève, je me rendis compte que j'aurais éprouvé une souffrance identique à celle qu'il venait d'évoquer. Il nous restait si peu de temps ensemble. Je lui tendis la main, il s'en empara.

— Dépêchons-nous, Renesmée a dû se réveiller.

— Oui, tu as raison.

Nous nous remîmes à courir. C'était sans doute un détour idiot et inutile, un gâchis dû à la curiosité, au lieu de profiter de notre fille. Toutefois, le message me perturbait. Alice aurait pu le graver dans n'importe quel rocher ou tronc d'arbre, si elle manquait de quoi écrire. Elle aurait pu voler du papier dans une des maisons situées près de la grande route. Pourquoi mon livre ? Quand était-elle allée le chercher ?

Sans surprise, la trace nous ramena au cottage en suivant un trajet qui prenait soin de rester à distance de la villa des Cullen et des loups rôdant alentour. Quand Edward n'eut plus de doute sur la direction que nous suivions, il plissa le front, intrigué.

— Elle a demandé à Jasper de l'attendre quelque part pendant qu'elle venait ici ? raisonna-t-il.

Nous étions presque arrivés, et j'étais en proie à un malaise étrange. La main d'Edward dans la mienne m'apaisait un peu, mais j'avais aussi l'impression que j'aurais dû être seule. Déchirer cette page et revenir vers Jasper semblait un acte qui ressemblait si peu à Alice. Comme si, par cet acte, elle laissait un second message, qui m'échappait, qui m'était destiné cependant, puisqu'il s'agissait d'un de mes livres. Si elle avait souhaité qu'Edward soit au courant, n'aurait-elle pas choisi une feuille appartenant à l'un de ses livres à lui ?

— Donne-moi une minute, dis-je en le lâchant, au moment où nous parvenions sur le seuil.

— Pardon ?

— S'il te plaît. Trente secondes.

Je n'attendis pas sa réponse et fonçai à l'intérieur en refermant la porte derrière moi. Je me dirigeai droit sur la bibliothèque. L'odeur d'Alice était fraîche, moins d'un jour. Un feu que je n'avais pas démarré se consumait dans la cheminée. Je tirai *Le Marchand de Venise* de son étagère et l'ouvris à la page de titre. Là, près de la couture dentelée qu'avait laissée la page arrachée, sous les mots *Le Marchand de Venise, William Shakespeare*, était écrit :

Détruis cela.

En dessous, un nom et une adresse à Seattle.

Quand Edward me rejoignit, au bout de seulement treize secondes au lieu des trente demandées, j'observais le livre qui brûlait.

— Que se passe-t-il, Bella ?

— Elle est venue ici. Elle a déchiré une page d'un de mes livres pour rédiger sa note.

— Pourquoi ?

— Aucune idée.

— En quel honneur le brûles-tu ?

— Je... je...

Sourcils froncés, j'affichai tout mon agacement et ma tristesse. J'ignorais ce qu'Alice tentait de me dire, pourquoi elle s'était donné autant de mal pour que je sois la seule destinataire de son message. La seule dont Edward n'était pas en mesure de lire les pensées. Elle voulait qu'il ne sache rien et avait sans doute de bonnes raisons pour cela.

— Ça m'a paru approprié, terminai-je.

— Nous ne savons pas ce qu'elle fait, murmura-t-il.

Je me perdis dans la contemplation des flammes. J'étais l'unique personne au monde à pouvoir mentir à Edward.

Était-ce ce qu'Alice me demandait ? Était-ce son ultime requête ?

— Quand nous étions dans l'avion pour l'Italie, chuchotai-je (ce n'était pas un mensonge, sauf, peut-être dans ce contexte), quand nous avons volé à ta rescousse... elle a menti à Jasper afin qu'il ne nous suive pas. Elle se doutait qu'il mourrait, s'il affrontait les Volturi. Elle était prête à se sacrifier plutôt que l'exposer à un danger. Prête à me sacrifier, à te sacrifier aussi.

Il ne réagit pas.

— Elle a ses priorités, poursuivis-je.

Mon cœur immobile eut mal quand je me rendis compte que mon explication ne ressemblait en rien à un mensonge, bien au contraire.

— Je n'y crois pas, marmonna Edward, non comme s'il objectait à mes paroles, plutôt comme s'il arguait avec lui-même. Peut-être a-t-elle vu que seul Jasper était en péril. Que nous autres nous en sortirions, mais pas lui.

— Elle nous l'aurait dit. Elle l'aurait éloigné.

— Serait-il parti ? Elle lui ment de nouveau, si ça se trouve, comme pour le voyage en Italie.

— En effet, oui, fis-je semblant de convenir. Nous devrions rentrer. Le temps presse.

Edward me reprit par la main, et nous filâmes à toutes jambes.

Le mot d'Alice ne me rendait pas optimiste. S'il y avait eu la moindre façon d'échapper au massacre, elle serait restée. Il était impossible qu'il en allât autrement. Donc, elle m'offrait autre chose. Pas une échappatoire. Quoi, alors ? À quel autre de mes désirs avait-elle songé ? À quelle chose ? En existait-il une que je pouvais encore sauver ?

Carlisle et la famille n'avaient pas chômé, en notre absence. Nous ne les avions quittés que cinq minutes, et ils étaient déjà prêts à partir. Dans son coin, Jacob avait repris forme humaine. Il avait Renesmée sur les genoux, et tous deux nous dévisageaient avec de grands yeux.

Rosalie avait troqué sa robe de soie pour un jean solide, des chaussures de jogging et une chemise en coton épais que les randonneurs utilisaient pour leurs longues marches. Esmé était vêtue à l'identique. Un globe terrestre était posé sur la table basse, mais ils avaient fini de le consulter et nous attendaient. L'atmosphère était plus positive, à présent, et il était bon de les voir s'agiter. Tous leurs espoirs reposaient sur les instructions d'Alice. Jetant un coup d'œil au globe, je me demandai quelle serait notre première destination.

— Quoi ? s'exclama Edward, mécontent, en regardant Carlisle. Nous sommes censés rester ici ?

— Alice a stipulé que nous devrions montrer Renesmée aux gens et ce, avec prudence, répondit son père. Nous vous enverrons ceux que nous trouverons. Tu seras le mieux placé pour opérer sur le terrain miné de la diplomatie, Edward.

Ce dernier acquiesça sèchement, objecta néanmoins :

— Vous avez beaucoup de kilomètres à parcourir.

— Nous allons nous séparer, expliqua Emmett. Rose et moi nous chargeons des nomades.

— Vous serez bien occupés, ici, enchaîna Carlisle. Tanya et les siens seront là demain matin, ils n'ont aucune idée de ce qui les attend. Pour commencer, il vous faudra les convaincre de ne pas réagir comme Irina. Ensuite, vous essayerez de découvrir ce que signifiait la réflexion d'Alice sur Eleazar. Enfin, une fois au courant, accepteront-ils de témoigner en notre faveur ? Le même scénario se répétera au fur et à mesure qu'arriveront les autres. Pour peu que nous parvenions à les persuader d'entreprendre le voyage, s'entend. Votre tâche sera sûrement la plus difficile. Nous reviendrons vous seconder dès que possible.

Carlisle soupira et posa sa main sur l'épaule d'Edward, puis il m'embrassa sur le front. Esmé nous serra tous deux dans ses bras, et Emmett nous assena une bourrade. Rosalie s'arracha un sourire forcé, lança un baiser à Renesmée et adressa une grimace à Jacob.

— Bonne chance ! leur dit Edward.

— À vous aussi. Nous en aurons tous besoin.

Je les regardai partir, regrettant de ne pas ressentir l'exaltation qui les animait, regrettant également de ne pas pouvoir être seule cinq minutes avec l'ordinateur. J'avais besoin de découvrir qui était ce J. Jenks dont l'adresse avait figuré sur le Shakespeare.

Renesmée se tortilla sur les genoux de Jacob afin de toucher son menton.

— Je ne sais pas si les amis de Carlisle viendront, lui murmura-t-il. Espérons que oui. Apparemment, nous sommes en sous-effectif, pour l'instant.

Ainsi, elle était au courant. Elle avait déjà compris ce qui se passait. Le système « loup-garou imprégné cède au moindre désir de celui dont il s'est imprégné » commençait à m'agacer. La protéger n'était-il pas plus important que satisfaire sa curiosité ? J'examinai soigneusement ses traits. Elle ne paraissait pas effrayée, juste anxieuse, très sérieuse, cependant qu'elle poursuivait sa conversation silencieuse avec Jake.

— Non, nous ne pouvons pas aider, nous devons rester ici, continua-t-il. Ces gens vont venir te voir, toi, pas le paysage.

Renesmée le regarda d'un air intrigué.

— Non, moi non plus je ne suis supposé aller nulle part.

Puis il leva les yeux vers Edward, se rendant soudain compte qu'il pouvait se tromper.

— N'est-ce pas ? s'enquit-il.

Edward hésita.

— Crache le morceau, lança Jacob, brusquement tendu.

Lui aussi était à bout de nerfs.

— Les vampires qui nous aideront ne sont pas comme nous, dit Edward. Le clan de Tanya est le seul, avec le nôtre, à respecter la vie humaine, et même eux ont une piètre opinion des loups-garous. Je pense qu'il serait plus sage de…

— Je suis capable de me défendre, le coupa Jacob.

— Pour Renesmée, enchaîna Edward. Ils croiront d'autant plus son histoire si elle n'est pas entachée d'une collusion avec vous.

— Tu parles d'amis ! Ils vous rejetteraient juste parce que vous traînez avec nous ?

— Je crois que la plupart feraient preuve de tolérance dans des circonstances normales. Mais tu dois comprendre qu'accepter Nessie ne sera simple pour aucun d'entre eux. Pourquoi leur compliquer les choses ?

La nuit précédente, Carlisle avait renseigné Jacob sur les lois concernant les enfants immortels.

— Ils étaient si mauvais que ça ? demanda-t-il.

— Tu n'as pas idée des cicatrices qu'ils ont laissées dans la conscience collective des vampires.

— Edward…

Il était étrange de l'entendre prononcer ce prénom sans amertume.

— Je sais, Jacob. Il t'est très dur de t'éloigner d'elle. Nous verrons comment ils réagissent face à elle. Quoi qu'il en soit, Nessie devra rester au secret durant les prochaines semaines, jusqu'à ce qu'il soit temps de la leur présenter. Elle vivra au cottage. Tant que tu ne t'approches pas de la villa…

— J'en suis capable. Bon, ça commence demain matin ?

— Oui. Nos amis les plus chers. Pour eux, autant agir à découvert le plus tôt possible. Tu pourras être présent. Tanya connaît ton existence. Elle a même rencontré Seth.

— C'est vrai.

— Mieux vaudrait que tu expliques la situation à Sam. Des étrangers ne tarderont pas à écumer ces bois.

— Bien vu. Même s'il mériterait d'être puni pour hier soir.

— En général, obéir à Alice est la chose la plus intelligente à faire.

Jacob serra les dents, et je devinai qu'il partageait la rancœur de Sam quant à la « lâcheté » d'Alice et de Jasper.

Pendant que les garçons discutaient, je gagnai la baie vitrée en m'efforçant de prendre un air lointain et anxieux, ce qui n'était pas très compliqué. J'appuyai ma tête contre le mur incurvé qui reliait le salon à la salle à manger, tout près du bureau où se trouvaient les ordinateurs. Puis je fis courir mes doigts sur un clavier tout en fixant la forêt, comme s'il s'agissait d'un geste anodin. Arrivait-il aux vampires d'agir distraitement ? Bien que ne sentant les regards de personne s'attarder sur moi, je ne me retournai pas pour le vérifier. Le moniteur se mit en route. Une fois encore, je tapotai sur les touches, puis je martelai le bureau de mes ongles, histoire de donner le change. De nouveau, le clavier. Un coup d'œil en biais sur l'écran.

Aucun J. Jenks, mais un Jason Jenks. Avocat. Je caressai les touches comme on caresse un chat, sans y prêter attention. Jason Jenks avait un site présentant son cabinet. L'adresse n'était pas la même que celle fournie par Alice. Bien à Seattle, mais avec un autre code postal. Je mémorisai le numéro de téléphone, recommençai à pianoter. Cette fois, je fis une recherche à partir de l'adresse. Rien. Comme si elle n'existait pas. J'aurais bien consulté une carte, mais c'eût été tenter le sort. Dernier effleurement afin d'effacer tout ça…

Je continuai à regarder fixement dehors tout en tapotant sur le bureau. Des pas légers résonnèrent dans mon dos, et je me retournai, en croisant les doigts pour afficher une indifférence feinte. Renesmée s'était approchée. Je lui ouvris mes bras, et elle se jeta dedans. Elle dégageait un fort fumet de loup. Elle enfonça sa tête dans mon cou.

J'ignorais si je serais capable de supporter ça. J'avais beau craindre pour ma vie, pour celle d'Edward, de toute la famille, cette peur n'avait aucune mesure avec la terreur qui m'étreignait quand je songeais à ma fille. Il devait exister un moyen de la sauver, ne serait-ce que cela. Brusquement, je compris que je ne désirais rien d'autre. J'encaisserais tout, mais pas la mort de Renesmée. Jamais !

Elle était la seule qu'il me fallait absolument épargner.

Alice avait-elle deviné ce que je ressentirais ?

La main de Renesmée frôla ma joue.

Elle me montra mon visage, puis ceux d'Edward, de Jacob, de Rosalie, d'Esmé, de Carlisle, d'Alice, de Jasper, les faisant défiler de plus en plus vite. Seth et Leah. Charlie, Sue et Billy. Encore et encore. Elle s'inquiétait, comme nous tous. Rien de plus, cependant. Jake lui avait épargné le pire, visiblement. Notre désespoir, notre certitude que nous mourrions tous d'ici un mois.

Elle s'attarda sur les traits d'Alice, exprimant son étonnement, son manque. Où était Alice ?

— Je n'en sais rien, chuchotai-je. Mais c'est Alice. Elle fait ce qu'il faut, comme toujours.

Ce qu'il fallait pour elle, du moins. J'avais beau détester

penser à elle de cette manière, il n'y avait guère d'autre façon de comprendre sa réaction. Renesmée soupira, sa tristesse augmenta.

— Elle me manque également, lui confiai-je.

Je sentis mon visage s'animer, chercher l'expression qui accompagnait le chagrin que j'éprouvais. Mes yeux étaient bizarrement secs, et je clignai les paupières pour tenter de chasser le malaise. Je me mordis la lèvre. Quand je respirai, l'air s'accrocha à ma gorge, à croire que je m'étranglais. Renesmée s'écarta afin de mieux me contempler. Mes traits se reflétèrent dans ses pensées et ses prunelles. J'avais l'air d'Esmé, tôt ce matin-là.

Ainsi, c'était à cela que ressemblait l'envie de pleurer d'un vampire.

Les yeux de ma fille étaient humides. Quand elle caressa ma joue, elle ne me montra rien, se contentant de me consoler.

Je n'aurais jamais pensé que j'assisterais au renversement du lien qui nous unissait, à l'instar de ce qui s'était passé entre Renée et moi. Il faut dire que je n'avais pas eu une vision très juste de l'avenir. Une larme roula sur la peau de Renesmée, et je l'essuyai d'un baiser. Surprise, elle toucha son œil puis examina son doigt humide.

— Ne pleure pas, chantonnai-je. Tout ira bien. Tu iras bien. Je me débrouillerai pour t'épargner cela.

Quand bien même ne serais-je pas en mesure de faire autre chose, je sauverais Renesmée. J'étais de plus en plus certaine que c'était ce qu'Alice avait voulu m'offrir. Elle avait su. Elle m'avait fourni une échappatoire.

30

IRRÉSISTIBLE

Il fallait penser à tant de détails.

Comment allais-je réussir à m'octroyer un peu de solitude afin de traquer J. Jenks ? Pourquoi Alice m'avait-elle donné son nom ? Si cet indice n'avait rien à voir avec Renesmée, comment allais-je préserver cette dernière ? Comment Edward et moi expliquerions-nous la situation à Tanya et aux siens le lendemain ? Et s'ils réagissaient comme Irina ? Si ça tournait à la bagarre ?

J'ignorais comment me battre. Comment allais-je apprendre, en un petit mois ? Y avait-il une chance que je réussisse à me former aussi vite et à représenter un danger pour l'un des Volturi ? Ou étais-je définitivement condamnée parce que totalement inutile ? Ne serais-je qu'un énième vampire nouveau-né dont on se débarrasserait sans encombre ?

Tant de réponses nécessaires, mais je n'eus pas le loisir de poser mes questions.

Souhaitant que Renesmée soit entourée d'un peu de normalité, j'insistai pour la ramener chez nous à l'heure du coucher. À ce moment-là, Jacob se sentait plus à l'aise dans sa peau de loup ; la tension était plus facile à gérer quand il était prêt au combat. J'aurais aimé pouvoir éprouver la même chose. Il fila dans la forêt, aux aguets.

Une fois Renesmée profondément endormie, je la mis au lit et regagnai le salon afin d'interroger Edward. En me cantonnant à ce qui était possible, bien sûr. L'un de mes problèmes les plus ardus était de lui cacher des choses, même si j'avais l'avantage de son incapacité à lire mes pensées. Il était planté devant la cheminée, me tournant le dos.

— Edward ? Je...

En un rien de temps, il avait virevolté et traversé la pièce. Je réussis seulement à distinguer son air féroce, puis ses lèvres s'écrasèrent sur les miennes, et ses bras m'emprisonnèrent, pareils à des poutres d'acier. Je ne repensai plus à mes questions durant le reste de la nuit. Je ne mis pas longtemps à saisir les raisons de son humeur et encore moins à la partager.

Je m'étais préparée à avoir besoin d'années pour simplement organiser la passion physique dévorante que j'avais pour lui, puis de siècles pour en profiter. Si nous ne devions avoir plus qu'un mois ensemble... Je ne voyais pas comment je supporterais que cela s'achève. Je ne pus m'empêcher d'être égoïste. Tout ce que je voulais, c'était l'aimer le plus possible dans le délai limité qui m'était imparti.

Au lever du soleil, j'eus du mal à m'arracher à lui. Malheureusement, une tâche nous attendait, peut-être plus compliquée que celles qui incombaient aux autres membres de la famille. Dès que je me laissai aller à songer à ce qui se dessinait, je fus tendue comme une corde. J'eus l'impression que mes nerfs s'étaient étirés jusqu'à devenir de plus en plus fins.

— J'aimerais obtenir les informations nécessaires auprès d'Eleazar avant de leur parler de Nessie, marmonna Edward, tandis que nous nous habillions rapidement dans le dressing. Juste au cas où.

— Sauf qu'il ne comprendrait pas la question et ne saurait y répondre. Penses-tu qu'ils nous laisseront nous expliquer ?

— Aucune idée.

Je sortis Renesmée, encore endormie, de son lit, et la serrai contre moi. Ses boucles s'écrasèrent sur mon visage, et son odeur douce submergea les autres. Il était exclu que je perde une seconde, aujourd'hui. Je cherchais des réponses, et j'ignorais combien de temps Edward et moi serions seuls. Si tout se passait bien avec le clan de Tanya, nous risquions d'avoir des invités pendant un bon moment.

— M'apprendrais-tu à me battre, Edward ?

Il me tenait la porte, et je me raidis, guettant sa réaction. Je ne fus pas déçue. Il se figea sur place, puis ses yeux me balayèrent, significatifs, comme s'il me regardait pour la première ou la dernière fois. Il s'attarda sur notre fille.

— Si les choses doivent en arriver là, esquiva-t-il, nous n'aurons pas une grande marge de manœuvre.

— Tu préférerais que je sois incapable de me défendre ? insistai-je en tâchant de garder une voix égale.

Il déglutit, et les gonds du battant protestèrent en grinçant, cependant que ses doigts se refermaient autour du bois. Puis il hocha la tête.

— Présenté comme ça... Nous nous mettrons au boulot dès que nous en aurons le loisir.

J'acquiesçai à mon tour, et nous partîmes vers la villa blanche. Sans nous dépêcher.

Quelle action pouvais-je accomplir, qui fût synonyme

d'un espoir de changer le destin ? À ma façon, j'étais un tout petit peu spéciale, à condition de considérer qu'avoir un crâne fantastiquement épais et imperméable aux dons des autres était spécial. Cela pouvait-il me servir d'une quelconque façon ?

— Quel est leur plus gros avantage, à ton avis ? Ont-ils seulement une faiblesse ?

Edward comprit immédiatement que je parlais des Volturi.

— Alec et Jane sont leurs attaquants les plus redoutables, répondit-il sans passion, comme s'il critiquait une équipe de base-ball. Leurs défenseurs sont rarement dans le jeu.

— Parce que Jane est capable de te brûler sur place. Mentalement, du moins. Et Alec ? Ne m'as-tu pas dit, un jour, qu'il était encore plus dangereux qu'elle ?

— Si. En un sens, il est son antidote. Elle te fait ressentir la pire douleur qui soit. Lui, te prive de toute sensation. Le néant. Parfois, quand les Volturi sont de bonne humeur, ils ordonnent à Alec d'anesthésier celui qu'ils s'apprêtent à exécuter. Pour peu qu'il se soit rendu sans résistance ou qu'il leur ait fait plaisir, d'une façon ou d'une autre.

— Comment l'anesthésie peut-elle être plus dangereuse que la férocité de Jane ?

— Il te coupe de tous tes sens. Tu n'as plus mal, mais tu ne vois ni ne humes plus rien non plus. C'est la privation sensorielle totale. Tu es complètement seul dans le noir. Même quand ils te brûlent, tu n'éprouves aucune sensation.

Je frissonnai. Était-ce le mieux à quoi nous pouvions aspirer ? À ne voir ni ne sentir la mort quand elle arriverait ?

— Ce don le rend aussi menaçant que Jane, poursuivit Edward sur le même ton détaché. Lui comme elle sont en mesure de réduire quelqu'un à l'impuissance, de le transformer en cible facile. Ce qui différencie Jane et Alec rappelle ce qui nous différencie, Aro et moi. Lui capte l'esprit d'une seule personne à la fois, là où j'entends tout le monde en même temps. Jane ne peut atteindre que l'objet de sa concentration.

Je compris où cela nous menait, ce qui ne me rassura pas.

— Alec est à même de s'attaquer à nous tous d'un seul coup ?

— Oui. Pour peu qu'il exerce son talent à notre encontre, nous serons aveugles et sourds jusqu'à ce qu'ils nous exécutent. Ils nous brûleront peut-être sans même se donner la peine de nous massacrer avant. Nous pourrions certes tenter de lutter, mais il y aurait de fortes chances que nous nous blessions les uns les autres plutôt qu'eux.

Nous marchâmes en silence durant quelques secondes. Une idée prenait forme dans ma tête. Pas très prometteuse, mais c'était mieux que rien.

— Crois-tu qu'Alec soit un bon combattant ? m'enquis-je. En dehors de son pouvoir, s'entend, s'il devait lutter sans y recourir. S'y est-il seulement risqué ?

— À quoi penses-tu ? répondit Edward, sur le qui-vive.

Je regardai droit devant moi.

— Eh bien, il est sans doute impuissant contre moi, non ? S'il est comme Aro, Jane et toi. S'il n'a jamais eu à se défendre… peut-être que… si j'apprenais quelques petits trucs…

— Il est avec les Volturi depuis des siècles, me coupa Edward, soudain paniqué. (Il voyait sans doute la même image que moi : les Cullen réduits à l'impuissance, piliers privés de sensations sur le terrain d'exécution. Tous, sauf moi.) Tu as raison, tu es sans doute immunisée contre son don, mais tu restes un vampire nouveau-né, Bella. Je ne suis pas en mesure de te transformer en combattante digne de ce nom en seulement quelques semaines. Je suis certain qu'il a été entraîné.

— Tu n'en sais rien. C'est la seule chose que je puisse faire, *moi* et personne d'autre. Il suffirait que je parvienne à le distraire un instant... Tiendrais-je assez longtemps pour que les autres aient leur chance ?

— S'il te plaît, Bella, n'en parlons plus.

— Sois raisonnable.

— Je tâcherai de t'en apprendre un maximum, mais je t'en prie, ne m'oblige pas à penser que tu te sacrifieras...

J'acquiesçai. Je garderais mes projets pour moi, dans ce cas-là. D'abord Alec puis, si le miracle se produisait et que je l'emportais, Jane. Il suffirait que je rétablisse l'équilibre entre les deux camps, que je prive les Volturi de leurs avantages éhontés. Alors, peut-être... Mon esprit s'emballa. Et si j'étais vraiment capable de les distraire ou de les anéantir ? Franchement, je ne voyais aucune raison pour que Jane ou Alec aient suivi une formation de soldat. Je n'imaginais pas l'irritable petite Jane renoncer à ses atouts, même pour suivre un enseignement. Si j'étais en mesure de les tuer, quelle différence cela ferait !

— J'ai hâte, repris-je.

Edward fit comme si je n'avais rien dit.

Qui, ensuite ? Autant ordonner mes plans de façon à ce que, au cas où je survivrais à Alec, je frappe sans hésiter. Je tentai d'imaginer une autre situation où mon crâne épais était susceptible de me servir. Je n'en savais pas assez sur les autres Volturi. Visiblement, les soldats comme l'énorme Félix n'étaient pas des proies pour moi. Avec ceux-là, je ne pouvais que laisser Emmett tenter sa chance. Hormis Démétri, je n'étais pas très au courant des talents des gardes Volturi...

Je songeai à Démétri. Sans doute aucun, c'était un combattant. Sinon, il n'aurait pas survécu aussi longtemps, chef de file de toutes les offensives. Or, il était en première ligne parce qu'il était leur traqueur, le meilleur au monde, indiscutablement. S'il y en avait eu un encore plus fort, les Volturi l'auraient déjà mis à sa place. Aro ne s'entourait pas de seconds couteaux. Si le traqueur était éliminé, nous pouvions nous enfuir. Ceux d'entre nous en ayant réchappé, du moins. Ma fille, tiède entre mes bras... Quelqu'un susceptible de courir assez vite. Jacob ou Rosalie, celui des deux qui resterait... Démétri mort, Alice et Jasper seraient en sécurité à jamais. Était-ce ce qu'avait vu Alice ? La partie où notre famille perdurait ? Eux deux, en tout cas. Pouvais-je le lui reprocher ?

— Démétri..., commençai-je.

— Démétri me revient, riposta Edward d'une voix dure.

Un coup d'œil m'apprit que son visage avait pris une expression mauvaise.

— Pourquoi ? chuchotai-je.

D'abord, il ne répondit pas. Nous étions à la rivière quand il se décida à parler.

— À cause d'Alice, murmura-t-il. C'est l'unique remerciement que je puisse lui offrir pour ces cinq dernières années.

Ainsi, il était sur la même longueur d'onde que moi.

J'entendis les lourdes pattes de Jacob qui martelaient le sol givré. En quelques secondes, il fut à mon côté, ses prunelles noires fixées sur Renesmée. Je le saluai d'un hochement de tête avant de reprendre le fil de mes questions.

— Edward, pourquoi crois-tu qu'Alice nous ait demandé d'interroger Eleazar à propos des Volturi ? S'est-il récemment rendu en Italie ? Que sait-il de plus que nous ?

— Eleazar n'ignore rien à leur sujet. J'ai oublié que tu n'étais pas au courant. Il a été l'un d'eux.

— Comment ça ? m'emportai-je, cependant que Jacob grondait.

Je revoyais le bel homme brun à notre mariage, enveloppé dans une cape sombre.

— Eleazar est très gentil, sourit Edward, qui s'était détendu. Il n'était pas totalement satisfait, chez les Volturi, mais il respectait les lois et la nécessité de les appliquer. Il avait l'impression d'œuvrer pour le bien et il ne regrette pas cette époque. Puis il a rencontré Carmen, a trouvé sa place sur Terre. Tous deux se ressemblent. Pour des vampires, ils sont capables de beaucoup de compassion. Ensuite, ils ont connu Tanya et ses sœurs, et ne les ont plus quittées. Tous mènent une vie qui leur correspond. S'ils n'avaient pas croisé Tanya, j'imagine qu'ils auraient fini par découvrir leur propre façon de vivre en se passant de sang humain.

Les images dans ma tête se bousculaient. Un soldat Volturi susceptible d'empathie ? Voilà qui me paraissait incompatible. Lançant un coup d'œil à Jacob, Edward répondit à l'une de ses interrogations silencieuses.

— Non, il n'était pas un guerrier à proprement parler. Il était doué d'un talent qu'ils appréciaient.

Jacob posa la question qui s'imposait, sans aucun doute.

— Il perçoit instinctivement le don des autres, enchaîna Edward. Ainsi, il pouvait donner à Aro une idée générale de ce dont était capable tel ou tel vampire, rien qu'en étant à leur proximité. Cela était utile quand les Volturi partaient combattre. Il les prévenait si, dans le camp opposé, quelqu'un disposait d'aptitudes risquant d'être gênantes. C'était rare, d'ailleurs. Il faut pas mal de dextérité pour embêter les Volturi. Plus souvent, l'avertissement d'Eleazar permettait à Aro d'épargner celui ou celle censé(e) lui servir plus tard. Jusqu'à un certain point, le pouvoir d'Eleazar fonctionne avec les humains, sauf qu'il doit vraiment se concentrer, parce que leur talent est souvent en jachère, nébuleux. Aro lui demandait de tester les candidats désireux d'intégrer les troupes des Volturi. Il a été navré de sa défection.

— Parce qu'ils l'ont laissé partir ? m'étonnai-je. Comme ça ?

Le sourire d'Edward se tordit, plus sombre.

— Les Volturi ne sont pas censés être les méchants du conte, contrairement à ce que tu penses. Ils sont les fondements de notre paix et de notre civilisation. Chaque soldat est volontaire. Le poste est assez prestigieux. Tous sont fiers d'en être, et personne ne les y force.

Je fis la moue.

— Ils n'ont le droit d'être odieux et mauvais qu'avec les criminels, Bella.

— Nous ne sommes pas des criminels.

Jacob toussa, d'accord avec moi.

— Ils l'ignorent.

— Penses-tu vraiment que nous pourrons les arrêter pour qu'ils écoutent nos arguments ?

Edward hésita un bref instant, puis haussa les épaules.

— Si nous trouvons assez d'amis pour nous soutenir, peut-être.

« Si. » Pas « quand ». J'eus soudain hâte de découvrir comment le clan de Denali allait réagir. Edward et moi accélérâmes le pas, nous mettant à courir. Jacob n'eut aucun mal à tenir le rythme.

— Tanya ne devrait plus tarder, reprit Edward. Il faut que nous nous préparions.

Mais comment ? Nous tentâmes d'envisager toutes les éventualités. Montrer Renesmée d'entrée ou la cacher ?

Jacob présent ou dehors ? Il avait ordonné à sa meute de rester dans les parages mais de manière discrète. Fallait-il qu'il rejoigne ses troupes ?

Finalement, Renesmée, Jacob (de nouveau humain) et moi patienterions un peu à l'écart, côté salle à manger, assis à la grande table en bois poli. Jacob me laisserait tenir ma fille ; il voulait de l'espace, au cas où il devrait se métamorphoser en urgence. J'eus l'impression de ne servir à rien. Cela me rappela que, lors d'une bagarre avec des vampires matures, je ne serais rien de plus qu'une cible facile. Avoir les mains libres n'y changeait pas grand-chose.

J'essayai de me souvenir de Tanya, Kate, Carmen et Eleazar, croisés à notre mariage. Leurs traits étaient flous, dans ma mémoire affaiblie. J'étais seulement sûre qu'ils étaient beaux, les deux blondes comme les deux bruns. Je n'arrivais pas à me remémorer si leurs prunelles avaient exprimé de la bonté. Appuyé contre la baie vitrée, Edward fixait la porte d'entrée, immobile. Il ne donnait pas l'impression de voir ce qu'il avait devant lui. Nous écoutâmes les voitures qui filaient sur la route. Aucune ne ralentit. Renesmée était blottie dans mon cou, sa main contre ma joue, même si elle ne me transmettait pas d'images – elle n'en avait pas à sa disposition pour exprimer ses sentiments.

— Et s'ils ne m'aiment pas ? chuchota-t-elle.

— Évidemment qu'ils vont t'aimer ! lança aussitôt Jacob.

Je le fis taire d'un regard.

— Ils ne te comprennent pas parce qu'ils n'ont jamais rencontré quelqu'un comme toi, expliquai-je, ne voulant pas promettre à ma fille ce qui pouvait ne pas se produire. Toute la difficulté sera de les amener à te comprendre, justement.

Elle poussa un soupir et, dans ma tête, défilèrent rapidement nos portraits à tous, vampires, humains, loups-garous. Elle, n'appartenait à aucune de ces catégories.

— Tu es spéciale, ça n'est pas une mauvaise chose.

Elle secoua le menton pour marquer son désaccord. Elle pensa à nos visages tendus et lâcha :

— C'est ma faute.

— Non ! répondîmes-nous à l'unisson.

Nous n'eûmes cependant pas le temps de protester plus avant, car les bruits que nous guettions résonnèrent soudain : un moteur qui ralentissait, des pneus qui quittaient le macadam pour mordre sur la terre molle. Edward alla vivement se poster près de la porte. Renesmée se cacha dans mes cheveux. Jacob et moi nous dévisageâmes par-dessus la table, le regard empreint de désespoir.

La voiture grimpa rapidement à travers les bois, plus vite que lorsque Charlie ou Sue conduisaient. Elle vint se ranger devant le perron. Quatre portières claquèrent. Les passagers approchèrent en silence. Edward ouvrit avant qu'ils ne frappent.

— Edward ! roucoula une voix féminine.

— Bonjour, Tanya. Kate, Eleazar, Carmen.

Trois saluts murmurés. Ils étaient encore dehors, Edward leur bloquait l'accès à la maison.

— Carlisle a dit qu'il devait nous parler tout de suite, reprit Tanya. Il y a un problème ? Des ennuis avec les loups-garous ?

Jacob leva les yeux au ciel.

— Non, répondit Edward. Notre trêve est encore plus solide qu'auparavant.

Une femme rit.

— Tu ne nous invites pas à entrer ? demanda Tanya. Où est Carlisle ? ajouta-t-elle sans attendre la réponse.

— Il a dû partir.

Il y eut un bref silence.

— Que se passe-t-il, Edward ? s'agaça Tanya.

— J'aimerais que vous m'accordiez le bénéfice du doute pendant quelques minutes, dit-il. J'ai quelque chose d'assez complexe à vous expliquer, et j'ai besoin que vous gardiez l'esprit ouvert.

— Carlisle va bien ? lança une voix masculine anxieuse.

— Personne ne va bien, Eleazar, même si, physiquement, Carlisle n'a aucun souci.

— Qu'entends-tu par-là ? s'inquiéta Tanya.

— Que toute notre famille court un grave danger. Avant que je ne vous livre les détails, faites-moi la promesse de m'écouter. Je vous conjure de me laisser parler jusqu'au bout.

Cette fois, le silence dura plus longtemps. Jacob et moi continuions à nous fixer. Ses lèvres brunes avaient pâli.

— D'accord, finit par acquiescer Tanya. Nous ne jugerons pas tant que tu n'en auras pas terminé.

— Merci. Si nous avions une autre possibilité, nous ne vous impliquerions pas là-dedans.

Edward se déplaça, et des pas retentirent sur le perron et le seuil. Quelqu'un renifla.

— J'étais sûre que les loups-garous seraient impliqués, grommela Tanya.

— Oui. Et ils ont pris notre parti. Encore une fois.

Ce rappel moucha le chef du clan de Denali.

— Où est Bella ? lança l'une des autres femmes. Comment se porte-t-elle ?

— Elle va nous rejoindre bientôt. Elle va bien, merci. Elle s'habitue à l'immortalité avec une rare finesse.

— Parle-nous de ce danger, reprit Tanya doucement. Et ne t'inquiète pas, notre place légitime est à vos côtés.

Edward aspira longuement.

— J'aimerais que vous voyiez par vous-mêmes d'abord. Tendez l'oreille. Dans la pièce voisine. Qu'entendez-vous ?

Un silence, puis un mouvement, comme si quelqu'un avait voulu venir voir.

— Contentez-vous d'écouter d'abord, intervint Edward.

— Un loup-garou, j'imagine, bougonna Tanya. Je perçois son cœur.

— Quoi d'autre ?

Une pause.

— Qu'est-ce que ce tambourinement ? s'enquit Kate. Un... oiseau ?

— Non, mais n'oubliez pas ce son. Et maintenant, que sentez-vous ? En dehors de l'odeur du loup ?

— Y aurait-il un humain à côté ? murmura Eleazar.

— Non, objecta Tanya. Pas un humain... ce n'est pas loin, cependant. Qu'est-ce que c'est, Edward ? Je ne crois pas avoir déjà humé pareille fragrance.

— Sans doute pas, en effet. Je vous en prie, rappelez-vous que ceci est entièrement inédit. Faites abstraction de vos préjugés.

— Nous avons promis de t'écouter jusqu'au bout, Edward.

— Très bien. Bella ? Amène Renesmée, s'il te plaît.

Mes jambes me parurent bizarrement engourdies, même si j'avais conscience que c'était une sensation purement mentale. Je me forçai à ne pas traîner, à marcher rapidement, lorsque je me levai, et franchis les quelques pas me séparant du salon. Jacob me suivit, la chaleur de son corps envahissante dans mon dos. J'entrai dans la grande pièce et me figeai sur place, incapable d'avancer. Après avoir aspiré un bon coup, Renesmée jeta un coup d'œil depuis sa cachette, sous mes cheveux. Ses épaules étaient raides, elle guettait la désapprobation.

J'avais cru m'être préparée à leur réaction – des accusations, des cris, une tension immobile, pas à cette peur panique, néanmoins. Tanya recula de quatre pas, ses boucles blondes tout agitées, comme un humain qui serait tombé nez à nez avec un serpent venimeux. Kate bondit vers la porte et se plaqua au mur. Un sifflement choqué s'échappa de ses lèvres. Eleazar se jeta devant Carmen, protecteur.

— Oh, nom d'une pipe ! maugréa Jacob entre ses dents.

Edward vint poser son bras sur mes épaules.

— Vous avez promis, rappela-t-il aux quatre vampires.

— Il y a des choses qui ne méritent pas qu'on les écoute ! s'exclama Tanya. Comment as-tu osé ? Tu ignores donc ce que cela signifie ?

— Il faut que nous partions, renchérit anxieusement Kate, les mains sur la poignée de la porte.

— Edward..., murmura Eleazar, à court de mots.

— Attendez ! lança Edward sur un ton plus dur. Souvenez-vous de ce que vous entendez et de ce que vous flairez. Renesmée n'est pas ce que vous croyez.

— La loi ne tolère aucune exception, riposta Tanya.

— Tu as entendu les battements de son cœur, alors arrête un peu et réfléchis ! cria Edward, cassant.

— Son cœur, oui ! chuchota Carmen, en regardant par-dessus l'épaule de son compagnon.

— Renesmée n'est pas un enfant immortel, expliqua Edward. Elle est à moitié humaine.

Nos invités le contemplèrent comme s'il s'était exprimé dans une langue inconnue.

— Renesmée est unique, poursuivit-il en adoptant un

timbre velouté destiné à les convaincre. Je suis son père. Pas son créateur, son père biologique.

Tanya secouait la tête de façon imperceptible et inconsciente.

— Tu n'espères quand même pas que nous..., lança Eleazar.

— Donne-moi une autre explication, alors, le coupa Edward. Son corps est chaud, du sang coule dans ses veines.

— Mais comment ? souffla Kate.

— Bella est sa mère biologique. Elle l'a conçue, portée et mise au monde quand elle était encore humaine. Elle a failli en mourir. J'ai eu du mal à injecter suffisamment de venin dans son cœur pour la sauver.

— Je n'ai jamais rien entendu de pareil, commenta Eleazar, raide, froid.

— Les relations physiques entre vampires et humains ne sont pas chose courante, railla Edward. Et encore plus rares sont les humains qui s'en sortent. N'est-ce pas, mes cousines ?

Tant Kate que Tanya le fusillèrent du regard.

— Allons, Eleazar, insista-t-il, tu ne peux manquer de remarquer la ressemblance.

Ce fut Carmen qui réagit à ces paroles. Ignorant le geste préventif de son compagnon, elle le contourna et vint se poster devant moi, prudente. Puis elle se pencha afin d'examiner Renesmée.

— Tu as les yeux de ta mère, mais le visage de ton père, commenta-t-elle d'une voix calme.

Alors, comme si elle ne pouvait s'en empêcher, elle sourit à notre fille. Celle-ci lui répondit par un sourire aussi, éblouissant. Sans quitter Carmen du regard, elle effleura ma joue. Elle voulait la permission de la toucher.

— Serais-tu d'accord pour que Renesmée s'adresse à toi

en personne ? demandai-je à la brune. Elle a un don particulier pour expliquer les choses.

— Ainsi, tu parles, petite ? roucoula Carmen.

— Oui, admit Renesmée de son soprano chantant. (Tous nos hôtes sursautèrent, Carmen exceptée.) Mais je peux te montrer si tu veux, c'est plus facile que raconter.

Sur ce, elle plaça sa menotte contre la joue de la femme. Cette dernière se raidit, comme électrocutée. Eleazar fut à son côté en un rien de temps, prêt à la tirer en arrière.

— Une minute, lui intima-t-elle, haletante, ses prunelles qui ne clignaient pas fixées sur l'enfant.

Renesmée consacra un long moment à dérouler son histoire. Edward paraissait tendu, et je regrettai de ne pas avoir sa capacité à lire dans les pensées d'autrui. Derrière moi, Jacob se trémoussait, impatient.

— Qu'est-ce que Nessie lui montre ? grommela-t-il.

— Tout, murmura Edward.

Au bout d'une minute supplémentaire, Renesmée laissa tomber sa main et adressa un sourire victorieux à la brune ahurie.

— Elle est vraiment ta fille, n'est-ce pas ? souffla-t-elle à Edward. Quel don époustouflant ! Il ne peut avoir été transmis que par un père extrêmement talentueux.

— La crois-tu, elle ? lui demanda-t-il.

— Absolument.

— Carmen ! s'écria Eleazar.

Lui prenant la main, elle la serra tendrement.

— Aussi impossible que cela semble, lui dit-elle, Edward ne ment pas. Permets à l'enfant de te le prouver.

Elle attira son compagnon vers moi, puis fit un signe de tête à Renesmée.

— Vas-y, *mi querida*[1].

_____

1. En espagnol dans le texte. « Ma chérie. »

Visiblement ravie par la gentillesse de Carmen, la petite effleura le front d'Eleazar.

— *Ay caray*[1] ! s'exclama-t-il en reculant brusquement.

— Que t'a-t-elle fait ? intervint Tanya en approchant, suivie de Kate.

— Elle essaye seulement de nous montrer sa version de l'histoire, expliqua Carmen d'une voix apaisante.

— Regarde ! ordonna Renesmée à Eleazar, sourcils froncés, agacée par ses réticences.

Elle lui tendit les mains, laissa ses doigts à quelques centimètres de son visage, le laissant décider d'un contact ou non. L'homme la contempla avec suspicion puis jeta un coup d'œil à sa compagne, comme pour lui demander conseil. Celle-ci lui adressa un signe de tête encourageant. Respirant un bon coup, il se pencha. Lorsque le récit commença, il frissonna mais réussit à tenir, cette fois. Il ferma les paupières, concentré.

— Aaahhh ! soupira-t-il en rouvrant les yeux, quelques secondes plus tard. Je comprends.

Renesmée lui sourit. Après une hésitation, il lui sourit aussi.

— Eleazar ? lança Tanya.

— Tout est vrai. Il ne s'agit pas d'un enfant immortel. Elle est à demi humaine. Viens voir par toi-même.

En silence, le chef du clan de Denali se soumit à l'exercice. Kate suivit. Chacune sursauta à la première image transmise par Renesmée, puis, comme Carmen et Eleazar, parut complètement séduite à la fin. Je me tournai vers Edward, surprise par la facilité de tout cela. Ses prunelles dorées étaient claires, à présent. Ç'avait marché !

— Merci pour votre écoute, murmura-t-il.

— Qu'en est-il du grave danger que tu as mentionné ?

---

1. Idem. « Ça alors ! »

voulu savoir Tanya. Je devine qu'il ne vient pas de cette enfant, mais des Volturi, non ? Comment ont-ils appris son existence ? Quand arriveront-ils ?

Je ne m'étonnai pas qu'elle ait saisi aussi vite la situation. Après tout, quel péril autre que les Italiens pouvait menacer une famille aussi puissante que la mienne ?

— Bella a croisé Irina, un jour en chassant. Renesmée était avec elle.

— Non ! protesta Tanya. Quelqu'un d'autre...

— Alice l'a vue aller les trouver.

Il tressaillit en prononçant le nom de sa sœur, ce dont personne sauf moi ne sembla se rendre compte.

— Comment a-t-elle pu ? marmonna Eleazar sans s'adresser à quelqu'un en particulier.

— Imagine que tu aies aperçu Renesmée de loin. Imagine que tu n'aies pas écouté nos explications.

— Quoi qu'elle ait pu croire, siffla Tanya, furieuse, vous êtes nos plus proches amis.

— Il est trop tard pour regretter le geste d'Irina. Alice nous a donné un mois.

Les vampires parurent surpris.

— Aussi longtemps ? dit Eleazar.

— Tous seront du voyage. Pareille expédition nécessite sûrement des préparatifs.

— La garde dans sa totalité ? s'exclama l'ancien Volturi.

— Non seulement la garde, mais Aro, Caïus, Marcus et les épouses.

Le choc était complet, à présent.

— C'est impossible, chuchota Eleazar.

— J'aurais dit la même chose il y a deux jours, admit Edward.

— C'est insensé, s'emporta soudain l'homme. Pourquoi se mettraient-ils en danger ? Sans parler des femmes !

— D'après Alice, leurs motivations dépassent le simple châtiment. Voilà pourquoi elle a pensé que vous pourriez nous aider.

— Qu'y a-t-il de plus que la punition ?

Le brun se mit à arpenter la pièce comme s'il était seul, le front plissé, réfléchissant.

— Où sont les autres ? s'enquit Tanya. Carlisle, Alice, tout le clan ?

L'hésitation d'Edward fut presque imperceptible. Il ne répondit qu'à une partie de la question.

— Ils sont partis chercher des amis susceptibles de nous soutenir.

— Quel que soit le nombre de partisans que tu réuniras, nous n'arracherons pas la victoire, objecta Tanya en brandissant ses mains devant elle. Nous mourrons avec vous, rien de plus. Tu t'en doutes bien. Certes, nous quatre le méritons peut-être, après ce qu'a fait Irina, et après notre défection au printemps, encore une fois à cause d'elle, d'ailleurs.

— Nous ne vous demandons pas de vous battre et de mourir, répliqua Edward. Tu sais que Carlisle n'exigerait jamais pareil sacrifice.

— Alors quoi ?

— Nous avons besoin de témoins. Si nous parvenons à les arrêter un instant pour qu'ils nous laissent nous expliquer... (Il caressa la joue de Renesmée qui attrapa sa main et la pressa sur sa peau.) Il est difficile de douter de l'histoire quand on la voit par soi-même.

Tanya acquiesça lentement.

— Crois-tu que le passé de la petite comptera, pour eux ?

— Juste s'il présage de son avenir. La loi était destinée à nous protéger des excès d'enfants incapables d'évoluer.

— Je ne suis pas dangereuse du tout ! pépia Renesmée.

Je n'ai jamais fait de mal à pépé, ni à Sue ou Billy. J'aime les humains. Et les loups comme mon Jacob.

Lâchant les doigts de son père, elle tapota le bras de l'Indien. Tanya et Kate échangèrent un coup d'œil.

— Si Irina n'était pas venue aussi tôt, dit Edward, tout cela aurait pu être évité. Renesmée grandit à un rythme accéléré. D'ici un mois, elle aura l'air d'en avoir six de plus.

— Voilà une chose dont nous serons en mesure de témoigner, lança Carmen d'un ton décidé. Nous pourrons déclarer que nous avons assisté à sa croissance. Les Volturi ne sauraient ignorer pareilles preuves ?

— Tu crois ça ? marmonna son compagnon en continuant à tourner en rond comme un lion en cage.

— Oui, renchérit Tanya, nous sommes prêts à témoigner en votre faveur. C'est le minimum. Nous allons réfléchir à d'autres actions éventuelles.

— Non, protesta Edward, qui lisait dans ses pensées. Nous ne vous demandons pas de vous battre.

— Si les Volturi ne prennent pas le temps de vous écouter, nous n'allons pas nous contenter d'assister au massacre, rétorqua-t-elle. Naturellement, je ne devrais parler qu'en mon nom, ici.

— Doutes-tu donc de ma fidélité à ce point, ma sœur ? bougonna Kate.

— Il s'agit d'une mission suicidaire, lui répondit Tanya en souriant.

— Alors, compte sur moi, riposta Kate avec un haussement des épaules nonchalant.

— Moi aussi, je ferai tout ce qu'il faut pour protéger cette petite, intervint Carmen.

Puis, comme si elle était incapable de résister, elle tendit les bras vers Renesmée.

— Tu viens avec moi, *bebé linda*[1] ?

Ma fille s'empressa d'accéder à sa demande, très heureuse d'avoir une nouvelle amie. Carmen la serra contre elle et se mit à roucouler en espagnol.

Tout se passait comme avec Charlie et, avant cela, avec tous les Cullen. Renesmée était irrésistible. Qu'avait-elle en elle qui attirait les gens, qui les amenait même à promettre de sacrifier leurs vies pour la défendre ?

Un instant, je caressai l'espoir que nous allions réussir. Que Renesmée était capable de l'impossible, qu'elle gagnerait le cœur de nos ennemis comme elle avait gagné celui de nos amis. Puis je me souvins qu'Alice nous avait abandonnés, et mes chimères s'évaporèrent aussi rapidement qu'elles étaient apparues.

1. En espagnol dans le texte. « Beau bébé. »

31

DON

— Quel rôle jouent les loups-garous dans tout cela ?
demanda ensuite Tanya en jetant un coup d'œil à Jacob.

Ce dernier devança Edward.

— Si les Volturi refusent d'écouter Nessie… enfin,
Renesmée, se corrigea-t-il en se rappelant que le chef de
Denali ne pourrait comprendre le surnom idiot qu'il avait
inventé, *nous* les arrêterons.

— Quel courage, gamin ! Mais même des combattants
plus expérimentés que vous n'y arriveraient pas.

— Vous ignorez ce dont nous sommes capables.

— C'est votre vie, après tout. Il vous revient de choisir
comment vous voulez la terminer.

Jacob lança un regard à Renesmée, qui n'avait pas quitté
les bras de Carmen. Tout aussi attirée par l'enfant, Kate
tournait autour d'elles.

— Cette petite est spéciale, fit remarquer Tanya. Il est
difficile de résister à son charme.

— Toute la famille est très talentueuse, renchérit Eleazar.

Il continuait à arpenter la pièce, de plus en plus vite.

— Un père qui lit dans les esprits, enchaîna-t-il, une mère-bouclier, et la magie surprenante grâce à laquelle cette enfant extraordinaire nous a envoûtés. Je me demande si ce don a un nom ou s'il est la norme chez un hybride. Enfin, dans la mesure où un vampire hybride peut être considéré comme normal !

— Pardonne-moi, intervint Edward d'une voix ébahie en retenant l'homme dans ses allers-retours. Que viens-tu de dire à propos de ma femme ?

L'autre le contempla curieusement, oubliant soudain son agitation maniaque.

— Qu'elle est un bouclier. Je n'en suis pas certain, puisqu'elle me bloque.

Déroutée, je le dévisageai. Un bouclier ? Qu'est-ce que cela signifiait ? Et comment est-ce que je le « bloquais » ? Je me tenais juste à côté de lui, tranquille.

— Un bouclier ? répéta Edward, ahuri.

— Allons, Edward ! Si je n'arrive pas à la lire, toi non plus, j'imagine. Perçois-tu ses pensées ?

— Non, je n'en ai jamais été capable. Même quand elle était humaine.

— Jamais ? s'écria Eleazar. Intéressant. Cela suppose un talent plutôt puissant, s'il se manifestait déjà avant la transformation. Malheureusement, je n'arrive pas à percer ses défenses, donc j'en suis réduit à supputer. Pourtant, elle doit être encore à l'état brut, puisqu'elle n'a que quelques mois. (Il adressa un regard presque exaspéré à Edward.) Dire qu'elle est complètement inconsciente de son pouvoir ! Aro m'expédiait dans le monde entier à la recherche de telles anomalies, et toi, tu tombes sur l'une d'elles par hasard sans t'en rendre compte ! Quelle ironie !

Il secoua la tête avec incrédulité.

— Mais de quoi parles-tu ? lançai-je. Comment puis-je être un *bouclier* ? Ça veut dire quoi ?

Je me représentais une armure médiévale ridicule et rien d'autre. Eleazar inclina la tête et m'examina.

— Je suppose que nous étions un peu trop formalistes, dans la garde. Cataloguer les talents est très subjectif et hasardeux. Chacun est unique en son genre. Il n'empêche que toi, Bella, tu es assez facile à classifier. Les talents uniquement défensifs, destinés à protéger celui qui en est doué, sont toujours appelés « boucliers ». As-tu déjà testé tes aptitudes ? As-tu déjà bloqué quiconque, en dehors de moi et de ton compagnon ?

En dépit de la vitesse à laquelle fonctionnait mon cerveau, il me fallut plusieurs secondes pour répondre.

— Cela ne fonctionne que pour certaines choses, murmurai-je. Mon esprit est... réservé, en quelque sorte. Mais Jasper est capable de détecter mes humeurs, et Alice voit mon futur.

— Alors, c'est une défense essentiellement mentale, commenta-t-il. Puissante mais circonscrite.

— Aro n'a pu l'entendre, précisa Edward. Alors qu'elle était humaine quand ils se sont croisés.

Eleazar écarquilla les yeux.

— Jane a essayé de m'atteindre, en vain, renchéris-je. D'après Edward, Démétri ne me localiserait pas, et je serais hermétique aux attaques d'Alec. C'est bien ?

— Plutôt, oui ! acquiesça l'homme, hébété.

— Un bouclier ! s'écria Edward sur un ton extrêmement satisfait. Je n'y avais pas pensé. Le seul que j'aie jamais connu, c'est Renata, et elle exprime son don de façon très différente.

— Qui est Renata ? demandai-je. Et que fait-elle ?

Soudain intéressée par notre conversation, Renesmée se pencha de façon à nous voir.

— Renata est le garde du corps personnel d'Aro, m'expliqua Eleazar. Elle est très forte elle aussi et bien pratique.

Si je me rappelais vaguement la troupe de vampires des deux sexes rôdant autour d'Aro dans sa tour macabre, leurs traits ne me revinrent pas. Renata avait dû être parmi eux.

— Je me demande si…, commença Eleazar. Vois-tu, Renata est un bouclier efficace contre toute attaque physique. Si, dans une situation hostile, un adversaire l'approche – ou Aro, puisqu'elle est constamment à son côté –, il… perd tous ses moyens. Une force quasiment indétectable le repousse. Par exemple, il emprunte une direction tout autre que celle qu'il avait arrêtée au départ, l'esprit si confus qu'il ne sait plus quelles raisons l'ont poussé à se déplacer. Renata est capable de projeter son bouclier à plusieurs mètres alentour. Elle défend également Caïus et Marcus quand c'est nécessaire, même si sa priorité est Aro. Toutefois, comme chez la majorité des vampires, son don est mental, pas physique. Si toi et elle vous affrontiez, je me demande qui l'emporterait. C'est la première fois que je rencontre quelqu'un ayant le pouvoir de bloquer les dons d'Aro et de Jane.

— Tu es spéciale, maman, me dit Renesmée sans paraître autrement surprise.

J'étais un peu perdue. Ne disposais-je pas déjà du talent de me maîtriser, qui me permettait de sauter l'étape horrible des premiers mois de la vie d'un nouveau-né ? Les vampires n'avaient qu'un don, non ? Ou alors, Edward avait eu raison dès le départ, en suggérant que mon contrôle sur moi n'était que le fruit d'une préparation intense, contrairement à Carlisle, qui supposait que, là peut-être, résidait mon pouvoir. Lequel des deux avait raison ? Étais-je en mesure de faire plus encore ? Existait-il une catégorie, un nom pour celle que j'étais devenue ?

— Sais-tu projeter ? s'enquit Kate avec curiosité.

— Pardon ?

— Appliquer ton talent à un autre, m'expliqua-t-elle. Défendre une personne qui ne soit pas toi.

— Aucune idée. Je n'ai jamais essayé, puisque j'ignorais que je possédais un pouvoir.

— Ce n'est peut-être pas le cas, s'empressa-t-elle de préciser. Dieu sait que je travaille sur le mien depuis des siècles. Or, je ne parviens qu'à l'étendre à tout mon corps.

Je la dévisageai sans comprendre.

— Kate est en mesure d'envoyer des décharges électriques, intervint Edward. C'est un don offensif, un peu comme celui de Jane.

Instinctivement, je m'écartai d'elle, qui s'esclaffa.

— Je ne suis pas sadique, me rassura-t-elle. Disons simplement qu'il est fort utile en cas de bagarre.

Peu à peu, l'ampleur de ce que venait de dire Kate s'imposait à moi. « Défendre une personne qui ne soit pas toi. » Cela laissait supposer que j'étais en mesure d'inclure quelqu'un dans mon étrange tête silencieuse. Je me rappelai Edward se tordant sur les dalles de la tour des Volturi. Bien qu'humain, ce souvenir-là était plus vif et plus douloureux que la plupart de ceux qui me restaient. Comme s'il avait été marqué au fer rouge dans mon cerveau. Et si j'étais capable d'empêcher que cela se reproduise ? Si j'étais susceptible de le protéger ? Ainsi que Renesmée ?

— Tu dois absolument m'apprendre à utiliser mon talent ! m'écriai-je en attrapant Kate par le bras sans réfléchir. Tu dois me montrer comment il fonctionne !

Elle grimaça.

— D'accord ! À condition que tu arrêtes d'écrabouiller mon radius.

— Houps ! Désolée !

— Tu t'en sors déjà très bien, ajouta-t-elle. Tu aurais dû lâcher prise. Or, tu n'as rien senti, n'est-ce pas ?

— Tu aurais pu éviter ça, Kate, grommela Edward. Bella ne te voulait aucun mal.

Ni elle ni moi ne lui prêtâmes attention.

— Non, rien du tout. Tu m'as envoyé une décharge ?

— Oui. Hum... Je n'ai jamais rencontré quelqu'un qui soit immunisé, mortel ou immortel.

— Tu l'as vraiment projeté ? insistai-je.

— Oui. Avant, il se cantonnait à mes paumes, comme chez Aro.

— Et Renesmée, lança Edward.

— Mais, avec un peu d'entraînement, je suis parvenue à faire circuler le courant sur toute la surface de mon corps. C'est une bonne protection. Quiconque essaye de me toucher tombe comme une mouche. Ça ne dure que quelques secondes, ce qui est amplement suffisant.

Je ne l'écoutais plus qu'à moitié, à présent, tout entière plongée dans les réflexions qu'avait éveillées la perspective d'être en état de protéger ma petite famille, pour peu que j'apprenne assez vite. Pourvu que je sois aussi douée dans ce domaine que je l'étais – assez mystérieusement – pour tout ce qui concernait les aspects de l'existence d'un vampire. Ma vie d'humaine ne m'ayant pas préparée à la facilité, j'avais du mal à avoir confiance en moi et à croire à l'étendue de mes aptitudes nouvelles. Toutefois, il me semblait que protéger ceux que j'aimais était la chose la plus intense que j'aie jamais désirée.

Absorbée par mes pensées, je ne remarquai pas l'échange silencieux qu'eurent Edward et Eleazar, jusqu'à ce qu'il se transforme en conversation orale.

— As-tu une seule exception en tête ? demanda Edward.

Revenant à la situation présente, je constatai que tout le monde contemplait les deux hommes, penchés l'un vers l'autre. Edward arborait une expression soupçonneuse, tandis qu'Eleazar suintait le mécontentement et la répugnance. Le brusque changement d'atmosphère me surprit.

— Je refuse d'y croire, grogna le vampire brun. Si tu as raison…

— C'est ton idée, pas la mienne, l'interrompit Edward.

— D'accord. Si j'ai raison… je n'arrive même pas à en appréhender les répercussions. Cela changerait complètement le monde que nous avons créé. Et le sens de ma vie, ce à quoi j'ai participé.

— Tu as toujours été guidé par les meilleures intentions qui soient.

— Quelle importance ? Combien d'existences aurai-je…

Tanya posa une main réconfortante sur l'épaule de son ami.

— Qu'avons-nous loupé ? demanda-t-elle. Je tiens à savoir, Eleazar. Tu ne t'es jamais rendu coupable de quoi que ce soit qui mérite que tu te fustiges ainsi.

— C'est toi qui le dis, maugréa l'intéressé.

Se dégageant, il recommença à arpenter la pièce, encore plus nerveusement que tout à l'heure. Tanya l'observa un instant avant de se tourner vers Edward.

— Explique-nous.

Il hocha la tête, sans cesser d'observer l'autre homme.

— Eleazar essayait de comprendre pourquoi les Volturi s'apprêtent à débarquer au grand complet pour nous punir. Ils ne procèdent pas comme ça, normalement. Certes, nous sommes le clan le plus important en nombre.

Pour autant, dans le passé, d'autres familles ont noué des alliances pour se protéger, et ils ne les ont jamais considérées comme un défi méritant de mobiliser l'ensemble de leurs troupes. Par ailleurs, des liens très forts nous unissent, ce qui n'est pas la norme chez les vampires. Mais cela ne suffit pas à expliquer leur décision. Alors, Eleazar s'est souvenu d'autres expéditions punitives, et il lui est revenu à l'esprit un élément particulier, qu'aucun autre soldat n'aura remarqué, puisqu'il était le seul à transmettre certains renseignements vitaux à Aro. Un élément qui ne se reproduit qu'une fois par siècle environ.

— Lequel ? s'enquit Carmen.

— Aro se déplace rarement en personne pour rendre justice. L'histoire a montré que, quand il s'intéressait à quelque chose de précis, tel ou tel clan ne tardait pas à être accusé d'un crime impardonnable, preuves à l'appui. Les anciens décidaient alors d'accompagner la garde afin d'assister au châtiment. Une fois la tribu détruite, Aro pardonnait à l'un de ses membres, sous prétexte qu'il s'était montré plus repentant que les autres. Il se trouvait que le vampire en question était toujours doué d'un talent admiré par Aro et qu'il était intégré dans les troupes des Volturi. Le miraculé était reconnaissant pour l'éternité d'un tel honneur. Ce schéma n'a connu aucune exception.

— Il est sûrement vertigineux d'être élu, suggéra Kate.

— Ha ! ricana Eleazar.

— Il existe un soldat qui s'appelle Chelsea, reprit Edward. Elle est en mesure d'influer sur les liens affectifs que tissent les gens. Soit elle les défait, soit elle les renforce. Elle peut amener une personne à se sentir particulièrement connectée aux Volturi, à vouloir leur appartenir, à souhaiter leur *plaire*...

— Nous savions tous combien Chelsea était importante, le coupa Eleazar en s'arrêtant net. En cas de conflit, si nous réussissions à séparer les familles alliées, nous les vainquions plus facilement. En éloignant les innocents des coupables, nous permettions à la justice de s'exercer sans brutalité inutile. Les coupables étaient condamnés, les innocents épargnés. Sans Chelsea, nous n'aurions pu empêcher un clan de se battre comme un seul homme. Je considérais cela comme un beau geste, de la bonté, la preuve de la mansuétude d'Aro. Je soupçonnais aussi que Chelsea renforçait artificiellement les liens au sein de nos propres rangs, mais cela aussi était positif, car notre efficacité n'en était que plus réelle, notre cohabitation facilitée.

Voilà qui clarifiait certains de mes souvenirs. Auparavant, je n'avais pas bien saisi pourquoi les gardes obéissaient à leurs maîtres au doigt et à l'œil, avec dévotion, presque.

— Son pouvoir est-il très fort ? demanda Tanya d'une voix anxieuse en regardant brièvement chacun des membres de sa famille.

— Je n'ai eu aucun mal à quitter les Volturi et à partir avec Carmen, répondit Eleazar en haussant les épaules. Mais, en théorie, toute relation plus faible que celle d'un couple est menacée. Dans un clan normal, du moins. Pour ce qui nous concerne, cette règle ne s'applique pas forcément : en nous abstenant de boire du sang humain, nous devenons plus civilisés. Nous tissons des rapports basés sur l'amour et l'affection. Je doute que Chelsea réussirait à les briser.

Tanya hocha la tête, visiblement rassurée, cependant que son ami poursuivait son analyse.

— Je ne vois qu'une raison ayant pu pousser Aro à venir ici en personne et avec autant de monde. Son but n'est pas de punir, mais d'acquérir. Il doit être présent afin de contrôler la situation. Mais il a aussi besoin de toutes ses troupes pour se protéger d'une famille aussi puissante et talentueuse que les Cullen. Comme il ne peut courir le risque de laisser les anciens seuls et sans défense à Volterra, quelqu'un pouvant en profiter, ils viendront tous. Je pense que sa motivation première est la convoitise.

— D'après ce que j'ai lu de ses pensées l'an dernier, intervint Edward, Aro désire par-dessus mettre la main sur Alice.

Je sentis ma mâchoire se décrocher, me rappelant les images cauchemardesques que j'avais imaginées longtemps auparavant : Edward et Alice en capes noires, les prunelles écarlates, les visages froids et figés, telles des ombres. Les mains d'Aro sur les leurs... Était-ce cette vision qu'Alice avait eue, le soir de sa disparition ? Avait-elle vu Chelsea annihilant l'amour qu'elle éprouvait pour nous afin de la lier à Aro, Caïus et Marcus ?

— Est-ce pour cela qu'Alice est partie ? soufflai-je.

— Je crois, oui, admit Edward. Elle ne veut pas qu'Aro s'empare de son pouvoir.

Tanya et Kate se mirent à discuter à voix basse. Elles n'étaient pas au courant de la défection d'Alice, ce qui les perturbait.

— Il te convoite également, murmurai-je à l'adresse d'Edward.

— Dans une moindre mesure, tempéra-t-il. Je ne peux guère lui offrir plus qu'il n'a déjà. Par ailleurs, il faudrait qu'il trouve un moyen de me forcer à lui obéir. Or, il me connaît et sait que c'est improbable.

— Il connaît également tes faiblesses, objecta Eleazar en me désignant.

— Inutile d'aborder ce sujet maintenant, s'empressa d'éluder Edward.

— Il désire aussi s'approprier ta compagne, insista

cependant le brun. Qu'elle lui ait résisté alors qu'elle était encore humaine n'aura pas manqué de l'intriguer.

L'intérêt de l'ancien pour moi me mettait aussi mal à l'aise qu'Edward. Si Aro exigeait quelque chose de moi, n'importe quoi, il lui suffirait de menacer mon mari pour que j'obtempère. Et vice versa. La mort était-elle préférable à la capture, finalement ?

— À mon avis, reprit Edward en passant à autre chose, les Volturi guettaient cet instant depuis longtemps. Ils cherchaient un prétexte. Ils ne pouvaient deviner quelle forme il prendrait, mais le plan était déjà en place quand Irina est allée les trouver. Voilà pourquoi Alice a vu leur décision avant même l'arrivée d'Irina en Italie. Ils n'attendaient que cette occasion.

— Si les Volturi commencent à abuser de la confiance qu'ont placée en eux tous les immortels..., soupira Carmen.

— Quelle importance ? répliqua son compagnon. Qui croira cela ? Et, quand bien même nous réussirions à convaincre les gardes qu'on exploite leurs dons sans vergogne, quelle différence cela fera-t-il ? Les Volturi sont imbattables.

— Même si certains parmi nous sont assez fous pour s'en prendre à eux, marmonna Kate.

— Vous n'êtes ici que comme témoins, Kate, protesta Edward. Quelles que soient les motivations d'Aro, je ne pense pas qu'il soit prêt à ternir la réputation des Volturi pour les satisfaire. Si nous parvenons à contrer ses arguments, il sera obligé de nous laisser tranquilles.

— Ben tiens ! ricana Tanya.

Personne n'avait l'air très convaincu. Soudain, dans le silence qui s'était installé, je perçus des bruits de pneus sur le sentier.

— Flûte, Charlie ! râlai-je. Vous devriez peut-être vous réfugier à l'étage pendant que je…

— Non, m'interrompit Edward d'une voix distante, les yeux fixés sur la porte. Ce n'est pas ton père. Alice nous envoie Peter et Charlotte. Préparons-nous pour le deuxième round.

32

♦

RENFORTS

L'énorme maison des Cullen était remplie de plus d'invités qu'elle ne pouvait en accueillir confortablement. Heureusement, aucun d'eux ne dormait. Les repas étaient hasardeux, en revanche. Nos invités coopérèrent de leur mieux, évitant Forks et La Push pour ne chasser qu'en dehors de l'État. Edward se montra un hôte charmant, prêtant sans sourciller ses voitures quand besoin était. Ce compromis me mettait très mal à l'aise, même si je me répétais qu'ils chassaient tous quelque part dans le monde, quand ils n'étaient pas chez nous.

Jacob le prit plus mal. L'existence des loups-garous se justifiait par leur mission : empêcher la mort d'êtres humains. Or, des meurtres endémiques se produisaient juste au-delà du territoire de la meute. Toutefois, vu les circonstances, vu le péril qui menaçait Renesmée, il ferma son bec et fusilla du regard le plancher plutôt que les vampires.

La tolérance de nos invités envers lui m'étonna. Les problèmes qu'avait redoutés Edward ne se manifestèrent pas. À leurs yeux, Jacob était plus ou moins invisible, ni franchement une personne, ni véritablement un en-cas. Ils se comportaient envers lui comme les gens qui n'aiment pas les bêtes traitent les animaux de compagnie de leurs amis. Leah, Seth, Quil et Embry furent chargés de patrouiller avec Sam. Jacob se serait volontiers joint à eux, d'ailleurs, si ce n'est qu'il était inséparable de Renesmée. Laquelle était occupée à fasciner l'étrange ramassis des connaissances de Carlisle.

Nous rejouâmes la scène de la présentation de notre fille au clan de Denali une demi-douzaine de fois environ. Au bénéfice de Peter et Charlotte d'abord, qu'Alice et Jasper nous avaient expédiés sans leur fournir plus d'explications. Comme tous ceux qui connaissaient Alice, ils avaient accueilli ses ordres succincts sans barguigner. Elle ne leur avait rien confié non plus de l'endroit où elle et Jasper se rendaient. Elle avait encore moins promis qu'ils se reverraient un jour. Ni Peter ni Charlotte n'avaient jamais vu d'enfant immortel. Bien qu'ils fussent au courant de la loi, leur réaction négative n'atteignit pas l'ampleur de celle des vampires de Denali. La curiosité les poussa à autoriser Renesmée à « s'expliquer », cela suffit. Ils étaient à présent aussi désireux de témoigner que la famille de Tanya.

Carlisle avait envoyé des amis d'Irlande et d'Égypte. Les Irlandais arrivèrent les premiers et se montrèrent d'une facilité déconcertante à convaincre. Siobhan, une femme à la présence impressionnante dont le corps imposant était tout autant magnifique qu'hypnotisant quand il bougeait en ondulant sans heurts, en était le chef, même si elle et son compagnon au visage inquisiteur, Liam, avaient pris l'habitude de se fier au jugement du plus récent membre de leur clan. La petite Maggie, avec ses boucles rousses et souples, était physiquement moins frappante que ces deux-là. Elle possédait le don de deviner quand on lui mentait, cependant, et ses verdicts n'étaient jamais discutés. Elle décréta qu'Edward disait la vérité, et Siobhan et Liam acceptèrent notre histoire avant même de toucher Renesmée.

Amun et les autres vampires égyptiens nous posèrent bien plus de difficultés. Les deux jeunes membres de leur tribu, Benjamin et Tia, eurent beau accepter la version montrée par notre fille, Amun refusa de s'approcher d'elle et exigea de partir. Benjamin – un vampire d'un naturel étonnamment joyeux, qui semblait à peine plus âgé qu'un adolescent et paraissait doté d'une absolue confiance en lui qui n'avait d'égal que son absolue insouciance – le convainquit de rester en quelques paroles subtiles évoquant la fin de leur alliance. Si Amun fut contraint de céder, il s'entêta dans son refus de toucher Renesmée et interdit à sa compagne, Kebi, de le faire. Ces Égyptiens formaient un groupe disparate, même si tous se ressemblaient ; avec leurs cheveux d'un noir de jais et leur peau à la matité pâle, ils auraient aisément pu passer pour une famille biologique. Amun, le plus âgé, était leur chef non officiel. Kebi le suivait comme son ombre, et je ne l'entendis jamais prononcer un seul mot. Tia, la maîtresse de Benjamin, était une femme taciturne elle aussi ; quand elle s'exprimait, c'était toujours avec perspicacité et sérieux. Tous trois semblaient néanmoins graviter autour de Benjamin, comme si ce dernier avait été doté d'un magnétisme invisible, sans lequel les autres auraient perdu l'équilibre. Remarquant qu'Eleazar observait le garçon avec des yeux écarquillés, j'en déduisis qu'il était doué d'un talent qui attirait ses compagnons à lui.

— Ce n'est pas ça, m'apprit Edward quand nous nous

retrouvâmes seuls, cette nuit-là. Son don est tellement singulier qu'Amun est terrifié à l'idée de le perdre. De la même façon que nous escomptions cacher l'existence de Renesmée à Aro, Amun s'arrange pour détourner l'attention des Volturi de Benjamin. C'est lui qui l'a créé, sachant qu'il serait spécial.

— De quoi est-il capable ?

— D'une chose qu'Eleazar n'a encore jamais vue, et dont je n'ai jamais entendu parler. Même ton bouclier serait impuissant contre Benjamin. (Il me gratifia de son sourire en biais.) Il peut influencer les éléments – la terre, le vent, l'eau et le feu. Il s'agit bien de manipulations physiques, pas d'illusions mentales. Il en est encore au stade des expérimentations, et Amun aimerait bien le transformer en arme. Mais tu as noté à quel point Benjamin est indépendant. Il ne se laissera pas manipuler.

— Tu l'aimes bien, devinai-je au ton de sa voix.

— Il a un sens très développé du bien et du mal. Cette attitude me plaît.

L'hostilité d'Amun ne faiblit pas, et Kebi et lui restèrent à l'écart des autres, alors que Benjamin et Tia ne tardèrent pas à se lier d'amitié avec ceux de Denali et les Irlandais. Nous espérions que le retour de Carlisle apaiserait les tensions avec le vieil Égyptien.

Emmett et Rose nous envoyèrent des individus indépendants – tous les nomades qu'ils avaient pu dénicher. Garrett surgit le premier. C'était un grand vampire élancé aux avides prunelles rubis et aux longs cheveux blonds qu'il nouait dans le dos à l'aide d'un cordon de cuir. Sa nature d'aventurier nous apparut immédiatement. Lui aurions-nous lancé n'importe quel défi qu'il l'aurait relevé, ne serait-ce que pour se mettre à l'épreuve. Il s'entendit très vite avec les sœurs de Denali, ne cessant de les interroger sur leur mode de vie inhabituel. J'eus l'impression qu'il était prêt à s'essayer au régime « végétarien », rien que pour voir s'il était capable de s'y tenir.

Suivirent Mary et Randall. Ils se connaissaient déjà, avaient sympathisé, bien qu'ils ne voyagent pas ensemble. Comme les autres, ils écoutèrent Renesmée et promirent de témoigner. À l'instar de Tanya et de Kate, ils réfléchirent aux moyens dont ils disposaient, au cas où les Volturi refuseraient de se ranger à nos arguments. Les trois nomades envisageaient également de rester avec nous, par la suite.

Il va de soi que Jacob devint de plus en plus revêche à chaque nouvelle arrivée. Il gardait ses distances dans la mesure du possible ; sinon, il marmonnait à Renesmée que quelqu'un allait devoir lui fournir un index si l'on voulait qu'il mémorise correctement les noms impossibles de tous ces buveurs de sang[1].

Carlisle et Esmé revinrent une semaine après leur départ, Emmett et Rosalie quelques jours plus tard. Nous nous sentîmes tous mieux de leur retour. Carlisle était accompagné d'un ami supplémentaire, même si « ami » n'était pas forcément le bon terme. En effet, Alistair était un vampire anglais misanthrope qui considérait Carlisle comme sa connaissance la plus proche, bien qu'il ne tolérât pas qu'on lui rendît visite plus d'une fois l'an. Il chérissait sa solitude, et Carlisle avait eu bien du mal à le décider d'entreprendre le voyage. Comme il fuyait toute compagnie, il n'eut guère d'admirateurs parmi les différents clans rassemblés à la villa.

Ce lugubre vampire aux cheveux bruns accepta sans discuter ce que lui raconta Carlisle des origines de Renesmée et, comme Amun, refusa de la toucher. Edward nous apprit, à Carlisle, Esmé et moi, qu'Alistair avait peur

---

1. Voir page 761. (Note de l'éditeur.)

d'être ici, et qu'il était encore plus effrayé de ce qu'il ressortirait du conflit. Il se méfiait de toute forme d'autorité et n'avait jamais apprécié les Volturi. Ce qui était en train de se produire confirmait toutes ses craintes.

— Bien sûr, maintenant ils sauront que j'ai mis les pieds ici, l'entendîmes-nous grommeler dans le grenier (son lieu de prédilection pour abriter ses bouderies). Impossible de cacher ça à Aro. Ça promet des siècles de traque. Tous ceux à qui Carlisle aura adressé la parole ces dix dernières années seront sur leur liste. Je n'arrive pas à croire que je me suis fourré dans ce pétrin. Quelle jolie façon de traiter ses amis !

S'il avait raison pour ce qui était de devoir fuir devant les Volturi, il avait cependant moins de souci à se faire que nous. Alistair était un traqueur, même s'il n'était ni aussi précis ni aussi efficace que Démétri. Il ne ressentait qu'une attirance fugace pour ceux qu'il cherchait. Cela suffirait toutefois à lui indiquer dans quelle direction prendre ses jambes à son cou – celle qui l'éloignerait le plus de Démétri.

Puis arrivèrent soudain deux amies, inattendues, parce que ni Carlisle ni Rosalie n'avaient réussi à les contacter. Les Amazones. Toutes deux étaient très grandes et sauvages. Elles donnaient l'impression d'avoir été étirées – longs bras et longues jambes, longs doigts, longues tresses noires, longs visages aux nez longs. Elles n'étaient vêtues que de peaux de bête, vestes et pantalons ajustés qui se laçaient sur le côté avec des cordelettes en cuir. Tout en elles donnait une impression de brutalité : vêtements, yeux cramoisis et sans cesse en mouvement, gestes brusques et vifs. C'était la première fois que je rencontrais des vampires aussi peu civilisés.

Alice nous les envoyait, et c'étaient là des nouvelles intéressantes, pour dire les choses avec retenue. En quel honneur ma belle-sœur avait-elle entrepris le voyage jusqu'en Amérique du Sud ? Parce qu'elle avait entrevu que personne ne réussirait à contacter les Amazones ?

— Zafrina et Senna ! s'exclama Carlisle. Mais où est Kachiri ? Je ne vous ai jamais vues qu'ensemble !

— Alice nous a demandé de nous séparer, répondit Zafrina, la plus grande, avec une voix grave et rude qui correspondait à sa dégaine. Bien que cela nous mette mal à l'aise, Alice nous a assuré que vous aviez besoin de nous ici, pendant qu'elle avait besoin de Kachiri ailleurs. Elle a refusé d'en dire plus, sinon que c'était... urgent ?

L'affirmation de Zafrina s'était terminée en interrogation, et ce fut avec une angoisse qui ne me quittait jamais quand je me prêtais à l'exercice, quel que soit le nombre de fois où cela s'était produit, que j'allai chercher Renesmée. En dépit de leur apparence féroce, les deux Amazones écoutèrent très calmement notre histoire puis permirent à notre fille d'apporter sa contribution au récit. Elles furent tout aussi séduites par l'enfant que leurs congénères l'avaient été. Senna se tenait toujours à côté de Zafrina et ne parlait jamais ; toutefois, les relations des deux femmes étaient très différentes de celles qui unissaient Amun et Kebi. Cette dernière était obéissante ; Senna et Zafrina ressemblaient plus à deux parties d'un unique corps dont la deuxième aurait été la bouche.

Les nouvelles concernant Alice nous rassurèrent. Il était clair maintenant qu'elle s'était lancée dans quelque mission obscure tout en échappant aux plans que mijotait Aro à son égard.

Edward était ravi que les Amazones nous aient rejoints, car Zafrina possédait un don très utile qui pouvait se transformer en arme offensive en cas de besoin. Non qu'il eût l'intention de participer à un éventuel combat mais, si les Volturi refusaient d'écouter nos témoins, ils accepteraient peut-être de revoir leurs projets face aux talents dont nous disposions.

À ma bonne habitude, je me révélai immunisée contre le pouvoir de Zafrina, ce qui parut amuser et intriguer celle-ci, car c'était la première fois que cela se produisait. Elle trépigna avec impatience à côté d'Edward quand ce dernier m'expliqua ce dont elle était capable.

— Zafrina crée des illusions très crédibles. Elle peut obliger les gens à voir ce qu'elle veut et rien d'autre. Par exemple, en ce moment, je suis seul dans la jungle. L'image est si vivace que je serais susceptible d'y croire si je ne sentais pas encore ta présence dans mes bras.

Les lèvres de l'Amazone formèrent une sorte de sourire dur et, une seconde plus tard, le regard d'Edward retrouva sa clarté.

— Impressionnant, commenta-t-il en riant.

Fascinée par la conversation, Renesmée tendit sans crainte le bras vers Zafrina.

— Moi aussi ? demanda-t-elle.

— Et qu'aimerais-tu voir ? répondit l'Amazone.

— Ce que tu as montré à papa.

Hochant la tête, Zafrina s'exécuta, sous mes yeux soucieux. Les prunelles de Renesmée se perdirent dans le vide, puis un sourire éblouissant illumina ses traits.

— Encore ! exigea-t-elle.

Du coup, il fut difficile d'éloigner la petite de l'Amazone et de ses « jolies images ». Je n'étais pas rassurée, me doutant que Zafrina était également en mesure de dérouler des scènes beaucoup moins « jolies ». Cependant, je pus profiter de ses illusions moi aussi, à travers ma fille, qui me les retransmit avec une splendeur égale. Cela me permit de constater que l'Amazone se cantonnait à des mirages inoffensifs.

Bien que je sois réticente à m'en séparer, je fus heureuse

que Zafrina occupe Renesmée. J'avais en effet besoin d'avoir les mains libres : j'avais tellement à apprendre, tant physiquement que mentalement.

Mon premier cours de lutte se solda par un échec. Edward me cloua au sol en à peu près deux secondes. Au lieu de me laisser résister, ce dont j'aurais été capable, il s'éloigna de moi d'un bond. Je compris aussitôt que quelque chose n'allait pas. Immobile comme une statue, il fixait la pelouse sur laquelle nous nous entraînions.

— Excuse-moi, Bella.

— Tout va bien ? Recommençons.

— Je ne peux pas.

— Comment ça ? Nous venons à peine de débuter.

Il garda le silence.

— Écoute, je sais que je ne suis pas très douée, mais je ne m'améliorerai pas si tu ne m'aides pas.

Il ne dit rien. Joueuse, je lui sautai dessus. Il ne se défendit pas, et nous roulâmes au sol. J'appuyai mes lèvres sur sa jugulaire sans qu'il résiste.

— J'ai gagné ! lançai-je.

Il plissa les yeux, mais s'entêta dans son mutisme.

— Qu'y a-t-il, Edward ? Pourquoi ne me formes-tu pas ?

Une bonne minute s'écoula avant qu'il ne daigne s'expliquer.

— Ça m'est... insupportable. Emmett et Rosalie sont aussi habiles que moi. Tanya et Eleazar également, sans doute. Demande à quelqu'un d'autre.

— C'est injuste ! Tu es très doué ! Tu as déjà aidé Jasper, tu t'es battu contre lui et contre tous les autres. Pourquoi pas contre moi ? Qu'est-ce que j'ai de spécial ?

Il poussa un soupir exaspéré. Ses prunelles étaient sombres, sans or pour les éclaircir.

— Te considérer comme une cible, méditer ta perte...

tout cela est trop réel pour moi. Nous ne disposons que de peu de temps, donc n'importe quel professeur ira. Du moment qu'il t'enseigne les fondamentaux.

Je fronçai les sourcils.

— Et puis, enchaîna-t-il en effleurant ma lèvre boudeuse, ces séances sont inutiles. Les Volturi seront obligés de nous écouter.

— Et dans le cas contraire ? J'ai absolument besoin d'apprendre !

— Trouve-toi un autre entraîneur.

Nous ne revînmes plus sur le sujet, et je fus obligée de me ranger à sa décision. Emmett ne fut que trop content de le remplacer ; je devinai que ses cours s'apparentaient à une revanche pour tous les bras de fer qu'il avait perdus. Si mon organisme avait pu marquer, j'aurais été couverte de bleus des pieds à la tête. Rose, Tanya et Eleazar se montrèrent patients et encourageants. Leurs leçons me rappelèrent celles qu'avait dispensées Jasper en juin, bien que mes souvenirs soient flous. Certains de nos visiteurs jugèrent mon éducation divertissante, et quelques-uns proposèrent même leurs services. Garrett se dévoua à plusieurs reprises et se révéla un excellent enseignant. Il était de compagnie si agréable que je me demandai pourquoi il n'avait jamais trouvé de tribu à laquelle se joindre. Je me battis aussi contre Zafrina, cependant que Renesmée nous observait, dans les bras de Jacob. J'appris quelques ficelles avec elle, mais je me gardai de la solliciter une seconde fois. En vérité, j'avais beau l'apprécier et savoir qu'elle ne me ferait jamais de mal, elle m'effrayait.

En dépit de mes découvertes, je ne pouvais me débarrasser du sentiment que je ne connaissais que quelques règles de base. Je n'avais pas la moindre idée du temps que je réussirais à tenir, face à Jane et Alec. Il ne me restait plus qu'à prier pour que ce soit suffisant et me permette de me rendre utile.

Quand je n'étais pas avec Renesmée ou occupée à me battre, je travaillais dans le jardin, sous l'égide de Kate, m'entraînant à pousser mon bouclier intérieur hors de mon cerveau afin de protéger les autres. Edward me soutenait entièrement. Il espérait, j'en étais consciente, que je trouverais ainsi un moyen d'aider qui me satisferait tout en m'évitant de me battre.

C'était très difficile, cependant. Je n'avais rien à quoi me raccrocher, rien de solide sur quoi m'appuyer. Je n'avais que mon désir enragé de servir, de protéger Edward, Renesmée et un maximum de membres de ma famille. Je m'escrimai à étendre mon pouvoir, n'obtenant que de maigres succès sporadiques. J'avais l'impression de m'éreinter à étirer un élastique invisible, qui perdait sa tangibilité concrète pour se transformer en fumée dénuée de substance quand cela lui chantait.

Seul Edward acceptait de nous servir de cobaye, d'encaisser les décharges successives envoyées par Kate, cependant que je me triturais les méninges. Sans guère de résultat. Il nous arrivait de travailler ainsi durant des heures, et j'aurais dû être couverte de transpiration à force d'épuisement si mon corps parfait avait été en état de suer. Ma fatigue n'était que mentale.

Je détestais qu'Edward eût à souffrir, grimaçant sous les attaques « modérées » de Kate. Je tentais de toutes mes forces d'élargir mon bouclier à nous deux ; cela marchait parfois pour s'interrompre aussitôt. J'aurais préféré que Zafrina remplaçât Kate. Ainsi, Edward n'aurait eu qu'à supporter les illusions de l'Amazone. Mais Kate soulignait que la motivation était essentielle – ayant du mal à assister au martyre de mon mari, je n'en serais que meilleure. Je commençais cependant à douter de l'affirmation qu'elle avait exprimée le jour de notre rencontre, à savoir qu'elle n'était pas sadique. Pour moi, elle paraissait prendre beaucoup trop de plaisir à ces exercices. De son côté, Edward s'efforçait de gommer ses accents de souffrance. Il était prêt à tout pour que je ne renonce pas à ces entraînements.

— Hé, bien joué, Bella ! lança-t-il joyeusement un jour. Celle-ci m'a à peine picoté.

Prenant une grande respiration, j'essayai de comprendre en quoi j'avais bien agi. Je testai l'élastique, me débattant pour qu'il reste le plus solide possible.

— Vas-y, Kate ! grommelai-je entre mes dents serrées.

Elle appuya sa paume sur l'épaule d'Edward, qui poussa un soupir de soulagement.

— Rien du tout, cette fois !

— Pourtant, c'était une sacrée dose, répliqua Kate, surprise.

— Ouf ! soufflai-je.

— Prête ? me lança-t-elle avant de toucher Edward.

Ce coup-ci, il frissonna et un sifflement ténu s'échappa de sa bouche.

— Désolée ! Désolée ! Désolée ! marmonnai-je en me mordant les lèvres.

Pourquoi n'y arrivais-je pas ?

— Tu te débrouilles très bien, me rassura-t-il. Tu ne travailles que depuis quelques jours et tu parviens déjà à projeter ton talent de temps à autre. Dis-lui que c'est bien, Kate.

Cette dernière fit la moue.

— Je ne sais pas trop. Bella a visiblement des capacités hors du commun que nous commençons tout juste à effleurer. Elle peut faire mieux, j'en suis sûre. Elle manque juste d'un bon stimulant.

Je la contemplai avec effarement, et un feulement rauque

m'échappa. Comment osait-elle soutenir cela alors qu'elle ne cessait d'électrocuter Edward juste sous mes yeux ? Des murmures montèrent du public, lequel s'était enrichi depuis mes premiers entraînements. À Eleazar, Carmen et Tanya s'étaient joints Garrett, puis Benjamin et Tia, Siobhan et Maggie. Même Alistair nous espionnait depuis une fenêtre du dernier étage. Les spectateurs étaient d'accord avec Edward. Ils estimaient que je ne m'en sortais pas si mal.

— Kate…, lança soudain Edward d'une voix menaçante.

Apparemment, elle venait de penser à un nouvel outil. Elle filait déjà vers la rivière, où Zafrina, Senna et Renesmée se promenaient, ces deux dernières main dans la main, échangeant des images. Jacob suivait à quelques pas derrière.

— Nessie ! appela Kate. (Tous les visiteurs s'étaient entichés de ce surnom ridicule.) Tu voudrais bien aider ta mère ?

— Non ! grondai-je.

Edward me donna une accolade rassurante. Je le repoussai vivement, tandis que ma fille se ruait vers nous, les trois femmes sur ses talons.

— C'est hors de question, Kate ! éructai-je.

Renesmée me tendit les bras, je l'attrapai, et elle se blottit dans le creux de mon épaule.

— Mais j'ai envie d'aider, maman ! protesta-t-elle d'une voix déterminée.

Sa main s'accrocha à mon cou, et des images m'apparurent, nous montrant toutes les deux en train de former une équipe.

— Non, répondis-je fermement.

Je reculai d'un pas, car Kate s'était approchée délibérément, paume en avant.

— Garde tes distances, l'avertis-je.

— Non.

Elle avança de nouveau, souriant comme un traqueur ayant coincé sa proie. Sans cesser de reculer, je fis glisser Renesmée dans mon dos. J'avais les mains libres, désormais, et si Kate tenait aux siennes, elle avait intérêt à s'arrêter. N'ayant jamais été mère, elle ne comprenait sans doute pas qu'elle était allée trop loin. J'étais tellement en colère que mes yeux se voilèrent de rouge, et qu'un goût de métal brûlé envahit ma bouche. La force que je m'évertuais d'habitude à museler se libéra, et je compris que je serais capable de réduire mon adversaire en poussière si elle m'y obligeait.

La rage cisela plus intensément encore les moindres détails de l'être que j'étais devenu. Je sentis mieux l'élasticité de mon bouclier, me rendis compte qu'il s'agissait moins d'un fil que d'une couche, d'un film fin qui me couvrait de la tête aux pieds. La colère m'en donnait une meilleure perception, et j'étais plus à même de m'y accrocher. Je l'étendis autour de moi, hors de moi, englobant entièrement Renesmée dedans, juste au cas où Kate briserait mes défenses. Elle continua d'approcher, et un grognement mauvais monta de ma poitrine.

— Sois prudente, Kate, l'avertit Edward.

Encore un pas. Soudain, elle commit une faute grossière que même un vampire aussi inexpérimenté que moi ne pouvait que remarquer. À seulement un bond de moi, elle se détourna afin de regarder Edward. Renesmée étant en sécurité sur mon dos, je me préparai à sauter.

— Entends-tu quelque chose en provenance de Renesmée ? demanda Kate à Edward.

Sa voix était calme. Edward vint se placer entre nous.

— Non, rien du tout, répondit-il. Et maintenant, éloigne-toi pour que Bella se calme. Tu n'aurais pas dû la provoquer ainsi. Je sais qu'elle ne fait pas son âge, mais elle n'a que quelques mois.

— Nous n'avons pas le temps de procéder avec douceur, rétorqua-t-elle. Nous sommes obligés de la pousser dans ses retranchements. Elle a un tel potentiel…

— Recule une minute, Kate.

Elle fit la moue, prit cependant l'avertissement d'Edward au sérieux. Renesmée avait posé sa main sur mon cou. Elle se rappelait l'attaque de Kate, me montrait qu'elle ne m'avait voulu aucun mal, que papa s'occupait de tout. Cela ne m'apaisa pas. Le voile rouge était toujours là, obscurcissant mon champ de vision. Toutefois, je me contrôlais mieux et je perçus la sagesse de ce que venait de dire Kate. La colère m'aidait. J'apprenais plus vite quand j'étais sous pression.

Pour autant, je n'aimais pas ça.

Je plaçai ma paume sur les reins d'Edward. Mon bouclier formait encore un drap solide et flexible autour de ma fille et de moi. Je l'élargis, l'obligeant à englober mon mari. Le tissu élastique ne fit pas mine de se déchirer. Haletant sous l'effort, j'appelai Kate sur un timbre à la fois essoufflé et furieux.

— Encore ! Juste Edward.

Elle leva les yeux au ciel mais obtempéra.

— Rien, commenta Edward, un sourire dans la voix.

— Et là ? insista-t-elle.

— Toujours rien.

— Maintenant ? demanda-t-elle, sur un ton tendu.

— Absolument rien non plus.

Elle grogna et s'écarta.

— Vois-tu cela, Edward ? lança soudain Zafrina de sa voix grave et rude en nous fixant intensément.

Elle avait un drôle d'accent, en anglais, et traînait de manière inattendue sur certaines syllabes.

— Non, rien d'autre que la réalité, dit Edward.

— Et toi, Renesmée ?

Souriant à l'Amazone, Renesmée secoua la tête.

Ma rage s'était presque apaisée, et je serrai les dents, de plus en plus hors d'haleine, pour maintenir en place le bouclier élastique, qui donnait l'impression d'être plus lourd au fil des secondes. Il résistait, désireux de réintégrer mon seul être.

— Que personne ne panique, nous prévint Zafrina. J'aimerais voir jusqu'où Bella est capable de projeter.

Tous les présents – Eleazar, Carmen, Tanya, Garrett, Benjamin, Tia, Siobhan, Maggie – étouffèrent un cri, sauf Senna, qui semblait préparée à ce que Zafrina fabriquait. Les autres spectateurs avaient le regard vide et des expressions anxieuses.

— Levez la main quand vous aurez retrouvé votre vision, ordonna Zafrina. Et toi, Bella, essaye de protéger un maximum d'entre eux.

J'avais le souffle court. Kate était la plus proche, mis à part Edward et Renesmée, mais elle se tenait quand même à trois mètres. Rassemblant toute ma volonté, je poussai sur le bouclier, qui résistait, afin de l'éloigner de moi. Centimètre par centimètre, je le dirigeai sur Kate. Tout en travaillant, je me concentrai sur le visage de Kate, et je poussai un soupir de soulagement quand elle cligna des paupières et se ressaisit. Elle brandit un bras.

— Fascinant, murmura Edward. On dirait un miroir sans tain. Je lis dans leurs pensées, mais eux ne peuvent m'atteindre. J'entends celles de Renesmée aussi, ce qui n'était pas possible quand j'étais à l'extérieur. Je te parie que Kate serait en mesure de m'électrocuter, maintenant qu'elle est également sous le parapluie. Et pourtant, toi, je ne te capte toujours pas… hmmm. Comment ça marche ? Je me demande si…

Il continua à s'interroger, je ne l'écoutais plus. Mâchoires crispées, je forçai le voile élastique vers Garrett, le plus proche de Kate. Il leva la main à son tour.

— Excellent ! s'exclama Zafrina, élogieuse. Maintenant...

Hélas, elle avait parlé trop tôt. Je sentis le tissu protecteur reprendre sèchement sa forme initiale. Éprouvant pour la première fois la cécité dont Zafrina avait accablé les autres, Renesmée se mit à trembler. Avec lassitude, je recommençai à tirer sur le bouclier afin d'englober de nouveau ma fille à l'intérieur.

— Tu m'accordes une minute ? pantelai-je.

Depuis que j'étais vampire, je n'avais pas encore ressenti le besoin de me reposer. Là, si. Il était énervant d'avoir l'impression d'être à la fois épuisée et forte.

— Naturellement, concéda l'Amazone.

Chacun se détendit en retrouvant la vue. Les uns et les autres s'éloignèrent légèrement en discutant à voix basse, perturbés par leur aveuglement momentané. Les vampires n'avaient pas l'habitude de se sentir vulnérables. Le grand Garrett était le seul immortel dépourvu de talent particulier que paraissaient attirer mes entraînements. L'aventurier y trouvait apparemment un intérêt.

— Kate ! appela-t-il.

— À ta place, j'éviterais, le prévint Edward.

Sans tenir compte de l'avertissement, Garrett continua d'avancer vers Kate.

— On dit que tu peux renverser un vampire, lui lança-t-il.

— En effet, acquiesça-t-elle avant d'ajouter avec un sourire rusé et en agitant les doigts pour rigoler : ça te tente ?

— Je n'ai jamais assisté à rien de tel, répondit le grand blond. J'ai l'impression que c'est un peu exagéré...

— Peut-être, admit son interlocutrice en recouvrant son sérieux. Cela ne fonctionne que sur les faibles et les jeunes, si ça se trouve. Toi, par exemple, tu arriverais sûrement à résister à mon don.

Elle tendit la main, paume en l'air, invitation non déguisée. Je fus convaincue que sa mine grave n'était qu'un moyen de l'inciter à accepter. Le défi arracha un vaste sourire à Garrett. Avec beaucoup d'assurance, il effleura la paume de son index. Aussitôt, il poussa un cri sonore, ses genoux fléchirent, et il tomba en arrière. Sa tête heurta un rocher avec un craquement effarant. La scène me laissa sous le choc. Tout en moi s'insurgea face à cet immortel réduit à l'impuissance. Cela me parut extrêmement mal.

— Je te l'avais bien dit, marmotta Edward.

Les paupières de Garrett frémirent, puis il ouvrit les yeux. Il contempla Kate, et un sourire intrigué se dessina sur ses lèvres.

— Wouah ! murmura-t-il.

— Ça t'a plu ? rétorqua-t-elle, moqueuse.

— Je ne suis pas fou ! s'esclaffa-t-il en se relevant lentement et en secouant la tête. Mais quelle expérience !

— Il paraît, oui.

Edward eut un soupir agacé. Soudain, des bruits nous parvinrent du devant de la maison. La voix de Carlisle dominait les bavardages surpris alentour.

— Est-ce Alice qui vous envoie ? demanda-t-il sur un ton incertain et vaguement contrarié.

Des invités de dernière minute ?

Edward se rua à l'intérieur, suivi par la majorité de ceux qui se trouvaient sur la pelouse. Je leur emboîtai le pas plus lentement, Renesmée toujours perchée sur mon dos. Autant laisser un moment à Carlisle. Qu'il mette les nouveaux venus au courant, qu'il les prépare à ce qu'ils allaient apprendre. Je contournai la villa afin d'entrer par la cuisine, tout en prenant ma fille dans mes bras. Je tendis l'oreille.

— Personne ne nous envoie, répondit une basse voilée.

Cette voix me rappela immédiatement celles, âgées, d'Aro et de Caïus, et je me figeai sur le seuil. Le salon avait beau être bondé, aucun bruit n'en émanait, si ce n'est celui de souffles courts.

— Alors, qu'est-ce qui vous amène ici ? reprit Carlisle, visiblement soucieux.

— Des bruits courent, expliqua un second homme au timbre tout aussi rauque que le premier. Des rumeurs nous sont parvenues, selon lesquelles les Volturi s'apprêteraient à vous attaquer. D'autres ont affirmé que vous ne seriez pas seuls pour les affronter. C'était vrai, apparemment. Quelle réunion impressionnante !

— Nous ne défierons pas les Volturi, répliqua mon beau-père, tendu. Il y a eu un malentendu. Un très sérieux malentendu, même. Laissez-moi le lever. Les gens rassemblés ici sont des témoins. Nous ne demandons aux Volturi qu'une chose : nous écouter. Nous ne...

— Nous nous fichons des accusations portées contre vous, interrompit le premier homme. Et nous nous fichons que vous ayez enfreint la loi.

— Aussi grave soit la faute, renchérit son compagnon.

— Voici mille cinq cents ans que nous attendons que ces ordures d'Italiens soient défiés, poursuivit l'autre. S'il y a la moindre possibilité d'assister à leur chute, nous tenons à être présents.

— À participer, même, continua son compère. Du moment que nous estimons avoir une chance de succès.

Leurs répliques s'enchaînaient sans heurt, et leurs voix étaient tellement similaires qu'une oreille moins sensible aurait cru à un seul interlocuteur.

— Bella ? me héla Edward sur un ton sec. Amène

Renesmée, s'il te plaît. Nous devrions peut-être tester la solidité des revendications de nos amis roumains.

Savoir que la moitié des vampires présents dans le salon se jetteraient au secours de notre fille si ces Roumains ne l'appréciaient pas me facilita la tâche. Je n'aimais pas leur ton, ni la menace que sous-tendaient leurs paroles. Lorsque j'entrai dans la pièce, je constatai que je n'étais pas la seule dans ce cas. La majorité de nos invités s'étaient figés et toisaient les inconnus avec hostilité. Quelques-uns, comme Carmen, Tanya, Zafrina et Senna, allèrent jusqu'à adopter des postures défensives et à se placer entre nous et les Roumains.

Tous deux étaient minces et petits. L'un d'eux avait les cheveux bruns, l'autre d'un blond si cendré qu'ils en paraissaient gris. Leur peau avait la même teinte poudreuse que celle des Volturi, un peu moins prononcée peut-être. Je n'aurais su l'affirmer, puisque je n'avais vu les Italiens qu'à travers mes yeux humains. Leurs prunelles vives et étroites, d'un bordeaux soutenu, étaient claires, non laiteuses, contrairement à celles d'Aro, Caïus et Marcus. Ils portaient des vêtements noirs très simples qui auraient pu passer pour contemporains mais avaient un je-ne-sais-quoi de plus ancien. Lorsque j'apparus, le brun sourit.

— Eh bien, eh bien, Carlisle ! s'exclama-t-il. On a *vraiment* fait des bêtises, hein ?

— Ce n'est pas ce que tu crois, Stefan.

— De toute façon, je te répète que ça nous est égal, lança le blond.

— Alors, je vous invite à observer la confrontation, Vladimir. Mais, *je* te le répète, en aucun cas notre plan n'est de nous battre avec les Volturi.

— Ainsi soit-il. Nous n'avons plus qu'à croiser les doigts, commença Stefan.

— Pour que les choses tournent comme nous le souhaitons, termina Vladimir.

Au bout du compte, nous avions réuni dix-sept témoins – les Irlandais : Siobhan, Liam et Maggie ; les Égyptiens : Amun, Kebi, Benjamin et Tia ; les Amazones : Zafrina et Senna ; les Roumains : Vladimir et Stefan ; les nomades : Charlotte et Peter, Garrett, Alistair, Mary et Randall – qui venaient s'ajouter à notre clan de onze, Tanya, Kate, Eleazar et Carmen ayant insisté pour être comptés comme membres à part entière de notre famille.

Les Volturi exceptés, il s'agissait sans doute du rassemblement de vampires matures le plus important de l'histoire immortelle. Tous, nous commencions à nourrir des espoirs plus vifs. Même moi, je n'échappais pas à cet optimisme. Renesmée nous avait rallié tant d'amis en un délai si bref. Il suffirait que les Volturi nous écoutent l'espace d'une minuscule seconde...

Les deux derniers survivants roumains, obsédés par leur rancune et leur amertume contre ceux qui, mille cinq cents ans auparavant, s'étaient emparés de leur empire, prenaient tout à la légère, apparemment. S'ils refusèrent de toucher Renesmée, ils ne firent preuve d'aucune agressivité à son encontre. Mystérieusement, notre alliance avec les loups-garous parut les ravir. Ils assistèrent à mes entraînements avec Zafrina et Kate destinés à développer mon don. Ils observèrent la façon dont Edward répondait à des questions tues. Ils regardèrent Benjamin déclencher des geysers dans la rivière ou transformer en bourrasques l'air paisible. Tout cela fit rougeoyer leurs prunelles, dans l'espoir féroce que les Volturi avaient enfin trouvé à qui parler.

Si nous n'espérions pas tous les mêmes choses, nous espérions.

33

FAUX ET USAGE DE FAUX

— Nous avons encore tous ces invités à la maison, Charlie !
Tu ne les apprécierais pas. À cause du secret... Je sais que
tu n'as pas vu Renesmée depuis plus d'une semaine, mais
une visite en ce moment ne serait pas une bonne idée. Et
si je te l'amenais plutôt ?

Mon père garda le silence si longtemps que je crus qu'il
avait décelé à quel point j'étais tendue, derrière ma façade
enjouée. Puis il marmonna :

— Le secret, pff !

Je me rendis compte alors que seule son inquiétude face
au surnaturel expliquait sa lenteur à réagir.

— Bon, d'accord, finit-il par céder. Ce matin ? Sue
m'apporte mon déjeuner. Elle est aussi horrifiée par ma
cuisine que tu l'étais quand tu as déménagé ici.

Il s'esclaffa avant de soupirer au souvenir du bon vieux
temps.

— Très bien, ça marche, acquiesçai-je.

Plus tôt c'était, mieux ça valait. J'avais déjà trop repoussé ce que je m'apprêtais à faire.

— Jacob sera avec vous ?

Bien que Charlie ne fût pas au courant de l'imprégnation, l'attachement de Jake à Renesmée était évident. En aucun cas, l'Indien n'accepterait de passer quelques heures sans elle, surtout si cela l'éloignait des buveurs de sang.

— Probablement, répondis-je.

— Je devrais inviter Billy aussi, alors, marmonna Charlie. Mais… une autre fois, peut-être.

Je ne prêtais qu'une oreille distraite à ses paroles. Assez pour noter son étrange réticence envers le père de mon ami, pas assez pour m'inquiéter sur ses origines. Tous deux étaient adultes. S'il y avait du tirage entre eux, ils étaient assez grands pour le résoudre ensemble. Moi, j'avais bien trop de choses importantes en tête.

— À plus, lui lançai-je avant de raccrocher.

Cette virée à Forks dépassait largement mon seul souci de protéger Charlie de vingt-sept vampires bizarrement assortis – tous avaient promis de ne tuer personne dans un rayon de cinq cents kilomètres, n'empêche… Il était clair qu'aucun humain ne devait approcher de ce groupe. Telle était l'excuse que j'avais servie à Edward : j'emmenais Renesmée chez mon père afin d'éviter qu'il rapplique à la villa. C'était un bon prétexte pour m'éclipser, pas la raison essentielle de mon absence.

— Pourquoi ne prenons-nous pas ta Ferrari ? se plaignit Jacob quand il me rejoignit dans le garage.

J'étais déjà installée au volant de la Volvo. Edward avait fini par me révéler quelle était ma voiture « d'après ». Comme il l'avait craint, je n'avais guère fait preuve du ravissement nécessaire. Certes, elle était belle et rapide, mais je préférais courir.

— Trop tape-à-l'œil, répliquai-je à Jake. On pourrait y aller à pied, sauf que Charlie péterait un plomb.

Si Jacob bougonna, il n'en monta pas moins à côté de moi. Aussitôt Renesmée quitta mes genoux pour les siens.

— Comment vas-tu ? m'enquis-je en démarrant.

— À ton avis ? ronchonna-t-il. J'en ai ras le bol, de ces sangsues puantes. Oui, je sais, je sais, ce sont de chouettes types, ils sont venus aider, ils vont nous sauver la mise, etc. Mais bon, tu peux dire ce que tu veux, Dracula Un et Dracula Deux me flanquent la frousse.

Je ne pus retenir mon sourire. Les Roumains n'étaient pas mes hôtes préférés non plus.

— Je suis d'accord, acquiesçai-je.

Renesmée secoua la tête sans rien dire. Contrairement à nous, elle trouvait les deux hommes étrangement fascinants. Comme ils refusaient qu'elle s'approche d'eux, elle avait fait l'effort de leur adresser la parole. Sa question avait porté sur la couleur de leur peau si particulière. Même si j'avais redouté qu'ils ne s'offusquent, j'avais été heureuse qu'elle les interroge. Moi aussi, j'étais intriguée. Ils n'avaient cependant pas paru choqués par sa requête. Juste un peu réticents, peut-être.

— Nous sommes restés longtemps immobiles, petite, avait expliqué Vladimir, cependant que Stefan hochait la tête, sans toutefois enchaîner, contrairement à son habitude. À jouir de notre propre caractère divin. Tout venait à nous, signe de notre puissance. Proies, diplomates, quémandeurs de tout poil. Nous étions assis sur nos trônes, à nous prendre pour des dieux. Longtemps, nous n'avons pas remarqué que nous changions, que nous nous pétrifiions presque. J'imagine que les Volturi nous ont rendu service quand ils ont incendié nos châteaux. Au moins, Stefan et moi avons cessé d'être figés. À présent, les yeux des Volturi sont voilés d'un film de saletés, alors que les nôtres sont limpides. Cela nous donnera un avantage quand nous les leur arracherons.

Après cet épisode, je m'étais efforcée de tenir ma fille loin d'eux.

— Combien de temps passerons-nous chez Charlie ? s'enquit Jacob, interrompant mes songeries.

Au fur et à mesure que nous nous éloignions de la maison, il se détendait. Je fus heureuse qu'il ne m'assimile pas vraiment à un vampire. Pour lui, j'étais juste Bella.

— Un bon moment.

Le ton de ma voix l'alerta.

— Tu mijotes quelque chose, en plus de rendre visite à ton père ?

— Tu sais combien tu es doué pour maîtriser tes pensées quand Edward est dans le coin, Jake, non ?

— Oui, et alors ?

Je hochai la tête puis me tournai vers Renesmée, qui regardait par la fenêtre. Impossible de dire si elle écoutait notre conversation, mais je décidai de ne pas courir de risque. Jacob attendit que j'ajoute quelque chose, puis il renonça et se mit à réfléchir à mes paroles cryptées.

Tout en roulant, je devais plisser les paupières, à cause de mes lentilles agaçantes. Il pleuvait, l'air n'était pas assez froid pour qu'il neige. Mes prunelles étaient moins affreuses qu'au début, plus proches d'un orangé vaguement rouge que d'un écarlate flamboyant. Bientôt, elles seraient assez ambre pour que je me passe de subterfuge. Pourvu que ce changement ne bouleverse pas trop Charlie quand même !

Jacob méditait toujours notre conversation censurée quand nous arrivâmes chez mon père. Nous gagnâmes la maison en silence sous la pluie, à une allure humaine.

Charlie nous guettait et ouvrit la porte avant que nous n'ayons eu le temps de frapper.

— Salut, les enfants ! J'ai l'impression qu'on ne s'est pas vus depuis des années ! Regarde-toi, Nessie ! Viens embrasser pépé. Je jurerais que tu as grandi de dix centimètres ! Tu es toute maigrichonne, Ness ! Tu ne la nourris pas, Bella ?

— Juste une poussée de croissance, marmonnai-je. Bonjour, Sue.

Des arômes de poulet, de tomate, d'ail et de fromage flottaient dans la cuisine. Ils étaient sûrement délicieux pour n'importe qui d'autre. Je humai également une odeur de poussière et un parfum d'encaustique. Renesmée sourit. Elle ne parlait jamais, en présence de Charlie.

— Entrez, entrez, les enfants ! Il fait froid, dehors. Où est mon gendre ?

— Il s'occupe de ses amis, marmonna Jacob. Vous avez une sacrée veine de ne pas être dans toute cette mélasse, Charlie. Mais je n'en dis pas plus.

Mon père tressaillit, et je flanquai un léger coup de coude dans les côtes de Jake, qui étouffa un cri de douleur. Bon, d'accord. J'avais cru y être allée doucement.

— J'ai des courses à faire, annonçai-je.

Jacob me regarda brièvement. Il tint sa langue cependant.

— Tu es en retard pour tes cadeaux de Noël ? s'exclama Charlie. Il ne te reste plus que quelques jours.

— Oui, c'est ça, admis-je, penaude.

L'odeur de poussière s'expliquait, maintenant. Charlie avait sans doute sorti les décorations de Noël.

— Ne t'inquiète pas, Nessie, chuchota-t-il à l'oreille de ma fille. Si ta mère t'oublie, pas moi.

Je levai les yeux au ciel. Il avait raison, cependant. Noël avait été le cadet de mes soucis.

— À table ! appela Sue.

— Je me sauve ! annonçai-je. À plus tard, papa.

J'échangeai un coup d'œil avec Jacob. Même s'il ne pourrait s'empêcher de penser à ma défection en présence d'Edward, il ne risquait pas de vendre la mèche, dans la mesure où il ne savait pratiquement rien de mes intentions. Je n'étais guère plus fixée que lui, d'ailleurs, songeai-je en remontant dans la voiture.

Les routes étaient humides et glissantes, mais je n'avais plus peur de conduire. Mes réflexes se chargeaient de tout, et j'étais assez indifférente à la circulation. Le plus important était de ne pas rouler trop vite, histoire de ne pas attirer l'attention des autres conducteurs. Néanmoins, je voulais me débarrasser de ma mission, résoudre le mystère, afin de pouvoir me consacrer à l'essentiel – mon apprentissage vital, la protection des miens, l'assassinat des autres.

Je me débrouillais de mieux en mieux avec mon bouclier. Kate n'avait plus besoin de me stimuler – je n'avais aucune difficulté à trouver des raisons de me mettre en colère, maintenant que je savais que telle était la clé. Voilà pourquoi je travaillais surtout avec Zafrina, qui se réjouissait de mes progrès. J'étais désormais capable de projeter le tissu élastique sur presque trois mètres et pendant plus d'une minute, même si cela m'épuisait. Ce matin-là, elle avait essayé de voir si j'arrivais à évacuer complètement le bouclier de mon esprit. Je n'avais pas très bien compris l'intérêt de l'exercice. Zafrina soutenait qu'il m'aiderait à me renforcer, un peu comme travailler ses abdominaux et ses dorsaux au lieu de se contenter des biceps. Quand tous les muscles étaient développés, on soulevait des charges plus lourdes, d'après elle. Je n'avais pas été très douée pour étouffer mon talent, cependant, et je n'avais entra-perçu qu'une brève image de jungle.

Mais il y avait d'autres façons de me préparer à ce qui se dessinait. N'ayant plus que deux semaines devant moi, je m'inquiétais d'avoir négligé le plus important. Je comptais rectifier ça aujourd'hui. Ayant mémorisé les cartes appropriées, je n'eus aucune difficulté à dénicher l'adresse qui n'existait pas sur l'Internet, celle de J. Jenks. Si cette tentative échouait, je me rendrais à l'adresse de Jason Jenks, celle qu'Alice ne m'avait pas donnée.

Dire que le quartier n'était pas terrible relevait de la litote. La voiture la plus banale des Cullen prenait des allures de provocation, dans cette rue. Même ma vieille Chevrolet aurait attisé les convoitises. À l'époque où j'avais été humaine, j'aurais verrouillé toutes les serrures et roulé aussi vite que possible. Là, j'avoue que j'étais fascinée. Je tentai d'imaginer Alice dans ces parages – en vain.

Les immeubles, tous de deux étages, étroits et vaguement de guingois, comme courbés sous la pluie battante, étaient pour l'essentiel de vieilles maisons individuelles, aujourd'hui divisées en appartements. Il n'était pas aisé de déterminer de quelle couleur avaient été peintes les façades qui s'écaillaient. Toutes avaient viré à des gris délavés. Quelques magasins occupaient les rez-de-chaussée : bar crasseux aux vitrines noircies, boutique de sciences occultes offrant des mains en néon et des jeux de tarot, salon de tatouage, crèche dont les baies vitrées étaient retenues par du scotch. Aucune lumière ne brillait à l'intérieur de ces bouges, alors qu'il faisait assez sombre dehors pour que les humains aient besoin de s'éclairer. Je perçus des voix sourdes au loin – la télévision, sans doute.

Quelques passants traînaient dans le coin. Deux s'éloignaient dans des directions opposées, et un homme était assis sous le porche d'un cabinet juridique à prix réduits dont les fenêtres avaient été condamnées par des planches. Il lisait un journal en sifflotant un air guilleret, déplacé ici.

Je fus tellement étonnée par ce type que je ne me rendis pas compte tout de suite que ce bâtiment abandonné correspondait à l'adresse laissée par Alice. Certes, il n'y avait pas de numéro sur la maison, mais le salon de tatouage voisin portait le nombre pair précédant.

Me rangeant le long du trottoir, je laissai tourner le moteur un moment. Je comptais bien entrer dans ce trou, mais comment m'y prendre pour que le gars qui sifflait ne me remarque pas ? Je pouvais aller me garer plus loin et revenir par-derrière... Sauf qu'il risquait d'y avoir plus de badauds, de ce côté-là. Le toit ? La journée était-elle assez sombre pour que je me permette ce genre de fantaisie ?

— Madame ? me héla l'homme au journal.

Je baissai la fenêtre, histoire de me comporter normalement. Il posa son journal, et la qualité de ses vêtements, visibles maintenant sous son long manteau élimé, me surprit. L'absence de vent ne me renseigna pas sur l'odeur des tissus, mais sa chemise rouge foncé et luisante semblait être en soie. Ses cheveux bruns crépus étaient emmêlés, mais sa peau sombre était lisse, ses dents blanches et régulières. Bref, une contradiction à lui tout seul.

— Vous ne devriez pas laisser votre voiture ici, madame, reprit-il. Vous risquez de ne pas la retrouver à votre retour.

— Merci du conseil.

Coupant le moteur, je sortis. Cet homme allait peut-être me renseigner plus vite que si j'entrais par effraction dans la maison. J'ouvris mon grand parapluie gris, bien que je ne me soucie guère de protéger la longue robe en cashmere que je portais, mais c'est ainsi qu'aurait agi une humaine. Le siffleur plissa les paupières afin de mieux me dévisager à travers la pluie. Ses yeux s'écarquillèrent, et il déglutit. En approchant, j'entendis son cœur s'affoler un peu.

— Je cherche quelqu'un, annonçai-je.

— Je suis quelqu'un, répondit-il en souriant. Puis-je vous aider, beauté ?

— Êtes-vous J. Jenks ?

— Oh !

Sa curiosité céda la place à la compréhension. Se levant, il m'examina de la tête aux pieds.

— Pour quelle raison voulez-vous le voir ? enchaîna-t-il.

— Ça me regarde. (Je n'en avais aucune idée.) Êtes-vous Jenks ?

— Non.

Longtemps, nous nous dévisageâmes, lui s'attardant sur ma tenue.

— Vous ne ressemblez pas aux clients habituels, finit-il par commenter.

— Parce que je ne suis sans doute pas une cliente habituelle, rétorquai-je. Il n'empêche que je dois rencontrer Jenks le plus vite possible.

— Je ne sais pas quoi faire, avoua-t-il.

— Et si vous me disiez comment vous vous appelez ?

— Max, dit-il avec un grand sourire.

— Enchantée, Max. Et maintenant, si vous m'expliquiez quels services vous offrez aux clients habituels ?

— Eh ben, marmonna-t-il en se renfrognant, pour commencer, ils ne sont pas du tout comme vous. Les gens de votre acabit se rendent plutôt au cabinet du centre-ville. Ils tapent directement à la porte du beau bureau dans le gratte-ciel.

Je lui donnai l'autre adresse, celle trouvée sur l'Internet.

— C'est bien là-bas, admit-il, soudain soupçonneux. Pourquoi n'y êtes-vous pas allée ?

— Parce qu'on m'a fourni cette adresse-ci. Une personne de confiance.

— Si vous ne mijotiez rien de louche, vous ne seriez pas ici.

Je grimaçai. Le bluff n'était pas mon truc, mais Alice ne m'avait pas laissé le choix.

— Si ça se trouve, je ne mijote rien de bon, répondis-je.

— Écoutez, madame...

— Bella.

— D'accord. Bon, Bella, j'ai besoin de ce boulot. Jenks me paye bien, rien que pour traîner dans le coin toute la sainte journée. Je veux bien vous aider, mais... il va de soi que j'émets une hypothèse, là, compris ? Rien d'officiel. Bref, si je ne repérais pas quelqu'un susceptible de lui attirer des ennuis, je perdrais mon travail. Vous voyez le problème ?

Je réfléchis une minute en me mordillant la lèvre.

— Vous n'avez encore jamais croisé quelqu'un qui me ressemble ? demandai-je ensuite. Vague, la ressemblance. Ma sœur est beaucoup plus petite que moi, et elle a des cheveux noirs hérissés.

— Jenks connaît votre sœur ?

— Je pense, oui.

Max médita la nouvelle pendant quelques instants. Je lui souris, et son souffle se fit plus court.

— Je vais vous dire, reprit-il. Je vais téléphoner à Jenks et vous décrire. Qu'il prenne la décision !

Que savait ce J. Jenks ? Mon allure lui mettrait-elle la puce à l'oreille ? Pensée troublante.

— Je m'appelle Cullen, précisai-je à Max, pas très sûre que cette information lui soit utile.

Je commençai à en vouloir à Alice. Fallait-il vraiment que j'en passe par là ? Elle aurait quand même pu être plus précise... Je regardai mon interlocuteur composer un numéro, mémorisai sans aucun mal les touches. Si jamais cette tentative échouait, je pourrais toujours l'appeler en personne.

— Salut, c'est Max. Je sais que je ne suis pas censé vous contacter à ce numéro, mais c'est une urgence...

« Une urgence » ? entendis-je faiblement, à l'autre bout du fil.

— Enfin, pas exactement. Il y a ici une fille qui voudrait vous voir...

« Je ne vois pas où est l'urgence, alors. Pourquoi n'as-tu pas suivi la procédure habituelle ? »

— Parce qu'elle n'a pas l'air de quelqu'un d'habituel.

« Une taupe ? Ce serait une des poules de Kubarev... »

— Non, laissez-moi parler ! Elle dit que vous connaissez sa sœur, un truc comme ça.

« Ça m'étonnerait. Elle ressemble à quoi ? »

— À... à un fichu top model. (Je le gratifiai d'un sourire, et il me lança un clin d'œil.) Corps de déesse, blanche comme un linge, cheveux bruns jusqu'à la taille, une bonne nuit de sommeil ne lui ferait pas de mal... Ça vous dit quelque chose ?

« Non, rien du tout. Et je ne suis pas content que tu te laisses influencer par ton faible pour les jolies filles et que tu m'interrompes... »

— Ben tiens ! J'aime les beautés, quel mal à ça ? Désolé de vous avoir dérangé, mec. Laissez tomber.

— Mon nom, lui soufflai-je.

— Ah oui ! Un instant. Elle prétend s'appeler Cullen. Ça vous aide ?

Il y eut un long silence, puis la voix, à l'autre bout de la ligne, se mit à hurler, lâchant un chapelet de jurons. Max pâlit, et sa bonne humeur fondit comme neige au soleil.

— Parce que vous ne me l'avez pas demandé ! se défendit-il, proche de l'affolement.

Il y eut un autre silence. Jenks devait essayer de se calmer.

« Belle et pâle ? » reprit-il ensuite.

— C'est bien ce que j'ai dit, non ?

Belle et pâle ? Qu'est-ce que cet homme savait des vampires ? En était-il un lui aussi ? Je n'étais pas prête pour ce genre de confrontation. Je serrai les dents. Dans quel guêpier Alice m'avait-elle fourrée ? Max subit une nouvelle bordée d'injures, suivie par des ordres aboyés sans ménagement. Il me jeta un coup d'œil presque effrayé.

— Mais vous ne recevez des clients en ville que le jeudi… O.K., O.K. !

Il ferma son téléphone portable.

— Accepte-t-il de me rencontrer ? m'enquis-je d'une voix gaie.

— Vous auriez pu m'avertir que vous étiez une cliente prioritaire, se fâcha Max.

— J'ignorais que c'était le cas.

— J'ai failli vous prendre pour un flic. D'accord, vous n'en avez pas la tronche, mais vous avez un drôle de comportement, beauté.

Je haussai les épaules.

— Vous faites dans la dope ? s'enquit-il.

— Qui, moi ?

— Oui. Ou votre petit copain.

— Non, désolée. Je ne suis pas une fan de la drogue. Mon mari non plus.

— Mariée ! s'exclama Max, déçu, à mi-voix. C'est bien ma veine !

Je souris.

— Mafia ?

— Non.

— Contrebande de diamants ?

— Hé ! C'est donc ça, les clients habituels, Max ? Vous devriez peut-être vous trouver un autre boulot.

J'avoue que je m'amusais bien. Excepté Charlie et Sue, je n'avais guère eu de relations avec les humains, ces derniers temps. Voir Max patauger me réjouissait. J'étais également contente de constater qu'il m'était facile de ne pas le tuer.

— Vous êtes forcément mouillée dans quelque chose d'énorme. Et de mal !

— Pas vraiment, non.

— C'est ce qu'ils disent tous. Sauf que qui a besoin de papiers, hein ? Qui a les moyens de s'offrir les prix que pratique Jenks ? Enfin, ce ne sont pas mes oignons.

Une fois encore, il marmonna le mot « mariée ». Ensuite, il me fournit une toute nouvelle adresse, ainsi que des indications pour m'y rendre. Je m'éloignai sous son regard à la fois soupçonneux et plein de regrets. À ce stade, j'étais prête à presque tout : à un repaire high-tech de vilains à la James Bond, par exemple. Voilà pourquoi, je crus d'abord que Max m'avait mal orientée, pour me tester, ou alors, que l'antre était souterrain, vu le modeste centre commercial très ordinaire, niché près d'une colline boisée, dans un quartier familial, où j'arrivai.

Je me garai sur un emplacement libre, devant une enseigne de bon goût qui annonçait : JASON SCOTT, AVOCAT. À l'intérieur, les murs étaient beiges, rehaussés de parements vert céleri. Il s'en dégageait une impression de banalité inoffensive. Je ne détectai aucune odeur de vampire, ce qui m'aida à me détendre. Tout était humain, familier. Un aquarium était encastré dans une paroi, et une réceptionniste, blonde, jolie et mielleuse, se tenait derrière un comptoir.

— Bonjour ! me salua-t-elle. Puis-je vous être utile ?

— Je voudrais voir M. Scott.

— Vous avez rendez-vous ?

— Pas exactement.

Elle eut un petit sourire sournois.

— Vous risquez de devoir patienter, alors. Asseyez-vous pendant que je…

« April ! brailla soudain une voix exigeante dans un interphone posé sur le bureau. J'attends une certaine Mme Cullen d'un instant à l'autre ! »

Souriant à mon tour, je me désignai du doigt.

« Faites-la entrer tout de suite ! Compris ? »

Le ton de l'homme laissait percer plus que de l'impatience. De la tension. De la peur.

— Elle vient juste d'arriver, répondit April dès qu'elle eut l'occasion d'en placer une.

« Quoi ? Envoyez-la-moi, alors ! Qu'est-ce que vous attendez ? »

— Bien sûr, monsieur Scott !

Se levant, la jeune femme m'entraîna dans un couloir tout en me proposant du café ou du thé, que je refusai.

— Vous y êtes, annonça-t-elle en m'introduisant dans un bureau directorial doté d'une vaste table de travail en bois et d'un cabinet de toilette encastré.

— Fermez la porte derrière vous en partant, la congédia un ténor rauque.

Tandis qu'April s'empressait de filer, j'examinai l'homme assis à son bureau. Petit et bedonnant, il perdait ses cheveux et devait avoir dans les cinquante-cinq ans. Il avait une cravate en soie rouge sur une chemise à rayures bleu et blanc, et son blazer marine était posé sur le dossier de son fauteuil. Il tremblait, le visage blafard, des gouttes de sueur sur le front. L'ulcère ne devait pas être très loin. Se reprenant, il se leva maladroitement et me tendit la main.

— Madame Cullen, je suis positivement ravi.

J'approchai, lui donnai une brève poignée de main. S'il tressaillit légèrement à cause de ma peau glacée, il ne sembla pas particulièrement surpris non plus.

— Monsieur Jenks, le saluai-je. À moins que vous ne préfériez Scott ?

— Comme vous voudrez.

— Eh bien, appelez-moi Bella, et je vous appellerai J.

— Comme deux vieux amis, acquiesça-t-il en s'épongeant le front avec un mouchoir de soie.

Il m'invita à m'asseoir et réintégra son propre siège.

— Ai-je enfin l'honneur de rencontrer la charmante épouse de M. Jasper ? demanda-t-il ensuite.

J'hésitai une fraction de seconde. Ainsi, il connaissait Jasper, pas Alice. Non seulement il le connaissait, mais il le craignait.

— Sa belle-sœur, en l'occurrence, répondis-je.

Il plissa le nez, comme s'il avait autant de mal que moi à comprendre la situation.

— J'espère que M. Jasper va bien ?

— Je suis certaine qu'il est en excellente santé. Il a pris de longues vacances.

Cette précision parut éclaircir les choses. Hochant la tête, il porta ses doigts à ses tempes.

— Parfait. Vous auriez dû venir à mon bureau principal. Mes assistantes vous auraient tout de suite fait passer. Inutile d'emprunter les canaux moins… hospitaliers.

Je me contentai d'acquiescer. Je ne savais toujours pas pourquoi Alice m'avait donné l'adresse du boui-boui.

— Mais bon, vous êtes ici, et c'est l'essentiel. Que puis-je pour vous ?

— M'obtenir des papiers, lançai-je en m'efforçant de donner le change.

— Aucun souci. S'agit-il de certificats de naissance, d'actes de décès, de permis de conduire, de passeports, de cartes de sécurité sociale ?

Respirant un bon coup, je lui souris. Je devais une fière chandelle à Max pour son manque de discrétion.

Toutefois, ma joie ne tarda pas à s'évanouir. Alice m'avait envoyée ici pour une bonne raison. Renesmée n'allait avoir besoin de faux papiers que si elle devait fuir, ce qui signifiait que nous aurions perdu dans le conflit nous opposant aux Volturi. Si Edward et moi nous sauvions avec elle, ces documents seraient inutiles dans l'immédiat. J'étais certaine qu'Edward n'aurait aucun mal à se procurer des cartes d'identité, quitte à les fabriquer en personne ; certaine aussi qu'il connaissait des façons de fuir sans s'embarrasser de cette paperasse. Nous pouvions effectuer des milliers de kilomètres en courant, nous pouvions traverser l'océan à la nage. À condition d'être encore vivants pour sauver notre fille.

Qu'en était-il du secret ? Alice s'était arrangée pour qu'Edward ne fût au courant de rien, dans la mesure où tout ce qu'il savait, Aro le saurait automatiquement. Si nous étions vaincus, il obtiendrait les informations qu'il tenait à connaître avant de liquider Edward. Je ne m'étais donc pas trompée. Nous n'étions pas assez forts pour l'emporter. Edward et moi succomberions. N'empêche, il faudrait que nous tuions Démétri avant de tomber nous-mêmes, si nous voulions que Renesmée ait des chances de survivre. Mon cœur immobile me sembla peser une tonne, soudain. Tous mes espoirs s'envolèrent, mes yeux se mirent à picoter.

Qui pouvais-je charger de cette responsabilité ? Charlie ? C'était un humain tellement vulnérable ! De plus, comment lui remettre Renesmée ? Il n'était pas question qu'il soit présent au rendez-vous avec les Italiens. Il ne restait par conséquent qu'une seule personne.

J'avais pris si peu de temps pour appréhender toutes ces questions que J ne s'en aperçut même pas.

— Deux certificats de naissance, deux passeports et un permis de conduire, annonçai-je, tendue.

S'il remarqua mon changement de ton, l'avocat n'en fit montre.

— À quels noms ?

— Jacob… Wolfe. Et… Vanessa Wolfe.

Jacob s'en sortirait. C'était un animal. Et il serait ravi du nom de famille[1]. Nessie était un surnom potable pour Vanessa. Scott griffonna ces renseignements sur un carnet.

— Deuxièmes prénoms ?

— Mettez ce que vous voulez. Quelque chose de banal.

— À votre guise. Âges ?

— Vingt-sept ans pour l'homme et cinq pour la fillette.

Vu la croissance de Renesmée, autant taper haut. Jacob n'aurait qu'à jouer les beaux-pères…

— J'aurai besoin de photos, si vous souhaitez des papiers en bonne et due forme. D'ordinaire, M. Jasper préfère s'occuper en personne de la touche finale.

Voilà pourquoi J ignorait à quoi ressemblait Alice.

— Un instant.

Coup de veine, j'avais plusieurs portraits de famille dans mon portefeuille. L'un d'eux, idéal – Jacob tenant Renesmée sous le porche – ne datait que d'un mois. Alice me l'avait donné à peine quelques jours avant de… Oh ! Si ça se trouve, la chance n'avait pas grand-chose à voir dans l'affaire. Alice avait peut-être deviné que la photo me serait utile.

— Voici !

L'avocat examina le cliché pendant quelques instants.

— Votre fille vous ressemble beaucoup, commenta-t-il.

Je me raidis.

---

1. « Wolf » : loup en anglais. Le nom Wolfe est courant aux États-Unis.

— Elle tient plus de son père, objectai-je.

— Lequel n'est pas cet homme, riposta-t-il en effleurant le visage de Jake.

— Non, en effet. C'est un ami très proche de la famille.

— Pardonnez mon indiscrétion, marmonna-t-il en se remettant à écrire. Pour quand vous faut-il tout cela ?

— D'ici une semaine, c'est possible ?

— Un peu précipité. Ça vous coûtera deux fois le tarif norm... excusez-moi, j'oubliais qui vous étiez.

Plus de doute ! Il avait bel et bien rencontré Jasper.

— Dites votre prix.

Il parut tergiverser, alors que j'étais sûre que, ayant travaillé pour mon beau-frère, il savait que l'argent n'était pas un problème. Sans parler des comptes secrets au nom des Cullen ouverts sur toute la planète, il y avait assez de liquide dans la villa pour couvrir le budget d'un pays modeste pendant dix ans. Un peu comme Charlie possédait des centaines d'hameçons dans ses tiroirs. Je doutais d'ailleurs que quiconque ait remarqué la somme que j'avais prélevée en prévision de cet entretien. J'écrivit un nombre sur son calepin. J'acquiesçai lentement. J'avais plus sur moi. Je sortis le montant exact de mon sac à main. Les coupures étant agrafées en liasses de cinq mille dollars, la procédure fut vite réglée.

— Tenez.

— Vous n'êtes pas obligée de me verser la totalité maintenant, Bella ! protesta-t-il. Il est d'usage de régler le solde à la livraison.

— Mais je vous fais confiance, J, répondis-je avec un vague sourire. De plus, je vous réserve un bonus. La même somme quand je récupérerai les papiers.

— Cela n'est pas nécessaire, je vous assure.

— Ne vous tracassez pas. (Après tout, je n'emporterais

pas cet argent dans la tombe.) Bon, rendez-vous ici à la même heure la semaine prochaine ?

— Si ça ne vous dérange pas, je préfère mener ce genre de transactions dans des lieux qui n'ont aucun lien avec mes autres affaires.

— Je comprends. Désolée de perturber vos habitudes.

— Avec les Cullen, je dois m'attendre à tout, grimaça-t-il avant de se reprendre. Je vous attendrai à vingt heures dans huit jours au *Pacifico*. Le restaurant se trouve sur Lake Union, au centre de Seattle, on y sert une excellente nourriture.

— Parfait.

Je ne dînerais pas avec lui, bien sûr. L'aurais-je fait que cela ne lui aurait sans doute pas beaucoup plu. Ha ! Me levant, je lui serrai une fois encore la main. S'il ne sursauta pas, il sembla avoir une nouvelle raison de s'inquiéter. Il était raide, la bouche tendue.

— Les délais vous posent un problème ? m'enquis-je.

— Quoi ? répondit-il, désarçonné par ma question. Oh, non ! Aucun souci. Tout sera prêt à temps.

J'aurais bien aimé qu'Edward fût avec moi, histoire de découvrir ce qui ennuyait J. J'étouffai un soupir. J'avais déjà du mal à mentir à Edward ; m'éloigner de lui était presque plus dur.

— Bien. On se voit dans une semaine, alors.

34

PRISES DE POSITION

Je perçus la musique avant même de descendre de voiture. Edward ne s'était pas remis au piano depuis la nuit où Alice nous avait quittés. Quand je refermai la portière, la mélodie se transforma pour devenir ma berceuse. Il me souhaitait la bienvenue.

Je sortis Renesmée de l'auto avec douceur. Elle dormait profondément. Nous avions été absentes toute la journée. J'avais laissé Jacob chez Charlie – Sue le ramènerait à La Push. Essayait-il de remplir son cerveau d'une quantité suffisante de banalités quotidiennes pour effacer le souvenir de l'expression que j'affichais quand j'étais revenue de Seattle ?

Alors que je me dirigeais à pas lents vers le salon, je sentis l'espoir et le moral qui formaient comme une aura autour de la vaste villa blanche. Je les partageais encore le matin même ; à présent, j'avais le sentiment d'être une étrangère. J'eus de nouveau envie de pleurer en entendant

Edward jouer pour moi. Je me repris cependant. Je ne voulais pas qu'il nourrisse des soupçons. Dans la mesure du possible, je ne sèmerais dans son esprit aucun doute susceptible d'être capté par Aro.

Lorsque j'entrai, Edward tourna la tête vers moi et me sourit, sans cesser de pianoter toutefois.

— Bonsoir ! me lança-t-il, comme si la journée qui venait de s'écouler avait été normale.

Comme si, également, il n'y avait pas dans la pièce douze vampires plongés dans diverses occupations, et une dizaine d'autres éparpillés un peu partout dans la demeure.

— Ça s'est bien passé, chez ton père ?

— Oui. Désolée d'avoir été absente aussi longtemps. Je suis sortie acheter un cadeau de Noël à Renesmée. J'ai bien conscience que nous avons d'autres chats à fouetter, mais...

Je haussai les épaules. Edward se renfrogna. Délaissant l'instrument, il virevolta sur le tabouret de façon à me faire face. Posant une main sur ma hanche, il m'attira à lui.

— Je n'y ai guère pensé, j'avoue. Mais si tu veux que nous célébrions...

— Non, l'interrompis-je. (L'idée d'affecter un enthousiasme festif me répugnait.) Simplement, j'aurais regretté de ne pas marquer le coup en ne lui offrant rien.

— Tu me montres ?

— D'accord. Ce n'est qu'une babiole.

Totalement inconsciente, Renesmée ronflait doucement dans mon cou. J'aurais moi aussi aimé échapper à la réalité, ne serait-ce que quelques heures. J'ouvris mon sac à demi, m'arrangeant pour qu'Edward ne remarque pas la somme d'argent que je trimballais encore avec moi, et je sortis l'écrin en velours.

— Ça m'a attiré l'œil quand je suis passée en voiture devant la vitrine d'un antiquaire, expliquai-je.

Je déposai le médaillon en or dans sa paume. Rond, son pourtour était gravé d'une fine liane. Edward souleva le couvercle afin d'en examiner l'intérieur, où un espace pouvait accueillir une photographie. Sur le côté opposé, des mots étaient inscrits en français.

— Le vendeur m'a dit que ça signifiait quelque chose comme : « Plus que ma propre vie. » C'est vrai ?

— Oui.

Il leva vers moi ses prunelles topaze, inquisitrices. Je croisai son regard, puis fis semblant de m'intéresser à la télévision.

— J'espère qu'il lui plaira, marmonnai-je.

— C'est certain, répondit-il sur un ton décontracté.

Sa légèreté me convainquit aussitôt qu'il avait deviné que je lui cachais quelque chose. Je fus également persuadée qu'il n'avait pas la moindre idée de ce dont il s'agissait.

— Ramenons la petite à la maison, suggéra-t-il en se levant et en me prenant par les épaules.

J'hésitai.

— Qu'as-tu ? s'enquit-il.

— J'avais envie de m'entraîner un peu avec Emmett.

Ayant perdu toute la journée à régler mes affaires, j'avais l'impression d'avoir pris du retard. Emmett, qui était perché sur le canapé en compagnie de Rose et s'accrochait (comme par hasard !) à la télécommande de la télévision, se tourna vers moi, un grand sourire joyeux aux lèvres.

— Génial ! s'exclama-t-il. La forêt a besoin d'être un peu déboisée.

Edward le regarda sans aménité.

— Tu auras tout le temps demain, me dit-il ensuite.

— Cesse tes bêtises, répliquai-je. « Tout le temps » n'est

plus une expression dont nous pouvons nous servir. J'ai encore beaucoup à apprendre, et...

— Demain, me coupa-t-il sèchement.

Il arborait une telle expression que même Emmett ne protesta pas.

Je fus surprise du mal que j'eus à retomber dans une routine qui, après tout, restait nouvelle pour moi. Mais avoir perdu le peu d'espoir que je nourrissais rendait tout difficile.

Je m'obligeai à me concentrer sur les aspects positifs de la situation. Il y avait de fortes chances pour que ma fille survive à ce qui allait se produire, et Jacob aussi. Qu'ils continuent d'avoir un avenir était une sorte de victoire, n'est-ce pas ? Nous allions devoir tenir le choc, si nous souhaitions que Renesmée et Jake puissent se sauver – la stratégie d'Alice n'avait de sens qu'au cas où nous résisterions avec acharnement, ce qui, également, ressemblait à une espèce de victoire puisque, durant des millénaires, les Volturi n'avaient jamais été sérieusement défiés.

Ce ne serait pas la fin du monde. Juste la fin des Cullen. Celle d'Edward. La mienne.

J'aimais autant ça. La dernière partie, du moins. Je n'aurais pas à revivre sans Edward. S'il quittait ce monde, je le suivrais de près. Il m'arrivait de me demander si, de l'autre côté, quelque chose nous attendait. Edward n'y croyait guère, Carlisle si. Personnellement, je n'étais pas en mesure d'imaginer quoi que ce soit. En même temps, je n'imaginais pas non plus qu'Edward n'existât pas quelque part. Du moment que nous étions ensemble, n'importe où, j'étais heureuse.

Ainsi, le fil des jours se poursuivit, juste un peu moins aisé qu'avant.

Nous passâmes Noël chez Charlie, Edward, Renesmée,

Jacob et moi. Toute la meute était présente, augmentée de Sam, d'Emily et de Sue. Leur présence fut d'une grande aide. Ils emplissaient les pièces minuscules de leurs énormes corps chauds, qui se tassaient autour du sapin chichement décoré – on voyait très précisément à quel moment mon père, lassé, avait laissé tomber. On pouvait toujours compter sur les loups-garous pour s'exciter à la perspective d'une bagarre, aussi suicidaire soit l'entreprise. L'énergie qui débordait d'eux me permit de dissimuler mon manque d'entrain. Comme d'habitude, Edward se montra meilleur acteur que moi.

Renesmée portait le médaillon, que je lui avais donné le matin. Dans sa poche se trouvait le MP3 que lui avait acheté Edward, un tout petit engin qui pouvait accueillir cinq mille chansons, où il avait enregistré ses préférées. À son poignet, la version tressée d'une bague de fiançailles Quileute. En découvrant le bracelet, Edward avait grincé des dents. Personnellement, ça m'était égal. Bientôt – trop tôt – je confierais ma fille à Jacob pour qu'il s'en occupe. C'était un engagement, je comptais dessus, et ce symbole ne pouvait m'agacer.

Edward m'avait sauvé la mise en s'occupant du présent de Charlie. L'objet, commandé, était arrivé la veille par expédition express de nuit, et mon père avait consacré sa matinée à lire le gros manuel d'instruction de son nouveau sonar de pêche.

Vu la façon dont les loups-garous s'empiffrèrent, le repas préparé par Sue dut être bon. Quelle impression notre tablée aurait-elle faite à un étranger ? Jouions-nous nos rôles avec talent ? Nous aurait-on pris pour un groupe d'amis joyeux célébrant Noël en riant parfois de bon cœur ?

Je pense qu'Edward et Jacob furent aussi soulagés que moi lorsque vint l'heure de partir. Il semblait étrange de gaspiller notre énergie à conserver une façade humaine, alors que tant de choses plus importantes restaient à accomplir. J'avais eu beaucoup de mal à me concentrer. En même temps, c'était sûrement la dernière fois que je voyais Charlie. Il était sans doute bien que je fusse trop engourdie pour m'en rendre vraiment compte.

Je n'avais pas recroisé ma mère depuis le mariage, mais je m'aperçus que j'étais heureuse de la distance qui s'était progressivement installée entre nous, ces deux dernières années. Elle était trop fragile pour mon univers, et je refusais de l'y impliquer, de près ou de loin. Charlie était plus résistant. Peut-être assez pour des adieux maintenant, même. Moi, non.

Le silence régnait dans l'habitacle. Dehors, la pluie formait une brume qui pesait sur nous, à la limite entre l'eau et la glace. Assise sur mes genoux, Renesmée jouait à ouvrir et à fermer son médaillon. En la contemplant, j'imaginai ce que j'aurais sur-le-champ dit à Jacob si je n'avais pas été contrainte de garder mes mots pour moi, hors de portée d'Edward. « Si jamais les choses se calment un jour, que sa sécurité est garantie, ramène-la à mon père. Il faudra aussi que, à un moment ou un autre, tu expliques tout à Charlie. Dis-lui combien je l'aimais, et que l'abandonner, y compris après la fin de ma vie d'humaine, m'a été insupportable. Et qu'il a été le meilleur des pères. Et qu'il transmette à Renée que je l'aimais aussi, et que je lui souhaite d'être heureuse… » Il faudrait que je donne les papiers à Jacob avant qu'il ne soit trop tard. Ainsi qu'une lettre pour Charlie. Et une pour Renesmée. Qu'elle ait une preuve de mon amour quand je ne serais plus là pour le lui déclarer.

Lorsque nous arrivâmes à la villa, tout semblait normal. Toutefois, une agitation subtile nous parvint de l'intérieur. De nombreuses voix murmuraient et grommelaient doucement. La discussion paraissait échauffée, comme une dispute. Le timbre de Carlisle et celui d'Amun revenaient plus souvent que les autres. Edward se gara devant le perron au lieu de gagner le garage. Nous échangeâmes un regard anxieux avant de descendre de voiture. Jacob afficha une mine grave – il devait s'être mis en mode Alpha. Visiblement, il s'était passé quelque chose, et il comptait obtenir les informations dont lui et Sam auraient besoin.

— Alistair est parti, annonça Edward en grimpant vivement les marches.

Dans le grand salon, la confrontation était évidente. Tous nos invités étaient alignés contre les murs, mis à part Alistair, et les trois personnes qui se chamaillaient. Esmé, Kebi et Tia se tenaient tout près des hommes qui occupaient le centre de la pièce. Amun s'en prenait à Carlisle et à Benjamin. Mâchoire serrée, Edward s'empressa de rejoindre Esmé, m'entraînant dans son sillage. Je serrai fermement Renesmée contre mon sein.

— Si tu souhaites t'en aller, disait Carlisle avec calme à Amun, personne ne t'oblige à rester.

— Tu me voles la moitié de mon clan, Carlisle ! s'égosilla l'Égyptien en brandissant un doigt vers Benjamin. Est-ce donc pour cela que tu m'as convoqué ici ? Pour me dépouiller ?

Mon beau-père poussa un soupir, tandis que Benjamin levait les yeux au ciel.

— C'est ça, railla-t-il. Carlisle a déclenché une bagarre avec les Volturi et a mis toute sa famille en danger rien que pour m'attirer ici, à la mort. Un peu de sérieux, Amun, je me suis engagé à faire le bien, pas à me rallier à une autre tribu. Toi, tu es bien sûr libre d'agir à ta guise, ainsi que Carlisle te l'a dit.

— Cette histoire finira mal, gronda Amun. Alistair était le seul à avoir deux sous de jugeote. Nous devrions prendre nos jambes à notre cou.

— Alistair sain d'esprit, j'aurai tout entendu, commenta Tia en aparté.

— Ils nous massacreront tous !

— Nous n'en arriverons pas à ça, décréta Carlisle d'une voix ferme.

— C'est toi qui le dis !

— Et quand bien même, tu pourras toujours changer de camp, Amun. Je suis certain que les Volturi apprécieront ton soutien.

— C'est peut-être la solution, en effet, ricana l'autre.

— Je ne te le reprocherai pas, répondit mon beau-père avec douceur et sincérité. Nous sommes amis depuis très longtemps, mais jamais je n'exigerais que tu te sacrifies pour moi.

— Sauf que tu entraîneras mon Benjamin dans ta chute, gronda l'Égyptien, qui s'était un peu calmé.

Carlisle posa une main sur son épaule ; il se dégagea.

— Je vais rester, reprit-il. Mais ce sera peut-être à tes dépens. Je me rallierai à eux si c'est le seul moyen de survivre. Et vous autres, vous êtes bien sots de croire que vous pouvez provoquer les Volturi.

Fronçant les sourcils, il jeta un coup d'œil à Renesmée, puis à moi, et ajouta, exaspéré :

— Je témoignerai que l'enfant a grandi, ce qui est la stricte vérité. N'importe qui est en mesure de le voir.

— Nous ne t'avons jamais demandé rien d'autre.

— Ce qui ne signifie pas que vous n'obtenez pas plus, bougonna Amun avant de se tourner vers Benjamin : Je t'ai donné la vie, et toi, tu la gaspilles.

Le visage du jeune vampire prit une froideur inhabituelle qui contrastait étrangement avec ses traits adolescents.

— Dommage que tu n'aies pas pensé à remplacer ma volonté par la tienne dès le départ, répliqua-t-il. Parce que, alors, tu aurais peut-être été enfin content de moi.

Mécontent, Amun plissa les yeux et, d'un geste brusque, enjoignit à Kebi de le suivre tandis qu'il sortait à grands pas dehors.

— Il ne partira pas, me chuchota Edward. Mais il va garder encore plus ses distances, dorénavant. Il ne plaisantait pas, quand il a parlé de rallier les Volturi.

— Pourquoi Alistair s'est-il enfui ?

— Personne n'en est vraiment certain. Il n'a pas laissé de mot. À en juger par ses marmottements, il était persuadé que le combat serait inévitable. En dépit de son comportement, il apprécie trop Carlisle pour le trahir au profit des Volturi. Je suppose qu'il a estimé que le péril était réel.

Bien que notre conversation soit d'ordre privé, tout le monde l'entendait, naturellement. Eleazar répondit à l'analyse d'Edward comme si elle avait été destinée à tous.

— J'ai l'impression qu'il y avait plus que ça, lança-t-il. Jusqu'à présent, nous n'avons guère évoqué les véritables intentions des Italiens, mais Alistair pensait qu'ils ne nous écouteraient pas, aussi percutant soit notre plaidoyer. Pour lui, ils trouveraient de toute façon un prétexte pour atteindre leurs buts.

Les vampires se dévisagèrent, mal à l'aise. L'idée que les Volturi puissent manipuler leurs sacro-saintes lois par pure avidité dérangeait. Seuls les Roumains ne bronchèrent pas, affichant un demi-sourire ironique. Ils avaient l'air de trouver amusante la manie qu'avaient leurs confrères de penser du bien de leurs ennemis héréditaires. Toute une série de discussions à voix basse s'engagèrent. Je m'attachai à l'échange des deux Roumains. Peut-être parce que le blond Vladimir ne cessait de jeter des coups d'œil dans ma direction.

— J'espère qu'Alistair a raison, marmonna Stefan à son acolyte. Quelle que soit l'issue du conflit, la rumeur se répandra. Il est temps que le monde voie les Volturi pour ce qu'ils sont devenus. Ils ne tomberont pas tant qu'il y aura des gens pour croire à leurs balivernes.

— Au moins, quand nous régnions, nous étions honnêtes, nous ! répondit Vladimir.

— Oui, nous n'avons jamais prétendu être de petits saints.

— Pour moi, l'heure est venue de la guerre. Nous ne retrouverons jamais une telle occasion, jamais de telles forces en présence.

— Rien n'est impossible. Un jour, peut-être...

— Voilà mille cinq cents ans que nous attendons, Stefan ! Or les Volturi n'ont fait que consolider leur position au fil des ans.

Vladimir me regarda derechef. Il ne sembla pas étonné quand il constata que je l'observais également.

— S'ils sortent vainqueurs de cette confrontation, reprit-il, ils repartiront encore plus puissants qu'avant. Chaque nouvelle conquête les conforte dans leurs droits. Pense à ce que ce jeune vampire (il me désigna du menton) pourrait leur apporter, alors qu'elle découvre tout juste son talent. Il y a aussi le manipulateur des éléments.

Vladimir indiqua d'un signe de tête Benjamin, qui se raidit. À présent, presque tout le monde écoutait les Roumains.

— Avec leurs jumeaux en sorcellerie, enchaîna-t-il, ils

n'auront pas besoin de l'illusionniste ou de la centrale électrique.

Ses prunelles se posèrent sur Zafrina puis Kate.

— Non plus que de celui qui lit dans les esprits, renchérit Stefan en fixant Edward. Tu as raison, ils auraient beaucoup à gagner, en cas de victoire.

— Plus que ce que nous pouvons leur permettre d'avoir, tu n'es pas d'accord ?

— Je suis bien obligé, soupira Stefan. Or, cela signifie...

— Que nous devons nous battre contre eux, tant qu'il y a un espoir.

— Il suffirait que nous les amputions, que nous les fragilisions...

— Et, un jour, d'autres achèveraient le travail.

— Alors, notre longue vendetta serait récompensée. Enfin.

Ils se dévisagèrent un instant, puis murmurèrent d'une seule voix :

— C'est la seule solution.

— Donc, nous combattrons, dit Stefan.

— Oui, acquiesça Vladimir.

Bien qu'ils soient partagés entre leur instinct de survie et leur désir de vengeance, ils échangèrent un sourire plein d'espoir et d'impatience. Leur décision était sans doute une bonne chose ; à l'instar d'Alistair, j'étais persuadée qu'il serait impossible d'éviter le conflit. Auquel cas, deux vampires supplémentaires prêts à se ranger à nos côtés ne pouvaient qu'être utiles. Néanmoins, leur prise de position déclencha mes frissons.

— Nous aussi, annonça alors Tia, d'une voix encore plus solennelle que d'ordinaire. Nous estimons que les Volturi outrepassent les droits que leur confère leur autorité. Nous n'avons aucune envie de leur appartenir.

Ses prunelles s'attardèrent sur son amant. Benjamin sourit et jeta un coup d'œil facétieux aux Roumains.

— Puisque, apparemment, je suis une marchandise de prix, il faudra que je défende ma liberté, déclara-t-il.

— Ce ne sera pas la première fois que je me bats pour échapper à la férule d'un roi, plaisanta Garrett en s'approchant du jeune homme pour lui assener une claque sur l'épaule. À bas l'oppression !

— Nous soutiendrons Carlisle, intervint Tanya à son tour. Nous lutterons s'il le faut.

L'annonce des Roumains semblait avoir provoqué chez les autres le désir d'afficher leur opinion.

— Nous n'avons encore rien décidé, dit Peter.

Il contempla sa compagne, Charlotte, qui arborait une moue mécontente. J'eus pourtant l'impression qu'elle savait déjà ce qu'elle ferait. Mais quoi ?

— Pareil pour moi, renchérit Randall.

— Et moi, reconnut Mary.

— La meute se battra avec les Cullen, intervint Jacob. Nous n'avons pas peur des vampires, précisa-t-il avec un sourire narquois.

— Pauvres enfants ! marmonna Peter.

— Des bébés, oui ! rectifia Randall.

Jacob rit jaune.

— Eh bien, j'en suis, décréta Maggie en se libérant de Siobhan, qui la retenait d'une main. La vérité est du côté de Carlisle, j'en suis convaincue.

Siobhan posa un regard soucieux sur le plus jeune membre de son clan. Ignorant la soudaine solennité qu'avait prise la réunion, elle s'adressa à mon beau-père d'une voix douce :

— Je ne veux pas que cette entrevue tourne à la bagarre, Carlisle.

— Moi non plus, tu le sais. Tu devrais peut-être t'arranger pour que cela n'arrive pas.

— Ça ne servira à rien, répondit-elle.

Je me souvins de la discussion entre Rose et Carlisle à propos du chef des Irlandais. Carlisle pensait qu'elle avait le don subtil mais puissant d'influencer le cours des événements selon sa volonté. Toutefois, elle-même n'y croyait pas.

— Ça ne peut pas faire de mal, répliqua-t-il.

— Parce qu'il suffirait que je visualise l'issue que je désire ? se moqua-t-elle en levant les yeux au ciel.

— Si tu n'as rien contre, oui ! s'esclaffa ouvertement Carlisle.

— Alors, inutile que ma tribu prenne une position officielle, non ? Puisque la bagarre ne se produira pas.

Sur ce, Siobhan attira Maggie à elle. Liam, silencieux, n'affichait aucune expression particulière. Les autres paraissaient surpris par l'échange de plaisanteries entre Carlisle et Siobhan, qui mit d'ailleurs fin aux échanges quelque peu théâtraux de la soirée. L'assistance se dispersa lentement, qui pour chasser, qui pour tuer le temps à l'aide des livres de Carlisle, de la télévision ou des ordinateurs. Edward, Renesmée et moi partîmes en chasse. Jacob se joignit à nous.

— Imbéciles de sangsues ! grommela-t-il en sortant. Ils se prennent pour qui, ces vampires ?

— Et ils seront choqués en découvrant que les « bébés » leur auront sauvé la vie, hein ? railla Edward.

En souriant, Jake lui donna une bourrade.

— Oh que oui !

Ce n'était pas notre dernière chasse. Il y en aurait une autre, peu de temps avant l'arrivée des Volturi. Cette date n'étant pas très précise, nous envisagions de camper quelques nuits dans la grande clairière qui servait de terrain de base-ball aux Cullen. Nous savions seulement que l'expédition punitive serait ici quand la neige tiendrait. Nous ne souhaitions pas que les Italiens s'approchent trop de Forks, et Démétri nous localiserait, où que nous soyons. Il chercherait sans doute Edward, puisqu'il était impuissant face à moi.

Tout en chassant, je songeai au traqueur, indifférente à ma proie ou aux flocons qui étaient enfin apparus et virevoltaient dans l'air mais semblaient fondre avant de toucher le sol. Démétri s'apercevrait-il qu'il était incapable de me localiser ? Si oui, comment réagirait-il ? Et Aro ? À moins qu'Edward ne se trompe. Si ça se trouvait, je ne résistais pas à certaines influences, et mon bouclier n'était pas complètement imperméable. Tout ce qui était extérieur à moi risquait d'être vulnérable, ouvert à ce que Jasper, Alice et Benjamin étaient en mesure de provoquer. Le talent de Démétri fonctionnait peut-être comme le leur.

Soudain, une idée me traversa l'esprit, qui me figea sur place. Je laissai tomber l'élan à moitié vidé de son sang que je tenais. Les flocons se dissolvaient à quelques centimètres de son cadavre encore chaud. Je regardai sans les voir mes mains ensanglantées. Remarquant mon attitude, Edward se précipita vers moi en abandonnant également son gibier.

— Que se passe-t-il ? me demanda-t-il à voix basse en scrutant la forêt alentour, en quête de ce qui avait déclenché ma réaction.

— Renesmée, haletai-je.

— Elle se trouve juste derrière ces arbres, me rassura-t-il. Avec Jacob. Tout va bien.

— Ce n'est pas ça. Je pensais à mon bouclier. Tu crois vraiment qu'il vaut quelque chose, qu'il servira ? Les autres espèrent que je serai en mesure de protéger Zafrina et Benjamin, même si ce n'est que par à-coups de quelques secondes. Mais si c'était une erreur ? Si votre confiance provoquait notre échec ?

Je frisais l'hystérie, tout en réussissant à garder le contrôle de mon corps, parce que je ne désirais pas affoler ma fille.

— Mais qu'est-ce qui te prend, Bella ? Il est merveilleux que tu puisses te défendre, et personne ne s'attend à ce que tu sois responsable des autres. Arrête de t'angoisser pour rien.

— Et si j'étais impuissante ? chuchotai-je. Je ne suis pas douée. Mes résultats sont inégaux, erratiques. Une fois, ça marche, une fois non. Si ça se trouve, Alec y sera insensible.

— Chut ! Ne panique pas. Et ne te soucie pas d'Alec. Son talent n'est pas différent de ceux de Jane ou Zafrina. Ce n'est qu'une illusion. Il n'est pas plus capable que moi de pénétrer ton esprit.

— Mais pas Renesmée ! Ça m'a paru tellement naturel que je n'y ai pas accordé beaucoup d'importance. Ç'a toujours été en elle. N'empêche, elle parvient à implanter ses idées dans ma tête comme dans celle de tout le monde. Mon bouclier n'est pas étanche, Edward !

Désespérée, je le regardai, attendant qu'il acquiesce à mon affreuse révélation. Ses lèvres étaient pincées, comme s'il réfléchissait à la façon d'exprimer une idée. Ses traits, en revanche, étaient parfaitement détendus.

— Toi, tu as songé à tout ça il y a longtemps, hein ? repris-je, avec l'impression d'être une idiote.

Il opina, un vague sourire à la bouche.

— Dès la première fois qu'elle t'a touchée.

Je soupirai, effarée par ma propre stupidité. Néanmoins, la sérénité d'Edward m'avait un peu calmée.

— Et cela ne t'inquiète pas plus que ça ? demandai-je. Tu n'estimes pas que c'est un problème ?

— J'ai deux théories à ce sujet, l'une plus plausible que l'autre.

— Donne-moi la douteuse en premier.

— Elle est ta fille. Génétiquement, elle tient de toi pour moitié. Tu te souviens ? Je me moquais de toi en te disant que ton esprit était sur une fréquence différente des nôtres. Elle est peut-être branchée sur la même.

— Sauf que tu lis dans ses pensées, objectai-je. Comme tout le monde, d'ailleurs. Et si Alec fonctionnait lui aussi sur une autre longueur d'onde ? S'il…

Il posa un doigt sur mes lèvres.

— J'y ai pensé. Ce qui explique pourquoi ma seconde théorie me paraît plus crédible.

Serrant les dents, je patientai.

— Te rappelles-tu ce que Carlisle a dit de Renesmée, juste après qu'elle t'a montré son premier souvenir ?

— Qu'elle représentait une évolution intéressante. Comme si elle faisait le contraire exact de toi.

— Oui, et ça m'a amené à me poser des questions. Imagine qu'elle ait hérité de ton don et qu'elle l'ait également déformé ?

Je réfléchis.

— Tu tiens les autres à distance de ton esprit, reprit-il.

— Et elle, elle ouvrirait le sien à tous ?

— Oui. Si elle est en mesure de pénétrer ton cerveau, je doute qu'il existe un bouclier au monde susceptible de l'en empêcher. Or cela va nous aider. D'après ce que nous avons vu, la véracité de ses pensées est indiscutable, dès lors qu'elle a décidé de les montrer. À mon avis, personne n'est capable de l'empêcher de les exposer si elle est suffisamment proche. Pour peu qu'Aro lui permette de s'expliquer…

Imaginer ma fille aussi près des pupilles laiteuses et avides du Volturi me fit trembler.

— ... rien ne pourra empêcher Aro de découvrir la vérité, conclut Edward en massant mes épaules tendues.

— Mais cette vérité sera-t-elle suffisante pour l'arrêter ?

Edward n'avait pas de réponse à cela.

35

ATTENTE

— Tu sors ? me demanda Edward sur un ton nonchalant, avec un calme un peu forcé, en serrant Renesmée un tantinet plus fort contre lui.

— Oui. Des bricoles de dernière minute, répondis-je avec tout autant de décontraction feinte.

— Reviens-moi vite.

Il me gratifia de son sourire craquant.

— Comme toujours, lançai-je.

Une fois encore, je pris sa Volvo. Avait-il consulté le compteur kilométrique depuis mon dernier emprunt ? Qu'avait-il deviné ? Que j'avais un secret, cela était évident. Avait-il compris pourquoi je ne m'en étais pas ouverte à lui ? Avait-il soupçonné qu'Aro risquait de découvrir tout ce qu'il savait ? À mon avis, oui, ce qui expliquait pourquoi il n'avait pas exigé plus amples précisions. Il devait s'interdire d'y réfléchir trop, devait s'efforcer d'oublier mes cachotteries. Avait-il fait le lien avec le matin où j'avais brûlé le Shakespeare ? Je l'ignorais.

La fin d'après-midi était lugubre, et il y avait aussi peu de lumière qu'au crépuscule. Je fonçai, les yeux fixés sur les gros nuages noirs. Neigerait-il cette nuit ? Assez pour tenir, et que se constitue la scène prédite par Alice ? D'après Edward, nous avions encore deux jours. Puis nous irions nous installer dans la prairie, afin d'attirer les Volturi dans un lieu de notre choix.

Tout en traversant la forêt, je repensai à mon dernier voyage à Seattle. Je croyais comprendre maintenant pourquoi Alice m'avait envoyée dans le quartier sordide, où J. Jenks prenait contact avec ses clients les plus troubles. Me serais-je rendue en ses bureaux officiels, je n'aurais sûrement jamais su quoi lui demander. Si je l'avais rencontré en tant que Jason Jenks ou Jason Scott, avocat ayant pignon sur rue, je n'aurais jamais soupçonné l'existence d'un J. Jenks, fournisseur de faux papiers. J'avais dû emprunter la route qui proclamait que je mijotais quelque chose de pas catholique.

La nuit était tombée quand, ignorant les voituriers, je me garai dans le parking du restaurant. J'avais quelques minutes d'avance. Je mis mes lentilles de contact avant d'entrer attendre J. Si j'avais hâte de conclure cette transaction et de retrouver les miens, J, lui, semblait soucieux de ne pas entacher sa réputation. Un échange dans le noir sur le parking aurait froissé sa sensibilité.

Je donnai le nom de l'avocat à l'accueil, et un maître d'hôtel obséquieux me conduisit à l'étage, dans un petit salon privé, où crépitait un feu de cheminée. Il me débarrassa de mon trois-quarts ivoire que j'avais enfilé afin de dissimuler ce qu'Alice estimait être la tenue appropriée pour une soirée en ville. L'homme retint une exclamation en découvrant ma robe de cocktail en satin couleur huître. Je ne pus m'empêcher de me sentir flattée. Je n'étais toujours pas habituée à paraître belle à d'autres yeux qu'à ceux d'Edward. Le maître d'hôtel balbutia un compliment tout en se retirant d'une démarche maladroite.

Je patientai près de l'âtre, mes doigts au-dessus des flammes, dans l'espoir de les réchauffer un peu avant l'inévitable poignée de main qui se profilait. Certes, J était conscient que les Cullen avaient quelque chose de spécial, mais il était bien que je m'entraîne. L'espace d'une demi-seconde, je me demandai si j'aurais l'impression de brûler, pour peu que je plonge mes mains dans le feu. L'entrée de J me divertit de ma morbidité. Le maître d'hôtel lui prit également son manteau, et je constatai que je n'étais pas la seule à m'être mise sur mon trente et un pour ce rendez-vous.

— Désolé d'être en retard, s'excusa l'avocat dès que nous fûmes seuls.

— Ce n'est pas le cas, vous êtes très ponctuel.

Il me tendit la main, je la serrai, et je perçus la chaleur de ses doigts, bien plus évidente que celle des miens. Toutefois, il ne parut pas être gêné.

— Vous êtes magnifique, si vous me permettez cette audace, madame Cullen.

— Merci, J. Je vous en prie, appelez-moi Bella.

— J'avoue que travailler avec vous est très différent d'avec M. Jasper. Beaucoup moins… troublant.

Il eut un sourire hésitant.

— Vraiment ? J'ai toujours trouvé que Jasper avait une présence apaisante.

— Ah bon ? murmura-t-il en fronçant les sourcils, l'air pas d'accord du tout.

Bizarre. Qu'avait donc infligé mon ténébreux beau-frère à cet homme ?

— Vous le connaissez depuis longtemps ? m'enquis-je.

Il soupira, mal à l'aise.

— Depuis plus de vingt ans, et mon ancien associé travaillait déjà avec lui depuis quinze ans. Il... ne change pas.

— En effet. C'est plutôt amusant.

J secoua la tête, comme pour se débarrasser de pensées déplaisantes.

— Vous ne vous asseyez pas, Bella ?

— Je suis pressée, hélas. J'ai un long trajet à faire.

— Oh ! souffla-t-il, un peu déçu.

Je tirai de mon sac l'épaisse enveloppe contenant sa prime et la lui tendis. Il la fourra dans la poche intérieure de sa veste sans se donner la peine de vérifier le montant.

— J'espérais pouvoir discuter un peu.

— À quel sujet ? demandai-je avec curiosité.

— Permettez-moi d'abord de vous donner votre commande. Je veux m'assurer que vous êtes satisfaite.

Il se détourna, plaça son attaché-case sur la table et en déverrouilla les loquets. Il en sortit une enveloppe en papier kraft. Je l'ouvris, bien que n'ayant pas la moindre idée de ce à quoi je devais m'attendre, et jetai un coup d'œil à son contenu. J avait retaillé la photographie de Jacob et changé ses couleurs, de façon à ce qu'on ne remarquât pas que le cliché était identique sur son passeport et son permis de conduire. J'eus l'impression que le travail était excellent, mais c'était un avis d'amateur. Je feuilletai également le passeport de Vanessa Wolfe, et une boule se forma dans ma gorge.

— Merci, J.

J'eus l'impression qu'il regrettait que mon examen ne soit pas plus poussé.

— Je vous garantis que chaque pièce est parfaite. Toutes résisteront aux vérifications les plus pointues.

— Je n'en doute pas et j'apprécie vraiment ce que vous avez fait, J.

— À votre service, Bella. À l'avenir, ne craignez pas de vous adresser à moi pour tout ce dont la famille Cullen pourrait avoir besoin.

Il me sembla que c'était là une invitation à remplacer Jasper comme agent de liaison.

— Vous souhaitiez me parler de quelque chose ?

— Euh... oui. C'est un peu délicat.

D'un geste, il m'enjoignit de m'asseoir sur le banc de pierre qui flanquait la cheminée et s'installa à mon côté. Une fois encore, des gouttes de sueur perlaient à son front. Tirant un mouchoir de soie bleue de sa poche, il entreprit de s'éponger.

— Êtes-vous la sœur de la femme de M. Jasper ? me lança-t-il ensuite. Ou la femme de son frère ?

— La femme de son frère, répondis-je en m'interrogeant sur ce qu'il voulait.

— Oh, vous aurez épousé M. Edward, alors.

— Oui.

— C'est que, expliqua-t-il avec un sourire d'excuse, j'ai vu défiler ces prénoms tant de fois. Mes plus sincères félicitations, en tout cas. Je suis heureux que M. Edward ait trouvé une si charmante compagne, après toutes ces années.

— Merci.

Il marqua une pause, s'épongea derechef.

— Au fil du temps, enchaîna-t-il, vous imaginez bien que j'ai appris à respecter de manière infinie M. Jasper et les siens.

J'acquiesçai sans me mouiller. Il respira un grand coup.

— S'il vous plaît, J, venez-en au fait.

Une seconde fois, il aspira profondément.

— Si vous pouviez m'assurer que vous n'envisagez pas d'enlever cette fillette à son père, je dormirais mieux la nuit, lâcha-t-il tout à trac.

— Oh ! m'exclamai-je, ahurie par les fausses conclusions auxquelles il était arrivé. Il ne s'agit de rien de tel, croyez-moi. Simplement, je tiens à ce qu'elle soit en sécurité, si jamais il nous arrivait quelque chose, à mon mari et à moi.

— Parce que vous craignez un accident ? riposta-t-il aussitôt, avant de s'empourprer et d'ajouter : Excusez-moi, cela ne me regarde pas.

J'observai la façon dont la rougeur s'étalait sous la délicate membrane de sa peau et je fus soulagée – comme souvent – de n'être pas un jeune vampire moyen. J semblait être un homme plutôt charmant, toutes activités criminelles mises à part, et il aurait été dommage de le tuer.

— On ne sait jamais, soupirai-je.

Son front se rida.

— Permettez-moi de vous souhaiter bonne chance, alors. Et, ne vous vexez pas, très chère, mais si M. Jasper devait venir me trouver et qu'il m'interroge sur les noms portés sur ses papiers...

— Vous lui raconteriez la vérité, naturellement. Je n'ai rien à cacher à M. Jasper.

Ma sincérité parut apaiser son stress.

— Fort bien, souffla-t-il. Puis-je avoir l'honneur de vous inviter à dîner ?

— Navrée, je suis pressée.

— Alors, encore une fois, je vous adresse mes meilleurs vœux de santé et de bonheur. Et si les Cullen ont besoin de quoi que ce soit, n'hésitez pas à m'appeler, Bella.

— Merci, J.

Je le quittai. En me retournant, je constatai que l'avocat me suivait des yeux, l'air aussi anxieux que déçu.

Le trajet du retour me prit moins de temps que l'aller. La nuit était d'un noir d'encre, je coupai les phares et appuyai sur le champignon. Quand j'arrivai à la maison, la plupart des voitures, dont la Porsche d'Alice et ma Ferrari, manquaient à l'appel. Les vampires observant les modes d'alimentation traditionnels s'éloignaient le plus possible pour étancher leur soif. Je m'efforçai de ne pas penser à leurs parties de chasse ni à leurs victimes.

Au salon, seuls Kate et Garrett se disputaient plaisamment à propos du régime « végétarien ». J'en déduisis que l'aventurier s'était essayé à goûter du sang animal et n'avait guère apprécié l'expérience.

Edward devait avoir ramené Renesmée au cottage. Jacob était certainement dans les bois alentour. Les autres Cullen chassaient sans doute aussi. Peut-être avec le clan de Denali. Bref, j'avais plus ou moins la villa pour moi seule et je décidai de profiter de l'aubaine.

Je humai que j'étais la première à pénétrer dans la chambre d'Alice et de Jasper depuis longtemps, sans doute depuis la nuit de leur départ. Sans bruit, je fouillai leur immense placard, jusqu'à ce que je déniche ce que je cherchais : un sac à dos en cuir noir, du genre qui pouvait servir de simple sac à main. Il était suffisamment petit pour que Renesmée puisse le porter sans attirer l'attention de quiconque. Ensuite, je me servis dans les masses de liquide qu'ils conservaient, dérobant environ deux fois les revenus annuels d'une famille américaine moyenne. Je me disais que mon vol aurait moins de chance d'être repéré ici que dans le reste de la demeure, car la chambre déserte, trop triste, n'attirait personne. Je fourrai l'argent et l'enveloppe contenant les faux papiers dans le sac, puis je m'assis au bord du lit et contemplai le baluchon pitoyable, qui était la seule chose que j'étais en mesure de donner à ma fille et à mon meilleur ami pour les aider à sauver leur vie. Démoralisée, je me laissai aller contre la tête de lit.

Avais-je une autre solution ?

Je restai assise quelques minutes avant qu'une amorce de bonne idée ne me chatouille. Et si… Si je partais du principe que Jacob et Renesmée réussissaient à s'enfuir, c'est que, forcément, Démétri serait mort. Ce qui offrirait un répit aux survivants, y compris à Alice et Jasper. Dans ce cas, ceux-ci devraient être en mesure de secourir Jacob et Renesmée, non ? S'ils parvenaient à se retrouver, ma fille bénéficierait de la meilleure protection qui fût. Il n'y avait aucune raison que cela ne se produise pas, sauf si Jake et Renesmée étaient invisibles à Alice. De quelle façon allait-elle les chercher, si elle était « aveugle » ?

Au bout de quelques instants de cogitation, je quittai la pièce pour traverser le couloir et entrer dans la grande suite que partageaient Carlisle et Esmé. Comme d'habitude, le bureau de cette dernière croulait sous les plans et les croquis soigneusement empilés. Une rangée de casiers surmontait la table de travail, dont l'un contenait de la papeterie. Je m'emparai d'une feuille et d'un stylo. Je réfléchis durant cinq bonnes minutes, très concentrée. Alice ne voyait ni Jacob ni Renesmée ; moi, si, en revanche. Je la visualisai en train de prédire cet instant, croisant les doigts pour qu'elle ne soit pas trop occupée par autre chose.

Lentement, j'écrivis les mots RIO DE JANEIRO en capitales sur la page blanche.

C'était le meilleur endroit où les expédier. Et d'une, la ville était assez loin d'ici. Et de deux, aux dernières nouvelles, Alice et Jasper se trouvaient déjà en Amérique du Sud. Et de trois, nos vieux problèmes n'avaient pas disparu sous prétexte que de nouveaux avaient surgi : le mystère de l'avenir de l'enfant, de sa croissance terrifiante, perdurait. Nous avions compté nous rendre là-bas, de toute façon.

Désormais, ce serait à Jacob et, avec un peu de chance, à Alice de traquer les légendes.

Une brusque envie de pleurer me fit courber la tête, et je serrai les dents. Il fallait que Renesmée s'échappe, mais elle me manquait déjà cruellement. Respirant un bon coup, je plaçai la feuille au fond du sac. Jacob la découvrirait bien à temps.

J'espérais que, puisque son lycée ne proposait pas de cours de portugais, il aurait au moins appris l'espagnol.

Ensuite, nous n'eûmes plus qu'à attendre.

Deux jours durant, Edward et Carlisle restèrent dans la clairière, la même que celle où les nouveau-nés de Victoria nous avaient attaqués, au printemps. Carlisle devait éprouver un sentiment de déjà-vu. Pour moi, la confrontation serait du neuf. Cette fois, Edward et moi serions au côté des nôtres.

Nous en étions réduits à supposer que les Volturi traqueraient Carlisle ou Edward. S'étonneraient-ils que leurs proies ne se sauvent pas ? S'en inquiéteraient-ils ? Sans doute pas. Je n'imaginais pas que les Volturi puissent se tracasser pour quoi que ce soit.

Bien que je sois invisible – du moins, je l'espérais – à Démétri, je ne quittai pas Edward. Cela allait de soi. Nous n'avions plus que quelques heures pour profiter l'un de l'autre. Il n'y eut pas de grande scène d'adieux. Prononcer le mot aurait d'ailleurs suffi à le concrétiser. Comme taper le mot « fin » sur la dernière page d'un manuscrit. Nous restâmes collés l'un à l'autre, ne cessant de nous toucher. Quelle que soit l'issue des événements, nous l'affronterions ensemble.

Nous plantâmes une tente pour abriter Renesmée dans la forêt, et nous eûmes une nouvelle impression de déjà-vu – camping dans le froid en compagnie de Jacob.

Il était presque impossible de croire aux multiples changements qui s'étaient produits depuis juin. Sept mois plus tôt, notre relation triangulaire avait semblé inextricable, et inévitable la fêlure de nos trois cœurs. Désormais, un équilibre s'était instauré. Il paraissait d'une ironie atroce que les pièces du puzzle se fussent assemblées juste au moment où elles allaient être détruites.

Il se remit à neiger la nuit du 30 décembre. Cette fois, les flocons ne fondirent pas. Pendant que notre fille et Jake dormaient – lui ronflait si fort qu'on s'étonnait que la petite ne se réveillât pas –, la neige recouvrit la terre d'une fine couche blanche, qui s'épaissit peu à peu. Au lever du soleil, la scène vue par Alice était complète. Main dans la main, Edward et moi contemplâmes en silence le champ étincelant.

Nos amis se rassemblèrent, leurs prunelles reflétant leur préparation à la confrontation, certaines d'un or clair, d'autres d'un cramoisi profond. Peu après que le groupe fut au complet, nous entendîmes les loups qui se déplaçaient dans les bois. Laissant Renesmée dormir, Jacob émergea de la tente pour se joindre à eux. Edward et Carlisle entreprirent d'assigner une place à chacun. J'attendais que ma fille se réveille.

Lorsqu'elle le fit, je l'aidai à enfiler les vêtements que j'avais soigneusement choisis, deux jours auparavant. Une tenue qui pouvait passer pour trop féminine, avec ses fanfreluches, mais qui était assez résistante pour ne pas se déchirer, y compris après que Renesmée aurait chevauché un loup-garou géant à travers deux États. Par-dessus sa veste, je plaçai le sac à dos. Renesmée étant solide, il ne parut pas lui peser. Quand elle décela la souffrance dans mes yeux, elle écarquilla les siens. Elle en avait assez deviné cependant pour ne pas me poser de questions.

— Je t'aime, lui dis-je. Plus que tout au monde.

— Je t'aime aussi, maman, répondit-elle.

Elle effleura le médaillon à son cou, lequel renfermait à présent une photo de nous trois, et ajouta :

— Nous serons toujours ensemble.

— Dans nos cœurs, oui, rectifiai-je. Mais aujourd'hui, lorsque je te l'ordonnerai, il te faudra me quitter.

Elle ne moufta pas, se contenta de placer sa main sur ma joue. Son « non » silencieux fut plus déchirant que si elle l'avait hurlé. Je déglutis.

— S'il te plaît, la suppliai-je. Pour moi ?

« Pourquoi ? » demanda-t-elle en appuyant plus fort.

— Je ne peux pas te l'expliquer. Tu comprendras bientôt. Je t'en prie.

L'image de Jacob s'imposa à moi, et je hochai la tête avant de repousser ses doigts.

— N'y pense pas, soufflai-je. Et pas un mot à Jake avant que je ne te dise de courir, d'accord ?

Elle comprit, opina.

Je tirai de ma poche l'ultime détail de mes préparatifs. En emballant les affaires de Renesmée, un éclat avait soudain attiré mon attention. Un rayon de soleil avait en effet frappé les pierres précieuses ornant l'ancien coffret que j'avais rangé sur une étagère, où je l'avais oublié. J'avais réfléchi un instant avant de hausser les épaules. Maintenant que j'avais compris les indices laissés par Alice, je ne nourrissais plus aucun espoir que le conflit pût être évité. Néanmoins, pourquoi ne pas essayer d'entamer la discussion de la manière la plus amicale qui soit ? Quel mal y aurait-il à cela ? Il fallait croire qu'il me restait un fond d'espoir insensé, parce que j'avais récupéré le cadeau de noces d'Aro. Voilà pourquoi, Renesmée prête, je mis l'épaisse chaîne en or. L'énorme et lourd diamant vint se positionner dans le creux de ma gorge.

— Joli, murmura Renesmée.

Puis elle noua ses bras comme un étau autour de mon cou, et je la serrai contre ma poitrine. Ainsi entremêlées, nous sortîmes de la tente et gagnâmes le champ.

À mon arrivée, Edward leva un sourcil, mais ne commenta ni ma tenue ni celle de notre fille. Il se borna à nous enlacer un long moment, avant de nous relâcher avec un grand soupir. Ses yeux ne reflétaient nul au revoir. Il était peut-être plus optimiste que moi quant à l'issue de l'entrevue.

Nous prîmes place, Renesmée grimpant sur mon dos avec agilité pour me laisser les mains libres. Je me tenais à quelques pas en arrière de la ligne de front formée de Carlisle, Edward, Emmett, Rosalie, Tanya, Kate et Eleazar. Près de moi, Benjamin et Zafrina – il me reviendrait de les protéger le plus longtemps possible ; ils constituaient nos meilleures armes offensives. Si les Volturi étaient aveuglés, ne serait-ce qu'un instant, les choses pouvaient changer du tout au tout.

Zafrina était raide et affichait une expression féroce ; près d'elle, Senna était comme son double. Assis par terre, Benjamin plaquait ses paumes sur le sol tout en marmonnant à propos de lignes de faille. La nuit précédente, il avait entassé des rochers, à présent couverts de neige, au fond de la prairie. S'ils ne suffiraient pas à blesser un vampire, ils pourraient au moins le distraire.

Les témoins s'agglutinaient à droite et à gauche. Ceux qui s'étaient déclarés en notre faveur étaient les plus proches. Je remarquai que Siobhan se frottait les tempes, les paupières fermées, concentrée. S'efforçait-elle de faire plaisir à Carlisle en essayant de visualiser une solution diplomatique ?

Dans la forêt derrière nous, les loups invisibles étaient prêts, immobiles. Nous ne percevions que leurs respirations lourdes et leurs cœurs battants.

Les nuages se tassèrent, étouffant la lumière au point qu'on aurait pu se croire le matin comme l'après-midi. Edward plissa les yeux, scrutant le lointain, et je fus certaine qu'il voyait la scène une seconde fois – après l'avoir déchiffrée dans l'esprit d'Alice. Ce serait pareil à l'approche des Volturi. Il ne restait plus que quelques minutes ou quelques secondes, maintenant.

Tout le monde se tendit.

Sortant des arbres, le gros Alpha roux vint se placer près de moi. Il devait trouver trop difficile de rester à l'écart de Renesmée alors qu'elle était exposée à pareil danger. La petite entremêla ses doigts dans le poil de l'épaule massive et se relaxa un peu. Près de Jacob, elle était plus calme. Moi aussi. Tant qu'il serait là, tout irait bien.

Sans oser regarder derrière lui, Edward me tendit la main, que j'attrapai. Il serra mes doigts.

Une minute s'écoula, et je me surpris à tendre l'oreille, à l'affût de bruits de pas.

Soudain, Edward se raidit et laissa échapper un sifflement venimeux. Ses prunelles se fixèrent sur le nord. Nous l'imitâmes et attendîmes que les dernières secondes s'écoulent.

36

◆

SOIF DE SANG

Ils vinrent en grande pompe, avec une espèce de beauté.

C'était une formation rigide et formelle. Ils se déplaçaient ensemble, mais ce n'était pas un défilé. Ils émergèrent des arbres en une synchronisation parfaite, tache sombre et unie qui semblait planer à quelques centimètres de la neige immaculée tant leur démarche était déliée.

Le périmètre extérieur du groupe était d'un gris qui fonçait au fur et à mesure qu'on se rapprochait du centre, lequel était d'un noir d'encre. Les visages étaient cachés sous les capuchons. Le frémissement des pas était si régulier qu'il évoquait une mélodie au rythme complexe qui ne faiblissait jamais.

Obéissant à un signe que je ne repérai pas – à moins que ce ne fut pas un signe, mais le fruit d'une pratique millénaire –, la formation se déploya. Le mouvement fut trop raide et trop carré pour ressembler à l'épanouissement d'une fleur ; ce fut plutôt comme un éventail, beau

mais anguleux. Les silhouettes en capes grises se position-
nèrent sur les flancs, cependant que les plus sombres se
rapprochaient du centre, chacune contrôlant entièrement
ses déplacements.

Ils progressaient avec une détermination lente, sans
anxiété. C'était l'avance d'une armée invincible.

On aurait presque dit mon cauchemar. Seul manquait le
désir réjoui que leurs traits avaient arboré dans mon rêve,
les sourires vindicatifs. Mais les Volturi étaient bien trop
disciplinés pour montrer une émotion quelconque. Ils ne
firent pas preuve non plus de surprise ou de désarroi en
découvrant l'assemblée de vampires qui les attendait. Une
assemblée qui, en comparaison d'eux, prenait des allures
de ramassis désorganisé, non préparé. Le loup géant qui se
tenait au milieu de nous ne les désarçonna pas non plus.

Je ne pus m'empêcher de les compter. Trente-deux.
Même en excluant les deux personnages en manteau
noir qui s'attardaient tout à l'arrière – les épouses sans
doute, dont l'attitude laissait supposer qu'elles ne partici-
peraient pas au carnage –, ils étaient en surnombre. Seuls
dix-neuf d'entre nous combattraient, sept autres assistant
à la chose. Malgré l'appui des loups, nous ne ferions pas
le poids.

— Les tuniques rouges arrivent[1], marmonna mystérieusement Garrett, à plusieurs reprises, avant de lâcher
un rire bref et d'avancer d'un pas vers Kate.

— Comme annoncé, ils sont venus, chuchota Vladimir
à Stefan.

— Les femmes aussi, siffla l'autre. Toute la garde. Tu
as vu combien ils sont ? Heureusement que nous n'avons
jamais tenté d'attaquer Volterra.

---

1. Allusion aux troupes de l'armée anglaise (à cause de la couleur des uniformes),
référence au passé de Garrett, comme stipulé plus loin (voir p. 728), ancien révolutionnaire de la guerre d'Indépendance américaine (1775-1783).

Soudain, comme si leur nombre ne suffisait pas, de nouveaux vampires affluèrent derrière les Volturi, qui continuaient d'approcher avec majesté. Contrairement aux troupes italiennes à la discipline glaciale, ceux-là étaient désordonnés, et leurs visages trahissaient diverses émotions. Le choc, voire l'angoisse, en découvrant la force inattendue que nous constituions. Le malaise passa vite, cependant – leur quantité leur assurait la victoire, la présence de la garde implacable aussi –, et leurs traits reprirent leur expression initiale.

Je n'eus aucun mal à deviner leur état d'esprit. Nous avions là une foule en colère, frénétique, assoiffée de justice. Alors, seulement, je pris toute la mesure des sentiments que nourrissaient les vampires envers les enfants immortels. Il était évident que cette horde loqueteuse de plus de quarante individus constituait les propres témoins de nos adversaires. Lorsque nous serions morts, ils répandraient la rumeur, selon laquelle les criminels avaient été éradiqués, selon laquelle également les Volturi avaient œuvré en toute impartialité. La plupart semblaient néanmoins avoir envie de plus que d'une occasion de témoigner – ils désiraient aider au massacre. Inutile de prier. Même si nous arrivions à neutraliser les Italiens, ces gens nous submergeraient ; même si nous tuions Démétri, Jacob ne leur échapperait pas. Je sentis cette prise de conscience se faire progressivement autour de moi. Le désespoir appesantit l'atmosphère de notre groupe et accrut ma tension.

Une seule personne, dans le camp opposé, paraissait détoner. Je reconnus Irina, au milieu des deux groupes, la démarche hésitante. Elle fixait Tanya, en première ligne, avec des yeux horrifiés. Edward lâcha un grondement, très bas mais féroce.

— Alistair avait raison, murmura-t-il à Carlisle.

Ce dernier lui jeta un coup d'œil interrogatif.

— Comment ça ? murmura Tanya.

— Caïus et Aro sont venus détruire et voler, souffla Edward de telle façon que seuls nous pouvions l'entendre. Ils ont déjà préparé plusieurs stratégies. Si les accusations d'Irina se révèlent fausses, ils inventeront un prétexte quelconque pour s'offenser. Ils ont vu Renesmée, cependant. Ils n'ont donc aucun doute sur le déroulement des événements. Nous pourrions réfuter leurs autres accusations, mais il faudrait d'abord les arrêter pour qu'ils écoutent notre version de la vérité. Or, ils n'ont nullement l'intention de s'arrêter.

Jacob poussa un drôle de petit halètement.

C'est là que, brusquement et contre toute attente, la procession s'arrêta. La mélodie des piétinements se transforma en silence. La discipline de fer ne fut pas rompue pour autant, et les Volturi se figèrent sur place comme un seul homme, à une centaine de mètres de nous.

Derrière moi, sur les côtés, je perçus la chamade de gros cœurs, plus proches à présent. Je risquai un regard à droite et à gauche, du coin de l'œil, afin de vérifier ce qui avait pu ainsi stopper nos adversaires. Les loups s'étaient joints à nous, formant deux longues lignes sur nos flancs. Je ne mis qu'une fraction de seconde à m'apercevoir qu'ils étaient plus de dix, à me rendre compte que je ne les connaissais pas tous. Jacob compris, ils étaient dix-sept. À leur taille et à leurs pattes démesurées, je compris que les nouveaux étaient très, très jeunes. J'imagine que j'aurais dû me douter de cette évolution des choses. Avec autant de vampires campant dans le voisinage, l'explosion de la population loup-garou était inévitable.

Encore des enfants voués à la mort. Pourquoi Sam avait-il autorisé cela ? Sans doute parce qu'il n'avait pas le choix. Si un seul des animaux osait nous soutenir, les

Volturi ne manqueraient pas de traquer le reste de la meute. C'était l'espèce entière qui était menacée.

Or nous allions perdre.

Soudain, la colère s'empara de moi. Davantage même – une rage meurtrière, qui gomma mon désarroi. Une lueur rougeâtre se mit à illuminer les silhouettes sombres devant moi, et je n'eus plus qu'une envie : planter mes dents dans leurs corps, arracher leurs membres et les empiler pour les brûler. J'étais tellement furieuse que j'aurais pu danser autour du bûcher où on les aurait rôtis vivants. J'aurais éclaté de rire devant leurs cendres rougeoyantes. Instinctivement, mes lèvres se retroussèrent, et je poussai un grognement mauvais, directement pêché au fond de mes entrailles. Près de moi, Zafrina et Senna répondirent par un feulement identique. Edward me mit en garde en serrant la main qu'il tenait toujours.

Les visages des Volturi n'exprimaient toujours rien. Seules deux paires d'yeux trahissaient des émotions : au centre du groupe, se touchant la main, Aro et Caïus évaluaient nos forces, cependant que leurs troupes attendaient l'ordre de tuer. Si les deux anciens ne se regardaient pas, il était évident qu'ils communiquaient. Bien qu'il soit également en contact avec l'autre main d'Aro, Marcus ne semblait pas participer à la conversation. Comme la fois où je l'avais vu, il transpirait l'ennui. Les témoins avaient vrillé leurs regards furibonds sur Renesmée et moi mais ne s'éloignaient pas de l'orée des bois, séparés des Italiens par un vaste espace. Seule Irina rôdait à quelques mètres des épouses – toutes deux blondes, la peau poudreuse et les prunelles voilées – et de leurs gardes du corps. Juste derrière Aro se tenait une femme habillée d'une cape gris foncé. Elle paraissait toucher son dos, même si je ne l'aurais pas juré. S'agissait-il de Renata, l'autre bouclier ? Serait-elle capable de me repousser ?

De toute façon, je n'avais pas l'intention de m'en prendre à Caïus ou Aro. Je visais des cibles plus vitales. Scrutant les rangs ennemis, je n'eus aucun mal à repérer les deux silhouettes menues placées près du centre de la formation. Alec et Jane, les plus petits soldats de la garde, étaient plantés juste entre Marcus et Démétri. Leurs traits splendides étaient sereins et dénués de toute expression. Les jumeaux portaient les capes les plus sombres, d'une teinte à peine plus claire que le noir pur des anciens. « Les jumeaux en sorcellerie », les avait appelés Vladimir. Leurs dons étaient la pierre angulaire de la puissance des Volturi, le joyau de la collection d'Aro. Mes muscles se tétanisèrent, le venin me monta à la bouche.

Les prunelles rouge laiteux d'Aro et de Caïus balayèrent nos lignes. Je lus la déception dans celles du premier, lorsqu'il découvrit qui manquait à l'appel. Il pinça les lèvres, et je fus heureuse qu'Alice eût fui.

Soudain, la respiration d'Edward s'accéléra.

— Oui ? s'enquit Carlisle d'une voix basse et inquiète.

— Ils ne savent trop comment procéder. Ils soupèsent leurs options, choisissent leurs cibles importantes, comme moi, bien sûr, Eleazar, Tanya. Marcus décrypte la force des liens qui nous unissent, en quête de points faibles. La présence des Roumains les irrite. Ils sont soucieux de ceux qu'ils n'identifient pas, comme Zafrina et Senna en particulier. Des loups aussi, naturellement. Ils n'ont pas l'habitude de se retrouver en sous-effectif. Voilà pourquoi ils se sont arrêtés.

— En sous-effectif ? chuchota Tanya, incrédule. Et leurs témoins ?

— Ils ne comptent pas dessus. Pour eux, ils sont insignifiants. Aro aime avoir un public, rien de plus.

— Faut-il que je leur parle ? s'enquit Carlisle.

Edward hésita, puis hocha la tête.

— C'est le moment ou jamais, oui.

Carrant les épaules, le médecin avança en direction de nos adversaires. Le voir ainsi seul et vulnérable me déplut souverainement. Il écarta les bras, paumes en l'air, comme pour accueillir des invités.

— Aro, vieil ami, voilà des siècles que nous nous sommes croisés ! lança-t-il.

Longtemps, un silence de plomb régna sur la prairie blanche. Je perçus la tension qui émanait d'Edward, tandis qu'il déchiffrait la façon dont Aro évaluait les paroles de Carlisle. La tension grimpait au fur et à mesure que s'écoulaient les secondes.

Tout à coup, le chef des Volturi se détacha de son groupe. Renata le suivit, à croire que ses doigts étaient cousus au manteau de son maître. Pour la première fois, les gardes réagirent, et un grommellement sourd parcourut leurs lignes, les sourcils se froncèrent, les lèvres dévoilèrent des dents aiguisées. Quelques soldats s'accroupirent même, prêts à bondir.

— Paix ! leur ordonna Aro en levant une main.

Il parcourut quelques pas supplémentaires, s'arrêta, inclina la tête. Ses yeux exprimaient la curiosité.

— Belles paroles, Carlisle, répondit-il de sa voix frêle. Qui semblent déplacées, cependant, à en juger par l'armée que tu as rassemblée pour me tuer et tuer ceux qui me sont chers.

L'interpellé secoua le menton et tendit la main droite, comme si lui et Aro n'étaient pas encore séparés par une petite centaine de mètres.

— Il te suffirait de me toucher pour découvrir que telle n'a jamais été mon intention.

— En quoi tes intentions comptent-elles, Carlisle, au regard de ce que tu as fait ?

Une ombre de tristesse traversa les traits de l'ancien. Je ne sus déterminer si c'était sincère ou non.

— Je ne suis pas coupable du crime pour lequel vous êtes venus me punir.

— Alors écarte-toi, et laisse-nous châtier les responsables. Je t'assure que rien ne me ravirait plus que te garder en vie aujourd'hui.

— Personne n'a enfreint la loi, Aro. Permets-moi de t'expliquer.

Derechef, Carlisle tendit la main. Mais, avant que son interlocuteur ait pu répondre, Caïus le rejoignit.

— Toi, Carlisle, cracha-t-il, qui crées tant de règles vaines pour toi-même, comment oses-tu intercéder alors qu'une vraie loi a été enfreinte ?

— Nulle loi n'a été enfreinte. Si vous m'écoutiez…

— Nous voyons l'enfant, gronda Caïus. Ne nous prends pas pour des imbéciles.

— Elle n'est pas une immortelle. Ni un vampire. Quelques minutes pour le prouver, et…

— Si elle n'est pas une créature interdite, pourquoi as-tu massé pareil bataillon en vue de la protéger ?

— Ce sont mes témoins, Caïus, comme toi, tu as apporté les tiens.

Carlisle désigna la horde massée à la lisière des bois.

— Chacun des amis ici présent, reprit-il, pourra te dire la vérité à propos de cette fillette. Regarde-la, Caïus, vois le sang circuler sur ses joues d'humaine.

— Artifice ! cria l'autre. Où est notre informatrice ? Qu'elle avance !

Il se dévissa le cou jusqu'à ce qu'il localise Irina, derrière les épouses.

— Toi, là-bas ! Viens ici ! ordonna-t-il.

Irina le regarda sans comprendre. Elle avait l'air de quelqu'un qui ne s'est pas encore complètement réveillé d'un sommeil cauchemardesque. Caïus claqua des doigts avec impatience. L'un des gardes du corps des épouses s'approcha d'Irina et la poussa brutalement dans le dos. Clignant les paupières, hébétée, elle se dirigea vers Caïus et s'arrêta à plusieurs mètres de lui, les yeux fixés sur ses sœurs. L'ancien la rejoignit en quelques enjambées et la gifla. Si le geste ne pouvait lui avoir fait mal, il fut terriblement dégradant. J'eus l'impression d'un homme lançant un coup de pied à un chien. Tanya et Kate grommelèrent. Irina se raidit, et ses prunelles se posèrent sur Caïus, plus claires à présent. Il tendit un doigt crochu vers Renesmée, qui continuait à agripper le poil de Jacob et mon dos. Dans ma vision rougie par la colère, Caïus prit une teinte écarlate. Un feulement sourd monta de la poitrine de l'Alpha.

— Est-ce l'enfant que tu as vue ? demanda Caïus à Irina. Celle qui était apparemment plus qu'humaine ?

Irina se tourna vers nous afin d'examiner ma fille. Elle parut hésiter, déroutée.

— Eh bien ? s'énerva l'ancien.

— Je... je n'en suis pas sûre.

— Comment ça ? répliqua l'autre, l'air de vouloir la frapper de nouveau.

— Elle a changé, mais je crois que c'est elle. Elle est plus grande que celle que j'ai aperçue...

Le cri furibond de Caïus interrompit Irina. Aro se précipita vers l'homme et lui posa une main sur l'épaule.

— Calme-toi, mon frère. Nous avons le temps d'élucider ce mystère. Inutile de nous précipiter.

Boudeur, Caïus tourna le dos à la délatrice.

— Et maintenant, mignonne, susurra Aro, montre-moi ce que tu essayes de nous dire.

Il lui tendit la main, elle s'en empara gauchement. Le contact dura à peine cinq secondes.

— Ah, Caïus ! Il est si facile d'obtenir ce que l'on veut, commenta Aro.

L'autre ne releva pas. Aro jeta un coup d'œil à son public avant de faire de nouveau face à Carlisle.

— Nous voici confrontés à une énigme, annonça-t-il. L'enfant a grandi. Pourtant, Irina s'en souvient comme d'une immortelle. C'est curieux.

— C'est justement ce que je voulais t'expliquer, repartit mon beau-père.

À son timbre, je compris qu'il était soulagé. Nous venions d'obtenir le répit sur lequel reposaient nos espoirs. Moi, je n'éprouvai aucun soulagement, et ma rage ne diminua pas. Carlisle tendit la main. Aro hésita.

— Je préférerais qu'une personne plus impliquée dans cette histoire me la raconte, mon ami. Je ne me trompe pas en pensant que tu n'es pour rien dans cette infraction ?

— Il n'y a pas eu d'infraction.

— Je compte bien m'en assurer, riposta Aro d'une voix soudain plus dure. Et le meilleur moyen est que ton talentueux fils m'en donne la preuve directe. Dans la mesure où l'enfant s'accroche à sa récente compagne, j'en déduis qu'Edward est mêlé à tout ça.

Il était naturel qu'il exigeât Edward. Une fois dans son esprit, il pourrait lire *toutes* nos pensées. Sauf les miennes. L'intéressé se retourna et déposa vivement un baiser sur mon front et celui de Renesmée, sans croiser mon regard toutefois. Puis il traversa vivement la prairie, assenant une tape sur l'épaule de Carlisle au passage. Derrière moi, un gémissement fusa : Esmé n'avait su contenir sa terreur.

L'aura cramoisie qui, dans ma vision, enveloppait les Volturi s'enflamma, plus étincelante encore. Je supportais mal de contempler Edward, seul au milieu des deux camps ; en même temps, je refusais que ma fille approche de nos adversaires. Déchirée par ces deux sentiments contradictoires, j'eus l'impression d'être figée sur place, au point que mes os auraient pu se briser sous la pression à laquelle j'étais soumise.

Je vis Jane sourire quand Edward se retrouva plus près des Volturi que de nous. Ce petit rictus satisfait agit comme un déclencheur, et ma fureur atteignit des sommets, encore plus violente que la soif de sang que j'avais ressentie au moment où les loups s'étaient mêlés à ce conflit perdu d'avance. Le goût de la colère envahit ma bouche, coula en moi comme une vague de puissance absolue. Mes muscles se tendirent, et je réagis sans réfléchir. Je projetai mon bouclier avec toute la force mentale dont je disposais, l'envoyant tel un javelot au-dessus du vaste champ, dix fois plus loin que ce que j'étais arrivée à obtenir jusqu'à maintenant. L'effort me coupa le souffle.

Mon pouvoir débordait, pareil à une bulle d'énergie, à un nuage d'acier liquide. Il vibrait, telle une créature vivante. Je le *sentais*, du sommet aux contours. Désormais, l'élastique ne faisait plus mine de revenir vers moi. Je compris alors que ce retour incontrôlé avait été de ma fabrication, que je m'étais accrochée à cette part invisible de mon esprit afin de me protéger, refusant inconsciemment de la lâcher. Je la libérai, et le bouclier explosa aisément à une cinquantaine de mètres de là. Il bougeait selon ma volonté, comme n'importe quel muscle de mon corps. Je le poussais, le transformais en long ovale pointu. Tout ce qui se trouvait dessous fit soudain partie de moi, et je perçus la force de vie de ce qu'il recouvrait, pareille à des piques de chaleur luisantes et à des étincelles aveuglantes. Je projetai le tissu défensif le long de la prairie, poussai un soupir de soulagement quand je sentis la lumière d'Edward se retrouver sous ma protection. Je maintins celle-ci en place, contractant ce muscle nouveau de façon à en envelopper mon mari, film fin mais inébranlable qui le séparait de nos ennemis.

Une seconde avait suffi. Edward continuait d'avancer vers Aro. Personne ne s'était rendu compte du changement, sauf moi. Un rire surpris s'échappa de mes lèvres. Mes compagnons me toisèrent, étonnés, et Jacob leva les yeux au ciel, comme si j'avais perdu l'esprit.

Edward s'arrêta devant Aro, et je devinai, un peu déçue, que, même si je le pouvais, je ne devais pas bloquer leur échange. Après tout, c'était là ce que nous avions voulu : qu'Aro écoute notre version de l'histoire. J'éprouvai presque une douleur physique à agir, mais je retirai mon bouclier, exposant de nouveau Edward. Ma bonne humeur s'était évanouie. Je me concentrai entièrement sur l'aimé, prête à le protéger au premier dérapage.

Il leva le menton avec arrogance et tendit sa main à Aro, comme s'il lui accordait un privilège insigne. Si l'autre parut ravi par cette attitude, ce ne fut pas le cas de tout le monde, et Renata se trémoussa avec nervosité. Caïus était si furieux que les rides semblaient devoir être imprimées à jamais sur son front. La petite Jane montra les dents, cependant qu'Alec plissait les yeux. J'imagine que, comme moi, lui aussi se préparait à réagir à tout instant.

Aro n'hésita pas. D'ailleurs, qu'avait-il à redouter ? Ses sbires en manteaux gris, tel Félix, n'étaient qu'à quelques mètres de lui. Jane et son talent incendiaire pouvaient terrasser Edward et l'amener à se tordre de douleur sur le sol. Alec était en mesure d'annihiler tous ses sens. Cependant, personne ne se doutait que j'étais capable de bloquer ces attaques. Pas même Edward. Avec un sourire paisible, Aro s'empara donc de la paume tendue. Il ferma les yeux, et ses épaules se voûtèrent sous l'assaut des informations. La moindre pensée secrète d'Edward, ses stratégies, ses réflexions appartenaient désormais à Aro.

Davantage même – les souvenirs, Alice, les moments de paix partagés en famille, les images contenues dans le cerveau de Renesmée, les baisers, les caresses que nous avions échangées... tout était à Aro.

Agacée, j'émis un sifflement, et ma colère secoua le bouclier.

— Du calme, Bella, me souffla Zafrina.

Je serrai les mâchoires.

Aro poursuivait son examen de la mémoire d'Edward. Ce dernier avait la tête baissée, et les muscles de son cou étaient tendus, au fur et à mesure qu'il lisait à son tour ce que lui prenait l'ancien et qu'il décryptait ses réactions. Cette conversation à deux mais inégale dura assez longtemps pour que la garde commence à se trémousser, mal à l'aise. Des murmures parcoururent ses rangs, ne cessant que lorsque Caïus lança un ordre sec. Jane avançait, l'air de ne pouvoir se retenir, et Renata montrait tous les signes du désarroi. J'examinai son puissant bouclier, qui m'apparut paniqué et faible. Bien qu'elle fût utile à Aro, elle n'était pas une guerrière. Son travail n'était pas de se battre, mais de protéger. Elle n'était pas sanguinaire. Aussi jeune que je sois, je devinai que, s'il fallait en venir à un affrontement, je l'emporterais.

Aro se redressa et rouvrit les paupières, vaguement effaré. Il ne lâcha pas Edward, qui se détendit.

— Tu vois ? lui demanda-t-il d'une voix paisible.

— Oui, reconnut Aro qui, bizarrement, sembla amusé. Je doute que les dieux ou les mortels aient jamais vu aussi clairement.

Les soldats disciplinés affichèrent des mines aussi incrédules que la mienne.

— Tu m'as donné matière à réflexion, mon jeune ami, enchaîna l'ancien. Plus que ce à quoi je m'attendais.

Il gardait dans la sienne la main d'Edward, et ce der

nier se raidit, à l'écoute de ce que lui transmettait Aro. Il ne réagit pas, toutefois.

— Puis-je la rencontrer ? supplia presque le vieillard, sa curiosité éveillée. Je n'aurais jamais osé rêver à l'existence de pareille créature. Quel enrichissement cela constitue pour notre histoire !

— De quoi s'agit-il ? aboya Caïus.

La seule question d'Aro m'avait amenée à prendre Renesmée dans mes bras, à la bercer, protectrice, contre mon sein.

— D'une chose que tu n'imagines pas, ô ami si rationnel ! Prends un moment pour réfléchir, car la justice que nous comptions rendre ici est caduque.

Caïus sursauta, mécontent.

— Paix, mon frère ! le tranquillisa Aro.

Voilà qui aurait dû être de bonnes nouvelles. Tels étaient les mots que nous avions souhaités, le sursis dont nous pensions qu'il n'arriverait pas. Aro avait écouté la vérité. Aro avait reconnu que la loi n'avait pas été enfreinte. Toutefois, Edward se raidit. Après tout, le terme « réfléchir » pouvait avoir un double sens.

— Me présenteras-tu ta fille ? répéta Aro.

Edward acquiesça de mauvaise grâce. J'étais furieuse, mais Renesmée avait séduit tant de gens. Aro était le chef des anciens. Si elle le mettait dans sa poche, les autres pourraient-ils s'en prendre à nous ?

— Vu les circonstances, reprit Aro, répondant à une question informulée d'Edward, je pense qu'un compromis est possible. Je t'accompagne.

Il lâcha la main d'Edward, mais lui passa le bras autour des épaules, tel un vieux complice et, ensemble, ils vinrent à nous. Aussitôt les Volturi avancèrent. Sans les regarder, leur guide leur fit signe de s'arrêter.

— Ne bougez pas, mes très chers. Ils ne nous veulent aucun mal si, de notre côté, nous les laissons tranquilles.

Cette fois, les troupes réagirent plus ouvertement, mêlant grognements et grondements. Néanmoins, elles obéirent. Renata poussa un gémissement angoissé.

— Maître ! supplia-t-elle.

— Tranquillise-toi, beauté. Tout va bien.

— Vous devriez peut-être demander à quelques membres de votre garde de vous rejoindre, suggéra Edward. Cela apaisera tout le monde.

Aro hocha la tête, l'air de se dire qu'il aurait dû y songer lui-même.

— Félix, Démétri ! appela-t-il en claquant des doigts.

Les deux vampires l'encadrèrent aussitôt. Ils n'avaient pas changé depuis notre dernière rencontre. Grands et bruns tous les deux, Démétri mince et sec comme la lame d'une épée, Félix trapu et menaçant comme un gourdin hérissé de piques en fer. Les cinq hommes s'arrêtèrent au milieu de la prairie enneigée.

— Bella ? me héla Edward. Apporte Renesmée... et quelques amis.

Je pris une profonde aspiration. Mon corps rigide trahissait mes réticences. L'idée d'exposer ma fille ainsi... J'avais confiance en Edward, cependant. Il aurait deviné toute tentation de nous trahir chez Aro. Je sus tout de suite qui inviter à m'épauler pour contrebalancer les forces de l'ancien.

— Jacob ? Emmett ?

Ce dernier, parce qu'il mourait d'envie d'y aller ; le premier, parce qu'il n'aurait pas supporté d'être tenu à l'écart. Ils acquiescèrent. Emmett sourit. Flanquée d'eux, j'approchai. Une nouvelle manifestation de mécontentement secoua les rangs des Volturi. Il était clair qu'ils se méfiaient du loup-garou. Derechef, Aro leur intima le silence d'un geste.

— Vous fréquentez de drôles de gens, murmura Démétri à Edward.

Celui-ci ne répondit pas. Un jappement échappa à Jacob. Nous stoppâmes à quelques mètres d'Aro. Se libérant de son emprise, Edward vint à nous et me prit par la main. Pendant un instant, nous nous fîmes face, en silence. Puis Félix me salua d'un aparté.

— Ravi de te revoir, Bella ! plastronna-t-il, sans cesser néanmoins de surveiller Jacob.

— Bonjour, répondis-je avec un sourire sec.

— Tu es belle. L'immortalité te réussit.

— Merci.

— De rien. Dommage que...

Il s'interrompit, mais je n'eus pas besoin d'Edward pour deviner ses pensées. Genre : « Dommage que nous comptions te liquider bientôt. »

— Dommage, en effet, murmurai-je.

Félix m'adressa un clin d'œil. Aro n'avait prêté aucune attention à notre échange. Fasciné, il contemplait Renesmée.

— Je perçois les battements de son étrange cœur, musat-il. Je sens son étrange odeur. En vérité, jeune Bella, ajouta-t-il à mon intention, l'immortalité t'a rendue proprement extraordinaire. Comme si tu avais toujours été destinée à cette existence.

J'accueillis sa flatterie d'un hochement de tête.

— Tu as aimé mon cadeau ? continua-t-il en remarquant le pendentif.

— Il est beau, et c'est très, très généreux de votre part. Merci. J'aurais dû écrire plus tôt, pardonnez-moi.

Il s'esclaffa, aux anges.

— Ce n'est qu'une babiole qui traînait dans mes tiroirs.

J'ai songé qu'elle irait bien avec ton nouveau visage. Je ne me suis pas trompé.

Un petit sifflement résonna du côté de la garde. Un coup d'œil par-dessus l'épaule d'Aro m'apprit que Jane n'appréciait guère que son maître m'eût offert un présent. Un raclement de gorge attira mon attention.

— Puis-je saluer ta fille, charmante Bella ?

Je m'obligeai à me rappeler que cette requête était ce que nous avions voulu. Réprimant mon envie de fuir à toutes jambes, j'avançai de trois pas. Mon bouclier recula, telle une cape, protégeant ma famille, laissant Renesmée à découvert. Ce fut horrible. Aro vint à nous, radieux.

— Mais elle est ravissante, chuchota-t-il. Elle te ressemble, Bella, et à Edward aussi. Bonjour, Renesmée.

Celle-ci m'interrogea rapidement du regard. J'opinai.

— Bonjour, Aro, répondit-elle, formelle, de sa voix argentine.

L'homme ouvrit de grands yeux.

— Qu'y a-t-il ? lança Caïus.

— Mi-mortelle, mi-immortelle, lui annonça Aro sans se détourner de la petite. Conçue et portée par ce jeune vampire quand elle était encore humaine.

— Impossible ! bougonna Caïus.

— Crois-tu qu'ils soient en mesure de me tromper, mon frère ? Et la chamade que tu entends est-elle une entourloupe ?

Le ton d'Aro était plaisant, amusé, ce qui n'empêcha pas Caïus de tressaillir. Il était aussi dépité que si les deux questions de son compère avaient été des coups.

— Restons calmes, soyons prudents, reprit Aro qui souriait toujours à Renesmée. Je sais combien la justice t'est chère, Caïus, mais il serait injuste de s'en prendre à cette petite à cause de sa parentèle. De plus, son existence nous ouvre tellement d'horizons ! Je sais que tu ne partages pas mon enthousiasme pour l'histoire, Caïus. Sois tolérant avec moi, cependant. J'ajoute là un chapitre dont l'improbabilité m'étourdit. Nous sommes venus, n'attendant que justice et tristesse infligée par des amis insincères, et voilà ce que nous trouvons à la place ! Une nouvelle connaissance de nous-mêmes et de notre potentiel !

Il tendit la main vers Renesmée, geste d'invitation. Plutôt que de l'accepter, elle se pencha et posa ses propres doigts sur son visage. Il ne réagit pas avec la stupeur dont avaient fait preuve tous les vampires, car il était aussi habitué qu'Edward à capter le flot des pensées et des souvenirs d'autrui. Son sourire s'élargit, et il poussa un soupir de satisfaction.

— Fabuleux ! commenta-t-il.

Renesmée se blottit contre moi, les traits extrêmement sérieux. Le sourire d'Aro s'adoucit.

— Je n'ai aucun désir de faire du mal à ceux que tu aimes, précieuse Renesmée.

Sa voix était si réconfortante et si affectueuse que je m'y laissai prendre. Puis j'entendis Edward grincer des dents, et Maggie émettre un hoquet offusqué, face à pareil mensonge. Aro ne parut pas le moins du monde ébranlé par ces réactions. De manière inattendue, ses yeux se posèrent sur Jacob. Au lieu du dégoût habituel que manifestaient les vampires, lui sembla exprimer une sorte d'envie dont le sens m'échappa.

— Ça ne fonctionne pas ainsi, lâcha Edward sur un ton dur, qui avait perdu la prudente neutralité d'avant.

— Bah ! se défendit Aro. Ce n'était qu'une idée en passant.

Il continua de jauger Jacob, avant de contempler le reste de la meute. Quoi que Renesmée lui ait montré, les loups-garous avaient éveillé un soudain intérêt chez lui.

— Ils ne nous appartiennent ni ne nous obéissent, reprit Edward. Ils sont ici parce qu'ils l'ont choisi.

Jacob lâcha un feulement menaçant.

— Ils ont pourtant l'air d'être très attachés à vous, marmonna Aro. À ta jeune compagne et à ta... famille. Ils sont *loyaux*.

Sa voix avait prononcé ce dernier mot comme une caresse.

— Ils se sont engagés à protéger l'espèce humaine. Voilà pourquoi ils peuvent cohabiter avec nous, et pas avec vous. Pour cela, il faudrait que vous revoyiez votre mode de vie.

— Ce n'était rien qu'une idée en passant, répéta Aro en s'esclaffant joyeusement. Tu sais comment ça marche. Personne ne peut entièrement contrôler ses désirs inconscients.

— En effet, grimaça Edward. Je connais aussi la différence entre ce genre de pensée et l'intention qui se cache derrière. Cela serait impossible.

Jacob tourna sa grosse tête vers Edward en émettant un petit aboiement.

— L'idée de... chiens de garde l'intéresse, expliqua Edward.

Il y eut un silence de plomb, très vite rompu par les protestations furibondes de la meute, qui résonnèrent dans toute la prairie. Un bref commandement de Sam rétablit l'ordre, et une quiétude menaçante s'installa.

— Voilà qui répond à mes interrogations, commenta Aro en riant derechef. Cette troupe a choisi son camp.

Edward se pencha, mécontent. J'agrippai son bras, tout en me demandant quelles pensées d'Aro avaient déclenché une telle colère. De leur côté, Félix et Démétri se mirent en posture d'attaque. Aro les apaisa d'un simple geste, et tout le monde se ressaisit.

— Nous avons beaucoup de choses à discuter, reprit le vieillard sur un ton brusquement très professionnel, et bien des décisions à prendre. Si vous et vos amis poilus voulez bien m'excuser, chers Cullen, je vais m'entretenir avec mes frères.

37

♦

STRATAGÈMES

Au lieu de repartir vers sa garde anxieuse, Aro lui fit signe de le rejoindre. Aussitôt, Edward recula, nous entraînant par le bras, Emmett et moi. Nous regagnâmes nos positions initiales sans jamais quitter la menace des yeux. Jacob se retira plus lentement, le poil hérissé, ses crocs dévoilés. Renesmée l'attrapa par la queue et, comme si elle le tenait en laisse, l'obligea à venir avec nous. Nous fûmes auprès des nôtres au moment même où les Volturi se regroupaient autour de leur guide.

À présent, seuls cinquante mètres séparaient les deux camps. Autrement dit, une distance que n'importe lequel d'entre nous était en mesure de franchir d'un bond.

Caïus commença tout de suite à se disputer avec Aro.

— Comment oses-tu tolérer cette infamie ? Pourquoi restons-nous sans réagir devant un crime aussi odieux que cachent mal leurs supercheries ridicules ?

Ses bras étaient raides contre ses flancs, ses mains

formaient des griffes. Pourquoi ne touchait-il pas Aro afin d'avoir son opinion ? Leurs rangs se divisaient-ils déjà ? Pareille chance était-elle en train de nous sourire ?

— Je la tolère, parce que tout est vrai, répondit calmement Aro. Note, ajouta-t-il en balayant du geste nos troupes, combien de témoins sont prêts à prouver qu'ils ont vu grandir cette enfant miraculeuse durant le peu de temps qu'ils l'ont fréquentée. Qu'ils ont perçu la chaleur du sang qui coule dans ses veines.

Caïus eut une drôle de réaction à la mention des « témoins ». La colère le déserta, remplacée par un air calculateur et froid. Il jeta un coup d'œil vaguement nerveux aux propres témoins des Volturi. Suivant son regard, je découvris alors que la foule en colère avait changé aussi : la frénésie de passer à l'action s'était muée en confusion. Des conversations chuchotées agitaient la horde, qui essayait de comprendre ce qui venait de se produire.

Plongé dans ses réflexions, Caïus avait plissé le front. Cela suffit à ranimer ma colère, qui couvait. Et si les soldats réagissaient à un signal secret, comme lorsqu'ils s'étaient brutalement arrêtés ? Je vérifiai mon bouclier avec anxiété. Il semblait tout aussi impénétrable qu'auparavant. J'en modifiai la forme, de façon à créer un dôme au-dessus de nos propres troupes. Je perçus les étincelles qui symbolisaient mes amis et ma famille, chacune dotée d'une saveur particulière dont j'estimais que, avec de l'entraînement, je saurais l'identifier. Je connaissais déjà celle d'Edward – elle était la plus resplendissante de toutes. L'espace qui séparait ces lucioles me perturba, cependant. Le bouclier ne présentait aucune barrière physique ; si l'un des Volturi réussissait à passer dessous, je ne serais plus que la seule à être protégée. Je resserrai l'élastique autour de nous. Carlisle étant le plus exposé, je m'efforçai d'enrouler mon pouvoir autour de son corps. Le bouclier coopéra sans rechigner. Il épousa la silhouette de mon beau-père et, lorsque ce dernier se déplaça pour se rapprocher de Tanya, le tissu accompagna ses mouvements, attiré par son étincelle. Fascinée, je continuai à ainsi envelopper mes amis et mes alliés d'une protection qui se colla à eux.

Cela ne me prit qu'une seconde. Caïus s'entêtait à arguer.

— Les loups-garous, l'entendis-je dire.

Soudain, je me rendis compte que la plupart des bêtes n'étaient pas défendues. J'allais étendre mon bouclier à elles quand, étrangement, je m'aperçus que je captais également leurs flammèches. Intriguée, je sortis Amun et Kebi – ils étaient à la frange de notre groupe – du voile protecteur. Aussitôt, ils s'éteignirent, alors que les loups continuaient de briller. Une partie d'eux du moins. Hum... intéressant. De nouveau, je projetai le bouclier afin d'englober tout le monde. Dès que Sam en bénéficia, toutes les bêtes redevinrent des lucioles. Les esprits des loups devaient être plus reliés entre eux que je l'avais soupçonné. Si l'Alpha était à l'intérieur de ma protection, tous s'y retrouvaient.

— Ah, mon frère..., soupira Aro.

— Approuves-tu également leur alliance ? s'emporta Caïus. Les Enfants de la Lune sont nos plus farouches ennemis depuis la nuit des temps. Nous les avons chassés jusqu'à l'extermination, en Europe et en Asie. Pourtant, Carlisle encourage les relations familiales avec cette plaie énorme. Il ne fait aucun doute que son but est de nous renverser. De défendre son mode de vie déviant.

Edward se racla bruyamment la gorge, et l'ancien le toisa. Aro plaça une main délicate sur son visage, comme si les paroles de son compère l'embarrassaient.

— Nous sommes en pleine journée, Caïus, lança Edward. Ces loups ne sont pas des Enfants de la Lune.

Ils n'ont aucun rapport avec vos ennemis de l'autre bout du monde.

— Vous élevez des mutants ! riposta l'ancien.

Edward se contraignit au calme.

— Ce ne sont même pas des loups-garous, répliqua-t-il. Demandez à Aro, si vous ne me croyez pas.

Pas des loups-garous ? Je jetai un coup d'œil intrigué à Jacob. Il haussa ses épaules massives. Lui non plus ne saisissait pas.

— Cher Caïus, murmura Aro, je t'aurais conseillé de ne pas t'attarder sur ce sujet si tu m'avais confié tes pensées. Bien que ces créatures se prennent elles-mêmes pour des loups-garous, ce n'en sont pas. Un terme plus exact pour les définir serait « modificateurs ». Qu'ils aient choisi les loups relève du pur hasard. Ils auraient très bien pu se transformer en ours, en faucons ou en panthères lors de leur premier changement de personnalité. Ils n'ont aucun lien avec les Enfants de la Lune. Ils ont juste hérité du talent de leurs pères. C'est génétique. Ils ne perpétuent pas l'espèce en infectant les autres, contrairement aux véritables loups-garous.

Caïus le fusilla du regard. Il était plus qu'irrité, à présent. Il avait l'impression d'être trahi.

— Ils sont au courant de notre secret, rétorqua-t-il.

Edward faillit répondre à cette accusation, mais Aro le devança.

— Ce sont des créatures de l'univers surnaturel, mon frère. Peut-être encore plus dépendantes de la dissimulation que nous-mêmes. Elles ne risquent pas de nous exposer. Prudence, Caïus. Les accusations spécieuses ne nous mèneront nulle part.

Prenant une grande aspiration, Caïus acquiesça. Les deux hommes échangèrent un long regard significatif. Il me sembla comprendre ce que cachait l'avertissement d'Aro. Des charges dénuées de fondement n'aideraient pas à persuader les témoins de la légitimité des Volturi. Aro prévenait Caïus qu'il valait mieux changer de stratégie. Je me demandai si la raison à l'origine des dissensions affichées entre les deux anciens – la réticence de Caïus à montrer ses idées à Aro – reposait sur le fait que le premier ne se souciait pas autant que le second des apparences ; le massacre qui se préparait comptait beaucoup plus pour Caïus que sa bonne réputation.

— Je souhaite parler à notre informatrice, décréta-t-il soudain en retournant sa rage contre Irina.

Cette dernière était distraite. Le visage torturé, elle ne quittait pas des yeux ses sœurs. Elle avait à présent deviné que ses accusations étaient complètement fausses.

— Irina ! brailla Caïus, guère heureux de devoir s'adresser à elle.

Elle leva la tête, effrayée. Caïus claqua des doigts. Réticente, elle vint se poster devant lui.

— Ainsi, il semble que tu te sois trompée, lui lança-t-il.

Anxieuses, Tanya et Kate se penchèrent en avant.

— Je suis désolée, chuchota leur sœur. J'aurais dû vérifier. Mais je ne me doutais pas...

— Cher Caïus, intervint Aro, pouvait-on s'attendre à ce qu'elle devine une chose aussi étrange et inédite ? N'importe qui aurait sauté à la même conclusion.

D'un geste, Caïus lui intima le silence.

— Nous savons tous que tu as commis une erreur, lança-t-il. Je souhaitais plutôt aborder tes motivations.

— Pardon ? balbutia nerveusement la malheureuse.

— Pourquoi es-tu venue les espionner, pour commencer ?

Le mot « espionner » fit tressaillir Irina.

— Tu en voulais aux Cullen, n'est-ce pas ?

— Oui, admit-elle en se tournant vers Carlisle.

— Parce que…, la poussa Caïus.

— Parce que les loups-garous avaient tué mon ami, murmura-t-elle. Et que les Cullen refusaient de me laisser les punir.

— Les modificateurs, rectifia doucement Aro.

— Ainsi, les Cullen se sont rangés du côté des *modificateurs* au lieu de défendre leur propre espèce, au lieu, même, de venger l'ami d'une amie, résuma Caïus.

Edward émit un hoquet dégoûté. Sans vergogne, Caïus cherchait une accusation qui tienne.

— Je l'ai vu comme ça, à l'époque, avoua Irina.

L'ancien attendit. Comme elle n'ajoutait rien, il reprit la parole.

— Si tu souhaites déposer une plainte officielle contre les modificateurs et contre les Cullen, qui les ont soutenus, c'est le moment.

Il eut un petit sourire cruel, piaffant à l'idée qu'Irina allait lui fournir ce dont il avait besoin. Mais il ne comprenait sans doute pas les véritables familles, celles dont les relations reposaient sur l'amour plutôt que sur la soif de pouvoir. Il avait surestimé la force de la vengeance. Irina redressa les épaules.

— Non, dit-elle. Je ne le ferai pas. Vous êtes venus ici pour détruire un enfant immortel, or il n'y en a pas. Je me suis trompée et je suis prête à assumer mon erreur. Mais les Cullen sont innocents, et plus rien ne vous retient ici. Je suis navrée, ajouta-t-elle à notre intention, avant de préciser aux témoins des Volturi : Il n'y a pas eu de crime. Inutile que vous vous attardiez.

Caïus leva la main. Il tenait un étrange objet métallique sculpté et ornementé. Ce fut le signal. La réaction fut si rapide que nous assistâmes à ce qui suivit avec des yeux éberlués. Tout fut terminé avant que nous ne nous soyons ressaisis. Trois des gardes italiens bondirent et enfouirent Irina sous leurs capes sombres. Au même instant, un horrible bruit qui évoquait une déchirure métallique retentit. Caïus se glissa dans la mêlée, et le son atroce explosa en un geyser d'étincelles et de flammes. Les soldats reculèrent de l'enfer et réintégrèrent immédiatement leurs rangs.

Caïus se tenait seul à côté des restes incendiés d'Irina. Dans sa main, le drôle d'objet continuait de bombarder le bûcher d'un jet de feu. Puis il y eut un cliquetis, et l'engin s'éteignit. Un hoquet horrifié secoua la masse des vampires, derrière les troupes des Volturi. Notre propre camp était trop interdit pour émettre le moindre son. Savoir que la mort frapperait à une vitesse féroce et inévitable était une chose ; assister à ses ravages en était une autre. Caïus eut un rictus froid.

— *Maintenant*, elle a assumé son erreur.

Il se tourna vers notre première ligne, s'attardant sur Tanya et Katia. Ce fut là que je compris qu'il n'avait jamais sous-estimé les liens familiaux. Tel était son plan. Il se moquait qu'Irina porte plainte ; au contraire, il souhaitait qu'elle le défie. C'était le prétexte qu'il attendait pour la détruire et pour déchaîner la violence qui flottait dans l'air, telle une épaisse brume combustible. Il venait juste de jeter l'allumette. La paix qui régnait ici était déjà aussi branlante qu'un éléphant sur une corde raide. Une fois que le combat aurait commencé, rien ne l'arrêterait. Il ne ferait qu'augmenter en puissance, jusqu'à ce que l'une des parties soit exterminée. La nôtre. Caïus en était parfaitement conscient.

Edward également.

— Retenez-les ! cria-t-il en bondissant pour attraper Tanya par le bras, alors qu'elle se jetait sur le souriant Caïus en poussant un hurlement de rage.

Carlisle vint à la rescousse de son fils, et tous deux la maîtrisèrent.

— Il est trop tard pour la sauver, raisonna-t-il, tandis qu'elle se débattait. Ne lui donne pas ce qu'il veut.

Kate posa plus de difficultés. Hurlant des injures incohérentes, elle se rua en avant, inconsciente de provoquer l'attaque qui déclencherait la mort de nous tous. Rosalie, qui était la plus proche, voulut la prendre par le cou, mais Kate l'électrocuta si sévèrement, qu'elle tomba à la renverse. Emmett jeta Kate par terre, mais lui aussi recula en titubant, et ses genoux cédèrent. Se relevant d'une roulade, Kate parut intouchable, soudain. Se précipitant sur elle, Garrett l'envoya au tapis et serra ses bras autour des siens, ses poignets emprisonnant ses mains. Son corps fut secoué de spasmes quand elle lui lança une décharge. Ses yeux se révulsèrent, mais il ne lâcha pas prise.

— Zafrina ! intervint Edward.

Les prunelles de Kate s'opacifièrent, ses hurlements se transformèrent en gémissements. De son côté, Tanya se calma.

— Rends-moi la vue ! siffla-t-elle.

Avec toute la délicatesse dont j'étais capable, je tirai de nouveau sur mon bouclier, l'ôtai de Kate tout en le laissant autour de Garrett. Ce dernier recouvra aussitôt ses esprits.

— Si je te lâche, Kate, recommenceras-tu ? chuchota-t-il.

Elle grogna en se ruant.

— Tanya, Kate, écoutez-moi, plaida Carlisle. La vengeance ne servira à rien. Irina n'aurait pas souhaité que vous perdiez la vie ainsi. Si vous les attaquez, nous mourrons tous.

Les épaules de Tanya s'affaissèrent sous le poids du chagrin, et elle se laissa aller contre Carlisle. Kate s'immobilisa. Garrett et Carlisle continuèrent de leur parler, mais leur ton était si pressant qu'il ne pouvait s'agir de mots réconfortants.

Je reportai mon attention sur les regards peu amènes qui étaient tournés vers nous. Du coin de l'œil, je constatai qu'Edward et les autres s'étaient mis en position défensive. Le regard le plus lourd émanait de Caïus, qui toisait avec une rage non dissimulée Kate et Garrett, par terre dans la neige. Aro les contemplait également, incrédule. Il était au courant du don de Kate. Il l'avait découvert en s'appropriant les souvenirs d'Edward. Comprenait-il ce qui se passait ? Voyait-il que mon bouclier s'était agrandi et renforcé largement au-delà de ce qu'Edward me savait capable de faire ? Ou pensait-il que Garrett était doté d'une immunité particulière ?

La garde des Volturi n'était plus aussi disciplinée. Prêts à bondir, les soldats guettaient le moment où nous lancerions l'offensive. Derrière eux, les quarante-trois témoins arboraient une expression bien différente de celle du début : leur confusion s'était muée en suspicion. La destruction d'Irina les avait déstabilisés. Quel crime avait-elle commis ? Comme l'attaque immédiate sur laquelle avait compté Caïus ne s'était pas produite, ils se posaient des questions. Aro regarda vivement derrière lui, et son visage refléta sa vexation. Son désir de bénéficier d'un public n'en fut que renforcé.

J'entendis Stefan et Vladimir jubiler, ravis par le malaise de l'ancien.

Aro avait beau tenir à sa réputation, je ne pensais pas que les Volturi nous laisseraient tranquilles rien que pour cela. Après qu'ils en auraient terminé avec nous, ils massacreraient sans doute les témoins, et j'éprouvai une brusque et étrange pitié pour la masse d'inconnus qui étaient venus assister à notre mise à mort. Démétri les traqueraient jusqu'au dernier afin de les exterminer. Au nom de Jacob et de Renesmée, au nom d'Alice et de Jasper, au nom d'Alistair et de ces étrangers qui n'avaient pas su ce que cette journée leur coûterait, il fallait que Démétri mourût.

Aro effleura l'épaule de Caïus.

— Irina a été punie pour avoir porté un faux témoignage contre l'enfant, lui dit-il. Si nous revenions à nos moutons ?

L'ancien belliqueux se redressa, et son expression se durcit, indéchiffrable. Il fixait l'horizon sans rien voir. Bizarrement, il m'évoqua quelqu'un venant d'apprendre qu'il avait été rétrogradé. Aro avança, suivi automatiquement par Renata, Félix et Démétri.

— Juste pour m'assurer que je ne loupe rien, déclarat-il, j'aimerais m'entretenir avec quelques personnes. C'est la procédure.

Aussitôt, les prunelles de Caïus retrouvèrent leur éclat, et son petit sourire cruel se redessina sur ses lèvres. De son côté, Edward grogna et serra les poings si fort qu'on aurait dit que ses os allaient trancher sa peau dure comme le diamant. J'aurais voulu lui demander ce qui se passait, mais Aro était assez proche pour capter le moindre souffle. Carlisle regarda anxieusement son fils, et ses traits se crispèrent. Alors que Caïus avait manqué de subtilité, tant quand il avait proféré ses accusations sans fondements que quand il avait tenté de déclencher une bagarre, Aro devait avoir mijoté un stratagème plus efficace.

Il effectua plusieurs pas dans la neige, rejoignant Amun et Kebi. Alentour, les loups se hérissèrent mais ne reculèrent pas.

— Amun, mon voisin du Sud ! le salua chaleureusement l'ancien. Voilà bien longtemps que tu ne m'as pas rendu visite.

720

L'Égyptien était figé par la terreur. À côté de lui, sa compagne ressemblait à une statue.

— Le temps n'a guère d'importance, marmonna le premier. Je ne le vois pas passer.

— C'est si vrai ! À moins que tu n'aies eu d'autre raison de m'éviter ?

Amun garda le silence.

— Accueillir de nouveaux arrivants dans un clan vous occupe parfois énormément, reprit Aro. Je ne le sais que trop bien ! Et je suis heureux que d'autres que moi s'en chargent, à Volterra. Je suis également heureux de constater que tes ajouts se sont intégrés. J'aurais beaucoup aimé faire leur connaissance. Je suis certain que vous n'auriez pas manqué de passer me voir à l'occasion.

— Naturellement, acquiesça Amun, sur un ton tellement dénué d'intonations qu'il était impossible de déterminer si cet assentiment relevait de la peur ou de l'ironie.

— Enfin, nous voici tous réunis ! N'est-ce pas charmant ?

L'Égyptien hocha la tête.

— Hélas, la raison de votre présence ici n'est pas aussi plaisante. Carlisle vous a priés de témoigner ?

— Oui.

— Et qu'as-tu à dire ?

Une fois encore, le timbre fut plat et froid.

— J'ai observé la fillette en question. Il m'a paru évident qu'il ne s'agissait pas d'un enfant immortel...

— Peut-être ferions-nous mieux d'affiner notre terminologie, le coupa l'autre. Puisqu'il semble qu'il y ait de nouvelles classifications à envisager. Par enfant immortel, tu entends un enfant humain qui a été mordu et transformé en vampire ?

— Oui.

— Et qu'as-tu remarqué d'autre ?

— La même chose que ce que tu as sûrement lu à l'instant dans l'esprit d'Edward. Que c'est sa progéniture biologique. Qu'elle grandit. Qu'elle apprend.

— Oui, oui, s'impatienta Aro. Plus précisément, qu'as-tu vu ces dernières semaines ?

— Qu'elle grandit… vite, répondit Amun en fronçant les sourcils.

— Et es-tu d'avis qu'il faille l'autoriser à vivre ?

Aro sourit. Un sifflement mauvais s'échappa de ma bouche, et je ne fus pas la seule à réagir ainsi. La moitié des vampires de mon camp firent écho à mes protestations. De l'autre côté de la prairie, quelques témoins des Volturi se joignirent à nous. Reculant, Edward enroula sa main sur mon poignet. Si Aro ne réagit pas au bruit, Amun jeta des coups d'œil embarrassés autour de lui.

— Je ne suis pas venu porter des jugements, éluda-t-il.

— Je te demande juste ton opinion.

L'Égyptien releva le menton.

— Pour moi, l'enfant ne représente aucun danger. Elle apprend encore plus vite qu'elle ne grandit.

Aro opina, pensif. Au bout d'un moment, il se détourna. Amun le héla.

— Oui, mon ami ?

— J'ai donné mon témoignage. Ce qui se passe ici ne me concerne pas. Ma compagne et moi aimerions partir, à présent.

— Très certainement, assura le chef des Volturi avec un sourire chaleureux. Je suis ravi que nous ayons pu échanger quelques paroles. Je suis certain que nous nous reverrons très prochainement.

Amun inclina la tête, lèvres serrées, manière de signifier qu'il avait perçu la menace à peine voilée. Il toucha le bras de Kebi, et tous deux s'enfuirent vers la lisière sud de la prairie, où ils disparurent dans les arbres. Je songeai qu'ils ne s'arrêteraient pas de sitôt.

Aro remontait nos rangs, escorté par ses gardes nerveux. Il stoppa devant la silhouette massive du chef des Irlandais.

— Bonjour, très chère Siobhan. Toujours aussi ravissante.

La femme le salua d'un signe de tête méfiant.

— Répondras-tu à mes questions comme l'a fait Amun ?

— Oui. Sinon que j'ajouterai quelque chose. Renesmée comprend les limites. Elle ne menace pas les humains. Elle se fond mieux que nous dans le paysage. Elle ne risque en rien de trahir notre existence.

— Vraiment ?

Edward grogna. Les yeux rouges de Caïus brillèrent. Renata tendit un bras protecteur vers son maître. Garrett libéra Kate et avança d'un pas. Cette fois, ce fut lui qui ignora sa mise en garde.

— Je ne suis pas certaine de te suivre, répondit prudemment Siobhan.

Aro retourna vers le reste de ses troupes, nonchalamment certes, mais ses trois gardes du corps étaient plus anxieux que jamais.

— Aucune infraction n'a été commise, déclara-t-il d'une voix apaisante.

Néanmoins, chacun devina qu'une restriction allait suivre. Je luttai contre la rage qui m'aveuglait, préférant la précipiter dans mon bouclier, épaissir ce dernier et vérifier que les nôtres étaient tous protégés.

— Aucune infraction, donc, répéta Aro. Cela signifie-t-il pour autant que le danger n'existe pas ? J'estime que c'est là un autre problème.

Cette annonce eut pour résultat de tendre un peu plus

les nerfs déjà bien sollicités de tous. Maggie secoua le menton, emplie d'une colère qui couvait. Aro se mit à arpenter les lieux, l'air de flotter plutôt que de marcher, pensif. Je remarquai que chaque aller-retour le rapprochait de ses soldats.

— Elle est unique, marmonnait-il. Absolument unique. Ce serait du gâchis de détruire quelque chose d'aussi adorable. Surtout que nous pourrions en apprendre tant… (Il soupira, comme s'il regrettait de devoir poursuivre.) Mais il y a péril, un péril qu'on n'a tout simplement pas le droit d'ignorer.

Personne ne réagit à cette assertion, et il poursuivit son monologue dans un silence de mort.

— Il est amusant de voir que plus les humains progressent, plus leur foi dans les sciences augmente et dirige leur univers, moins nous courons le risque d'être découverts. Nonobstant, alors que nous sommes de plus en plus désinhibés par leur scepticisme concernant le surnaturel, eux deviennent si doués en matière de technologie que, s'ils le désiraient, ils pourraient vraiment nous menacer, voire détruire certains d'entre nous. Pendant des milliers et des milliers d'années, notre discrétion a plus relevé de la facilité que de la sécurité. Le siècle cruel et furieux qui vient de s'écouler a engendré des armes d'une telle puissance que même les immortels sont susceptibles de ne pas y résister. Notre statue de mythe nous protège des créatures que nous chassons.

Il leva la main comme pour poser sa paume sur Renesmée, alors qu'il s'en était éloigné de quarante mètres, qu'il avait presque rejoint les rangs des Volturi.

— Cette stupéfiante fillette, reprit-il, si nous pouvions connaître son potentiel ! Si nous pouvions savoir avec une certitude absolue qu'elle restera toujours dissimulée par l'obscurité qui nous protège ! Malheureusement, nous ignorons tout de ce qu'elle deviendra. Ses propres parents sont inquiets pour son futur. Il est impossible de deviner quelle adulte elle sera.

Il s'interrompit, regarda d'abord nos témoins, puis les siens. Ses intonations de tribun réussissaient à donner l'illusion qu'il était déchiré. Sans quitter des yeux sa horde de vampires, il enchaîna :

— La sécurité vient du seul savoir. Seul le savoir est tolérable. L'inconnu est... une vulnérabilité.

Le sourire méchant de Caïus s'élargit.

— Tu tires des conclusions un peu vite, Aro, objecta Carlisle d'une voix blanche.

— Paix, ami, tempéra l'ancien, son visage toujours aussi affable, son ton toujours aussi doux. Ne nous précipitons pas. Examinons chaque facette du problème.

— Puis-je me permettre d'en soulever une, alors ? lança Garrett en faisant un nouveau pas en avant.

— Je t'en prie, nomade.

Levant le menton, Garrett fixa des yeux la foule amassée au fond de la prairie et s'adressa directement à elle.

— Je suis venu ici à la demande de Carlisle, afin de témoigner, comme tout le monde. Cela n'est plus nécessaire, puisque nous voyons tous ce qu'elle est. Je tiens cependant à évoquer autre chose. Vous. (Il tendit le doigt vers les vampires soucieux.) Je connais deux d'entre vous, Makenna et Charles. Je devine aussi que nombreux parmi vous sont des vagabonds comme moi. Qui n'obéissent à personne. Réfléchissez bien à ce que je vais vous dire à présent.

» Ces anciens ne sont *pas* venus ici pour rendre la justice, contrairement à ce qu'ils affirment. Nous le soupçonnions, ils nous l'ont prouvé. Ils ont été induits en erreur, certes, mais cela servait leurs buts. Voyez comment ils s'efforcent maintenant de s'appuyer sur de fragiles excuses pour parachever leur véritable mission : détruire la famille ici présente. (Il désigna Carlisle et Tanya.) Les Volturi se sont déplacés pour éradiquer ceux qu'ils considèrent comme des compétiteurs. Comme moi, peut-être, vous vous émerveillez devant ce clan aux prunelles dorées. Ils sont difficiles à comprendre, je l'admets. Mais les anciens, eux, leur reprochent autre chose que leurs choix particuliers. Ils traquent leurs *pouvoirs*.

» J'ai constaté les liens qui unissent cette famille, mot qui leur convient mieux que celui de "clan". Ces personnes étranges aux yeux d'or nient leur vraie nature. En échange, ont-ils découvert autre chose de plus précieux, peut-être, que la simple satisfaction de leur désir ? Durant mon séjour, je les ai observés, et il m'apparaît que ce qui est intrinsèque à l'entente profonde de cette famille, c'est le caractère paisible de cette vie de sacrifice. Il n'existe pas ici d'agression, contrairement à ce qui animait les clans du Sud, lesquels ont prospéré et chuté très rapidement, à cause de leurs querelles. Personne ici n'est enclin à dominer, et Aro le sait mieux que moi.

Cette tirade condamnait Garrett. Je scrutai le visage d'Aro, m'attendant à y déceler de la colère. Je n'y découvris qu'un amusement poli, comme s'il attendait que l'enfant capricieux s'aperçoive que personne ne prêtait attention à ses simagrées.

— Lorsque nous sommes arrivés, poursuivait le nomade, Carlisle nous a assuré qu'il ne cherchait pas la bagarre. Ces témoins-là – il montra Siobhan et Liam – ont accepté de donner des preuves afin de ralentir les Volturi par leur seule présence, afin que Carlisle puisse avoir une occasion de plaider sa cause. D'autres se sont demandés – et là, il regarda Eleazar – si le bien-fondé de la position de Carlisle suffirait à empêcher une prétendue justice. Les Volturi sont-ils venus pour protéger notre discrétion ou leur propre pouvoir ? Sont-ils venus détruire une création illégale ou un mode d'existence ? Se seraient-ils satisfaits d'apprendre que le danger n'était qu'un malentendu ou souhaitaient-ils au contraire utiliser ce problème pour régler leurs comptes ?

» Il nous faut répondre à toutes ces questions. Nous avons eu droit aux mots mensongers d'Aro – il y a parmi nos rangs quelqu'un ayant le talent de détecter les balivernes à coup sûr. Nous voyons aussi le sourire avide de Caïus. Leurs soldats ne sont qu'une arme destinée à asseoir leur pouvoir.

» À présent, de nouvelles questions se posent, auxquelles *vous* devez répondre. Qui vous dirige, nomades ? Obéissez-vous à la volonté d'un autre que vous ? Êtes-vous libres de choisir votre chemin, ou seront-ce les Volturi qui décideront de votre manière de vivre ?

» Je suis venu témoigner. Je resterai me battre. Les Volturi se moquent bien de la mort de l'enfant. Ils veulent la mort de notre liberté !

Garrett se tourna vers les anciens.

— Allez-y ! Fi de ces arguties ! Soyez honnêtes dans vos intentions comme nous le serons dans les nôtres. Nous défendrons notre liberté. Attaquez-la ou non, mais décidez-vous maintenant, et que ces témoins voient quel est le véritable nœud du problème.

De nouveau, il toisa les vampires massés à l'orée des bois. Il était évident que son discours avait marqué les esprits.

— Réfléchissez bien, conclut-il. Vous pouvez vous joindre à nous. Si vous croyez que les Volturi vous laisseront vivre pour ensuite raconter ce qui s'est passé ici, vous vous trompez. Nous risquons d'être tous anéantis... ou peut-être pas. Si ça se trouve, nous sommes plus à la hauteur qu'ils ne le pensent. Si ça se trouve, les Volturi ont enfin un adversaire digne d'eux. Mais je vous le garantis : si nous tombons, vous tomberez aussi.

Sur ce, il rejoignit Kate et s'accroupit à moitié, prêt à la lutte.

— Très jolie mercuriale, cher ami révolutionnaire, commenta Aro avec un sourire tolérant.

— Révolutionnaire ? rétorqua Garrett. Et puis-je savoir contre qui je me rebelle ? Es-tu mon roi ? Souhaites-tu que je t'appelle « maître » comme tes sycophantes de soldats ?

— Paix, Garrett, lui enjoignit Aro. Je me référais juste à ta date de naissance. Je constate que tu n'as guère changé depuis.

Le nomade le fusilla du regard.

— Interrogeons nos témoins, suggéra l'ancien. Écoutons ce qu'ils ont à dire avant de nous décider.

Sur ce, il nous tourna le dos avec décontraction et se dirigea vers la foule agitée, qui s'était rapprochée de la forêt.

— Que pensez-vous de tout cela, mes amis ? leur lança-t-il. Je vous assure que l'enfant n'est pas ce que nous redoutons. Prenons-nous le risque de la laisser en vie ? Mettons-nous en jeu notre univers pour préserver une famille ? Ou Garrett a-t-il raison ? Vous rallierez-vous pour arrêter notre soudaine soif de pouvoir ?

Les témoins le scrutèrent attentivement. Une petite femme brune jeta un coup d'œil au mâle blond qui l'accompagnait.

— Sont-ce là nos seuls choix ? demanda-t-elle brusquement. Nous ranger à vos côtés ou nous opposer à vous ?

— Certes non, délicieuse Makenna ! s'exclama Aro, comme horrifié qu'elle ait pu parvenir à une telle conclusion. Vous pouvez partir en paix, naturellement. Comme

Amun. Même si vous n'êtes pas d'accord avec le choix que fera le conseil.

Makenna interrogea une nouvelle fois du regard son compagnon, qui hocha la tête.

— Nous ne sommes pas ici pour nous battre, souffla-t-elle ensuite. Mais pour témoigner. Notre témoignage est que cette famille condamnée est innocente. Tout ce qu'a dit Garrett est vrai.

— Ah ! soupira tristement Aro. Je suis navré que tu nous voies ainsi. Hélas, telle est la nature de notre mission.

— Ce n'est pas ce que nous voyons, c'est ce que nous sentons, objecta l'ami de Makenna d'une voix haut perchée aux accents nerveux. D'après Garrett, ils ont un moyen de découvrir les mensonges. Moi aussi, je sais quand on me raconte la vérité ou non.

Il se rapprocha de sa compagne, les prunelles pleines de frayeur.

— N'aie pas peur de nous, ami Charles. Je ne doute pas que Garrett soit persuadé de ce qu'il dit.

Aro rigola, et Charles fronça les sourcils.

— C'était notre avis, annonça Makenna. Maintenant, nous partons.

Charles et elle se retirèrent lentement, ne se retournant que lorsqu'ils eurent disparu dans les bois. Un autre vampire suivit le même chemin, puis trois autres encore. J'observai les trente-sept restants. Quelques-uns affichaient des mines déroutées, incapables de se décider. La majorité, cependant, paraissaient conscients de la direction qu'avait prise la confrontation. J'imagine qu'ils renonçaient à se sauver pour mieux savoir qui exactement les pourchasseraient plus tard. J'étais persuadée qu'Aro tirait les mêmes conclusions que moi. Se détournant, il revint d'une démarche composée vers sa garde, à laquelle il s'adressa d'une voix claire :

— Nous sommes en sous-effectif, mes très chers. Nous ne pouvons compter sur des renforts extérieurs. Devons-nous oublier ce problème afin de sauver nos vies ?

— Non, maître, chuchotèrent les soldats à l'unisson.

— La protection de notre monde mérite-t-elle la perte de certains parmi nous ?

— Oui. Nous ne craignons rien.

— Mes frères, lança Aro à ses compagnons vêtus de noir, comme lui, de nombreuses questions doivent être réglées.

— Réunissons-nous en conseil, proposa Caïus.

— Réunissons-nous en conseil, répéta Marcus, l'air de se désintéresser complètement de la situation.

Tous trois joignirent leurs mains et formèrent un triangle sombre et silencieux. Dès que l'attention d'Aro eut été attirée ailleurs, deux nouveaux témoins s'éclipsèrent sans bruit dans la forêt. J'espérais pour eux qu'ils étaient rapides.

Ainsi, on y était. Doucement, je desserrai de mon cou les doigts de Renesmée.

— Tu te souviens de ce que je t'ai dit ?

Elle opina, en dépit des larmes qui noyaient ses yeux.

— Je t'aime, chuchota-t-elle.

Edward nous contemplait, ses prunelles topaze écarquillées. Jacob nous surveillait du coin de son gros œil noir.

— Moi aussi, je t'aime, répondis-je en effleurant le médaillon. Plus que ma propre vie.

J'embrassai son front. Jacob poussa un gémissement inquiet. Me dressant sur la pointe des pieds, je murmurai à son oreille :

— Attends qu'ils soient complètement occupés à autre

chose, puis sauve-toi avec elle. Va le plus loin possible d'ici à pied. Ensuite, elle détient ce qui te permettra de prendre l'avion.

Les visages de mon mari et de mon ami étaient deux masques horrifiés identiques, même si l'un d'eux était celui d'un animal. Renesmée tendit les bras à son père, qui la serra contre lui.

— Ainsi, c'est ce que tu me dissimulais, murmura-t-il par-dessus la tête de la petite.

— Pas à toi, à Aro, soufflai-je.

— Alice ?

J'acquiesçai. Ses traits se tordirent de souffrance quand il comprit. Avais-je affiché la même expression, lorsque j'avais enfin saisi les desseins de ma belle-sœur ? Jacob grondait doucement, son râpeux et égal qui me fit penser à un ronronnement. Son poil était hérissé, et ses dents dévoilées. Edward déposa un baiser sur le front et les deux joues de notre fille, puis il la souleva pour la placer sur le dos de Jake. Elle y grimpa avec agilité, s'agrippant à sa fourrure rousse avant de s'installer sur son encolure. Lui se tourna vers moi, ses prunelles exprimant un chagrin intense.

— Tu es le seul en qui nous avions confiance, murmurai-je. Si tu ne l'aimais pas autant, je ne pourrais pas faire cela. Je sais que tu la protégeras, Jacob.

En gémissant, il baissa la tête et l'enfonça dans mon épaule.

— Je sais, ajoutai-je. Je t'aime aussi, Jake. Tu seras toujours mon meilleur ami.

Une larme de la taille d'une balle de base-ball roula sur le poil de sa joue. Se penchant près de lui, Edward chuchota :

— Au revoir, Jacob, mon frère… mon fils.

Nos amis avaient conscience de la scène d'adieux en

train de se dérouler. Ils nous écoutaient, même s'ils avaient vrillé leur regard sur le triangle noir.

— N'y a-t-il donc plus d'espoir ? demanda Carlisle.

Son timbre n'exprimait pas l'anxiété, juste la détermination et l'acceptation.

— Si, sûrement, répondis-je. (Et pourquoi pas ? pensai-je.) Je ne connais que ma destinée.

Edward prit ma main. Il savait qu'il était inclus dans *ma* destinée. Nous étions les deux moitiés d'une unique entité. Derrière moi, j'entendis la respiration heurtée d'Esmé. Elle nous dépassa, caressant nos visages, et alla se poster près de Carlisle afin de glisser ses doigts dans les siens. Soudain, nous fûmes entourés par des au revoir et des je t'aime.

— Si nous survivons à ça, je te suivrai où tu voudras, femme, lança Garrett à Kate.

— Et c'est maintenant qu'il me dit ça ! marmonna l'intéressée.

Rosalie et Emmett échangèrent un baiser rapide mais passionné.

Tia effleura la joue de Benjamin, qui lui adressa un beau sourire et retint sa main.

Je ne vis pas toutes les manifestations d'amour et de chagrin, car je fus tout à coup distraite par un effleurement à la lisière de mon bouclier. Je ne réussis pas à en déterminer la source, mais il semblait dirigé sur les flancs de notre groupe, vers Siobhan et Liam notamment. La pression ne provoqua aucun dégât avant de disparaître.

Les silhouettes des anciens n'avaient pas bougé. Il se pouvait toutefois qu'un signal m'eût échappé.

— Préparez-vous, annonçai-je. Ça commence.

38

POUVOIR

— Chelsea essaye de briser notre union, me chuchota Edward. Mais elle n'arrive pas à entamer nos liens. Elle ne nous détecte pas.. C'est toi qui fais ça ?

— Je suis partout, répondis-je avec un sourire lugubre.

Soudain, il s'écarta de moi et tendit la main vers Carlisle. Au même instant, je perçus un assaut plus sérieux contre le bouclier, à l'endroit où il enveloppait étroitement l'étincelle de mon beau-père. Si ce ne fut pas douloureux, ce ne fut pas agréable non plus.

— Carlisle, tu vas bien ? s'affola Edward.

— Oui, pourquoi ?

— Jane.

Au moment où il prononçait le prénom, une dizaine d'attaques simultanées fondirent sur le dôme élastique, cherchant à atteindre dix cibles étincelantes différentes. Je m'assurai que notre protection résistait – Jane n'avait pas été capable de la transpercer. Une rapide inspection autour de moi me confirma que personne n'avait été touché.

— Incroyable, murmura Edward.

— Pourquoi n'attendent-ils pas la décision ? grommela Tanya.

— C'est la procédure normale, expliqua Edward d'une voix tendue. Ils s'arrangent pour réduire à l'impuissance les accusés, de façon à ce qu'ils ne s'échappent pas.

Je contemplai Jane. Elle toisait notre groupe d'un air furibond et incrédule. C'était sûrement la première fois qu'on résistait à son talent. Je me permis de lui adresser un grand sourire satisfait. Certes, ce n'était pas très mature. Mais Aro n'allait pas tarder – pour peu que ce ne fût déjà fait – à deviner que mon bouclier était bien plus puissant que ce qu'Edward pensait. Comme j'étais déjà une cible toute désignée à leur vindicte, je ne vis pas de raison de garder secrète l'étendue de mon pouvoir. Jane plissa les yeux et expédia une nouvelle salve, cette fois droit sur moi. Je me contentai de sourire encore plus.

Elle poussa un cri aigu qui fit sursauter tout le monde, y compris ses acolytes si disciplinés. Seuls les anciens ne réagirent pas, plongés dans leur conférence. Alec attrapa sa jumelle par le bras alors qu'elle s'apprêtait à bondir. Les Roumains ricanèrent, impatients de voir ce qui allait suivre.

— Je t'avais bien dit que l'heure de la revanche avait sonné ! lança Vladimir à Stefan.

— Non mais regarde un peu la tronche de la sorcière ! s'esclaffa ce dernier.

Alec tapota l'épaule de Jane pour l'apaiser. Puis il se tourna vers nous, ses traits angéliques impassibles. Je guettai une pression, rien ne vint. Il continuait à regarder dans notre direction, toujours aussi calme. Était-il en train d'attaquer ? Allait-il transpercer mes défenses ? Étais-je la seule à pouvoir encore le voir ? Je serrai les doigts d'Edward dans les miens.

— Ça va ?

— Oui, chuchota-t-il.

— Alec réagit ?

— Oui. Son don est plus lent que celui de Jane. Il rampe plus qu'il ne frappe. Nous devrions le ressentir d'ici quelques secondes.

Enfin, je distinguai la chose. C'était une drôle d'aura qui flottait au-dessus de la neige, presque invisible sur le fond blanc. Elle m'évoqua un mirage, une déformation du champ visuel, une clarté frissonnante. J'écartai le bouclier de Carlisle et de la première ligne, afin d'éloigner la brume quand elle frapperait. Et si elle pénétrait ma protection impeccable comme un couteau tranche du beurre ? Faudrait-il que nous fuyions ?

Soudain, un grondement sourd agita le sol, et une bourrasque fit s'envoler la neige en tourbillons furieux, entre nous et les Volturi. Ayant également discerné la menace, Benjamin essayait de la combattre. Grâce à la neige, je n'eus aucun mal à discerner l'endroit où il expédiait le vent. Malheureusement, le brouillard d'Alec ne réagit pas. À croire que l'air traversait une ombre.

Le triangle noir des anciens finit par se rompre. À cet instant précis, une fissure étroite mais profonde découpa un long zigzag au milieu de la prairie avec un gémissement assourdissant. La terre trembla. Les congères tombèrent dans le vide, mais l'aura sauta par-dessus, aussi insensible à la gravité qu'elle l'avait été aux bourrasques.

Aro et Caïus contemplaient la cavité avec des yeux ronds. Marcus, lui, ne faisait montre d'aucune émotion. Ils gardèrent le silence, attendant eux aussi que la brume s'approche de nous. Le vent hurla plus fort, en vain. Jane souriait, à présent.

Tout à coup, ce fut comme si le brouillard s'était heurté à un mur. J'en goûtai immédiatement la saveur dense, douceâtre, écœurante. J'eus l'impression d'un anesthésiant posé sur ma langue. Il prit de l'altitude, cherchant une brèche – sans résultat. Ses doigts tâtonnèrent alentour, révélant peu à peu la taille impressionnante de mon bouclier. Des deux côtés de la faille, des cris de surprise étouffés retentirent.

— Bien joué, Bella ! me félicita Benjamin à voix basse.

Le sourire me revint. Les prunelles d'Alec exprimaient le doute – son talent était impuissant face au mien. Alors, je compris que j'allais réussir. Certes, je serais leur priorité, la première à mourir. Mais tant que je tiendrais, nous serions sur un pied d'égalité avec nos adversaires. Nous avions Benjamin et Zafrina ; les Volturi ne disposaient plus de pouvoirs surnaturels. Mais il fallait que je tienne.

— Je vais devoir rester concentrée, annonçai-je à Edward. Quand on en sera à la bagarre proprement dite, j'aurai plus de mal à maintenir le bouclier autour des gens.

— Je les empêcherai d'approcher de toi.

— Non. Tu dois absolument liquider Démétri. Zafrina se chargera de me protéger.

L'intéressée hocha la tête avec solennité.

— Personne ne s'en prendra à cette petite, promit-elle à Edward.

— Je réglerais volontiers leur compte à Jane et Alec, mais je serai plus utile en restant ici, marmonnai-je.

— Je me réserve Jane, siffla Kate. Il est temps qu'elle tâte un peu de la médecine qu'elle administre.

— Alec me doit pas mal de vies, je me contenterai de la sienne, grogna Vladimir. Il est à moi.

— Moi, je ne veux que Caïus, annonça calmement Tanya.

Autour de nous, les autres se répartissaient également les adversaires, mais ils furent rapidement interrompus par Aro qui, constatant l'échec d'Alec, se décida à prendre la parole.

— Avant que nous votions…, commença-t-il.

Je secouai la tête avec colère. J'étais lasse de cette mascarade. Une fois encore, la soif de sang m'animait, et je regrettais déjà de ne pouvoir m'engager plus dans la bagarre. J'avais envie de me battre.

— … laissez-moi vous rappeler, poursuivait Aro, que quelle que soit la décision du conseil la violence n'est pas nécessaire.

Edward laissa échapper un rire moqueur, s'attirant un coup d'œil attristé de l'ancien.

— Vous perdre sera un véritable gâchis, lança ce dernier. Surtout toi, jeune Edward, de même que ta compagne. Les Volturi accueilleraient volontiers quelques-uns des vôtres dans leurs rangs. Bella, Benjamin, Zafrina, Kate. Des voies s'ouvrent à vous. Réfléchissez.

Chelsea envoya une nouvelle salve inutile contre mon bouclier. Aro nous observait, cherchant un signe d'hésitation. Il n'en décela aucun. Je savais qu'il aurait vraiment aimé nous garder en vie, Edward et moi, nous emprisonner comme il avait espéré réduire Alice en esclavage. L'enjeu était trop important, cependant. Il ne gagnerait pas si je survivais. Je fus heureuse de disposer d'un tel pouvoir qu'il n'avait d'autre solution que de me tuer.

— Très bien, votons, soupira-t-il.

— L'enfant est une entité inconnue, s'empressa de décréter Caïus. Nous n'avons aucune raison de laisser la vie à ce danger potentiel. Il faut le détruire, ainsi que tous ceux qui le protègent.

Il sourit, impatient, et je dus lutter pour ne pas réagir. Marcus leva des yeux indifférents sur nous.

— Je ne décèle aucun risque immédiat, dit-il d'une voix encore plus ténue que celle de ses frères. L'enfant ne présente pas de menace pour l'instant. Nous pourrons toujours réviser notre jugement plus tard. Partons en paix.

Ces paroles qui contredisaient celles de Caïus ne diminuèrent en rien la tension de la garde, et Caïus ne cessa pas de se réjouir. C'était comme si Marcus ne s'était pas exprimé.

— Il semble donc que je vais devoir trancher, marmonna Aro.

Soudain, Edward se raidit.

— Super ! souffla-t-il.

Je risquai un coup d'œil vers lui. Il arborait une expression triomphale que je ne compris pas. Il ressemblait à un ange du malheur qui se serait réjoui pendant que le monde brûlait. À la fois beau et terrifiant. Les soldats Volturi semblèrent mal à l'aise, brusquement.

— Aro ? héla Edward avec des accents victorieux évidents.

L'homme hésita devant ce changement d'humeur.

— Oui, Edward ? As-tu quelque chose à…

— Peut-être, le coupa Edward, affable, en s'efforçant de contrôler son excitation. J'aimerais éclaircir un point.

— Je t'écoute, accepta poliment le Volturi.

Je grinçai des dents. Aro n'était jamais aussi dangereux que quand il était aimable.

— Le danger que tu crains chez ma fille, il repose entièrement sur le fait que nous ignorons comment elle se développera ? C'est bien le nœud du problème ?

— En effet, mon ami. Si seulement nous pouvions être certains… *absolument* certains que, en grandissant, elle restera ignorée des humains et ne mettra pas en péril la discrétion qui sied à notre race…

— Il suffirait donc que nous soyons sûrs de ce qu'elle

deviendra exactement, et le conseil n'aurait plus lieu d'être ?

— *Totalement* sûrs, insista Aro qui, pas plus que moi, ne devinait où Edward l'entraînait. Mais oui, dans ce cas, il n'y aurait plus de question à débattre.

— Et nous nous séparerions paisiblement, nous serions de nouveaux bons amis ? demanda Edward, légèrement ironique.

— Naturellement. Rien ne me ferait plus plaisir.

Edward partit d'un rire triomphant.

— Alors, j'ai une preuve supplémentaire à apporter au débat, annonça-t-il.

— Ta fille est unique, objecta Aro en perdant de son assurance. Son avenir est sujet à supputations.

— Non, elle n'est pas unique en son genre. Rare, mais pas unique.

Sous le choc, j'eus du mal à résister à une bouffée d'espoir qui menaça de me distraire. La brume malsaine continuait de tourbillonner autour de mon bouclier. Alors que je tentais de me concentrer, je perçus d'ailleurs une nouvelle attaque.

— Aro, aurais-tu l'obligeance de demander à Jane qu'elle cesse d'ennuyer ma femme ? s'enquit Edward. Nous sommes encore en train de discuter.

L'ancien leva la main.

— Paix, mes très chers. Écoutons-le.

La pression disparut, et Jane montra les dents. Je ne pus m'empêcher de lui sourire.

— Et si tu te joignais à nous, Alice ? lança Edward à la cantonade.

— Alice ! murmura Esmé, ébranlée.

Alice !

Alice, Alice, Alice !

« Alice, Alice ! » marmonnaient les vampires autour de moi.

— Alice ! souffla Aro.

Un soulagement empreint d'une joie féroce me submergea, et je dus recourir à toute ma volonté pour garder ma défense en place. Alec n'avait pas renoncé, lui. Jane risquait de s'engouffrer dans la moindre défaillance qu'elle repérerait.

Un bruit de course retentit dans la forêt et se rapprocha rapidement, d'autant plus vite que le silence n'était plus nécessaire, maintenant. Les deux camps se figèrent, tandis que les témoins des Volturi fronçaient les sourcils, déroutés une fois encore.

Alice débaula de sa démarche dansante dans la prairie, et je crus que mon plaisir à la retrouver allait me renverser. Jasper la suivait, à l'affût. Juste derrière venaient trois inconnus. La première était une grande femme musculeuse et brune – Kachiri, à n'en pas douter, car elle avait les mêmes membres et traits allongés que les autres Amazones. Dans son cas, cette caractéristique était encore plus prononcée.

Sur ses talons, une petite femelle vampire à la peau olivâtre dont la grande tresse de cheveux noirs rebondissait sur son dos. Ses prunelles d'un rouge sombre prirent nerveusement la mesure de la confrontation en cours.

Enfin, un très jeune homme… pas aussi rapide ni aussi fluide dans sa course que les autres. Sa peau était d'un incroyable cacao. Ses yeux inquiets avaient la couleur du teck. Ses cheveux bruns étaient également nattés, bien que plus courts que ceux de la femme qui le précédait. Il était très beau.

Au fur et à mesure qu'ils se rapprochaient, un son nouveau provoqua la surprise de l'assistance : la chamade d'un cœur, accélérée par les efforts.

Alice bondit lestement par-dessus les contours de la brume qui se dissipait et vint se poster près d'Edward. J'effleurai son bras, imitée par Edward, Esmé et Carlisle. Ce n'était pas le moment de se lancer dans un accueil plus chaleureux. Jasper et les autres entrèrent à leur tour dans le bouclier.

Les gardes Volturi avaient observé avec beaucoup d'intérêt la façon dont les nouveaux venus avaient franchi la frontière de ma défense. Les costauds comme Félix se mirent soudain à me dévisager avec espoir. Il était évident désormais que mon bouclier n'était pas physiquement inattaquable. Je compris qu'il suffirait d'un ordre d'Aro pour qu'ils se jettent tous sur moi. Je me demandai combien d'entre eux Zafrina parviendrait à aveugler et si cela les ralentirait beaucoup. Assez pour que Kate et Vladimir rayent Jane et Alec du paysage ? Je n'exigeais rien de plus.

Malgré le coup qu'il préparait, Edward se raidit furieusement en percevant les pensées de nos ennemis.

— Ces dernières semaines, reprit-il en se maîtrisant pourtant, Alice a cherché ses propres témoins. Comme vous le constatez, elle ne rentre pas les mains vides. Et si tu nous présentais tes amis, Alice ?

— L'heure des témoignages est achevée ! se fâcha Caïus. Ton vote, Aro !

Ce dernier le fit taire d'un geste, les yeux rivés sur ma belle-sœur. Cette dernière avança d'un pas.

— Voici Huilen et son neveu Nahuel.

En entendant sa voix, j'eus l'impression qu'elle n'était jamais partie. Caïus sursauta en apprenant les relations familiales qui unissaient les inconnus. Les témoins des Volturi exprimèrent leur surprise à grand renfort de sifflements. L'univers des vampires était en train de changer, personne n'était dupe.

— Parle, Huilen ! ordonna Aro. Fais-nous part de ton témoignage.

La femme jeta un coup d'œil angoissé à Alice, qui lui adressa un signe de tête encourageant. Kachiri posa sa longue main sur l'épaule du petit vampire.

— Je m'appelle Huilen, expliqua-t-elle dans un anglais clair mais aux accents bizarres. (Je devinai qu'elle avait répété son discours.) Il y a cent cinquante ans, je vivais avec les miens, le peuple Mapuche. Ma sœur se prénommait Pire. Nos parents l'avaient ainsi baptisée en l'honneur de la neige sur les montagnes, car elle avait la peau blanche. Elle était très belle. Trop belle. Un jour, elle vint me trouver en secret pour me parler de l'ange qu'elle avait rencontré dans les bois, et qui lui rendait visite, la nuit. Je la mis en garde. Comme si ses hématomes ne suffisaient pas ! (Huilen poussa un soupir triste.) J'avais deviné que l'ange n'était autre que le *Libishomen* de nos légendes. Malheureusement, Pire refusa de m'écouter. Elle était ensorcelée.

» Elle m'annonça ensuite qu'elle était certaine d'attendre un enfant de son ange noir. Elle voulait s'enfuir, et je ne la décourageai pas, car nos parents exigeraient que l'enfant soit détruit, de même que Pire. Je l'accompagnai au plus profond de la forêt. Elle chercha son démon, en vain. Je m'occupai d'elle, chassant à sa place quand les forces vinrent à lui manquer. Elle mangeait des animaux crus, buvait leur sang, et je n'eus pas besoin de preuve supplémentaire pour savoir ce qu'elle portait dans son ventre. J'espérais réussir à l'épargner avant de tuer le monstre.

» Mais elle aimait son enfant. Elle l'appelait Nahuel, comme le gros chat de la jungle. Il grandit, forcit et brisa ses os, elle ne cessa pas de l'aimer, pourtant.

» Je ne pus la sauver. L'enfant la déchira de l'intérieur pour naître, et elle mourut rapidement, me suppliant de m'occuper de Nahuel à sa place. C'était son ultime souhait, j'acceptai.

» Sauf qu'il me mordit quand j'essayai de le prendre dans mes bras. Je m'enfuis en rampant dans la forêt afin d'y mourir à mon tour. Ma souffrance était telle que je n'allai pas très loin. Il me retrouva. Le nouveau-né était blotti contre moi dans les broussailles et m'attendait. Quand j'émergeai de la douleur, il dormait à mon flanc.

» Je m'occupai de lui jusqu'à ce qu'il soit assez grand pour chasser tout seul. Nous hantions les villages alentour quand nous avions faim, sinon, nous restions seuls. C'est la première fois que nous nous aventurons aussi loin de chez nous. Nahuel désirait voir la petite.

Son récit terminé, Huilen baissa la tête et recula, se cachant en partie derrière Kachiri. Aro plissait les lèvres. Il examina le jeune homme au teint sombre.

— As-tu vraiment cent cinquante ans, Nahuel ? demanda-t-il.

— À dix ans près, oui, répondit l'interpellé d'une voix claire, chaleureuse, magnifique, à l'accent à peine détectable. Nous ne tenons pas de registre.

— Et à quel âge as-tu atteint ta maturité ?

— Vers sept ans environ, j'étais pleinement adulte.

— Tu n'as pas changé depuis ?

— Pas à ma connaissance.

Je sentis un frisson secouer le vaste corps de Jacob. Je refusais cependant d'y songer maintenant. J'attendrais que le danger soit passé.

— Quel est ton régime alimentaire ? s'enquit Aro, curieux malgré lui.

— Du sang, surtout, mais je peux avaler de la nourriture humaine.

— Tu as été capable de créer une immortelle, reprit l'ancien en désignant Huilen.

Son timbre était redevenu intense, et je me concentrai sur mon bouclier. Cherchait-il un nouveau prétexte ?

— Oui, mais je suis le seul.

Des murmures ahuris parcoururent les trois groupes rassemblés sur la prairie.

— Parce qu'il y en a d'autres ?! s'exclama Aro.

— Mes sœurs.

Pour le coup, l'ancien eut du mal à retrouver sa sérénité.

— Et si tu nous racontais le reste de ton histoire, puisqu'elle n'est pas terminée, apparemment ?

— Mon père est revenu quelques années après la mort de ma mère, expliqua Nahuel en faisant une légère grimace. Il a été heureux de me voir. (On devinait aisément que l'inverse n'était pas vrai.) Il avait deux filles, mais j'étais son fils unique. Il voulait que je me joigne à lui, comme mes sœurs. Il a été étonné de constater que je n'étais pas seul. Mes sœurs ne sont pas venimeuses. Est-ce dû au hasard ou à la génétique... Bref, Huilen était avec moi, je la considérais comme ma famille, alors j'ai refusé l'offre de mon père. On se croise de temps en temps. J'ai une nouvelle sœur. Elle a atteint sa maturité il y a une dizaine d'années.

— Et comment se nomme ton père ? demanda Caïus, furibond.

— Joham. Il se considère comme un scientifique, il pense créer une nouvelle race, une superrace.

Nahuel ne cacha pas son dégoût.

— Ta fille est-elle venimeuse ? me lança Caïus sur un ton agressif.

— Non.

Nahuel m'observa attentivement. Caïus se tourna vers Aro, mais ce dernier était plongé dans ses pensées. Bouche tordue, il observa Carlisle, Edward puis moi.

— Occupons-nous des aberrations ici présentes, grommela Caïus, puis filons vers le sud.

Aro planta son regard dans le mien durant très longtemps. J'ignorais ce qu'il y cherchait, ce qu'il y décela, mais quelque chose dans ses traits se modifia soudain, et je compris qu'il avait arrêté sa décision.

— Mon frère, dit-il calmement à Caïus, il semble bien qu'il n'y ait aucun danger. La situation est inhabituelle, je n'y détecte aucune menace toutefois. Ces enfants à moitié vampires nous ressemblent beaucoup, apparemment.

— Est-ce là ton vote ?

— Oui.

— Et ce Joham ? Cet immortel épris d'expérimentations ?

— Nous devrions en effet lui parler.

— Liquidez-le si vous voulez, intervint Nahuel, mais laissez mes sœurs tranquilles. Elles sont innocentes.

Aro opina, solennel. Puis il s'adressa à sa garde, un sourire chaleureux aux lèvres.

— Nous ne nous battrons pas aujourd'hui, mes très chers ! lança-t-il.

Les soldats acquiescèrent comme un seul homme et se détendirent. L'aura d'Alec se dissipa rapidement. Néanmoins, je maintins mon bouclier en place. Des fois qu'il s'agisse d'une énième chausse-trape.

Aro se retourna pour nous faire face. Son visage était aussi serein que d'ordinaire : cependant un vide étrange se cachait derrière cette façade. Comme s'il avait soudain cessé de comploter. Caïus était très fâché ; quant à Marcus, il… s'ennuyait. Leur garde avait retrouvé sa discipline impassible. Les individus s'étaient effacés au profit de la masse. Ils s'étaient remis en formation, prêts à partir. Les témoins des Volturi restaient inquiets. L'un après l'autre, ils s'éclipsèrent, s'égaillant dans les bois. Les derniers à filer se dépêchèrent. Bientôt, il n'y en eut plus un à l'orée de la forêt.

Aro leva le bras dans un geste qui ressemblait presque à une excuse. Derrière lui, le gros de la troupe s'éloignait, accompagné de Caïus, de Marcus et des épouses. Seuls ses gardes du corps s'attardaient près de lui.

— Je suis ravi que le conflit se soit résolu sans violence, déclara-t-il. Carlisle, mon ami, quel bonheur de pouvoir te qualifier à nouveau d'ami ! J'espère que tu n'éprouveras pas de rancœur. Tu comprends le fardeau qui est le nôtre et auquel nous ne saurions déroger.

— Pars en paix, Aro, répondit sèchement Carlisle. Et rappelle-toi que nous devons encore protéger notre anonymat. Empêche tes soldats de chasser dans cette région.

— Compte sur moi. Je suis désolé d'avoir provoqué ta désapprobation. Avec le temps, tu me pardonneras peut-être.

— Avec le temps, pourquoi pas ? Si tu nous prouves que tu es redevenu un véritable ami.

Aro inclina la tête, symbole des remords, puis recula avant de nous tourner le dos et de rejoindre les Volturi. Nous suivîmes des yeux leur retraite dans les bois.

Le silence s'installa. Je ne baissai pas ma garde.

— Est-ce fini ? chuchotai-je à Edward.

— Oui, répondit-il avec un immense sourire. Ils ont renoncé. Comme toutes les grosses brutes, ce ne sont que des froussards, au fond d'eux-mêmes.

Il éclata de rire, imité par Alice.

— Sérieux ! s'exclama-t-elle. Ils ne reviendront pas, je vous le jure. Que tout le monde se détende.

— Quel dommage ! gronda Stefan.

Brusquement, des hourras retentirent. Des cris de joie assourdissants résonnèrent dans toute la prairie. Maggie assena une bourrade dans le dos de Siobhan.

Rosalie et Emmett s'embrassèrent longuement, avec ferveur. Benjamin et Tia tombèrent dans les bras l'un de l'autre, à l'instar de Carmen et Eleazar. Esmé serra Alice et Jasper contre elle. Carlisle discutait avec les nouveaux venus d'Amérique du Sud qui nous avaient sauvé la mise. Kachiri avait noué ses doigts à ceux de Zafrina et de Senna. Soulevant Kate, Garrett la fit virevolter autour de lui.

Stefan cracha dans la neige. Vladimir affichait une expression renfrognée.

Quant à moi, je grimpai presque sur le loup roux géant afin de récupérer ma fille et de l'écraser contre ma poitrine. Edward nous étreignit aussitôt.

— Nessie, Nessie, Nessie ! roucoulai-je.

Jacob partit de son gros rire de loup avant de planter son museau dans ma nuque.

— La ferme ! marmonnai-je.

— Je reste avec vous ? s'enquit Nessie.

— Pour l'éternité, promis-je.

Nous avions l'éternité. Nessie allait grandir, devenir forte et belle. Comme Nahuel, d'ici un siècle et demi, elle serait encore jeune. Et plus rien ne nous séparerait. La joie se répandit en moi comme une explosion, tellement puissante que je ne fus pas certaine d'y survivre.

— Pour l'éternité, répéta Edward.

Je n'étais plus en état de parler. Levant la tête, je l'embrassai avec une passion susceptible d'incendier les bois. Cela se serait-il produit que je ne m'en serais pas aperçue.

39

TOUT EST BIEN QUI FINIT BIEN

— Sur la fin, ç'a été un ensemble de choses, expliquait Edward. Mais l'essentiel s'est réduit à Bella.

Toute la famille et les deux invités qui s'étaient attardés étaient assis dans le vaste salon des Cullen. Dehors, la nuit était tombée.

Vladimir et Stefan s'étaient évanouis dans la nature avant que nous ayons eu terminé de fêter notre victoire. Ils étaient très déçus par la tournure des événements, même si, d'après Edward, le plaisir qu'ils avaient retiré de la lâcheté des Volturi avait compensé leur frustration.

Benjamin et Tia n'avaient pas tardé à les suivre. Ils tenaient à prévenir Amun et Kebi de la conclusion heureuse du conflit. Nous reverrions les Égyptiens, les plus jeunes du moins. Les nomades s'étaient également éclipsés assez vite. Peter et Charlotte avaient échangé quelques mots avec Jasper avant de s'en aller. Les Amazones, réunies, avaient elles aussi manifesté le désir de rentrer chez elles au plus tôt – la jungle leur manquait –, même si elles eurent du mal à partir.

— Il faudra m'amener cette petite, avait insisté Zafrina. Promets-le-moi, jeune femme.

Nessie avait appuyé ses mains sur mon cou, me suppliant à son tour.

— D'accord, avais-je cédé.

— Nous allons être de grandes amies, ma Nessie, avait déclaré l'Amazone en s'éloignant.

L'exode s'était poursuivi par le départ des Irlandais.

— Bien joué, Siobhan, avait lancé Carlisle au moment des adieux.

— Ah ! avait-elle raillé. Le pouvoir de la volonté ! Cette histoire n'est pas terminée, avait-elle ajouté en redevenant grave. Les Volturi ne nous pardonneront pas.

— Ils ont été sérieusement ébranlés, avait répondu Edward. Mais tu as raison, ils s'en remettront, et alors… J'imagine qu'ils essayeront de s'en prendre à nous séparément.

— Alice nous préviendra, l'avait rassuré Siobhan. Et nous nous réunirons de nouveau. Avec les années, notre monde finira peut-être par être prêt à se libérer de la férule des Volturi.

— Pourquoi pas ? avait admis Carlisle. Auquel cas, nous serons alliés.

— Oui, mon ami. Et nous vaincrons, puisque j'en aurai décidé ainsi.

Elle avait éclaté de rire.

— Exactement, avait approuvé Carlisle.

Lui et Siobhan s'étaient enlacés, puis il avait serré la main de Liam.

— Tâchez de localiser Alistair, avait-il dit, et racontez-lui ce qui s'est passé. Je n'aimerais pas qu'il se cache sous un rocher durant les dix prochaines années.

Une fois encore, Siobhan s'était esclaffée. Maggie nous avait embrassées, Nessie et moi, puis la tribu irlandaise nous avait quittés. Les gens de Denali avaient été les derniers à partir. Garrett les accompagna – il serait des leurs dorénavant. Tanya et Kate supportaient mal notre joie, elles avaient besoin de pleurer Irina.

Huilen et Nahuel restèrent, alors que je m'étais attendue à ce qu'ils s'en aillent avec les Amazones. Carlisle était plongé dans une conversation intense avec la femme. Le jeune homme était assis à leur côté, les écoutant attentivement. Pendant ce temps, Edward nous narrait la fin de la confrontation, comme lui seul la connaissait.

— Alice a donné à Aro l'excuse dont il avait besoin pour éviter le conflit. S'il n'avait pas été aussi terrifié par Bella, il s'en serait sans doute tenu à leur plan original.

— Terrifié ? m'exclamai-je. Par moi ?

Edward me sourit d'une drôle de façon, à la fois tendre, respectueuse et… exaspérée.

— Quand auras-tu enfin une image claire de toi ? chuchota-t-il. Les Volturi, poursuivit-il plus fort au bénéfice des autres, n'ont pas combattu à la loyale depuis au moins deux mille cinq cents ans. Et ils n'ont jamais pris le risque de lutter quand la situation était à leur désavantage. Avec l'arrivée de Jane et d'Alec, notamment, ils ne se sont mêlés que de massacres purs et simples.

» Vous auriez vu l'impression que nous leur avons faite ! D'habitude, Alec prive leurs victimes de leurs sens pendant que les anciens jouent la mascarade du conseil. Ainsi, personne n'est en mesure de s'enfuir au moment du verdict. Or nous, nous avons tenu pied, prêts à tout, plus nombreux qu'eux, doués de pouvoirs qui annihilaient les leurs, surtout celui de Bella. Aro a compris que, avec Zafrina dans notre camp, ce seraient eux qui seraient aveugles pendant la bagarre. Je pense que nous aurions subi de lourdes pertes, mais eux aussi. Il y avait même de fortes chances qu'ils perdent. C'était la première fois qu'ils étaient confrontés à pareille éventualité. Ce qui leur a posé un sacré problème, aujourd'hui.

— Difficile de se sentir en confiance quand on est cernés par des loups grands comme des chevaux, s'esclaffa Emmett en donnant une bourrade à Jacob.

Ce dernier lui sourit.

— Oui, renchéris-je, ce sont les loups qui les ont arrêtés, pour commencer.

— Ça, c'est vrai, plastronna Jake.

— Absolument, acquiesça Edward. Et ils n'avaient encore jamais vu ça non plus. Les vrais Enfants de la Lune se déplacent rarement en meute et ont du mal à se contrôler. Seize énormes bêtes obéissantes étaient une surprise à laquelle ils n'étaient pas préparés. Caïus est terrifié par les loups-garous. Il y a des années, il a failli perdre lors d'un combat avec l'un deux, et il ne s'en est jamais remis.

— Il existe donc de vrais loups-garous ? demandai-je. Pleine lune, balles d'argent et tout le toutim ?

— Comment ça, vrais ? s'insurgea Jacob. Suis-je donc irréel ?

— Tu me comprends.

— Pleine lune, oui, dit Edward. Balles d'argent, non. Ce n'est qu'un mythe inventé par les humains pour se donner l'impression qu'ils ont une chance de s'en tirer. Il n'en reste pas tellement. Caïus a ordonné qu'on les extermine.

— Pourquoi n'as-tu jamais mentionné ce détail ?

— Parce que l'occasion ne s'est pas présentée.

Je levai les yeux au ciel, déclenchant les rires d'Alice, qui se pencha pour m'adresser un clin d'œil. Je la fusillai du regard. Je l'adorais, bien sûr, mais maintenant que je savais que sa défection n'avait été qu'une ruse, j'étais plutôt irritée par ses entourloupes. Elle allait devoir s'expliquer.

— Détends-toi un peu, Bella, soupira-t-elle.

— Comment as-tu osé m'infliger ça ? ripostai-je.

— C'était indispensable.

— Pardon ? m'étranglai-je. Tu m'as convaincue que nous allions tous mourir. Pendant des semaines, j'ai été une véritable épave.

— Cela aurait pu tourner ainsi, se justifia-t-elle d'une voix sereine. Auquel cas, il fallait que tu sois prête à sauver Nessie.

L'instinct me poussa à serrer ma fille – endormie sur mes genoux – contre moi.

— Mais tu savais qu'il y avait une autre solution, repris-je, accusatrice. Qu'il y avait de l'espoir. Tu n'as pas songé que tu aurais pu me mettre au courant. Certes, Edward devait rester dans l'ignorance à cause d'Aro, mais *moi* !

— Tu n'es pas assez bonne actrice, lâcha-t-elle froidement.

— Tu rigoles ?

— Oh, baisse d'un ton, Bella ! s'emporta-t-elle. Imagines-tu à quel point tout cela a été compliqué à monter ? Je n'étais même pas sûre qu'il existait une créature comme Nahuel ! Par-dessus le marché, je cherchais quelque chose que j'étais incapable de voir ! Essaye un peu, tu comprendras comme c'est difficile. Il fallait ramener les témoins sur place, alors que le temps nous manquait, je devais garder les yeux ouverts, au cas où tu aurais décidé de m'envoyer de nouvelles instructions – il faudra d'ailleurs que tu m'expliques pourquoi Rio. J'ai été également obligée d'envisager les ruses des Volturi, afin de donner des indices pour que tu sois prête à affronter leur stratégie. Je n'ai eu que quelques heures pour passer en revue les diverses possibilités. De plus, j'ai été contrainte de vous convaincre que je vous lâchais, afin qu'Aro croie que vous étiez démunis. Sinon, il n'aurait jamais agi comme ça. Et si tu crois que je ne me suis pas sentie nulle de...

— D'accord, d'accord, la coupai-je. Désolée. Je sais que ç'a été dur pour toi aussi. Seulement... tu m'as manqué comme pas permis ! Ne me refais jamais un coup pareil !

Le rire argentin d'Alice résonna dans toute la pièce, et nous ne pûmes que sourire, ravis de retrouver cette musique.

— Toi aussi, tu m'as manqué, Bella. Pardonne-moi et tâche d'être heureuse, parce que c'est toi, la superhéroïne du jour !

Mal à l'aise, je fourrai mon visage dans les cheveux de Nessie, cependant que tous s'esclaffaient.

Edward recommença à analyser les moindres événements de la journée, insistant pour souligner que c'était mon bouclier qui avait poussé les Volturi à s'enfuir, la queue entre les jambes. J'étais embarrassée par les regards qui se posaient sur moi. Même par celui de mon mari. Je m'efforçai de les oublier en me focalisant sur Nessie et Jacob, le seul à ne pas manifester une admiration nouvelle. Pour lui, je serais toujours Bella, ce qui me soulageait.

Le plus difficile à supporter, le plus déroutant était la façon dont Nahuel me contemplait, cependant. Non qu'il m'eût connue avant aujourd'hui. Pour lui, j'étais sans doute un vampire ayant l'habitude de me battre, et la scène qui s'était déroulée dans la prairie n'avait peut-être rien d'extraordinaire. Néanmoins, il ne me quittait pas des yeux. Ou alors, c'était Nessie qui l'intéressait. Cela me gênait tout autant.

Il ne pouvait ignorer que ma fille était la seule femme de son espèce, mis à part ses demi-sœurs. Je ne pensais pas que Jacob y avait déjà songé. Et j'espérais qu'il n'y penserait pas de sitôt. J'étais vaccinée contre les bagarres. Pour un temps, du moins.

La conversation finit par se déliter en petits apartés, le sujet ayant été épuisé. Je me sentais bizarrement fatiguée. J'avais envie de calme, de normalité. Je voulais coucher Nessie et retrouver les murs de mon foyer. Me tournant vers Edward, j'eus l'impression, pendant un instant, que j'étais capable de déchiffrer son esprit. Lui aussi avait envie de paix.

— Et si nous rentrions ?

— Bonne idée. Avec tous les ronflements de la nuit dernière, elle n'a pas dû se reposer.

Levant les yeux au ciel, Jacob bâilla.

— Voilà un moment que je n'ai pas profité d'un lit, marmonna-t-il. Mon père sera ravi de m'avoir de nouveau sous son toit.

— Merci, Jacob, dis-je en caressant sa joue.

— À ton service, Bella. Mais ce n'est pas nouveau.

Il se mit debout, s'étira, embrassa Nessie sur le sommet de la tête, puis moi, de la même façon. Il donna un coup de poing joueur dans l'épaule d'Edward.

— À demain, les enfants. Les choses vont être un peu ennuyeuses, à partir de maintenant, hein ?

— J'y compte bien, répondit Edward.

Une fois Jacob parti, nous nous levâmes à notre tour. Je m'arrangeai pour ne pas réveiller Nessie, heureuse qu'elle récupère, après le fardeau énorme qui avait pesé sur ses frêles épaules. Il était temps qu'elle redevienne une fillette, protégée, libérée de tout souci. Encore quelques années d'enfance.

Songeant au calme, à la paix, à la plénitude, je me tournai vers celui qui avait du mal à les éprouver.

— Jasper ?

Il était pris en sandwich entre Alice et Esmé, comme

si, plus que d'ordinaire, il était un personnage central de
la famille.

— Oui, Bella ?

— Juste une question. Pourquoi Jenks se raidit-il à ce
point quand on cite ton nom ?

— J'ai appris à son contact que certaines relations
d'affaires fonctionnent mieux sous l'emprise de la peur
que motivées par l'appât du gain, rit-il.

Fronçant les sourcils, je me promis de me charger
désormais de nos liens avec le malheureux J, histoire de
lui éviter une crise cardiaque.

Toute la famille nous embrassa, nous enlaça et nous sou-
haita bonne nuit. La seule fausse note vint, une fois encore,
de Nahuel, qui sembla avoir envie de nous suivre.

La rivière franchie, nous progressâmes à une allure
guère plus vive que celle des humains, sans nous presser,
main dans la main. Maintenant que la tension du délai
imparti retombait, je voulais ne plus me dépêcher. Edward
non plus, sans doute.

— Je dois admettre que Jacob m'impressionne,
murmura-t-il.

— Ils sont épatants, ces loups, non ?

— Ce n'est pas ce que j'avais en tête. Pas une fois aujour-
d'hui, il n'a songé que, d'après Nahuel, Nessie sera adulte
dans six ans et demi.

— Il n'envisage pas la petite de cette manière, répondis-je après une minute de réflexion. Il n'est pas pressé de
la voir grandir. Il désire juste qu'elle soit heureuse.

— J'en ai conscience. Impressionnant, donc. En quelque sorte, la situation n'est pas normale. Mais ça pourrait
être pire.

— Je refuse de penser à cela avant six années et demie.

Edward rit puis soupira.

— Certes, j'ai l'impression que Jacob aura un compétiteur, en temps voulu.

— J'ai remarqué, oui, convins-je en fronçant les sourcils. Je remercie Nahuel pour son intervention d'aujourd'hui, n'empêche, sa manière de nous dévisager était dérangeante. Je me fiche que Nessie soit la seule de son genre à ne pas être sa sœur.

— Oh, ce n'est pas elle qu'il regardait ! C'était toi.

— Pourquoi donc ?

— Parce que tu es vivante.

— Et alors ?

— Toute sa vie, et il a cinquante ans de plus que moi...

— Un vieillard, oui.

— ... il s'est considéré comme une créature du mal. Un assassin par nature. Ses sœurs ont également tué leurs mères, ce qui les a laissées de marbre. Joham les a éduquées pour qu'elles appréhendent les humains comme des animaux, tandis qu'elles étaient des déesses. Nahuel, en revanche, a été élevé par Huilen. Or, elle aimait Pire plus que tout au monde. Cela a façonné sa vision du monde. Quelque part, il se déteste.

— Quelle tristesse !

— Puis il nous a rencontrés et, pour la première fois, il s'est rendu compte que ce n'était pas parce qu'il est en partie immortel qu'il est forcément mauvais. Quand il m'observe, il voit celui que son père aurait dû être.

— Il faut dire que tu es idéal à plus d'un titre.

Il rit, recouvra sa gravité.

— Toi, tu aurais pu être sa mère.

— Pauvre Nahuel !

Je soupirai, consciente que, après cela, je ne pourrais plus lui en vouloir, en dépit de la gêne que me procuraient ses regards.

— Inutile de pleurer sur son sort. Il est heureux, maintenant. Il a commencé à se pardonner, aujourd'hui.

Je songeai que cette journée était décidément celle du bonheur. Bien que le sacrifice d'Irina l'entachât, il était indéniable que nous aurions dû nous réjouir. L'existence pour laquelle je m'étais battue était saine et sauve. Ma famille était réunie. Ma fille avait un avenir radieux devant elle. Demain, j'irais trouver mon père, qui constaterait que la peur dans mes yeux avait cédé la place à la joie, ce qui le réjouirait à son tour. Brusquement, je me dis qu'il ne serait pas seul chez lui. J'avais eu beau me montrer assez peu observatrice ces dernières semaines, ce ne fut pas une surprise – Sue lui tiendrait compagnie. La mère des loups-garous avec le père du vampire. Il ne serait plus seul. Cela me fit sourire.

Plus que tous ces éléments de bonheur, il y avait désormais la certitude que Edward et moi resterions unis pour l'éternité. Quand bien même je n'aurais pas souhaité revivre les épreuves récentes, je devais admettre qu'elles m'avaient permis d'apprécier à sa juste valeur ce que j'avais.

Le cottage était un havre de paix dans la nuit bleu argent. Nous mîmes Nessie au lit, et elle sourit dans son sommeil. Ôtant le cadeau d'Aro, je le balançai négligemment dans un coin de sa chambre. Elle n'aurait qu'à jouer avec si elle le voulait. Elle aimait les objets brillants.

Edward et moi gagnâmes lentement notre propre chambre.

— Une nuit de célébrations, chuchota-t-il en soulevant mon menton pour m'embrasser.

— Attends !

Je m'écartai. Il me lança un coup d'œil surpris. Je ne le fuyais jamais, d'habitude. C'était une première.

— J'ai envie d'essayer quelque chose, dis-je, amusée par son ahurissement.

Fermant les paupières, je plaquai mes paumes sur ses joues. Lorsque Zafrina avait tenté de m'apprendre cela, je ne m'étais pas très bien débrouillée. Je connaissais mieux mon bouclier, cependant. J'en comprenais la part qui refusait de se séparer de moi, l'instinct de préservation qui animait ce phénomène. L'exercice ne fut pas aussi simple que protéger les autres en même temps que moi, et je sentis l'élastique résister. Le sortir de moi exigea toute ma concentration.

— Bella ! souffla Edward, choqué.

Je devinai alors que j'avais réussi. Je me concentrai encore plus, ranimant de vieux souvenirs, spécifiques, que j'avais préservés pour ce moment-là, les laissant envahir mon esprit, le sien aussi, avec un peu de chance. Certaines images n'étaient pas très claires – humaines, vues par le filtre de prunelles faiblardes ou perçues par une ouïe décevante : la première fois que j'avais aperçu son visage... ce que j'avais ressenti quand il m'avait serré contre lui, dans la clairière... le son de sa voix dans l'obscurité de ma conscience vacillante, à l'heure où il m'avait sauvée de James... ses traits, quand il avait patienté sous un dais de fleurs, à deux doigts de m'épouser... les moindres formidables instants passés sur l'île... ses mains glacées caressant notre bébé par-dessus ma peau...

Il y eut aussi les souvenirs tout frais : son expression quand j'avais rouvert les yeux, à ma renaissance... ce premier baiser échangé... cette première nuit...

Soudain, il plaqua ses lèvres sur les miennes, me ramenant à la réalité. Je perdis la maîtrise du bouclier, et l'élastique revint en claquant dans ma tête, me protégeant et obscurcissant mes idées.

— Flûte ! Je l'ai perdu.

— Mais je t'ai enfin *entendue* ! souffla-t-il, aux anges. Comment ? Comment t'y es-tu prise ?

— Une idée de Zafrina. Nous nous sommes entraînées quelquefois.

Hébété, il secoua la tête.

— Maintenant, tu sais, lançai-je sur un ton léger. Personne n'a jamais aimé personne comme je t'aime.

— Tu as presque raison, sourit-il. Je ne connais qu'une exception.

— Menteur !

Il se remit à m'embrasser, s'interrompit brusquement.

— Tu saurais recommencer ?

— C'est difficile.

Il attendit, plein d'espoir.

— Je ne tiens pas du tout si l'on me distrait, l'avertis-je.

— Je serai sage, promit-il.

Je fis une moue dubitative. Réitérant mes gestes, je repoussai derechef le bouclier, reprenant le fil de mes souvenirs là où il s'était interrompu, celui clair comme le cristal de notre première nuit de ma nouvelle vie... m'attardant sur les détails.

Une fois encore, un baiser interrompit mes efforts, et je ris.

— Au diable ! gronda-t-il en embrassant le bas de mon visage.

— Nous avons largement le temps de travailler dessus, lui rappelai-je.

— L'éternité, toute l'éternité, rien que l'éternité ! renchérit-il.

— Exactement.

Alors, nous plongeâmes avec enthousiasme dans ce pan, ténu mais parfait, de notre éternité.

INDEX DES VAMPIRES

Par ordre alphabétique de clan

* vampires doués d'un talent surnaturel quantifiable
– couples (le plus âgé en premier)
~~barré~~ décédé avant le début du présent roman

CLAN DES AMAZONES
Kachiri
Senna
Zafrina*

CLAN DE DENALI
Eleazar* – Carmen
Irina – ~~Laurent~~
Kate*
~~Sasha~~
Tanya
~~Vasilii~~

CLAN ÉGYPTIEN
Amun – Kebi
Benjamin* – Tia

CLAN IRLANDAIS
Maggie*
Siobhan* – Liam

CLAN D'OLYMPIC
Carlisle – Esmé
Edward* – Bella*
Jasper* – Alice*
Renesmée*
Rosalie – Emmett

CLAN ROUMAIN
Stefan
Vladimir

CLAN DES VOLTURI
Aro* – Sulpicia
Caïus – Athenodora
Marcus* – ~~Didyme*~~

GARDE DES VOLTURI
(LISTE PARTIELLE)
Alec*
Chelsea* – Afton*
Corin*
Démétri*
Félix
Heidi*
Jane*
Renata*
Santiago

NOMADES AMÉRICAINS
(LISTE PARTIELLE)
Garrett
~~James*~~ – ~~Victoria*~~
Mary
Peter – Charlotte
Randall

NOMADES EUROPÉENS
(LISTE PARTIELLE)
Alistair*
Charles* – Makenna

Table des matières

Ce roman vous a plu ?
Ou pas du tout ?
☆☆☆★★

Donnez
votre avis sur
Lecture-Academy.com
LE SITE DES MORDUS DE LECTURE

Chaque mois, le site organise
l'élection du « lecteur du mois ».
Ce sera peut-être toi !

Composition MCP – Groupe JOUVE – 45770 Saran
N° 314478K

Impression réalisée sur CAMERON par
BRODARD ET TAUPIN
La Flèche
en octobre 2008

N° d'imprimeur : 49220
20.19.1786.1/01 - ISBN 978-2-01-201786-3

Loi n° 49-956 du 16 juillet 1949 sur les publications destinées à la jeunesse.
Dépôt légal : octobre 2008